本书受到云南省哲学社会科学学术著作出版专项经费资助

敦煌文学中的产育民俗研究

蒋勤俭 著

天津出版传媒集团

天津古籍出版社

图书在版编目（CIP）数据

敦煌文学中的产育民俗研究 / 蒋勤俭著. — 天津：天津古籍出版社，2023.12
ISBN 978-7-5528-1368-5

Ⅰ. ①敦… Ⅱ. ①蒋… Ⅲ. ①敦煌学—文学研究 Ⅳ. ①I206.2

中国国家版本馆CIP数据核字（2023）第132351号

敦煌文学中的产育民俗研究
DUNHUANG WENXUE ZHONG DE CHANYU MINSU YANJIU

蒋勤俭 / 著

出　　版	天津古籍出版社
出 版 人	张　玮
地　　址	天津市和平区西康路35号康岳大厦
邮政编码	300051
邮购电话	（022）23517902

印　　刷	北京虎彩文化传播有限公司
经　　销	全国新华书店发行
开　　本	710毫米×1000毫米　1/16
印　　张	28.75
字　　数	479千字
版次印次	2023年12月第1版　2023年12月第1次印刷
定　　价	88.00元

版权所有　侵权必究
图书如出现印装质量问题，请致电联系调换（022-23517902）

序 一

　　由于龚敏仁弟的引介，结识了李道和教授，他推荐博士生蒋勤俭来台进行短期访学，希望我能接受。李教授是民俗与文学方面的专家，而我主要是研究敦煌文献与文学，对民俗实在说不上有研究，但对于敦煌文献、文学与民俗间的关系，始终深感兴趣，也稍有涉猎。因此，也就欣然同意。

　　就这样，2014年10月勤俭来到嘉义民雄。为了让她在短暂的三个月访学期间，能充分地获取博士论文的研究资料，凤玉特协助安排她入住中正大学特区的学生套房。那里与我家跟中正大学都是大约800米的距离，既方便利用中正大学图书馆的图书，也方便参考我家收藏的数据资料，凤玉也好照料，同时又有交通车，十来分钟就可到南华大学。给了她南华大学敦煌学研究中心的钥匙，方便自由取用资料，也引介了熟识的影印店老板。这是满足她访学的第一个需求，也算是我能提供的基本协助。

　　勤俭研究方向是古代文学与民俗文化，论文主题以中国文学为对象，范围较广。由于我的博士论文是《敦煌孝道文学研究》，对敦煌写本《父母恩重赞》《十恩德赞》《父母恩重经讲经文》《父母恩重经》等涉及产育主题的佛教经典、文献与俗文学，以及佛教中国化过程中对孝道的倡导等问题有一些理解与看法，也积累了不少相关材料，茶余饭后自然跟勤俭有所交流。除了提示"民俗是文学的土壤，文学是民俗的窗口"的观点，肯定其论文方向外，不免强调了敦煌文献与文学中产育材料的特色与研究价值，特别建议她不妨先集中在敦煌文学部分。勤俭欣然接受浅见，随即向道和兄报告，经同意后，剑及履及地进行调整，并决定步入幽深的敦煌学领域。2015年1月底，她带着满满的几箱图书及辛苦复印的数据资料，以及亟待积极加强研撰的敦煌文献返回云南。

之后得知她决意为此延毕半年，我与凤玉心里总有些过意不去，真怕因此耽误她的前程。经过通讯，对她求学研究执着与认真的态度、简单朴实的生活方式有所了解，也就此留下了既勤又俭、人如其名的深刻印象。

同年12月，道和兄电邮邀我赴滇主持勤俭博论的答辩会。一时颇有自己子女要博论答辩的兴奋，心中的担心瞬间释怀，自然排除杂务慨然赴会。全文30多万字，围绕着敦煌文学文献与产育民俗文化，从妇女产育生活，如求子民俗、孕期生活禁忌、分娩及产子风俗、孩童哺育与守护、子女的家教远行与婚嫁等不同阶段产育的民俗进行析论，并结合佛教倡导孝道影响下的俗曲、宝卷等俗文学中的相关内容，印证产育民俗的发展等。此论文获得答辩委员一致的肯定与好评，以为它有助于产育民俗及妇女、儿童生活史研究，极富学术意义；对中国民俗史也具有相当的参考价值。

勤俭毕业后，任教、成家、养育儿女，生活繁忙，消息渐少；只有偶尔从期刊上见到她发表有关敦煌民俗的论文。我退休后，在四川大学俗文化研究所任讲座教授时，偶然获知她转到云南中医药大学任教，并有意关注敦煌医药文献，闻讯甚为高兴，也透过微信恢复联系。

日前，接获微信发来《敦煌文学中的产育民俗研究》书稿档案，告知是其博士论文修订后书稿的正式排印清样，邀我写序，自是义不容辞，更是开心。付印在即，匆促之间，谨回忆结识因缘，以充书序；更衷心期盼勤俭百尺竿头更进一步，在持续敦煌文学文献与民俗研究的同时，也能扩大视野，为敦煌医药民俗与中医药文献的整理研究再添新篇，做出贡献。并祝家庭美满，事业有成。

郑阿财谨序于嘉义民雄学日益斋
2022年9月10日中秋

序 二

蒋勤俭在云南大学攻读硕士、博士学位期间，都是由我指导的。她在2010年完成的《〈列异传〉研究》获评学院优秀硕士论文，两年后继续读博，2015年通过博士论文答辩，获得博士学位。现在奉献于读者面前的就是修订后的博士论文书稿。

2012年底某一天，我在学院办公室建议她的博士论文选择敦煌文学与民俗的关系进行研究。这纯粹是出于我个人的爱好，说起来惭愧，因为我自己并未就此做过专题研究，只是平时略有知闻，或在相关论著中偶有涉及。我觉得学界对敦煌民俗已做了较多研究，但民俗与文学的关系还值得深入梳理与挖掘，所以建议她做出尝试，同时也希望她今后可以在这块园地长期耕耘。当然我的设想所涉范围较大，也有一定难度，2014年5月开题时专家也建议进一步缩小论题。后来勤俭赴台湾南华大学访学，敦煌学名家郑阿财、朱凤玉教授建议她主要集中于敦煌产育题材文学，这确实是一个大小适中、便于操作的恰当选题。通过辛勤探索，勤俭终于完成论文写作，在外审、答辩中也获得好评。毕业后，又根据专家意见，反复修改和完善，把论文修订为书稿。

书稿在梳理敦煌产育题材文学作品基本状况的基础上，重点针对求子、孕产、哺育、护理、教育、婚嫁等题材作品分别进行专题讨论，同时厘清滋生这些作品的敦煌佛教、儒家、道教、民俗文化背景，论证敦煌产育题材文学对后世俗文学的影响及其独特的文学史、民俗史价值。书稿主要运用文学史、民俗史、思想史等学科方法，引用了大量作品原文、相关古籍及研究论著，且附列有图表。书稿内容丰富，方法恰当，材料充实，论证合理，为读者展示了一个题材独特、描写细腻、情感浓烈、影响深远的敦煌文学世界，同时也是中国文学史中独具风貌的篇章。

书稿特别揭示了敦煌文学对产育题材的关注，而这恰恰是传统作家文学较为薄弱甚至忽略的领域，我认为这是敦煌产育题材文学及本书稿最重要的价值所在。比如佛教通过女性艰难产育过程的描写宣扬孝道，表面是对儒家孝亲思想的顺应和依从，实际也是对其的补充、改造，甚至提升。孝亲不能仅据强制的伦理和空洞的说教，还需要产育中血肉相连、身心相依的事件感知、情意触动，才会有发自内心、自律自觉的孝亲报恩。我在研究少数民族食人传说时注意到，虽然早期吃食父母遗体也是为了孝亲，但随着人们认知的演变，后来废除了食亲旧俗，触动这种改变的原因竟然是从动物分娩"畜比人同"地联想到母亲分娩的痛苦。同样，敦煌文学也特别渲染分娩之痛，进而触发孝思，如《庐山远公话》把顺产之子称为孝顺之男，把难产之子称为忤逆之子。《左传》与《史记》载武姜生郑庄公难产，生共叔段顺产，故恶庄公而爱共叔段。《诗经·大雅·生民》写姜嫄生弃"先生如达"，其实不是说分娩容易。"先生"是第一次生子，孔疏谓"人之产子，先生者多难"，所如之"达"通"羍"，即初生的羊羔，"先生如达"正是"畜比人同"的分娩之难。难产说可以解释弃为什么被母亲抛弃，而作为人名的"弃"也连带着行为的抛弃，《说文解字》四下释"弃（棄）"竟然是将逆子装在箕筐中捐弃之义，所谓逆子正是难产之子。①

可惜的是，后世作家文学并未将武姜、姜嫄难产事与《诗经·邶风·凯风》及《诗经·小雅·蓼莪》等生养题材发扬光大，其中原因除了勤俭所论之外，可能还有儒家观念约制的影响。产育题材较易引发孝子伤痛，可能跟孔子"乐而不淫，哀而不伤"的审美观相左，晋王裒、南朝齐顾欢弟子不习《蓼莪》就是显例。《晋书》载王裒"读《诗》至'哀哀父母，生我劬劳'，未尝不三复流涕，门人受业者并废《蓼莪》之篇"。《南齐书》载顾欢"每读《诗》至'哀哀父母'，辄执书恸泣，学者由是废《蓼莪篇》不复讲"。连读诵讲习都排除了，何谈引

---

① 详拙著：《中国古代食人风俗研究》，香港大学饶宗颐学术馆，2013年，第30—34页。勤俭书稿在八章四节第一部分也论及庄公事。

申渲染、继承发展呢?又可注意的是中国古代丧礼与文学创作的关系。《礼记·曲礼下》说"居丧不言乐",孔疏以为"乐"谓"乐书之篇章,谓诗也"。《孝经·丧亲章》说孝子丧亲"言不文",唐玄宗注以为"不为文饰"。因此古代有至亲无文、至哀无文的观念,自六朝以来形成了居丧不赋诗的习俗,导致古代文学中悼亲诗(文)的总体薄弱。[①]与传统儒家丧礼观念及其影响下的居丧不文的文学习俗不同,敦煌及后世产育题材的俗文学恰恰讲唱于丧礼用以劝孝。[②]于是我们可以看到儒家观念影响下的古代作家文学似乎"不重两头",即将人之初的生之痛与人之终的死之哀都"约之以礼",约制的原因中当然还有孔子所谓"未知生,焉知死"的实践理性。

敦煌文学的发现改写了中国文学史,我们除了要做有关诗、词、赋、小说的文体发展史的宏观研究外,还可多从具体的敦煌文学作品、题材做专题的微观、中观研究。敦煌产育题材文学在21世纪初已引起学界特别是台湾学者的注意,但仍然存在一定的拓展空间,勤俭的书稿虽非尽善尽美,但在这方面继续做了有益的尝试,应会对相关研究带来参考价值。

勤俭博士论文的选题也带动了她此后的学术研究,已发表十余篇相关论文,完成"敦煌文学中的医药文化研究"省级科研项目,晋升副教授职称。产育题材文学研究也当给她养育自己的孩子带来助益,读书、研究、教学、生活互动生发,相辅相成。祝愿她继续耕耘,勤奋工作,幸福生活。

勤俭读博期间得到了许多师友的教诲与关爱。参加开题、预答辩、答辩的专家有郑阿财教授、段炳昌教授、陈友康教授、王卫东教授、龚敏教授、冯良方教授、冯小禄教授,各位老师及外审匿名专家都提出了中肯意见和有益建议。其中香港大学龚敏教授引介勤俭到台湾访学,在台期间,南华大学郑阿财教授、嘉义大学朱凤玉教授视勤俭如己出,对她给予各方面无微不至的照顾与点拨,郑老师还不嫌偏远,

---

[①] 黄强:《中国古代诗歌史上的千年约定——"居丧不赋诗"习俗探析》,《文学遗产》2015年第1期。
[②] 参勤俭书稿八章二节第三部分。

专程赴昆主持论文答辩。作为指导教师，我要特别感谢各位专家对勤俭的指教和关心。

　　勤俭说书稿将要出版，嘱我作序。于是我又将书稿通读一过，末了写下上面的文字，略述教学事由、阅读思考，并对师友表达感念，对勤俭给予期许。

李道和

2022 年 11 月 11 日

凡　例

1.本书所引用敦煌文献卷号,使用学界通用的缩略语,其全称罗列如下:

BD:北京图书馆(今中国国家图书馆)藏敦煌文献编号

D.:北京大学图书馆藏敦煌文献编号

上图:上海图书馆藏敦煌文献编号

上博:上海博物馆藏敦煌文献编号

台北:台北图书馆藏敦煌文献编号

S.:Stein,伦敦英国国家图书馆藏敦煌文献斯坦因编号

Ch.:Ch'ien－fo－tung,伦敦英国国家博物馆藏敦煌绢纸画编号

P.:Pelliot,巴黎法国国立图书馆藏敦煌文献伯希和编号

Дх.:Дунхуан,俄罗斯联邦科学院东方学研究所圣彼得堡分所藏敦煌文献敦煌编号

Ф.:Флук,俄罗斯联邦科学院东方学研究所圣彼得堡分所藏敦煌文献弗格鲁编号

零拾本:上虞罗氏旧藏本,曾印入《敦煌零拾》,今藏上海市立博物馆图书部

v:文书卷背

若多个写卷可以缀合,则在不同卷号之间加"＋",如 S.4571＋S.8167之类。

2.所引文书或资料,因残缺造成缺字者,用"□"表示,每一"□"表示缺一字。若无法确定所缺字数的情况下,在缺字部位分别用"(前缺)""(中缺)""(后缺)"来代替所缺部分在数据中的位置。若原文缺字可考知,用"[　]"注出缺字。

3.引用多人校录的同一文书时,按照底本、参校本顺序依次注明出处。

4.若前人录文有误,保留原文,用"(　)"在该字后注出正字;若有省略,用"(　)"补充完整,或解释说明。

5. 录文中的繁体、异体字,凡可确定者,一律改为通行简体字,通假字仍依其旧。

6. 为避免繁复,本书所引敦煌写卷,仅首次出现标明卷号,再次出现仅标注作品题名;本书所征引的重要文献,以章为单位,首次出现均以当页脚注形式注明著者、论著名、出版社、出版时间、页码等信息,同一章内再次出现的论著,仅标注论著名和页码,期刊省略著者。

目　录

绪论 ··· 1
　一、敦煌文学中的产育题材作品 ·· 2
　二、敦煌文学、产育与民俗 ··· 4
　三、学界对敦煌产育民俗的研究现状 ································· 7
　四、研究目的及总体构想 ··· 11

第一章　敦煌产育题材文学作品概况 ································· 13
第一节　韵文类 ·· 14
　一、歌辞 ··· 14
　二、诗歌 ··· 23
第二节　散文类 ·· 31
　一、愿文 ··· 32
　二、斋文 ··· 40
　三、话本 ··· 41
　四、蒙书 ··· 44
第三节　讲唱体类 ··· 49
　一、押座文 ·· 50
　二、讲经文 ·· 52
　三、变文 ·· 59

第二章　敦煌产育题材文学与民俗、佛教的关系 ················· 65
第一节　敦煌产育题材文学的特色 ································ 65
第二节　敦煌产育题材文学与民俗、佛教的关系 ··············· 71
　一、敦煌产育题材文学与民俗 ······································· 72

二、敦煌产育题材文学与佛教 ·· 75
　第三节　佛教对孝道的提倡及其对敦煌文学的影响 ·········· 79
　　一、佛教对孝道的提倡 ·· 80
　　二、佛经对父母恩德的宣扬 ·· 84
　　三、敦煌文学对孝道的倡导 ·· 89

第三章　求子题材及求子民俗 ·· 97
　第一节　敦煌文学中的求子题材 ·· 98
　　一、净饭王夫妇求子情景 ·· 100
　　二、《叶净能诗》所表现的求子故事 ···························· 104
　第二节　敦煌变文所流露出的求子民俗 ·························· 108
　　一、求子时间及地点 ·· 109
　　二、祭祀之神及祭物 ·· 114
　　三、预测胎儿性别题材与生育观念 ···························· 129

第四章　孕期生活、胎儿发育等题材与习俗 ···················· 141
　第一节　孕期生活题材与胎教思想 ·································· 142
　　一、《父母恩重经讲经文》等所表现的孕期生活 ········ 142
　　二、胎教思想与孕妇精神压力的描写 ························ 148
　第二节　胎儿发育与孕期禁忌题材 ·································· 157
　　一、《庐山远公话》所描写的胎儿发育情形 ················ 158
　　二、孕妇饮食宜忌 ·· 166
　　三、其他禁忌 ·· 172

第五章　分娩题材及产子风俗 ·· 175
　第一节　敦煌变文、歌辞中的分娩题材 ·························· 176
　　一、歌辞、变文、话本等表现的分娩之苦 ················ 177
　　二、难产题材流露的不孝观念 ···································· 183
　第二节　临产前备产工作与坐产分娩习俗 ······················ 186
　　一、临产前备产工作与产图的运用 ···························· 187
　　二、坐产分娩题材及相关习俗 ···································· 196

第三节　难月祈福题材及救产措施 …………………………… 201
　　　一、难月祈福题材 ………………………………………………… 202
　　　二、敦煌文献中的救产措施 ……………………………………… 208
　　第四节　产亡、洗儿、满月题材及相关习俗 …………………… 219
　　　一、产亡题材及习俗 ……………………………………………… 220
　　　二、洗儿题材及习俗 ……………………………………………… 224
　　　三、满月题材及习俗 ……………………………………………… 229

第六章　哺育、守护题材及民俗 …………………………………… 234
　　第一节　幼儿护理题材与四恩德 ………………………………… 235
　　　一、《父母恩重经讲经文（一）》等对诸恩德的表现 …………… 236
　　　二、日常护理题材与咽苦吐甘、血乳喂养等恩德 ……………… 239
　　第二节　婴童嬉戏、看护题材及游戏场景 ……………………… 248
　　第三节　孩童病中护理题材及相关习俗 ………………………… 260
　　　一、母忧儿病题材 ………………………………………………… 261
　　　二、寻医卜问题材及其所蕴含的医药民俗 ……………………… 263
　　第四节　丧子题材及葬儿习俗 …………………………………… 275
　　　一、斋愿文所流露的父母丧子之痛 ……………………………… 276
　　　二、葬儿题材及习俗 ……………………………………………… 287

第七章　家教、远行及婚嫁题材 …………………………………… 292
　　第一节　父母教子题材及其内容 ………………………………… 292
　　　一、父母教子重要性及教子场景 ………………………………… 294
　　　二、因性别而异的教育内容 ……………………………………… 298
　　第二节　儿行母忧题材及祈福习俗 ……………………………… 309
　　　一、儿行母忧题材 ………………………………………………… 310
　　　二、为游子祈福题材及习俗 ……………………………………… 316
　　第三节　父母操持婚事题材及择偶观 …………………………… 320
　　　一、婚龄及择偶观 ………………………………………………… 321
　　　二、婚聘杀生题材及造恶业恩观念 ……………………………… 332

第八章　敦煌产育题材文学书写的背景、原因、影响及价值 ············ 337
第一节　儒、道孝道思想在唐宋敦煌地区的流传及影响 ············ 337
一、儒、道、释思想在唐宋敦煌地区的流传情况 ············ 338
二、儒、道对孝道的倡导 ············ 341
三、唐前政府对《孝经》的重视及其对敦煌的影响 ············ 347
第二节　敦煌文学大量描写妇女产育生活的原因 ············ 350
一、唐代敦煌思想文化背景及佛教对儒家孝道思想的迎合 ············ 350
二、妇女为讲唱活动的重要参与者之一 ············ 353
三、敦煌文学中的产育题材写卷与丧葬劝孝活动 ············ 355
第三节　敦煌产育题材文学对后世俗文学的影响 ············ 359
一、宝卷 ············ 361
二、傩戏 ············ 364
三、戏曲 ············ 367
四、歌谣 ············ 372
第四节　敦煌产育文学在文学、民俗、生活史上的价值 ············ 376
一、在中国文学史上的价值 ············ 376
二、在中国民俗、生活史上的价值 ············ 381

附录一：敦煌产育题材文学写卷情况一览表 ············ 385
附录二：敦煌产育题材文学对后世讲唱文学的影响一览表（454例） ············ 392
参考书目 ············ 433
后记 ············ 444

绪　论

社会学家费孝通把男女两性结为夫妇、生子、共同养育子女成人的一系列活动称为养育制度,而这又分为"生"和"育"。生殖是出于人类生物需求,"为了要使每个出生的孩子都能有被育的机会,在人类里,这基本的生物现象,生殖,也受到了文化的干涉",而以此为基础的抚育更是一系列受文化影响较深的繁重工作。[1] 显然,在费孝通看来,妇女生产、抚育子女等过程都受到了文化的影响。

的确,人类生殖繁衍、哺育后代本是自然界正常、普遍存在的自然现象,但是当人类文明出现后,人类一切生产、生活活动都已打上了文化烙印。妇女孕子、产子、养子及教子等一系列活动也受到文化因素的影响。在此过程中,为了平安产子并使之健康成人,父母必不可少地遵守着世代传承下来的生活事象、文化模式等,以趋利避害地完成产育过程。

在古代,妇女生育虽是自然现象,却承载着家族人丁兴旺的希望,显然已是生物本能受社会制度制约的体现。父母爱子、教子、为子女甘愿做一切事情,以及养子、育子所遵循的生活习俗,虽都是出自父母的爱子本能,但也沿袭着世代育子风俗的传统习俗。

在敦煌地区,佛教利用世俗父母孕子、产子、育子等行为阐释经文、布道传教,游说众人及时行孝以契合人们思想深处的伦理观念,促进了佛教的本土化进程。这显然使得父母养育子女的自然现象带上了佛教传道的功利色彩。正是因为佛教在敦煌乃至中原地区的盛行,政府重视并倡导孝道,所以敦煌文学大量表现妇女祈求、孕育子嗣并将其抚养成人等生活情景的画面,使得传统文学尚未涉及的妇女生产、孕育子嗣等产育题材生动形象地表现出来。透过敦煌文学文本再现妇女产育生活的些许场景,也将是研究妇女生活史、产育民俗等领域新的视角。

---

[1] 费孝通:《生育制度》,商务印书馆,1999年,第43、51—52、60页。

一、敦煌文学中的产育题材作品

选择探讨敦煌文学作品中所呈现的产育民俗,主要有三方面的原因:敦煌文学作品的材料属性,敦煌文学特色,产育民俗所具有的价值。

敦煌藏经洞的发现使得封存已久、不为后世流传的敦煌文献得以重见天日。11世纪藏经洞被封闭,这使得敦煌文献处于密封状态,从而保留了创作者或抄写者真实的书写状态及卷子内容的原貌,保存了敦煌文献的原生态,可以说敦煌文献是敦煌地区民众生活的活化石。敦煌文学作品是浩瀚敦煌文献中的一部分,自然具有了敦煌文献的原生态特性,具有颇高的史料价值。

敦煌藏经洞所出土的文献,根据经卷题记记载,现在可知最早的写本年代为前秦甘露元年(359),最晚的题记记载年代为宋咸平五年(1002),是唐五代、宋初时期人们生活轨迹的原始文献,尤其是我们考察、研究敦煌地区民众的生活状态的第一手资料。这为我们探讨唐宋时期敦煌地区民众的生活风貌提供了大量可靠的文献资料。

同时,敦煌地处中西交通的重要关口,是丝绸之路上的重要城市之一,也是中古时期中西交通的大都会。人员往来频繁,流动性较大,自然带来了中原、西域文化的碰撞,也使得中原本土的儒、道文化和外来的佛教文化在这里碰撞、交融,使得敦煌地区的文化呈现出以汉文化为主体的多元文化特色。因此敦煌文献,尤其是敦煌文学作品带有浓郁的时代性和地域特色。

笼统地说,敦煌文学作品大致由传世文人诗钞、俗文学作品构成。前者多属于在敦煌地区流传的中原传世经典,后者多半出自敦煌地区民众之手。当然,敦煌地区民众不仅包括敦煌当地民众,也包括寄寓在敦煌地区的中原籍僧侣、商人、戍边将士、游子等。尽管从文学创作技巧、遣词造句、艺术成就等方面来看,俗文学作品远不如传世文人诗钞,但俗文学却真实地记载、反映了民间疾苦、人们的生活情景,具有较高的史料价值。对敦煌文学作品所反映的民众生活,尤其是产育生活展开探讨,无疑属于唐宋时期民众生活史的研究范畴。

敦煌文学作品不仅带有时代和地域特色,而且呈现出迥异于传世文人作品的文学风貌和审美取向。这类文学作品多半以平实如话而又生动活泼的语言,给读者描述古代民众的生活场景图,呈现出质朴、世俗化的特色。出自民众之手的敦煌文学作品主要取材于民众生活,表现人们的喜怒哀惧,符合民众的审美情趣。

选择敦煌文学中的产育民俗作为探讨对象,这与产育问题历来在民众生活中所具有的重要意义有关。产育问题是关系着人类繁衍的大事。古往今来,人们无不关心人类的繁衍,对下一代的培养、教育等问题,这是人类得以生生不息的关键所在。这就十分有必要对其进行研究。

尽管生育繁衍在人类生活中具有较为重要的地位,但是妇女产育题材作品在传世文学中较为罕见。传世文学也曾描写父母养儿育女的辛苦,但多一笔带过,显得苍白、空洞。如《诗经·邶风·凯风》"棘心夭夭,母氏劬劳""有子七人,母氏劳苦",等等。被方玉润称为"千古孝思绝作"的《诗经·小雅·蓼莪》以赋的表现手法铺陈直叙了父母养育孩子的生活点滴,感人肺腑:"父兮生我,母兮鞠我。抚我畜我,长我育我,顾我复我,出入腹我。"但这与敦煌文学作品中父母养育孩子的文学表现相比,仍然显得笼统、不够形象。敦煌文学以妇女求子、孕子、产子、养子、教子等为表现对象的产育题材作品,形象、生动地再现了古代妇女求子、产子、养子等生活场景,在中国古代文学题材、古代妇女儿童生活研究方面,显得格外重要。

受史官文化影响的中国文学,向来被文人士大夫们牢牢把控,带来的正是文学作品表现上层社会人们的生活情感的局面。同时,中国文学史上多以男性作家为主,在中国传统思想观念和男女设防文化的钳制下,出自他们之手的作品多表现以家国天下为己任、渴望建功立业的政治抱负,或个人际遇,对女性的描写多局限于她们外在的花容月貌及其闺阁庭院生活。而对妇女,尤其是平民妇人生命中的重大事件,即怀胎分娩、养育子女等问题多轻描淡写或避而不谈。当然,这与女主内的旧社会分工模式(妇女负责照顾家庭、生儿育女的传统观念)和妇女生产多为不洁的旧民俗观念有很大的关系。

而敦煌地处中原、西域接壤的西陲边地,敦煌文学深受域外文化因素及佛教文化影响,因此呈现出另一番景象。描写妇女产育生活场景的文学作品主要聚集在敦煌讲经文、变文、歌辞、诗文、愿文中。我们不仅能透过这些文学作品的描写勾勒出一幅幅民众产育生活图景,分析其中所流露出的产育民俗,而且能对敦煌文学是如何和民俗,尤其是产育民俗相互作用、交织在一起的有大致的认识。同时,佛教如何利用文学作品完成本土化进程、逐步推广开来,以及敦煌文学受到佛教怎样的影响等问题都能得到较全面的解答。

所以,选择史料价值颇高的敦煌文学所表现的产育民俗进行研究,就显得尤为可贵。同时,这显然是对中古时期敦煌民众生活状态研究的个案,为完善中古民众生活史研究具有一定的贡献,也是从社会生活史角度研究敦煌文学的一次尝试。

二、敦煌文学、产育与民俗

本书以敦煌文学中的产育民俗为研究对象,主要立足于敦煌文学文本,结合敦煌医药、术数等文献,试图分析敦煌文学文本中所表现的敦煌民众求子、孕子、产子、育子、教子等产育民俗。

本书研究范围主要以敦煌文学文本为主,从《太子成道经》等敦煌文学所描写的婚后无子求嗣现象谈起,对《父母恩重经讲经文》等所描写的妇女孕期状况、分娩痛楚、分娩前难月祈福、产亡处理等,以及敦煌文学所表现的养育子女的具体场景:如产后洗儿、满月习俗,襁褓幼儿衣食居行等方面的护理,嬉戏时的守护,对病中子女的照料,夭折儿安置,成长过程中的家庭教育,孩子远行时的牵挂,父母操办儿女婚事等,进行文学分析、阐释,进而对其中所蕴含的民俗文化进行挖掘。敦煌文学可以说是全面展示了父母抚养儿女成人的全过程,其中耗费了父母尤其是母亲较大的精力。从刚出世的婴儿到成年,在这漫长的养育过程中,父母对子女进行生活和知识技能等多方面的教育,为了延续子嗣,父母还要为适婚年龄儿女择偶成婚,使其繁衍后代。这些无不凝聚了父母无限的心血。

在这里需要厘清敦煌文学、产育和民俗三者的含义,也是进一步明确本书的研究范围。

敦煌文学的概念、内容及范围在学界颇有争议。在敦煌文学发展的早期,学界曾长期以敦煌俗文学来统称敦煌文学。敦煌俗文学概念滥觞于王国维1920年发表的《敦煌发现的通俗诗和通俗小说》。[①] 1929年郑振铎正式提出敦煌俗文学概念。[②] 此后,向达、傅芸子、林聪明仍沿用敦煌俗文学来概括敦煌写

---

① 王国维:《敦煌发现的通俗诗和通俗小说》,《东方杂志》1920年第17卷第8期。
② 郑振铎:《敦煌的俗文学》,《小说月报》1929年第20卷第3期。

卷中所有的文学作品。①

敦煌文学概念首次出现在王利器《敦煌文学中的〈韩朋赋〉》中。日本金冈照光于1971年出版了专著《敦煌の文学》，1980年张锡厚出版了《敦煌文学》专著。② 之后，周绍良、颜廷亮、柴剑虹、杜琪等学者都对此概念进行了相关探讨。③ 总体而言，敦煌文学的概念与范围仍是模糊的，其中，颇具代表性的是柴剑虹的观点。他不仅从各方面论述敦煌文学的模糊性，也提出了模糊的敦煌文学概念：

> （敦煌文学）指保存或仅存于敦煌莫高窟的，以唐、五代、宋初写卷为主的文学作品及与此相关的文学现象与理论。④

敦煌文学有广、狭义之分，柴剑虹的观点为广义的敦煌文学概念。在此基础上，本书所探讨的敦煌文学主要是指仅见于敦煌遗书中所保存下来的文学作品及与之相关的文学现象，不包括遗书中典型的文人作品、两见于敦煌遗书和传世文献的文学作品。简而言之，本书所探讨的敦煌文学是指仅见并流传于敦煌当地的俗文学作品。对于释门应用文文体，根据作品内容的文学性和世俗性而考虑是否将其纳为本书的研究范围，把文学色彩浓厚的佛偈、佛赞、礼佛文，以及表达人类美好祝愿、抒发情感的斋愿文等都纳入本书所探讨的文学范畴。可见，本书所研究的敦煌文学仍是敦煌俗文学的范畴，是狭义层面上的概念。

作为以地域命名的断代文学，加之敦煌特殊的地理、交通位置，敦煌文学所表现的题材内容及其所蕴含的文化包罗万象，兼具多元性与地方特色。本书所研究的产育民俗正是如此，它主要依托仅见于敦煌地区所流传的敦煌俗文学文

---

① 向达：《记伦敦所藏敦煌俗文学》，《新中华》1937年第5卷第13期；傅芸子：《敦煌俗文学之发现与展开》，《中亚细亚》1942年第1卷第2期；林聪明：《敦煌俗文学研究》，东吴大学中文研究所博士学位论文，1984年。
② 王利器：《敦煌文学中的〈韩朋赋〉》，《文学遗产》1955年增刊第1期；[日]金冈照光：《敦煌の文学》，大藏出版株式会社，1971年；张锡厚：《敦煌文学》，上海古籍出版社，1980年。
③ 周绍良：《敦煌文学刍议》，《社会科学》1988年第1期；李正宇：《敦煌学导论》，甘肃人民出版社，2008年，第161页；颜廷亮：《敦煌文学研究的当务之急》，《社会科学战线》2009年第9期；伏俊琏、杨晓华：《敦煌文学的概念、特点及分类》，《社科纵横》2012年第5期；柴剑虹：《"模糊"的"敦煌文学"》，收入《敦煌吐鲁番学论稿》，浙江教育出版社，2000年，第239—246页；杜琪：《敦煌文学的价值及概念再议》，《甘肃社会科学》2008年第6期。
④ 《"模糊"的"敦煌文学"》，收入《敦煌吐鲁番学论稿》，第246页。

本,时间跨度以唐、五代、宋初为主。可以说,唐宋时期是本书所探讨的产育民俗的时间界限。

产育包括生产和抚育两个漫长的连续过程,主要包括孕产、教育和养育三部分,是指妇女怀胎生产得子,将其抚养并对其实施教育,直至子女成年婚嫁的过程。"产",《说文》六篇下曰"生也",段注云"通用为嘼犊字";《说文》同篇释"生"为"象草木生出土上"。① "嘼",十四篇下云"兽牲也"②,"犊",二篇上云"畜犊、畜牲也"。③ "嘼"是"畜""兽"的古异体字,"产"与"生"意同,指植物的破土而出,也可用在畜生身上。可见,人类繁衍子嗣的行为使用"产"字,较为贴切。"育",是较晚的形体,本字"毓"。甲骨文"毓",左边是"女",右边是倒着的"子",其下面的一点代表血污,是女性生孩子的生动画面反映。④《说文》十四篇下曰"育,养子使作善也,从'云','肉'声。《虞书》曰:教育子。毓,育或从每",段注云:"从云,不从子而从倒子者,正谓不善者可使作善也。"⑤ 所从之"子"常作倒写,是对女人产子时孩子头先脚后分娩场面的反映,描绘了产子时的生育实景。⑥ 可见,"育"最初是指分娩,养育、教育是后起之义。《广雅》:"育,生也。"《汉书》颜师古注:"育,养也。"孩子生下来之后,就要抚养、教育,所以"育"也就有抚养、教育的意义。养育和教育的目的都在使其从善。

产育的过程正是指父母孕育新生命,并对其进行养育、教育,在生活、行为等方面进行教导,使其健康成长的过程。

民俗,是指"广大民众所创造、享用并传承的生活文化"⑦。本书所探讨的产育民俗是指民众在求子、孕子、产子、教子、育子等过程中普遍存在的生活习俗及文化。这具体表现为婚后无子时的求孕习俗,孕期饮食、行为等各方面的民俗禁忌,产妇临盆前的家人所做的准备工作,难产及产亡时的应急处理等,以及喂养、看护襁褓婴儿,护理病中孩儿,调教顽劣儿童,安葬夭折儿时所遵循的生活习俗。在看护孩子嬉戏的同时,也需要对适龄儿童因性别差异实施不同内容

---

① 〔汉〕许慎撰:《说文解字注》,〔清〕段玉裁注,上海古籍出版社,1981年,第274页。
② 《说文解字注》,第739页。
③ 《说文解字注》,第51页。
④ 黄高飞编著:《汉字与民俗》,暨南大学出版社,2014年,第16—17页。
⑤ 《说文解字注》,第744页。
⑥ 《汉字与民俗》,第17页;张鑫:《从卜辞"娩""毓"探析商代的生育文化》,《宁夏大学学报》(人文社会科学版)2021年第4期。
⑦ 钟敬文主编:《民俗学概论》,上海文艺出版社,1998年,第1页。

的教育等。此外,因为抚养过程的漫长,本书除探讨孕、产、养、教子之外,也把研究范畴延伸至儿女远行母担忧及父母为子女操办婚事等。总之,在抚养、教育过程中,为了使孩子平安健康成长,父母行事都遵守了一定的风俗习惯。

同时,我们必须注意到,孕子并平安诞子是抚养、教育孩子等活动的前提,而怀孕更是整个产育民俗探讨的基础,所以在妇女婚后未孕时,社会上普遍存在着求子风俗。继抚养、教育过程之后,父母更侧重于对子女婚后生活各方面的操心和指引等,在未成年前,父母亲为子女操办各项事宜,毕竟成年或成婚后,孩子已具备较强的自我意识和行为能力,能操持生活,或离家别居。我们择其婚前成长过程作为探讨对象,因为这一阶段全面、集中地诠释了父母养育深恩,较具典型性。

三、学界对敦煌产育民俗的研究现状

繁衍生息是人类生存与发展的根基,学界对这类问题尤为关注。妇女产育问题历来受到了民俗学、史学研究者们的重视,成果丰硕。从民俗文化角度探讨妇女产育论题的研究主要侧重在民俗信仰、禁忌等方面,成果可观。《中国生育文化大观》可以说是目前较为详细探讨生育民俗的专著,内容主要包括生殖崇拜、求孕祭祀礼仪、生育观、求男习俗、护胎和养胎的孕期禁忌、催生方法、接生习俗、洗儿礼、哺乳方法、满月庆贺、起名风俗、护儿信仰、启蒙教育、游戏,以及感生神话、生育传说等。[①] 此著虽详细全面,但不可避免地存在教科书式面面俱到、平铺直叙的问题。宋兆麟侧重从民间信仰角度探讨生育神话中的巫术问题、生育神和生殖器崇拜、产育术、接生和育儿、溺婴和杀婴等现象及成年礼、性教育、求偶、求子等问题,进而阐释生育信仰所具有的文化意义。[②] 王晓丽则注重孕体、生殖、生育神崇拜、生育禁忌、生育观、生育信仰及特征,以及与之相关的人口发展的关系问题,等等。[③] 此外,高世瑜论著也涉及生育文化的探讨。[④]

史学界对唐代产育问题的研究多侧重于墓志资料,或探讨唐代上层社会妇

---

① 郑晓江、万建中编:《中国生育文化大观》,百花洲文艺出版社,1999年,第29—503页。
② 宋兆麟:《中国生育信仰》,上海文艺出版社,1999年,第1—458页。
③ 王晓丽:《中国民间的生育信仰》,社会科学文献出版社,1999年,第1—145页。
④ 高世瑜:《中国古代妇女生活》,商务印书馆,1996年,第7—28、57—100页。

女初育年龄、产子数量、产妇和儿童死亡率①,或研究唐代生育观、生育率、夭折率②,或从妇女角度论述妇女怀孕、分娩、产亡现象③。胡同庆、王义芝梳理了敦煌壁画中的女性形象,从不同角度、层面反映古代妇女精神、文化、生活状态,以图像形式回顾了古代妇女生活场景。④ 此外,有针对唐代敦煌吐鲁番地区的妇女生育问题的区域断代史专题探讨⑤,也有综合运用各类史料的皇家生育史研究⑥。

  涉及敦煌产育民俗研究的学者主要有谭蝉雪、高国藩、罗宗涛等人。谭蝉雪从民俗学角度综合运用敦煌文献探讨了敦煌地区所流传的求子、生育、收养、教养等一系列民俗现象。⑦ 高国藩在敦煌婚育民俗方面论著较多,不仅有单篇论文讨论敦煌变文中妇女怀孕巫术、歌辞中民间早婚风俗等⑧,其专著中也多涉及婚育民俗探讨,如妇女产子、育儿、起名、民间教育风俗,以及求子、治小儿病等巫术研究⑨。《敦煌民俗资料导论》辑录了敦煌生育风俗相关文献,有一定的参考价值。⑩ 总体而言,高国藩对敦煌婚育民俗关注较早,论著较多,收集资料甚勤,在推动敦煌民俗研究方面功不可没,但他在探讨敦煌民俗时,大量运用传世文献来论证敦煌民俗,所得结论有待商榷⑪。史成礼简略梳理了敦煌遗书中妇女求子、生育、过继、收养、买子、治疗不孕、妊娠等习俗,催产方法、产后护理、

---

① 陈丽:《唐代上层社会妇女婚育研究》,河北师范大学硕士学位论文,2000年。
② 张瑞华:《唐代妇女的生育研究——以墓志资料为研究中心》,南京师范大学硕士学位论文,2008年。
③ 姚平:《唐代妇女的生命历程》,上海古籍出版社,2004年,第288—334页。
④ 胡同庆、王义芝:《敦煌壁画中的妇女生活》,甘肃文化出版社,2022年。
⑤ 任海燕:《唐代敦煌吐鲁番地区妇女生育问题试探》,首都师范大学硕士学位论文,2009年。
⑥ 冯尔康:《皇家的生育及生育观念散论》,收入张国刚主编《中国社会历史评论》(第四辑),商务印书馆,2002年,第95—120页。
⑦ 谭蝉雪:《敦煌婚姻文化》,甘肃人民出版社,1993年,第175—183页;谭蝉雪:《敦煌民俗——丝路明珠传风情》,甘肃教育出版社,2006年,第239—274页。
⑧ 高国藩:《论敦煌本〈悉达太子修道因缘〉中国化及其妇女怀孕巫术》,《宁夏社会科学》2009年第3期;高国藩:《敦煌曲子词与民间早婚风俗》,《社会科学》(兰州)1986年第3期。
⑨ 高国藩:《敦煌民俗学》,上海文艺出版社,1989年,第81—111页;高国藩:《敦煌古俗与民俗流变——中国民俗探微》,河海大学出版社,1989年,第435—440页;高国藩:《中国民俗探微——敦煌巫术与巫术流变》,河海大学出版社,1993年,第177—180、181—185、188—189页。
⑩ 高国藩:《敦煌民俗资料导论》,新文丰出版公司,1993年,第41—55页。
⑪ 学界对其研究早有微词,如黄正建、余欣等人早已言及其录文错误较多,任意发挥,议论难以成立,不可轻信。黄正建:《敦煌占卜文书与唐五代占卜研究》,学苑出版社,2001年,第5页;余欣:《神道人心——唐宋之际敦煌民生宗教社会史研究》,中华书局,2006年,第41页。

庆贺满月等现象。① 罗宗涛以资料汇编形式收集了有关生育、养育、教育、远行、婚姻等方面的变文文本②,但缺乏民俗学角度的阐释与分析,变文文本中所蕴含的民俗文化意蕴有待深入挖掘。

台湾学者潘重规早在20世纪七八十年代就已关注到敦煌遗书中佛教对孝道的提倡。③ 郑阿财博士学位论文《敦煌孝道文学研究》爬梳有关孝道的敦煌文学文献,阐明敦煌孝道文学产生的时代背景、佛教对孝道的倡导情况,重点对敦煌孝道文学进行考证析论,并阐述敦煌孝道文学对后世文学的影响。④ 林仁昱博士学位论文搜集了阐扬孝道的歌辞,如《父母恩重赞》《十恩德》《孝顺乐》《十二时行孝文》《白侍郎作十二时行孝文》等,并对写本情况、体裁、体制、内容等进行概述。⑤

大陆学者也关注到敦煌文学及文献中的孝亲问题。如李小荣《变文讲唱与华梵宗教艺术》"以孝为本的儒家思想"重点探讨了敦煌变文对孝道的提倡,对较具代表性的敦煌变文中的孝亲思想进行阐释。⑥ 类似的论文还有李晓明《试论敦煌歌辞中的孝道》⑦《试论敦煌变文中的孝道》⑧。张亚宁则梳理了表现孝亲思想的敦煌佛教文献。⑨ 汪国林以敦煌残卷S.5588为主要考察对象,结合敦煌变文来阐释敦煌佛教俗文学中的孝亲思想,并分析出现的原因。⑩ 以上论文为本书有关敦煌文学孝道观及佛教对孝道的提倡等问题的研究提供了思路,具有较高的参考价值。

在孩子的教育、产育习俗方面,台湾学者早就开展了此方面的研究。郑阿财、朱凤玉校录、整理敦煌童蒙读物写卷,并对敦煌学校教育等展开了全面系统

---

① 史成礼:《敦煌遗书中婚、孕、育的文化现象》,《敦煌研究》副刊1996年第1期。
② 罗宗涛:《敦煌变文社会风俗事物考》,文史哲出版社,1974年,第115—128页。
③ 潘重规:《从敦煌遗书看佛教提倡孝道》,《华冈文科学报》1980年第12期。
④ 郑阿财:《敦煌孝道文学研究》,石门图书公司,1982年。
⑤ 林仁昱:《敦煌佛教歌曲之研究》,佛光山文教基金会,2003年。
⑥ 李小荣:《略论敦煌变文中的孝亲思想》,《盐城师范学院学报》2000年第2期。
⑦ 中国历史文献研究会编:《历史文献研究》2002年总第21辑。
⑧ 董恩林、赵国华主编:《中国古代历史文化研究论集》,华中师范大学出版社,2002年。
⑨ 张亚宁:《论敦煌佛教文献中的孝亲思想》,《敦煌学辑刊》2009年第3期。
⑩ 汪国林:《试论敦煌佛教俗文学中的孝亲思想——以S.5588敦煌残卷为考察重点》,《乐山师范学院学报》2011年第7期。

的探讨。① 而梁丽玲爬梳敦煌文献,探讨唐五代妇女孕产习俗和信仰及护童信仰,解除儿童病痛之方等。② 这些研究成果对本书思路的拓展有很大帮助。

目前与产育民俗关联较大的学位论文主要有台湾锺佩嬑博士论文、高嘉琪硕士论文。锺佩嬑针对孕产民俗与文学两部分展开论述,前者侧重妊娠禁忌、胎神运行规律及安胎法术、生产民俗和禁忌、追溯胎教思想的演变,后者主要着力于探讨描述孕产之苦的讲唱歌谣和说唱,分析棺中产子故事的文化意蕴。③高嘉琪则从儿童史角度来分析研究唐代父母生育、养育、教育儿童的情况。④

此外,有一些单篇论文涉及敦煌文献中产育民俗研究,也值得参考。如李翔、马德从宗教角度探索《佛顶心观世音经》等佛经在治病救产难方面的运用;阿依先从文本分析角度讨论了难月愿文所表现的民众祈福信仰及吞符救产现象等。⑤

以上就所涉及的唐代产育问题及与敦煌文学作品中产育民俗相关的主要论著进行简略回顾,而具体问题的研究状况将在每一章节的引言做进一步交代,少量在文中夹述。就目前学界对妇女产育民俗、敦煌文学中的产育民俗的研究情形来看,无论是从史学、民俗学抑或敦煌学角度,都取得了丰硕的成就,当然也存在一些不足。

首先,关于产育问题的史学研究多运用史料资料统计、人口统计等方法,以阶层或地域类别为研究对象,侧重研究妇女生育年龄、密度、数量、死亡率或男女比例等客观层面的问题,研究视角较为单一。

其次,产育民俗的研究多聚焦在生殖崇拜、民间禁忌、礼俗庆贺等层面的通论性介绍,并未与妇女生活、社会文化背景等相结合进行深入挖掘。在开展古今生育民俗的通史探讨时,多为中原地区普遍存在的生育现象探索,缺乏新意。

---

① 郑阿财、朱凤玉:《敦煌蒙书研究》,甘肃教育出版社,2002年,第1—453页;郑阿财、朱凤玉:《开蒙养正——敦煌的学校教育》,甘肃教育出版社,2007年,第1—147页。
② 梁丽玲:《敦煌文献中的孕产习俗与佛教信仰》,《敦煌吐鲁番研究》2015年第15期;梁丽玲:《敦煌文献中的护童信仰》,《2013敦煌、吐鲁番国际学术研讨会论文集》,2013年,第295—309页。
③ 锺佩嬑:《传统孕产民俗及文学作品之研究》,台湾花莲教育大学民间文学研究所博士学位论文,2008年。
④ 高嘉琪:《生育、养育、教育——唐代育儿文化研究》,台湾中兴大学历史学研究所硕士学位论文,2008年。
⑤ 李翔、马德:《敦煌印本〈救产难陀罗尼〉及相关问题研究》,《敦煌研究》2013年第4期;阿依先:《祈佛求道、护佑诞生——以敦煌〈难月〉诞育愿文为中心》,《敦煌学辑刊》2007年第2期。

同时，其以民俗为研究轴线，或涉及神话传说中的民俗，或涉及社会人口发展问题，稍显庞杂。

最后，对于敦煌文学所描写的产育现象的研究，学界多把它作为探讨敦煌相关民俗的资料加以征引，对文学文本本身的挖掘力度不够。有些学者关注到敦煌文学作品中的某一产育习俗，如求子、孕产、护童等习俗，而对父母养育子女过程的其他相关习俗关涉较少，缺乏全面、整体的深入探究。简而言之，对敦煌文学中的产育现象的梳理及其相关民俗的挖掘尚缺乏系统、全面的研究，并未出现专题研究。

四、研究目的及总体构想

因为研究视角的不同，各学科研究侧重点稍有不同。在前贤研究基础上，本书的研究目的是在阐明敦煌文学与民俗、佛教的关系，立足敦煌文学产育题材文本，分析敦煌讲经文、变文、歌辞、诗歌、愿文等所描写的产育现象，挖掘其中所蕴含的民俗意蕴，试图勾勒敦煌文学所呈现的父母求子、孕子、产子、育子等某些场景，厘清滋生这些作品的敦煌佛教、儒家文化、道教、民俗文化背景，论证敦煌产育题材文学对后世俗文学的影响及其独特的文学史、民俗史价值。

传世典籍几乎鲜见有关妇女产育生活的相关记载。中古时期夫妇孕、产、育子女的生活场景早已成为历史，幸亏敦煌文学深受佛教的影响，而佛教对孝道的倡导，必然使得民间妇女产育子女题材在敦煌文学中有大量的描写。

透过这些文学文本所描述的产育现象，我们试图以夫妇从婚后求子、孕子到操办子女婚嫁过程中较为重要和典型的一些生活场景作为讨论对象，挖掘其中的民俗文化意蕴。据此，本书按照夫妇婚后求、孕、产子直至抚养子女长大成家的线索展开讨论，主要以文学文本所表现的产育现象为主，注重文本细读分析，深度挖掘其中民俗文化。通过阐释文学意蕴，挖掘其中所表现的民俗现象，与壁画、绢画等图像，医药文献等进行互证、参证，以求重现中古时期妇女生儿育女生活的些许场景。

做此构架，主要有三点缘由：一是以表现父母，尤其母亲抚养子女成长的艰辛。二是此过程始于父母婚后求子，终于子女成人后父母择媳时对女子生殖能力的考虑，以此进一步凸显子嗣对妇女的重要性。三是此过程是父母花费大量精力照顾子女的阶段，自其成家之后，子女逐渐开始反哺、赡养父母，意味着家庭中新一轮的孕、产、育子生活的循环,生生不息,世代相传。

同时,父母抚养子女的前提必须是女子有孕在身,所以社会上存在大量婚后无子求孕的现象,对此现象的探索,可以说是本论题开展的基础。本书重点在于妇女生产及养育过程。因为妇女分娩意味着新生命的诞生及妇女角色的转变,而产后养育过程更是漫长和艰辛无比,因为儿童不同的成长阶段,父母关注的重心及其所承担的责任、所付出的心力各有侧重,所以按照子女成长阶段,择其要点讨论。为了诠释敦煌文学与佛教的关系,本书把世俗社会妇女孕、产、育子等场景中的要点与佛经中常言的十种恩德相联系。如孕中苦楚、孕中禁忌、分娩、襁褓婴儿护理、嬉戏看护、心忧远行,以及操办子女婚事、甘愿承受因儿女婚事杀生所致的沉沦之苦等。可以说,敦煌文学之所以涉及大量的妇女产育题材,是因为深受佛教孝道观的影响,所以本书有必要对佛教对孝道的倡导问题进行探讨。最后一章对敦煌产育题材文学形成的思想、文化背景,敦煌文学大量表现产育题材的原因,敦煌产育题材文学对后世俗文学的影响及其在中国文学史、民俗学史及妇女儿童生活史上所具有的价值等问题进行系统阐述。

第一章　敦煌产育题材文学作品概况

纵观敦煌文学作品写卷,有关妇女产育生活的描写是大量存在的。这些作品既生动形象、事无巨细地表现了夫妇无子求嗣的场景及祭祀神灵的虔诚,也表现了妇女怀孕时的艰辛及其所遵守的孕期禁忌、胎儿在母体中的逐月发育情况,产前祈福活动、分娩现场、分娩和难产时的痛感,对幼子哺育抚养的日常生活点滴、婴童外出嬉戏时的盼归情景、病中护理场面、家庭教育、对游子外出的担忧,以及对儿女婚姻大事的操办等情景。不仅如此,敦煌文学甚至反映出了妇女生产或抚养过程中儿童夭折时的处理情景。这些情景如此生动、详细,是古往今来中国文学史上较为罕见的。从某种程度上说,敦煌文学弥补了文学史上有关妇女怀孕分娩、抚养孩子成长生活描写的空白,具有不可忽视的重要性和文化意义。

敦煌文学对妇女怀孕、产子、养育子女等生活场景的描写主要集中在讲经文、变文、歌辞、诗文、话本、斋愿文等。日本金冈照光《敦煌出土文学文献分类目录解说》将敦煌文学文献分为讲唱体类、散文体、韵文体[①],《敦煌の文学文献》沿袭了这一分类方法[②]。郑阿财把敦煌佛教文学划分为韵文类、散文类和讲唱体类。[③] 本书所研究的描写妇女产育生活的敦煌文学文本多与佛教存在密切关系:或敷衍佛经而来,或表现佛教思想观念,或为佛教斋会上所用文本等。正是因为研究对象与佛教的密切联系,再参照金冈照光、郑阿财分类标准,下面我们分别从韵文类、散文类、讲唱体类三方面对涉及妇女产育题材的文学文本简略予以介绍。

---

① [日]金冈照光:《敦煌出土文学文献分类目录解说》,东洋文库敦煌文献研究委员会,1971年。
② [日]金冈照光:《敦煌の文学文献》,《讲座敦煌》第9册,大东出版社,1990年,第7页。
③ 郑阿财:《敦煌佛教文学》,甘肃教育出版社,2013年,第32页。

第一节 韵文类

韵文是指主要采用押韵形式而形成的语言文学作品,诗、词、曲等都属此类,在中国古代文学中占主流。在敦煌文学中,韵文文本主要有歌辞、诗歌。浓墨重彩地描写妇女产育生活的韵文,主要以歌辞《报慈母十恩德》《父母恩重赞》为主。《九想观诗》、王梵志诗也涉及妇女的产育生活。

一、歌辞

歌辞,在佛教中主要是指赞,佛教徒在举行讲经等宗教仪式时常用歌辞来赞叹佛菩萨,根据内容大致分为净土宗的赞、禅宗的赞、一般的赞。① 涉及妇女产育题材的敦煌歌辞主要有一般歌辞和禅宗歌辞两大类。

(一)一般歌辞

为了宣传教义、弘法,劝导众人行孝,释门子弟常常采取歌辞形式歌咏父母养育子女的十种恩德②:怀躬守护、临产受苦、生子忘忧、咽苦吐甘、乳饱养育、回干就湿、洗濯不净、造作恶业、远行忆念、究竟怜悯。十恩德是对母亲从怀胎十月、临盆、喂乳、洗濯,到婚嫁、远行等生育、养育恩情的概括和浓缩。十恩德,从字面意思来看,似乎是指来自父母的十大恩德,实际偏重于母亲对孩子的怀胎生育、喂养等恩德。这与妇女养育孩子、照看家庭的社会分工,以及母亲怀胎之苦、生产之痛、喂养艰辛等难以磨灭的人生经历分不开,也与自妊娠之时起,腹中子就成了母亲的生活重心有关。可以说,佛教所谓的十恩德,正是源自俗世生活中妇女孕、产、育、教子等过程中的点滴琐事,但这些却是母亲养育孩子过程中付出心血较多和全身心爱子的体现。佛教徒将其从生活中提炼并归纳为父母对子女的十种恩德。

---

① 《敦煌佛教文学》,第56页。
② 凡本书的歌辞引文皆以何剑平、张长彬校理本为底本,参校项楚匡补,以下不再说明,仅注明参校本及页码。任中敏编著:《敦煌歌辞总编》中册,何剑平、张长彬校理,凤凰出版社,2014年,第477—478页;项楚:《敦煌歌辞总编匡补》,巴蜀书社,2000年,第70—74页。

敦煌写卷中以父母十恩德为内容的体裁主要有歌辞、变文。有关十恩德的研究,郑阿财曾网罗了十五个关于《十恩德赞》的写卷,一一校录并探究其起源、体制及其对中国俗文学的影响。① 同时,他对倡导孝道的歌辞《父母恩重赞》也进行校录工作。② 高国藩、高启安等人都有《十恩德》的相关研究成果。③

歌辞对十种恩德逐首歌咏,朗朗上口,易于听众记诵和传播。每一种恩德,以恩德名为题,每题一首,全面细致地铺排渲染,使得每种恩德都深入人心、感人肺腑。代表作有释愿清《报慈母十恩德》《父母恩重赞》《孝顺乐》等。

1.《报慈母十恩德》

《报慈母十恩德》,任半塘据诸本所题,以十恩德为调名拟此题名,并将此曲列为普通联章歌辞。题名之意是奉劝子女报答慈母十种恩德。任半塘把敦煌歌辞分为杂曲-云瑶杂曲子、杂曲-只曲、杂曲-普通联章、杂曲-重句联章、杂曲-定格联章、杂曲-长篇定格联章、大曲七类。④ 所谓的联章是指几组歌辞形式相同,内容连贯。

此组歌辞共十首,每首歌颂一种恩德。现存写卷有 S.289、S.4438、S.5564、S.5573、S.5591、S.5601、S.5638、S.5687、S.6270、S.6274、P.2843、P.3411 等。这组歌辞依次歌唱十种恩德,描绘了一幅幅母亲怀胎、分娩、咽苦吐甘、以乳汁喂养孩子、睡觉时回干就湿、为儿洗濯脏污、为儿女婚事操劳、儿行在外母牵肠挂肚等画面,把母亲养育子女的身心劳累生动形象地描摹出来。

歌辞以叙事手法铺排母亲产育生活中的点滴,使得母亲爱子之情深入人心。整组歌辞构成了一系列生动、连贯有序的怀子、产子、育子的鲜活生活情景。最后以"究竟怜悯恩"总结全辞,指出纵使时光流逝,父母都永远怜爱子女,强化子女深受父母恩德的观念。《报慈母十恩德》题名点出了整组歌辞的主旨在于赞扬母亲对子女的十种恩德,细致、传神的描写显得真实感人,从而感染众生,倡导世人行孝。

释愿清,俗姓梁,法名通惠,唐末五代归义军时期沙洲敦煌净土寺僧人。弟

---

① 郑阿财:《孝道文学敦煌写卷〈十恩德赞〉初探》,《华冈文科学报》1981年第13期。
② 郑阿财:《孝道文学敦煌写本〈父母恩重赞〉校录》,《木铎》1980年第9期。
③ 高国藩:《论敦煌写本〈十恩德〉》,《南京大学学报》1987年第4期;高启安:《〈十重深恩〉与敦煌曲子辞〈十恩德〉〈十种缘〉〈孝顺乐〉》,《敦煌研究》1991年第1期。
④ 任二北校:《敦煌曲校录》,上海文艺联合出版社,1955年;任二北:《敦煌曲初探》,上海文艺联合出版社,1954年。

道琳为沙州灵图寺僧人,曾任法律、释门僧政兼阐扬三教大法师赐紫沙门等僧官,北宋建隆三年(962)升为释门都僧统。清泰二年(935)四月在父亲梁幸德遇难后,梁愿清、其弟道琳继其父业修建完莫高窟第36窟。完工后,道琳撰P. 3564《莫高窟功德记》叙述重修佛龛事,述其功德。①

既然出自释愿清之手,此组歌辞自然少不了佛教徒的劝导说辞意味。"报恩十月莫相辜,佛且劝门徒""劝君问取释迦尊,慈母报无门""善男善女审思量,莫教辜负阿耶娘"②等都流露出佛教徒劝导世人行孝的主旨。

在铺排描写十恩德时,歌辞多使用比喻、夸张等修辞手法,灵活地切换叙事视角,使得分娩时的危险及母亲为儿甘愿倾其所有的牺牲精神跃然纸上,感人不已。如"苦哉母腹似刀分,楚痛不忍闻。如屠割,血成盆"③,从产妇的视角描写了腹如刀割的痛感,转而从旁人的听觉角度写产妇分娩时疼痛难忍的叫声,不忍听闻,最后从视觉角度写分娩现场的情景。"阿娘腹肚似刀剜,寸寸断肠肝"④运用比喻、夸张手法写母亲分娩时肝肠寸断般的痛感,形象逼真。

2.《父母恩重赞》

与《报慈母十恩德》一样,《父母恩重赞》也是佛教徒倡导世人行孝的歌辞,目前可知有两种写本:S.126、S.2204。任半塘根据首句"父母恩重十种缘"拟调名为"十种缘",以便与《报慈母十恩德》调名"十恩德"并行,每首叶"缘"字韵,每首辞尾以"菩萨子"和声。歌辞以佛家口吻,通过咏唱母亲怀胎、产子、育子过程中的十种恩德,奉劝道场边的听众行孝。整组歌辞共十三首,前十首逐一歌唱十种恩德,后三首以申"佛道"⑤,流露出佛家倡导孝道的创作主旨。从整套歌辞的结构来看,很明显,父母的十种恩德被作为了宣扬佛道教义的例证。因为父母养育子女的十种恩德具有世俗性和普适性,对于俗家弟子而言具有较强说服力,易于达到说教目的。第十一首首句"忧愁烦恼道场边"⑥点明了歌辞运用的场合,此"道场"是佛教道场。这从最后一首歌辞内容可以看出:

---

① 有关释愿清及其家族事迹可参看郑炳林、梁志胜:《〈梁幸德邈真赞〉与梁愿清〈莫高窟功德记〉》,《敦煌研究》1992年第2期。
② 《敦煌歌辞总编》中册,第477—478页。
③ 《敦煌歌辞总编》中册,第477页。
④ 《敦煌歌辞总编》中册,第477页。
⑤ 《敦煌歌辞总编》中册,第490页。
⑥ 《敦煌歌辞总编》中册,第489页。

烧香礼拜归佛道,愿值弥勒下生年。各自虔心礼贤圣,此是行孝本根源。①

皈依佛道的方法有烧香拜佛、虔诚礼佛。"贤圣"当指佛家菩萨,这指出诚心礼佛也是行孝的根源所在。这就把皈依佛道与世俗行孝紧密结合起来。

歌辞运用比喻修辞来表达产妇分娩时局面的凶险及母亲用乳汁哺育孩子的情形,形象生动,富有文采。其中,"命如草上露珠悬"②用比喻修辞写出产妇分娩时命悬一线的危急局面,"如饧如蜜与儿餐"③用饧糖形象地比喻母亲乳汁的甘甜美味。

3.《孝顺乐》

题名为"孝顺乐赞"的写卷有 P.2843、P.3934、P.4560,三件写卷内容相同,文字略有不同。该组歌辞共十二首,第一首和最后一首分别作引子、结语之用,每首辞末尾以和声辞"孝顺乐,孝顺乐,孝顺阿耶娘,孝顺乐"结尾,所以任半塘拟调名为"孝顺乐"。

歌辞中的第二首至第十一首也是对母亲怀胎、分娩、咽苦吐甘等十种恩德情形的咏叹,是对母亲怀胎直至孩儿成人生活点滴的描写。如第一首"阿娘日夜数般灾,日夜只忧分离去,思量争不泪潸潸"④写出母亲怀孕时日夜的煎熬、对分娩的忧思状态。从医学角度来说,因孕期激素水平的变化,孕妇情绪很不稳定,容易胡思乱想,加之身体上的不适,确实容易出现激动、流泪、性情大变等情绪波动。歌辞运用通俗语言,通过对整个孕期、抚养孩子成长过程的细腻描写,叙说子女身负母亲深恩,紧扣主题,劝说众人孝顺父母。

《孝顺乐》也是运用于道场奉劝众生行孝的歌辞。第一首歌辞"道场今日苦相劝,是须孝顺阿耶娘"⑤带有很强的纪实性,既指出歌唱歌辞的时间、地点,也表明歌辞的功用在于劝导众人孝顺双亲,点出了歌辞的主旨。

纵观以上三组歌辞,或是演绎源自民间信徒间所流传的署名"姚秦三藏法师鸠摩罗什奉诏译"的伪经《佛说父母恩重难报经》,或本自敦煌写卷 P.3919《佛

---

① 《敦煌歌辞总编》中册,第 489 页。
② 《敦煌歌辞总编》中册,第 489 页。
③ 《敦煌歌辞总编》中册,第 489 页。
④ 《敦煌歌辞总编》中册,第 492 页。
⑤ 《敦煌歌辞总编》中册,第 492 页。

说父母恩重经》,而非《大藏经》所收录的署名"后汉沙门安世高译"的《佛说父母恩重难报经》。①

这些歌辞对十种恩德的描写无疑和歌颂父母恩德的讲经文所描写的妇女产育情景相互呼应,描写相当出色,具有较强的感染力。尽管三组歌辞都是敷衍母亲怀胎分娩、辛苦养育孩子成人的十种恩德,但三组歌辞所表现的侧重点稍有不同。

《报慈母十恩德》为了清晰、具体地诠释每种恩德的含义,注重较为全面、细致地描摹一幅幅情景画面,以便听众对父母的十种恩德有清晰的认识和理解。虽然此组歌辞也有佛教徒劝说痕迹,但大部分笔墨仍是在全面诠释十种恩德,而后两组辞却显然有所不同,带有很明显的道场讲唱痕迹。《父母恩重赞》和《孝顺乐》旨在奉劝众生行孝,罗列十种恩德只是为了强化众生有义务反哺、孝顺父母的观念。

《父母恩重赞》《孝顺乐》抓住每种恩德中的某一细节进行生动形象的描写,描写较为细腻,使得每种恩德直观形象,颇具感染力。如咏叹乳哺养育恩时,《父母恩重赞》"一日二升不屡餐,一年计乳七石二"②用数量词"二升""七石二"将婴儿日、年的食量具体化,使得母亲乳汁的出产量显得直观形象,将母亲以乳汁喂养儿女乃至身体焦干的状态呈现在听众面前,很好地诠释了乳哺养育恩德的深重,使人印象深刻。《孝顺乐》第七首"十指冻来疑欲落,阿娘日夜转焦干"③,从母亲的视角并运用夸张手法,写寒冬腊月为孩子洗濯污衣时,冷水冻手之感。

4.《三嘱歌》

《三嘱歌》,现存三首,失题失调名,任半塘拟此题名,现可知有写卷 S.2702。本歌辞由发愿祝愿父母万福,进而求兄弟和睦,最后引申到劝导众人善待牲畜。其性质属于劝善主题的赞呗歌辞,或许是作为帝释故事俗讲过程中的插曲使用。④ 其中,第一首描写父母养育之恩,尤其是母亲的怀胎、乳汁喂养之苦:

---

① 项楚:《敦煌变文选注》(增订本),中华书局,2006 年,第 1438 页注 1。
② 《敦煌歌辞总编》中册,第 489 页。
③ 《敦煌歌辞总编》中册,第 493 页。
④ 冷江山:《敦煌写卷 S.2702〈经名经集解〉卷背诸内容之关联性分析》,《敦煌研究》2015 年第 2 期。

第一嘱甚嘱,发愿耶娘长万福。十月怀躬受苦辛,乳哺三年相养畜。貌堂堂,仁义足。可中五逆甘采□,死了掇头入地狱。①

此首分上下片,格调分别为"五七七七""三三七七",共四十六字,缺一字。上片主要通过十月怀胎、乳哺养育恩德述说父母养育子女的不容易;下片则用死后入地狱来警醒仪表堂堂的孩子不可忤逆父母,颇有劝孝意味。结合其他两首来看,这组曲子道德劝善色彩较为浓郁。"掇",《说文》释为"拾取也"②,音同"刹"。或许歌辞中"掇头"正是指死后刹头之刑。

(二)禅宗歌辞

在佛教各宗派中,禅宗,尤其是南禅宗创作并使用相当多的歌辞来传法、悟道、体道等,其中,尤以"十二时""百岁篇""五更转""行路难"最为著称。

1.《普劝四众依教修行》

歌辞《普劝四众依教修行》,现存写卷P.2054、P.2714、P.3087、P.3286、Φ319＋Φ361＋Φ342、上博48(28),前四件是专门抄写本辞的"专写本",后二者是用于演艺意图应用文性质的"汇写本"。③

"十二时"为调名,体裁为长篇定格联章,P.2054题记署名智严所作。此套曲子共一百三十四首,分十三段,前按十二时,分为十二段,共一百二十八首,最后六首总结全曲。每一组的格调为"三三七七七",五句,共二十七字。歌辞后有题记二则:"同光二年,甲申岁蕤宾之月,蕣雕二叶,学子薛安俊书";"信心弟子李吉顺,专持念诵　劝善。"④同光二年甲申(924)为净土寺学郎薛安俊抄写此卷的时间。从第二则题记可知,俗家弟子李吉顺曾采用此歌辞用以劝善。

所谓十二时,就是把一天二十四小时分为十二个单位,每一单位为一时辰,分别以十二地支名之。以此命名之歌辞一般分为十二章,每章一首,也可变格为几首,甚至十几首,如《普劝四众依教修行》每章所咏长短不一,八首、九首、十首、十二首、十三首不等。除了此套曲子之外,敦煌文学中以"十二时"为调名的

---

① 《敦煌歌辞总编》中册,第653页。
② 〔汉〕许慎撰:《说文解字注》,〔清〕段玉裁注,上海古籍出版社,1981年,第605页。
③ 郑骞、瞿萍:《写本学视阈下的敦煌文学生产与传播——以佛教歌辞〈十二时 普劝四众依教修行〉为例》,《云南师范大学学报》(哲学社会科学版)2017年第5期。
④ 郑阿财:《敦煌写卷定格联章"十二时"研究》,《木铎》1984年第10期。

作品还有《十二时行孝文》《禅门十二时》《维摩五更转十二时》《发愤长歌十二时》《圣教十二时》《太子十二时》《法体十二时》《学道十二时》等。

智严,因见于 P.2054 卷末"智严大师十二时一卷",历来备受学者们关注,亦颇多争议。王重民认为智严是唐代中和年间不大有名的和尚①;饶宗颐推测智严是郮州开元寺观音院的法律僧,曾往西天求法②;任半塘则认为当时名僧智严并非作者,作者是河湟陷蕃时期的西北人③;林仁昱根据上博 48 题记认为本辞是由智严作于沙州的敦煌本地"土产"佛教歌曲④;买小英根据俄藏本题记"辛亥年正月八日学郎米定子自写之耳也",认定俄藏本是时人应时所作抄本⑤;张长彬认为智严只是本歌辞的传播者⑥;郑骥、瞿萍根据上博 48 写本卷末题记"时当同光二载三月廿三日,东方汉国郮州观音院僧智严,俗姓张氏,往西天求法,行至沙州,依龙光[兴]立寺憩歇一两月说法,将此《十二时》来留教众,后归西天去展[辗]转写取流传者也",断定智严可能是本歌辞的作者,也可能是把歌辞从郮州传至敦煌的传播者⑦。从以上论断来看,智严与本歌辞关系密切是毋庸置疑的,或系本歌辞作者,或系传播者。但无论如何,可以肯定的是,智严对《十二时·普劝四众依教修行》在敦煌地区的流传上起到了关键作用。

全辞或演绎佛陀故事,或提醒佛教徒持守律戒、潜心修道,或描绘形形色色的人生,奉劝世人看破红尘,趁早觉悟,皈依修行。其中,第一百二十四首描写了孕妇之悲:

> 悲孕妇,日将至,停烛焚香告天地。性命惟忧顷刻间,浑家大小专看待。⑧

---

① 王重民:《说〈十二时〉》,《申报·文史》1948 年第 22 期,转引自郑阿财等《中国敦煌学百年文库·文学卷》(一),甘肃文化出版社,1999 年,第 479—481 页。
② 饶宗颐:《敦煌曲》,《饶宗颐二十世纪学术文集》(卷八),中国人民大学出版社,2009 年,第 474—475 页。
③ 《敦煌歌辞总编》下册,第 1007 页。
④ 林仁昱:《敦煌佛教歌曲之研究》,佛光山文教基金会,2003 年,第 288 页。
⑤ 买小英:《俄藏本〈十二时普劝四众依教修行〉校勘和研究》,《兰州大学学报》(社会科学版)2002 年第 3 期。
⑥ 张长彬:《〈十二时普劝四众依教修行〉及其代表的敦煌宣传文学》,《敦煌研究》2015 年第 2 期。
⑦ 《写本学视阈下的敦煌文学生产与传播——以佛教歌辞〈十二时 普劝四众依教修行〉为例》,《云南师范大学学报》(哲学社会科学版)2017 年第 5 期。
⑧ 《敦煌歌辞总编》下册,第 1055 页。

此首属子时十首之六,叶"子"韵,歌辞歌唱人间五悲:囚徒、病人、孕妇、孤孀、行人的生活苦楚。此首用叙事手法描绘了孕妇产期将近,举家焚香祷告平安分娩及分娩时家人的看护情形。"顷刻间"把孕妇分娩命悬一线的危急及家人对临产的恐惧,祈求神灵庇护的急切心态传神地表达出来。

有关《普劝四众依教修行》的研究,可参看郑阿财《敦煌写卷定格联章"十二时"研究》和《唐代佛教文学与俗曲——以敦煌写本〈五更转〉、〈十二时〉为中心》[1]、买小英《俄藏本〈十二时普劝四众依教修行〉校勘和研究》、张长彬《〈十二时普劝四众依教修行〉及其代表的敦煌宣传文学》、郑骥、瞿萍《写本学视阈下的敦煌文学生产与传播——以佛教歌辞〈十二时普劝四众依教修行〉为例》等。

2.《白侍郎作十二时行孝文》

写卷 P.3821 题名为"十二时行孝文"的作品较多,其中很多作品内容并未涉及孝道,主题与题目"行孝"不符。如任半塘拟题作"咏史"的作品,十二首,分十二时辰依次罗列历史人物,如干将、伍子胥、巢父、许由、神农、孔子、王莽、荆轲、齐晏、萧何、张良等的故事、传说;拟题作"禅门"的作品,以劝人明了四大假合的空性,以求明心见性为创作主旨;拟题作"发奋勤学"的作品,其内容以劝人勤奋向学为主,并援引朱买臣、匡衡、苏秦等人的故事。P.3821 作为敦煌教学或学习之用的小册子[2],抄写如此多的"十二时""百岁篇"歌辞也是为教学、传播知识之用。

《白侍郎作十二时行孝文》,现存写卷 P.3821、上博 48(41379),任氏拟题作"十二时行孝文",共十二首,体裁为定格联章,"三七七七"句式,以十二时辰领起,描述劝诫众人侍奉双亲的具体做法。歌辞所写都是日常生活中的琐事,如"早起堂前参二亲,处分家中送菽水"就是告诫众人早起向父母问安。其中,"菽水",是粥水的合称,用来孝养父母的食物。《礼记·檀弓下》"啜菽饮水尽其欢,斯之谓孝",郑玄注:"菽,大豆","熬豆而食曰啜菽。"孔颖达疏:"啜菽饮水,以菽为粥,以常啜之。饮水,更无余物,以水而已。虽使亲啜菽饮水,尽其欢乐之情,谓使亲尽其欢乐,此之谓孝。"[3]"菽水"后来成了晚辈对长辈孝养的代名词,并被

---

[1] 郑阿财:《唐代佛教文学与俗曲——以敦煌写本〈五更转〉、〈十二时〉为中心》,《普门学报》2004 年第 20 期。
[2] 伏俊琏等:《敦煌文学总论》(修订本),上海古籍出版社,2019 年,第 205 页。
[3] 〔汉〕郑玄注:《礼记》,〔唐〕孔颖达疏,〔清〕阮元校刻《十三经注疏》本,中华书局,1980 年,第 1310 页。

后世文学作品广为引用。① 歌辞为了增强说服力，以母亲乳哺恩、回干就湿恩为例来说明行孝是众生不可推卸的责任。在这里，父母恩德成为劝说世人行孝的强有力的证据。

白侍郎，即白居易，于唐文宗大和二年（828）任刑部侍郎，时人酬赠多称白侍郎。任半塘、徐俊用刘禹锡诗"才子声名白侍郎"、《字宝》所附《白侍郎寄卢协律》诗"晓眉歌得白居易"引证白侍郎即白居易。② 这是可信的，但白侍郎是否就是此歌辞的作者，仍存在疑惑。王重民、徐俊认为此歌辞是托名之作。不仅如此，徐俊认为此歌辞的托名可能发生在其在敦煌流传过程中。③

其实，为了图书的流传和保存，自先秦时期起托名现象就已经屡见不鲜。如《易经》《神农本草经》《黄帝内经》《周礼》《管子》分别托名伏羲、神农、黄帝、孔子、管仲所作。随着图书出版事业的蓬勃发展，书商为追求利益最大化，不惜在图书上冠上名人名字，这使得很多名流被托名了，如东方朔、陶渊明等。元稹、白居易在文学史上也是常见的被托名的人物。元稹在《白氏长庆集》序中提到"扬、越间多作书模勒乐天及予杂诗，卖于市肆之中"④，针对这种情况，白居易在会昌五年（845）文集后记中特别强调："若集内无，而假名流传者，皆谬为耳。"由此可知，托名白居易的作品在当时已经相当泛滥，给作者造成了困扰，以至需在文集后记中特别声明。结合中原地区白居易被托名的现象及其所倡导的新乐府通俗文风的创作主张，为了促使作品的传播，《白侍郎作十二时行孝文》确实可能是敦煌文人托名白居易之作。

除了此歌辞，敦煌写卷中署名白侍郎的作品还有《白侍郎蒲桃架诗》、附 P.2633《崔氏夫人训女文一本》末的《白侍郎赞》、附于 S.619、S.6204、P.3906《字宝》的《赞〈碎金〉》及《寄卢协律》诗。

3."百岁篇"

定格联章曲调除了"十二时"之外，"百岁篇"也是较为重要的调名之一。"百岁篇"是以十年为单位，从十岁到百岁把人生分为十段，分别用十首歌辞联

---

① 拙文《"吃豆腐（饭）"丧葬活动探析》，《中原文化研究》2019年第2期。
② 《敦煌歌辞总编》下册，第827—828页；徐俊：《敦煌伯3597唐诗写卷辑考——兼说"白侍郎"作品的托名问题》，《文献》1995年第3期。
③ 《说〈十二时〉》，《申报·文史》1948年第22期，转引自《中国敦煌学百年文库·文学卷》（一），第479—481页；张金泉：《论敦煌本〈字宝〉》，《敦煌研究》1993年第2期；《敦煌伯3597唐诗写卷辑考——兼说"白侍郎"作品的托名问题》，《文献》1995年第3期。
④ 〔唐〕白居易撰：《白氏长庆集》，文学古籍刊行社，1955年，第8页。

成一套曲子,来歌唱从出生到死亡过程中人生的某些重要经历。敦煌歌辞以"百岁篇"为调名的作品有《丈夫》《女人》《池上荷》《缁门》等。"百岁篇"是敦煌地区人们喜闻乐见的音乐文学形式。① 有关"百岁篇"歌辞的研究,可参看郑阿财《敦煌写本定格联章"百岁篇"研究》②、王志鹏《从敦煌联章歌辞看佛教对民间歌唱体式的吸收与发展》③等。

这些歌辞在描写父母对年少孩子养育看护的同时,也对孩子童年生活的快乐有所表现。如 S.2947、S.5549、P.3821《丈夫》"弟兄如玉父娘夸,平明趁伴争毯子,直到黄昏不忆家"④,流露出父母对孩子的珍视,也表现了孩童快乐玩耍的幸福时光。S.1588、P.3361《池上荷》"珠弹近追黄雀年,玉襁初□青春日"⑤,对仗工整,先咏十一岁猎场弹弓追黄雀的豪举,再倒咏一岁婴儿时的摇篮生活。

此外,S.1497、S.6923、P.4785《须大拏太子度男女》采用"三问三劝"的三叠式演唱,以须大拏劝导儿女脱离世俗羁绊为主要内容。其中,以父母口吻歌唱了孩子七八岁前各个年龄段的成长发育特点:"一岁二岁耶娘养,三岁四岁弄婴孩,五岁六岁学人言,七岁八岁辨东西。"⑥此组歌辞演绎须大拏太子舍男女事,以西秦沙门圣坚译《太子须大拏经》所载最为详细。虽是源于佛教本事,涉及儿童成长的描写无不与世俗生活贴近。

二、诗歌

与歌辞从佛门弟子劝孝角度全面系统地铺排十种恩德,详细生动地表现妇女产育生活不同,诗歌更多地从世俗生活的角度表现胎儿发育、童子嬉戏等生活情景,从而达到奉劝众人侍奉双亲的创作主旨。限于篇幅原因,诗歌对产育过程的描写多侧重在某一片段或细节上。

根据诗歌所表达的思想主题的不同,我们把这些诗歌分为表现佛门思想的九想观诗、表现俗世生活的王梵志诗两类。

---

① 《敦煌文学总论》(修订本),第 207 页。
② 郑阿财:《敦煌写本定格联章"百岁篇"研究》,《木铎》1987 年第 11 期。
③ 王志鹏:《从敦煌联章歌辞看佛教对民间歌唱体式的吸收与发展》,《中国诗歌研究动态》2008 年第 1 期。
④ 《敦煌歌辞总编》下册,第 830 页。
⑤ 《敦煌歌辞总编》下册,第 845—846 页。
⑥ 《敦煌歌辞总编》中册,第 502 页。

（一）《九想观诗》

《九想观诗》，又作《九相观诗》，以佛教九种观想为题，吟诵人身九种不净相，依次描写了人生所需经历的九种状态：婴孩、童子、盛年、衰老、病患、死亡、尸首膨胀、腐烂，乃至白骨的相貌。现所见写卷有 S.6631、P.3022、P.3892、P.4597、上博 48(41379)、Дx.3018，可分为五大系统：

1. S.6631

此为卷子本，《九想观诗》首尾俱全，首题"九相观序"，尾题"九相观诗一本"，系五言诗形式，共九首，每首十二句。

2. P.3022

此为卷子本，卷背抄写《九想观诗》，首题"九想观诗"，全篇为五言十六句。与其他写卷不同，此篇概括了"九想观"的要旨。

3. P.3892 与 P.4597

P.3892 为卷子本，《九想观诗》首尾俱全，首题"九想观诗"，系七言绝句形式，共九首，每首四句。

P.4597 为卷子本，《九想观诗》首尾俱全，首题"九想观诗"，尾题"九想观诗一本"，内容与 P.3892 同，归为同一系统。

4. 上博 48(41379)

此为包背装册子本，首题"《九想观》一卷并序象敬念"，共九首，每首首句为三言，其他各句为七言形式，形式颇似定格联章"十二时"。[①]

5. Дx.3018

此卷为残片，仅存六行，前四行为本诗。[②]

尽管这组诗以"佛教九想观"为题，但却避开了直接描写丑陋的尸相，而是糅合"百岁诗""四相""九想"而成。[③] 这些描写生相的诗歌多描写人生各个阶段的状况，充满了俗世生活气息，尤其是对青壮年时期以前生活的描写，生动形象地再现了孩童满月时亲朋庆贺的热闹及儿童各种各样的游戏画面。

以上涉及产育、孩童嬉戏内容的写卷主要有 S.6631《婴孩相》《童子相》、

---

① 郑阿财：《敦煌写本"九想观"诗歌新探》，《普门学报》2002 年第 12 期。
② 《敦煌写本"九想观"诗歌新探》，《普门学报》2002 年第 12 期。
③ 项楚：《敦煌诗歌导论》，巴蜀书社，2001 年，第 102 页。

P.3892与P.4597《初生想》《童子想》、上博48(41379)《第一观》《第二观》。

《婴孩相》既描写了胞胎刚形成的初始状态,也传达出胞胎由灵魂孕育而成的观念:"冥阴托灵魂。孕气成珠貌,欣生路(露)报(胞)分"①;"宠怜膝下育,娇爱掌中存。肝胆非为比,珍财岂足敦。"②这流露出父母把初生婴儿视若掌上明珠、心肝宝贝的宠爱之情。

《初生想》《第一观》描写了亲朋好友争先恐后地来看望新生婴儿及为其送喜的热闹场面。如《初生想》:"初生满月字婴孩,内外亲罗送喜来。男号明珠女百定,车马门前擘不开。"③写婴孩满月时,亲朋好友为孩子满月庆贺时的热闹情景,也侧面反映了当时上层社会的孩童满月习俗。《第一观》所表现的满月习俗更为详细:

> 绫彩罗画迎三日,瑞锦箱成满月裁。罗烈(列)珍羞命亲族,共饮同欢长命杯。孙子抱来呈可喜,车马争牵玉碗推。父母怜之犹未足,纵使朝参骤马回。④

诗歌洋溢着婴儿到来的喜庆气氛,张灯结彩喜庆三日,"罗列珍羞"既侧面反映家族的富有,也看出主人对来宾的盛情款待。这些都表现了父母对孩子满月筵席的重视,以及抑制不住的喜悦之情。他们迫不及待地想与亲友分享这份喜悦,大家共同举杯祝贺孩子满月并寄以孩子长命百岁的美好祝愿。这体现了父辈、亲友们对孩子深沉的爱意。诗歌极尽渲染满月时的喜庆气氛,生动形象。

这些诗歌不仅反映了婴儿满月时敦煌地区民众的生活习俗,而且描绘了孩童天真无邪的嬉戏画面。《童子相》:"三周离膝下,七载育成童。竹马游间巷,纸鹤戏云中。花容艳阳日,绮服弄春风。"⑤这些诗句韵脚整齐,对仗工整,描写了孩童在大街小巷骑竹马、放纸鹤的游戏情景。除了骑竹马、放纸鹤游戏之外,《童子想》还写不谙人事状态下的幼童三五成群聚沙筑佛塔的场面:"五五三三

---

① 徐俊纂辑:《敦煌诗集残卷辑考》,中华书局,2000年,第902页。
② 《敦煌诗集残卷辑考》,第902页。
③ 《敦煌诗集残卷辑考》,第823页。
④ 上海古籍出版社、上海博物馆编著:《上海博物馆馆藏敦煌吐鲁番文献》第2册,上海古籍出版社,1993年,第42页。
⑤ 《敦煌诗集残卷辑考》,第903页。

作一丛。虽解聚沙为佛塔,心中仍未辨西东。"①杂言诗《第二观》对儿童游戏的种类以及孩童贪玩的模样的描写更是显得活灵活现:

  作瞳朦(童蒙),骑竹马,逐游从,或聚沙来作米粜,或时觉走趁游风。能争鹦鹉牵猢子,筑城弄士(土)一丛丛。行来失伴窥门觅,归家吃饭亦无容。②

此诗句式长短不一,描写了孩童骑竹马互相追逐、聚沙、争鹦鹉、牵猢子,聚集在一起用土筑城等游戏活动,你追我赶,争强斗胜,犹如一幅幅儿童嬉戏连环画,让读者能身临其境,感受到童年游戏的幸福快乐。诗歌在刻画童子热衷游戏、窥门觅伴之际,描写了儿童因为沉醉游戏而不顾仪容、荒废诗书学习等真实情态,生动活泼,充满童趣,流露出孩子天真、贪玩的天性。

  显然,这些情景的描摹刻画散发出浓郁的俗世生活气息,这些表现生相的诗歌与后面表现死相的诗歌形成强烈的对比,二者相互烘托,使婴孩、童蒙、少年、盛年时的生活显得更加幸福快乐,而衰老、患病时的状态更为凄清、悲凉,尸骨肿胀腐烂的样子更是令人作呕。

  通过这一系列的对比描写,借俗世生活中人的经历来告诫众生从出生到死亡乃至化为白骨的变化无常并劝诫众生皈依。

  劝导众生脱离俗世皈依门下,是此三首诗的主旨,这在 S.6631、上博 48 号(41379)写卷所保留的序中已有体现。可以说,这些观想是为阐释主旨服务的,是人生无常的例证,只是幼年时期的童子嬉戏场景中更多地呈现出童子的顽劣和童真。而抄于 BD06576(北淡 76、北 1323)写卷《维摩经钞》背面的缺题诗"小儿[□]竹马":"小儿[□]竹马,……纵使风雪至,不避雨沾衣。"③也把童子尽情沉浸在游戏的乐趣中忘却归返的画面栩栩如生地刻画出来,贪玩童子的形象跃然纸上。这些都是俗世生活中儿童嬉戏生活以文学语言形式呈现的真实缩影。

  关于《九想观诗》的研究,成果颇丰。汪泛舟对敦煌《九相观诗》产生的时代和地域进行了探讨。④ 郑阿财对《九想观诗》的写卷进行概述、校录,并对写本流

---

① 《敦煌诗集残卷辑考》,第 823 页。
② 《上海博物馆馆藏敦煌吐鲁番文献》第 2 册,第 42—43 页。
③ 《敦煌诗集残卷辑考》,第 915 页。
④ 汪泛舟:《敦煌〈九相观诗〉地域时代及其他》,《社科纵横》1994 年第 4 期。

传和抄写的时代,创作的地域,写本内容,九想观的渊源、流变及其流行原因等方面进行系统的研究。① 陈自力《从陆机〈百年歌〉到敦煌〈九想观〉诗》,日本学者辰巳正明《山上忆良与九想观诗》②也从不同角度对《九想观诗》进行过探讨。

(二)王梵志诗

自敦煌文献发现以来,王梵志诗作为佛教通俗白话诗集,最受瞩目,备受学者们的重视。最早关注到王梵志及其诗歌的近代学者是提倡白话文学的胡适。他考证了王梵志的出身、年代,注意到敦煌写卷、历代笔记中的王梵志诗。③ 郑振铎在《世界文库》第五册中,刊出《王梵志诗一卷》《王梵志诗跋》,其所编著之《中国俗文学史》也曾介绍王梵志诗。④

日本学者入矢义高《王梵志诗集考》对王梵志诗集开展全面探讨,使得王梵志诗受到了学术界的关注。此后,赵和平、邓文宽对王梵志诗进行校注,张锡厚对王梵志生平事迹进行考论。⑤ 与此同时,法国戴密微,张锡厚,朱凤玉,项楚先后对王梵志诗进行整理研究。⑥ 此后,学界对王梵志及其诗歌的讨论更为热烈,研究成果可参看《王梵志诗校注》增订本附录"王梵志诗论著目录",截至2008年,有相关著作6部、论文232篇。⑦

---

① 郑阿财:《敦煌写本九想观初探》,收入项楚主编《敦煌文学论集》,四川人民出版社,1997年,第21—42页;《敦煌写本"九想观"诗歌新探》,《普门学报》2002年第12期;郑阿财:《论敦煌本"九想观"诗与"无常"主题诗歌》,收入郭健行主编《中国诗歌与宗教》,中华书局,1999年,第255—289页;郑阿财:《东亚文献与敦煌文学中的佛教无常世界——以九想观为中心》,《中国俗文化研究》2017年第2期。

② 陈自力:《从陆机〈百年歌〉到敦煌〈九想观〉诗》,《敦煌研究》2001年第3期;[日]辰巳正明:《山上忆良与九想观诗》,沈霞译,《国际中国文学研究丛刊》(第二集),2013年。

③ 胡适:《白话诗人王梵志》,《现代评论》1927年第6卷第156期。

④ 郑振铎编著:《世界文库》第5册,河北人民出版社,1991年,第1793—1800页;郑振铎:《中国俗文学史》,湖南大学出版社,2014年,第101—102页。

⑤ 赵和平、邓文宽:《敦煌写本王梵志诗校注》,《北京大学学报》1980年第5期、1980年第6期;张锡厚:《唐初白话诗人王梵志考略》,《中华文史论丛》1980年第4辑。

⑥ 张锡厚:《王梵志诗校辑》,中华书局,1983年;张锡厚:《王梵志诗》(插图本中国文学小丛书),春风文艺出版社,1999年;朱凤玉:《王梵志诗研究》,台湾学生书局,1987年;项楚:《王梵志诗校注》,收入《敦煌吐鲁番文献研究论集》4,北京大学出版社,1987年,第128—602页;项楚:《〈王梵志诗校注〉续拾》,收入《敦煌吐鲁番文献研究论集》4,北京大学出版社,1987年,第603—622页;[唐]王梵志:《王梵志诗校注》,项楚校注,上海古籍出版社,1991年;[唐]王梵志:《王梵志诗校注》(增订本),项楚校注,上海古籍出版社,2010年。

⑦ 《王梵志诗校注》(增订本),第818—835页。

王梵志诗之所以成为敦煌学界的研究焦点,这与王梵志诗在我国白话文学史,尤其是白话诗发展史上所具有的重要地位和深远影响息息相关。当然,这也离不开王梵志诗的通俗诗风。王梵志诗中存在大量的宣扬佛教思想的宗教问题诗,但最被人们称道的还是反映社会疾苦、众生百态的社会问题诗。王梵志从社会底层的内部观察民众的生活,第一次集中、大量地表现了社会下层的生活图景。[1] 所以,王梵志诗中的生活百态显得格外的质朴和真实。

王梵志诗也描写了妇女产子、养育子女的生活情景,但多是为提倡孝道、谴责逆子主题思想服务的。如S.5641、P.3211《父母生男女》:

父母生男女,没娑可怜许。逢着好饮食,纸裹将来与。心恒忆不忘,入家觅男女。养大长成人,角睛难共语。五逆前后事,我死即到汝。[2]

这首五言诗可分为两层,前半部分写父母对子女万般疼爱,后半部分写子女长大成人后对父母的不孝。最后作者由衷地感慨:今日你对我不孝,日后你的子女同样也会对你不孝。通过父母对待孩子及孩子成人后对待父母行为的对比描写,谴责不孝子所作所为,劝人以此为戒,倡导孝道。

其中,细节描写尤为感人,把父母对子女的时刻牵挂表现得传神、到位。"逢着好饮食,纸裹将来与。心恒忆不忘,入家觅男女"描摹了父母得到美味食物包裹归来给予孩子的情景,这正是《父母恩重经》等佛经所倡导的十恩德之一——咽苦吐甘在俗世生活中的完美诠释。

其实,这是敦煌本《佛说父母恩重经》经文内容在通俗诗歌中的表现。项楚注意到包括这首在内的三首王梵志诗(其余两首为S.5641、P.3211《只见母忆儿》、P.3418、P.3724《夫妇生五男》)与敦煌本《佛说父母恩重经》存在着密切的联系。[3] 孙修身、张涌泉、郑阿财、广兴等将其分为甲、乙、丙、丁四大系统。[4] 甲

---

[1] 《王梵志诗校注》(增订本),前言第24页。
[2] 《王梵志诗校注》(增订本),第147页。
[3] 《王梵志诗校注》(增订本),第149页。
[4] 张涌泉、孙修身、郑阿财、广兴等人都持此种观点。孙修身:《〈佛说报父母恩重经〉版本研究》,收入敦煌研究院编《段文杰敦煌研究五十年纪念文集》,世界图书出版公司,1996年,第239—249页;张涌泉:《敦煌本〈佛说父母恩重经〉研究》,《文史》1999年第4期;郑阿财:《〈父母恩重经〉传布的历史考察——以敦煌本为中心》,收入项楚、郑阿财主编《新世纪敦煌学论集》,巴蜀书社,2003年,第27—48页;广兴:《〈父母恩难报经〉与〈父母恩重经〉的研究》,《宗教研究》2014年第2期。

种,见于BD04714(北号14、北8202)等14本[①],有丁兰、董黯、郭巨等孝子故事,以BD04714最为完好。乙本,见于BD01036号1(北辰36、北8203)等34本,无丁兰、董黯等孝子故事,系由甲种系统删改而成,是敦煌地区传播最广、影响最为深远的版本。日本在编纂《大正藏》时以P.2887为底本,参校其他同系统写卷,刊布在《古逸部》中。丙种,见于S.865、S.4724、S.6007,为乙种的变体。丁种,见于P.3919、上博119(812569),有父母十恩德和十八地狱的陈述。这四大系统中,涉及王梵志诗所描写情景的是甲乙种。以甲本BD04714《佛说父母恩重经》为例,其对诗中父母携带食物归家觅儿的情景更是表现得活灵活现:

但父母至于行来,东西邻里,井灶碓磨,不时还家,我儿家中啼哭,忆母,母即心惊,两乳汁出,即知家中我儿忆我,即得还家。儿遥见母来,或在栏车,摇头弄脑,或复曳腹随行,鸣呼向母,母为憍子,曲身下就,长舒两手,拂拭尘土,鸣和其口,开怀出乳,以乳与之。母见儿欢,儿见母喜,二情恩悲,亲爱慈重,莫复过是。二岁三岁,弄意始行。于其食时,非母不知。父母行来,值他坐席,或得饼肉,不啖憿(啜)味,怀侠(挟)来归,归向其子。[②]

此经文以白描的手法还原了父母无论身处何处,随时牵挂在家的孩儿的真实情景。儿啼母乳出,这是本能的生理反应。晋张华《博物志》卷四早有记载:"婴儿号,妇乳出。"[③]这不仅是母子之间的生理联系,也是孩子依赖母亲、母亲挂念孩儿的真实写照。

统观《佛说父母恩重经》四大系统,尤其是甲、乙、丙本与《父母生男女》的结构、创作主旨大致趋同,前半部分浓墨重彩地铺排父母对子女的爱与付出,后半部分描写成人后的孩子对父母的种种忤逆行为。通过二者行为的对比,弘扬孝道。

除以上三首外,S.5641、P.3211《孝是前身缘》也与敦煌本《佛说父母恩重经》存在着千丝万缕的联系:"儿行不忆母,母恒行坐泣。儿行母亦征,项胴连脑

---

① 关于各系统写本数量,郑阿财认为甲种为11件,乙种为33件,丙种3件,丁种2件。见《〈父母恩重经〉传布的历史考察——以敦煌本为中心》,收入《新世纪敦煌学论集》,第27—48页。
② 中国国家图书馆编、任继愈主编:《国家图书馆藏敦煌遗书》第63册,北京图书馆出版社,2007年,第81页。
③ 〔晋〕张华撰:《博物志校证》,范宁校证,中华书局,1980年,第46页。

急。闻道贼出来,母愁空有骨。儿回见母面,颜色肥没忽。"①

丁种《佛说父母恩重经》记载父母十恩德,其中,"远行忆念恩"正是儿行千里母担忧的真实写照。《佛说父母恩重难报经》"远行忆念恩"颂曰:

> 死别诚难忍,生离实亦伤。子出关山外,母忆在他乡。日夜心相随,流泪数千行。如猿泣爱子,寸寸断肝肠。②

项楚早已注意到此诗与《佛说父母恩重难报经》有关。③ 王梵志诗《孝是前身缘》以五言白话形式生动诠释了经文中的"日夜心相随,流泪数千行",道尽了天下父母一番苦心。

另外,王梵志诗在表达生不如死思想的过程时,娴熟地运用了产育生活的典故来表达观点。如 S.5796、S.778《遥看世间人》"欲似养儿毡,回干且就湿"④,在表达人世苦恼、生苦死乐思想之时,借用了世间母亲照料襁褓幼儿睡眠时回干就湿的情景。据项楚校注,"回干就湿"喻指去死就生,"干"喻指死,"湿"喻指生。⑤

王梵志诗除了表现父母抚养孩子过程的烦琐生活外,也涉及父母迎接孩子出生、处理夭折孩童等情景。P.3833《悲喜相缠绕》:

> 悲喜相缠绕,不许暂踟蹰。东家比葬地,西家看产图。生者歌满路,死者哭盈衢。循环何太急,槌凿相催驱。⑥

这首五言诗韵脚整齐,中间两联对仗较为工整。"东家"与"西家"、"葬地"和"产图"、"生者"与"死者"、"满路"和"盈衢"等名词对得工整,甚至连动词"比"与"看"、"歌"和"哭"也一一对仗。作者在感慨世间生死轮回、更替时,对比描写了世间人们送走死者和迎接生者所做的事情。其中,"产图",项楚释为"描绘产业

---

① 《王梵志诗校注》(增订本),第150页。
② 《敦煌本〈佛说父母恩重经〉研究》,《文史》1999年第4期。
③ 《王梵志诗校注》(增订本),第152—153页。
④ 《王梵志诗校注》(增订本),第9页。
⑤ 《王梵志诗校注》(增订本),第11—12页注6。
⑥ 《王梵志诗校注》(增订本),第245—246页。

之画图"①。结合全诗内容来看,我们以为产图做如下解释似乎更为妥当:为了不冒犯神灵,祈求产妇、胎儿平安,临产时专门用于指导安置产床、藏置胎儿胞衣位置的图表。产图在古代妇女生产分娩时常被运用。在这里用"产图"指代新生命的诞生,和"东家比葬地"形成对比。以此可知,分娩时产图的运用在敦煌地区也是常见的。

P.3418、P.3724《父母怜男女》"一死手遮面,将衣即覆头。鬼朴哭真鬼,连夜不知休。天明奈何送,埋着棘蒿丘"②,描绘一幅幅孩儿夭折时,父母为亡儿佩戴面衣、哭丧、送葬等画面。这是敦煌文学中少见的描写夭折孩童丧葬场面的作品,其中蕴含了丰富的葬儿习俗意蕴,颇具民俗和史料价值。对其进行分析挖掘,可探究中古时期民众处理夭折孩童的丧葬习俗和史实。

项楚根据王梵志诗的内容断定,王梵志诗的作者主要是僧侣和民间知识分子,王梵志诗也是若干无名白话诗人作品的总称。而三卷本主要创作于初唐时期,尤其是武则天时期(684—704),不会晚于开元(713—741)以后。③ 据此论,以上所引的王梵志诗主要出自平民百姓之手,而且主要表现唐开元年间以前的民众生活状态。王梵志诗以写卷形式保存于敦煌石窟中,表明这些诗歌曾经广泛流传于敦煌地区,侧面表现了敦煌地区民众的生活、情感、思想等精神世界。至少可以说,诗歌中所描写的情景是敦煌民众所熟悉的生活场景。

总之,韵文类敦煌产育题材文学作品主要集中在倡导孝道思想,与佛教存在深厚渊源的歌辞、诗歌中,主要以劝导众人行孝或皈依为主旨,具有明显的说教意味。比如,与《父母恩重经》《佛说父母恩重难报经》主题内容近似的《报慈母十恩德》《父母恩重赞》《孝顺乐》等通过歌咏父母恩德进行劝孝,禅宗歌辞十二时、百岁篇,与佛教关系密切的《九想观诗》等在劝孝的同时,亦有劝人皈依佛门之意。

第二节 散文类

散文类作品"泛指所有具有文学色彩的叙事、抒情、状物、表意、说理的、主

---

① 《王梵志诗校注》(增订本),第246页。
② 《王梵志诗校注》(增订本),第563页。
③ 《王梵志诗校注》(增订本),前言第12—17页。

要以散体表达的文字"①。敦煌文学写卷中的散文体范围较广,如表、疏、状、牒、书、启、帖、碑、铭、记、文等。敦煌散文作品中涉及妇女产育生活题材的文本主要有愿文、斋文、话本、蒙书等。

一、愿文

愿文是六朝至宋初流行的文体,指用于表达祈福禳灾及兼表颂赞的各种文章。《文选》《文苑英华》等未见收录愿文,直到敦煌愿文被发现,这类文体才逐渐被重视起来。敦煌愿文则是特指敦煌文献、石窟题记和绢画、幡缯中所发现的愿文,这些愿文曾广泛流传于南北朝至宋初的敦煌地区。② 愿文概念有广义和狭义之分,我们所采用的愿文是广义的概念,凡是以祈愿禳灾为主要内容的文章都可称为广义上的愿文,如难月文、患文、悼亡愿文、燃灯文、行像文、行城文、转经文、安伞文等。愿文侧重在祈愿禳灾,既可运用于宗教道场,也可被民间世俗所用,适用人群较广。

敦煌写卷中佛教愿文较多,而与妇女怀孕、临盆生产、抚养孩子成长等题材相关的愿文主要有怀孕期间表达对腹中子祝福的愿文、临盆之际的难月文、产亡情况下表达悲恸情绪的悼亡文、满月时斋会上所念的愿文、孩儿远行时设斋祈福的愿文等。其中,尤以难月文、悼亡愿文、远行祈福文写卷较多。

(一)难月文

难月文,"难"即难产,是指产妇临产之际,为了避免产妇遭遇难产,家属祈求神灵助护时所诵读的文章。③ 敦煌难月文写卷主要有 S.1441v、S.4081、S.5561、S.5593、S.5639、S.5640、S.5957、S.6417、P.3765、P.3825、BD06132 号 v2(北姜 32v、北 7069)等。其中,S.1441v 有两篇:一篇名《患难月文》;一篇名《难月文》(P.3825写卷亦有此文)。S.5561、S.5593、S.5957、P.3765 四种写本为一文,S.5593 无题,其他三卷皆题作《难月文》,但 S.5561 文尾残缺。BD06132 号 v2 抄有《难月文》,首尾完备。S.4081 题作《难月》,黄征等认为此

---

① 《敦煌佛教文学》,第 68 页。
② 黄征、吴伟校注:《敦煌愿文集》,岳麓书社,1995 年,前言第 2 页。
③ 《敦煌愿文集》,第 34 页。

文是难月文范本。① S.6417 题名《愿文》，其中也夹杂有关难月祈福的内容。

此类文本一般主要围绕称赞产妇品貌，祈求母子平安、胎儿聪慧、快速无痛分娩等内容展开，有些难月文甚至也为施主全家进行祈福。难月文把敦煌地区产妇分娩之际，产妇及其家人焦虑不安的心理状态及民众对分娩的恐惧等情形呈现在读者面前。同时，愿文也注重对腹中子的美好祝福。下面以 S.5639、S.5640 为例：

> 每闻释加生净饭王宫，慈氏降龙花之会。无忧树下，地神捧七宝之莲花；欢喜园中，九龙吐灌顶之香水。则知幽幽溪谷，必长贞松；汲汲名家，克告（生）贵子。推影（唯愿）夫人免（娩）难之日，如游欢喜之园；分解之时，手攀无忧之树。是男则六根清净，如秋月之初圆；是女则玉貌无双，如莲花如（之）在水。
>
> 夫人熊罴入梦，山岳降灵；体抱珠胎，身怀玉孕。且如明月在水，似日云间；美王（玉）居荆，如宝山如（而）映海。由是红莲吐蕊，虑恐逢霜；琼树含芳，怯遭风雪。所馔清供，有是设也。于日延僧请佛，愿假慈悲，赞诵观音，希垂卫护。诞生之日，如游欢喜之园；分解之时，似攀无忧之树。生必仙子，克保神童；母子平安，庆蒙交泰。②

黄征从 S.5639、S.5640 两卷断裂处、书手、内容衔接、抄写格式等方面考察，认为此两卷原为统一写本，撕裂所致成为两卷。③ 而王三庆认为 S.5639 与 S.5640 并非同一卷撕裂，而是出自两个不同抄手的册页本。④ 我们翻阅 S.5639、S.5640 时，发现确实如王三庆所言，两份写卷纸张大小、预留的天地头、行款形式等方面都存在很大差异。尽管两写卷内容上可以衔接，但很难说这两份写卷是同一人在同一时空下抄录完成的作品。⑤

此文首先铺叙释迦出生时九龙灌顶、七步莲花的祥瑞之象，以此得出贵子生于名家的论断，并以此起兴，祈祷产妇分娩时能如摩耶夫人手攀无忧树、如游

---

① 《敦煌愿文集》，第 177 页注 18。
② 《敦煌愿文集》，第 206 页。
③ 《敦煌愿文集》，第 221—222 页。
④ 王三庆：《敦煌佛教斋愿文本研究》，新文丰出版公司，2009 年，第 218 页。
⑤ 《敦煌佛教斋愿文本研究》，第 218—219 页。

欢喜园一样平安、顺利、快乐诞下贵子,继而陈述设斋祈福的原因是产期临近,担心产妇遭遇难产、产亡等不幸,所以延僧请佛,做此功德,祈求诸佛、观音庇护产妇母子平安。

　　文中妙用摩耶夫人分娩、熊罴入梦、珠胎、荆山美玉等典故。摩耶夫人分娩事多见于佛典和敦煌变文、歌辞等佛教文学,在此不做申述。熊罴入梦典故出自《诗经·小雅·斯干》:"……。乃寝乃兴,乃占我梦。吉梦维何?维熊维罴,维虺维蛇。"郑笺云:"熊罴之兽,虺蛇之虫,此四者,梦之吉祥也。"孔疏云:"于寐时有梦,乃占我所梦之事。其吉梦维何事乎?维梦见熊罴与虺蛇耳。"[1]在古人看来,梦见熊罴、虺蛇都是吉祥之兆。珠胎本指蚌体里的珠子,多喻指胎儿、幼儿、明月。扬雄《羽猎赋》云:"方椎夜光之流离,剖明月之珠胎。"李善注云:"明月珠,蚌子珠,为蚌所怀,故曰胎。"[2]《汉书·扬雄传上》载扬雄作《校猎赋》,颜师古注:"珠在蛤中若怀妊然,故谓之胎也。"[3]颜师古用珠胎形象地模拟妇人怀胎模样,用比得当。后代诗词常用珠胎意象指胎儿、幼儿。如王勃《伤裴录事丧子》:"魄散珠胎没,芳销玉树沉。"[4]珠胎是指裴录事幼子,后珠胎作为丧子意象常出现在悼亡文中,在敦煌悼亡愿文、斋文乃至后世悼亡诗词中也多见。杨万里《悼双珍辞》:"匪珠胎之双止兮,则毁玉其美兼。"[5]《吕氏春秋·季秋纪·精通》记载了月亮盈亏与蚌蛤实虚状态的一致性:"月也者,群阴之本也。月望则蚌蛤实,群阴盈;月晦则蚌蛤虚,群阴亏。"[6]珠胎喻指明月在诗文词中就更为见,如左思《吴都赋》"蚌蛤珠胎,与月亏全"[7],骆宾王《望月有所思》"似霜明玉砌,如镜写珠胎"[8],元稹《月三十韵》"珠胎方夜满,清露忍朝晞"[9],等等。

　　同时,难月文还运用起兴、比喻等修辞使愿文声情并茂、生动形象。文中惯用大自然景物来打比方,如以贞松比喻贵子、溪谷比喻名家,以贞松生长于溪谷

---

[1] 〔汉〕郑玄笺:《诗经》,〔唐〕孔颖达疏,〔清〕阮元校刻《十三经注疏》本,中华书局,1980年,第437页。
[2] 〔南朝梁〕萧统编:《文选》,〔唐〕李善注,中华书局影印,1977年,第134页。
[3] 〔汉〕班固撰:《汉书》第11册,〔唐〕颜师古注,中华书局,1962年,第3550、3552页。
[4] 〔唐〕王勃:《王子安集注》,〔清〕蒋清翊注,上海古籍出版社,1995年,第92页。
[5] 〔宋〕杨万里撰:《杨万里集笺校》第5册,辛更儒笺校,中华书局,2007年,第2316页。
[6] 许维遹撰:《吕氏春秋集释》,梁运华整理,中华书局,2009年,第212页。
[7] 《文选》,第84页。
[8] 〔唐〕骆宾王:《骆宾王集》,岳麓书社,2001年,第31页。
[9] 〔唐〕元稹:《元稹集校注》,周相录校注,上海古籍出版社,2011年,第420—421页。

来比喻贵子生于名家,用澄净皎洁的秋月比喻男孩无忧无虑的境界,以出水芙蓉比喻女孩的貌美。"红莲吐蕊""琼树含芳"被用来指产妇分娩之事,"逢霜""风雪"指遭受不幸,这里用大自然草木受天气气候的影响来喻指分娩对产妇生死存亡的决定性作用。

全文辞藻华丽,用典文雅,富有传奇色彩,骈偶对仗,较为工整。把对产妇平安无痛分娩、胎儿如神童降世的美好祝愿通过一再引用摩耶夫人分娩的故事真切、虔诚地传达出来。

值得注意的是,现藏日本奈良市东大寺正仓院,被奉为日本圣武天皇遗爱珍品之一的《圣武天皇宸翰杂集》,保存了我国盛唐以前大量散佚的佛教文献,具有较高的文献价值。其中,颇具文学色彩的《镜中释灵实集》收录了一则《为人妻妊娠愿文》,与敦煌难月文多有相似之处:

> 弟子某顿首稽首:大权十力,悲心有鉴于丹诚;种觉三明,慈念无遗于赤子。妻某氏怀生有托,今见妊娠。虑不安宁,情深惶灼。谨舍前件,贴营功德。庶冯福善,保佑妊娠。所冀庭玉可期,弄璋无滞。然后光辉灼灼,远映韦氏之珠;逸态昂昂,宛若庞家之骏。一味甘雨,普洽群萌;三界慈云,傍荫含育。并得莲台之乐,同游欢喜之园。①

日本藤原佐世《日本国见在书目·别集家》著录有释灵实撰《释灵实集》十卷。②《释灵实集》又名《镜中集》。镜中指越州,今浙江绍兴一带。因为越州有镜湖,所以以镜中称之。释灵实,其事迹未见史传、僧传。根据集中《祭文为桓都督祭禹庙文》"维大唐开元五年,岁在丁巳,九月□日"③,可知其为唐开元时人。此集可能是由僧道慈等人携带至日本的④,也正是唐代时期中日文化的交流,才使得此集得以保存,显得弥足珍贵。

此文首先礼赞佛,表达自己的诚意,继而描述内心所愿:希望妻子孕期身体

---

① 王晓平:《日本正仓院藏〈圣武天皇宸翰杂集〉释录》,收入王晓平主编《国际中国文学研究丛刊》(第三集),2015年,第61—104页。
② 孙猛:《日本国见在书目录详考》,上海古籍出版社,2015年,第1960—1961页。
③ 《日本正仓院藏〈圣武天皇宸翰杂集〉释录》,收入《国际中国文学研究丛刊》(第三集),2015年,第61—104页。
④ 王晓平:《从〈镜中释灵实集〉释录看东亚写本俗字研究——兼论东亚写本学研究的意义》,《天津师范大学学报》(社会科学版)2008年第5期。

舒适、心境安宁、孩子平安成长、日有所成、光耀门楣。文中多用比喻修辞，辞藻华丽，惯于用典。"同游欢喜之园"也化用了摩耶夫人的典故，在这里也是祈祷产妇顺利、无痛分娩。可见，此愿文与敦煌愿文确实存在密切的联系。

王晓平注意到《镜中释灵实集》收录的愿文和敦煌愿文属于同时代、同文类、相同书写状态的写本。① 从文体上看，《为人妻妊娠愿文》与难月文同属愿文，都具有骈文讲究四六句式、对仗、韵律、辞藻、比喻、用典等表达技巧的特点。从内容上看，二者都是祈祷妇人、孩子平安的斋愿文本。只是二者创作及运用文本的时间有所不同。《为人妻妊娠愿文》是男子在妻子怀孕之后为祈祷孕期母子平安及妻子平安分娩，特地向寺院割舍珍财的情况下创作。这与敦煌难月文侧重产前祈求顺产、母子平安，稍有不同。敦煌愿文中祈求孕期母子平安的作品并不多见，目前仅见于 S.1924、P.3332、P.2855《回向发愿》"怀胎母子，早愿平安"②，表现了为孕期母子平安进行祈祷的情景。

敦煌难月文的研究较少，阿依先搜集整理敦煌难月文、满月文等的产育文献，对唐宋产育民俗有所探讨。③

（二）满月文

满月文是指在孩子满月之际，筵请僧侣举办斋会，在斋会上为孩子祈祷祈福所诵读的文本。这类写卷主要有 S.2832《满月事》、S.5640《孩子》、P.2044v《孩子》、P.2497《严满月生日报愿同用也》《孩子》、P.2587v《满月设斋愿文》、P.3491《孩子满月文》、P.3800《满月》、D.192《诸文要集·满月》等。

因产儿满月事举办斋愿法会所使用的斋愿文本呈现一派热闹、喜庆的画面。这些愿文自然少不了对母亲品行、怀孕产子功德的称赞，对满月婴儿的祝福及对斋会现场摆设的描述。下面以《诸文要集·满月》为例：

> 门宜贵子，梦得兰英。自应春欢来，玄府月上庶下通用。故知宝车摇影，娇若凝珠；玉指调音父，笑如花面。巧随母惠，能逐父聪。[明]妒流星，眉

---

① 王晓平：《日藏汉籍与敦煌文献互读的实践——〈镜中释灵实集研究〉琐论》，《艺术百家》2010 年第 4 期。
② 《敦煌愿文集》，第 359 页。
③ 阿依先：《祈佛求道、护佑诞生——以敦煌〈难月〉诞育愿文为中心》，《敦煌学辑刊》2007 年第 2 期。

欺初月。惟愿金柯琼枝比秀，玉叶承金室流荣。既早蒙膝乳下之恩，日有陵云怀霜之气德。①

此卷为残卷，卷末题记"大历二年三月学仕郎李英写"，可知此卷为唐大历二年(767)学仕郎李英②抄写或编辑的有关佛教斋文的应用文集。此篇主要反映的就是唐大历年间及其之前的满月习俗。此篇以四言句式为主，夹杂六言。首先称赞孩子神奇而高贵的身世，其次夸赞孩子有父母般的聪慧，用流星、初月分别比喻孩子的明眸、眉形，最后希望孩子能日有所成，光耀门楣。全篇辞藻华丽，用比喻、夸张等修辞来夸赞孩子的高贵、才能和相貌等。

总体而言，这类文本一般首先称赞孩子双亲的品性，向佛祖、菩萨致谢辞，然后描写孩子满月当天的主要活动、喜庆氛围，赞美婴儿的可爱及其备受宠爱，最后表达斋主的心愿。其中，称赞孩子的可爱，渲染现场喜庆的气氛及亲友对孩子的争先观看，显得尤其突出。这与敦煌《九想观诗》之《初生想》《第一观》所描写的满月生活情景相互呼应，共同谱写敦煌民众满月的人生礼俗。孩子平安出生，并能顺利度过产褥期，确实值得庆贺，因而备受重视。

当然，除了满月习俗，父母对孩子生日也特别重视，贵子临门，喜气盈门，举家欢庆，这些在敦煌愿文中也有所表现。如 P.2044v：

孩子生日，喜气晓浮于庭砌，暖风昼入于金闺；信江南之有穷，知福算之无尽云云。③

骈文对仗工整，和满月文一样，愿文主要是在渲染孩子生日时的喜庆气氛，以及对孩子的美好祝愿。S.5639、S.5640《生日文》在渲染孩子生日的喜气、祥瑞氛围之时，还特意描写了全家对生日的重视："于日一家拜庆，九族欢荣；咸将至福之资，共献青春之寿。"④

王三庆在探讨敦煌写卷中的满月礼及其源流时，曾对敦煌满月文的格式及

---

① 《敦煌佛教斋愿文本研究》，第151页。
② 李正宇认为敦煌学生称学仕郎始于晚唐时期，怀疑此条题记属伪题。李正宇：《敦煌学郎题记辑注》，《敦煌学辑刊》1987年第1期。
③ 《敦煌愿文集》，第155页。
④ 《敦煌愿文集》，第204页。

斋会仪式,如斋会时间、地点、主要目标和对象、参与人物、活动节目等进行过细致的分析。① 这对敦煌写卷中满月习俗的研究有参考价值。

(三)悼亡愿文

悼亡愿文是指父母、兄长、子女等自发地悼念亡孩、亡妹、亡考妣等文章,并非是斋会上借僧侣之口,而是以父母、兄长、子女口吻念诵的追福斋文。这类悼亡愿文文本程式化特征尤为突出,遵循一定的写作套路,即首先称赞亡者品性、相貌等,或追忆亡者生前的生活场景,最后描写严父慈母、仁兄、孝儿孝女等亲友为死者的离世感到痛心疾首的场面,并表达无限惋惜、悲痛之情。

这类文章创作在死者死后不久,多追思死者生前生活,表达生者悲痛情绪。根据悼亡愿文追思、悼亡的对象的不同,可分为亡父母文、亡父文、亡妣文、亡夫文、亡妻文、亡男文、亡女文等。本书研究的悼亡愿文主要侧重对孩童生前生活的描述及表达父母悲思的亡孩文、亡男文、亡女文。

这类写卷主要有 S.2832《妹亡日》《亡女事》,S.5637《女孩子》,S.5640《亡庄严》"十岁以下男子"、《女庄严》,P.2044v《女》、《孩子》"岂谓魂消玉质",P.2237《亡女文》,P.2631v、D.192《诸文要集》王三庆拟题的《亡儿》等。

此类悼亡愿文首先述说天降灵童,孩子有天赋异禀的聪明才智,称赞亡儿品性、才貌,或追忆生前生活情景,继而委婉地铺叙孩子逝去的事实,在文末大多表达父母因为孩子逝去悲痛不已的伤感,是父母丧子之痛的真情流露。

在描写产亡的愿文中,侧重表现因为分娩导致母子俱亡、母死子活、母活子亡等情况。这类写卷不多,S.2832《因产亡事》先称颂产母貌美、母德,再铺叙因分娩母子俱亡之事。P.2526v、P.2543v 黄征等拟题《愿文段落集抄》"一朝分产,魂消剖蚌之前"强调了产妇的魂飞魄散。P.2044v《太保相公》描写了双生一死的情况。与悼亡愿文追思回忆孩童生活、表达悲思不同,有关产亡的愿文多侧重产母品貌的赞扬,铺叙产亡事实。

(四)远行文

远行文是指为远征或背井离乡的亲人祈祷,祝愿他们旅途平安、早日归来

---

① 王三庆:《从敦煌斋愿文献看佛教与中国民俗的融合》,新文丰出版公司,2009年,第39—72页。

的祈愿文。为远行游子设斋祈福,在敦煌边地较为盛行。这与敦煌地区男儿外出经商、出征戍边等情况较为普遍有关,也与敦煌地区恶劣的自然环境相关。有关为游子祈福的斋愿文主要是父母为远行的爱子设斋,祈求游子早日平安归来或在途中能逢凶化吉,能得到各路菩萨庇护等。父母为远行孩子设斋祈愿的写卷主要有 S. 343《愿文》,S. 5639 愿文头号《远行文》,P. 2237《远行文》,S. 2832、S. 1145v 黄征等拟题为父母为远在他乡的子女所做的《发愿文》范本,P. 2341v 黄征等拟题的《行人愿文》等。

远行文多为父母为在外出征的游子设斋祈福,文本通常叙述孩子在外的原因,铺叙在外路途的凶险,从而祈求诸佛菩萨解苦释厄,庇护其平安归家。当然,有些文本对设斋道场、仪式等情况也有所描写,如 S. 343《愿文》。

这些文本表现了父母盼望游子早日归来的急切诉求及游子在外平安无恙的心愿,流露出父母一片爱子情深。难月文和为游子祈福的愿文中所祈求的对象主要是佛教菩萨,多是祈求平安。可见,佛教已渗入民众生产分娩、守护孩子成长的过程中,成为民众无助时的精神寄托。

此外,P. 2940《斋琬文一卷并序》存有十类类目,其中有"六、报行道役使:东西南北;征讨:东西南北",可惜有目无义。① 法国梅弘理(Paul Magnin)曾利用 P. 2547 写本试图还原《斋琬文》,疑 P. 2547 第十三页正面即此部分内容。② 王三庆认为当以"诸斋月""二月八日""正月半"等诸佛斋月之行报道日为主,可以 P. 2547 为主,P. 3772 和 P. 3541 为辅进行复原。③ 宋家钰则认为 S. 5637"诸杂篇第六"《征去》《征还》和 P. 3545《征去》《征还》相当于《斋琬文》"报行道"篇。④ 宋家钰论说较为合理,可惜缺乏证据证实。从 S. 5637《征去》《征还》⑤ 文本来看,主要是为出征将士设斋祈福。这与我们所探讨的父母为子女祈福稍有不同。

总之,不论难月文、满月庆贺的满月文、远行祈福的远行文、追忆孩子生平的悼亡愿文,还是表现产亡之痛的愿文,都是父母生育、养育孩子过程中生活点滴的真实流露。这些文本除真实记录了子女成长过程中的重要时刻,如出生、

---

① 《敦煌愿文集》,第 67 页。
② 梅弘理、耿昇:《根据 P. 2547 号写本对斋琬文的复原和断代》,《敦煌研究》1990 年第 2 期。
③ 《敦煌佛教斋愿文本研究》,第 55 页。
④ 宋家钰:《佛教斋文源流与敦煌本〈斋文〉书的还原》,《中国史研究》1999 年第 2 期。
⑤ 《敦煌佛教斋愿文本研究》,第 211 页。

满月、远行,乃至死亡时,父母为儿女祈福发愿,也表现了父母抚养孩子成人的艰辛过程。

二、斋文

斋会由信众设置,并施舍食物供品及布散钱财。而斋文主要是指僧侣在斋会、法会上所念诵的一些斋愿文本,主要表现人们心中美好愿望和想法,具有祈愿、祈福的现世功能。这些文本具有固定的程序套路,属于宗教应用文体。郝春文认为斋文由号头、叹德、斋意、道场、庄严五部分构成。① 在此基础上,宋家钰把号头并入叹德部分,叹德就是赞叹或表叹佛的功德、斋主的功德和品德,是斋文的重要特点之一,他认为一篇完整的斋文具有叹德、斋意、道场、庄严四部分。② 如此看来,斋文的文体结构显得更加精炼、紧凑。

斋文祈愿、发愿的设斋目的与愿文禳灾祈福的目的存在密切的联系,就斋文和愿文的关系,学界有不同的看法。黄征、吴伟《敦煌愿文集》把二者混为一谈。郝春文则认为愿文属于斋文中的一种。③ 湛如从文书运用的场所、文书内容构成两条原则来分析二者的关系,他注意到愿文和斋文之间存在联系,也有区别,二者不能等同。④ 我们认同湛如的观点,斋文不能囊括愿文。尽管二者都具有祈愿目的,但是二者运用场合和文本结构不同。斋文作为宗教尤其是佛教斋会上僧侣念诵的应用文种,具有固定的四段式格式,而愿文不仅可以运用于斋会上,也可以被世俗民众所用,愿文文本内容就显得更多元化。

斋文种类较多,其中,具有设斋、发愿特点的愿斋文⑤常被用于某七斋会、忌日法会上,僧侣通过念诵这些文本,为亡者祈福。这类写卷主要有 S.343v《武言亡男女文》《亡女文》、S.1441v、P.3825《亡男》、S.1441v《亡女》、S.2832《女》、黄征等拟题《亡文》、S.4992《女孩子》、黄征等拟题《亡男》、S.5637《孩子叹》、S.5639黄征等拟题《亡孩子文》"曾闻荆山有玉"、黄征等拟题《亡孩子文》"每闻朝花一落"、S.5640《亡男》"伏惟郎君幼怀聪慜"、P.2341v《亡男文》等。

---

① 郝春文:《关于敦煌写本斋文的几个问题》,《首都师范大学学报》(社会科学版)1996年第2期。
② 《佛教斋文源流与敦煌本〈斋〉书的还原》,《中国史研究》1999年第2期。
③ 《关于敦煌写本斋文的几个问题》,《首都师范大学学报》(社会科学版)1996年第2期。
④ 湛如:《论敦煌斋文与佛教行事》,《敦煌学辑刊》1997年第1期。
⑤ 《论敦煌斋文与佛教行事》,《敦煌学辑刊》1997年第1期。

这些文本主要围绕称赞亡灵品行、追忆生前生活点滴及表达父母丧子之痛展开。与悼亡愿文不同的是,斋文一般都会有叹德、斋意、庄严等部分:叹德多是赞叹亡孩的品貌;斋意点出设斋缘由,多有"设斋追念""谨设清斋""斋主敬为亡孩子某七斋有是设也""奉为某男某七追福之嘉会也"等字样;庄严多是斋主为亡儿祈福,常见"惟愿……""托生何路""唯福是凭""将斋僧功德,用资魂路"等内容,是为亡儿追福,希望托生乐土,免受轮回之苦等。

此外,作为为寺僧提供临场撰写斋文所需叹德部分的范文①,P.2991v 斋琬文《儿》《孙子》②仅存叹德部分,这些斋琬文本着重称赞亡儿、亡孙的品德、才貌,而对孩子离世给父母带来的悲痛着墨不多。

虽然说愿斋文是由为亡儿设斋追福而产生,具有较强的宗教仪式和俗世功利色彩,但其中饱含着信众美好的希望、心愿,隐约透露出民众心底深处的真实想法,是民众把心中最美好、真实的诉求求助于神灵的文本形式。

另外,佛教礼佛文、劝善文也涉及妇女分娩时血腥场面、分娩给产妇所带来的剧痛等情况的描写。如 BD08168 号 2(北乃 68、北 8348)《西方阿弥陀佛礼佛文》将妇女分娩血腥场面和满月庆贺杀生的场面形成强烈对比,借此渲染分娩给母亲带来的身体上的疼痛,以此奉劝众生礼佛、行孝。而 BD05441(北果 41、北 8345)《劝善文》除了描写妇女孕期不适、艰辛之外,也浓墨重彩地描写了妇女分娩时的痛苦场面,流露出根据母亲分娩时的痛感断定产儿日后孝顺与否的观念。这一观念在《庐山远公话》相公所讲述的生苦中也有描写,都源自佛家。显然,礼佛文、劝善文描写母亲怀孕的辛苦、分娩时的痛苦等,都是作为奉劝众生行善、孝亲的生动例子,描写得越细致、深刻,就越具有说服力。这些都被佛门弟子当作说教事例,从而倡导孝道。

三、话本

话本是"唐宋时代民间伎艺——'说话'的文学底本"③。话本源于唐宋讲唱文学,尤其是敦煌变文。敦煌话本脱胎于变文,"有说无唱的变文,实际上已经

---

① 《佛教斋文源流与敦煌本〈斋文〉书的还原》,《中国史研究》1999 年第 2 期。
② 《敦煌佛教斋愿文本研究》,第 109 页。
③ 颜廷亮主编:《敦煌文学》,甘肃人民出版社,1989 年,第 288 页。

转化为话本"①。显然,敦煌话本是处于话本发展的初期,它带有变文的痕迹,突出的特点是有说无唱,主要以散文叙说故事为主,基本无诗文吟唱。现存的敦煌话本主要有 S.2073《庐山远公话》、S.2144《韩擒虎话本》、S.6836《叶净能诗》等。其中,涉及妇女产育生活题材的作品主要有《庐山远公话》《叶净能诗》。

(一)《庐山远公话》

唐五代话本,S.2073 原卷未完,作者不详,此写卷首题"庐山远公话",据尾题记"开宝五年",可知此卷抄写于北宋太祖赵匡胤时。这是目前可见的宋代以前篇幅最长最完整的一个话本②,它以散文为主,运用了许多骈偶排句,也夹杂五七言诗句,故事情节跌宕起伏,人物形象鲜明,初具早期话本的特征,在元僧普度《庐山莲宗宝鉴·辨远祖成道事》中,又题作《庐山成道记》。

话本主人公远公是指东晋名僧庐山东林寺慧远,其事迹见于梁释僧佑《出三藏记集·慧远法师传》③、梁释慧皎《高僧传·慧远传》④。话本采用文笔和史笔手法,虚实结合地讲述了慧远的传奇故事。话本主要叙述远公被劫为奴,后卖身以偿宿债的故事,其中穿插了"锡杖泉""山神造寺""庐山龙""远公与道安论法"等小故事。其中,远公为相国家奴期间曾随相公至福光寺听道安讲经,相公听经归来,为夫人等人讲述了人生八苦:生苦、老苦、病苦、死苦、五荫苦、求不得苦、怨憎会苦、爱别离苦。此八苦主要描述了人生在世所经历的生老病死及欲望等所带来的苦楚。

相公在讲述生苦时,从胎儿托荫母胎谈起,描述了首月胚胎发育的形状、成形时间,男、女胎在母胎中的位置,母亲饮食饥饱、冷热情况等给胎儿所带来的感受,以及分娩时母亲的痛感,乃至不孝子拉扯母亲器官给母亲带来的剧痛等。这些细节描写得栩栩如生,令人感同身受,对妇女分娩情景及胎儿在母亲体内活动情况等的描写是文学史上未曾出现过的详尽描写。

为了宣传佛教教义,作为"佛教僧侣利用民间说话技艺进行佛教宣传的产

---

① 王重民:《敦煌遗书论文集》,中华书局,1984 年,第 190—191 页。
② 季羡林主编:《敦煌学大辞典》,上海辞书出版社,1998 年,第 585 页。
③ 〔南朝梁〕释僧佑撰:《出三藏记集》,苏晋仁、萧炼子点校,中华书局,1995 年,第 566—570 页。
④ 〔南朝梁〕释慧皎撰:《高僧传》,汤用彤校注,汤一玄整理,中华书局,1992 年,第 211—228 页。

物"①,《庐山远公话》除了神化佛教名僧慧远的灵异和神迹之外,穿插大量的经文内容。如写崔相公听道安讲经,崔相公讲八苦相煎,慧远讲三等四生十类、十二因缘等,甚至花大量篇幅描写远公与道安的讲经论法,对佛经义理进行讨论。话本借崔相公之口向合家大小讲述了八苦相煎,显然是为宣传佛教教义目的服务的,其中的生苦所描写的胎儿、产妇所承受之苦多是佛教意识形态下的观念。

关于《庐山远公话》的研究,主要集中在文献校勘、文本故事渊源和语言语法等方面。其中,王庆菽、周绍良、潘重规、项楚、黄征、张涌泉等对《庐山远公话》进行了文本校勘。② 张锡厚、韩建瓴、周维平、萧欣桥、梁银林、伍晓蔓等对话本人物本事、故事源流、内容和时代、文学虚构及其意义等进行了研究。③

(二)《叶净能诗》

目前仅见于 S.6836 写卷,该写本首残尾全,尾题"叶净能诗"。题名曾存在《叶净能话》《叶净能传》《叶净能书》等争议④,现在学界多根据尾题题作《叶净能诗》。话本主人公叶净能,又作叶静能,史上确有其人,大约活跃于武周、唐中宗时期,景龙四年(710),李隆基起兵诛杀韦后时被斩。其事迹散见于《旧唐书·五行志》,《旧唐书·后妃传上·中宗韦庶人传》,《旧唐书·桓彦范传》,《资治通鉴》卷二〇八、卷二〇九,《唐会要》卷六七"试及邪滥官"条等。⑤ 此外,《河东

---

① 萧欣桥:《论敦煌宗教话本〈庐山远公话〉和〈叶净能诗〉》,《浙江大学学报》(人文社会科学版)2004 年第 1 期。

② 王重民、王庆菽、向达等编:《敦煌变文集》,人民文学出版社,1957 年;周绍良:《读变文札记·庐山远公话》,《文史》1979 年第 7 期;潘重规编:《敦煌变文集新书》,文津出版社,1994 年;黄征、张涌泉校注:《敦煌变文校注》,中华书局,1997 年;项楚:《〈庐山远公话〉补校》,收入甘肃省社会科学院文学研究所编《敦煌学论集》,甘肃人民出版社,1985 年,第 81—99 页;项楚:《〈庐山远公话〉新校》,《中国文化》2001 年第 17、18 期。

③ 张锡厚:《敦煌话本研究三题》,《社会科学》1983 年第 3 期;韩建瓴:《敦煌写本〈庐山远公话〉初探》,《敦煌学辑刊》1983 年第 3 期;周维平:《英藏斯 2073 卷子敦煌话本故事探源》,《敦煌学辑刊》1996 年第 2 期;萧欣桥:《论敦煌宗教话本〈庐山远公话〉和〈叶净能诗〉》,《浙江大学学报》(人文社会科学版)2004 年第 1 期;梁银林:《〈庐山远公话〉的虚构及其意义》,《西南民族大学学报》(人文社科版)2004 年第 11 期;伍晓蔓:《从〈庐山远公话〉看早期话本的文学渊源》,《宗教学研究》2005 年第 2 期。

④ 张锡厚认为"诗"是"话"之误,见《敦煌话本研究三题》,《社会科学》1983 年第 3 期;胡士莹认为"诗"当是"传"之误,本题为《叶净能传》,见《话本小说概论》,中华书局,1980 年,第 31 页;黄征、张涌泉认为"诗"是"书"之误,见《敦煌变文校注》,第 341 页。

⑤ 〔后晋〕刘昫等撰:《旧唐书》第 7 册,中华书局,1975 年,第 2174 页;〔宋〕司马光编著:《资治通鉴》第 14 册,〔元〕胡三省音注,"标点资治通鉴小组"校点,中华书局,1956 年,第 6589、6595、6647 页。

记·叶静能》《玄怪录·叶天师》《广异记·叶净能》《独异记·李鹬》等也记载了叶净能的神异故事。

话本以叶净能为主人公,叙述其幼年在会稽学道而成,西赴长安,一路驱妖除魔,最后赴大罗天。话本捏合了明崇俨、申天师、叶法善、罗公远等多位人物的传奇故事,连缀成十几个驱妖降魔的故事来凸显叶净能的神通。其中,真正属于叶净能本事的也仅有"奏询子嗣"一事。此事见于《太平广记》卷三〇〇引《广异记》"叶净能"条,其载叶净能为唐玄宗皇后上章求子,久而章下,批云无子。① 在此基础上,《叶净能诗》描写得更为生动传神:净能书符至空中问天曹,书符牒问地府,天曹地府同报,皇后不合有子。显然,这彰显了道教的宿命论色彩。同为宗教宣传教化类话本,《庐山远公话》重在宣教,而《叶净能诗》重在娱心②,所以在《叶净能诗》求子故事中,我们看不出很明显的宗教色彩。

对《叶净能诗》的研究,最早可追溯到1960年日本学者小川阳一的研究,陈炳良、萧登福、罗宁、吴真等学者在本事源流、叙事风格、人物形象考证、话本的道教咒法及其所具有的敦煌当地信仰特点等方面,均有论著。③ 如金荣华考订了话本故事的来源。张鸿勋从话本的性质、内容、意义、写成年代、地域及其与唐代道教信仰、叶净能其人其事、话本题材等方面深入考辨。

四、蒙书

蒙书,主要为蒙学教学所用之书,为启蒙所编之书。④ 书中所涉及的蒙书主

---

① 〔宋〕李昉等编:《太平广记》第6册,中华书局,1961年,第2385页。
② 《论敦煌宗教话本〈庐山远公话〉和〈叶净能诗〉》,《浙江大学学报》(人文社会科学版)2004年第1期。
③ [日]小川阳一:《〈叶净能诗〉の成立について》,《东方宗教》1960年第16期;[日]游佐昇:《叶法善と叶净能——唐代道教の一侧面》,《日本中国学会报》1983年第35集;金荣华:《读〈叶净能诗〉札记》,《敦煌学》1984年第8辑;张鸿勋:《敦煌话本〈叶净能诗〉考辨》,收入甘肃省社会科学院文学研究所编《敦煌学论集》,1985年,第130—144页;张鸿勋:《敦煌话本〈叶净能诗〉再探》,收入《第二届国际唐代学术会议论文集》,文津出版社,1993年,第727—752页;陈炳良:《〈叶净能诗〉探研》,《汉学研究》1990年第1期;萧登福:《敦煌变文〈叶净能诗〉一文之探讨》,收入萧登福《敦煌俗文学论丛》,台湾商务印书馆,1988年,第132—174页;罗宁:《读〈叶净能诗〉》,收入《新国学》第4卷,巴蜀书社,2003年,第165—188页;吴真:《为神性加注:唐宋叶法善崇拜的造成史》,中国社会科学出版社,2012年;吴真:《敦煌〈叶净能诗〉的口头传统与地方信仰背景》,收入《2016年江南养生旅游高峰论坛论文集》,第189—194页。
④ 郑阿财、朱凤玉:《敦煌蒙书研究》,甘肃教育出版社,2002年,第1页。

要指敦煌蒙书。敦煌蒙书可分为识字、知识、德行三类,而德行类蒙书又分一般、家训和格言诗类。① 其中,德行家训类蒙书,如《辩才家教》《太公家教》《崔氏夫人训女文》等蒙书多涉及父母教育子女的题材。

(一)《辩才家教》

目前可知写卷两件:S.4329、P.2515。S.4329 首尾俱残,P.2515 首尾俱全,首题"辩才家教卷上并序",尾题"辩才家教一卷",卷末有题记"甲子年四月廿五日显比丘僧愿成俗性(姓)王保全记"。郑阿财、朱凤玉考订此题记中干支纪年"甲子年"为 844 年②,即 P.2515 写卷的抄写年份。

根据"辩才"具有佛家语和僧侣名号两层含义,《辩才家教》的命名有两种可能:一是此书为某一位善于巧说,具有辩才之人所编;一为此书是托名中唐僧人能觉大师"辩才"所作。③ 结合《辩才家教》题记、命名、内容及其所采用的佛经偈颂形式来看,此蒙书被认为是"佛教劝世文""寺院用来教育童蒙而编的德行教材"④,也不无道理。

虽然《辩才家教》在形式、内容上深受佛教的影响,但是它仍然以陶冶德行、规范日常生活行为为主要内容,是面向俗家弟子和普通民众的通俗读物。全书以学士、辩才问答的形式展开,共十二章,第六章"十劝"奉劝世人治家、修德、孝亲、勿贪酒肉、勤奋、戒杀等。其中,"劝君五"通过述说母亲十月怀胎时起坐的不便和辛苦,三年乳哺之事来奉劝世人不辞辛劳地侍奉父母:

> 劝君五,侍奉不可辞□苦。十月怀胎起坐难,报取三年亲乳哺。不论男女一般怜,总随恩爱无他苦。既若不听辩才言,请问慈乌来反哺。⑤

此段以"劝君五"总起,以七言为主,依次以"苦""哺"为韵脚,交叉使用,朗朗上口,易于诵读、吟唱。从全篇来看,《辩才家教》采用了便于吟唱的定格联章"十

---

① 《敦煌蒙书研究》,第 7 页。
② 《敦煌蒙书研究》,第 397—398 页。
③ 《敦煌蒙书研究》,第 395—396 页。
④ 《敦煌蒙书研究》,第 397、388 页。
⑤ 《敦煌蒙书研究》,第 392—393 页。

二时"曲的体制,边讲边唱的形式。① 这种表达方式便于蒙书的流传和推广。

为了达到劝孝主旨,蒙书先是正面叙述母亲怀孕、哺乳的辛苦,对孩子的百般疼爱,后面话锋一转,用慈乌反哺的典故来反衬不听辩才言之人。这种叙述模式和劝孝主题的变文、歌辞多为相似,都是先铺叙母亲怀胎、哺乳之苦,后面多从反面叙述不听劝的后果,而变文、歌辞多用佛教地狱来震慑不孝子。

在王重民、周凤五、王国良等学者对《辩才家教》研究的基础上②,郑阿财、朱凤玉从蒙书的写本情况、校录、命名和时代、形式内容及其与其他蒙书的关系等多方面进行讨论③,值得参考。

(二)《太公家教》

《太公家教》是现存最早的格言谚语类家训蒙书,在敦煌、吐鲁番盆地等地广为盛行,影响深远。郑阿财、朱凤玉综合各家目录著述,考订《太公家教》现知敦煌写本达 42 件④,张新朋在《俄藏敦煌文献》中考订了 8 件(缀合为 6 件)《太公家教》写卷残片⑤,随后又在英藏、俄藏、国图所藏敦煌文献中考订了 8 件《太公家教》写卷残片⑥。同时,吐鲁番迄今发现了一些《太公家教》写本残片:大谷 3167、3169、3175、3507 号文书俱属《太公家教》写本残片,其中,大谷 3167、3169、3175 为同一写本的分裂断片,3507 字迹与其他三断片不同。⑦ 此外,刘安志还考订了大谷 4394 号《太公家教》残片。⑧ 以上仅涉及敦煌、吐鲁番所藏的汉

---

① 周凤五:《敦煌写本〈辩才家教〉初探》,收入中国古代文学研究会主编《古典文学》第 8 集,台湾学生书局,1986 年,第 219—243 页。
② 王重民:《敦煌写本〈辩才家教〉跋》,收入北京大学中国中古史研究中心编《敦煌吐鲁番文献研究论集》,中华书局,1982 年,第 1—5 页;《敦煌写本〈辩才家教〉初探》,收入中国古代文学研究会主编《古典文学》第 8 集,第 219—243 页;王国良:《敦煌写本〈辩才家教〉卷子补说》,《国文天地》1986 年第 12 期。
③ 《敦煌蒙书研究》,第 388—402 页。
④ 《敦煌蒙书研究》,第 440 页。
⑤ 张新朋:《敦煌写本〈太公家教〉残片拾遗》,《社会科学战线》2010 年第 4 期。
⑥ 张新朋:《敦煌写本〈太公家教〉残片拾遗补》,《敦煌学辑刊》2012 年第 3 期。
⑦ 郑阿财:《学日益斋敦煌学札记》,收入《周一良先生八十生日纪念论文集》,中国社会科学出版社,1993 年,第 190—196 页。
⑧ 刘安志:《〈大谷文书集成〉古籍写本考辨》,《新疆师范大学学报》(哲学社会科学版)2004 年第 1 期。

文写本《太公家教》。还存在着一些敦煌藏文写本《太公家教》。① 可见《太公家教》影响之深远,在敦煌、吐鲁番地区盛行的情况。

从自序和结语内容来看,《太公家教》假托太公之名,作者多是乡村私塾教书长者,全书内容旨在教导子弟修身治家之道,是以家庭长者口吻教导儿童的格言谚语形式的通俗读物。② 此书成书于唐朝安史之乱前,即公元7世纪下半叶,8世纪广泛传播于全国,在安史之乱前传入敦煌的可能性最大。③ 从写本题记来看,其抄写年代最早的是唐宣宗大中四年(850),最晚的是宋太祖开宝九年(976)。④ 可见,《太公家教》是在晚唐五代至宋初广泛流行于敦煌、吐鲁番地区的童蒙读物。

《太公家教》主要反映儒家思想内容,这从它的取材来源可知。它主要取材于《礼记》《论语》《孝经》等儒家典籍,多采用四言韵语谚语形式编写而成,这一形式促使了它在唐宋时期广为盛行。其内容多教导他人修身处世之法,如事君、事父、事师、养儿、教女及与他人相处时的言谈举止、谨言慎行、妇人举止、事君之法等。其中,谈论孝子事亲,较为详细:

> 孝子事亲,晨省暮参,知饥知渴,知暖知寒,忧则同戚,乐则同欢。父母有疾,甘美不餐,食无求饱,居无求安,闻乐不乐,闻喜不看,不修身体,不整衣冠,父母疾愈,整亦不难。⑤

此段文字大多出自《礼记·曲礼上》《论语·学而篇》《论语·阳货篇》《孝经·丧亲章》⑥,主要是写孝子侍奉父母的日常行为及父母有疾,孝子的行为举措,这是儒家孝道观的体现。当然,《太公家教》还涉及父母教导孩子的方法及妇人在夫家的待人接物之法,这些都带有浓郁的儒家说教色彩。

学界对《太公家教》较为关注,陈寅恪、王国维、王重民、高国藩、周凤五、汪

---

① 陈践:《敦煌藏文文献〈古太公家教〉译释》(上)(下),《西藏民族大学学报》(哲学社会科学版)2017年第2、3期。
② 《敦煌蒙书研究》,第357页。
③ 刘安志:《〈太公家教〉成书年代新探——以吐鲁番出土文书为中心》,《中国史研究》2009年第3期。
④ 《敦煌蒙书研究》,第358页。
⑤ 《敦煌蒙书研究》,第350页。
⑥ 《敦煌蒙书研究》,第360—361页。

泛舟、郑阿财、朱凤玉等学者，从不同角度立论研究。① 张新朋先后对敦煌文献中的《太公家教》残片进行辨识、考订②；刘安志对吐鲁番出土的《太公家教》写本进行比定，并考订其成书年代及其在西州地区传播等问题③，值得参考。

（三）《崔氏夫人训女文》

作为敦煌文献目前可知唯一留存下来的女训类文本，《崔氏夫人训女文》在唐末广泛流传于敦煌民间。现可知有三件写本：S.4129、S.5643、P.2633。其中，S.4129首完尾残，首题"崔氏夫人训女文"；S.5643首尾皆残；P.2633首尾俱全，首题"崔氏夫人要女文一本"，尾题"崔氏夫人壹本"。

值得注意的是，P.2633文末题记前有"上都李家印"一行，"上都"源自班固《西都赋》"实用西迁，作我上都"④，指唐时京城首都长安，"李家"是李姓家图书刻印店铺。此写本是根据上都李家店的印本传抄而来，并且在此抄本之前，唐代长安已有《崔氏夫人训女文》印本流传，而且流传至敦煌地区。⑤ 文本后所附赞，徐俊拟题作《赞崔氏夫人》（《白侍郎赞》），并认为《崔氏夫人训女文》传自中原，托名或不在敦煌地区。⑥《崔氏夫人训女文》为托名于唐代大家望族之作，而"上都李家"为唐长安一所图籍刻印铺，再借托名白侍郎的歌辞，以增《崔氏夫人训女文》销路。⑦ 照此看来，《赞崔氏夫人》相当于名人广告诗，其中所称颂的内容很可能有夸大其词或有无中生有之嫌。

此文为古代女训类通俗读物，题名中"崔氏夫人"为托名。此文主要内容为女子出嫁前，母亲训诫告示的文本。古代女子出嫁前娘家特别重视对女子的教

---

① 陈寅恪佚文，见张求会：《陈寅恪佚文〈敦煌本《太公家教》书后〉考释》，《历史研究》2004年第4期；王国维：《唐写本〈太公家教跋〉》，收入《王国维手定观堂集林》，浙江教育出版社，2014年，第421—422页；王重民：《太公家教考》，收入《周叔弢先生六十生日纪念论文集》，1950年，第69—76页；高国藩：《敦煌写本〈太公家教〉初探》，《敦煌学辑刊》1984年第1期；周凤五：《敦煌写本〈太公家教〉研究》，明文书局，1986年；汪泛舟：《〈太公家教〉考补》，《兰州学刊》1986年第6期；《敦煌蒙书研究》，第349—376页。
② 《敦煌写本〈太公家教〉残片拾遗》，《社会科学战线》2010年第4期；《敦煌写本〈太公家教〉残片拾遗补》，《敦煌学辑刊》2012年第3期。
③ 《〈大谷文书集成〉古籍写本考辨》，《新疆师范大学学报》（哲学社会科学版）2004年第1期；《〈太公家教〉成书年代新探——以吐鲁番出土文书为中心》，《中国史研究》2009年第3期。
④ 《文选》，第3页。
⑤ 《敦煌蒙书研究》，第409页。
⑥ 《敦煌诗集残卷辑考》，第280—281页。
⑦ 《敦煌诗集残卷辑考》，第280页。

育告诫,主要告诫其如何处理夫家的各种关系、讨得众人欢喜等,这成为婚俗礼仪上的重大仪式之一。《礼记·昏义》载女子出嫁前三个月,在公宫、宗室受教,主要学习妇德、妇言、妇容、妇功四德。①《仪礼·士昏礼》详细记载了父母送女时的命诫之语②,谆谆教诲,饱含深情。唐代对婚礼仪式十分重视,如《崔氏夫人训女文》之类的训诫之辞因为其实用性在民间流传开来,也在情理之中。

与《崔氏夫人训女文》抄写于同一写卷(S.4129、P.2633)的《齖䶗书》③则通过描写齖䶗女子的言谈举止,最后被休的故事,从侧面告诫女子在婚姻生活中应该具备的品行、礼仪规范等。这也就显示了父母对出嫁女子教育的重要性。关于《崔氏夫人训女文》的研究,较具代表性的成果主要有郑阿财、高国藩的论著④,可供参考。

总体而言,无论是专门用于法会上的斋文,还是难月文、悼亡愿文、满月文、远行文等愿文,其所描写的产育生活片段,是世间父母为子女操劳一生的缩影,是父母在特定情形下对孩子真实情感的流露。佛教话本对胎儿发育情况及胎儿对母亲的影响、求子题材的叙述,主要是为宣扬佛教教义主旨或塑造话本主人公服务。蒙书从教育示范和宣扬孝道角度,对父母教育子女的内容也有所表现。

第三节　讲唱体类

讲唱体类即韵散夹杂类,此类文本主要是指采用韵散结合形式讲解经义或敷衍故事等的文学作品,多与讲唱活动有关。讲唱体文本中的韵文部分用于歌唱,散文部分主要用来宣讲经文或讲述故事情节,韵散文在文本中相互交叉出现,共同推进讲唱活动的展开。这类文体是敦煌文学较为显著的文体,"是中国

---

① 《礼记》,《十三经注疏》本,第1681页。
② 〔汉〕郑玄注:《仪礼》,〔唐〕贾公彦疏,〔清〕阮元校刻《十三经注疏》本,中华书局,1980年,第971页。
③ 现可知写本有3种:S.4129、P.2564、P.2633。
④ 郑阿财:《敦煌写本〈崔氏夫人训女文〉研究》,《中兴大学法商学报》1984年第19期,后重新校订、探究其产生背景及婚俗价值、影响,收入《敦煌蒙书研究》,第409—422页;高国藩:《敦煌本〈崔氏夫人训女文〉及其由来》,《古典文学知识》1995年第6期。

文学分类上的新兴文体,与韵文、散文鼎足而三"①,是中国文学史上出现的新文体,具有丰富中国文学文体的重要意义。

涉及妇女产育题材的讲唱体文学作品,我们分别从押座文、讲经文、变文三类予以概述。

一、押座文

押座文是"唐、五代通俗佛教仪式上由梵呗发展而来"②,俗讲开讲时所吟唱的韵文。一般以七言为主,有单行本,也常用于讲经文或变文前面,具有概括法会主要内容,镇静、静摄座下听众的功能。③ 与本节相关的押座文主要有《故圆鉴大师二十四孝押座文》《左街僧录大师压座文》等。

(一)《故圆鉴大师二十四孝押座文》

现可知有三件抄本:S. 3728v、P. 3361、Дx. 1703④;一件刻本:S. P1⑤。S. P1首题"故圆鉴大师二十四孝押座文",刻本刻于云辩死后,五代末或宋初。⑥ 抄本皆题"押座文",P. 3361篇题下有题款"左街僧录圆鉴大师赐紫云辩述",S. 3728v抄本题款写作"右街僧录圆鉴大师赐紫云辩述",抄本当先于刻本。⑦

根据S. 4472诗文,以及《佛祖统纪·法运通塞志》《佛祖统纪·国朝典故》《洛阳缙绅旧闻记·少师佯狂》等,可知圆鉴的生平情况。圆鉴为法名,号云辩,左街僧录为其官职,是五代有名的俗讲高僧,常活动于洛阳、开封一带。他不仅

---

① 《敦煌佛教文学》,第91页。
② [日]荒见泰史:《敦煌变文写本的研究》,中华书局,2010年,第243页。
③ 孙楷第:《唐代俗讲轨范与其本之体裁》,收入《俗讲、说话与白话小说》,作家出版社,1956年,第42—98页。
④ 张涌泉:《新见敦煌变文写本叙录》,《文学遗产》2015年第5期。
⑤ 《敦煌变文集》认为刻本编号为S. 7,关于此刻本编号学术界争议颇多。白化文认为S. 7刻本当为卷子本G. 8102(《敦煌汉文遗书中雕版印刷数据综述》,《大学图书馆通讯》1987年第3期);周绍良称未寻得S. 7此号(《五代俗讲僧圆鉴大师》,《佛教文化》1989年第0期);李致忠认为P. 3361、S. 8702、S. 3728原出中国敦煌《故圆鉴大师二十四孝押座文》,是雕印本(《唐代版印实录与文献记录》,《文献》2006年第4期);李英应则认为敦煌印本《故圆鉴大师二十四孝押座文》编号为Or. 8210/P. 1(《敦煌本〈故圆鉴大师二十四孝押座文〉》,《中国文物报》2017年8月22日,第7版)。
⑥ 《敦煌变文集》,第839页。
⑦ 《五代俗讲僧圆鉴大师》,《佛教文化》1989年第0期。

擅长俗讲,作有押座文,还擅长诗文。敦煌写卷 S.4472 有《云辩进〈十慈悲偈〉》《左街僧录与缘人遗书》诗文。同卷在此二篇诗文之前,还有一组失题诗(十首)曾两次提及云辩,周绍良认定此诗为云辩所作。① 鉴于圆鉴的影响力,这些诗文,包括押座文都是从中原地区传抄流传至敦煌地区。

《故圆鉴大师二十四孝押座文》主要是宣扬孝道的佛教宣传品,是"儒释融通的典型范本"②,此文甚至被认为是俗讲《父母恩重经》所用的押座文③。此文首先宣扬孝是成佛积善的根本,罗列了目连、佛祖、舜、王祥、郭巨、老莱子、孟宗等的孝亲事迹,规定了众人从个人言行、家庭关系、为人处世等方面孝亲的行为规范,最后提倡孝心、孝行并行,宣扬行孝可成佛等益处。其中,化用了《佛说父母恩重难报经》的"咽苦吐甘恩""怀担守护恩""远行忆念恩"的典故:

　　男女病来声喘喘,父娘啼得泪汪汪。……吐甘咽苦三年内,在腹怀娠十月强。试出去遥和梦逐,稍归来晚立门傍。④

押座文以七言韵文为主,对仗工整,铺叙孩子生病时的模样,惹得父母心疼,可见父母爱子情深。用父母将美味可口食物留给子女,母亲怀胎十月的辛苦,以及对远行在外子女的挂念等,来说明父母恩德之深厚,形象生动。所以,周绍良称此押座文为俗讲《父母恩重经》时所用,不无道理。

(二)《左街僧录大师压座文》

现可知写卷 S.3728v,抄录于《押座文》(《故圆鉴大师二十四孝押座文》)之前。篇题与其后《押座文》篇题下题款"左街僧录圆鉴大师赐紫云辩述"近似。圆鉴曾任"左街僧录"官职,陈尚君等认为此为圆鉴大师云辩之作。⑤

此押座文篇幅较短,可能是朝廷在各州建造舍利塔破土时宣讲前吟唱的押

---

① 《五代俗讲僧圆鉴大师》,《佛教文化》1989 年第 0 期。
② 买小英:《由敦煌本〈二十四孝〉看儒释伦理的融通》,《丝绸之路》2019 年第 1 期。
③ 《五代俗讲僧圆鉴大师》,《佛教文化》1989 年第 0 期。
④ 《敦煌变文选注》(增订本),第 994 页。
⑤ 陈尚君:《五代俗讲僧云辩的生平与作品》,《文史知识》2017 年第 3 期;洪帅:《敦煌诗歌词汇研究》,光明日报出版社,2013 年,第 42 页。

座文。① 以七言韵文为主,夹杂八言的形式宣扬佛家无常观念,从孩子受胎说起,叙述了父母养育、教育子女的点滴生活:

> 十月处胎添相貌,三年乳哺作婴儿。宁无命向脐风榭,也有恩从撮口离。仔细思量争不怕,才生便有死相随。设使身成童子儿,年登七八岁鬖双垂。父怜漏编(草)竹为马,母惜胭腮黛染眉。女即使闻周氏教,儿还教念百家诗。②

文本从怀胎、哺乳、新生儿护理、童子嬉戏、对男女孩教育等方面铺开,简述了人从母胎到接受家庭教育的成长过程,宣扬佛教的世事无常观念。文章对仗较为工整,以"十月"怀胎与"三年"哺乳、病名"脐风"与"撮口"、"父"与"母"疼爱孩子的方式、"女"与"儿"所受教育内容等分别一一相对。新生儿因为刚离开母体,未能适应外在环境,加之身体抵抗力弱,容易遭受病毒侵袭。因此,新生儿破伤风、惊风等病,若不能及时抢救,死亡率较高,"才生便有死相随"也确实是新生儿和父母所要面临的真实情况。

二、讲经文

讲经文是讲解经文的文本。它先引据经文,以说唱形式对经文进行讲唱、解说,并加以虚构铺衍、铺陈排比,其间穿插故事,使之通俗化,便于听众理解。③ 讲经文是随着佛教在中国盛行、佛经宣讲活动的流行而产生的,是促使佛经通俗化的有力手段之一。

有关妇女产育题材的讲经文主要有《父母恩重经讲经文》《盂兰盆经讲经文》《维摩诘经讲经文》《佛说阿弥陀经讲经文》等。

(一)《父母恩重经讲经文》

现可知写卷有 P.2418、BD06412(北河 12、北 8672)、Дx.03457,三件写卷

---

① 罗宗涛编撰:《石窟里的老传说——敦煌变文》,时报文化出版事业有限公司,1981年,第25页。
② 《敦煌变文校注》,第1158页。
③ 《敦煌佛教文学》,第91页。

皆演绎《父母恩重难报经》,而非《父母恩重经》。① 《父母恩重难报经》指署名"姚秦三藏法师鸠摩罗什奉诏译"的民间信徒之间所流传的伪经《佛说父母恩重难报经》和敦煌写卷 P.3919、上海图书馆藏 119(812569)《佛说父母恩重经》,后两种敦煌写卷属于丁系统《佛说父母恩重经》。张涌泉以上图藏 119 号为底本,参考甲本 P.3919、今本(浙江天台国清寺 1987 年 4 月再版的《佛说父母恩重难报经》),对这一系列的《佛说父母恩重经》进行校录。② 俄藏本残存部分不满 50 字,故不予讨论。前两件写卷所敷衍的《佛说父母恩重经》内容不同,下面我们分别予以概述。

1. P.2418《父母恩重经讲经文》

前面残缺,无标题,向达根据文意拟题《父母恩重经讲经文》,后题"诱俗第六",尾题"天成二年八月七日一常书",天成为后唐明宗李亶年号,天成二年为公元 927 年,这是抄本的时间。此讲经文仅为长篇《父母恩重经讲经文》的片段③,相对于 BD06412 写本,篇幅较长,内容更加丰富。

P.2418《父母恩重经讲经文》全篇先引述经文,再以韵文铺叙吟唱。首先引世尊呵责不解父母恩德、不知报恩的众生死后必堕恶道的经文,继而以七言韵文铺叙。其次,佛对阿难讲不孝子出入不依时节,让父母担忧,深受父母远行忆念恩。再次,讲经文直接引用经文,逐一阐释分析父母对子女的如下恩德:怀担守护恩、临产受苦恩、咽苦吐甘恩、回干就湿恩、洗濯不净恩、乳哺养育、奖教礼仪、婚嫁宜学等。最后,讲经文重申并吟唱不念重恩、背恩违情经文。

在铺叙父母给予子女的恩德中,怀担守护恩、临产受苦恩、咽苦吐甘恩、回干就湿恩、洗濯不净恩、乳哺养育恩、远行忆念恩与歌辞《报慈母十恩德》《父母恩重赞》和《孝顺乐》所歌颂的十大恩德内容相吻合。限于篇幅,歌辞所吟唱的父母恩德,显得短小精炼。讲经文因为引经讲解再以韵文吟唱,翔实生动得多。

从 P.2418《父母恩重经讲经文》行文结构来看,讲经文用大量笔墨来铺叙父母生育、养育、教育孩子过程中的种种恩德,但这些恩德旨在说明父母恩德大如

---

① 罗宗涛:《敦煌讲经变文研究》,佛光山文教基金会,2004 年,第 194 页。
② 张涌泉:《以父母十恩德为主题的佛教文学艺术作品探源》,收入《原学》(第二辑),中国广播电视出版社,1995 年,第 125—141 页。
③ 因为此篇有后题《诱俗第六》,项楚推测此篇仅为长篇《父母恩重经讲经文》片段,见《敦煌变文选注》(增订本),第 1438 页;此篇敷衍 P.3919《佛说父母恩重经》而来,而《佛说父母恩重经》在本讲经文之前尚有一段经文,故黄征等推测本讲经文已残缺一大段演绎十种恩德的讲经文,见《敦煌变文校注》,第 979 页。

天,子女不该忘恩,其最终目的仍是劝导众生行孝。"经书之内,皆说父母之恩,奉劝门徒,大须行孝"①,"经书"是指文中所引用的儒家经典《孝经》、蒙书《太公家教》等,讲经文引用这些宣扬孝道的相关片段来劝导众生行孝。其实,讲经文通过世尊用死后堕恶道来呵责不懂报恩的众生,以及反复讲解弃德背恩、背恩违情等经文内容,来实现劝孝目的。

2. BD06412(北河12、北8672)

写卷前后均残缺,所引经文与 P.2418 所引多有相同,但讲唱部分不同。黄征、项楚等认为此两件写卷是不同的《父母恩重经讲经文》的残存碎片。② 这两篇讲经文所引经文都来自《父母恩重难报经》或 P.3919《佛说父母恩重经》。伪托鸠摩罗什所译《佛说父母恩重难报经》③的主要内容和 P.3919《佛说父母恩经》一致,但有所增益。经文都采用问答形式,围绕阿难向佛问教父母恩德事,佛为阿难及众弟子讲解父母恩德、报父母恩之法、不孝子遭遇等内容展开。

BD06412《父母恩重经讲经文》写卷卷首残缺较多,以韵文吟唱开始,接着引述"弃德背恩"经文,再以韵文吟唱。此后铺叙父母恩德,如十月怀担、临产受苦、咽苦吐甘、洗濯不净、回干就湿、血乳喂养等,都是先引经文,继而用韵文吟唱。对这些恩德的描写,是在极力渲染母亲怀胎期间的辛苦及行动、生活等不便,通过描述分娩时的痛楚、养育子女时的不辞辛苦和甘愿为儿女受苦受累等牺牲精神,说明父母对子女的深恩,从而倡导众生行孝。

可惜此卷前后残缺较多,无法分析全文的行文结构。但因为它与 P.2418《父母恩重经讲经文》所引经文大致相同,可以推测它们的结构可能也大同小异。如此看来,BD06412 也可能是以劝导世人行孝为目的的。"奉劝坐中弟子,大须孝养二亲"④正是宣讲母亲临产受苦恩经文的真正目的。在讲解"弃德背恩"经文时,也是用死后堕地狱来震慑不孝父母之人。

以上两件写卷在结构、形式上类似。二者都先引述经文,继而用散文讲解,后以韵文对所引经文进行传唱阐释。根据罗宗涛考证,两件写卷多处雷同,时

---

① 《敦煌变文校注》,第972页。
② 《敦煌变文校注》,第1001页;《敦煌变文选注》(增订本),第1511页。本书以黄征等校注《敦煌变文校注》为底本,参校项楚《敦煌变文选注》(增订本)、潘重规编《敦煌变文集新书》,其他处不再说明,仅注明底本和参校本页码。
③ 以下文中所出现的《佛说父母恩重难报经》皆指鸠摩罗什所译本,除非特别注明"后汉沙门安世高译"。
④ 《敦煌变文校注》,第1000页。

代较接近。BD06412流行之际,正是P.2418制作时,P.2418属晚唐之际作品。相较而言,BD06412参差而粗疏,本色;P.2418整齐而细密,刻意求工。① 对于妇女产育生活的描写正呈现出以上特点,即BD06412写卷简略,P.2418详尽,但二者题材内容近似。因为二者关于产育题材描写的侧重点不同,文字差异较大,所以在后文中我们将两件写卷中相关的题材内容依次加以讨论。

(二)《盂兰盆经讲经文》

现可知写卷BD2496(北成96)、台北图书馆32,此卷卷首残缺,尾题"盂兰盆经",潘重规拟为此题。被视为佛教孝经的《盂兰盆经》是西晋竺法护所译,是佛教讲究孝道的根据。此经主要讲述佛弟子目连救母的故事,在宣传佛教孝道思想方面影响巨大。由《盂兰盆经》演变而来的盂兰盆会在魏晋南北朝后期的中国社会已经很流行,成为举国上下共同的节日,其主要作用就是宣传孝道。② 讲经文演绎《盂兰盆经》而来,先引经文,再以七言韵文吟唱的结构使经文通俗化,自然也是宣传孝道思想的产物。

讲经文在讲解目连"欲度父母,报乳哺之恩"经文时,引用《父母恩重经》十恩来阐述目连报答母恩的缘由,即在于十恩难报:

> 父母有十种恩,卒难报答。一者怀胎守护恩,二者临产受苦恩,三者生子忘忧恩,四者咽苦吐甘恩,五者回干就湿恩,六者乳哺养育恩,七者洗濯不净恩,八者为造恶业恩,九者远行忆念恩,十者究竟怜愍恩。③

此《父母恩重经》即伪经《佛说父母恩重难报经》,敦煌写卷P.3919、上海图书馆藏119(812569)《佛说父母恩重经》。讲经文在引述父母给予子女的十恩之后,用韵文加以吟唱,使十恩内容便于听众理解。在韵文末尾,表现出浓郁的劝孝意味,宣扬不孝众生堕恶道,奉劝众生学目连行孝。在讲解经文的过程中也在"奉劝座下佛弟子,大须孝顺莫因循"④。可见,《盂兰盆经讲经文》从演绎题材到

---

① 《敦煌讲经变文研究》,第453—457页。
② 广兴:《魏晋南北朝时期的佛教孝道研究——以〈睒子经〉和〈盂兰盆经〉为主》,《宗教研究》2016年第1期。
③ 《敦煌变文校注》,第1006页。
④ 《敦煌变文校注》,第1006页。

讲解经文,无处不在宣扬孝道思想。

《盂兰盆经讲经文》对母亲怀胎产子、命悬一线的分娩,含辛茹苦的喂养,以及不孝子逐乐他乡等情景的描写及其所引《父母恩重经》十恩德,都作为目连欲报父母深恩及孝养父母的例证。通过母亲呕心沥血养育子女的铺排描写,使得《父母恩重经》十恩德经文的内容更加通俗易懂和世俗化,从而深化奉劝众生行孝的主旨。

敦煌文献中以目连救母故事为内容的讲经文、因缘、转变等版本众多,可见目连故事流传较广,形成了影响深远的盂兰盆会。目连救母故事所宣扬的孝道思想在盂兰盆会上宣扬,对后世宝卷、傩戏相关题材产生影响。目连故事不仅在每年七月十五盂兰盆会上讲唱,也在超度亡人、劝人行孝的丧仪上讲唱。① 现在广东湛江地区还在丧葬仪式上表演以目连故事为题材的傩戏,用以超度亡魂。这就是丧葬仪式上唱诵目连故事的现实需求。

(三)《维摩诘经讲经文》

现可知写卷有八种:S.4571＋S.8167②、S.3872、P.2292、P.3079[BD05394(北光94、北8435)]、Φ101、Φ252、零拾本(贞松堂藏本)、BD15245(北新1445)③,都演绎鸠摩罗什所译《维摩诘经》,是现存讲经文中卷号最多的一种。《维摩诘经》三卷十四品,上述八种讲经文演绎的经文均在本经前五品,还有将近2/3的讲经文尚未发现。写卷卷首多缺题,王庆菽、向达、黄征等将其命名为《维摩诘经讲经文》。其中,涉及父母看护、照料孩子题材的写卷主要是S.4571＋S.8167,现概述如下:

本卷原分为多页,各页首、末皆略有残缺,失题,演绎《维摩诘经·佛国品第一》的前半部分,王庆菽拟为此题。本讲经文的经疏体痕迹较为明显,何剑平认为S.4571《维摩诘经讲经文》参照了法相宗大师窥基《说无垢称经疏》的写法。

---

① 刘传启:《"劝孝"与敦煌丧仪》,《敦煌学辑刊》2017年第4期。
② 张涌泉认为S.8167残片与S.4571《维摩诘经讲经文》为同一抄手所书,是从S.4571掉落下的一篇,可以完全缀合。《新见敦煌变文写本叙录》,《文学遗产》2015年第5期。
③ 张涌泉认为零拾本(贞松堂藏本)、BD15245(北新1445)讲经文字体、行款相同,文义相接,为同一写卷之分裂,而计晓云认为此二卷行款相同,字体各异,并非一人所抄,两卷间的裂痕无缀合依据,无法断定为同一写卷的断裂。参见《新见敦煌变文写本叙录》,《文学遗产》2015年第5期;计晓云:《〈维摩诘经讲经文〉中的文殊信仰——以贞松堂藏本及国图藏〈文殊问疾〉为考察中心》,《宗教学研究》2017年第2期。

《说无垢称经疏》撰写时代在高宗咸亨三年(672)十二月二十七日,本讲经文的创作时间应该在盛、中唐之际。①

此卷讲经文残缺部分较多,在描述讲经场面之后,有一段残缺,其后经文把菩萨忧念众生比喻成父母爱念孩子,并节录一段经文。讲经文为阐释"菩萨忧念三界众生,爱如若子"等经文,以世间父母心忧儿病的情形喻指菩萨心忧众生疾苦,借俗世父母育子、照料子女生活的情景阐明菩萨心忧众生,犹如生身父母,可谓生动感人:

> 菩萨忧念三界众生,爱如若子。所以向下经云:"譬如长者,唯有一子,子若得病,父母亦病。"云云。菩萨施于法药,所以《观音经》云"应以佛身得度者"云云,乃至"地狱众生病者,内有三毒病",乃至"五苦八苦"。若是世间医者能医身病,菩萨法药能医得身心二病,永出离于生死,是名痊愈。众生病愈,菩萨亦病愈。
>
> 经云"为大医王,若(善)疗众病,应病与药,令得服行"者。喻似世间恩爱,莫越眷属之情;父母系心最切,是腹生之子。小时爱护,看如掌上之珠;到大忧怜,惜似家中之宝。抱持养育,不弹(惮)劬劳;咽苦吐甘,岂辞嫌厌。回干就湿,恐男女之片时不安;洗浣濯时,怕痴騃之等闲失色。临河傍井,常忧漂溺之危;弄犬捻刀,每虑啮伤之苦。世间之事,都未谙知,父母忧心,渐令诱引。年才长大,稍会东西,不然遣学经营,或即令习文笔。男须如此,女又别论,每交(教)不出闺帏,长使调脂弄面。或亲歌乐,曲调分明;或仿裁缝,针头巧妙。男及弱冠,女及笄□(年),属聘婚姻,尽皆次弟。头头忧念,种种□□□□□□□□(原文至此残缺)。
>
> (首缺)推□□□□□遣断。频烧方纸,向□□中□□□□;数焚名香,于寺院内许僧斋设。男女未校,转切忧疑;父容日日尪龟(羸),母貌朝朝憔悴。才闻减损,稍获痊平,浑家顿改忧愁,父母当时欢悦。菩萨心意亦复如然。愍含识而意似亲生,怜凡夫而爱如赤子。不欲见四生流浪,长行捞摝之心;叹常于三界轮回,但作救拔之愿。愚情未悟,被六尘镇昧于情田;真理难分,致三毒长时于染污。菩萨每观于我辈,恰同病患之无殊;圣人常见于凡流,一似缠疴之不异。所以搞罗法药,应病根机,总令诫断于贪嗔,悉

---

① 何剑平:《〈维摩诘经讲经文〉的撰写年代》,《敦煌研究》2003年第4期。

遣修持于智惠。四流波上,遣不忧沉泛之危;六道轮中,教永断去来之径。舍无常之五蕴,获五分之法身;证无漏之菩提,抛有为之相貌。方称菩萨,始号医王,河沙烦恼病消除,菩萨慈悲方愿满。所以经云"以现其身为大医王,善疗众病,应病与药,令得服行",乃至"如是等三万二千人"。①

本讲经文主要采用节抄经文,用散文阐述、敷衍、重述经文,最后以韵文加以吟唱的结构。此段主要节抄"为大医王,若(善)疗众病,应病与药令得服行"经文,以散文形式用俗世父母照顾孩子,从出生到婚嫁聘娶所操办的种种琐事来阐释菩萨对众生的忧念。

为表达菩萨对众生的忧念之深,讲经文详细描写了父母心系腹生子,视如珍宝,从刚出世的抱持喂养、咽苦吐甘、回干就湿般的照料,到童子嬉戏时的担忧、儿女成长过程中的循循善诱地教导、儿女婚事的操持等内容。继此番悉心养育子女生活情景的描写之后,讲经文描摹了一幅幅父母夜以继日、不辞辛苦地照料病中爱子的画面,把父母心忧儿病的焦虑、忧愁淋漓尽致地传达出来。在父母养育子女和照料病儿两段文字中间,写卷残缺,现存文本表现的是父母养育、教育子女成长过程的内容,讲经文按照孩子成长过程的时间顺序,侧重描写父母在子女成人过程中的辛勤付出,可以说用心良苦。尽管这些描写,仅是《维摩诘经讲经文(一)》用来阐释菩萨待众生犹如生身父母的例证,但却是世间民众抚养、照顾儿女成人生活的鲜活表现。

(四)《佛说阿弥陀经讲经文》

现可知写卷有 P.2931、P.2955、S.6551v②,三件皆失题,王重民、王庆菽据内容拟此题,三件写卷虽然都是演绎后秦鸠摩罗什译《佛说阿弥陀经》,但是内容大不相同,所以为三篇不同的讲经文。其中,S.6551v《佛说阿弥陀经讲经文》首尾残缺,此篇记载了许多史事。据此,向达、罗宗涛、张广达、荣新江、李正宇、

---

① 《敦煌变文校注》,第760—761页。
② 黄征、张涌泉参照周绍良观点,把 P.2122《阿弥陀经讲经文》编作《阿弥陀经押座文》,见《敦煌变文校注》,第1162页;张涌泉认为 BD16378 残片所存文句均见于 S.6551《佛说阿弥陀经讲经文》,或系《佛说阿弥陀经讲经文》摘抄本,而非独立使用的《佛说阿弥陀经押座文》,参见《新见敦煌变文写本叙录》,《文学遗产》2015年第5期。

李树辉、董艳秋等从不同角度考辨此讲经文的创作年代、地点等。① 向达认为其出自9世纪之后于阗和尚之手。罗宗涛认为成文于长庆元年至太和三年（821—829），最晚不超过开成四年（839）。张广达、荣新江、李正宇、李树辉则考订其创作于西州，但写作时间存在分歧：张广达、荣新江考订在930年前后，李正宇认为在唐末天复、天佑（901—907）之间，李树辉则认为作于唐贞元十一年（795）十月或稍后。董艳秋把讲经文的写作时代提至774—780年之间，并认为其作者为某西域国人。从以上论断来看，S.6551v《阿弥陀经讲经文》的创作地点大致可定在西州回鹘国。

与其他讲经文结构不同，此文并未直接引述经文，而是先讲"三归""五戒"，后讲《阿弥陀经》。唱经文所唱内容只是《阿弥陀经》的经题，不是一篇单纯和典型的讲经文。② 周绍良先后将其命名为《说三归五戒文》《说三归五戒讲经文》。③ 在讲《佛说阿弥陀经》部分，先赞《大乘阿弥陀经》功德，继而发愿。愿文所祝愿的对象众多，僧界俗世都有庇护，上至可汗天王、天公主等，下至卧床病人、怀胎临产妇人、囚犯、异乡游子等，希望可汗福寿安康，天公主永沐皇宠，病者早愈，怀胎分娩母子平安，囚人早获自由，游子早归，路人平安等。

三、变文

涉及妇女产育题材的变文作品主要集中在讲唱佛家故事的变文中，这类变文以"佛教的神变、奇异的故事、情景为表现对象"④，主要有《太子成道经》《悉达太子修道因缘》《太子成道吟词》《太子成道变文》《八相变》《欢喜国王缘》等。根据内容，讲唱佛家故事的变文可分为演述佛经中有关佛陀故事的佛传类变文、

---

① 《敦煌变文集》，第477页；《敦煌讲经变文研究》，第435页；张广达、荣新江：《有关西州回鹘的一篇敦煌汉文文献——S6551讲经文的历史学研究》，《北京大学学报》（哲学社会科学版）1989年第2期；李正宇：《S6551讲经文作于西州回鹘国辨正》，《新疆社会科学》1989年第4期；李树辉：《S.6551讲经文写作年代及相关史事考辨》，《敦煌研究》2003年第5期；董艳秋：《〈佛说阿弥陀经讲经文〉写作时代考》，《敦煌研究》2004年第1期。

② 《敦煌变文选注》（增订本），第1194页。

③ 周绍良：《敦煌变文集中几个卷子定名之商榷》，《敦煌吐鲁番文献研究论集》1986年第3辑；周绍良、高国藩、项楚等选注：《敦煌文学作品选》序，中华书局，1987年，第4页。

④ 陆永峰：《敦煌变文研究》，巴蜀书社，2000年，第24页。

演述佛经中有关佛弟子故事的佛教故事变文。① 除了《欢喜国王缘》,其他作品都是讲述释迦牟尼太子故事的佛传变文。

(一)《太子成道经》

现可知写卷有 P.2299、P.2924、P.2999、S.548v、S.2682v、S.2352v、S.4626、BD06780(北潜80、北8436)、Дх.2114。② 其中,P.2999首尾俱全,尾题"太子成道经一卷"。此变文根据隋天竺阁那崛多所译《佛本行集经》,演绎太子(释迦牟尼)出生、离家、成佛(成道)的故事。变文先赞美佛往生所行行业,然后自其上生兜率开始叙述,以至托胎、降生、纳妃、出家、雪山修行,最后加入耶输生子故事。

为了使故事情节贴近听众生活,讲唱者在讲唱佛本生故事时加入了许多世俗生活内容,如净饭王夫妇求子情节正是对俗世世界中婚后无嗣夫妇求子生活的真实写照。净饭王因中宫无太子,闷闷不乐,梦见双陆频输,大臣占梦,让净饭王携夫人前往天祀神处求子,后夫人梦见一孩儿乘白象入右胁,不久夫人有孕。这是社会上较为盛行的求子风气在讲唱文学中的流露,双陆频输题材也源自唐代轶闻。同时,梦境的加入,使得求子故事显得更加神秘。

虽然《太子成道经》是根据佛经敷衍而成的佛本生故事,但是净饭王梦见双陆频输及其夫妇求子题材不见载于佛经③,是讲唱者对史传、笔记小说、民间传说、风俗,以及信仰等④加工改造而成的。可以说,净饭王夫妇求子故事是中原地区求子风俗在敦煌变文的表现。

(二)《悉达太子修道因缘》

现可知写卷有 S.3711v、S.5892、日本龙谷大学藏本。龙谷大学藏本首尾俱完,标题原有。周绍良早就指出《悉达太子修道因缘》和《太子成道经》字句全同,只是尾部不同。⑤ 在此基础上,郑阿财指出,《悉达太子修道因缘》《太子成道

---

① 《敦煌佛教文学》,第95页。
② 《敦煌讲经变文研究》,第9页。Дх.1225残片是否为《太子成道经》残文存疑,参见《新见敦煌变文写本叙录》,《文学遗产》2015年第5期。
③ 《敦煌讲经变文研究》,第16页。
④ 《敦煌佛教文学》,第154—155页。
⑤ 周绍良:《〈悉达太子修道因缘〉校注并跋》,收入敦煌文物研究所《1983年全国敦煌学术讨论会文集文史·遗书编》(下册),甘肃人民出版社,1987年,第1—18页。

经》在情节、语句上多有相似,特地比较了净饭王梦见双陆频输、净饭王夫妇向天祀神发愿求子的情节。①

(三)《太子成道吟词》

现可知写卷为 P.2440v,首尾无篇题,主要抄撮《太子成道经》或《八相变》吟词而成,供变文演说时配合吟唱者持以吟唱。② 黄征、张涌泉结合抄本与《太子成道经》《八相变》等变文的关系,将其拟题作《太子成道吟词》。此文结构较为特殊,学界多认为其文体为剧本。任半塘首次指出此为"剧本之资料""俨然已接近剧本"③;饶宗颐称其为"表演《太子修道》之歌舞剧"④;李正宇认定其为剧本并拟题《释迦因缘剧本》⑤;欧阳友徽、李小荣等都进一步肯定其文体为戏剧,李小荣据内容拟题作《太子成道戏剧》⑥。学者们从此抄本运用的场合定其为戏剧。确实它带有明显的演出痕迹,与戏剧表演诸多因素较为吻合。

值得注意的是,朱凤玉注意到此篇吟词的角色区分,断定其为演出的底本。⑦ 其实,结合此抄本与《太子成道经》《八相变》吟词的关系、运用的场合,此抄本可能原是俗讲法师的讲唱的底本,随着讲唱活动的发展,此抄本作为讲唱底本的节本也运用于演出场合。此抄本的文体实属变文范畴。

P.2440v《太子成道吟词》涉及妇女产育题材的部分仍然是 P.2999《太子成道经》、日本龙谷大学藏本《悉达太子修道因缘》所载的净饭王和摩耶夫人的发愿之词:

> 拨棹乘船过大江,神前倾酒三五卮。倾杯不为诸余事,男女相兼乞一双。
> 拨棹乘船过大池,尽情歌舞乐神祇。歌舞不缘别余事,伏愿大王乞个儿。⑧

---

① 《敦煌佛教文学》,第 96—97 页。
② 《敦煌变文校注》,第 482 页。
③ 任半塘:《唐戏弄》,上海古籍出版社,1984 年,第 875—877 页。
④ 饶宗颐:《敦煌曲与乐舞及龟兹乐》,《新疆艺术》1986 年第 1 期。
⑤ 李正宇:《晚唐敦煌本〈释迦因缘剧本〉试探》,《敦煌研究》1987 年第 1 期。
⑥ 欧阳友徽:《敦煌 S.24407 写卷是歌舞戏脚本》,《西域研究》1991 年第 3 期;李小荣:《敦煌变文》,甘肃教育出版社,2013 年,第 447—453 页。
⑦ 朱凤玉:《从原生态论敦煌变文之抄写与阅听问题》,收入《朱凤玉敦煌俗文学与俗文化研究》,上海古籍出版社,2011 年,第 111 页。
⑧ 龙谷大学藏本文字稍异:"三五"作"数千","歌舞乐神祇"作"歌欢乐神祇","歌舞不缘"作"所来不为",参看《敦煌变文校注》,第 435、469、481 页。

净饭王、摩耶夫人吟词意同。这两段使用了首句重复程序①,都以"拨棹乘船"行为起首,叙述净饭王夫妇不辞辛劳渡江求子,祭神娱神,祷祝发愿。净饭王用酒祭神,摩耶夫人以歌舞献祭,献祭之物体现了男、女性日常生活娱乐方式的区别,符合性别特征。

(四)《太子成道变文》

题作《太子成道变文》现可知的写卷有 P.3496、BD08579v(北推 79、北 8370v)、S.4480v、S.4128、S.4633、S.3096、Дх.1228、Дх.285a、日本羽 675。其中,S.4480v 描写了世尊托胎摩耶夫人腹中,出生一段,尤其是九龙浴太子情节,最为精彩:

> 到癸丑年之岁七月十五日夜,从于六欲界天上降下于摩耶夫人脏中,托胎左胁但入右。到丙寅之岁四月八日,于南弥梨园中手擒无忧树,脚□红莲花右诞下。……九龙吐水浴太子,举脚七步,一手指天,一手指地,口称:"唯我为尊,某乙向上更无人。"当时摩耶夫人遣差官健三人,趋净饭王前:"太子诞下,在金盘子承,转瞬从天有九队雷鸣,一队鸣中各有一毒龙吐水,浴我太子。举脚七步,一手指天,一手指地:'唯我为尊,某乙头上更无人。'"②

本段通过官健之口描述九龙吐水浴太子祥瑞的神奇场面。雷鸣之中毒龙吐水浴太子,而太子不但不惊,反而上指天,下指地,称天地之间唯他独尊。何等霸气!从托胎、无忧树下出世到九龙吐水浴太子,无不显示着太子的神奇身世和福瑞之相。虽说是佛本生故事,但作为向民众传道的讲唱作品,托胎、降生、浴太子等过程无不融合了民众所熟悉的民俗文化,如落草、洗儿习俗。

(五)《八相变》

题作《八相变》,现可知的写卷有 BD03024(北云 24、北 8437)、BD08191(北乃 91、北 8438)、BD04040(北丽 40、北 8671)、《中国书店藏敦煌文献》74 号残

---

① 孙尚勇:《佛教文学十六讲》,陕西人民出版社,2012 年,第 246 页。
② 《敦煌变文校注》,第 486 页。

片①、日本宁乐美术馆藏本、日本羽708②。这些写卷可分为两个系统,日本藏本与国内藏本颇有不同。其中,国家图书馆所藏写本有世尊托荫摩耶夫人腹中、摩耶夫人无忧树下诞子、九龙吐水沐浴太子等情节。与《太子成道变文》相比,《八相变》以韵散相间方式进行讲唱,这些情节较为简略,但同样反映了古代妇女求子、产子、洗儿风俗等。

(六)八相押坐文

现可知写卷一件S.2440,此卷首尾俱全,首题"八相押坐文"。此押坐文讲述释迦牟尼佛降生净饭王宫为太子,后入山修道,终成正觉的故事,其与《太子成道经》押座文大体相同,仅后面几句内容存在差异。

《太子成道经》《悉达太子修道因缘》《太子成道吟词》《太子成道变文》《八相变》《八相押坐文》或对求子、产子现场进行描写,或描写九龙吐水沐浴太子情景。这些文本主要围绕佛祖出世、成道等故事展开,取材于佛教本生故事的同时,也注重融入了俗世现实生活场景。众文本所描写的净饭王夫妇求子、太子出世及九龙灌顶的情景正是民间盛行的求子、产子、洗儿风俗以生动的文学语言,借助变文文本形式的精彩呈现,带有浓厚的佛家色彩。

(七)《欢喜国王缘》

现可知写卷有:零拾本(上海市文物保管委员会藏)+P.3375v、上图016(812379)(上海市文物保管委员会藏),目前上海市文物保管委员会所藏两件写本都已转入上海图书馆。前失题,启功据尾题《欢喜国王缘》一本写记"补为此题,尾题"乙卯年七月六日三界寺僧戒净写耳"说明三界寺僧戒净曾抄写过此文。

缘,又称因缘、缘起,根据佛经故事演绎而成的韵散相间的讲唱文体,结构与变文并无不同③,如《目连缘起》《丑女缘起》等。在因缘类作品中,《欢喜国王缘》的结构较为特殊,开篇以"谨案藏经"起始,指出故事来源,唱词部分分别有吟、侧、断、吟断、断侧等标识语,这与讲经文多有相似。

与佛本生佛传变文不同,《欢喜国王缘》主要讲述有相夫人临死前皈依佛

---

① 《新见敦煌变文写本叙录》,《文学遗产》2015年第5期。
② 《敦煌佛教文学》,第96页。
③ 《敦煌佛教文学》,第102页。

门,死后生天的经历。此文本取材于北魏吉迦夜、昙曜共译《杂宝藏经》卷十《优陀羡王缘》有相夫人生天故事。故事叙述欢喜王夫人有相,备受国王宠爱,与国王弹琴跳舞之时,被国王看出她面呈死相,预计七日后身亡。有相夫人辞别国王回娘家,父母为其寻医检药,未果。后经人指点,在比丘尼处受八关斋戒,死后生天。在她的劝说下,欢喜王后也受八关斋戒生天。故事情节跌宕起伏,人物形象饱满突出,宗教教化意味浓厚。

其中,有相夫人辞别国王回娘家,父母初见有相夫人时的欢喜与听闻女儿死期将至时的悲痛,形成了强烈的反差。尤其是以"侧"为指示性的唱词,更是把父母心中的悲痛、为女儿医病的心急如焚传达出来:

[侧]有相辞王出,归家别父娘。万人皆失色,百壁(辟)尽悲伤。父母初闻说,悲号哭断肠。只缘薄福德,不久见身亡。及其闻说泪沾巾,莫怪今朝劝善频。父母初逢端正貌,争忍教为化作尘。便唤医师寻妙药,即求方术拟安魂。人人皆道天年尽,无计留他这个人。①

此段在渲染气氛方面较为成功,大力渲染众人尤其是父母为有相夫人的遭遇感到伤心欲绝的悲伤氛围。通过"失色""哭断肠""泪沾巾"等字眼,写出众人的悲痛之情。父母不忍心"端正貌"有相化作尘土,为其寻医觅药、求助方士法术,为她续命安魂,道尽了为人父母在儿女病重时的心酸和无奈。寻医觅药、求助方士法术也是中古民众在子女生病时所采取的身体和精神救治的有效措施。

总体而言,讲唱体类敦煌产育题材文学作品多是源自佛经或本身即佛传变文,其与佛教之间的关系最为密切。这类作品是佛教徒借俗世父母养儿育女点滴生活来宣扬孝道,阐明经义,推进佛教世俗化进程的重要手段。由于是韵散结合的讲唱形式,在敷衍佛教孝经《父母恩重难报经》《盂兰盆经》过程中,讲经文对父母十恩德描写得更为细致入微,动人心弦,颇具感染力。通过歌赞或铺叙父母恩德进行劝孝的叙事模式及其题材对后世俗文学产生了深远的影响。

---

① 《敦煌变文校注》,第 1090 页。

第二章　敦煌产育题材文学与民俗、佛教的关系

敦煌石室出土的敦煌文学写卷及其背后所蕴藏的敦煌文学活动无不与民众生活息息相关。敦煌文学取材于民众生活，表现人们的喜怒哀惧、衣食起居等日常生活，关注民众生活场景的各个角落，笔触深入街头巷里、乡村边地，表现平民的生活状况、思想感情，散发出浓郁的生活气息，呈现平民化倾向，是真正意义上的平民阶层的文学，属于俗文学的范畴。

作为俗文学的重要组成部分，敦煌文学既具有俗文学通俗的共性，又带有断代地域文学的时代性和地域性。作为通俗文学，敦煌文学中的变文、歌辞、斋愿文等多是以讲唱为主，这使得敦煌文学显现出如下典型特点：以讲诵、演唱、传抄为其基本传播方式，以集体仪式创作为其创作的特征，以仪式讲诵为其主要生存形态。[①] 讲经文、变文、歌辞等多是以讲诵、演唱、传抄为基本传播方式。佛教应用文如斋文、愿文等多运用于法会仪式上，所以又被称为佛教仪式文学[②]，文本以抄本形式在民间广泛流传。

第一节　敦煌产育题材文学的特色

敦煌文学所表现的产育题材内容丰富，表现产育题材的文学体裁呈现多样化趋势，产育民俗在文本叙事或表达中体现不同的功能价值。

敦煌文学所表现的产育题材主要围绕人生仪礼中的诞生礼展开，可分为两阶段：诞生礼及其之后的过渡期仪式。民俗学把人生仪礼分为诞生礼、成年礼、婚礼、葬礼四种。诞生礼被看作是漫长的连续过程，包括求子仪式、孕期习俗、庆贺生子。随着经历不同的人生阶段，人的社会角色、家庭角色在逐步变化、增

[①] 伏俊琏等：《敦煌文学总论》（修订本），上海古籍出版社，2019年，第5页。
[②] 李小荣：《汉译佛典文体及其影响研究》，上海古籍出版社，2010年，第543页。

加。人生四种礼仪相间隔的过程,都是过渡阶段,从诞生礼到婚礼之间的过渡期仪式又包括了幼儿的洗三、满月、百日、周岁等。而洗三、满月等仪式也是敦煌产育题材文学的重要内容之一。

以人生诞生礼为表现对象的敦煌产育题材文学,其中所表现的仪礼民俗呈现出复杂多样的民俗结构。人生仪礼作为社会民俗的一部分,常与信仰民俗发生较大的关联。[①] 敦煌产育题材文学既包括未生育时夫妇求子、孕期胎儿在母体中的发育、孕期禁忌、难月祈福、病中祈祷等信仰民俗,也包括养育孩子过程中的社会民俗:分娩之苦、产子风俗(生产不顺时的救产、产亡情况处理)、洗儿、满月习俗、婴幼儿的日常护理,尤其是病中护理、孩童嬉戏及看护、家庭教育、孩子外出时担忧及祈福、为子女择偶,等等。

若是将以上敦煌产育文学作品中所描写的求子、孕期状态、分娩情景、产亡情形、满月庆贺画面、乳汁喂养、看护嬉戏、家庭教育、为游子祈福,乃至为儿女操办婚事等生活情景、场面加以连缀,简直就是一幅连贯有序的敦煌民众产子、抚养孩子成人的图景。这不仅弥补了中国文学史上相关题材的空白,也是中古时期敦煌民众产儿育儿民俗生活史的呈现,为研究中古敦煌地区妇女、儿童生活提供了研究资料,具有一定的史料价值。

涉及妇女产育题材的敦煌文学作品主要有以下体裁:歌辞、诗、愿文、斋文、劝善文、礼佛文、话本、蒙书、押座文、讲经文、变文、因缘等。可以说,敦煌文学以多样化的体裁来表现产育题材,使得产育题材文学作品内容极其丰富。不论是散文体,还是讲唱体,甚至连韵文体歌辞、诗,在不同程度上都体现了叙事性的文体特点,给听众或读者描述了一幅幅产子育儿画面。

尽管表现敦煌产育题材的文学体裁不同,但是我们发现产育题材文学作品在表现产育民俗时主要具有四方面的功用:演绎佛本生故事、劝导皈依、斋愿法会发愿祈福内容,以劝孝为目的。《太子成道经》等佛本生故事对产育生活题材的描写,只是把它作为悉达太子出生前后的人生经历的一部分进行叙事,仅是悉达太子本生故事中的小插曲。这类佛本生故事对产育题材的描写在结构、叙事技巧等方面,不同程度地受到了汉译佛典中本生故事的影响。本生重赞颂、劝谕的叙事特点在佛本生产育题材的叙事过程中有所表现。如《太子成道经》《悉达太子修道因缘》《太子成道变文》等在叙述悉达太子降生时上指天、下指地

---

① 乌丙安:《中国民俗学》,长春出版社,2014 年,第 184 页。

的霸气场面,九龙吐水等神异情景,多有赞颂意味。尽管如此,这类佛本生故事对产育题材的描写或者说讲唱者在宣讲此类故事时,已将当时社会喜闻乐见的民间传说、史传故事等融入进去,增添了世俗气息。

为劝导皈依主旨服务的敦煌产育题材文学作品集中在释门诗歌《九想观诗》和歌辞《普劝四众依教修行》中,这些诗歌旨在宣扬人生悲苦、转瞬即逝、变化无常,劝导众生皈依佛门。

作为佛教仪式文学,斋、愿文不仅具有实用性、程式性、表演性、综合性、世俗性[①]等仪式文学的共同特点,而且各具特色。斋文是正式斋会行事中宣读的文本之一,最重要的用途在于说明设斋目的和表明斋会性质。[②] 愿文以"愿"为中心,围绕誓愿的具体内容,直接表明发愿的人物、时间、地点、目的等要素。[③] 斋文的用途正是把它和愿文区分开来的重要特征。斋文叹德多是对亡儿品德、才貌的赞颂,而悼亡愿文更多的是追忆亡儿、亡女生平的生活点滴,流露出家人,尤其是父母伤心欲绝的悲痛和不舍之情,真实感人。

通过描写产育民俗生活来达到劝孝目的的作品,在敦煌产育题材文学作品中数量居多,多集中在表现父母辛劳的养育过程,宣扬父母恩德,提倡孝道的歌辞、变文中。如敷衍 P.3919、上博 119《佛说父母恩重经》或《佛说父母恩重难报经》而成的歌辞《报慈母十恩德》《父母恩重赞》《孝顺乐》、变文《父母恩重经讲经文》等。歌辞《三嘱歌》《白侍郎作十二时行孝文》、王梵志诗《父母生男女》《孝是前生缘》《西方阿弥陀佛礼佛文》《劝善文》、蒙书《辩才家教》、押座文《故圆鉴大师二十四孝押座文》、变文《盂兰盆经讲经文》等也是通过产育民俗生活劝导众人行孝。

以上具有劝孝功能的产育文学作品不仅与佛教关系密切,而且作品中的产育题材多以例证形式来为全文说理服务。敦煌文学对产育题材的运用,多是把父母生育、养育孩子的故事当作事例,进行详细讲解,使佛教所宣扬的孝道易于为人接受,达到劝导教化的目的。这深受佛教譬喻文学的影响。丁敏在论述譬喻的概念时,不仅指出阿波陀那(意译为譬喻)是一种世俗性、软性、浅近的说教语言,具有"故事性"的特质[④],而且多次解释譬喻的功用:

---

① 《汉译佛典文体及其影响研究》,第557—565页。
② 《汉译佛典文体及其影响研究》,第569页。
③ 《汉译佛典文体及其影响研究》,第579页。
④ 丁敏:《佛教譬喻文学研究》,佛光山文教基金会,2004年,第33—34页。

每标一事义,则举一事例(本末次第),叙述事缘的始末以为例证,来解说事义。如此互相印证,使事义易于了解,亦不会散乱,这就是阿波陀那的作用。①

"阿波陀那"意译为"譬喻",的确"阿波陀那"的作用在于"譬喻""比况"。在诸经中加入比况作用的"阿波陀那"作为例证,使义理明白易解。②

就"阿波陀那"的作用而言,强调它的功用在于"譬喻""比况",是宣说佛理的辅助教材,在举"阿波陀那"的事例中,藉由故事性情节性的叙述,使深奥的"隐义""本义",能明净易解。③

可以说,敦煌文学尤其是产育文学作品在语言、结构上受到了譬喻文学的影响。表现手法方面,佛教对敦煌产育题材文学的影响尤为突出,特别是佛教譬喻文学。如作品喜欢使用譬喻表现手法,多以例证形式来宣扬父母养育深恩及其不易,以此劝孝。

譬喻文学对敦煌文学语言最突出的影响就是使抽象、晦涩的义理形象化、生动化,便于听众理解、接受。"佛经中对于'数字'的运用,通常是以明确的数字表达出来,较少用约略数或虚数的表示法。"④这在敦煌产育文学中表现得较为突出。如《父母恩重赞》"一日二升不屡餐,一年计乳七石二""十指冻来疑欲落",《三嘱歌》"十月怀躬""乳哺三年",《九想观诗·童子想》"五五三三作一丛",《左街僧录大师压座文》"十月处胎添相貌,三年乳哺作婴儿",等等。

不仅敦煌产育文学善用数字表达抽象的事物,而且擅长使用比喻修辞来使表现对象形象化。如 S.5639、S.5640《难月文》祈愿产妇分娩能如摩耶夫人诞子时般"游欢喜之园;分解之时,手攀无忧之树",诞下男孩"如秋月之初圆",女孩"玉貌无双,如莲花之在水"。《难月文》用秋月比喻男孩无忧无虑的境界,以出水芙蓉比喻女孩的貌美。"红莲吐蕊""琼树含芳"常被用来指产妇分娩之事,"风霜""风雪"指遭受不幸。亡文常用"魂消剖蚌"来比喻产妇的魂飞魄散,"花落"比喻孩亡,等等。

产育生活作为敦煌文学的表现对象,多是以说教辅助材料的形式出现。作

---

① 《佛教譬喻文学研究》,第34页。
② 《佛教譬喻文学研究》,第34页。
③ 《佛教譬喻文学研究》,第35页。
④ 《佛教譬喻文学研究》,第389页。

者以生动细致、富有感染力的语言创作一幅幅鲜活的画面,以这种形式作为例子为全文说理、说教服务。这是敦煌产育文学在结构方面受到譬喻文学最直接的影响。说理令人信服的程度取决于例子的可信性,这是敦煌文学不惜花大量笔墨来表现传世文学不屑表现的产育题材的原因。根据 P.3919、上博 119《佛说父母恩重经》或《佛说父母恩重难报经》演绎而来的《报慈母十恩德》《父母恩重赞》《孝顺乐》在向众生讲解佛经内容的过程中把父母十恩德当作说教教材深入、细致地歌颂、传唱,使其深入人心,达到劝孝说教目的。把产育生活作为劝导众生行孝的例子,把母亲怀胎负重、诸多妊娠反应、分娩时宫口开十指之剧痛、母乳喂养时的辛劳等养育孩子的细节,描写得越细腻就越具有感染性和说服力。

  如此看来,以产育生活为例证用来说教的产育文学作品颇具劝诫的特色。这在产育文学作品中多有流露。作为生动形象的事例,歌辞运用在佛教说教场合,以劝导众人行孝。这在敦煌歌辞产育题材的文本有所体现:如《父母恩重赞》"忧愁烦恼道场边",《孝顺乐》"道场今日苦相劝,是须孝顺阿耶娘",等等。

  李小荣在论述汉译佛典本生劝谕的叙事功能时,指出"它们(本生故事)叙事时经常用的是对比法,即把正、反两方面人物过去的故事都加以描述,让读者与受述者仔细体会故事包含的道德伦理之深义,从而起到劝善诫恶的教化之用"[①]。产育题材文本也常采用对比手法,通过对孝子、不孝子之间行为、结局等方面的描述,使读者或听众领会故事中的劝导、惩戒意味,进而达到劝孝目的。如《三嘱歌》上下片用父母养育之苦、忤逆子死后入地狱二者进行对比,从而劝谕世人。蒙书《辩才家教》先正面叙述母亲怀孕、哺乳的辛苦,后用慈乌反哺的典故来反衬不听辩才之言的人。P.2418《父母恩重经讲经文》先铺叙父母养育孩子的十大恩德,后用死后堕恶道来批判不懂报父母恩的芸芸众生。《盂兰盆经讲经文》引述并讲唱父母十恩德之后,宣扬不孝众生堕恶道,奉劝众生学目连行孝。

  譬喻的总体功能在于用浅显的世俗语言按照由浅入深、由近到远等顺序来说理,从而使听众(受众)明白相关佛理。[②] 这符合敦煌文学的叙事模式、语言特色。敦煌文学用民众易于理解的通俗语言绘声绘色地向世人讲述父母生育、养

[①] 《汉译佛典文体及其影响研究》,第 242—243 页。
[②] 《汉译佛典文体及其影响研究》,第 335 页。

育孩子的整个过程。譬喻文学虽以说理为主,也附带其他功能,如安抚与劝慰、警示与告诫。尤其是警示与告诫,在产育文学中表现得尤为突出。讲经文以不孝子堕入地狱、恶道等事迹警示众人,要择孝而行,起到教化作用。

同时,敦煌文学普遍都以通俗化故事性语言来叙事、说理,以达到说教目的。故事性语言多运用在叙事文学中,受譬喻文学影响的描写产育生活的诗歌可以用通俗韵文实现叙事、说理功能。比如王梵志诗以浅显的五言白话韵文叙述父母养育子女时的咽苦吐甘、回干就湿、远行忆念等恩德,来劝导众生行孝。《九想观诗》通过歌颂佛门九种观想,从出生到死亡,乃至尸骨裸露,来劝导众生看破尘世,皈依佛门。歌辞《三嘱歌》《白侍郎作十二时行孝文》等也是用通俗化的韵文来讲述母亲怀胎、喂养孩子等事,从而达到教育并劝导众生行孝的说教目的。敦煌产育文学采用例证形式说教,本身就具有教育、教化目的。

敦煌产育题材文学作品所具有的教育意义,可以从很多敦煌文学作品与学仕郎存在着密切关系中看出。寺学教育在敦煌地区的教育史上的重要性,是不言而喻的。寺学教育的发展也加速了敦煌文学的发展及其作品的传播,其中,学士郎的抄写无疑为敦煌文学在敦煌地区的传播起到较为重要的作用,也为敦煌文学写卷的保存做出了巨大贡献。《十二时普劝四众依教修行》题记表明净土寺学郎薛安俊曾抄写此歌辞,此歌辞或许正是寺学教学内容之一。既然歌辞是敦煌寺学教育范本,对民众尤其是学士郎就具有典型的教育意义。

产育文学的教育目的,多以寓教于乐的形式呈现,便于众人接受。伏俊琏称歌辞是敦煌寺学教育的内容[①],寺庙不仅是宗教场所,也是民众接受教育、进行娱乐等的活动空间。讲经文、变文、斋文等讲唱活动多在寺庙展开。佛教在敦煌地区的盛行,不仅使释门僧侣成为敦煌文学重要的创作者、传播者,而且促使寺学在敦煌地区如雨后春笋般地出现、发展。敦煌文学在不同程度上对寺学教育起到了潜移默化的影响。

同时,娱乐功能本身就是讲唱文学的重要特点之一,这也是讲唱文学繁荣发展的生命力所在。讲经文、变文、因缘、话本等叙事体文学多以离奇的故事情节吸引听众,起到娱乐众人的效果。歌辞多以歌咏为主,但是有些歌辞也带有浓厚的讲唱色彩,用于讲唱活动中的这部分歌辞同样带有娱乐功能。《须大拏太子度男女》以戏曲形式演绎须大拏太子施男女与婆罗门事。任半塘首次点明

---

① 《敦煌文学总论》(修订本),第209—211页。

其文体属性,"代言、问答、对唱,戏剧性甚强,为目前所见敦煌歌辞中最接近戏曲者"①,又说该辞"惟体属分人对唱,又全演故事,乃戏文,非偈赞"②。李小荣在任氏校勘基础上重新进行标点,并指出《须大拏太子度男女》为一幕表演须大拏太子为证菩提把儿女施与婆罗门的故事,而且该故事在印度早已搬上舞台。③

虽然诗歌以言情为主,但同样兼具娱乐、教育功能。《九想观诗》写胎儿发育情况,体现了佛教孕育观,它所描写的洗三、满月及儿童嬉戏场面是为劝导众生皈依。这一系列诗歌主要具有教育教化民众,引导民众皈依的作用。王梵志诗《父母生男女》歌咏父母咽苦吐甘,《孝是前身缘》描摹母亲对游子的牵肠挂肚,抒发父母对子女的养育深恩,是为了教化并劝导民众孝亲。

总而言之,敦煌产育文学,无论是变文、歌辞、亡文、话本,还是诗歌、蒙书,对产育民俗生活的表现,多是把它作为劝导众生行孝或皈依的辅助教材加以运用,从而达到教化众生的目的。为达到这一教育目的,产育文学多采用寓教于乐的方式,引用产育生活故事从正面加以引导、劝孝,并用不孝子下地狱等故事从反面加以警示,从正反两面用故事佐证以达到教育效果。

第二节 敦煌产育题材文学与民俗、佛教的关系

敦煌文学对产育题材的描写,是民众社会生活在民俗方面的集中表现,是探讨中古民众生活的重要视窗。敦煌产育题材文学、佛教、民俗在敦煌民众生活中是相辅相成、互惠互利的共生关系,尤其是敦煌产育题材文学与民俗、佛教与敦煌产育题材文学之间的关系显得尤为密切。以民众生活、民俗活动等为素材或演绎佛经而来的敦煌产育题材文学正好表现了深受佛教影响的民俗生活场景。

创作或流传于佛教圣地的敦煌文学,因为受到以汉文化为主的多元文化的影响及佛教在敦煌的盛行,显然带有浓郁的生活气息和佛教色彩。敦煌文学所描写的产育民俗彰显出佛教特色,具体来说,创作者把敦煌民众产育生活作为

---

① 任中敏编著:《敦煌歌辞总编》中册,何剑平、张长彬校理,凤凰出版社,2014年,第502页。
② 《敦煌歌辞总编》中册,第504页。
③ 李小荣:《变文唱讲与华梵宗教艺术》,上海三联书店,2002年,第240—241页。

阐释佛教十恩德的例子,为宣传佛教所倡导的孝行作铺垫。这是佛教对敦煌文学根深蒂固影响的体现。佛教倡导孝道、孝行,势必会在敦煌文学中大量地表现出来。同时,敦煌文学把产育世俗生活和佛教思想、教义完美结合并表现出来,这一点也可从敦煌产育题材文学与民俗、敦煌产育题材文学与佛教之间的关系中得以阐释。

一、敦煌产育题材文学与民俗

敦煌文学作为唐宋时期敦煌地区的文学,要阐述它与民俗的关系,首先需要阐释文学和民俗之间的关系。在此基础上,结合敦煌文学的通俗、大众化的特点,论述敦煌产育题材文学与民俗的关系。

首先,民俗有广义、狭义之分,狭义的民俗指的正是民间文学,而民间文学属于文学的范畴,是由民众集体创作、加工的文学。可以说,民间文学同时隶属于文学、民俗学科,属于文学与民俗的交集。民间文学本身包含大量的民俗文化,民间文学的创作和讲述过程就是民俗生活的一部分。[①] 比如说唱文学,它是将音乐、表演和文学创作综合运用的民俗艺术,被视为中国民俗文学的重要分支之一,是"记录中国古代民俗活动的'活化石'"[②]。本书所探讨的敦煌产育题材文学实际就是敦煌俗文学的范畴,敦煌俗文学也就是敦煌民间、通俗、大众文学,它包括了敦煌俗讲经文、变文、词文、话本、故事赋、因缘等。从某种程度上说,这些文学文本正是敦煌讲唱活动的产物,带着说唱活动的痕迹。

讲唱活动兼具文学与民俗娱乐的双重性质,它以文学活动形式开展,具有世俗娱乐功能。民俗活动和文学活动相互交织在一起,难解难分。可以说,讲唱活动既是民众茶余饭后乐于参与的休闲消遣娱乐活动,也是敦煌文学作品的创作、改编现场。带有娱乐消遣性质的讲唱活动讲唱内容多为文学故事,此活动本身就是文学作品诗文讲唱、传播、消费及再创作的过程。在讲唱艺人和听众的互动过程中,民众作为听众参与到讲唱活动中,讲唱艺人根据现场听众的表情反应,适当调整、修改所讲唱的内容,以期达到更好的讲唱效果。从某种程

---

① 吴世旭:《论民间文学的民俗志价值》,《社会科学辑刊》2004年第4期。
② 刘翔、朱源:《伊维德说唱文学英译副文本的民俗叙事建构》,《外语与外语教学》2019年第6期。

度上说,听众在不自觉的状态下被动地参与到了讲唱文学的创作过程。这种寓教于乐的文学讲唱过程,构成了民众丰富多彩的闲暇娱乐生活。

其次,文学与民俗的关系较为密切,二者互为表里,以不同的形式反映社会文化。美国阿切尔·泰勒(Archer Taylor)在1948年发表的《民俗与文学研究者》中探讨了民俗与文学的关系,并指出"民俗学和文学实属相通的领域"[①]。民俗是构成民族文化的重要组成部分,而文学的创作离不开社会文化背景、文化土壤,文学作品反映一定时代、地域的民众生活和民俗文化心理。

同样,敦煌文学也是以民众的民俗生活为创作题材,敦煌文学所表现的产育民俗正是民众日常生活中的冰山一角。正是植根于民众生活这块沃土,才使得敦煌文学充满生机,朝气蓬勃。生活风俗是文学形成的土壤,它作为生活机制进入文学作品中,丰富文学作品内涵,其中的民俗观念、心理、文化传统为文学创作提供养分,造就文学的特色。[②] 生活民俗孕育了文学作品,为文学创作提供养分。郑阿财指出,文学是民族生活、社会文化、时代思潮的投射,是反映风土民情的主要载体之一,"民俗是文学的土壤,文学是民俗的窗口"[③]。

纵观敦煌文学的题材,可谓包罗万象。不仅表现妇女生育抚养孩子成人的各种场景、相关民俗事象等,征妇对征人的思念、哀怨,游子在外漂泊的生活,学士郎学习、生活情况,僧侣所观、所感、所思等,乃至历史人物传记故事等都成为敦煌文学的表现对象。除历史人物故事之外,这些题材无疑是唐宋时期敦煌民众日常生活、活动情况的真实反映。

民俗,尤其是民俗信仰不仅成为文学作品热衷表现的素材,而且增加了文学的趣味性和审美情趣。敦煌文学在表现妇女产育生活的同时,对民众思想观念中的宗教信仰多有表现,尤其是佛教信仰。如敦煌文学绘声绘色地描写求子过程中对天祀神的祭祀、斋愿法会上对远方游子早日平安归来的祈祷,或祈祷分娩时母子平安等,这些祭拜活动中的祭祀时间、地点、祭祀神灵及事象等在敦煌文学中都作了细致交代。通过这些文本的描写,使我们对敦煌地区的民生宗教状态有了大致的了解。正是这些形形色色的信仰、民俗事象使得敦煌文学作品散发出浓郁的佛教色彩,富有生活气息,使得敦煌文学通俗性特色更为突出。

---

① 收入[美]阿兰·邓迪斯编《世界民俗学》,陈建宪、彭海斌译,上海文艺出版社,1990年,第50页。
② 朱凤玉:《敦煌边塞文学中"灵鹊报喜"风俗初探》,《中国俗文化研究》2008年第5辑。
③ 郑阿财:《〈云谣集·凤归云〉中"金钗卜"民俗初探》,《中国俗文化研究》2003年第1辑。

敦煌俗文学反映民俗内涵，描写并传承着民俗事象。敦煌文学和民俗的相互交融还体现在文学文本产生并运用于特定的民俗事象、仪式过程中。婚嫁诗文正是伴随着婚礼仪式、进程而产生的文学文本，并运用在婚礼场合。它是婚礼仪式中不可缺少的一部分，同时也饱含着人们对新婚夫妇未来生活的美好祝愿。如被称为婚礼仪式歌《下女夫词》正是以男女傧相代表男女新人，双方以对答形式相互酬唱，询问双方家庭、出身、才学、样貌等基本情况，借此渲染婚礼热闹、欢乐的气氛，是婚礼仪式不可缺少的组成部分。斋愿文本则是斋愿法会上僧侣念诵的相关仪式文本，是伴随斋会法会等相关仪式进程而产生的，可以说，念诵斋愿文本是法会仪式得以顺利进行的环节之一。举办斋会显然是颇具民众祈福性质的民俗信仰活动，斋会上所宣读的斋愿文本实际应该属于敦煌文学文本，这些文本真实记录和反映了民众心底深处的愿望和诉求。可以说，愿文是伴随着人出生、成长、死亡等人生进程而产生，并反映相关习俗的产物。由此可见，敦煌地区民俗活动与文学活动相互交融，共同成为民众生活的一部分。

最后，不仅民俗为文学提供了丰富的创作素材，文学还以语言文字为载体给民众提供、保存了鲜活的民俗资料。文学成了表现、反映，或者说记录民众生活的重要载体之一，保存了一系列活灵活现的民俗生活场面，而民众生活、民俗事象等成了文学创作的主要表现对象，成了敦煌文学的特色。钟敬文曾说，古代文学所反映的民俗现象，不仅丰富了作品形象，本身也是珍贵的民俗学数据。[①]

敦煌产育题材文学作为民众产育民俗的载体，通过敦煌讲经文、歌辞、诗文等的描写、歌唱等，产育民俗，尤其是社会平民的生活习俗才得以以生动形象的文学语言形式鲜活地流传下来。敦煌文学的创作者多为平民大众，如下层官吏、羁旅游子、思妇、讲唱艺人、僧侣等，总体而言，他们的文化素养和知识水平远远不如文人士大夫阶层。正因如此，他们所创作的文学作品"真实记录了当时的生活风貌"，如实反映了他们的所见所闻、所思所想，属于社会下层的文学和不自觉的原生态文学。[②] 同时，敦煌文学用文学语言描绘了唐宋时期敦煌地区民众民俗信仰活动的相关情景，可以说保存了丰富的民俗资料。比如，敦煌

[①] 钟敬文：《民俗学与古典文学》，收入《钟敬文民俗学论集》，上海文艺出版社，1998年，第261页。

[②] 陈烁：《敦煌文学：雅俗文化交织中的仪式呈现》，中国社会科学出版社，2013年，第10页。

文学对妇女怀孕期间相关禁忌、洗儿风俗、满月习俗、夭折儿安葬等的描写,细致而真实,都是不可多得的相关民俗的研究资料。从某种程度上说,敦煌文学对民间父母养育子女过程浓墨重彩的描写,为研究中古时期敦煌地区民间妇女产育生活史、民俗史,婴幼儿童成长史提供了较为珍贵的数据,具有一定的史料价值。

二、敦煌产育题材文学与佛教

不仅敦煌产育题材文学与民俗生活处于良好的互动关系中,而且敦煌产育题材文学所彰显的佛教色彩,使我们不得不深思佛教与敦煌文学所存在的密切关系。关于佛教与文学的关系、佛教对中国古代文学的影响,梁启超、胡适、陈寅恪、郑振铎、季羡林等老一辈学者及当代陈允吉、孙昌武等学者都做过精深的研究。佛教佛典本身颇具文学色彩。佛教自传入中国后,对中国文人的思想观念及其创作、文艺思想、文学体裁、表现技巧、情节内容、题材、形象、语言等多方面形成了深远的影响。在此基础上,下面我们结合敦煌产育题材文学的特性,对它受佛教的影响略做阐述。

首先,佛教注重对文学的运用,而且佛典富有文学色彩。佛教说法直接采用文学形式,运用通俗易懂、生动形象的故事来讲解佛经,或佛经中多运用文学故事等使得佛典本身成为文学作品,富有文学色彩。佛教的主体佛典具有文学性,这就决定了佛教入华主要采取的是文学途径、文学的手段。[①] 陈允吉也指出,宗教与文学如同一棵树上长出的两枝花朵,存在着互相含纳关系。佛教自创建时起,就注重从印度文学土壤中吸收养料,而佛教中的佛偈即是兼有宗教、诗歌双方性质特征的文化载体。[②] 释迦牟尼运用了诗的形式进行说法,这一形式主要便于信众记忆并促使佛典传播。现在可见的佛典,如《佛本生经》《佛所行赞》等本身就是文学作品,即便《法华经》《涅槃经》这类注重阐发哲理的佛典,其中也运用有趣的文学故事阐发教义。

这对敦煌产育题材文学的影响,主要体现在佛经运用生动活泼的文学语言

[①] 曲金良:《佛教的文学质量及其入华的中国俗文学化》,《青岛海洋大学学报》(社会科学版) 1995年第2期。

[②] 陈允吉:《佛教与中国文学论稿》,上海古籍出版社,2010年,第1页。

或歌唱形式阐释经义,使佛法义理更为民众理解、吸收、接受及传播。佛教在布道弘法,争取更多释门信众,解释与孝道相关经文时,结合人们熟知的世俗生活进行阐释,使敦煌讲经文更通俗化。人类的生、老、病、死是俗世民众日常生活中常见的喜忧之事,而佛教从宗教高度对人类生、老、病、死现象,给予普世的宗教关怀,也体现了佛教对俗世生活的观照。其中,妇女产育民俗生活正暗合了佛教所宣传的生苦,具体表现为腹中胎儿在母体所受之苦及产妇的孕产之苦,这在佛经中有详细描述,如《佛说父母恩重难报经》《父母恩重经》等。但在传世文学中较为罕见。根据佛经而来的讲经文、变文结合世间妇女求子、孕产之苦、养育子女艰辛的俗世生活场景,使所讲经文更为通俗化和世俗化,为平民百姓所理解、接受,使得听众深感难报父母恩情。

佛经描写妇女孕产之苦是佛教为提倡孝道而做的铺垫,体现了佛教对人世的终极关怀。其最终目的在于宣传孝道,这是为争取信徒,推广佛教教义服务的。诚如郑阿财所言,佛教为向广大群众"弘法布道,以争取下层社会广大信众的普遍奉行","乃将庄严的经典,假借传统的讲经,以俗讲方式,使听众置身道场,于听取动人的故事与悦耳的歌曲中,了解经旨,而心生信受"。① 现今流传下来的敦煌文学中表现妇女求子、孕产之苦、养育子女艰辛的讲经文、变文、歌辞或灵验记等正是佛教弟子传教布道的手段或例证。讲唱时,采取与民众切身利益相关的素材,能引起听众的心理共鸣,使得所讲内容易被接受。父母养育子女过程中所付出的艰辛,更能引起在座为人父母者的感同身受和情感共鸣,尤其是女性听众的共鸣,从而推进佛教世俗化进程。

敦煌歌辞中常见的"五更转""十二时""百岁篇"等调名,很大程度上受到了佛教时间观念的影响。大量敦煌歌辞被称为佛曲,这无不说明佛教思想成为这些歌辞的主旨。围绕着人从出生直至死亡、尸体腐化等一系列的九种想观而创作的诗歌《九想观诗》直接源自佛教观想。在语言方面,讲经文、变文、歌辞等作品的语言多使用形象、直观的比喻修辞手法,这显然是受到了佛教譬喻说法的影响。这些都说明了敦煌产育题材文学深受佛教的题材、语言、创作思想等方面的影响。

同时,佛教信仰在敦煌产育题材文学中表现得尤为突出。如敦煌产育题材

---

① 郑阿财:《从敦煌文献看佛教传布的通俗化》,收入《敦煌佛教文献与文学研究》,上海古籍出版社,2011年,第90—114页。

文学所描写的求嗣时性别验证,胎儿在母胎中的发育情况等受到佛教观念的影响。求神拜佛现象更是贯穿于求嗣、孕期求平安、难月求佛护佑、临盆助产、儿病拜佛、儿远行求平安等方面,求佛护佑的目的都是求平安,早日脱离危险。可见,佛教信仰已渗入到民间产育民俗的诸多方面,这些已从文学文本中显露出来。

其次,佛教直接催化了中国文学史上的新文体——变文和宝卷的产生,推进了中国俗文学的发展。此处的变文是广义的概念,包括了本书所探讨的敦煌文学的所有文学体裁,这些体裁可以称为佛教文学。佛教文学有广义、狭义之分,是指"以佛教思想为精神,以文学类别为载体的文艺创作,包括了僧俗两界的作品"①。可见,佛教文学实际属于佛教与文学相结合的产物,以文学生动的语言形式宣扬佛教思想内容,或者以文学形式改写佛经的内容。既然思想内容脱胎于佛教,佛教文学作品从结构形式上肯定会受到佛教的影响。

敦煌变文、讲经文等是佛教弘法、阐释艰涩佛经经文的产物。在佛教本土化过程中,是为消弭佛教与中国伦理思想冲突所做的努力。佛教较注重宣传孝道以赢得看重孝道伦理思想的民众的追随和信奉。②佛典中有大量宣传孝道思想的佛经,如《佛说孝子经》《佛说父母恩重难报经》《大方便佛报恩经》等。在这些佛经的基础上,佛教徒创作了许多宣传孝道、表现孕产艰辛的文学作品。《佛说父母恩重难报经》侧重大力宣扬父母恩难报。敦煌变文《父母恩重经讲经文(一)》《父母恩重经讲经文(二)》等正是由敷衍、阐释宣扬孝道的佛典《佛说父母恩重难报经》而来,此二部作品也是集中、全面、细致描写妇女产育生活最为详细的作品,以达到较好地劝诫众生行孝、报恩的效果。佛经把父母在生育、养育子女的过程中的悉心照料归为十恩德,并对此不断咏叹、歌颂、描写,如《佛说孝子经》《佛说父母恩重经》《大乘本生心地观经》等。十恩德正凝聚着父母孕产育子女过程中的诸多艰辛,以此为纲,敦煌产育题材文学用世俗生活中父母抚养孩子成长的点滴进行阐释。如敦煌变文、歌辞等花了大量的笔墨,细致铺染世俗父母养育子女的情景,生动传神,感人肺腑。

不仅如此,佛经的行文结构直接影响了敦煌讲经文、变文等的行文结构。陈允吉在论述佛籍的文体结构时指出,三藏诸部典籍的行文多采用"长行与偈

---

① 郑阿财:《敦煌佛教文学》,甘肃教育出版社,2013年,第15页。
② 郑阿财:《敦煌孝道文学研究》,石门图书公司,1982年,第632—636页。

颂间隔互用,即先以一段散文说法,然后再用韵文提挈其要领,如此循环反复,一直到全篇的终了"①的结构;"大量韵、散间隔的佛经译文在中土的出现,……对促进我国民间讲唱和某些诗文作品体裁的生成演变,都具有极其深远的意义。"②纵观敦煌文学作品,不难发现,韵散结合形式是敦煌讲经文、变文的主要行文结构。显然,佛教典籍韵散结合的行文结构给敦煌讲经文、变文在演绎佛经、讲经说法时提供了借鉴,这种结构便于听众理解、记忆讲唱者所讲唱的内容。

最后,敦煌斋愿文作为佛教应用文体,一般是僧侣在佛教法会念诵的仪式文本。它多以骈文形式运用华丽辞藻表现民众祈求平安的佛教信仰,颇具文学色彩。可以说它是集敦煌文学、佛教信仰和佛教民俗活动为一体的文学文本。斋愿文在内容、结构方面都受到了佛教的影响。

当然,除了佛教与敦煌产育题材文学、敦煌产育题材文学与民俗之间存在密切的关系,佛教与民俗之间也有千丝万缕的联系。佛教自传入中国之后,对民众的民俗信仰和民俗生活产生了深远的影响。

随着佛教在敦煌地区的盛行,这势必会对民众的民俗生活形成一定的影响。佛教题材逐渐成为讲唱艺人喜爱的讲唱内容,这使得佛教也参与到民俗、文学活动互动过程中来,影响着民众生活的各方面。佛教与民俗的关系主要表现在佛教影响民众的民俗生活,并形成相关的民俗信仰。佛教中国化、世俗化进程正是佛教试图成为民众民俗信仰的过程。敦煌地处佛教传入的必经之地,当佛教思想传入时,敦煌当地民众最先受到影响。佛教教义、观念等逐渐浸入敦煌民众生活,尤其是产育生活的各个方面,并形成了依靠佛祖、菩萨护佑孕产,护童等相关习俗。如父母产育子女过程中求神拜佛现象经常出现,正是佛教影响民众民俗生活的表现,求神拜佛活动源于民众佛教信仰,受心中信仰和精神寄托支配发生的行为。

反之,一旦民众信奉佛教,成为信徒,他们所参与的佛教活动也属于民众民俗生活的一部分。民众拜佛、写经、诵经、造像、延僧请佛举办斋会,或在佛诞日、盂兰盆等佛教节日举办佛事活动等,构成了民众丰富多彩的宗教民俗生活。在日常生活中,民众也需要宗教信仰给予精神慰藉,以求解决生活难题。如婚

---

① 《佛教与中国文学论稿》,第3页。
② 《佛教与中国文学论稿》,第9页。

后久不孕子的求嗣、生死关头的救助产难等。

正是敦煌产育题材文学和民俗、佛教如此密切的互动,使得敦煌文学呈现出迥异于传世文学的文学特色和风貌,带上了浓郁的佛教色彩和生活气息,从而成为表现唐宋时期敦煌地区民众生活风貌的断代区域文学,在中国文学史上占有不容小觑的重要地位。

第三节 佛教对孝道的提倡及其对敦煌文学的影响

敦煌作为边陲、中西交通的重镇,东来西往的求法僧侣、出仕官员、戍卒、贸易商人等川流不息,人员的流动促进了中西文化的交流、传播。佛教文化在敦煌地区影响深远,这使得敦煌文学带有浓郁的佛教气息。在敦煌藏经洞所出土的敦煌汉文文献中,佛经写卷竟达90%左右,这表明中古敦煌地区的佛教及佛经较为盛行,佛教徒在民众中的占比较高。唐懿宗咸通十年(869)十二月二十五日,归义军节度使张淮深给朝廷的奏文P.3720《悟真充河西都僧统敕牒》中写道:"窃以河西风俗,人皆臻敬空王,僧徒累千,大行经教。"[①]可见,佛教已深入民众当中,成为人人顶礼膜拜的主要宗教之一。

从《敦煌产育题材文学写卷情况一览表》,我们看到很多产育题材作品都与佛教密切相关:歌辞《报慈母十恩德》《父母恩重赞》《孝顺乐》,讲经文《父母恩重经讲经文》演绎敦煌本《佛说父母恩重经》或《佛说父母恩重难报经》而来;《须大拏太子度男女》敷衍《太子须大拏经》而成;讲经文《太子成道经》《悉达太子修道因缘》《太子成道变文》《八相变》等都是演绎《佛本行集经》;《盂兰盆经讲经文》《维摩诘经讲经文》《佛说阿弥陀经讲经文》《欢喜国王缘》分别以《盂兰盆经》《维摩诘所说经》《佛说阿弥陀经》《杂宝藏经·优陀羡王缘》为本事;《九想观诗》以佛教观想法门命名,宣扬佛教无常思想,劝导众生皈依;而斋愿文、礼佛文等多是在佛教法会上宣讲的文本,属于佛教仪式文学范畴。

产育题材在具体的敦煌文学作品中多是以辅助材料的形式出现,用于劝孝。这一结构模式是受到了佛教譬喻文学的影响,其劝孝说教目的也是来自佛教的影响。敷衍佛经而成的敦煌产育文学作品,如《报慈母十恩德》《父母恩重

---

① 徐俊纂辑:《敦煌诗集残卷辑考》,中华书局,2000年,第331页。

赞》《孝顺乐》《父母恩重经讲经文》等,对孝道的倡导根源于它们所演绎的佛经的内容。

一、佛教对孝道的提倡

佛教对孝道的倡导,学界成果较多,研究视角多元化。有学者从佛教典籍考察佛教的孝道思想,如王月清、谢生保、张腾才、刘玮、谭洁、李正宇、广兴、耿静波等。① 有学者从佛教中国化角度,来探讨佛教孝道思想对中国孝道观的调和、调适问题,如张刚、刘登科、李传军、金霞、李斌娥、侯慧明、吴根友、徐衍等。② 当然,也有学者对儒释孝道思想进行比较研究,如钟友联、道端良秀、孙修身、广兴、陈坚等。③ 此外,广兴对中国佛教徒对孝道观的发展问题进行探讨,体恒探讨汉传佛教法事中的孝道思想,等等。④ 本节主要从佛教孝道思想及其崇尚原因两方面进行阐述。

佛教教义的践行者体现了佛教的孝道观,此外,佛典也多有记载。

一方面,佛陀、目连尊者、高僧大德等为后世树立了孝顺父母的典范。释迦

---

① 王月清:《中国佛教孝亲观初探》,《南京大学学报》1996年第3期;谢生保:《从〈睒子经变〉看佛教艺术中的孝道思想》,《敦煌研究》2001年第2期;张腾才:《"父母恩重经变"与孝道思想的关系》,《中华文化论坛》2003年第2期;刘玮:《佛教〈盂兰盆经〉中的孝道思想》,《孝感学院学报》2007年第4期;谭洁:《从汉译〈阿含经〉考察早期佛教孝道思想》,《江汉论坛》2011年第4期;谭洁:《佛教报恩观与佛教孝道观之比较》,《孝感学院学报》2011年第5期;李正宇:《孝顺相承 戒行俱高——论中晚唐五代宋敦煌佛教高扬孝道》,《石河子大学学报》2015年第5期;广兴:《魏晋南北朝时期的佛教孝道研究——以〈睒子经〉和〈盂兰盆经〉为主》,《宗教研究》2016年第1期;耿静波:《传统"孝亲观"视域的佛教孝道思想探析》,《青海师范大学学报》2018年第3期。

② 张刚:《儒佛关系与佛教孝道思想的中国化进程》,《玉溪师范学院学报》2007年第7期;刘登科:《论佛教伦理的四大演进路径》,《江淮论坛》2008年第2期;李传军、金霞:《〈父母恩重经〉与唐代孝文化——兼谈佛教中国化过程中的"通儒"与"济俗"现象》,《孔子研究》2008年第3期;李斌娥:《浅论魏晋南北朝时期佛教孝亲观对儒家孝道思想的融合》,《华人时刊》2014年第8期;侯慧明:《契嵩对佛教孝道伦理的调适与总结》,《佛学研究》2018年第2期;吴根友、徐衍:《汉语佛教中的孝道思想与佛教中国化》,《当代中国价值观研究》2019年第2期。

③ 钟友联:《儒佛的孝道思想》,佛教出版社,1977年;[日]道端良秀:《佛教与儒家伦理》,释慧岳译,华宇出版社,1986年;孙修身:《儒释孝道说的比较研究》,《敦煌研究》1998年第4期;广兴:《儒佛孝道观的比较研究》,《宗教研究》2015年第1期;陈坚:《儒佛"孝"道观的比较》,《孔子研究》2008年第3期。

④ 广兴:《"孝名为戒":中国佛教徒对孝道观的发展》,《佛学研究》2013年总第22期;体恒:《汉传佛教法事中的孝道思想》,《法音》2007年第1期。

世尊出生不久，母亲摩耶夫人离世。为报答母亲生育之恩，成道不久的佛陀上升忉利天宫，为母亲宣讲三世因果、六道苦空、悲济众生等佛法思想，摩耶夫人因此得度。不仅如此，他还对父亲净饭王进行说法，劝其皈依佛教。净饭王去世时，佛陀亲自扶棺为父下葬。不仅如此，释迦佛利用不同场合对弟子们宣讲孝行，讲述父母养儿育女的艰辛，并说明不孝之行的因果报应，告诫佛弟子应当孝养父母，报答父母生育、养育恩德。这正是《佛说父母恩重难报经》产生的由来。

为了营救堕入恶道的母亲，目连尊者向师尊求救。佛陀宣说《盂兰盆经》，为其讲述解救母亲之法。汉传佛教中农历七月十五日盂兰盆会由此演化而来。唐实叉难陀译《地藏菩萨本愿经》自古被奉为佛教孝经，此经讲述了地藏菩萨救度母亲的经历。地藏菩萨于无量劫以来广行孝道之法，由救度自己父母脱离恶道之苦，推及他人父母；由救度今生父母脱离恶道之苦，推广至过去世、未来世多世父母。这正体现地藏菩萨身体力行践行佛弟子孝道精神。

唐五代敦煌僧人精通佛法、崇尚儒家伦理观念，多为忠孝之人。S.2113《唐沙州龙兴寺上座马德胜和尚宕泉创修功德记》"孝悌承家""沙门德胜，精闲六礼，明达藏经"①，P.4640《沙州释门索法律窟铭》"惟忠孝而两全"②，P.4660《索法律智岳邈真赞》"门传孝悌"③。中原地区高僧大德同样也是佛教孝道思想的践行者，其孝道事迹也成为后世奉行孝道的典范。唐尊宿和尚织蒲鞋奉养年迈母亲；明自成和尚肩挑老母，化缘奉养母亲；明蕅益大师割臂为母求治；清玉琳国师跏趺七日不沾粒米为报母恩；近代高僧虚云和尚为报答母亲，发愿三步一拜，从浙江普陀山一直朝拜到山西五台山；弘一大师每逢母难日，必在佛前虔诚诵读《地藏菩萨本愿经》，以此功德回向亡母，等等。

另一方面，佛教诸多典籍宣扬孝顺父母的思想。宣扬孝道的佛教经典颇多，较为著名的佛典主要有安世高译《佛说父母恩重难报经》、佚名译《佛说孝子经》、竺法护译《盂兰盆经》、鸠摩罗什译《父母恩重难报经》等。其中，佛教把《地藏菩萨本愿经》《佛说父母恩重难报经》《佛说盂兰盆经》称为佛教三大孝经。佛经也记载了一些以忠孝内容为主题的本生故事，如须阇提本生、须大拏太子本

---

① 郑炳林：《敦煌碑铭赞辑释》，甘肃教育出版社，1992年，第312页。
② 《敦煌碑铭赞辑释》，第72页。
③ 《敦煌碑铭赞辑释》，第170页。

生、善事太子本生等。这些佛经、本生故事在敦煌壁画中得到了大量的绘制。

阿育王石刻敕文告诫众生要顺从父母。① 以佛陀阐释佛教孝道思想为主要内容的姚秦佛陀耶舍、竺佛念译《长阿含经》是佛教早期孝道观的体现。佛陀认为,父母养育孩子长大,其恩情不该被忘记,并且把人子对父母尽孝纳入报恩的范围,这是佛教报恩观的内容之一。宣讲《大方便佛报恩经》目的在于"欲令众生孝养父母故"②。唐罽宾国三藏般若译《大乘本生心地观经》卷二讲孝养父母如供佛福,应当孝养父母,报父母恩。③ 唐代僧宗密称《盂兰盆经》"以孝顺设供,拔苦报恩为宗"④,并宣扬要报答父母养育之恩:"奇哉父母,生育我等。受大苦恼,满足十月,怀抱我身。既生之后,推干就湿,除去不净。大小便利,乳哺长养,将护我身。以是义故,应当报恩。"⑤宗密从孩子的角度,向俗众阐述正是因为父母生育、养育养护子女,所以子女需要回报父母恩德。在佛教看来,孝养父母就是报答父母生育养育恩德,是佛教报恩观的核心内容之一。

佛经常见宣扬孝顺父母可得福报、可成佛,事父母如事佛等思想。晋佚名译《那先比丘经》宣称,人于今世孝顺父母,来世当得其福。⑥《大集经》宣扬事父母即事佛的观念。鸠摩罗什译佛教大乘戒律《梵网经》记载了大量有关佛教的孝思想,提出孝顺父母是孝顺至道之法。⑦ 唐释实义难陀译《大方广华严经》卷一四云:"当愿众生,孝事父母。"⑧安公录中阙译《佛说菩萨睒子经》通过睒子事亲至孝故事表述睒子成佛是因其有孝顺之德,并借佛之口宣扬人有父母,不可不孝。⑨

佛教以孝道作为修菩萨道的根本,主张孝道是成佛的主要因素之一。孝养父母,报答父母恩德,是成佛的主要原因。这些在佛典里有所表现。后汉佚名译《大方便佛报恩经》称孝养父母,知恩报恩,速成阿耨多罗三藐三菩提。北魏

---

① [英]查尔斯·埃利奥特:《印度教与佛教史纲》第 1 卷,李荣熙译,商务印书馆,1982 年,第 372 页。
② [日]高楠顺次郎主编:《大正新修大藏经》(后简称《大正藏》)第 3 册,佛陀教育基金会,1990 年,第 125 页。
③ 《大正藏》第 3 册,第 297 页。
④ 《大正藏》第 39 册,第 506 页。
⑤ 《大正藏》第 39 册,第 505 页。
⑥ 《大正藏》第 32 册,第 716 页。
⑦ 《大正藏》第 24 册,第 1004 页。
⑧ 《大正藏》第 10 册,第 70 页。
⑨ 《大正藏》第 3 册,第 438 页。

慧觉等译《贤愚经》卷一载佛祖告诉阿难：慈心孝顺，供养父母，乃至身肉，济救父母，危急之厄，以此功德，上为天帝，下为圣主，乃至成佛。① 晋圣坚译《睒子经》记叙佛前世睒子因孝敬双目失明的父母，最终悟道。② 南朝宋姜良耶舍译《观无量寿佛经》称，孝养父母是净业之一，是三福之一，可生彼国。③ 南朝宋慧严等依《大般泥洹经》品目而成的《大般涅槃经》卷一六载菩萨摩诃萨，因恭敬父母，得三十二相八十种好，金刚之身。④

佛经不仅宣扬孝养父母可成佛，得福报，也告诫众生不孝顺父母会获下地狱等重罪。《长阿含经》卷一九称不孝子恶意向父母，则堕黑绳狱。⑤ 南朝宋慧简译《阎罗王五使者经》载佛告诫诸比丘，人在世间，不孝父母，其人身死，魂神当坠阎王地狱。⑥ 南朝宋佛陀什共竺道生译《五分律》卷二〇载佛告诫众比丘尼尽心尽寿供养父母，若不供养，得重罪。⑦ 此观念也见载于唐释爱同《弥沙塞羯磨本》"供养父母法"下注。⑧ 通过孝亲得福报与忤逆下地狱二者对举的褒惩写法，引导俗众行孝报恩。

其实，印度佛教佛典主要采用报恩观念宣扬孝道思想。佛教自传入中国，面临着中国传统思想、王道政治、民族习俗、认同心理等多重挑战，尤其是中国封建伦理道德思想中的忠孝观念。相传东汉牟融所撰《理惑论》正是以调和儒释冲突为主旨的产物。经过长期的抗争、妥协和改造，佛教结合印度佛教福田功德、因果报应等思想，不断融合儒家伦理思想，逐渐形成了具有中国特色的佛教报恩思想，即融通儒家伦理道德思想，以孝道为核心。⑨ 这是中国佛教报恩思想区别于印度佛教报恩思想的根本特征。佛教中，对父母的报恩行为不仅仅限于传统的侍奉、满足父母，而且宣扬只有修福、造功德，使父母去恶行善、皈依三宝、奉持五戒、寿终生天，才是最大的报恩行为。⑩ 这都属于佛教孝道观的范畴。

---

① 《大正藏》第4册，第356页。
② 《大正藏》第3册，第440—443页。
③ 《大正藏》第12册，第341页。
④ 《大正藏》第12册，第712页。
⑤ 《大正藏》第1册，第125页。
⑥ 《大正藏》第1册，第828页。
⑦ 《大正藏》第2册，第140页。
⑧ 《大正藏》第22册，第226页。
⑨ 敦煌研究院主编，殷光明本卷主编：《敦煌石窟全集》第9册，上海人民出版社，2001年，第6页。
⑩ 《敦煌石窟全集》第9册，第6页。

当然,佛教孝道观有广义、狭义之分,狭义孝道观指孝顺父母,广义孝道观是指孝敬众生,父母是指众生,这是建立在慈悲济世是诸佛菩萨功德根本的观念的基础上的。佛教与儒家孝道观存在着以报恩为主、"敬"父母、不孝为五大重罪之一、孝道泛化等相似之处,也有报恩方式、儒家父权和佛家母恩、报怨方式等的不同。① 随着佛教中土化的完成,佛教的孝亲观逐渐走向中土化和世俗化。

为了寻求佛教与中土伦理传统的契合,中国佛教徒编写并宣讲以孝道为主题的疑伪经是非常必要的。《报恩经》《父母恩重经》《盂兰盆经》,以及由此敷衍而来的《目连变文》《父母恩重经讲经文》及其报恩经变、父母恩重经变、目连变、福田变等,都是佛教在中国长期的封建社会中附会、调和、融合儒家伦理的产物。以唐初《父母恩重经》为代表的疑伪经在宣扬中土佛教孝道思想方面,起到了推波助澜的作用。

二、佛经对父母恩德的宣扬

为了消除儒释之间在孝道观等伦理道德方面的分歧,佛教徒除了据理力争进行辩护、寻找佛经中的孝道思想,编造疑伪经对孝进行浓墨重彩的渲染也是重要举措之一。② 以表现父母恩德为主题的伪经《父母恩重经》就是在这种背景下出现的产物。

此经大约成书于公元 7 世纪,即唐初。广兴认为《父母恩重经》仿照真经《父母恩重难报经》,取材于法照《父母恩重赞文》《大乘本生心地观经》十恩德思想,重新编辑而成。③ 在此之前,佛教徒主要依靠《盂兰盆经》《菩萨睒子经》来宣扬佛教孝道。④《父母恩重经》因为其通俗易懂、描写细腻,在民间广为流行。此经在敦煌写卷、黑水城文书、房山石经、安岳石刻、山东石刻、日本写经及韩国古写经中都有保存。其中,敦煌文献现存《父母恩重经》写本 114 件,分布于北京大学图书馆、上海博物馆、台湾图书馆、国家图书馆、英国国家图书馆、法国国家

---

① 《儒佛孝道观的比较研究》,《宗教研究》2015 年第 1 期。
② 《中国佛教孝亲观初探》,《南京大学学报》1996 年第 3 期。
③ 广兴:《〈父母恩难报经〉与〈父母恩重经〉的研究》,《宗教研究》2014 年第 2 期。
④ 《魏晋南北朝时期的佛教孝道研究——以〈睒子经〉和〈盂兰盆经〉为主》,《宗教研究》2016 年第 1 期。

图书馆、英国国家博物馆、法国吉美博物馆、俄罗斯科学院东方研究所圣彼得堡分所、日本台东区立书道博物馆及杏雨书屋。① 学界普遍认为《父母恩重经》写本分为四大系统：甲、乙、丙、丁。郑阿财、张涌泉、孙修身、广兴等都曾对《佛说父母恩重经》开展了一系列的深入研究。②

伪经《父母恩重经》效仿大乘经《父母恩重难报经》的形式，首先，叙述了讲经的地点与参加的人；其次，铺叙父母，尤其是母亲的养育恩德；再次，讲述如何报答父母恩德，重申父母养育恩德和不孝子行为；最后，说明诵读此经的功德和目的。真经《父母恩重难报经》在表达父母恩重难报思想的基础上，讲述如何依佛教思想报恩的问题。相对而言，《父母恩重经》着重讲述了母亲的恩德，巧妙地规避了佛教报恩方法。这是因为真经所提倡的报恩之法与儒家孝道观相冲突，经过佛教徒多次修改，由此产生了与儒家孝道观相呼应并广受民众欢迎的《父母恩重经》。

南岳沙门法照曾作《父母恩重赞文》大赞母亲恩德，依次称赞怀担守护恩、临产受苦恩、生子忘忧恩、回干就湿恩、咽苦吐甘恩、远行忆念恩、哺乳养育恩等恩德，这与《佛说父母恩重难报经》，尤其是《佛说父母恩重经》所宣扬的父母十恩德极其相似：

> 累劫有因缘，今来托母胎，月余生五胞，七七六情开。渐重如山岳，动起怕身灾，罗衣都不挂，秦镜染尘埃。怀胎向十月，产难欲将临，朝朝如重病，日日白畅吟。惶怖难为计，愁恨满胸衿，含涕唤亲眷，惟恐死来侵。月

---

① 张小艳:《敦煌本〈父母恩重经〉残卷缀合研究》,《安徽大学学报》(哲学社会科学版)2015年第3期。

② 郑阿财:《敦煌写本〈父母恩重经〉研究》,《中兴法商学报》1983年第18期；郑阿财:《〈父母恩重经〉传布的历史考察——以敦煌本为中心》,收入项楚、郑阿财主编《新世纪敦煌学论集》,巴蜀书社,2003年,第27—48页；龙晦:《大足石刻父母恩重经变像与敦煌音乐文学的关系》,收入任中敏编著:《敦煌歌辞总编》下册,何剑平、张长彬校理,凤凰出版社,2014年,第1163—1172页；张涌泉:《以父母十恩为主题的佛教文学艺术作品探源》,收入《原学》(第二辑),中国广播电视出版社,1995年,第125—141页；张涌泉:《敦煌本〈佛说父母恩重经〉研究》,《文史》1999年第4期；张涌泉:《关于〈佛说父母恩重经〉的几个新本子》,收入刘进宝、高田时雄主编《转型期的敦煌学》,上海古籍出版社,2007年,第445—451页；孙修身:《〈佛说报父母恩重经〉版本研究》,收入敦煌研究院编《段文杰敦煌研究五十年纪念文集》,1996年,第239—249页；孙修身:《大足宝顶与敦煌莫高窟佛说父母恩重经变相的比较研究》,《敦煌研究》1997年第1期；孙修身:《〈父母恩难报经〉与〈父母恩重经〉的研究》,《宗教研究》2014年第2期。

满将临逼,生时实是难,五内如刀割,邻里竞来看。生在于草上,傍人道是儿,母闻欢喜唤,忘却痛缠身。母身在湿处,将儿回就干,血乳充饥渴,罗衣障风寒。吐甘无吝惜,咽苦不嚬眉,但令子得饱,慈母不辞饥。纪年渐渐大,出即母心随,一朝男女病,恨不母身当。爱别情难忍,生离实苦肠,儿行百里内,慈母一千强。男大差征伐,女长事他内,时逢冬岁节,慈母唉露衿。每日思男女,逢日即问频,若得好消息,修粲造福田。①

此赞文以五言韵文形式生动形象地再现了父母十恩德之怀担守护、临产受苦、生子忘忧、回干就湿、乳哺养育、咽苦吐甘等恩德。此赞文按需转换叙事视角,首先,以第三人称视角叙述怀胎过程,孕妇身重、不施粉黛等状态。其次,从产妇角度把怀孕、临产、分娩等过程中的切身体会形象表达出来:十月怀胎即将临产时产妇身子笨重、因为浑身不舒服而呻吟,内心对分娩和产亡的恐惧,生产时痛如刀割等感受。紧接着,赞文用第三人称视角写产妇生子忘忧的情态、照顾孩子睡觉时的回干就湿、日常的血乳喂养、咽苦吐甘、为孩子心甘情愿地无私付出,等等。赞文通过细腻、真切的描写,把产妇的身心不适、母亲为孩儿无私奉献的状态展现在读者面前,感人、真实。这与《孝顺乐》《父母恩重赞》等歌辞有异曲同工之妙。

与《父母恩重经》十恩德思想极其相似的观念可见于《大乘本生心地观经》。卷二《报恩品》首先讲述供奉父母的功德,其次叙述母亲从怀胎到长养的弥天恩德,并讲述不孝父母的后果及孝顺父母的福德,再次重申母亲养育的深恩,最后总结母亲十种恩德,讲述孝养母亲的功德。其中,《报恩品》用很大篇幅讲述母亲恩德:

世间悲母念子无比,恩及未形,始自受胎,终于十月。行住坐卧,受诸苦恼,非口所宣。虽得欲乐饮食、衣服而不生爱,忧念之心,恒无休息。但自思惟,将欲生产,渐受诸苦,昼夜愁恼。若产难时,如百千刀竞来屠割,或致无常。若无苦恼,诸亲眷属,喜乐无尽,犹如贫女得如意珠。其子发声如闻音乐,以母胸臆而为寝处,左右膝上常为游履,于胸臆中出甘露泉,长养

---

① 《大正藏》第47册,第490页。

之恩弥于普天,怜愍之德广大无比。①

显然,《报恩品》主要讲述母亲怀孕、生子过程,并未涉及十恩德之咽苦吐甘、回干就湿、远行忆念等恩德。《报恩品》语言不及《父母恩重赞文》通俗、生动和世俗化,带有浓郁的佛教色彩,显得晦涩、抽象。在铺叙母亲乳哺养育恩德时,与佛教血乳喂养观念一脉相承:"一切男女处于胎中,口吮乳根饮啖母血,及出胎已幼稚之前,所饮母乳百八十斛。母得上味先与其子,珍妙衣服亦复如是。"②《中阿含经·嗏帝经》讲述母亲以血长养孩子:"母胎或持九月十月更生,生已以血长养,血者于圣法中,谓是母乳也。"③后秦凉州沙门竺佛念译《中阴经》云阎浮提儿生堕地,乃至三岁,饮乳一百八十斛,除母腹中所食血分。④沮渠京声译《佛说末罗王经》称受父母身体哺乳、育养之恩为"父母力"⑤,即父母恩德。母亲得到美味食物、衣物,自己舍不得吃穿,留给孩子,短短数语的描述在《父母恩重经》中得到浓墨重彩地描写,它生动地描绘了母亲尽可能地把世上最美好的东西给予孩子,孩子贪婪地享受着母亲这份无私的爱的生活画面。

《报恩品》在一再宣扬母恩之后,结尾以十恩德来总结母亲恩德:

> 以是因缘,母有十德。一名大地,于母胎中为所依故。二名能生,经历众苦而能生故。三名能正,恒以母手理五根故。四名养育,随四时宜能长养故。五名智者,能以方便生智慧故。六名庄严,以妙璎珞而严饰故。七名安隐,以母怀抱为止息故。八名教授,善巧方便导引子故。九名教诫,以善言辞离众恶故。十名与业,能以家业付嘱子故。⑥

这里的"母亲十德"与《佛说父母恩重经》父母十恩德大同小异,显得较为笼统、含糊。"大地"之恩以大地比喻母体对胎儿的孕育之恩,"能生"指经历生苦分娩过程,与怀担守护恩、临产受苦恩相对应,养育、教育、立业诸恩德在十恩德中并

---

① 《大正藏》第3册,第297页。
② 《大正藏》第3册,第297页。
③ 《大正藏》第1册,第769页。
④ 《大正藏》第12册,第1059页。
⑤ 《大正藏》第14册,第791页。
⑥ 《大正藏》第3册,第297页。

未明确指出，围绕《父母恩重经》演绎而来的《父母恩重经讲经文》对养育、教育方面多有描写。

除了与《父母恩重经》十恩德关系密切的《父母恩重赞文》《大乘本生心地观经》，《本事经》《观无量寿佛经疏》也较为全面地记载了父母养育子女的恩德。唐玄奘译《本事经》第四卷本经长行明确记载了父母对子女从分娩到婚嫁等各种恩德：

> 父母于子有深重恩，所谓产生，慈心乳哺，洗拭将养，令其长大，供给种种，资身众具，教示世间所有仪式，心常欲令离苦得乐，曾无暂舍，如影随形。是故父母应深敬重，礼拜供养，以敬爱心，亲近而住。……除无益事，授有益事，制止众恶，劝修众善，为其聘娶贞良妻室，有时赐与珍宝财谷。①

此经铺叙父母从分娩、母乳喂养、日常盥洗护理，到教育孩子、为孩子操劳婚嫁等恩德，主要目的在于说明父母恩德之深厚，劝导众人要敬重、供养父母。唐善导集记《观无量寿佛经疏》也以叙述父母尤其是母亲怀胎、产子、养育孩子的过程来说明父母恩重：

> 既欲受身，以自业识为内因，以父母精血为外缘，因缘和合，故有此身，以斯义，故父母恩重。母怀胎已经于十月，行、住、坐、卧，常生苦恼，复忧产时死难。若生，已经于三年，恒常眠屎卧尿，床被衣服皆亦不净。及其长大，爱妇亲儿，于父母处，反生憎疾。不行恩孝者，即与畜生无异也。②

此经从佛教业识内因、父母精血外缘而成此身来说父母恩重，着重表现母亲十月怀胎的辛苦，临产对产难的担忧，生子后的回干就湿、洗濯不净等。笔触细腻，对孕期睡眠、坐立难安的状态，婴儿褓褓期悉心护理的辛苦，描写得跃然纸上，令人动容。经文笔锋突转，写到孩子长大后的不孝行径，这与父母抚养孩子成人过程中的无私付出形成了强烈对比，让人对不孝子的行为感到气愤，为父母打抱不平。

---

① 《大正藏》第 17 册，第 683 页。
② 《大正藏》第 37 册，第 259 页。

除了集中表现父母恩德的这些经典,为了使父母恩德具体化,义理更具有说服力,易于被听众接受,很多佛经对母亲怀孕、生子之苦,养儿艰辛等过程进行了不同程度的描写。母亲怀孕、生子之苦散见于晋佚名译《佛说孝子经》,其载母亲生子,怀胎十月,身为重病,临生之日,母危父怖,生子之后,回干就湿,血乳喂养,衣食住行,细心呵护,出入时常挂念等情形:"亲之生子,怀之十月,身为重病。临生之日,母危父怖,其情难言。既生之后,推燥卧湿,精诚之至,血化为乳。"①北凉昙无谶译《大般涅槃经》卷九铺叙了母亲十月怀胎,诞子后回干就湿、乳哺喂养等养子过程,随后指出"以是义故我当报恩"。② 东晋瞿昙僧伽提婆译《增一阿含经》卷一一载佛陀说法,告诫诸比丘:父母抱之育之,随时将护,父母恩重难报,众比丘当不失时节,孝养父母。③ 卷五〇云父母生子、养子恩重,乳哺怀抱,要当报恩,不得不报恩。④ 安世高据此经内容译成以宣讲父母十大恩德为主要内容的《佛说父母恩重难报经》。以此为蓝本,中国佛教徒撰写了广为流传的《父母恩重经》。

敦煌产育题材作品主要是围绕敦煌本《父母恩重经》、伪经《佛说父母恩重难报经》十恩德展开。父母十恩德,"父母"为偏义复词,侧重指母恩,主要指母亲怀孕、生子、喂养、照料孩子日常起居等过程中为孩子无私地奉献,当然父亲也参与到孩子教育、婚事操办等事宜中来,但佛经偏向于母恩。

由上可见,佛教通过描写父母,尤其是母亲生儿育女的过程,来铺叙母亲恩德,来劝说众生报恩行孝,又通过孝顺父母可得福报、修炼成佛和不孝父母可致重罪正反对比来劝导众生孝顺父母。

三、敦煌文学对孝道的倡导

当然,佛教文化熏陶下的敦煌文学也大肆宣扬孝道、劝导众生行孝。以讲述父母恩德,劝导众人孝顺父母为主旨的敦煌文学作品有很多。变文、小说、歌辞、诗歌、蒙书等多种体裁都有宣扬孝道、讲述孝子故事等相关的作品。

敦煌变文写卷中,有许多宣扬孝亲思想的作品。如《父母恩重经讲经文》

---

① 《大正藏》第 16 册,第 780 页。
② 《大正藏》第 12 册,第 419 页。
③ 《大正藏》第 2 册,第 601 页。
④ 《大正藏》第 2 册,第 823 页。

《目连变文》《双恩记》《故圆鉴大师二十四孝押座文》《舜子变》《董永变文》等。变文中也有从反面来进行劝孝的作品,如《地狱变文》就是讲述不孝父母的后果。

其中有些作品本身就是根据宣扬孝道、孝行的佛经演绎而来,如《双恩记》演绎《大方便佛报恩经》,《目连缘起》《大目乾连冥间救母变文》《目连变文》演绎《佛说盂兰盆经》,《父母恩重经讲经文》演绎敦煌本《父母恩重经》、伪经《佛说父母恩重难报经》而成,其内容也是围绕父母恩德、如何报恩及不孝子行为展开。《故圆鉴大师二十四孝押座文》虽然不是根据佛经演绎而来,但是它用于俗讲《父母恩重经》之时,罗列了目连、舜、王祥、郭巨、老莱子等孝子事例,也是宣扬孝道之作。

有些变文是以古代孝子故事为基础发展演变而来,如《董永变文》《舜子变》等。《董永变文》在董永传说"至孝感天"情节的基础上增加了殡葬父母情节,攀发、哽咽、号啕大哭等细节描写,把董永至哀之情表达得生动形象。有关《舜子变》孝道思想的论述,可参看李小荣、李晓明相关论著。① 此外,《秋胡变文》塑造了秋胡妻的孝贞形象,秋胡妻在秋胡外出游学期间侍奉婆婆,正是践行孝道的表现。《季布诗咏》载楚军被围垓下,张良让汉军唱楚歌,意在宣扬父母恩德,煽动楚军将士离去。通篇不言孝字,但孝的精神贯穿始终。②

> 丈夫耽得高官职,如何忘却阿耶娘。人总俱从父母生,生子还从父母养。三年不食胸前乳,六尺之躯何处长!养儿只合知家计,四时八节供甘脆。甘脆由来总不供,抛却耶娘虚度世。③

楚歌奉劝将士不应忘记父母的养育之恩,尤其是母亲三年母乳喂养恩德,应该在家侍奉父母。歌词以具体的母乳喂养恩德为例,深入将士之心,最后楚军闻歌流泪,抛却器械散去。

敦煌小说宣扬孝道的题材主要集中在类书《事森》、志人小说集《孝子传》、

---

① 李小荣:《略论敦煌变文中的孝亲思想》,《盐城师范学院学报》2000年第2期;李晓明:《试论敦煌变文中的孝道》,收入董国林、赵国华主编《中国古代历史文化研究论集——熊铁基先生七十华诞纪念》,华中师范大学出版社,2002年,第213—224页。
② 《试论敦煌变文中的孝道》,第213—224页。
③ 黄征、张涌泉校注:《敦煌变文校注》,中华书局,1997年,第1197页。

句道兴撰《搜神记》。S.5776、P.2621《事森》分别辑录五则、二十则孝子故事。S.5776残卷仅存六则故事,除了伯夷故事外,鲍出、王祥、王修、王褒、吴猛都是讲述孝子孝行的故事。此五则故事见于写卷P.2621孝友篇,此写卷还载有舜、姜诗、蔡顺、老莱子、孟宗、丘吾子、曾参、子路、闵子骞、董永、董黯、萨苞、郭巨、江革、鲍永十五人孝行。这些故事多来源于史书、史传、杂史小说等,如《史记》《三国志》《东观汉记》《说苑》,多是根据史料整理加工而成。

S.389v、P.3536v、P.3680v《孝子传》分别辑录了五则、四则、四则孝子故事,如明达、郭巨、舜、文让、向生、闪子、王褒、丁兰、王武子九人共十三则孝道故事。闪子即睒子,其故事取材于宣扬孝道的佛经《睒子经》,其他故事多广泛流传于中原地区家喻户晓的孝子事迹,如舜、郭巨、王祥等,多是在原来孝子故事的基础上发展而来。这些孝子故事在民间广为流行,并以墓葬壁画形式出现在墓室中。

敦煌本《搜神记》目前可知有三大系统:句道兴《搜神记》、S.525、P.5588+S.6022,三大系统写卷文字颇有不同。其中,句道兴《搜神记》主要是以劝善行孝、阐明因果、夸称技艺为主①,其撰写于唐代以前,抄本底本应出于唐代人之手②。此本现存五种写本残卷:中村不折藏本、P.5545、P.3156碎1、S.3877、P.2656,其中,中村不折本较为完善。中村不折本篇题下署"句道兴撰""行孝第一",共辑录了七则孝子故事:樊寮、张嵩、焦华、孙元觉、郭巨、丁兰、董永。这些故事的创作模式与敦煌本《孝子传》《事森》近似,都是在历代史书的基础上加工润色而来。这些孝子故事后被元代郭居业辑录成《二十四孝》,成为经典的宣扬孝道、劝孝文化符号。

宣扬孝道的歌辞最为典型的代表作如释愿清创作《报慈母十恩德》、无名氏《父母恩重赞》《孝顺乐》,这三组歌辞也是与产育题材最为密切的作品。三组歌辞内容大同小异,都是围绕父母十恩德展开,与《父母恩重经讲经文》所演绎的《佛说父母恩重难报经》、敦煌本《佛说父母恩重经》密切相关。以上三组歌辞主要从母亲怀胎、生子、养子历尽艰辛的角度说明母恩深厚,强调要孝敬父母,报答恩德。此外,如P.2418失调名《阿娘悲泣》前言部分着重从远行忆念恩方面引经据典地来描写母亲对游子的挂念:

---

① 王国良:《敦煌本〈搜神记〉考辨》,《汉学研究》1986年第2期。
② 窦怀永、张涌泉汇辑校注:《敦煌小说合集》,浙江文艺出版社,2010年,第106页。

> 经道:"儿行千里,母心千里",云男女成长已后,各须仕宦经营,总出他州,母心相逐……书云:"父母之年,不可不知。"思量我等生身母,终日忧怜男与女,为儿子抛出外边,阿娘悲泣无情绪。①

"经"当指佛经,此段围绕远行忆念恩展开,这是佛经常见记载的十恩德内容之一。"父母之年,不可不知"见载于《论语·里仁》,可见,此歌辞除了受到佛教的影响,传统儒家观念对其影响也不可忽视。

还有一类歌辞主要从行为规范方面宣扬孝道思想。如《求因果·孝义》从孝义角度出发,对众生行为规范提出了具体要求;《求因果·息争》用佛家口吻劝导受众不可争强好胜,辱及父母,有悖孝道。另外,敦煌歌辞中较为流行的杂曲《十二时·天下传孝》《十二时·传孝文》同样是以宣扬孝行规范著称。前一首歌辞从人的情感出发提倡孝养,强调在态度、言语、行为等日常细微处体现孝道,相对而言,后一首歌辞对孝顺行为的规范显得更加具体细微。

同时,宣扬父母恩德,歌颂孝子行为,劝人行孝也是王梵志诗的重要思想内容之一。S.5641、P.3211《一种同翁儿》"一种同翁儿,一种同母女。无爱亦无憎,非关后父母。若个与好言,若个与恶语。耶娘无偏颇,何须怨父母。男女孝心我,我亦无别肚"②。通过对比写法,把儿女对待父母态度的不同与父母同等关爱子女形成对比,指责不孝子不应该对父母恶言相对。

除了劝人行孝,王梵志诗也向世人展现了孝子尽孝的做法。S.5641、P.3211《你若是好儿》劝人孝养父母,积极行孝,并树立了行孝的基本行为规范,如早起问安:"你若是好儿,孝心看父母。五更床前立,即问安稳不。"③诗中化用了孝感动天的孝子典故,郭巨、王祥、孟宗、韩伯瑜、董永行孝,为世人树立孝子模范,劝导世人向孝子们学习。尤其是写卷P.2718、P.3558、P.3716、P.3656、S.3393、P.2842④、日本奈良宁乐美术馆藏本、俄890+891、俄10736所载的一组五言绝句,告诉世人最具体、直白的践行孝道之法:

---

① 《敦煌歌辞总编》中册,第777页。
② 〔唐〕王梵志:《王梵志诗校注》(增订本),项楚校注,上海古籍出版社,2010年,第141页。
③ 《王梵志诗校注》(增订本),第143页。
④ 此写卷抄有前五首,未抄《耶娘绝年迈》《四大乖和起》。上海古籍出版社、法国国家图书馆等编:《法国国家图书馆藏敦煌西域文献》第19册,上海古籍出版社,2001年,第85页。

立身行孝道,省事莫为愆。但使长无过,耶娘高枕眠。(《立身行孝道》)①
耶娘行不正,万事任依从。打骂但知默,无应即是能。(《耶娘行不正》)②
尊人嗔约束,共语莫江降。纵有些些理,无烦说短长。(《尊人嗔约束》)③
有事须相问,平章莫自专。和同相用语,莫取妇儿言。(《有事须相问》)④
耶娘年七十,不得远东西。出后倾危起,元知儿故违。(《耶娘年七十》)⑤
耶娘绝年迈,不得离傍边。晓夜专看侍,仍须省睡眠。(《耶娘绝年迈》)⑥
四大乖和起,诸方请疗医。长病煎汤药,求神觅好师。(《四大乖和起》)⑦

此组五言诗对孝子平时在外的行为、在家与父母的日常相处,父母行为失当、年迈、患病等特殊时期,孝子该如何尽孝,一一给予解答。其中所流露的孝道思想带有浓重的儒家色彩。"耶娘年七十,不得远东西"就是《论语·里仁》"父母在,不远游"⑧的具体诠释。

王梵志诗既提倡众生行孝,细致讲述行孝之法,又斥责不孝逆子,劝诫子女不可置父母于不顾。S.5641、P.3211《只见母怜儿》:"只见母怜儿,不见儿怜母。长大取得妻,却嫌父母丑。父母不采括,专心听妇语。生时不恭养,死后祭泥土。如此倒见贼,打杀无人护。"⑨这是世间儿大娶妻忘了娘的真实写照,诗歌以直白语言严厉地鞭笞了这种不孝子。P.3418、P.3724《夫妇生五男》:"夫妇生五男,并有一双女。儿大须娶妻,女大须嫁处。户役差科来,牵挽我夫妇。妻即无褐被,父体无裈裤。夫妇俱八十,儿年五十五。当头忧妻儿,不勤养父母。浑家少粮食,寻常空饿肚。粗饭众厨餐,美味当房弆。男女一出生,恰似饿狼虎。努眼看尊亲,只觅乳食处。少年生夜叉,老头自受苦。"⑩这首诗歌以白描手法描写生育了五儿二女的夫妇凄惨的生活遭遇。以"饿狼虎"比喻刚出生的儿女,把子

---

① 《王梵志诗校注》(增订本),第392页。
② 《王梵志诗校注》(增订本),第393页。
③ 《王梵志诗校注》(增订本),第394页。
④ 《王梵志诗校注》(增订本),第395页。
⑤ 《王梵志诗校注》(增订本),第397页。
⑥ 《王梵志诗校注》(增订本),第398页。
⑦ 《王梵志诗校注》(增订本),第399页。
⑧ 〔魏〕何晏集解:《论语》,〔宋〕邢昺疏,〔清〕阮元校刻《十三经注疏》本,中华书局,1980年,第2471页。
⑨ 《王梵志诗校注》(增订本),第146页。
⑩ 《王梵志诗校注》(增订本),第539页。

女贪婪地榨干母乳的情态形象生动地描摹出来。

除了王梵志诗,对于民间教育具有重要意义的敦煌蒙书也是宣扬孝道、提倡孝行的重要载体之一。以识字为主的综合性识字类蒙书教导童蒙做人做事的道理,其中也教导孩童要孝顺父母。如《千字文》"岂敢毁伤"引用《孝经》来讨论孝子之法①,《新合六字千文》"董永孝当竭力"②,《开蒙要训》"孝敬父母"③,等等。综合知识类蒙书《杂抄》"人有百行,惟孝为本"④,《孔子备问书》更是详细地论述了报答父母恩德之道:"昏定,晨省,和颜悦色,恭敬孝顺,小心翼翼,欲报父母之恩,昊天罔极。"⑤历史知识类蒙《古贤集》以七言韵语形式歌咏曾参、孟宗、郭巨、董永、高柴、蔡顺、尹伯奇等人的孝行。⑥

识字、知识类蒙书主要以教授孩童识字、传授知识为主,它们对孝道的宣传多是一笔带过。以塑造孩童德行为主的德行类蒙书在教授孩子行为规范的过程中,重点教育孩子要遵循孝行、孝道。如《新集严父教》倡导"家中学侍奉,孝顺伯亲老"⑦。《辩才家教》除了在"十劝章第六"劝君不辞辛苦侍奉父母以报答怀胎乳哺恩,"六亲章第四"对日常行孝的做法也有交代,如"善言胜美味,含笑莫怀嗔"⑧指出平时对待父母轻言细语,笑脸相迎的重要性。这类蒙书尤其以《百行章》《太公家教》关于孝子如何行孝的做法记载得最为详细。《百行章》首列"孝行章第一",较为全面地论述该如何行孝:

> 孝者,百行之本,德义之基。以孝化人,人德归于厚矣。在家能孝,于君则忠;在家不仁,于君则盗。必须躬耕力作,以养二亲。旦夕咨承,知其安否;冬温夏清,委其冷热。言和色悦,复勿犯颜;必有非理,雍容缓谏。昼则不居房室,夜则侍省寻常。纵父母身亡,犹须追远,以时祭祀,每思念之。⑨

---

① 郑阿财、朱凤玉:《敦煌蒙书研究》,甘肃教育出版社,2002年,第35页。
② 《敦煌蒙书研究》,第43页。
③ 《敦煌蒙书研究》,第58页。
④ 《敦煌蒙书研究》,第176页。
⑤ 《敦煌蒙书研究》,第212页。
⑥ 《敦煌蒙书研究》,第258页。
⑦ 《敦煌蒙书研究》,第405页。
⑧ 《敦煌蒙书研究》,第391页。
⑨ 《敦煌蒙书研究》,第326页。

此文首先指出孝的意义所在，其次对早晚、冬夏、昼夜侍奉父母的具体方法，日常对待父母的态度等一一给予说明，认为父母亡故之后，孝子也需按时祭祀追思以尽孝。

《太公家教》也指出了孝子事亲的具体做法：

> 孝子事亲，晨省暮参，知饥知渴，知暖知寒，忧则同戚，乐则同欢。父母有疾，甘美不餐，食无求饱，居无求安，闻乐不乐，闻喜不看，不修身体，不整衣冠，父母疾愈，整亦不难。①

此书是乡村私塾先生从《论语》《孝经》《礼记》等典籍中摘取警言佳句，编成四言韵语而来。"晨省暮参"取意于《礼记·曲礼上》"凡为人子之礼，冬温而夏清，昏定而晨省"②。"父母有疾，甘美不餐，……闻乐不乐，闻喜不看"在《孝经·丧亲章》有相似记载。③ "食无求饱，居不求安"源自《论语·学而篇》"君子食无求饱，居无求安"④。可见，《太公家教》所表现的孝道观主要源自儒家典籍，是儒家孝道思想的体现。

此外，《武王家教》称不孝父母为五逆之第一逆⑤，借用《庄子》之名来宣扬养儿方知父母恩，自己对父母的不孝势必造成子女不孝等观点，提倡恭勤孝养，为子慈孝，等等。⑥ 尽管《武王家教》来源存在争议，但它作为童蒙读物、学仕郎诵读教材，是无疑的。⑦ 既然作为童蒙教育教材，它所倡导的孝道思想，对普通民众及孩童的影响不同一般。

从上文对蒙书、小说、诗歌、变文等关于孝道思想相关记载的梳理，我们发现敦煌文学孝道思想主要源自儒家、佛教的影响。蒙书、小说、诗歌所表现的孝道观基本来自儒家伦理道德思想的影响，脱胎于佛典而来的变文、歌辞中的孝

---

① 《敦煌蒙书研究》，第 350 页。
② 〔汉〕郑玄注：《礼记》，〔唐〕孔颖达疏，〔清〕阮元校刻《十三经注疏》本，中华书局，1980 年，第 1233 页。
③ 〔唐〕唐玄宗注：《孝经》，〔宋〕邢昺疏，〔清〕阮元校刻《十三经注疏》本，中华书局，1980 年，第 2561 页。
④ 《论语》，《十三经注疏》本，第 2458 页。
⑤ 《敦煌蒙书研究》，第 381 页。
⑥ 《敦煌蒙书研究》，第 380—382 页。
⑦ 《敦煌蒙书研究》，第 383 页。

道思想主要与佛教密切相关。敦煌文学对产育生活的描写正是佛典为了宣扬孝道思想、证明父母对子女的深恩、劝导子女行孝的例证。

可以说,敦煌产育题材文学作品是敦煌文学受佛教宣扬孝道思想创作模式影响的产物。确切地说,产育题材作品主要与宣扬父母养育恩德,尤其是与十恩德相关的佛经密切相关。作为例证,妇女产育生活的生动形象性及其对听(观)众的感染程度直接关乎传教布道的效果。敦煌产育题材文学浓墨重彩地描写妇女求子、孕子、产子、养子、教子等生活场面,描写得越细腻、生动、形象,其感染力就越强,就更能让人信服,从而达到劝孝目的。敦煌产育题材文学继承了佛经从正反两面劝孝的写法,通过对父母抚养孩子成人过程艰辛生活的正面描写,歌颂父母恩德,又从反面以不孝子不得善终警示众人,劝诫众人孝顺父母。

第三章　求子题材及求子民俗

中国自古以来的嫡长子制以及母以子贵、传宗接代等观念,决定了子嗣对妇女在家庭中的地位乃至命运的走向有重大影响。《大戴礼记·本命》载妇女七去的情形,正有"无子去",原因在于"无子,为其绝世也"。① 此观念在唐代仍然盛行,只不过对出妻情形有所限制。《唐律疏议》卷一四"妻无七出而出之"明确指出了出妻的限制和刑罚:

> 律云:妻年五十以上无子,听立庶以长。即是四十九以下无子,未合出之。②

"律"指唐《户婚律》"立嫡违法"条,女子年龄五十岁而无子,虽然可以避免被出,立庶子为长子,但其家庭地位一跌千丈可想而知。值得注意的是,唐律规定四十九岁前无子不合出之,实际是维护妇女权益的具体表现。因为大约自四十九岁起,妇女生殖生理机能开始逐渐衰退,四十九岁后几乎难有身孕,所以唐律以四十九岁为界。唐代法典对此做明文规定,侧面流露出唐代妇女因无子被弃的情况频频发生的残酷现实。无子休妻习俗自战国时期就已经存在。《吕氏春秋·孝行览·遇合》载"若不生子被出"一说,后世沿袭,并发展成父兄、门人、朋友等可以代为出妻的风气。东汉平虏将军刘勋妻王宋因无子被出,魏曹丕同情王氏遭遇,为其写有《代刘勋出妻王氏诗序》《出妇赋》,曹植、王粲等人也写过同题赋作,可见汉魏时期出妻风气之盛。唐代仍然存在轻率出妻之风。《旧唐书·李大亮传》附族孙《迥秀传》载迥秀妻崔氏"叱其媵婢"招致迥秀母不悦,被出之。③《旧唐书·令狐彰传》附《子建传》载令狐建为了出妻,诬陷妻子与邢士

---

① 〔清〕王聘珍撰:《大戴礼记解诂》,王文锦点校,中华书局,1983年,第255页。
② 刘俊文撰:《唐律疏议笺解》,中华书局,1996年,第1056页。
③ 〔后晋〕刘昫等撰:《旧唐书》第7册,中华书局,1975年,第2390—2391页。

伦通奸,逐妻。①

尽管唐代颁布法律条文以遏制社会上无子出妻的风气,但是唐代因为无子嗣出妻的事情时有发生。《旧唐书·李元素传》载,唐宪宗元和中,李元素溺情仆妾,因妻王氏无子,弃之,遭罚。②唐诗人张籍《离妇》诗描写了因十年"薄命不生子"被出女子的悲惨境遇,末句"为人莫作女,作女实难为"③,把社会对妇女生子的压力,以及因无子给女子带来的辛酸倾诉出来。可见子嗣对妇女在夫家地位、境遇状况的重要性。尤其是婚后久无身孕,使得妇女承受着来自社会、家庭等各方面较大的精神和心理压力。

正是因为子嗣观念对民众思想的钳制,怀孕生子成为婚后夫妇生活的重心和头等大事。从婚礼现场的祝词、瓜果的摆设,乃至日常生活中节日欢庆等场面,可以看出求子现象普遍存在于民众生活中。民众在践行婚姻生育这一家族使命的过程中,一般存在三种情形:如愿得子;婚后无子,继而求子;求子未成,转向收养。求子正是婚后久久未见怀孕夫妇情急之下所为,若能成功怀孕可以说是减轻婚后夫妇思想、精神负担的大事。为此,民众寻求各种孕子秘方,如寻医觅药、求神跪拜等,以求延续血脉。

本章从《太子成道经》《叶净能诗》等敦煌文学作品所描写的求子情景谈起,先分析变文的文学意蕴及题材来源,再以《太子成道经》作为敦煌民众求子的典型情景,分析和挖掘其中所流露的敦煌地区求子民俗。

第一节　敦煌文学中的求子题材

在中国古代社会,子嗣对妇女、家庭乃至国家的重要性,是不言而喻的。尤其是在人口存活率较低、死亡率高居不下的社会,人丁兴旺更是显得尤为重要。《礼记·昏义》明确指出:"婚礼者,将合二姓之好,上以事宗庙,而下以继后世也。"④婚姻自古承担起传宗接代、繁衍子嗣的重要使命。《唐会要》卷八三"嫁

---

① 《旧唐书》第11册,第3530—3531页。
② 《旧唐书》第11册,第3658—3659页。
③ 〔唐〕张籍:《张籍诗集》,中华书局上海编辑所编辑,中华书局,1959年,第91页。
④ 〔汉〕郑玄注:《礼记》,〔唐〕孔颖达疏,〔清〕阮元校刻《十三经注疏》本,中华书局,1980年,第1680页。

娶"条载,贞观元年(627)二月四日,唐太宗李世民诏令:"蕃育之理既宏,邦家之化攸在,……若不申以婚姻,明之以顾复,便恐中馈之礼斯废,绝嗣之衅方深。"① 可见,婚姻承担着延续子嗣的重任,是稳定家国的基石。

在封建观念中,婚后无子势必给妇女、家庭乃至国家带来不幸,尤其是给妇女带来了较大的精神压力。这些在传世文学作品曾多有表现。曹丕《出妇赋》"伤茕独之无恃,恨胤嗣之不滋""信无子而应出,自典礼之常度"揭示了其被休弃的原因,写出了被出妇女孤苦无依的境地及由此带来的黯然神伤,无子嗣的遗憾、哀怨。

对子嗣问题的担忧在敦煌文学作品中多有表现。敦煌文学涉及求子现象的描写,主要集中在《太子成道经》《悉达太子修道因缘》《叶净能诗》等作品中。如《叶净能诗》中皇后无子,皇帝言及子嗣的重要性,将子嗣问题上升至关乎"国计"的地位。其实,《诗经》中早就隐晦地表现了帝妃求子情景,如《玄鸟》《生民》等。中宫无太子,这不仅关联到帝位无继承人,更严重地关系到国家、社会的安定。这与子嗣意味着传宗接代、血脉传承这一亘古不变的传统观念紧密相关,同时,也从侧面体现了因无子嗣给生活带来的困扰。可见,上自皇室下至民间,不论中原或边陲,普遍存在求子继嗣之风。

《太子成道经》《悉达太子修道因缘》《太子成道吟词》《太子成道变文》《八相变》及《叶净能诗》等作品都描写了帝王夫妇求子过程,孕子成功与否反映不同地域求子风俗的差异,我们将其分为两类。前五者主要从不同角度描写了净饭大王夫妇求子,虽详略不同,实为同一故事的不同文本形态,可归为净饭王夫妇求子系统。《叶净能诗》所表现的叶净能为唐玄宗求子未果,主要体现中原求子风貌。

《太子成道吟词》实际是抄撮《太子成道经》,或 BD03024(北云 24、北 8437)、BD08191(北乃 91、北 8438)、BD04040(北丽 40、北 8671)《八相变(一)》大王、夫人吟词节本,供讲唱者在变文演说时执以吟唱的文本。② 此求子情景也见于《悉达太子修道因缘》,所载求子情形与上文大致相同,仅存在字词差异。故事主要是由询问求子方、神前求嗣、求神预兆胎儿性别、梦境、怀孕等情节构成。

---

① 〔宋〕王溥撰:《唐会要》,中华书局,1955 年,第 1527 页。
② 黄征、张涌泉校注:《敦煌变文校注》,中华书局,1997 年,第 482 页。

一、净饭王夫妇求子情景

《太子成道经》是同一题材佛传变文中描述净饭夫妇求子场景最为详细的作品,可以说是敦煌文学描述民间求子风俗的典型。《太子成道经》早在隋仁寿年间已被当作正统佛典供养,影响深远。D.083《优婆塞戒发愿品第七》、甘肃省博物馆005《优婆塞戒经卷第十》、S.4162《优婆塞戒经卷第三》、P.2276《优婆塞戒经卷第十一》题记载隋仁寿四年(604)四月八日,榼雅珍①为亡父抄写《太子成道(经)》供养积功德。这说明至少在公元604年之前,《太子成道经》已问世流行,而且被信众接受,其地位与具有超荐亡灵功用的《优婆塞戒经》同等重要。

此变文现存八种写本②,是当时敦煌地区较为盛行的讲唱文本,讲唱文本在产生、流传及听众接受的过程中已浸染了民间生活气息。其中所表现的求子习俗也是广为民众(听众)所接受的社会风俗。从听众接受到回馈,乃至讲唱艺人的多次修改完善等,使文本融入了较多的民众意识形态,其所表现的求子习俗带有浓郁的民间气息。

此类佛传变文主要根据《佛本行集经》演绎释迦牟尼太子出世、离家及成佛过程的故事。虽然为佛传变文,但是作品多有中世纪宫廷生活、民间习俗之事。如浇酒祀神乞子、出行时的銮驾仪仗、婆家分娩、梦占——双陆频输主中宫无太子等。③ 其中,描写了净饭王询问求子之法,上演夫妇至城南满江树下向天祀神求子的场面,这更是中国本土民间求子情景的缩影,尤为精彩:

大王问大臣:"如何求得太子?"大臣奏大王曰:"城南满江树下,有一天

---

① "榼雅珍",《敦煌遗书总目索引新编》、S.4162、P.2276著录为"榼维珍",S.4570著录为"杨维珍";《敦煌学大辞典》该条目录为"榼惟珍";《甘肃省博物馆藏敦煌文献·叙录》录为"榼维珍"。林世田根据《敦煌遗书总目索引新编》《敦煌学大辞典》《甘肃省博物馆藏敦煌文献·叙录》相关经卷著录,考订为"榼雅珍"。经查阅经卷,当以"榼雅珍"为是。

② 罗宗涛据苏俄亚洲民族研究所所藏 Дx—2114, No.2863"[上]从兜率降人间,托荫王宫为生相;九龙齐温香和水,净浴莲花云云"句与《太子成道经》文句相同,则认为此卷亦为《太子成道经》一写卷,似为不妥。敦煌 S.4504 无名氏诗《上从兜率降人间》亦与《太子成道经》同,实抄于《太子成道经》中,可作诗歌在变文讲唱过程中的运用实例,不应如罗氏,将当作《太子成道经》另一写卷。见罗宗涛:《敦煌讲经变文研究》,佛光山文教基金会,2004年,第9页。

③ 梁尉英:《敦煌佛传概观及其中国化之特点》,收入段文杰等编《1990敦煌学国际研讨会文集:石窟艺术编》,辽宁美术出版社,1995年,第319—354页。

祀神,善能求恩乞福。往求太子,必合容许。"是时大王排比鸾驾,亲自便往天祀神边。甚生队仗:白月才沉,红日初生。仪仗才行,天下晏清。烂满锦衣花灿灿,无边神女貌莹莹。是时大王便到天祀神边,索酒[亲]自发愿:

吟　拨棹乘船过大江,神前倾酒三五瓯。倾杯不为诸余事,男女相兼乞一双。

夫人道:"大王何必多贪？求男是男,求女是女。男女一双,难为求觅。"夫人索酒,亲自发愿浇来。甚道:"若是得男,神头上伞盖左转一匝;若是得女,神头上伞盖右转一匝。"便乃浇酒云云:

拨棹乘船过大池,尽情歌舞乐神祇。歌舞不缘别余事,伏愿大王乞个儿。

其神头上伞盖即左转。大王共夫人发愿已讫,回鸾驾却入宫中。或于一日,便上彩云楼上,迷闷之次,便乃睡着,作一贵①梦。忽然惊觉,遍体汗流。遂奏大王,具说上事:"贱妾彩云楼上作一圣梦,梦见从天降下日轮,日轮之内,乃见一孩儿,十相具足,甚是端严。兼乘六牙白象,从妾顶门而入,在右胁下安之。其梦如何,不敢不奏。"大王遂问旨臣,旨臣答曰:"助大王喜,合生贵子。"大王闻说,欢喜非常。

吟　始从兜率降人间,托荫王宫为生相。九龙齐温香和水,争浴莲花叶上身。

不经旬日之间,便即夫人有孕。②

此文采用人物对话形式全面展现了净饭王夫妇求子所用方法及其过程,从求子方法的获得、盛大排场出行求子、祭祀地点、祭物、夫妇二人的祝词及夫人梦中得子、旨臣卜梦,直至夫人有娠,构成了完整的求子活动。净饭王夫妇亲自以盛大的排场专程乘船过江,在神前浇杯,并以恳切的祝词求子,活脱脱一副虔诚的民间善男信女祷告模样,可见夫妇二人盼子心切。值得注意的是,神前浇酒祭

---

① 《敦煌变文校注》作"孬",查《敦煌俗字典》未见收录,不知为何意,故参考《敦煌变文集》作"贵"字,与上下文意吻合。王重民、王庆菽、向达等编:《敦煌变文集》,人民文学出版社,1957年,第288页。

② 《敦煌变文校注》,第435—436页。

祀情节也是对我国祭祖、祭奠亡灵等浇酒祭祀习俗的反映。① 夫妇亲临神前求子,既说明他们敬神的虔诚态度,也暗示婚后生子实乃夫妇应共同承担的责任。

变文主要以人物对话、吟词的形式,通过人物语言描写,逐渐推进求子活动进程,而吟词及夫人言语则把夫妇二人对子嗣的迫切渴望淋漓尽致地表现出来,尤其是采用韵散结合形式,把净饭王"男女兼得"的愿望凸显出来。文中详细铺排仪仗出行时的盛况,用来凸显净饭王身份的尊贵及其对求子之事的重视。变文对净饭王夫妇出行的銮驾仪仗队伍盛况的描写再现了中国古代天子车驾、仪卫兵仗等中国宫廷出行之制,是佛传变文中国化的表现之一。② 此变文中国化的另一明证是净饭大王梦见双陆频输,大臣为其释梦兆的情节。此故事脱胎于武则天多次梦见双陆频输,狄仁杰、王方庆释为中宫无太子的故事。《新唐书·狄仁杰传》记载了狄仁杰与王方庆为武则天解说双陆频输梦兆意义的史事。③

梦境是求子、孕子过程中重要的情节,是关乎求子活动产生的外在动因,也是孕子成功的重要指示。文中所写梦境有二,一为净饭王之梦,一为摩耶夫人的胎梦。净饭王通过梦境,预示需延续子嗣,同样透过梦境,摩耶夫人得知孕子。梦境的预示功能,在臣子的解释下得以和现实子嗣问题联系起来。梦境的点缀使得求、孕子过程越发显得神秘,富于传奇性。此外,大臣对求子地点的指示、对夫人梦境的占卜使得整个求子过程充满了扑朔迷离的梦幻色彩。

净饭王苦于无子嗣,向大臣询问良方,净饭王地位虽然尊贵,但是大臣所说的求子之术源于民间。乞子处为城南满江树下,所祭拜神祇为天祀神,据臣子所言"往求太子,必合容许",言之凿凿,可见天祀神在民间信众中具有较高威望。

这些变文虽言佛往生事,但是净饭王夫妇神前求子事未见于佛经记载,而是首见于变文,"属变文所增饰者也。其所以如此,盖其时求子之风甚盛也"④。罗宗涛所言极是,这应该是讲唱者顺应当时民间盛行的求子之风,根据其他佛

---

① 《敦煌佛传概观及其中国化之特点》,收入段文杰等编《1990 敦煌学国际研讨会文集:石窟艺术编》,第 319—354 页。
② 《敦煌佛传概观及其中国化之特点》,收入段文杰等编《1990 敦煌学国际研讨会文集:石窟艺术编》,第 319—354 页。
③ 〔宋〕欧阳修、宋祁撰:《新唐书》第 14 册,中华书局,1975 年,第 4212 页。
④ 《敦煌讲经变文研究》,第 17 页。

经乞子故事增加而成。佛经中关于祷祠生子的记载并不少见。如西秦圣坚译《太子须大拏经》载二万夫人无子嗣,王祷祠诸神及山川,夫人有娠。① 据此经演绎而来的《须大拏太子好施因缘》[Дx. 285(Ⅰ、Ⅱ、Ⅲ)]载须大拏太子好施国财,诸臣欲对太子施以苦刑,王为太子求情:"□□无太子,苦自求天地。得此一娇儿,不忍眼前死。"②从侧面透露出须大拏太子正是求天拜地所赐,这是《太子须大拏经》"祷祠诸神及山川"的具体释义。北魏慧觉等译《贤愚经·重姓品》载豪长者祷祠神祇,求索一子,其妇怀妊生子。③ 可见,佛经中多出现祷祠诸神求子现象,而且祷祝的神灵多为山川、树神等自然神祇,这与《太子成道经》中净饭王夫妇所祭祀的天祀神,同属自然神的范畴。

就求嗣内容而言,净饭王发愿欲求得儿女一双,夫人吟词着重乞求男嗣。其实,这流露出当时社会普遍存在的男女兼得的生育观念下,重男嗣的社会事实。夫人发愿后,请求神预示胎儿性别,正是夫人重男嗣观念的具体表现。通过神头上伞盖左右转向来预测尚未成形的胎儿性别,表现了夫人求子心切,同时也是出于王位继承的现实考虑。

摩耶夫人祈子归来,得梦兆孕子,梦见一孩儿乘白象入胎,卜梦为身怀贵子象等。此类情节显然取材于佛经,多见于佛经记载。如后汉竺大力、康孟详译《修行本起经·菩萨降身品第二》言,能仁菩萨化乘白象入母胎,夫人梦之,告之王,请相师占梦,释为"圣神降胎"生子。④ 三国吴支谦译《佛说太子瑞应本起经》卷上云:

> 菩萨初下,化乘白象,冠日之精,因母昼寝,而示梦焉。从右胁入,夫人梦寤,自知身重。王即召问太卜,占其所梦。卦曰:"道德所归,世蒙其福。必怀圣子,菩萨在胎。"⑤

这与《太子成道经》摩耶昼寝做梦,梦子乘象从顶门入至右胁,占梦有娠等,何其

---

① [日]高楠顺次郎主编:《大正新修大藏经》(后简称《大正藏》)第 3 册,佛陀教育基金会,1990 年,第 419 页。
② 《敦煌变文校注》,第 501 页。
③ 《大正藏》第 4 卷,第 385 页。
④ 《大正藏》第 3 册,第 463 页。
⑤ 《大正藏》第 3 册,第 473 页。

相似。《佛本行集经·俯降王宫品第五》言,摩耶夫人梦见一六牙白象乘空而降,入于右胁,并请人占梦,解梦为"必生圣子"。① 唐地婆诃罗译《方广大庄严经·处胎品第六》亦载,菩萨以白象形入母体右胁,其母梦见之。② 此外,南朝宋求那跋陀罗译《过去现在因果经》卷一、北宋法贤译《佛说众许摩诃帝经》卷三等皆载,夫人梦菩萨乘白象降胎,且入母胎右胁,事后占梦为生贵子。③ 可知,《太子成道经》夫人梦孩童乘白象,入母胎右胁,并请人占梦等情节,显然是取材于佛经。

佛陀的投胎、出世本是佛教重大史实,《太子成道经》《悉达太子修道因缘》《太子成道变文》《八相变(一)》等敷演《佛本行集经》太子出世至成道故事而成。在佛经本事的基础上,创作者兼容并包,取材于众多佛经中摩耶夫人胎梦、占梦等情节,并吸收民间广为流传的求子故事融合而成,这使得此故事在彰显佛祖神奇身世充满佛教色彩的同时,也流露出中原民间求子风俗特色。

二、《叶净能诗》所表现的求子故事

相对而言,《叶净能诗》所描写的叶净能运用法术为玄宗皇后求子的故事较为简略,此事主要表现叶净能法术的高超,娱乐色彩较重。文中多处表现叶净能神乎其神的法术,他深得玄宗皇帝信赖,乃至房中子嗣事也有求于净能:

> 忽于一日,皇后无子,拟求净能,曰:"妾闻叶净能法术通神,妾欲求子,不敢不奏。"皇帝便诏净能问曰:"朕未登极之日,即有皇后;及至登极已来,全无子息。天师缁流,为朕求一子,在其国计。朕与皇后,不敢有负天师。"净能奏曰:"男女盖缘宿运,净能何以求之?"净能乃问天曹,牒地府。净能便对皇帝书符,吹向空中,当时化为神,便乃升天。又书符牒问地府。须臾天曹、地府同报曰:"皇后此生不合有子。"净能具奏。④

此故事着重突出叶净能法术,是塑造叶净能形象的故事之一,充满了道教宿命

---

① 《大正藏》第 3 册,第 682—683 页。
② 《大正藏》第 3 册,第 548 页。
③ 《大正藏》第 3 册,第 624、939 页。
④ 《敦煌变文校注》,第 339 页;项楚:《敦煌变文选注》(增订本),中华书局,2006 年,第 461 页。

论色彩。话本并未描写玄宗,尤其是皇后无子的焦虑,皇后把祈求子嗣问题托付于道士叶净能,这与佛传变文浓墨重彩地表现净饭王夫妇亲临神前的求子过程完全不同。当然,皇后把求子之事交给叶净能,这从侧面流露出在玄宗、皇后心中叶净能无所不能及对其法术的肯定,道士担负起人类祈求子嗣的重任。可以说,玄宗、皇后嘱托叶净能求子之事是为了反衬叶净能的神通,是为塑造叶净能通天入地的本领服务。

根据叶净能卒年(710),此处称其为玄宗求子,未见载于史籍,实属附会之作。唐赵璘《因话录》卷五早已指出:

> 有人撰集怪异记传云:"玄宗令道士叶静能书符。不见国史。"不知叶静能中宗朝坐妖妄伏法。玄宗时,有道术者乃法善也。谈话之误差尚可,若著于文字,其误甚矣。①

叶静能即叶净能,创作于公元838—860年间的志怪传记《因话录》已经把历史活动大相径庭的叶氏两位道士叶净能与叶法善(616—720)相混淆,并且附会出唐玄宗书符之事。叶净能、叶法善两位道士同出浙江松阳县叶氏道教世家,同时服务于唐高宗、中宗朝的道教内道场,叶净能因参与韦皇后一党的阴谋活动被诛杀,叶法善则襄助玄宗李隆基举事立下大功,被奉为国师。正是因为二人逆贼与国师截然不同的身份,事迹差异,赵璘对民间混淆二人的状况予以批评。赵璘所言"怪异记"可能指唐戴孚《广异记》。志怪传奇集《广异记》多言鬼怪,题材较广,关于叶法善、叶净能的记载有五条。其中,《太平广记》卷三〇〇引《广异记》载有叶净能为玄宗求子书符之事:

> 开元初,玄宗以皇后无子,乃令叶净能道士奏章,上玉京天帝,问皇后有子否。久之,章下,批云:"无子。"迹甚分明。②

《广异记》在南宋时大部分已亡佚,在此基础上话本以神化净能法术为叙事目

---

① 〔唐〕赵璘:《因话录》,古典文学出版社,1957年,第106页。
② 〔宋〕李昉等编:《太平广记》第6册,中华书局,1961年,第2385页;〔唐〕戴孚撰:《广异记》,方诗铭辑校,中华书局,1992年,第53页。

的,有所增益,篇幅增加数倍。其中,玄宗与皇后、净能对话充分流露出玄宗、皇后对净能法术的信任。"上玉京天帝",寥寥几字,被话本细化为叶净能书符问天曹、牒地府具体过程。净能书符问天曹地府,把人类的子嗣问题,归结到命禄之上,具有浓郁的宿命论色彩。《广异记》"奏章""批"等字说明了玉京天帝与叶净能是君臣关系,而在话本中"报"字的使用,可见叶净能地位有所上升,他书符化神问天曹地府,二者同时答复。叶净能地位的变化,与话本塑造叶净能神异、法术的高超等创作主旨密切相关。

叶净能书符求子事是全文十四则围绕符咒术叙事的故事之一,是叶净能冥通符咒、召神办事的表现。话本为塑造叶净能法术高强的形象,在叙述渡无渡之河、岳神夺凡人妻、令玄宗得啖龙肉、求雨、垂涎美貌宫人等时,都描写了叶净能运用符咒术的情节。这正是"若道教通神,符箓绝妙,天下无过叶天师耶!"①的集中体现。

其实,话本着重围绕叶净能运用符咒术叙事,这与叶净能在晚唐敦煌地区被奉为以咒禁法术著称的民间神祇②有关。敦煌民间咒术信仰中有神祇名"叶净"。敦煌残卷 S.2615《妙法莲华经》卷背抄有多种咒语、符箓,其中《大部禁方·龙树菩萨九天玄女咒》第十行起抄有咒文:

奉请十方诸佛、诸大菩萨、罗汉、圣僧、一切神祇,奉请房山长、李老君、孙宾、董仲、叶净,本部禁师,即闻呼即至,闻请即来助弟子威力。③

"叶净"是"叶净能"的缩写,如同"董仲"是"董仲舒"神名的缩写。④ 此咒语又见于写卷 P.3835v《大部禁方龙树菩萨九天玄女咒》⑤,这反映了敦煌地区佛教密宗和民间咒术杂糅的宗教信仰状态。施行法术之人,不仅奉请佛、菩萨、罗汉、圣僧,而且连民间神祇李老君(老子)、孙宾(膑)、董仲(舒)、叶净(能)等也一起

---

① 《敦煌变文校注》,第339页。
② 吴真:《为神性加注:唐宋叶法善崇拜的造成史》,中国社会科学出版社,2012年,第78页。
③ 中国社会科学院历史研究所等编:《英藏敦煌文献(汉文佛经以外部分)》第4册,四川人民出版社,1992年,第128页。
④ [日]游佐昇:《〈董永变文〉和道教——以董仲信仰为中心》,收入四川大学宗教研究所主编《道教神仙信仰研究》下册,中华道统出版社,2000年,第732—746页。
⑤ 上海古籍出版社、法国国家图书馆等编:《法国国家图书馆藏敦煌西域文献》第28册,上海古籍出版社,2001年,第305页。

被祈请,下凡制妖。叶净能被尊为符咒之神①,自然会备受民众追捧,位列祈请的神祇之列。

正是在敦煌地区民间咒术信仰的社会背景下,民间讲唱艺人不惜把历代得道道士的传奇经历都附会到道士叶净能身上,甚至把国师叶法善事迹捏合到逆贼叶净能身上。尽管此种附会自唐代志怪小说就已经开始,但是这和敦煌地区本身就流传着叶法善的道教官方叙事也存在关系。玄宗御制《叶尊师碑》颁布天下,也曾流传到敦煌地区,敦煌残卷 S.4281 载有《叶尊师碑》残文。为了增加话本的娱乐色彩,有关叶净能符咒术的素材得到了讲唱艺人的大书特书,使得叶净能成为道教符咒箭垛式的人物,就连妇女生育求子之事都有求于叶净能。

实际上,叶净能求子故事是晚唐五代时期敦煌地区符箓求子风俗的反映。P.3358《护宅神历卷》绘有一枚"求子符"(图 3-1),此符与祛病、安宅等符杂抄在一起,是敦煌民众常用符咒之一。此符为我们了解敦煌民众通过吞服符咒来祈求子嗣提供了实证。

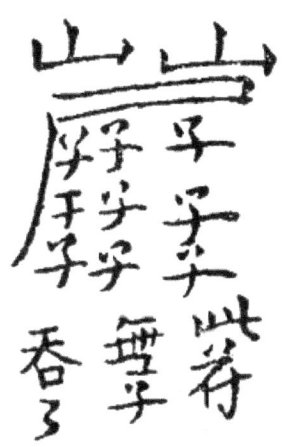

图 3-1　P.3358"求子符"

研究者们基本判定《叶净能诗》的写作年代大约是晚唐至五代时期。② 作为敦煌讲唱艺人对中原传入故事题材的改编之作,《叶净能诗》创作于敦煌民间符

---

① 《为神性加注:唐宋叶法善崇拜的造成史》,第 79 页。
② 张鸿勋:《敦煌话本〈叶净能诗〉考辨》,收入甘肃省社会科学院文学研究所编《敦煌学论集》,1985 年,第 130—144 页。

咒信仰的思想背景下,以叶净能符咒崇拜为创作主旨,其所讲述的叶净能为皇后求子事也是敦煌民间符箓求子现象的反映。这与敦煌地区的具有浓郁佛教色彩的求子风俗形成强烈对比,一道一佛,同为皇(王)室求嗣,一依赖术士,一为夫妇亲自祷祠发愿,其结果自然截然不同。

变文、话本所塑造的求嗣对象是帝王夫妇,这是社会普通民众求嗣生活的典型代表。作为古代社会顶层的统治者尚且如此,普通民众对子嗣的祈求方式可想而知。可以说,佛传变文《太子成道经》与道教话本《叶净能诗》所描写的求子题材带有浓厚的宗教色彩,但是从不同角度表现了民间求子民俗事象,是民众求神拜佛祈求子嗣现象的体现。

第二节　敦煌变文所流露出的求子民俗

关于敦煌地区的求子风俗,学界已经有了一定的研究。谭蝉雪主要侧重于探讨求子禖神及祭祀,包括神话传说中的禖神及祭祀、敦煌佛教禖神、求子时间,以及求子风俗中的其他禖神,如送子娘娘等。[①] 高嘉琪追溯了唐以前中原地区祈子习俗的源流,并论述了医药药方求子等问题。[②] 这些研究启发了本节的写作思路,并提供了大量的文献线索,但存在值得商榷之处。如把中原地区的禖神及祭祀纳入敦煌民俗研究范畴,运用传世文献或近代传说中有关送子娘娘的资料论证敦煌民俗。本节立足于《太子成道经》等变文所呈现的求子情景,通过分析《太子成道经》所描述的净饭王夫妇求子情景,阐释其中所蕴含的敦煌地区求子习俗,并与中原习俗进行简单比较,以求呈现立体、真实的敦煌民众求子风俗。

如上文所说,在吸收唐代时文轶闻、风俗的基础上,《太子成道经》虽然表现净饭王夫妇求子情景,反映的却是敦煌地区民众的祈子风俗,并成为敦煌讲唱活动中民众喜闻乐见的题材。净饭王夫妇求子风俗中,祭祀地点、求子时间、所祭祀之神、祭物及对胎儿性别的预测等方面都散发出敦煌地区求子风俗的

[①] 谭蝉雪:《敦煌民俗——丝路明珠传风情》,甘肃教育出版社,2006年,第239—248页。
[②] 高嘉琪:《生育、养育、教育——唐代育儿文化研究》,台湾中兴大学历史研究所硕士学位论文,2008年,第15—29页。

一、求子时间及地点

《太子成道经》等变文文本并未特别言明净饭王夫妇求嗣的时间,这可能为婚后无子嗣民众求子生活的真实写照。深受佛教文化影响的敦煌地区,民众可能在佛诞日、成道日等佛教节日进行求子活动。佛教节日求子习俗在古印度早已存在。如日人丹波康赖《医心方》卷二四"治无子法"引《耆婆方》云:"常以四月八日、二月八日,奉佛香花,令人多子孙,无病。"①《耆婆方》是古代印度医典,记载每年四月八日和二月八日为印度地区乞子、禳灾、祛病的重要时节。此记载被丹波康赖引作治疗无子的单方,可想而知,奉佛求子是唐宋时期人们笃信不疑的妙方。民众多在四月八日、二月八日求子。随着佛教的传入,相关求子习俗也随之传入并影响敦煌地区的相关风俗。

受佛教文化影响,敦煌地区的乞子活动可能会选择在佛诞日举行,而佛诞日有四月八日、二月八日二说,四月八日之说影响更大,中国中古时期南北各地寺院普遍信从。这与唐玄宗所颁布的诏令有关。《唐会要》卷五〇"杂记"、卷八二"休假"载天宝五载(746)二月十三日,陈希烈上奏称四月八日佛生日,准令,休假一天。② 可见,自唐玄宗天宝年间以来,唐代官方节假日中已明确规定四月八日为佛诞日,休假一天。这为民众民间宗教活动的开展提供了时间保障。顾况《八月五日歌》:"四月八日明星出,摩耶夫人降前佛。八月五日佳气新,昭成太后生圣人。"③他把玄宗诞辰与佛诞生并举,可知以休假形式规定的四月八日佛诞日已深入民心。

佛诞日当作四月八日,这在敦煌变文、蒙书也有体现,这代表了民众的普遍认同。S.4480v《太子成道变文(二)》明确记载了佛降胎日为七月十五日、降生日为四月八日。④ P.2721、P.3671、P.3683 等十三件写卷⑤均载蒙书《杂抄》,又

---

① [日]丹波康赖撰:《医心方》,人民卫生出版社影印,1955年,第530页。
② 《唐会要》,第880—881、1519页。
③ 〔清〕彭定求编:《全唐诗》(增订本),中华书局编辑部点校,中华书局,1999年,第2937页。
④ 《敦煌变文校注》,第486页。
⑤ 《杂抄》今知所存写卷有11件:S.4663＋P.3393、S.5658＋P.3906、S.5755、S.9491、P.2721、P.2816、P.3649、P.3662、P.3671、P.3683、P.3769。郑阿财、朱凤玉:《敦煌蒙书研究》,甘肃教育出版社,2002年,第165页。

名《珠玉抄》《益智文》《随身宝》，是民众生活中常见的实用小册子，其云："四月八日何谓？天下太子初生之日，广会圣众，设斋供养。"① 因为这天是佛诞生之日，为庆祝佛教教主释迦牟尼的诞辰，民间信徒广设斋供佛，后来逐渐发展为浴佛节。

但是在佛经中四月八日却为降胎日，如《修行本起经·菩萨降身品第二》载能仁菩萨入母胎时间为四月八日。② 同样，《过去现在因果经》卷一中也记载佛降胎日在四月八日。③ 值得注意的是，此经卷一又云佛降生日在二月八日。④ 四月八日在佛经中时为佛降胎日，时为降生日，这可能是佛经传抄过程中错讹所造成的混淆。据罗宗涛解释，佛诞日存在四月八日、二月八日异说，可能因古历有建子、建寅之异。⑤

由佛诞生之日附会出生子之义而衍生出节日求子习俗。S.5639愿文以释迦出世起兴，铺叙释迦牟尼诞生时九龙灌顶盛况之后，祈愿"克告（生）贵子"。⑥ 显然是把释迦牟尼诞生与求子之事联系在一起。敦煌文献记载四月八日佛诞日民众有求子之举。敦煌莫高窟第454窟（宋窟）甬道南壁载有朝山者有关求子的题词："四月初八佛圣诞，善男信女求儿男。人有成（诚）心佛有感，好儿好女在□（眼）前。"⑦ 第138窟甬道北壁有横批"有求必应"，其下有许多求子者还愿题词，其中有一段：

> 光绪十一年七月初七日，弟子刘天济诚心还愿，灵应男童千佛保，长命百岁，万事亨通。原籍系凉州府武威县大渠东北乡板槽下沟，居住刘家庄子巽山乾的住宅，诚心还愿一日。十年四月初六日求男，十一年四月初旬天赐一男童，乳名千佛宝（保），大吉大利。⑧

这是清代武威县民刘天济七月初七还愿之词，说明自宋代至清代以来，莫高窟

---

① 《敦煌蒙书研究》，第171页。
② 《大正藏》第3册，第463页。
③ 《大正藏》第3册，第624页。
④ 《大正藏》第3册，第625页。
⑤ 《敦煌讲经变文研究》，第21页注1。
⑥ 黄征、吴伟校注：《敦煌愿文集》，岳麓书社，1995年，第206页。
⑦ 转引自《敦煌民俗——丝路明珠传风情》，第244页。
⑧ 转引自《敦煌民俗——丝路明珠传风情》，第244页。

成为民众求子的圣地。还愿之词表明光绪十年(1884)四月初六日佛前求子,光绪十一年(1885)四月获子,取名千佛保,寓意千佛保佑,也表明此子的由来。

当然,四月八日佛诞日求子不仅仅局限于敦煌地区,荆楚地区也在这天求子。南朝梁宗懔《荆楚岁时记》云:"四月八日,长沙寺阁下有九子母神。是日,市肆之人无子者,供养薄饼以乞子,往往有验。"①长沙寺是江陵佛教教团中心地,东晋时期长安太守滕含喜舍江陵自宅,由释昙翼指导建立而成。可知在南朝梁荆楚地区也盛行四月八日乞子之俗。九子母本是南方传说中的生育神,与北方高禖神相似,后常与佛教鬼子母神混淆。鬼子母神又称九子魔母、九子母堂、魔母神堂。此处"九子母"可能是九子魔母的混用,漏掉"魔"字,理由有二:一是九子母供奉的地点是在佛寺长沙寺,二是它供奉的位置是在寺院阁下,小龛地位不显著,与义净所述鬼子母的位置吻合。②如果说九子母在东晋时已和佛教发生关系,被供奉于长沙寺③,也不无可能,那么供奉位置的吻合、"九子魔神"漏字为"九子神",使得此处"九子神"更可能指向鬼子母。佛诞日在寺院向佛教生育神乞子,当然是民众认为乞子灵验的方式之一。

既然民众在佛诞日四月八日求子,那么求子地点多在寺庙,跪拜佛教中的生育神。求子地点在敦煌文献中未见明确记载,但是可以推测求嗣者应多礼拜于菩萨像前。《太子成道经》中大臣告知净饭王夫妇求嗣地点在城南满江树下,而城南江边与中原地区的高禖祭祀地点的方位近似。历代高禖祭祀多在南郊或城南的高禖祠坛举行,从唐杜佑《通典》卷五五"高禖"条可知大概:

> 周制《月令》,仲春元(玄)鸟至之日,以太牢祀于高禖。……(汉武帝)始立为高禖之祠于城南,祭以特牲。后汉因之,祀于仲春之月。魏禖坛有石。晋以仲春之月,高禖祀于城南,祀以特牲。……北齐置高禖坛于南郊旁,……每岁元(玄)鸟至之日,皇帝亲率六宫,祀青帝于坛,以太皞配,而祀高禖之神以祈子。……隋亦以元(玄)鸟至日,祀高禖于南郊坛,牲用一太

---

① 〔南朝梁〕宗懔:《荆楚岁时记》,姜彦稚辑校,岳麓书社,1986年,第31页。
② 龙晦:《大足石刻中的明肃皇后、诃利帝母、九子母与送子观音》,《中华文化论坛》2003年第1期。
③ 孙少华:《"九子母"的形象衍化及其文学与文化意蕴》,《山东大学学报》(哲学社会科学版)2014年第1期。

牢。大唐《月令》，亦以仲春元（玄）鸟至之日，以太牢祀于高禖，天子亲往。①

此条汇总了周、汉、后汉、晋、北齐、隋、唐代高禖祭祀的资料。从中我们发现，历代祭祀地点、时间大致一致。汉、后汉、晋、北齐、隋代高禖祭祀在城南或南郊高禖坛。周、后汉、晋、北齐、隋、唐祭祀时间都在仲春之月玄鸟至之日。

由此可知，中原地区祈子之俗多在仲春月，确切地说，是在玄鸟至之日。《礼记·月令》："是月（仲春之月）也，元鸟至，至之日，以大牢祠于高禖。"②"玄"避讳改作"元"，元鸟即玄鸟。仲春之月恰属万物复苏之际，也是孕育新生命的较佳时期。按时节月令办事，古已有之，形成了我国独特的月令文化，仲春之月也就成为适宜求子的时节。

值得注意的是，选择仲春之月玄鸟至日这一特殊时间祭祀高禖，原因在于玄鸟具有较强的生殖能力，主要体现在玄鸟卵上。文献所记载的玄鸟生商神话，正是吞卵孕子。《诗经·商颂·玄鸟》"天命玄鸟，降而生商"，郑玄注曰："玄鸟，鳦也，……天使鳦下而生商者，谓鳦遗卵，娀氏之女简狄，吞之而生契。"③《长发》"有娀方将，帝立子生商"，郑注云："简狄吞鳦卵而生契。"④《史记·殷本纪》："见玄鸟堕其卵，简狄取吞之，因孕生契。"⑤《淮南子·墬形训》"有娀在不周之北，长女简翟，少女建疵"，高诱注云："天使玄鸟降卵，简翟吞之，以生契。"⑥以上文献都明确说明简狄吞卵生子的情况。

吞卵生子神话，在古人原始思维观念看来，是现实生活中求子切实可行的方法。这正是弗雷泽接触律所说的事物一旦相互接触，它们之间将一直保持某种联系，这种联系，常会运用到相似律"同类相生"或"果必同因"。⑦ 从相似律角度来看，在吞卵生子神话中，简狄一旦吞食了玄鸟卵，就具有像玄鸟卵一样旺盛的生命力，简狄自然也能像玄鸟一样生子。

---

① 〔唐〕杜佑撰：《通典》，中华书局，1984年，第318页。
② 《礼记》，《十三经注疏》本，第1361页。
③ 〔汉〕郑玄笺：《诗经》，〔唐〕孔颖达疏，〔清〕阮元校刻《十三经注疏》本，中华书局，1980年，第622页。
④ 《诗经》，《十三经注疏》本，第626页。
⑤ 〔汉〕司马迁：《史记》第1册，〔南朝宋〕裴骃集解，〔唐〕司马贞索隐，〔唐〕张守节正义，中华书局，1959年，第91页。
⑥ 刘文典撰：《淮南鸿烈集解》，冯逸、乔华点校，中华书局，1989年，第149页。
⑦ ［英］弗雷泽：《金枝》，徐育新、汪培基、张泽石译，大众文艺出版社，1998年，第13页。

至于玄鸟为何鸟，为何具有如此神力？古籍多以玄鸟为燕。《礼记·月令》"是月也，玄鸟至"句下，郑注云："玄鸟，燕也。"①《吕氏春秋·季夏纪·音初》记载"帝令燕往视之（有娀氏二女）……燕遗二卵，北飞"②，明确指出遗卵之鸟为燕。《吕氏春秋·仲春纪·仲春》"是月也，玄鸟至"，高诱注："玄鸟，燕也。"③隋杜台卿《玉烛宝典》卷二"玄鸟至，至之日，以太牢祠于高禖，天子亲往"句下注及所引蔡邕《月令章句》皆言："玄鸟，燕也。"④但是王小盾认为玄鸟非燕，玄鸟作为商民族的图腾，是若干种具有生殖神力的鸟的共名。吞卵生商神话蕴含着图腾、生殖及太阳崇拜，而太阳崇拜的标准是玄鸟和"天""帝"的结合。⑤王小盾用商代墓葬出土的鸟形器物加以印证，较为可信。既然作为民族图腾，玄鸟可能是生命力旺盛鸟类的符号化的象征，而并非具体指某种鸟类。

　　《通典》"高禖"条显示中原地区的祭祀地点在城南或南郊高禖坛，这与净饭王夫妇求嗣方位是一致的，都是在郊外祭祀。中原地区祭祀的禖神为高禖，祭祀的地点常在郊外，所以高禖也称郊禖。《诗经·商颂·玄鸟》"天命玄鸟，降而生商"句下，郑玄注曰："郊禖，音梅，本亦作高禖。"⑥《诗经·大雅·生民》"克禋克祀，以弗无子"句下，毛传曰："去无子，求有子，古者必立郊禖也。"⑦所立郊禖正是高禖。《吕氏春秋·仲春纪·仲春》"（玄鸟）至之日，以太牢祀于高禖"句下，高诱云："因祭其神于郊，谓之郊禖。郊音与高相近，故或言高禖。"⑧可见，后妃求嗣之地，不论中原抑或敦煌地区都在城南或南郊。其实，这也从侧面反映了《太子成道经》净饭王夫妇求子故事吸收并继承了中原地区广为流传的高禖求子故事。

---

① 《礼记》，《十三经注疏》本，第1361页。
② 许维遹撰：《吕氏春秋集释》，梁运华整理，中华书局，2009年，第142页。
③ 《吕氏春秋集释》，第34页。
④ 〔隋〕杜台卿撰：《玉烛宝典》，《丛书集成初编》第1338册，中华书局影印，1985年，第63、71页。
⑤ 王小盾：《中国早期思想与符号研究——关于四神的起源及其体系形成》，上海人民出版社，2008年，第288—289页。
⑥ 《诗经》，《十三经注疏》本，第622—623页。
⑦ 《诗经》，《十三经注疏》本，第528页。
⑧ 《吕氏春秋集释》，第34页。

二、祭祀之神及祭物

(一)祭祀之神

1. 天祀神

《太子成道经》中大臣建议净饭王求嗣地点是在城南满江树下天祀神边,文中详细描述了净饭王夫妇神前浇酒发愿求子的情景,也就是祭祀场面,夫妇所祭祀之神就是天祀神。天祀神究竟为何方神祇,在传世文献中未见记载,但是从《太子成道经》所描述的祭祀场景看来,天祀神无疑具有中原地区高禖神的功能。

高禖,也称作郊禖,而禖为祭祀名。《说文》"禖,祭也",段注:"谓祭名也。"① 《汉书·武五子传》"上(孝武帝)年二十九乃得太子,甚喜,为立禖"句下,颜师古注云:"禖,求子之神也。"② 可见,禖是掌管子嗣的生育神,禖在指祭祀名时,多指乞子祭祀活动。

同时,禖也可以用来指祖先神灵。《玉烛宝典》卷二引蔡邕《月令章句》:"高禖,祀名。高犹尊也,禖犹媒也。吉事先见之象也。盖谓之人先,所以祈子孙之祀也。"③"吉事先见之象"说明高禖具有示兆神力。高禖作为祭祀人的先祖,人们常会因为祈求子孙对他进行祭祀。《通典》卷五五"高禖"条"汉武帝二十九乃得太子,甚喜,始立为高禖之祠于城南,祭以特牲"句下,引束晳云:"高禖者,人之先祖也。"④ 更具体地说,高禖是指女性先祖,即各民族的先妣,如夏人、殷人、周人祭祀的高禖分别为涂山氏、简狄、姜嫄。⑤ 禖既然是主宰妇女生育的生育神,女神身份更适合高禖所掌管的生育职务,所以说高禖为女性先祖是较为贴切的。

中原地区自古以来就有向祖先高禖神乞子的习俗,根据《诗经》注疏等文献记载,商、周等民族祖先就是向高禖祭祀乞求而孕育诞生的。《诗经·商颂·玄

---

① 《说文解字注》,第 7 页。
② 〔汉〕班固撰:《汉书》第 9 册,〔唐〕颜师古注,中华书局,1962 年,第 2741—2742 页。
③ 《玉烛宝典》,第 71—72 页。
④ 《通典》,第 318 页。
⑤ 闻一多:《高唐神女传说之分析》,收入《神话研究》,巴蜀书社,2012 年,第 1—35 页。

鸟》"天命玄鸟,降而生商"句下,郑玄引毛传注曰:"帝率与之(简狄)祈于郊禖而生契。"①《诗经·鲁颂·閟宫》篇孔疏曰:"盖以姜嫄祈郊禖而生后稷,故名姜嫄之庙为禖宫。"②显然,此处姜嫄禖宫正印证了上文的禖为女祖先神。《通典》卷五五"高禖"条汇总了历代高禖祭祀情形,历代祭祀高禖的目的在于求子,可知向高禖求嗣习俗自周至唐代都在盛行。尤其值得注意的是,文献多记载为天子率后妃一同前往向高禖祭祀,如周、北齐、唐代都是如此,这与净饭王夫妇同往天祀神边祭祀情景如出一辙,同为求嗣。这正好是人们关于古代帝王神权思想的反映:古代帝王实为巫师的化身,担负起祭天祀神等神圣职权,具有沟通人神的中介作用。如黄帝、伏羲乃是集神、帝、巫于一身。③ 同时,这也可以看出净饭王夫妇求子祭祀题材对历代帝王高禖郊祭史实的吸收和书写。

综合求嗣人物、祭祀地点来看,净饭王夫妇所祭祀的天祀神在敦煌地区具有禖神功能。净饭王夫人求天祀神示兆胎儿性别,与禖神"吉事先见之象"也是吻合的。可见,天祀神与高禖神都是禖神,前者祭祀地点在城南满江树下,后者多在南郊祭之,具体地说,都在南方郊外祭祀。《礼记·郊特牲》:"大报天而主日也,兆于南郊,就阳位也。"郑注云:"日,太阳之精也。"孔疏:"而天之诸神,唯日为尊,故此祭者,日为诸神之主,故云主日也。"④日为天神之主,南为阳位,所以在南郊祭祀天之诸神。天祀神担任着禖神的功能,祭祀地点在城南,位列天神之位。如此看来,天祀神很可能源于对天神的祭祀,从而简称为天祀神。表面看来,向天祀神祭拜求子源自对自然神的崇拜,实际可能是上古以来南郊祭祀禖神与祭天仪式的文化渊源背景下的产物,进一步说,天祀神兼具天神与禖神的双重功能。

除《太子成道经》所描写的祭祀禖神天祀神求子之外,跪拜佛教神灵以求赐子的现象在中原、敦煌地区都普遍存在。唐河中节度押衙唐思礼为亡妻撰写的墓志《唐故太原王夫人墓志》陈述了其妻多年无嗣,后"祈拜佛前,志求嫡续""果遂至愿"。⑤ 敦煌莫高窟第138窟甬道北壁横批及其还愿者题词、第454窟(宋窟)甬道南壁题词都是敦煌民众向神灵祈子的明证。民众所跪拜的神灵多为佛

---

① 《诗经》,《十三经注疏》本,第622—623页。
② 《诗经》,《十三经注疏》本,第615页。
③ 李道和:《释巫》,《民间文学论坛》1997年第3期。
④ 《礼记》,《十三经注疏》本,第1452页。
⑤ 周绍良、赵超主编:《唐代墓志汇编续集》,上海古籍出版社,2001年,第1041页。

教菩萨,如佛子罗睺罗、观音等是求子者常见供奉的神灵,这些在敦煌文献、壁画中都有所表现。

2. 罗睺罗

罗睺罗,Rāhula,也称罗睺、摩睺罗、摩侯罗、磨睺罗等,号罗睺罗密行,为佛嫡子。关于罗睺罗的离奇出生在佛经、讲唱作品中多有记载,而且孕育时间有六年、十二年两种说法。《太子瑞应本起经》卷上载悉达多太子用手指耶输陀罗妃腹告知,别后六年,当生男。① 《佛本行集经·罗睺罗因缘品上》载,罗睺罗在母胎六年。② 在《佛本行集经》的基础上,敦煌讲唱文学对指腹而孕罗睺罗事大书特书。如《太子成道经》载,太子骑马逾城之际,手持鞭指耶输陀罗腹,怀孕,怀胎十月诞子。③ 十月诞子显然流露出俗世孕育观。《悉达太子修道因缘》也记载太子马上玉鞭遥指耶输,如何怀孕及孕期语焉不详,但是从净饭王与耶输的对话中,可以得知罗睺罗乃因太子马鞭指耶输陀罗腹有孕,耶输怀孕六载所生。④ BD07676v(北皇 76、北 8441)《悉达太子赞》也记载鞭指耶输,六年诞子。⑤ 可见,在母胎六年主要源于佛经《佛本行集经》,但是在讲唱文学中衍化出鞭指有孕的奇特情节来。

有关孕育罗睺罗十二载才出世的记载,见于唐五代释玄本 P.4617《赞肉身罗睺》,在称赞罗睺罗时,正是说罗睺罗在母胎十二载:

> 罗睺尊者化身来,十二年中在母胎。昔日王宫修密行,今时凡室作婴孩。端严肉髻同千圣,相好真容现五台。能与众生无限福,世人咸共舍珍财。⑥

罗睺,即罗睺罗。此佛赞通过称颂罗睺罗身世、成道的传奇经历,旨在突出罗睺罗的神性。末句"世人咸共舍珍财"点明民众施舍钱财,延僧请佛,举办供奉罗睺罗斋愿法会,以求福泽。虽然并未点明祈赐子嗣,但从末句民众供奉情况及

---

① 《大正藏》第 3 册,第 475 页。
② 《大正藏》第 3 册,第 906—910 页。
③ 《敦煌变文校注》,第 439—440 页。
④ 《敦煌变文校注》,第 473 页。
⑤ 《敦煌变文校注》,第 442 页。
⑥ 徐俊纂辑:《敦煌诗集残卷辑考》,中华书局,2000 年,第 454—455 页。

讲述罗睺罗在母胎、婴儿降生等情形观之,罗睺罗在敦煌地区可能被当作生育神供奉,这与唐宋时期中原地区的七夕乞子风俗有密切关系。

诸讲唱作品中太子用马鞭指耶输腹部而孕育罗睺罗的情节,不妨看作是导致罗睺罗化生的外因。化生,梵语 upapāduka,巴利语 upapātika,"本无而忽生之意。即无所依托,借业力而出现者","凡化生者,不缺诸根支分,死亦不留其遗形,即所谓顿生而顿灭,故于四生中亦最胜"。① 化生是三界六道有情众生产生的四种类别(卵生、胎生、湿生、化生)中最高级的形式,也是信众往生佛国净土的主要方式。《大方便佛报恩经》卷二载众生命终得往生有佛国土,"莲华化生"。② 玄奘译《大般若波罗蜜多经》卷一〇五云善男子善女子多生有佛严净土中,"莲花化生不造恶业"。③ 鸠摩罗什译《妙法莲华经》卷四载佛告诸比丘,未来世中,善男子善女人,净心信奉《妙法莲华经·提婆达多品》者,在佛前莲华化生。④ 康僧铠译《佛说无量寿经》卷下载众生虔心向佛,做诸功德,生于七宝莲华中,自然化生,跏趺而坐。⑤ "七宝莲华"指莲花,虔诚向佛的众生化生于莲花中。可见,众多佛经记载,化生是众生往生佛国净土的重要形式,而且莲花、荷叶是化生形象的重要要素之一。

罗睺罗乃鞭指有孕而生,可视作鞭指化生现象。化生正是从无到有的神奇现象,这既是佛经中常见的往生佛国方式,也暗合了罗睺罗鞭指孕胎的传奇身世。《悉达太子修道因缘》载耶输向净饭王讲述罗睺罗身世"此(罗睺)是马鞭指腹化生之男"⑥,明确指出化生与鞭指有孕的因果关系。释圆至笺注周弼选辑《唐贤绝句三体诗法》之薛能《吴姬》"水拍银盘弄化生"句"化生",引唐《岁时纪事》曰:"七夕,俗以蜡作婴儿形,浮水中以为戏,为妇人宜子之祥,谓之化生。本出西域,谓之摩睺罗。"⑦此处明确指出摩睺罗源自西域,《洛阳伽蓝记》卷五记载于阗佛教盛行始于罗睺罗受命变形为佛,从空现真容之事。⑧ 敦煌文献 P.3111

---

① 慈怡主编:《佛光大辞典》第 2 册,书目文献出版社,1989 年,第 1323 页。
② 《大正藏》第 3 册,第 131 页。
③ 《大正藏》第 5 册,第 583 页。
④ 《大正藏》第 9 册,第 35 页。
⑤ 《大正藏》第 12 册,第 278 页。
⑥ 《敦煌变文校注》,第 473 页。
⑦ 〔宋〕周弼辑:《笺注唐贤绝句三体诗法》,〔元〕释圆至笺注,《故宫珍本丛刊》第 609 册,海南出版社,2000 年,第 7 页。
⑧ 〔北魏〕杨衒之撰:《洛阳伽蓝记校释》,周祖谟校释,上海书店,2000 年,第 188 页。

《庚申年七月十五日于阗公主舍施纸布花树台子等历》恰巧记录于阗公主在盂兰盆节舍施的供养具中有磨睺罗。P. 4004、P. 3067《庚子年后报恩寺交割常住什物点检历》记录的供养具中都有摩睺罗,可见摩睺罗源自西域,确实可信。①摩睺罗正是指佛子罗睺罗,这说明罗睺罗已影响到中原地区的乞子风俗,成为唐宋时期七夕求子习俗中宜子的符号。

水中漂浮蜡偶情形与《太子成道经》《悉达太子修道因缘》所言母子俩在火坑中各坐莲花出清凉地的情形近似。《悉达太子修道因缘》载耶输母子被净饭王推入火坑,受世尊护佑,火坑顿时化作清凉地,母子各乘莲花一朵:

> 世尊……以手指其一指,火坑变作清凉地。兼有两朵莲花,母子各坐一朵,不弱化生之子,莫论焚烧耶输母子,直言毫毛一枝不动。②

这里明确说罗睺罗如同化生之子,坐莲花出清凉地正是罗睺罗化生童子身份的体现。可以说,罗睺罗是化生童子的典型代表。P. 2212《佛说阿弥陀经》"化生童子本无情,尽向莲花朵里生"③称颂化生童子正是从莲花中化生而来。敦煌莫高窟壁画中有大量的化生童子形象。较具代表性的壁画有初唐第 321 窟《西方净土变》壁画七宝池中绘有一身莲花化生童子。④ 建于唐贞观十六年(642)第 220 窟南壁《阿弥陀经变》中,七宝池中绘有九身化生童子形象。⑤ 盛唐第 148 窟《无量寿经变相》中,有十余身化生童子形象。中唐第 159 窟《观无量寿经变》绘有两身化生童子相互搀携,离开七宝池。⑥ 莫高窟还曾出土过一件以化生童子为主题的绢本着色画,此画自下而上共三层,共绘有九朵莲花,除了上层左右

---

① 关于此句的真实性,颇有争议。刘宗迪怀疑"本出西域,谓之摩睺罗"是释圆至的解释,不是《岁时纪事》的原文;而杨琳认为《岁时纪事》即唐代李绰所撰《辇下岁时记》,唐人解释当时之俗,没有理由不相信。姚潇鸫则肯定此条记载的正确性。刘宗迪:《摩睺罗与宋代七夕风俗的西域渊源》,《民俗研究》2012 年第 1 期;杨琳:《化生与摩侯罗的源流》,《中国历史文物》2009 年第 2 期;姚潇鸫:《敦煌文献所见"摩睺罗"考述》,《敦煌学辑刊》2014 年第 2 期。
② 《敦煌变文校注》,第 474 页。
③ 《敦煌变文校注》,第 1162 页。
④ 段文杰、樊锦诗主编:《中国敦煌壁画全集》5《敦煌初唐》,辽宁美术出版社、天津人民美术出版社,2006 年,第 91 页图版 109。
⑤ 《中国敦煌壁画全集》5《敦煌初唐》,第 33 页图版 34。
⑥ 杨雄:《莫高窟壁画中的化生童子》,《敦煌研究》1988 年第 3 期;《中国敦煌壁画全集》7《敦煌中唐》,第 97 页图版 94。

两边的莲花含苞待放,其余盛开的七朵莲花上都绘有童子,共七身化生童子形象。① 石窟壁画中出现如此多的化生童子,当然与净土宗的盛行息息相关,也可以看作是人们对生命的礼赞,化生是对当时现实社会中的生苦的幻想和解脱②,是现实生活在佛国世界的投射。

耶输母子乘莲花出清凉地的故事情节,正可看作是罗睺罗从莲花中化生的文学表现,而七夕时节儿童手持荷叶效仿泥偶摩睺罗的情形,在宋代典籍中有多处记载。其中,《东京梦华录》卷八"七夕"云:"皆卖磨喝乐,乃小塑土偶耳。……又小儿须买新荷叶持之,盖效颦磨喝乐。"小字注云:"磨喝乐本佛经摩睺罗,今通俗而书之。"③明确指出磨喝乐是佛经中摩睺罗的俗称。《醉翁谈录·京城风俗记》载"京师是日(七夕)多抟泥孩儿",京语称之摩睺罗,南人目为巧儿。④ 七夕节抟泥孩儿,南北方有巧儿、摩睺罗称呼的不同。《西湖老人繁胜录》记载了"御街扑卖摩侯罗"并仔细描述了摩侯罗的穿着打扮。⑤《梦粱录》卷四"七夕"云:"内庭与贵宅皆塑卖磨喝乐,又名摩睺罗孩儿,悉以土木雕塑,……市井儿童,手持新荷叶,效摩睺罗之状。"⑥磨喝乐即街头艺人模仿佛子罗睺罗所塑的手持荷叶的孩童模样泥偶,而且这一形象备受孩童喜欢,调皮儿童热衷于效仿泥偶的动作模样。《武林旧事》卷三"乞巧"云:"泥孩儿号'摩睺罗',……小儿女多衣荷叶半臂,手持荷叶,效颦摩睺罗。大抵皆中原旧俗也。七夕前,修内司例进摩睺罗十卓,每卓三十枚,大者至高三尺,或用象牙雕镂,或用龙涎佛手香制造,悉用镂金珠翠。"⑦至南宋时,此俗已完成中原化进程,乃至周密以为手持荷叶效仿摩睺罗为中原旧俗。尤其值得注意的是,七夕节前官府按例采购摩睺罗,这些摩睺罗都是用象牙、佛手香等材料制成,用镂金珠翠点缀,而非百姓所用的泥土塑造。南宋末年类书《岁时广记》在《东京梦华录》七夕磨喝乐记载的基础上指出售卖磨喝乐最旺盛的地点,以及苏州所作磨喝乐最为精巧。可见,尽管摩睺罗制作的原料和工艺存在着天壤之别,但是宋代上至宫廷、下至民间,摩睺罗在七夕节都备受欢迎。原本用于妇女求子的婴偶罗睺罗,至宋代已演化

---

① 阮荣春主编:《丝绸之路与石窟艺术》第2卷,辽宁美术出版社,2004年,第63页。
② 杨雄:《莫高窟壁画中的化生童子》,《敦煌研究》1988年第3期。
③ 〔宋〕孟元老撰:《东京梦华录注》,邓之诚注,中华书局,1982年,第208页。
④ 〔宋〕金盈之撰:《新编醉翁谈录》,周晓薇校点,辽宁教育出版社,1998年,第15—16页。
⑤ 〔宋〕孟元老等撰:《东京梦华录(外四种)》,古典文学出版社,1956年,第120页。
⑥ 〔宋〕吴自牧:《梦粱录》,浙江人民出版社,1984年,第25页。
⑦ 〔宋〕周密辑:《武林旧事》,浙江人民出版社,1984年,第43页。

成七夕节物,并以罗睺罗为原型,在宋代出现了大量具有乞子功用的孩儿枕,器物上多有持莲童子图像。① 七夕佳节供奉摩睺罗风俗甚至在明清仍在流传。明正德年间所修《姑苏志》卷五六"人物·杂伎"载南宋袁遇昌善塑化生摩睺罗。② 清张尔岐《蒿庵闲话》卷一记录大同地区七夕流行把摩睺罗"送婚姻家",用酒果菜肴焚香祷祝的风俗。③ 这一风俗具有祈求子嗣的功能,与化生宜子的功能一脉相承。④ 既然摩睺罗具有宜子延嗣、祈愿亡魂往生极乐世界的双重功能⑤,那么作为原型的罗睺罗必定具有乞子生育功能。

出于儿童贪玩的天性,罗睺罗备受儿童追捧,乃至众小儿争相效仿。既然是效仿罗睺罗,泥偶摩睺罗很可能是手持荷叶形象,这一形象与罗睺罗身坐莲花稍有差异,但是不论莲花、荷叶,均与莲有关。而莲与佛教的关系,是众所周知的。莲花相当于是古代东方的生命树,是在佛的世界中产生一切的"生命的象征"。⑥ 这与敦煌石窟壁画祈子婴偶所承担的功能近似,我们毫不怀疑宋代泥偶摩睺罗与石窟壁画所绘求子婴偶佛子罗睺罗的源流关系。至于罗睺罗与宋代儿童玩偶摩睺罗是否为同一物,学者们存在争论⑦,我们认为二者即使无法完全等同,也必然有密切的联系。一为妇女求子婴偶,一为儿童玩偶,二者都为婴偶、与莲花或荷叶关系密切。同时,摩睺罗泥偶用于七夕节,这与敦煌地区的罗睺罗的祈子风俗不谋而合。

正是因为化生童子的神奇性,使得罗睺罗成为唐宋民间久无妊娠的妇女顶礼膜拜的对象,希望也能无中生有而孕育贵子。同时,罗睺罗化生时的莲花、儿

---

① 孙发成:《宋代的"磨喝乐"信仰及其形象——兼论宋孩儿枕与"磨喝乐"的渊源》,《民俗研究》2014年第1期;赵伟:《神圣与世俗——宋代执莲童子图像研究》,《艺术设计研究》2015年第4期。

② 〔明〕王鏊等修:《姑苏志》卷五六,收入《天一阁藏明代方志选刊续编》第14册,上海书店,1990年,第753页。

③ 〔清〕张尔岐撰:《蒿庵闲话》,收入《丛书集成新编》第13册,新文丰出版公司,1984年,第397页。

④ 姚潇鸫:《试论中古时期"莲花化生"形象及观念的演变——兼论民间摩睺罗形象之起源》,《敦煌吐鲁番研究》2011年第0期。

⑤《敦煌文献所见"摩睺罗"考述》,《敦煌学辑刊》2014年第2期;陈文革:《论〈穆护歌〉源于弄摩睺罗——丝路交流视域下的歌舞戏研究之曲考篇》,《中国音乐》2018年第2期。

⑥ 〔日〕吉村怜:《云冈石窟中莲花装饰的意义》,卞立强译,收入《天人诞生图研究——东亚佛教美术史论文集》,上海古籍出版社,2009年,第40页。

⑦ 主张摩睺罗(磨喝乐)等同于罗睺罗的学者主要有邓之诚,其观点主要体现在《东京梦华录注》卷八(第209—210页)。而认为摩睺罗(磨喝乐)与罗睺罗无关的学者主要有刘道广,见《从磨合罗的浮沉论民俗艺术的包容》,《东南大学学报》(哲学社会科学版)2011年第4期。

童的组合造型与观音信仰中观音所送之子的形象极度吻合。唐代盛行密教大随求陀罗尼信仰中曼荼罗的核心要素也是像罗睺罗一样的莲花化生形象。① 由此看来,罗睺罗因为身世传奇加上化生时坐莲花而出的形象,加之观音所送之子、大随求陀罗尼信仰曼荼罗形象和罗睺罗高度相似,使得罗睺罗在唐代被当作妇女求子的宜子之祥,成为祈子活动中常见的求嗣妇女手持的婴偶。郭俊叶结合敦煌文献、敦煌壁画等指出,莫高窟第31、454、55等窟壁画中所出现的婴偶图中妇女手持的婴偶为摩睺罗(罗睺罗)。②

作为化生童子的典型代表,加上作为佛嫡子尊贵的身份,罗睺罗无疑是最佳的求子标准③,佛教氛围浓厚的敦煌地区自唐代时起已经把罗睺罗作为生育神来供奉。这直接影响了宋代以后中原地区七夕节出现大量的摩睺罗泥偶、孩儿枕、持莲童子图像。

在敦煌地区不仅把罗睺罗与子嗣联系起来,而且星神罗睺崇拜也是极为盛行。罗睺伴随着摩尼教、密教经典及相关的天文历法、占卜技术传入中国,与七曜(日月、五星)共同构成了九执。有学者在论及敦煌佛教求子习俗时,把罗睺星宿作为求子信仰进行讨论,其主要依据写卷 S.4279《岁星禳解符》。④ 此写卷中间残裂,上部画像仅存岁星面相半边,画像下端有残文,陈于柱拟题为"罗睺星神供养文"⑤。文曰:"未生男年可卅七,愚(遇)至罗侯(睺)星,请来降下,烧香□□□,足如此身(后缺)。"⑥有学者把此文作为三十七岁无子嗣男子的发愿祷祝求子文,似过于牵强。"未生男"当作"未年出生的男子"之意,而并非作"无子嗣男子"解。加之生儿育女包括祈求子嗣等事务,在古代社会多是家庭妇女从事之事。从残文观之,供养文主要描述未年生的男子行年遇至罗睺星神,烧香启告,启请星神降下接受供奉。⑦ S.5666 陈于柱拟题作"罗睺星神供养文",正说明罗睺星神非生育神,而是行年祈福活动中消灾除厄的星神:

---

① 《试论中古时期"莲花化生"形象及观念的演变——兼论民间摩睺罗形象之起源》,《敦煌吐鲁番研究》2011年第0期。
② 郭俊叶:《敦煌壁画、文献中的"摩睺罗"与妇女乞子风俗》,《敦煌研究》2013年第6期。
③ 赵伟:《神圣与世俗——宋代执莲童子图像研究》,《艺术设计研究》2015年第4期。
④ 《敦煌民俗——丝路明珠传风情》,第246页。
⑤ 陈于柱:《区域社会史视野下的敦煌禄命书研究》,民族出版社,2012年,第433页。
⑥ 《英藏敦煌文献(汉文佛经以外部分)》第6册,第19页。
⑦ 余欣:《敦煌文献与图像中的罗睺、计都释证》,《敦煌学辑刊》2011年3期。

>卵生女人,年六十四岁者,今年恰至罗睺星神者,命属星神,放过赦罪,德助念愿,神星欢喜,其人福至,病者能行,日日消散,岁岁昌强,百鬼远离,善神加力,并不逢恶,急急如律令。月朝月半,烧香启告,莫绝者自如。①

文中透露出命值罗睺星神,女子烧香祷告祈福,主要是除去病痛,消灾去难,祈求神灵护佑等。显然并未涉及求子祈福内容,再说年值六十四岁女子已不具备生育机能,向星神祷告求子,与现实情况不合。行年多灾厄源于密教,而民众多以画星神像,烧香供养,以求护佑去厄,如 P.3779《推九曜行年灾厄法》、S.4279《岁星禳解符》等正是此信仰的反映。可见,S.4279《岁星禳解符》罗睺星与求子习俗并无关系。

3. 观世音

观世音(梵文 Avalokitévara),也译作光世音、观自在、观世自在等,简称观音。观音菩萨修行生涯、行愿和化度功德,多见于《法华经》《无量寿经》《五百名经》等大乘经典的相关记载。观音有无量化身,帮助众生解脱人生中的苦难、烦恼,广受信众欢迎,逐渐形成了影响深远的观音信仰。为了契合传宗接代的现实需求,民众为慈悲为怀、普度众生的观音增加了"送子"功能,塑造了"送子观音",这是三十三身观音中所没有的形象,形成了颇具中国特色的送子观音信仰。

把观音与子嗣联系起来的佛典主要是《法华经》。此经在两晋时期有两种译本,一是竺法护译《正法华经》,一是鸠摩罗什译《妙法莲华经》。两部经典中的《光世音普门品》(《观世音菩萨普门品》)都在宣扬观音送子功能,此品经曾单独印行、流传,被称为《观世音经》。《正法华经·光世音普门品》云:"若有女人,无有子姓,求男求女,归光世音,辄得男女。一心精进自归命者,世世端正,颜貌无比,见莫不欢。所生子姓而有威相,众人所爱,愿乐欲见,殖众德本,不为罪业。"②《妙法莲华经·观世音菩萨普门品》大致近似,云:"若有女人,设欲求男,礼拜供养观世音菩萨,便生福德智慧之男。设欲求女,便生端正有相之女,宿殖德本,众人爱敬。"③鸠摩罗什译本所表达的信众求男求女的诉求更为明确,这使

---

① 《区域社会史视野下的敦煌禄命书研究》,第433页。
② 《大正藏》第9册,第129页。
③ 《大正藏》第9册,第57页。

得此本在中国流传较广,在敦煌莫高窟壁画中都有所表现。

盛唐时开凿的第 45 窟南壁《观世音菩萨普门品经变》,绘有一男子,后立一男童,旁边榜题曰:"若有女人,设欲求男,礼拜供养观世音菩萨,便生福德智慧之男。"相向立有一孕妇,后立一女童,旁有榜题曰:"设欲求女,便生端正有相之女,宿殖(植)德本,众人爱敬。"(图 3-2)①此壁画榜题源于鸠摩罗什译本《观世音菩萨普门品》。画面形象勾勒了男女二人双手合十,虔诚求嗣的情形,后面所立童男童女,可能是男女所祈求的理想子嗣。

图 3-2　莫高窟第 45 窟南壁《观世音菩萨普门品经变》求儿求女图

观音作为百姓供养的求子神灵,善男信女跪拜观音求儿、求女或祈求儿女相貌堂堂、才艺超群等美好品质。这在敦煌文献中多有记载。如《观音礼文》,一作《观音礼》,一作《观音偈》,其云:"若有女人来乞愿,求男智慧女仪容。随心所愿皆如意,犹是常持观世音。"②现存七种写本:BD03925 号 3(北生 25、北 8347)、S.5559、S.5650、P.2939、P.3818、P.3844、P.3828,可知当时敦煌地区观音信仰广泛流行,向观音求子也是观音信仰重要组成部分之一。

---

① 谭蝉雪主编:《敦煌石窟全集·民俗画卷》,香港商务印书馆,1999 年,第 81—83 页。
② 张锡厚主编:《全敦煌诗》第 15 册,作家出版社,2006 年,第 6893 页。

观音作为佛教大士,在民间向来以救苦救难著称。民众礼拜观音,诵读《观音经》,祈求子嗣,这些其实在魏晋时期早已在中原地区盛行。《法苑珠林》卷一七"观音部第七"载,五十无子的晋代孙道德礼诵《观世音经》而得子。① 卷五二载,南朝宋居士卞悦之五十无子,后娶妾亦"积载不孕","将祈求继嗣,千遍转《观世音经》",求子生男事。② 此事亦见于南朝梁王琰《冥祥记》"卞悦之"条。③《太平广记》卷一一〇引唐释法琳《辨正论》"王珉妻"载王珉妻曾向观世音祈儿;同卷引王琰《冥祥记》"孙道德"条,载沙门告之,"必愿有儿,当至心礼诵《观世音经》"。④ 初唐释道丕母亲许氏为求子嗣,常持《观音普门品》,"忽梦神光烛身,因而妊焉"。⑤ 唐宋以来,礼敬观音或《观世音经》祈求子嗣的灵验故事仍在盛行。如南宋洪迈《夷坚志·夷坚乙志》卷十七"翟楫得子"、《夷坚支丁》卷一"徐熙载祷子"记载向观音祈求子嗣的故事,《夷坚支癸》卷十"安国寺观音"载产妇难产时向观音祈祷平安分娩。⑥

除了文献记载,观音雕像也表明了唐宋时期送子观音信仰的盛行。现知最早的送子观音造像是山西省荣县博物馆存的隋文帝仁寿三年(603)的观音雕像。菩萨左手握净水瓶,瓶上站一袖手裸体幼童,右手持莲子长柄,莲子上盘坐一幼童。⑦ 幼童出现在观音左右手所持的净瓶和莲子长柄上,是观音送子功能的反映。唐代送子观音造像开始出现怀抱婴儿的模样。四川绵阳盐亭樟禄摩崖三尊造像中的送子观音手抱一子。盛唐出现诸多送子观音独立造像,唐代送子观音信仰已经形成并开始大范围盛行。莫高窟壁画表明了边地敦煌民众信奉送子观音信仰。到了宋代,大量的送子观音摩崖石刻流传于世,如四川眉山市彭山区佛儿岩沟摩崖造像、资阳安岳新庙子摩崖造像、重庆大足灵岩寺摩崖造像,等等。可见,送子观音是广泛流传于民间求子信仰的集中表现。

除了罗睺罗、送子观音,与送子观音关系密切的鬼子母及相关的九子母都是古代妇女祈求子嗣的对象。鬼子母因其有五百鬼子而得名,原名诃利帝

---

① 〔唐〕释道世撰:《法苑珠林校注》第 2 册,周叔迦、苏晋仁校注,中华书局,2003 年,第 561 页。
② 《法苑珠林校注》第 4 册,第 1565 页。
③ 王国良:《〈冥祥记〉研究》,文史哲出版社,1999 年,第 214 页。
④ 《太平广记》第 2 册,第 751、757 页。
⑤ 〔宋〕赞宁撰:《宋高僧传》,范祥雍点校,上海古籍出版社,2014 年,第 396 页。
⑥ 〔宋〕洪迈撰:《夷坚志》第 1、3 册,何卓点校,中华书局,1981 年,第 325、969—970、1300—1301 页。
⑦ 杨炎德、王泽庆:《隋仁寿三年观世音菩萨石雕》,《文物》1981 年第 4 期。

(Hāritī)，原为恶神，专食人间小儿，后得佛祖度化，成为送子护生的神灵。其事迹多见载于《佛说鬼子母经》《大药叉女欢喜母并爱子成就法》《杂宝藏经》《诃利帝母真言经》《毗奈耶杂事》等。《大唐西域记》卷二载印度有祭祀鬼子母求嗣的国俗。唐义净《南海寄归内法传》卷一"受斋赴请"云西方诸寺庙在门屋处或食厨边素(塑)画其像，"盛陈供食"以祭鬼子母，"其有疾病，或无儿息者，飨食荐之，咸皆遂愿"。① 其实，印度佛教密宗有专门为祈祷妇女顺利生产而修的"诃利帝母法"，修法时念《诃利帝母真言经》。随着佛教的传入，鬼子母信仰逐渐被中国人改造、接受。因为鬼子母曾食人子，有九子魔母之称，这与中原本土的九子母神名称近似，送子护生功能相同，至少在南北朝刘宋时期，居士沮渠京声所译的《佛说佛大僧大经》已把鬼子母和九子母混为一谈。龙晦认为《荆楚岁时记》"四月八日"条长沙寺阁所供奉的九子母神实际就是鬼子母的混用。② 其论述有一定可信性。不仅如此，学界普遍认为九子母、鬼子母演变成白衣观音，后被改造成送子观音③，其送子护生功能一脉相承。

不论佛子罗睺罗、观音，还是帝王专属的高禖神，抑或是民间所信奉的九子母、鬼子母，送子功能是它们共同特点，成为无子嗣妇女供奉的主要生育神祇。这是佛教关注民众生活疾苦，尤其是关注民众较为关心的子嗣问题的表现。民众迫于现实需求，供奉佛教生育神明，成为佛教信徒。这说明佛教在敦煌地区已生活化、世俗化，且已渗入到民众较为关切的子嗣问题，是佛教进一步深入民心与俗世的有力手段之一。

(二) 祭物

《太子成道经》等变文文本都曾描写净饭王夫妇举行求子祭祀仪式，夫妇在神前浇杯等情节。从夫人浇酒发愿时的祝词"尽情歌舞乐神祇"，可知歌舞也是献祭天祀神的祭品之一。

---

① 〔唐〕义净撰：《南海寄归内法传校笺》，谭代龙校笺，南京师范大学出版社，2019年，第88页。
② 龙晦：《大足石刻中的明肃皇后、诃利帝母、九子母与送子观音》，《中华文化论坛》2003年第1期。
③ 赵邦彦：《九子母考》，《"中研院"历史语言研究所集刊》1931年第3期；胡适：《磨合罗》，收入《胡适古典文学研究论集》，上海古籍出版社，1988年，第693页；《大足石刻中的明肃皇后、诃利帝母、九子母与送子观音》，《中华文化论坛》2003年第1期；杜阳光：《从鬼子母到送子观音的图像学演变》，收入四川省社会科学院、四川省人民政府文史研究馆主办《国学》第4集，四川人民出版社，2017年，第186—194页；李翎：《鬼子母研究：经典、图像与历史》，上海人民出版社，2018年。

1. 酒

酒是我国宗教祭祀活动使用得较为广泛的祭品,既可用来祭天地山河日月等自然神灵,也可以用来祭祖、祭奠亡灵。上文已谈到,神前浇酒祭祀情节是对我国祭祖、祭奠亡灵等浇酒祭祀习俗的反映。① 浇酒祭祀是指在祭祀活动中,由主祭者将供神享用的酒浇于地上或祭物上,以示神灵饮之。浇酒用来表达祭祀者的敬神之意。酒作为祭品献神在我国宗教祭祀活动中较为常见,形成了不同时期的祭酒之礼。据《礼记·明堂位》记载,夏商周朝就已开始了祭酒活动,并形成了特有的祭酒礼仪。②《仪礼·乡射礼》云:"获者南面坐,左执爵,祭脯醢。执爵兴,取肺坐祭,遂祭酒。"③古代主持祭祀活动的人,最初由巫师承担,当然历代帝王也以酒为祭品举行祭天地、日月、鬼神等活动。我国也普遍存在用酒祭祀祖先的习俗,在丧葬、清明上坟、祭祖等活动中,亲友都用酒祭奠亡灵、先祖,以表敬意、追思。不仅用酒作为祭品,用在祭天地日月鬼神祖先等,在少数民族的上新房仪式中也以酒来祭祀神灵,祈求吉祥安康。基诺族在上新房仪式过程中离开临时茅棚前仍然举行祭酒仪式,用酒献祭神灵。

当然,变文中出现用酒来祭祀天祀神的情节,除了酒是我国祭祀活动常用祭品文化现象和习俗的反映,也与敦煌当地尚酒、酒常用于宗教祭祀活动的社会风气有关。敦煌作为西北边陲,汉、回鹘、突厥、鲜卑等诸多民族杂居的地区,酒更是日常生活中不可或缺之物。敦煌地区酿酒业历史悠久,既有专营酿酒的酒户,也有专营酒业的酒行,酒的品种更是数不胜数。④ 敦煌民众好饮酒,无社会阶层、年龄、性别、僧俗之分。诚如高启安所言,人世间嗜酒风气反映到鬼神祭祀上,敦煌凡有赛神、祭祀、祈愿等仪式,皆少不了酒。⑤

敦煌文献保存了很多《酒破用历》(记录支取、饮用酒的账目)。施萍婷曾对

---

① 《敦煌佛传概观及其中国化之特点》,收入段文杰等编《1990敦煌学国际研讨会文集:石窟艺术编》,第319—354页。
② 《礼记》,《十三经注疏》本,第1491页。
③ 〔汉〕郑玄注:《仪礼》,〔唐〕贾公彦疏,〔清〕阮元校刻《十三经注疏》本,中华书局,1980年,第1004页。
④ 郑炳林、高伟:《唐五代敦煌酿酒业初探》,《西北史地》1994年第1期;郑炳林、董念清:《唐五代敦煌私营酿酒业初探》,《社科纵横》1994年第4期;冯培红:《唐五代敦煌的酒行、酒户和酒司》,《青海社会科学》2001年第3期;周尚兵:《唐五代时期敦煌酒的酿造工艺研究》,《敦煌吐鲁番研究》2021年第0期。
⑤ 高启安:《唐五代敦煌饮食文化研究》,民族出版社,2004年,第349页。

敦煌研究院藏酒帐残卷、"续卷"(董希文藏,P.2629)做过深入研究,分析酒的主要用途,其中,用于宗教活动的酒耗量不少。在敦煌研究院藏卷所载一百笔酒帐中,共有九笔用于宗教祭拜活动。其中,第七款用酒事由为"圣寿寺祭拜酒"。一款用于赛神活动,赛神是指祈赛活动,敦煌当地统称为"赛",是为酬谢神恩而举行的祭祀,包含求福、酬报之意。① 第八十五款"南泽赛马神设酒",用于赛马神活动。敦煌赛马神活动通常由当地政府归义军衙府主办,节度使、衙府官员参加,衙府设宴招待,夜以继日,规模较大。②

七款为神酒,神酒即用于祭神之酒,用来祭拜不同的神灵。如第十三款"城东祆神酒"、第十五款"马群入泽神酒"、第三十一款"束水口神酒"、第四十款"支神馆斫桉神酒"、第四十八、六十五款"涧曲神酒"、第六十六款"马院神酒"。③ 第十五、六十六两款为用于祭祀马神的神酒。酒用于类似活动还见于P.2629所载的八、九月秋祭马社活动,如"(八月)三日马院发愿酒壹斗,赛神酒伍斗""(九月)一日马院(赛)神酒五升"。④ 结合赛马神设酒,这说明用于马神祭祀的用酒量不在少数,这与敦煌地区对马的重视有关。另外,酒帐第二十二款"支回鹘婆助葬酒"表明了酒也用于回鹘民众的丧葬活动,借酒祭奠亡灵,这与中原地区用于丧葬、祭祖等活动趋同。

2. 歌舞

《太子成道经》浓墨重彩地描写了歌舞供奉天祀神的场面,显得隆重壮观。从随行仪仗阵容来看,其中不乏能歌善舞者。净饭王夫人发愿语"歌舞不缘别余事,伏愿大王乞个儿",道明了歌舞并非后妃出行时的奏乐,实为祭祀神灵的祭物。"尽情歌舞乐神祇"说明酒和歌舞是求子时祭祀天祀神的祭物,之所以选择酒、歌舞,与二者在祭祀文化中的重要地位分不开,尤其与酒是沟通人神的中介、歌舞娱神等思想观念紧密相关,以此为祭物用以向神致敬,实现求子愿望。

净饭王夫妇祭祀天祀神以酒祭之,而夫人吟词表示,向天祀神求子的祭祀活动也动用了歌舞祭祀。净饭王夫妇向天祀神祈求子嗣,天祀神如同中原地区的高禖,主管生育。祭祀高禖的主要仪式就是歌舞表演,高禖之祭运用的歌舞

---

① 谭蝉雪:《敦煌祈赛风俗》,《敦煌研究》1993年第4期。
② 谭蝉雪:《敦煌马文化》,《敦煌研究》1996年第1期。
③ 施萍亭:《本所藏〈酒帐〉研究》,《敦煌研究》1983年第0期。
④ 《法国国家图书馆藏敦煌西域文献》第16册,第362—363页。

有《大雩》《桑林》《大濩》《万舞》等。① 祭祀仪式中的歌舞表演正是献祭给高禖神的祭品。

其实,赏心悦目的音乐、舞蹈是宗教祭祀过程中常用的祭品。我国古代不同的祭祀活动使用不同的祭舞。《周礼·春官宗伯》载周代大司乐根据祭祀对象身份的差异排定不同的乐舞,如《云门》舞祭祀天神、《咸池》舞祭祀地祇、《大磬》舞祭祀四郊之神、《大夏》舞祭祀山岳川谷、《大濩》舞祭祀姜嫄、《大武》舞祭祀祖宗,等等。其中,姜嫄作为周族高禖神,《大濩》舞正是献祭之物。现代在一些民间祭祀活动中仍还存在形式多样的祭祀舞蹈,如傩舞、萨满舞、东巴舞、目瑙舞、剽牛舞、龙舞等。这些舞蹈作为献祭品,起到娱神乐神作用。

当然,中原地区祭祀高禖神,除了歌舞献祭,也多以太牢或特牲祭祀高禖,这在《通典》"高禖"条已表明。中原地区求子祭物有"太牢""特牲"之别,不外乎指家畜猪、牛、羊一类。《礼记·王制》"天子社稷皆大牢,诸侯社稷皆少牢"②,以祭物等级别尊卑。"太"同"大",太牢即大牢。三畜俱全称"太牢",《吕氏春秋·仲春纪·仲春》"(玄鸟)至之日,以太牢祀于高禖"句下,高诱注云:"三牲具曰太牢。"③《礼记·郊特牲》题解陆德明曰:"郊者,祭天之名,用一牛,故曰特牲。"④祭物使用"太牢"或"特牲"只是祭祀等级的不同与祭物丰厚多寡的区别而已。以家庭蓄养的家畜上献于禖神,这正彰显中原农业社会的物产特色。

此外,以酒和歌舞为祭物,这与敦煌民众生活喜爱饮酒、以歌舞助酒兴的生活习惯有关,是民众生活的真实写照。域外宫廷乐舞、西域民间乐舞、西域佛教乐舞等输入中土促成了胡乐入华的壮观景象。⑤ 以歌舞助酒兴,即酒筵歌舞,是唐代较为流行的社会现象,尤其是中唐时期,酒筵歌舞达到空前盛况。"处处闻管弦,无非送酒声""歌酒家家花处处""纷纷醉舞踏衣裳"正是当时酣歌醉舞的写照。⑥ 位于中西交通要道的敦煌地区,比起中原地区受域外乐舞的熏陶和洗

---

① 罗越先:《高禖祭祀与云南民族歌舞》,《文史杂志》1992年第1期。
② 《礼记》,《十三经注疏》本,第1337页。
③ 《吕氏春秋集释》,第34页。
④ 《礼记》,《十三经注疏》本,第1444页。
⑤ 王昆吾:《唐代酒令艺术——关于敦煌舞谱、早期文人词及其文化背景的研究》,东方出版中心,1995年,第200—205页。
⑥ 〔唐〕刘禹锡:《刘禹锡集笺证》中册,瞿蜕园笺证,上海古籍出版社,1989年,第848—849页;〔唐〕白居易:《白居易集笺校》第3册,朱金城笺校,上海古籍出版社,1988年,第1819页;〔唐〕王建:《王建诗集校注》上册,尹占华校注,上海古籍出版社,2020年,第22页。

礼更早、所受影响更深远。敦煌民众以歌舞助酒兴的生活,以壁画形式直观、形象地流传下来。敦煌石窟壁画大量表现了歌舞助酒兴的情景。中唐时期开凿的第360窟东壁绘有众酒客围坐聚饮,男伎于桌前右侧跳舞助兴。晚唐时开凿的莫高窟第12窟东壁绘有众人饮酒时,桌前男伎躬身作揖情景。五代莫高窟第146窟东壁绘宅子酒肆内众人畅饮并望向宅外,宅外左侧为一起舞舞伎,右侧相向立一侍女。与此画面近似的是五代莫高窟第108窟东壁所绘画面,此画面较为清晰,可见宅内饮酒众人正望向宅外,而宅外一男子紧跟着侍女。① 高启安从第108窟宅外男子衣帽穿着断定男子身份与宅内饮酒者同,非舞伎。② 此言论有一定道理,不论此图是否反映酒筵歌舞情景,第360、12、146窟等壁画都真实反映了敦煌地区饮酒歌舞助兴的生活。

三、预测胎儿性别题材与生育观念

《太子成道经》等所描写的神明示兆预测胎儿性别多是为了神化佛祖的非凡身世,关于预测胎儿性别的敦煌占卜数术、医学等文献或多或少带有巫术交感意味。

(一)神明示兆预测胎儿性别

《太子成道经》在描写净饭王夫人求子嗣的过程中已出现通过神明示兆来预测胎儿性别的情节:"若是得男,神头上伞盖左转一匝;若是得女,神头上伞盖右转一匝。"神头上伞盖向左为男,向右为女,大人发愿完毕,伞盖竟向左转,后果产男婴。伞盖左右转动来预测胎儿性别,据罗宗涛所言,首见于此变文,佛经未见记载。③ 神头伞盖形象可能来自二月八日行城时遮护佛像的伞盖。P.2049v《净土寺直岁愿达牒》寺院账目记载了"布壹丈伍尺"用来造两个幞,幞用来包裹"行像新旧伞"。④ 杨衒之记录北魏洛阳举行行像仪式的盛况时,即有"宝盖浮云,幡幢若林,香烟似雾,梵乐法音,聒动天地"⑤的描绘,"宝盖"指的就是遮

---

① 《民俗画卷》,第44—47页。
② 《唐五代敦煌饮食文化研究》,第343页。
③ 《敦煌讲经变文研究》,第17页。
④ 《法国国家图书馆藏敦煌西域文献》第3册,第253页。
⑤ 《洛阳伽蓝记校释》,第114页。

护佛身的伞盖。变文通过神头伞盖示兆的描写显示佛祖的非凡身世,可以说,佛祖传奇色彩自母亲求嗣时已彰显。

伞盖左右转动现象透露了左右方位与男女性别的对应关系。方位对应性别运用到辨别腹中胎儿性别的实际问题上时,是以男左女右对应关系来预测胎儿性别的。医书常见根据男左女右来断定胎儿性别的内容。《脉经》卷九记载妇女妊娠四月时,可通过脉象得知男女:妊娠妇女左脉疾或沉实为男,右脉疾或浮大为女,尺脉左大为男,右大为女。①《诸病源候论》卷四一"妊娠候"云:

> 又左手沉实为男,右手浮大为女。……又尺脉左偏大为男,右偏大为女。……又左手尺中脉浮大者,男;右手尺脉沉细者,女。……欲知男女,遣面南行,还复呼之,左回首是男,右回首是女……妇人妊娠,其夫左边乳房有核是男,右边乳房有核是女。②

不论从脉象、南行回首方面,还是妊娠期间丈夫乳房有核的情况,这些判断胎儿性别的方法,都遵循了男左女右的观念。南行回首、其夫乳房有核等情况,《脉经》卷九早有记载。根据孕妇向左回头为男,向右回头为女来预测胎儿性别之说后又见于《备急千金要方》卷二。③尽管行走时向左、向右的回头方向,妊娠期妇女的丈夫乳房有核等情况与生男生女之间的联系并无科学依据,带有唯心主义色彩,但是却反映了人们思想中男左女右的文化观念。

其实,以性别与方位相对应的观念,早已有之。如《礼记·内则》曰:"子生,男子设弧于门左,女子设帨于门右。"郑玄注:"表男女也,弧者,示有事于武也;帨,事人之佩巾也。"④产男婴于门左设弧,产女婴于门右设帨,这正是将性别、方位及性别象征物联系起来。因为性别差异及社会分工不同,男女象征物有所区别。"弧",《说文》十二篇下"弓部"云:"弧,木弓也。"⑤作为古代武士必佩的武器,弓箭具有锋利、刚性等特性,与男性的阳刚之气近似,久而久之就成了男性的象征。擅长弓技可以说是男子在外征战、服徭役时必备的基本技能。佩巾与

---

① 〔西晋〕王叔和:《脉经》,科学技术文献出版社,1996年,第149页。
② 〔隋〕巢元方等:《诸病源候论》,人民卫生出版社影印,1955年,第220页。
③ 〔唐〕孙思邈:《备急千金要方》,人民卫生出版社影印,1955年,第19页。
④ 《礼记》,《十三经注疏》本,第1469页。
⑤ 《说文解字注》,第640页。

女子联系起来,主要因女子在家庭中主要处于服侍丈夫的随从地位,佩巾柔软的质地与女性的阴柔之美具有相近之处。

用弓代指男婴,不仅运用于产子时向他人传达产男信息的敦煌地区风俗中,同样,在中原求子过程中,弓也象征男嗣。《礼记·月令》记天子率妃嫔亲往祈子,祭祀高禖的情形:"后妃帅九嫔妃,乃礼天子所御,带以弓韣,授以弓矢,于高禖之前。"郑注:"带以弓韣,授以弓矢,求男之祥也。《王居明堂礼》曰:'带以弓韣,礼之禖下,其子必得天材。'"①"韣"指用以装弓的袋子。《说文》五篇下"韦部"云:"韣,弓衣也。"②把弓矢放在高禖神前,意味着想求男嗣。弧、矢在古代并称。如《易》卷八曰:"弧矢之利,以威天下。"③弓矢象征着男嗣,祈求他天资聪颖,有番作为,能名震天下。可见,佩戴弓箭祈男风俗在战国时期早已存在,后世在门左挂弓箭表示生男的习俗当是佩戴弓箭祈男习俗的演变。

(二)占卜术数预测胎儿性别

除了通过神明暗示之外,运用占卜术数来预测胎儿性别是敦煌地区民众常运用之法,而且在当时较为盛行。《晋书》卷九五载敦煌人索统善占卜:"(索)充后梦见一房,脱上衣来诣充。统占曰:'房去上中,下半男字,夷狄阴类,君妇当生男。'终如其言。"④此事亦见《太平广记》卷二七六,引作刘彦明《敦煌录》。⑤此事未见于敦煌写卷S.5448地理乡土志《敦煌录》,可能为收录敦煌人传闻传记的同名故事集。索统的卜辞源于梦境,通过梦境占卜来预测所生子性别。这与《太子成道经》所描写的大臣通过梦境占卜净饭王夫人怀妊,原理近似。

民间占卜胎儿性别的方法各式各样,如马头卜法、五兆卜法、式占法等。民众通过不同的占卜方式来预测性别。如S.2578《孔子马头卜法一部》"占妊身是男女":

一算,男。二算,女,难养。三算,女。四算,男,有祠。五算,男。六

---

① 《礼记》,《十三经注疏》本,第1361页。
② 《说文解字注》,第235页。
③ 〔魏〕王弼注:《周易》,〔唐〕孔颖达等正义,〔清〕阮元校刻《十三经注疏》本,中华书局,1980年,第87页。
④ 〔唐〕房玄龄等撰:《晋书》第8册,中华书局,1974年,第2494页。
⑤ 《太平广记》第6册,第2180页。

算,男,难养。七算,女。八算,男,吉。九算,男,贵命。①

孔子马头卜法是指把九枚三寸长的操作数放在竹筒里,竹筒上有一个眼,占卜时,通过晃动竹筒,使一枚操作数出来,根据操作数上的数字(一至九)判断吉凶。② 以上九算中,占卜结果以男婴居多,占卜为女婴仅三笔:二算、三算、七算。通过这种易于操作的摇签占卜方式,来获知妊娠妇女腹中胎儿的性别,满足孕妇及其家人的好奇心理。

P.2859《五兆要决略》"卜妇人怀妊欲知男女法"详细记载了预测胎儿之法:

若得阳兆生男,阴兆生女。所以阴阳,男怀胎伏向内,女怀胎则向外。男伏,伏而为阳;女仰,仰而为阴。木、火为阳,水、土、金为阴,是以乾将三男:震、坎、艮,坤将三女:巽、离、兑。先下四十九操作数,后加妇人所投受胎月数。假令正月胎,至三月下操作数,先与妇人年岁除,除天除一,十亦不错,在地除二,人除三,四时除四,五行除五,六律除六,七星除七,八风除八,九宫除九。如无八、九,可。除余,有只生男,复生前□女,依大吉。③

此段占卜胎儿性别的方法实际综合了两种卜法,前一种为五兆卜法,是通过揲蓍形成兆象,依据兆象来占卜,把阴阳、五行、卦象等与男、女两性对应起来以预测胎儿性别。自"先下四十九操作数"起,为另一种占卜法,在写卷中,以小字体书于五兆卜法后。此法应为五兆卜法文献直接或间接的源头,置于五兆卜法后,主要用作比较或解释说明。④ 此法用"操作数"与孕妇年岁、受胎月数等进行加除,从余数剩余情况来推断胎儿性别。这种算法与《孙子算经》卷下所载近似:

今有孕妇,行年二十九,难九月,未知所生。答曰:"生男。"术曰:置四十九,加难月,减行年,所余以天除一,地除二,人除三,四时除四,五行除

---

① 《英藏敦煌文献(汉文佛经以外部分)》第4册,第104页。
② 黄正建:《敦煌占卜文书与唐五代占卜研究》,学苑出版社,2001年,第25页。
③ 录文主要据王祥伟校录,参校陈玉柱校录。王祥伟:《敦煌五兆卜法文献校录研究》,民族出版社,2011年,第219—220页;《区域社会史视野下的敦煌禄命书研究》,第106—107页。
④ 《敦煌五兆卜法文献校录研究》,第47页。

五,六律除六,七星除七,八风除八,九州除九。其不尽者,奇则为男,偶则为女。①

"行年"指孕妇年龄,"难月"指孕妇生产分娩月份。此处也是用孕妇年龄、生产月份等进行加、减、除算法,依据余数的奇偶,来判断胎儿性别。《医心方》卷二四引隋德贞常《产经》记载的各种预测胎儿性别的方法,其中,"欲知男女算法"也使用类似的算法来推算胎儿性别:

> 欲知男女算法:先下夫年,次下妇年,仍下胎月,正月胎下算十二月,并取十二月算合数。仍除天一,又除地二,又除人三,又除四时四,又除五行五,又除六律六,又除七星七,又除八风八,又除九章九算,单即男,偶即女,万无参差。②

可见,在敦煌占卜文献之前,此算法已被中原地区的医书用来推测胎儿性别,尽管具体算法不一,但是从一到八除数所代表物相同,并且都是以奇、偶数分别代指胎儿男女性别。P.3322v+P.3322《推占书》:"占妇人产男女,以传送加妇人本命,阳神加行年为男,阴神是女。"③据黄正建研究,此式法为六壬法。④ 通过此法来预测胎儿性别,以阴阳对应女男二性。

除了使用孔子马头卜法、五兆卜法、六壬法来占卜胎儿性别,敦煌民间也流行通过观察孕妇面部气色来推断胎儿性别。如 P.3390《面部气色吉凶法》:"相女人产,知男女。左目下发黄气生男,右目下发黄气生女。"⑤以左、右眼分别指代男女,也体现了男左女右观念。

由以上有关胎儿性别的敦煌占卜文献的记载,可见敦煌民众有强烈的预测胎儿性别的欲望。其实,放马滩秦简《日书》甲种竹简中早已记载古人通过胎儿出生时刻来占卜胎儿性别:"平旦生女,日出生男,夙食女,莫食男,日中女,日过中男,日则女,日下则男,日未入女,日入男,昏女,夜莫男,夜未中女,夜中男,夜

---

① 〔唐〕李淳风等注释:《孙子算经》,《丛书集成初编》本,据聚珍版丛书影印,1985年,第26页。
② 《医心方》,第533页。
③ 《法国国家图书馆藏敦煌西域文献》第23册,第186—187页。
④ 《敦煌占卜文书与唐五代占卜研究》,第33页。
⑤ 郑炳林、王晶波:《敦煌写本相书校录研究》,民族出版社,2004年,第191页。

过中女,鸡鸣男。"①此法不同于敦煌占卜文献对腹中胎儿的预测,敦煌占卜文献关于胎儿性别的占卜预测多在妊娠期间,而这与净饭王夫人求子过程中预测子嗣性别稍有差异。

无论是神明示兆还是占卜预测,都无科学根据可言,但是却反映了敦煌地区预测胎儿性别之风的盛行。这既与重男嗣传统文化背景有关,也是当地人口现实状况决定的。唐五代时期敦煌地区男女比例失调、女性居多的情况,是敦煌民众热衷于占卜妊娠男女、回女为男法术的俗信背景。②可以说,这是迫于解决敦煌地区人口比例问题而形成的风气。

(三)生育观念

净饭王夫妇对天祀神的祭祀从祭祀目的、时间、地点等因素来看,就是高禖祭祀,而高禖祭祀在周代已正式纳入国家祭祀。这是社会重生生育观念的表现。帝王祭祀高禖,既反映了皇族家庭对子嗣延续的重视,希望种族血缘政权永远延续,也体现了统治阶级对整个社会人口繁衍的重视。帝王举行大规模的高禖祭祀势必会对社会各阶层形成巨大的影响,形成重生的生育文化观念。

医书明确记载乞求男嗣的药方及转女为男法,社会民谣、习俗及唐诗的相关描述,都流露出民众重男轻女的生育观念。隋唐代表性医籍《诸病源候论》卷四一记载了"妊娠转女为男候",《备急千金要方》卷二"求子第一"载有"求子""乞求男嗣""转女为男"方。宋乐史《杨太真外传》卷上记载唐五代社会的传谣"生女勿悲酸,生男勿喜欢"③,正透露出唐代重男轻女的社会现实。另外,从佩戴宜男草的祈子风俗也可略见人们对男嗣的渴望。《齐民要术》卷十"鹿葱"条引曹植《宜男花颂》佚文云:"世人有女求男,取此草食之,尤良。"此条下亦引周处《风土记》曰:"宜男,草也。……怀妊人带佩,必生男。"④李贺诗《河南府试十二月乐词并闰月》"宜男草生兰笑人",于鹄诗《题美人》"秦女窥人不解羞,攀花

---

① 孙占宇:《天水放马滩秦简集释》,甘肃文化出版社,2013年,第73页。
② 陈于柱:《从上都到敦煌——敦煌写本禄命书S.5553〈三元九宫行年〉研究》,《兰州大学学报》(社会科学版)2009年第5期。
③ 〔宋〕乐史撰:《杨太真外传》,《丛书集成初编》本,据顾氏文房本影印,中华书局,1991年,第4页。
④ 〔北魏〕贾思勰:《齐民要术校释》,缪启愉校释,缪桂龙参校,农业出版社,1982年,第685页。

趁蝶出墙头。胸前空带宜男草,嫁得萧郎爱远游",①可见,佩戴宜男草之风俗在魏晋时期、唐代较为盛行。女子佩戴宜男草之俗,根源于民众以为佩戴宜男草可产男嗣的心理。《艺文类聚》卷八一"鹿葱"条亦引《风土记》②,内容近似。《太平御览》卷九九六引前蜀杜光庭《录异记》云:"妇人带宜男草,生儿。"③佩戴宜男草祈求男嗣的心理正是在历代重男轻女的观念下形成的。

其实,重男轻女之俗可追溯至《诗经·小雅·斯干》载生男子"载寝之床,载衣之裳,载弄之璋",生女子"载寝之地,载衣之裼,载弄之瓦"。郑玄笺云,男女生而卧于床、地,以别尊卑;衣以裳、裼,以区分主于外、内之事。④《周易·系辞》"天尊地卑,乾坤定矣。卑高以陈,贵贱位矣""乾道成男,坤道成女"⑤,为男尊女卑观念的形成提供了理论依据。《韩非子·六反》流露出重男轻女观念发展到周末达到了极端,出现了杀女之风。可见,重男轻女观念在中原地区形成已久。

中国不仅重生,尤其重视男嗣,这种文化观念是在我国男权社会、男尊女卑的男女社会地位、宗族观念、男耕女织的社会分工等共同作用下的产物。预测胎儿性别通常发生在孕期求神安胎时,净饭王夫人在求子之际急切地想得知胎儿性别,这是她渴望男嗣的心理表现。浇酒祝词"伏愿大王乞个儿"进一步明确地表明了她渴望得男的诉求,重男嗣的生育观念。对男嗣的渴望在《庐山远公话》表现得淋漓尽致。《庐山远公话》在描述人间"生苦"时,描写阿娘生产迷糊之际,不忘"问是男是女,若言是女,且得母子分解平善。若道是儿,总忘却百骨节疼痛。迷闷之中,便即含笑"⑥。通过对产妇得知生女、生儿后不同反应的描写,透露出产妇对男嗣的喜好,生动、夸张地把产妇得知获儿的高兴传神地传达出来,生儿带来的满心喜悦可以减轻生产带来的身体上的剧痛,神志不清时都面带微笑。敦煌文献保存了一些转女为男的民间药方,侧面流露出敦煌民众对男嗣的重视,如 S.4433v 所载妊娠期间谋求男嗣之法、P.2666v《单方》回女为男等医方。

在中国多子多福、重生的传统生育观念的影响下,加之唐代开明的社会风

---

① 〔唐〕李贺:《李贺诗歌集注》,〔清〕王琦等注,人民文学出版社,1977年,第61页;《全唐诗》(增订本),第3504页。
② 〔唐〕欧阳询撰:《艺文类聚》,汪绍楹校,中华书局,1965年,第1396页。
③ 〔宋〕李昉等撰:《太平御览》第4册,中华书局,1960年,第4408页。
④ 《诗经》,《十三经注疏》本,第437—438页。
⑤ 《周易》,《十三经注疏》本,第75—76页。
⑥ 《敦煌变文校注》,第259页。

气,伴随安史之乱而来的战争死亡和沉重的徭役、兵役,民众对生女的态度也有所改观。杨贵妃备受唐玄宗宠爱,对民间生女观念产生了一定影响。玄宗天宝五载(746)民间流传歌谣"生男勿喜女勿悲,君今看女作门楣"①,正是根据杨贵妃受宠,光耀门楣之事所作。对此,白居易在《长恨歌》写道:"姊妹弟兄皆列土,可怜光彩生门户。遂令天下父母心,不重生男重生女。"②杜甫《兵车行》针对唐玄宗穷兵黩武、连年征战,以从征者自诉口吻,道出"信知生男恶,反是生女好:生女犹得嫁比邻,生男埋没随百草"③,表达战争给人们带来的痛苦及人们对战争的痛恨,也透露出了战争给当时民众生育思想带来的转变。白居易写诗祝贺谈氏外孙女"引珠"满月礼:"今且夫妻喜,他人岂得知?自嗟生女晚,敢讶见孙迟。……怀中有可抱,何必是男儿。"④诗中洋溢着女孩的出生给夫妇及众人带来的喜悦之情,尤其是末尾两句更是强调了男女都可的生育观念。

  出于现实的需求,民众的生育观念由最初的重男嗣逐渐发展为重男亦重女的思想,这在敦煌文学中通常表现为五男二女生育理想。王梵志诗《夫妇生五男》:"夫妇生五男,并有一双女。"⑤敦煌愿文常用"五男二女"表达对新人多子多福,子孙昌盛的美好祝福。S.5546《咒愿一本·咒愿新郎》:"五男二女,队队似凤凰。"⑥P.3284《新集吉凶书仪·女家铺设帐议》载新婚撒帐仪式上的祝愿文:"今夜吉辰,某女与某氏儿结亲。伏愿成纳之后,……五男二女,奴婢成行。男愿总为卿相,女郎尽聘公王。"⑦莫高窟112(中唐)西龛西壁绘有七名童子采花嬉戏图,程郁从孩童发式判断此图是唐代"五男二女图"。⑧李公佐唐传奇《南柯太守传》叙述淳于棼在南柯一梦中,被大槐安国招为驸马,"生有五男二女,男以门荫授官,女亦聘于王族"⑨。可见,无论是敦煌愿文、新婚祝词,还是唐传奇都折射出生育五男二女是唐代民众理想的生育观念。

---

① 〔宋〕司马光编著:《资治通鉴》第15册,〔元〕胡三省音注,"标点资治通鉴小组"校点,中华书局,1956年,第6872页。
② 《白居易集笺校》第2册,第659页。
③ 〔唐〕杜甫:《杜诗镜铨》,〔清〕杨伦笺注,上海古籍出版社,1981年,第34页。
④ 《白居易集笺校》第4册,第2324页。
⑤ 〔唐〕王梵志:《王梵志诗校注》(增订本),项楚校注,上海古籍出版社,2010年,第539页。
⑥ 《敦煌愿文集》,第396页。
⑦ 《法国国家图书馆藏敦煌西域文献》第23册,第49页。
⑧ 程郁:《尚见女孩的时代——由婴戏图看宋元之间生育观念的变化》,《形象史学》2021年第2辑。
⑨ 《太平广记》第10册,第3913页。

可以说,敦煌撒帐祝词惯用五男二女来表达对新人子嗣的祝福,在宋代影响较大,逐渐成为吉祥的象征,并以五男二女图案的形式在宋代广为流行。胡浩然所写的婚礼贺词《满庭芳·吉席》下片也用五男二女祝福新人子孙繁茂:"愿五男二女,七子成行。男作公卿将相,女须嫁君宰侯王。"①

尽管五男二女之说早见载于先秦典籍,但是敦煌愿文具体地表现了五男二女的祥瑞文化内涵。《周礼·夏官司马·职方氏》有雍州"其民三男二女",益州"其民五男三女"的记载。②《诗经·召南·何彼襛矣》序,孔颖达疏引皇甫谧云"武王五男二女"。③ 敦煌文学把五男二女常运用在婚礼仪式上用来表现对新人子嗣繁盛的祝愿,五男二女逐渐成为吉祥祝福的象征。宋代开始出现了大量表达美好寓意的五男二女图案,这些图案最初运用在婚嫁、育子习俗,后来出现在花钱(厌胜钱)、文物上。《东京梦华录》卷五"育子"条载在孕期满一个月后,开封地区孕妇娘家用银盆送来秸秆、丝巾、花朵、通草等物,通草上贴着"五男二女花样"。④ 此俗在南宋临安地区仍然流传⑤,其民俗意蕴在于临产催生。《梦梁录》卷二〇"嫁娶"载婚礼嫁娶的礼盒、礼书封套、花扇等物上都绘有五男二女图样。⑥ 从宋至清的花钱保留了许多五男二女图案⑦,此图案还出现在宋代傀儡戏青铜镜(中国国家博物馆藏)、宋代燕山五桂纹铜镜(台北故宫博物院藏)文物上。

五男二女图案出现在钱币上,是宋代妇女祈生求嗣之物⑧,带有吉祥、辟邪驱鬼寓意,而且铸有面文"五男二女"的花钱就是撒帐钱⑨。撒帐钱属于厌胜钱的一种,主要用在婚礼撒帐仪式上,是指女宾以金钱彩果等物抛撒在新人新房帐下,以求富贵吉祥。《东京梦华录》卷五"娶妇"条载"妇女以金钱彩果散掷"⑩,正是开封地区婚礼上使用撒帐钱习俗的反映。正是因为婚俗中使用撒帐钱来

---

① 〔明〕汪氏编:《宋词画谱》,綦维整理,山东画报出版社,2018年,第219页。
② 〔汉〕郑玄注:《周礼》,〔唐〕贾公彦疏,〔清〕阮元校刻《十三经注疏》本,中华书局,1980年,第862—863页。
③ 《诗经》,《十三经注疏》本,第293页。
④ 《东京梦华录注》,第160页。
⑤ 〔宋〕吴自牧:《梦梁录》,《丛书集成初编》本,商务印书馆,1960年,第188页。
⑥ 《梦梁录》,第185页。
⑦ 杜晓俊:《"五男二女"花钱初步分类研究》,《东方收藏》2015年第8期。
⑧ 《"五男二女"花钱初步分类研究》,《东方收藏》2015年第8期。
⑨ 丁福保:《撒帐钱考》,《泉币杂志》1940年第14期。
⑩ 《东京梦华录注》,第153页。

祈子求福,五男二女即表达着人们内心男女子嗣理想的合理比例状态,用在承担着传宗接代、绵延子嗣功能的婚礼上再合适不过。撒帐钱上有"五男二女"等吉祥图像,念诵含有"五男二女"等求子祈福的婚礼祝词,使得婚礼显现出生儿育女现实的功利目的性。这正好与民众重生、渴望儿女成群的生育观一脉相承。

需要强调的是,五男二女在文学文本中更多的是用来表现子嗣繁盛之事,不一定是实指五男二女。愿文正是用五男二女来表达多子多孙的祝福。在《咒愿一本·咒愿新妇》甚至以"十男五女"的目标来表达对女子旺盛生殖能力的美好祝愿:"生男满十,七步成章;生女四五,聘与公王。"[①]唐代墓志《唐京兆王氏妻清河崔夫人墓志》称赞崔夫人"生五男二女,岂唯善育,故亦能训"[②],"五男二女"并非具体所指,是概指多子多福之意。墓志旨在称颂崔夫人生育、养育、教育众多子女方面的贤能。

(四)改变胎儿性别的医方

在重男嗣的社会背景下,产生了一些生男秘方。医书记载了一些转变胎儿性别的药方,如《备急千金要方·妇人方上》记载了一组转女为男的方剂:

> 未满三月者,可服药、方术转之,令生男也。
> 治妇人始觉有娠,养胎并转女为男,丹参丸方:丹参、续断、芍药……
> 又方:取原蚕屎一枚,井花水服之。日三。
> 又方:取弓弩弦一枚,绛囊盛,带妇人左臂,一法以系腰下,满百日去之。
> 又方:取雄黄一两,绛囊盛带之。要女者带雌黄。
> 又方:以斧一柄,于产妇卧床下置之,仍系刃向下,勿令人知。如不信者,待鸡抱卵时,依此置于窠下,一窠儿子尽为雄也。[③]

除了丹参丸方为中药制剂,以上诸方记载多少带有交感巫术成分,多不可取。

---

① 《敦煌愿文集》,第397页。
② 周绍良主编:《唐代墓志汇编》下册,上海古籍出版社,1992年,第1452页。
③ 《备急千金要方》,第19页。

妇女通过佩戴弓、弩等男性象征物来转化胎儿性别。弓、弩、弦等物及所系方位,都是求男嗣的象征。时间为百日,长达三个多月,在中医看来,怀胎三月之内,胎儿性别未定,这是通过药物或男女性别的象征物来"转化"胎儿性别的关键时期。通过在怀孕后三个月佩戴性别象征物来改变胎儿性别的说法在马王堆出土的《胎产书》早已记载:

> 三月始脂,果隋宵效,当是之时,未有定仪,见物而化……□欲产男,置弧矢,□雄雉,乘牡马,观牡虎;欲产女,佩蚕(簪)耳(珥)。①

北齐徐之才《逐月养胎方》载有类似说法,此书散佚,唐孙思邈《备急千金要方·妇人方上》引之,曰:"妊娠三月名始胎,当此之时,未有定仪,见物而化。欲生男者,操弓矢,欲生女者,弄珠玑。"②《诸病源候论》卷四一也继承了徐之才《逐月养胎方》胎儿"见物而化"思想:

> 妊娠三月始胎,当此之时,血不流,形像始化,未有定仪,见物而变。……欲得男者,操弓矢,射雄鸡,乘肥马于田野,观虎豹及走犬;欲得女者,则著簪珂环佩,弄珠玑。③

此观点在《逐月养胎方》基础上,进一步发展。不仅是弧矢,雄鸡、肥马、虎豹、走犬等都可看作男嗣象征物。诸类动物与男性在雄壮、威猛等体型、性质方面存在相通之处,也是男子骑马、射箭、狩猎等活动过程中所常见之物。闺阁中梳妆打扮等饰物是女子日常生活常用之物,也就成了女性的性别象征。

怀孕之后三个月内,妇人通过佩戴弓、弩、珠玑等男、女性象征物来祈求理想性别的胎儿。这类祈求理想胎儿的做法显然是受到相似律、接触律等思维影响,富含民间求子巫术特色,但是此观点自先秦时期载入《胎产书》以来,被后世历代医书传承,可想而知当时民众对此法的认可程度。从现代医学来看,妇女一旦怀孕,腹中胎儿性别早已由染色体决定,只是在妊娠初期,胎儿尚未发育成

---

① 周一谋、肖佐桃主编:《马王堆医书考注》,天津科学技术出版社,1988年,第346、348页。
② 《备急千金要方》,第21页。
③ 《诸病源候论》,第220页。

形,未能识别出性别,这也是医书"未有定仪"的客观医学依据。

在胎儿"未有定仪"情况下,《诸病源候论》明确指出生男途径有服药、方术二种:"是时(始胎)男女未分,故未满三月者,可服药、方术转之。令生男也。"① 此观念被《备急千金要方·妇人方上》继承并引之,在此方后列有转女为男的药方,上文已引。② 妊娠头三月胎儿性别未分,因此转女为男的最佳时期是在妊娠期的前三个月内。运用方术生男法在《博物志》卷十已见记载:"妇人妊娠未满三月,着婿衣冠,平旦左绕井三匝,映祥影而去,勿反顾,勿令人知见,必生男。"③《坚瓠集·秘集》卷三引《博物志》佚文:"陈成初生十女,使妻绕井三匝,祝曰:'女为阴,男为阳,女多灾,男多祥。'绕井三日,果生一男。"④绕井三匝是产男关键,显然没有科学依据。

敦煌医书也记载了一些通过佩戴或服用弓弧(灰)来确保产男,或转女为男的医方。《单方》:"凡人纯生女,怀胎六十日,取弓弦,烧作灰,取清酒,服之,回女为男。"⑤S.4433v载妊娠期间谋求男嗣之法:"欲得男法:妊身时,以角弓弦作中衣带,满百日吉","妊娠欲得男法:妇娠未满月,以弓弦至产"。⑥ 这三条敦煌医方,与传统中医怀孕头三月尚可转换胎儿性别的说法一脉相承,认为在怀孕六十日、百日及未满月等期限内,选择吞服或佩戴弓弦之类,便能使胎儿由女转男。显然,这些医方都具有较强的巫术色彩。不论转女为男法抑或谋求男嗣法,再次印证了弓弦与男嗣的等同关系。敦煌转女为男药方恰好体现了敦煌民众对男嗣的重视,乃至千方百计谋求男嗣。

总之,通过对净饭王夫妇求子故事的分析,不难看出民众多选择在四月八日佛诞日当天以歌舞、酒菜向天祀神、罗睺罗、观世音等生育神祇献祭,祈子。净饭王夫妇所祭祀的天祀神、祭祀地点,都表明净饭王夫妇求子故事受到了中原高禖求子风俗的影响。结合敦煌出土的大量有关预测胎儿性别的占卜数术文献,净饭王夫人通过神明示兆预测胎儿性别情节反映了敦煌地区预测腹中胎儿性别风气的盛行,侧面流露出民众重男轻女的生育观念。

---

① 《诸病源候论》,第222页。
② 《备急千金要方》,第19页。
③ 〔晋〕张华撰:《博物志校证》,范宁校证,中华书局,1980年,第109页。
④ 〔清〕褚人获辑撰:《坚瓠集》第4册,李梦生校点,上海古籍出版社,2012年,第1182页。
⑤ 《法国国家图书馆藏敦煌西域文献》第17册,第147页。
⑥ 《英藏敦煌文献(汉文佛经以外部分)》第6册,第73页。

第四章 孕期生活、胎儿发育等题材与习俗

经历一系列求子方法,如求神拜佛、医药治疗、方术、吞服符箓等,民众或喜得贵子,或终究无子。在怀孕之后,随之而来的就是孕期的护理,如安胎、护胎祈愿和遵守禁忌等。这些内容在中国传世文学罕见表现,根据佛经演绎而来的敦煌变文、歌辞为宣扬母恩,弘扬孝道,大力描写孕期生活、胎儿发育、护胎祈愿等内容,这是中国文学首次系统、全面地表现妇女孕期生活,对后世民歌产生了深远的影响。

在佛教看来,妇女孕期所承受之苦,正是其施恩于子女十大恩德之首恩:怀担守护恩。此恩德包括身体上的负重,心理上对胎儿发育、平安健康等问题的诸多担忧。怀担,指的正是妇女孕期身体的变化,怀胎负重之貌。"孕"甲骨文作"𢑚",把女性怀孕时腹部隆起的特征形象地描摹出来,外面部分为孕妇身体躯干,里面的部分是婴儿之形。《说文》十四篇下释"孕"为"裹子也"。① 守护,指的是孕妇对胎儿发育、安全健康的千般护佑及相关的担忧。《盂兰盆经讲经文》:"第一怀担守护恩,十月之中常负重。慈母将心忧孩子,恐怕胎中不得安。"② 讲经文从外在体形的变化、孕妇心忧胎儿等方面概述怀担守护恩。怀担守护恩给孕妇所带来的艰辛生活,在敦煌讲经文和歌辞有详细的描写,如《父母恩重经讲经文(一)》《父母恩重经讲经文(二)》《报慈母十恩德》等。本书通过分析文本中对此恩的铺叙、描述及歌咏,探讨其中所透露出来的一些问题:如妇女孕期生活的艰辛、胎教思想、孕期饮食、行为禁忌及胎儿发育过程等,以求对变文、歌辞等所蕴含的敦煌地区的妇女孕期生活有大致认识。

---

① 〔汉〕许慎撰:《说文解字注》,〔清〕段玉裁注,上海古籍出版社,1981年,第742页。
② 黄征、张涌泉校注:《敦煌变文校注》,中华书局,1997年,第1006页。

第一节　孕期生活题材与胎教思想

受佛教文化影响显著的敦煌文学，尤其是根据佛经敷衍而来的变文、歌辞，延续了佛经通过孕产主题宣扬孝道的叙事模式，运用大量笔墨铺排母亲怀孕时的状态，这可以说是中国文学史上首次将笔触深入妇女孕产生活，对妇女孕期生理、心理方面进行细致入微的描写。同时，对腹中胎儿实施教育（胎教）情况在敦煌文学中也已经流露出来。高嘉琪在论及求子风气时已追溯到了唐以前胎教思想的发展。[①] 锺佩媛搜集、整理了有关描写妇女孕期艰辛生活的敦煌文学作品，并对胎教思想进行追溯。[②] 锺佩媛在系统、全面梳理了表现孕产艰辛的敦煌文学作品及胎教思想的同时，侧重从民俗学角度探讨敦煌文学文献。

在此基础上，本节全面梳理表现妇女怀孕生活之苦的敦煌文学作品，并进行文本解读，阐释文本所表现的孕妇生理、心理的变化。出于对腹中胎儿健康安危的担忧的考虑，孕妇在言行方面的谨慎，是秉承了自古以来的胎教思想。

一、《父母恩重经讲经文》等所表现的孕期生活

目前中国文学首次歌颂妇女怀孕之苦的作品，集中在敦煌文学写卷中，主要包括变文《父母恩重经讲经文》《故圆鉴大师二十四孝押座文》《盂兰盆经讲经文》《八相变》、歌辞《报慈母十恩德》《父母恩重赞》《孝顺乐》《三嘱歌》及 P.2044《劝善文》、P.2066 善导《劝善文》等。这些作品以讲唱或歌咏的形式，或通过侧面渲染，或通过浓墨重彩地正面描写，来表现妇女孕期的艰辛与不适。其中，根据《父母恩重难报经》、P.3919《佛说父母恩重经》敷衍而成《父母恩重经讲经文》是描写孕期生活最为详细的文本，它存在两种抄本，即 BD06412（北河 12、北 8672）、P.2418，上文已概述了两写本之间的联系，此处着重探讨其所表现的孕

---

① 高嘉琪：《生育、养育、教育——唐代育儿文化研究》，台湾中兴大学历史学研究所硕士学位论文，2008 年，第 29—35 页。

② 锺佩媛：《论敦煌文学作品对于孕产之苦的描写》，《应华学报》2008 年第 3 期；锺佩媛：《传统孕产民俗及文学作品之研究》，台湾花莲教育大学民间文学研究所博士学位论文，2008 年，第 245—314 页。

期生活题材。这两写卷《父母恩重经讲经文》是先后演绎《父母恩重难报经》、敦煌本《佛说父母恩重经》而成的两部同名作品,因为二者讲唱内容存在较大差异,所以我们将此二卷有关孕期生活的描写依次进行分析。

1. BD06412(北河 12、北 8672)《父母恩重经讲经文(二)》

此写卷前后残缺,对孕妇孕期生活状态进行铺叙,渲染了孕妇怀胎辛苦、行动不便:

> 经云:阿娘怀子,十月艰辛。起坐不安,如擎重担;饮食不下,如长病人。
>
> 十月怀耽(担)弟子身,昼夜恰如持重担。翠眉桃脸潜移改,腊色萎黄暗里来。行亦愁,坐亦愁,怀耽(担)十月抵千秋。昏昏不醉长如醉,兀兀无忧恰似忧。悦耳管弦成逆耳,合羞到此不能羞。直须分娩蒙平善,慈母心安始彻头。十月怀耽(担)弟子,昼夜身心不安。形容日日衰羸,即渐转加憔悴。几度亲情屈唤,无心拟去相随。纵然家内延宾,实是懒陪欢笑。龙发不梳累月,凤钗不插经旬。装(妆)台污见眼前,鸾镜任从尘土。自于怀妊腹中子,旧日装(妆)梳不欲为。思量十月养君多,争忍因循不报恩。阿娘消瘦如花貌,变化萎黄疾病多。云鬓不梳经数月,凤钗抛掷如闲事。不逐少(小)姑花下去,懒陪伯母趁娇(猫)儿。几度亲情命看花,数遍藏钩夜欢笑。这身无病如长病,拓频终朝复皱眉。百般美味不形相,是种珍羞不尝啜。甘甜纵吃如黄蘖,口苦舌干不欲餐。①

"经"主要是指丁种《佛说父母恩重经》,P.3919《佛说父母恩重经》:"阿娘怀子,十月之中,起坐不安,如擎重担,饮食不下,如长病人。"②讲经文所引经文"十月艰辛"句稍异于佛经所载"十月之中"③,这是对十恩中怀担守护恩怀胎艰难生活的描述。佛经描摹妇女十月怀胎形体的不便、寝食难安犹如病人的状态,是为了批评世间不孝子忘恩负义的行为,把妇女怀胎状态作为劝导众生行孝的事例,晓之以理,动之以情,以求达到较好的讲经效果。

---

① 《敦煌变文校注》,第 999—1000 页;项楚:《敦煌变文选注》(增订本),中华书局,2006 年,第 1515—1518 页。
② 《敦煌变文校注》,第 996 页。
③ 张涌泉:《敦煌本〈佛说父母恩重经〉研究》,《文史》1999 年第 4 期。

紧接着经文的,是俗讲法师围绕经文内容唱诵的韵文部分,运用了比喻、对偶、叠字、对比、夸张等多种手法来铺叙孕妇从孕前到孕期生理和心理的变化。喻体"持重担"形象地把孕妇怀胎时的负重之苦展示在读者面前。"翠眉桃脸"形容孕前女子红润的气色,与孕期蜡黄、暗淡的肤色进行对比来烘托孕期的辛苦。通过日常起居生活的变化,如"悦耳管弦成逆耳",懒得与亲友日常闲聊、嬉戏,懒于妆饰自己等,把孕妇怀胎直至分娩时的日夜坐立不安,身体、心理上的疲惫和倦怠表现出来。"黄檗"是一种果、根、皮都可入药的植物,味苦。用它来形容孕妇孕期口苦舌燥、毫无食欲的状态,表达出美味佳肴在孕妇吃来都是味苦之物。无论是日常生活中的行为举止、亲友之间的来往,乃至日常饮食情况,无不显示出孕妇生活状态犹如病人,无精打采。这都是孕期生活辛苦及因为担心腹中胎儿而备受心理煎熬带来的变化。

讲经文对孕期生活的铺叙显然较佛经更为详细。《父母恩重经讲经文(二)》所表现的是孕期的艰辛生活:因为有孕在身,生活习惯一改常态,形体如负重担,行动不便、饮食不适及心理上所承受的压力带来的是身体的消瘦。无心梳妆打扮,丝竹不悦耳,无心赏花、藏钩等游玩活动,远离喧嚣场合,而这一切都是因为有孕在身,无暇顾及,更是为胎儿健康着想。

此段文字语言通俗,主要以七言为主,杂以三字、六字句。"昏昏不醉长如醉,兀兀无忧恰似忧"对仗较为工整,叠字、否定词、比喻词等一一相对,都是用否定词表达肯定之意。"龙发不梳累月,凤钗不插经旬"也是名词、动词、时间名词一一对应。甚至连当时时兴的游乐活动,如趁猧儿、看花、藏钩等,在法师吟唱的韵文中都是分别对应的。

如此着力刻画孕期身心疲惫、痛苦是为了经文的劝孝主旨做铺垫,通过渲染母亲怀孕之苦来劝导众人思恩、报恩。这也同样表现在阐发经文讲唱而成的《父母恩重经讲经文(二)》中,如"思量十月养君多,争忍因循不报恩"句正是铺叙母亲怀担诸多辛苦感慨而发。

2. P.2418《父母恩重经讲经文(一)》

相对而言,孕期生活的辛苦在《父母恩重经讲经文(一)》得到进一步的细化与升华。此讲经文在演绎十恩德时,对怀担守护恩进行了详细、生动的描写:

> 经云:阿娘怀子,十月之中,起座(坐)不安,如擎重担;饮食不下,如长病人。

……十月怀耽(担)诸弟子,万苦千辛逐日是。起坐朝朝体似山,施为日日心如醉。凤钗鸾镜不曾捻,玉貌花容转枯悴。念佛求神即有心,看花逐乐都无意。十月怀耽(担)弟子身,如擎重担苦难论。翠眉桃脸潜消瘦,玉貌花容顿改春。云鬟不梳经累月,镜台一任有埃尘。缘贪保借(惜)怀中子,长皱双眉有泪痕。行叹恨,座(坐)悲愁,怀耽(担)十月抵千秋。心中不醉长如醉,意内无忧恰似忧。闻语笑时无意听,见歌欢处不台(抬)头。专希母子身安乐,念佛焚香百种求。

慈母自从怀妊,忧恼千般,或坐或行,如擎重担。所吃饮食,滋味都无。只忧身命片时,阿那里有心语话。

思量慈母生身日,苦恼千般难可述。泪落都缘惜此身,愁生只为忧形质。忽然是孝顺女兼男,一旦生来极峻疾。若是冤家托荫来,阿娘身命逡巡失。如此思量,一场苦事。万劫千生,酬填不易。只须受戒闻经,此外难申孝义。今日座中人,分明须总记。思量慈母养君时,万苦千辛总不辞。消瘦容颜为丑差,改张花貌作汪(尫)羸。低头不语长如病,抵颊无言恰似痴。日夜专忧分娩苦,等闲惆怅泪双垂。怀耽(担)十月事堪哀,苦恼千般不可裁。念佛求神希救护,焚香发愿乞无灾。专忧煞鬼相追捉,怕被无常一念催。①

此文与《父母恩重经讲经文(二)》结构上大体相似,先引丁本《佛说父母恩重经》经文中的怀担守护恩,继之对此经进行演绎。演绎经文两段韵文,分别从生理、心理角度吟唱孕妇孕期忧愁的原因,两段韵文之间由一段总结上文的散文衔接。第一段韵文主要从孕妇形体、外貌、饮食、举止、喜好、情绪等角度描写怀孕给妇女带来的各种变化。尤其是对孕妇无暇于妆饰的状态也做了详细描写,这些在传世文学作品中少见。《父母恩重难报经》"第一怀胎守护恩""颂"云:"体重如山岳,动止劫风灾;罗衣都不挂,妆镜惹尘埃。"②显然,《父母恩重经讲经文(一)》"起坐朝朝体似山""镜台一任有埃尘"来源于此,用山比喻孕妇身体起坐时的不便和身体沉重,夸张形象地把孕妇的负重之苦描摹出来,用镜台布满灰尘的场面来侧面描写孕激素变化致使孕妇慵懒的生活状态。前后四次吟唱"十

---

① 《敦煌变文校注》,第 971—972 页;《敦煌变文选注》(增订本),第 1456—1459 页。
② 《敦煌本〈佛说父母恩重经〉研究》,《文史》1999 年第 4 期。

月怀担",通过怀胎历时十月之久,无昼夜之分,强调孕期怀胎负重的辛苦。

当然,除了孕妇身形沉重、精神不佳等变化,孕妇孕期生理变化还表现在身体消瘦、面容憔悴、食欲不佳等方面,如"玉貌花容转枯悴""翠眉桃脸潜消瘦,玉貌花容顿改春""或坐或行,如擎重担。所吃饮食,滋味都无"等。这些描写较为细腻,语言生动形象,对仗工整,韵脚平整,八句一换韵,朗朗上口,运用比喻、夸张等修辞手法,把孕妇形体的消瘦及腹部隆起所带来的艰辛等呈现在读者或听众面前。身体消瘦是由于怀孕辛苦、饮食不当,面容憔悴表面看来是因为孕期未妆饰所致,实际也是由于孕激素的变化带来身体不适、食欲消退。

其实,孕期生理上的痛苦除了怀胎负重之累,更主要是因为妊娠早孕反应带来的诸多不适,如身体消瘦、食欲不佳、呕吐、困乏等。讲经文所表现的孕妇强烈的妊娠反应,主要为食无味、全身无力、头重眩晕等症状,如"所吃饮食,滋味都无""昏昏不醉长如醉"等。孕妇在妊娠四十天左右出现的择食、食欲不振、轻度恶心呕吐、头晕、倦怠、心中烦闷、晨起空腹状态下发生呕吐等早孕反应,西医称之妊娠剧吐,中医称为妊娠恶阻、病阻、子病、恶食、病儿等。这些称呼从不同角度体现了早孕反应的具体病症。《诸病源候论》卷四一首次称呼此病为恶阻病并描述了相关病证,尤其是反应强烈时期的病证:

> 恶阻病者,心中愦闷、头眩、四肢烦疼、懈惰不欲执作,恶闻食气,欲啖咸酸果实,多睡少起,世云"恶食"。……乃至三四月日以上,大剧者,不能自胜举也。①

心中烦闷、头晕、懒于劳作、闻食物气味作呕、喜欢吃咸酸之物、嗜睡等,这正是经文中所说"长如病人"的缘故,而讲经文多释为饮食不佳、昏沉、倦怠、心情忧伤等。《诸病源候论》卷四一称怀胎三四月后,妊娠反应显著,并解释了出现此病症的缘由:"此由妇人元本虚羸,血气不足,肾气又弱,兼当风饮冷太过。心下有痰水挟之而有娠也。经血既闭,水渍于脏,脏气不易通,故心烦愦闷气逆而呕吐也。"②从妇女孕期身体虚弱,血气、肾气不足,经血不通致使脏气不畅,郁结于心等身体状况方面来寻求妊娠反应的根源,有一定医学依据。可见,讲经文对

---

① 〔隋〕巢元方等:《诸病源候论》,人民卫生出版社影印,1955年,第221页。
② 《诸病源候论》,第221页。

妊娠反应题材的描写符合医学知识,这是中国文学首次表现妊娠题材,讲经文生动形象地描写了妊娠早孕反应的具体症状。

除了怀胎负重、妊娠孕吐等生理反应,讲经文从正面、侧面两方面浓墨重彩地渲染了孕妇心中的忧愁。用"长皱双眉有泪痕""行叹恨,坐悲愁""泪落""愁生""专忧""忧""惆怅泪双垂""苦恼千般"等语句来正面书写孕妇孕期生活的悲伤、忧愁。同时也从侧面描写孕妇的烦恼,如无心看花逐乐、无心妆饰、无意于歌欢语笑处、美味佳肴食之无味等。孕妇忧愁主要是由于担心腹中子安危,以及对分娩的恐惧。"贪保惜怀中子""专希母子身安乐",表现民众祈求孕中母子身心安康;"只忧身命片时""日夜专忧分娩苦"则流露出孕妇对分娩剧痛、命悬一线的担忧和害怕。"煞鬼""无常"分别指索命鬼、勾命鬼。"专忧煞鬼相追捉,怕被无常一念催"则反映了民众关于临产分娩如同过鬼门关,九死一生的观念。对分娩的担忧唯有寻求佛教精神寄托,"念佛求神""念佛焚香百种求""念佛求神希救护,焚香发愿乞无灾"就成了孕妇孕期热衷之事。敦煌难月文正是孕妇及其家属在分娩之前祈愿平安分娩、母子安康的真实反映。

讲经文在讲唱过程中不自觉地流露出劝孝意味。"今日座中人,分明须总记。思量慈母养君时,万苦千辛总不辞。"这显然是俗讲法师劝导听讲俗众不忘母亲怀胎之苦,不辞辛苦孝养父母。

此外,与《父母恩重经讲经文》关系密切的三组歌辞歌咏了孕妇孕期生活尤其是十月怀担的辛苦。在旁人看来,孕妇最直观的生理变化就是腹部隆起,怀胎十月之久,负重的辛苦可想而知。腹部的隆起,使得怀胎犹如身负重担,导致起坐行动的不便、浑身不安,这些都给孕妇带来了身体的疲惫和不适。这些在倡导孝道的歌辞中常有表现。如《三嘱歌》其一"十月怀担受苦辛"[①];《父母恩重赞》言及父母十种恩德,首咏"怀躯受苦难"[②];《孝顺乐》歌咏怀胎时"阿娘日夜数般灾,日夜只忧分离去,思量争不泪灌灌"[③],侧重描写孕妇对怀胎时的诸种担忧。歌辞中对怀胎之苦极度渲染的作品当推《报慈母十恩德》,第一首《第一怀担守护恩》细致入微地歌唱了孕妇宛如病人的状态,感人至深:

---

① 凡本书的歌辞引文皆以任中敏校本为底本,参校项楚匡补,以下不再说明,仅注明参校本及页码。任中敏编著:《敦煌歌辞总编》中册,何剑平、张长彬校理,凤凰出版社,2014年,第653页;项楚:《敦煌歌辞总编匡补》,巴蜀书社,2000年,第137页。
② 《敦煌歌辞总编》中册,第488页;《敦煌歌辞总编匡补》,第74—75页。
③ 《敦煌歌辞总编》中册,第492页。

>说着气不舒,慈亲身重力全无。起坐待人扶,如羔病。喘息粗,红颜渐觉焦枯。①

显然,这是释门弟子通过歌唱孕妇全身无力状态、消瘦枯槁的形貌,劝众生不忘母亲所受的十月怀胎之苦,报答母亲怀担守护恩。歌辞采用通俗语言,运用白描手法描述了孕妇浑身无力、起坐需人扶持、喘粗气、面色焦黄等症状,描绘出孕妇犹如病人的模样,侧面表现孕妇怀胎负重的辛苦。敦煌蒙书《辩才家教·十劝章第六》云:"侍奉不可辞□苦。十月怀胎起坐难,报取三年亲乳哺。"②通过妇女怀胎带来的身体笨重、行动不便来写怀胎负重的辛苦,并以此来提醒、劝导众生要不辞辛苦地侍奉双亲,以报答母亲怀担、乳哺恩德。显然,抓取十月怀胎起坐难的典型负重场景,颇具说服力。

二、胎教思想与孕妇精神压力的描写

怀孕在妇女生命中的重要性是不言而喻的,成功怀孕,在举家欢庆的同时,对于孕妇而言,则是喜忧参半。伴随着孕妇的更多的是孕期生活上的不便及怀担的艰辛、心理上的忧愁。孕妇孕期主要担忧腹中胎儿安危、胎儿是否为畸形儿及其能否平安度过分娩生死难关等,其中最大的担忧仍是母子安康。为减轻各种忧虑,难月文常描写孕期焚香祈福、祷告、布施、写经等活动。为诞下健康聪明的胎儿,孕妇在孕期已开始对胎儿实施教育,以求"贵子"。这些在敦煌文学中多有体现。

(一)《父母恩重经讲经文(二)》等所流露出的胎教思想

讲经文,尤其是《父母恩重经讲经文(二)》,除了描写身体不适带来的孕期生活各方面的变化外,也表现了孕妇孕期行为举止、梳妆打扮方面的谨慎,反映了中古时期民众的胎教思想。为平安诞下胎儿并使之日后行为举止合乎礼仪规范,孕妇孕期在行走坐立、饮食起居、目视耳听等方面都遵循一整套行动规范,这在古代称为"胎教",即通过规范母亲孕期的日常行为间接地对胎儿进行先天

---

① 《敦煌歌辞总编》中册,第 477 页;《敦煌歌辞总编匡补》,第 70—72 页。
② 郑阿财、朱凤玉:《敦煌蒙书研究》,甘肃教育出版社,2002 年,第 392 页。

性教育。胎教注重孕妇起居环境的清净、饮食合理、行为规范、心情舒适,维护孕妇身心健康发展,预防胎儿发育不良,以期培养胎儿优良的思想品格,它与养胎、护胎思想有机结合,以实现优生为主要目的。

我国胎教思想起源较早,最初是为培养天子而创设。商末周初周文王母亲太妊为中国胎教第一人,发展至魏晋南北朝时期,胎教思想逐渐深入民间,颜之推将之写入家训,使其在民间广为流传。"胎",《说文》四篇下释云"妇孕三月也";"教",《说文》三篇下云"上所施,下所效也"。[1] 作为合成词,"胎教"一词,最早见于古史官记事集《青史子》。此书早在隋代已佚,《汉书·艺文志》著录"诸子略小说家",称《青史子》"五十七篇,古史官记事也"[2]。顾实考证《青史子》已亡佚,"青史氏之记,述古胎教"。[3] 戴德《大戴礼记·保傅》引《青史氏之记》云:"古者胎教,王后腹之七月,而就宴室。太史持铜而御户左,太宰持斗而御户右。比及三月者,王后所求声音非礼乐,则太师缊瑟而称不习。所求滋味者非正味,则太宰倚斗而言曰:'不敢以待王太子。'"[4]从引文可知,胎教最初是为王太子量身定制,王后临产前的三个月是实施胎教的关键时期,所听、所食都要符合礼仪规范,以防影响腹中王太子发育。在此基础上,《列女传·母仪传》"周室三母"对胎教思想有了更加详细的解说:

> 及其有娠,目不视恶色,耳不听淫声,口不出敖言,能以胎教。溲于豕牢,而生文王。文王生而明圣,太妊教之,以一而识百。君子谓太妊为能胎教。古者妇人妊子,寝不侧,坐不边,立不跸,不食邪味,割不正不食,席不正不坐,目不视于邪色,耳不听于淫声。夜则令瞽诵诗,道正事。如此,则生子形容端正,才德必过人矣。故妊子之时,必慎所感。感于善则善,感于恶则恶。[5]

刘向对太妊大加赞许,太妊被后世尊为胎教第一人,她孕期"目不识恶色,耳不听淫声,口不出敖言",成为后世胎教践行者的示范,对后世胎教内容产生了深

---

[1] 《说文解字注》,第167、127页。
[2] 〔汉〕班固撰:《汉书》第6册,〔唐〕颜师古注,中华书局,1962年,第1744页。
[3] 〔汉〕班固撰:《汉书艺文志讲疏》,顾实讲疏,上海古籍出版社,1987年,第162页。
[4] 〔清〕王聘珍:《大戴礼记解诂》,王文锦点校,中华书局,1983年,第59—60页。
[5] 〔清〕王照圆撰:《列女传补注》,虞思征点校,华东师范大学出版社,2012年,第14—15页。

远的影响。由此之后,孕妇寝坐立行、视听见闻都有讲究,都需要符合儒家礼仪规范,这样做的目的是为了孩子"形容端正",才德过人。此处把文王贤能和成就归功于母亲太妊胎教之上,说明胎教对孩童日后发展具有举足轻重的意义。刘向强调外在环境对胎儿的影响,孕妇所感知的一切都会对胎儿形成相应的影响。为了实现优生的愿望,孕妇孕期要做到"慎所感"。

同样是重视外在环境对胎儿的影响,汉代大儒贾谊《新书·胎教》篇指出万物须"慎始",提出"正礼胎教",用礼教规范胎教,并以周妃作为孕妇行为规范的典范:

> 周妃后妊成王于身,立而不跛,坐而不差,独处不倨,虽怒不骂,胎教之谓也。①

在贾谊看来,有孕在身,孕妇坐、立所为及情绪等都需要符合礼教规范,受如此胎教熏陶的胎儿日后言行举止才能合乎礼仪规范。不仅宫廷贵族实施胎教,《韩诗外传》卷九记载了孟母仉氏怀胎时也进行胎教,"席不正不坐,割不正不食"②。这也是以儒家礼教标准实施胎教。《论衡·命义第六》引《大戴礼记》胎教内容,以此声明胎教对胎儿日后行为的直接影响:"贤不肖在此时矣。受气时,母不谨慎,心妄虑邪,则子长大,狂悖不善,形体丑恶。"③"此时"指子在母体时,可见孕期对胎儿成人之后的发展具有关键性的决定作用。正是因为胎教在胎儿成长过程中的重要性与导向性,所以自商末周初开始,历代都比较重视胎儿胎教问题。

可以说,汉代胎教观念是儒家礼教意识的集中体现,《大戴礼记》《列女传》《新书》等虽然都是记载周初胎教之事,但都出自汉人之手,是汉代士大夫所推崇的儒家伦理道德观念的反映。顾颉刚推断胎教"恐出于汉人想象,因周代之教育学说无如是之精微完密也"④。从汉代胎教内容来看,要求孕妇非礼勿言、勿听、勿视、勿行,口诵诗书,观听礼乐等,显然源自儒家典籍《论语》。胎教显然

---

① 〔汉〕贾谊撰:《新书校注》,阎振益、钟夏校注,中华书局,2000年,第391页。
② 《韩诗外传》,《丛书集成初编》本,据畿辅丛书本排印,商务印书馆,1939年,第113页。
③ 〔汉〕王充撰:《论衡校释》,黄晖校释,中华书局,1990年,第54—55页。
④ 顾颉刚:《顾颉刚读书笔记·郊居杂记》卷三,中华书局,2011年,第158页。

是在承认先天人性善的前提下,把后天教化训育新生儿的过程提前至怀胎之时。①

汉代胎教思想奠定了以儒家礼教道德伦理观念约束孕妇言行举止的规范,后世胎教内容基本都沿袭汉代胎教思想。《博物志》卷十沿袭了刘向胎教思想,其云:

> 妇人妊娠,不欲令见丑恶物、异类鸟兽。食当避其异常味,不欲令见熊羆虎豹。御及鸟射射雉,……席不正不坐,割不正不食,听诵诗书讽咏之音,不听淫声,不视邪色。以此产子,必贤明端正寿考。所谓父母胎教之法。②

这也是"慎所感"思想的延续,孕妇孕期避免看见凶猛、丑陋的野兽,不食异味,其所视、所食、所听都符合儒家礼仪规范,这正是父母为了优生实施的胎教之法。

《颜氏家教·教子》篇承袭了《大戴礼记》所载《青史氏之记》文王胎教之说③,孕妇行为举止的胎教范围都以符合礼仪为标准。元李鹏飞《三元延寿参赞书》卷一"妊娠所忌"引南齐胎教专著《太公胎教》也是延续了汉代胎教思想:"毋常居静室,多听美言,讲论诗书,陈说礼乐,不听恶言,不视恶事,不起邪念。"④此思想在诵讲论诗书、礼乐等讲求礼仪规范的汉代胎教思想的基础上,注重养胎的安静环境。这与刘向"感于善则善,感于恶则恶"胎教思想有关。因为外在环境的变化影响着孕妇,引起母体的主观喜怒哀惧等情绪,间接作用于胎儿,对胎儿的发育造成或多或少的影响。从这方面说,此说法具有一定的科学依据,所以孕妇应该处于良好的生活环境中。

怀孕期间多听美言、多观美物的想法在《博物志》卷十有所表现,称孕期不见丑恶物、异类鸟兽,避异常味等,显然是继承了刘向"感于善则善,恶则恶矣"胎教思想。⑤由于胎教与生育的密切关系,随着中医学体系在南北朝至隋朝的

---

① 朱慈恩:《论传统中国胎教观念的近代嬗变》,《史志学刊》2015年第3期。
② 〔晋〕张华撰:《博物志校证》,范宁校证,中华书局,1980年,第109页。
③ 王利器撰:《颜氏家训集解》(增补本),中华书局,1993年,第8页。
④ 〔元〕李鹏飞编:《三元延寿参赞书》,上海古籍出版社,1990年,第14页。
⑤ 《博物志校证》,第109页。

形成,胎教逐渐见载于隋唐医籍,并且常与养胎、护胎结合在一起。刘向"感于善则善,感于恶则恶"胎教思想在医学领域被发展成外象内感理论,徐之才《逐月养胎法》记载了根据胎儿逐月发育情况保证胎儿食物营养的养胎方法,并提出了外象内感理论。此书已亡佚,孙思邈《备急千金要方·妇人方上》引之:

> 妊娠三月名始胞,当此之时,未有定象,见物而化。……欲子美好,数视璧玉,欲子贤良,端坐清虚,是谓外象而内感者也。①

怀孕前三月胎儿"未有定象",这也是"见物而化"的前提和基础,所以孕前期的胎教显得尤为关键。巢元方在徐之才"外象内感"理论的基础上,进一步进行拓展,《诸病源候论》卷四一阐释为"外象而变者":

> 妊娠三月始胎,当此之时,血不流,形像始化,未有定仪,见物而变。欲令见贵盛公主、好人,端正庄严;不欲令见伛偻侏儒、丑恶形人,及猿猴之类。……欲令子贤良盛德,则端心正坐,清虚和一,坐无邪席,立无偏倚,行无邪径,目无邪视,耳无邪听,口无邪言,心无邪念,无妄喜怒,无得思虑,食无刾商,无邪卧,无横足,思欲果瓜,啖味酸菹。好芬芳,恶见秽臭,是谓外象而变者也。②

此观点最早见于1973年长沙马王堆三号墓出土的战国时期的帛书《胎产书》,《胎产书》有关胎儿的发育、孕期饮食、产后护理等观念一直影响了后代的医书。③ 从以上内容可知,想要胎儿同时拥有美好端正、多智有力、贤良盛德等品德,孕妇应该多看美好事物、多食有益胎儿身心发展的食物,而且孕妇坐、立、行、视、听、言、思都需要合乎礼仪规范,维持平和情绪。显然,外象内感理论仍然是以胎儿可塑性强为基础,认为外在环境通过刺激母体作用于胎儿,引起胎儿生理发育、后天才能的相应变化。

《备急千金要方·妇人方上》却把医家外象内感胎教理论和文王胎教联系

---

① 〔唐〕孙思邈:《备急千金要方》,人民卫生出版社影印,1955年,第21页。
② 《诸病源候论》,第220页。
③ 马继兴:《马王堆古医书考释》,湖南科学技术出版社,1992年,第786页。

起来:

> 论曰:旧说凡受胎三月,逐物变化,禀质未定,故妊娠三月,……欲得见贤人君子、盛德大师,……焚烧名香,口诵诗书,古今箴诫。居处简静,割不正不食,席不正不坐。弹琴瑟,调心神,和情性,节嗜欲,庶事清净,生子皆良,长寿忠孝,仁义聪惠,无疾。斯盖文王胎教者也。①

显然,外象内感学说、文王胎教在用礼仪规范来约束孕妇孕期生活,强调外在环境对胎儿的影响等方面趋同,其实施前提都是孕前期。在历代胎教思想的基础上,孙思邈强调心绪的调节、欲望的节制、居住环境清静等,胎儿品德、健康长寿等均与母亲孕期的行为节制有关。

这些胎教思想尤其是"居处简静""耳不听淫声"等观念在讲经文中通过文学语言形象生动地表现出来。尽管讲经文中所反映的孕妇孕期言谈举止并非都严格遵循儒家礼仪规范,但是《父母恩重经讲经文(一)》《父母恩重经讲经文(二)》对孕期所听的音乐、行动举止等描写是秉承并符合胎教思想的。如"闻语笑时无意听,见歌欢处不台头""悦耳管弦成逆耳""纵然家内延宾,实是懒陪欢笑"所表现的孕妇显然是一种因为强烈妊娠反应带来的慵懒、情绪低迷的状态。孕妇无意于充满笑语欢歌、管弦之乐的宾客亲友间的欢聚等场合,除了妊娠反应带来的身体不适需要安静休息之外,也是孕妇自觉地实施胎教,寻求清静的养胎环境的表现。"常居静室""端坐清虚""端心正坐,清虚和一"等胎教思想正是强调安静环境对胎教的重要性。现代科学研究证明,胎儿脑神经在孕七月时已经发育得相对发达,胎儿已经具有无意识记忆,清静的良好环境有利于孕妇休息、胎儿更好地发育,避免外在不良因素的影响。

高度噪音或者是混乱的环境不利于孕妇保持愉悦的心情、平和的情绪,容易引起孕妇烦躁等负面情绪,给胎儿带来不良影响。中医认为人的精神情志活动与五脏有密切的联系。喜怒无常、忧思过度、惊恐等情绪会造成脏腑失调,气机紊乱,不利于孕妇的身体健康,影响胎儿的正常发育。《黄帝内经·素问·奇病论》明确指出"胎病"是子在"母腹中时,其母有所大惊,气上而不下,精气并

---

① 《备急千金要方》,第20页。

居,故令子发为癫疾也"①。现代医学证明,孕妇出现焦虑、情绪不稳定、紧张、暴怒等不良情绪,会增加妊娠剧吐、妊娠高血压综合征、流产、早产、难产等发生的概率,影响胎儿心脏、嘴唇、腭部等发育,甚至对胎儿情感、心理、性格的发展也会产生影响。现代医学称之为情绪胎教,因为孕妇情绪对胎儿的影响较大,情绪胎教颇为现代产科重视。显然,孕妇处于混乱、嘈杂的宾客筵席环境、笑语欢歌等场合中,必然会受到现场气氛的影响,引起孕妇情绪波动,这与胎要求孕妇"无妄喜怒""调心神,和情性"等思想不符合。宾客满座、看花、藏钩游乐等热闹、喧嚣的场合也是孕妇不宜参加出席的场合。

讲经文所述之"看花逐乐都无意""不逐小姑花下去,懒陪伯母趁猧儿。几度亲情命看花,数遍藏钩夜欢笑"等也有一定的现实意义。为考虑胎儿的安全,避免意外事件的发生,孕妇在孕期,应该尽量避免参与像趁猧儿、逐小姑等这样动作剧烈的追赶、嬉戏等游乐活动。现代医学证明,孕期尤其是孕前期三个月、后期三个月由于胎儿着床不稳及即将临盆,严禁进行运动量较大的剧烈运动,如跳跃、快跑、跳远等,以免发生流产、早产等意外事件,甚至整个孕期都应避免剧烈运动。西晋月支国竺法护译《佛说胞胎经》"在风过差,儿则不安,或多行来驰走有所度越,或上树木,儿则不安"②。可见,孕妇举止行为等常令胎儿不安。所以,孕妇孕期慎行不仅只是实施胎教,更是出于对胎儿安全、健康考虑。此外,也可能与孕妇本身因为孕期身重劳累,无心、无力参加此类活动,只想静养有关。

(二)《父母恩重经讲经文(一)》等所表现的孕妇精神压力

妊娠期间,孕妇在心理状态方面的变化,主要表现在忧愁情绪伴随整个孕期,内心不安,愁眉叹气,乃至以泪洗面的地步。讲经文与歌辞中多处描写孕妇忧愁的心理状态:如《父母恩重经讲经文(二)》"行亦愁,坐亦愁""兀兀无忧恰似忧""昼夜身心不安""拓颊终朝复皱眉";《父母恩重经讲经文(一)》"缘贪保惜怀中子,长皱双眉有泪痕。行叹恨,坐悲愁""意内无忧恰似忧""忧恼千般""只忧身命片时""泪落都缘惜此身,愁生只为忧形质""日夜专忧分娩苦,等闲惆怅泪

---

① 周鸿飞、范涛点校:《黄帝内经素问》,河南科学技术出版社,2017年,第88页。
② [日]高楠顺次郎主编:《大正新修大藏经》(后简称《大正藏》)第11册,佛陀教育基金会,1990年,第889页。

双垂""专忧煞鬼相追捉,怕被无常一念催"等。这些是从孕妇行走坐立状态、昼夜时间等不同角度描写孕妇皱眉、落泪等悲伤忧愁模样,乃至达到坐卧不安的状态,并揭示了此般忧伤的原因是对腹中子安危的担心及对分娩时生命无常的恐惧。妊娠期孕妇忧愁既有孕初期生理激素变化带来的情绪低落,也有对分娩疼痛和生命无常的恐惧,更多的是为孕期胎儿平安着想,如《父母恩重经讲经文(一)》"缘贪保惜怀中子",置自己身死于度外,只求保求胎儿平安。《父母恩重经讲经文(二)》"直须分娩蒙平善,慈母心安始彻头"。怀孕期间,大量闲暇时间让孕妇开始担忧胎儿发育是否健康,担心胎死腹中及能否平安分娩等。讲经文把孕妇的复杂心理传神地表达出来。

"专忧煞鬼相追捉,怕被无常一念催。"无常本源于佛教,指世间一切事物不能常住,处于生死迁流之中①,后衍生出死亡之义,此处"无常"是指上文中的"无煞鬼"扑杀导致的死亡,流露出世间生命无常的意味。另外,敦煌文学常以无常表示死亡之意。如王梵志诗 P.3418《有生必有死》:"生带无常苦,长命何须喜。"②《普劝四众依教修行》套曲常以"无常"来劝导众生修行,如"蹉跎不觉无常到""谁免无常暗侵耗""终是无常归坏灭""无常一件大家知""波咤总在无常后""一例无常归大地"等。③"波咤"乃"波波咤咤"略称,指唇不得动舌动或唇动舌不得动之类的地狱。④"波咤总在无常后"指死后下地狱之意,"无常"正是死亡之意。

从无常在敦煌文学中常表现的含义及讲经文对孕妇悲伤焦虑原因的描写,孕妇忧愁的缘由在于担忧孕期母子命悬一线。在当时医疗技术水准不发达的情况下,妇女怀孕、分娩确实令人担忧。孕期死亡的事件在历史上时有发生,这在唐代墓志铭中多有记载。如唐建中年间《郝氏女墓志铭并序》言及墓主郝闰"怀孕八月而遘疾,弥留。以建中四年八月七日终于河阳县花林里之私第,享年一十九"⑤。开成年间《唐故崔夫人墓志》叙述崔夫人孕而不育之事:"开成二年冬,方娠有期,孕而不育,十二月乙卯,殁于洛阳利仁之里第,春秋廿四。"⑥能载

---

① 〔唐〕王梵志:《王梵志诗校注》(增订本),项楚校注,上海古籍出版社,2010年,第214页注3。
② 《王梵志诗校注》(增订本),第496页。
③ 《敦煌歌辞总编》下册,第1017、1021、1024、1034、1046、1055页。
④ 《敦煌歌辞总编》中册,第695页注612。
⑤ 周绍良、赵超主编:《唐代墓志汇编续集》,上海古籍出版社,2001年,第728页。
⑥ 周绍良主编:《唐代墓志汇编》下册,上海古籍出版社,1992年,第2176页。

入墓志铭因孕而亡的孕产妇,多是唐代有身份地位人氏的妻女等,地位非同一般。《论唐代妇女生育的影响因素》指出,上层妇女体质较弱,在身体尚未全面恢复之时,急于孕育下一胎,使上层妇女因为怀孕死亡的概率高于底层妇女。① 我们觉得此观点值得商榷,社会上层妇女在物质、医疗条件、休息、身心调节等方面都优于社会下层妇女,给予她们的孕期护理与照顾,必然也是无微不至,细致周到。这些优势显然是孕期仍在劳作的社会下层妇女未能企及的。只是平民妇女因孕而亡的事件未见文献记载而已。可想而知,未被文献记载的孕期丧命的平民妇女,死亡数量应不在上层妇女之下。

平民孕妇在面对孕期诸多灾难及恐惧时无能为力,唯有以泪洗面,忧愁不已。《孝顺乐》第二首曲子歌唱了孕妇孕期因忧愁致泪涟涟的状态:"起初第一是怀胎,阿娘日夜数般灾。日夜只忧分离去,思量争不泪潅潅。"② 对生命的渴求及对死亡的恐惧,使得孕妇孕期充满不安。孕妇生理上的不适及对分娩时刻生死存亡的担忧所导致的烦闷心情,在佛经中也有表现。如《大乘本生心地观经》卷二"报恩品"描述了孕妇孕期内心的烦恼与不安:"世间悲母念子无比,恩及未形,始自受胎终于十月,行住坐卧受诸苦恼非口所宣,虽得欲乐饮食衣服而不生爱,忧念之心恒无休息,但自思惟将欲生产,渐受诸苦昼夜愁恼。"③ 此经为宣扬母恩,侧重描述了母亲的孕期状态:不仅行住坐卧不便带来了苦恼,而且也需要回避娱乐、妆饰等喜爱之事。忧愁之心未曾歇息,尤其临盆将近,更是寝食难安。这与讲经文所表现的孕妇孕期生活状况大致吻合。怀孕期间艰辛,加之生产时性命攸关,更加重了孕妇精神上的压力。

面对孕期的精神压力和无助,为了排遣心中担忧、烦闷、焦虑等负面情绪,孕妇将母子平安的希望寄托于神明,祈求神灵护佑。《父母恩重经讲经文(二)》多处提到念佛求神祷告以求"母子身安乐"的安胎拜佛习俗。如"专希母子身安乐,念佛焚香百种求""念佛求神希救护,焚香发愿乞无灾"。孕中求神护佑是孕产过程中继求子拜佛之后的跪拜与乞愿,因为孕妇行动不便,多以焚香、念佛、发愿等易于操作的形式举行。

当然,母子平安是孕妇及其家人心中最大的愿望,常见于难月文中。在此

---

① 任海燕:《论唐代妇女生育的影响因素》,《首都师范大学学报》(社会科学版)2009年增刊。
② 《敦煌歌辞总编》中册,第492页。
③ 《大正藏》第3册,第297页。

基础上,渴望能诞下模样端正、聪慧伶俐的孩子也是全天下父母的普遍心声,这是胎教实施的根本出发点。敦煌文献中保存的民间秘方 P.2666v 载:"妇人妊娠,经三日觉,即向南方礼三拜,令子端正,具之裳,吉。"①向南方礼拜三次,就能达到胎儿样貌端正的效果。显然,这是带有巫术意味的方术,无科学依据可言,但是却蕴含着民众心中理想子嗣的真实想法,流露出民众对貌美聪慧胎儿的美好追求。若联系南郊祭祀天神等文化背景来看,妇女南方礼拜无疑散发出禖神祭祀信仰。根据五行观念,南方属阳,是极阳之地,乞求南方神灵护佑胎儿,妇女祈愿目的很可能也蕴含了乞求胎儿为男嗣之意。

尽管跪拜神灵,焚香念佛有乞求男嗣,胎儿样貌端正、才艺超群等美好祝愿,但最基本和关键的目的仍是祈求孕中无灾,母子平安。如愿文 S.1924、P.3332、P.2855《回向发愿》云"怀胎母子,早愿平安"②;S.6229《赞写经功德》"以此写经功德,并将回施。……怀胎母子,贤圣愆威"③,通过写经来护佑孕期母子平安。拜佛护胎习俗表现得尤为明显的时期是在临盆难月之际,在母子二人生命攸关时,全家为帮助产妇母子渡过分娩劫难竭尽全力敬佛。可以说,临盆分娩是整个孕期中孕妇,乃至家人,心理压力最大的时期,难月文真实地描绘了孕妇及其家人的心理状态。

为了实现孕期母子平安的愿望,减缓妊娠期间的不适与忧愁,孕妇通过求神拜佛来寻求心理慰藉,平复情绪,以便养胎。同时,孕妇在言谈举止方面也较为慎重,遵守一系列孕期禁忌,这是胎教养胎所需。总之,敦煌讲经文是中国文学史上首次正面描写孕妇孕期身心承受的艰辛和痛苦的作品,对歌谣、宝卷等后世俗文学孕期题材的书写产生了深远的影响。

第二节　胎儿发育与孕期禁忌题材

经过对《父母恩重经讲经文(一)》等作品所表现的怀担守护恩的分析,我们大致可以看出孕妇本人在行动、居处等方面需要特别注意,着重表现为孕妇在

---

① 上海古籍出版社、法国国家图书馆等编:《法国国家图书馆藏敦煌西域文献》第17册,上海古籍出版社,2001年,第146页。
② 黄征、吴伟校注:《敦煌愿文集》,岳麓书社,1995年,第359页。
③ 张锡厚主编:《全敦煌诗》第15册,作家出版社,2006年,第6804页。

怀孕期间所承担的身体负重之苦和精神压力。除行为举止方面需要遵守一系列禁忌外，为了胎儿身体发育的需要，孕妇要注意饮食宜忌，这些禁忌限制了孕妇平日的饮食自由，这也是怀孕之苦的表现，是生苦在母亲身上的体现。

佛教中的八苦之一生苦，其实是指胎儿脱离母体出生时所遭受的痛苦，我们所探讨的怀孕分娩之苦可理解为生者与被生者之苦。怀孕对于母亲来说，要承受身心之苦；对于腹中胎儿而言，也是被动地接受母体给予的一切。《庐山远公话》在相公讲述生苦时，从胎儿角度描述胎儿发育及其在母体中所承受之苦，这是传世文学罕见描写的题材，描写得较为细腻入微，令读者感同身受。

锺佩媛梳理了中医典籍所记载的孕妇饮食禁忌，分析饮食禁忌的成因，并探讨了妊娠期间其他禁忌，如行为、心情、居处等，构成了较为全面的妊娠禁忌的研究，高嘉琪对妊娠饮食禁忌也有涉及。[①] 尽管对妊娠禁忌的探讨较为详细、系统，但是并未能把饮食禁忌与胎儿发育等情况联系起来。本节从《庐山远公话》所描述的胎儿发育情况及其感受入手，对胎儿发育过程中，孕妇在孕期饮食宜忌、家人在孕妇妊娠期间遵守的禁忌及孕期意外事件的发生，如胎死腹中等问题进行一番探讨。

一、《庐山远公话》所描写的胎儿发育情形

敦煌文学涉及胎儿发育情况的作品主要有《庐山远公话》。"远公"，写卷亦作"惠远"，即东晋名僧慧远的尊称，南朝梁慧皎《高僧传》卷六有传。[②] 话本讲述惠远出家，修行，弘法，被劫持，沦为家奴，至福光寺与道安论义，身份得明，重返庐山，修持皈依等事，颇具传奇色彩。在远公沦为相国家奴期间曾随相公听经，相公为夫人及全家大小讲述八苦，其中生苦从胎儿角度对世间胎儿禀气成形的发育状态及其在母胎所受之苦进行了生动的描写：

> 生苦者，生身托母荫在胎中，临月之间，犹如苏酪。九十日内，然可成形，男在阿娘左边，女在阿娘右胁贴着，俯（附）近心肝，禀气成形，乃受诸

[①] 《传统孕产民俗及文学作品之研究》，第27—89页；《生育、养育、教育——唐代育儿文化研究》，第36—40页。
[②] 〔南朝梁〕释慧皎撰：《高僧传》，汤用彤校注，汤一玄整理，中华书局，1992年，第212—222页。

苦。贤愚一等,贵贱亦同。慈母之恩,应无两种。母吃热饭,不异镬汤煮身;母吃冷物,恰如寒冰地狱。母若食饱,由(犹)如夹石之中;母若饥时,生受倒悬之苦。①

"苏酪"即"酥酪",喻指受精初期的胚胎。话本把胚胎的形状、胎儿的形成、母亲饮食对胎儿的影响形象地表现出来。文学首次将胎儿在母胎中具体的位置及其感受栩栩如生地描摹出来,充分发挥了创作者的想象力,创作者把腹中子对母体饮食冷热、饥饱程度的敏感,描写得感同身受,较为形象。受佛经譬喻文学的影响,话本多处运用比喻修辞:用比喻手法把怀孕初期胚胎的发育状态,如形状、大小、质地等情况恰如其分地描摹出来;用镬汤的滚烫、寒冰地狱的冰冷、夹石堆压、倒悬之苦把母亲吃热食、冷食,吃饱或空腹饿肚时胎儿的切身感受形象地表现出来。这些比喻修辞的运用明显是受到佛经譬喻文学的影响。

话本称崔相公所讲"八苦相煎"源自《涅槃经》,即《大般涅槃经》。实际上,崔相公所讲的生苦杂糅了多部佛经,尤其是东晋失译《佛说五王经》有关胚胎发育、胎儿在母体所受的煎熬等内容。《佛说五王经》所载生苦:

> 至三七日父母和合,便来受胎。一七日如薄酪,二七日如稠酪,三七日如凝苏,四七日如肉脔,五胞成就,巧风入腹,吹其身体,六情开张。在母腹中,生脏之下,熟脏之上。母啖一杯热食,灌其身体,如入镬汤。母饮一杯冷水,亦如寒水切体。母饱之时,迫迮身体,痛不可言。母饥之时,腹中了了,亦如倒悬,受苦无量。至其满月,欲生之时,头向产门,剧如两石挟山。欲生之时,母危父怖,生堕草上,身体细软,草触其身,如履刀剑,忽然失声大哭。此是苦不?诸人咸言:此是大苦。②

这是佛为众弟子讲述人生八苦生苦的内容,相公为相国夫人讲述八苦结构模式或取自于此。《佛说五王经》所谓生苦是指被生者在母胎、分娩过程中所承受之苦,出生堕草时的肌肤之痛。佛经从胎儿的角度描写了其在母体中因为母亲吃

---

① 黄征等本作"女在阿娘右胁,贴著俯近心肝",此据项楚校本改。见《敦煌变文校注》,第259页;《敦煌变文选注》(增订本),第1852页。参校中国社会科学院历史研究所等编:《英藏敦煌文献(汉文佛经以外部分)》第3册,四川人民出版社,1992年,第269页。

② 《大正藏》第14册,第796页。

冷热食物、饮食过饱或饥肠辘辘给胎儿带来的热冷、饥饱之苦。此佛经惯用譬喻手法,如运用其描述第一周至第四周每周胚胎发育情况、母亲吃热冷食或饥饱时胎儿的情况,并擅长用精确数字表示相关日期、事物等,如"三七日""一七日""二七日""三七日""四七日""五疱""六情",用精确的数字描述怀胎第一月每周胚胎发育形状,以七日为单位记录胚胎发育情况。显然,话本生苦题材内容主要取材于《佛说五王经》生苦的相关描写。

除了《佛说五王经》,话本中所描写的胎儿形状及在母胎所受之苦,还见载于其他佛经。《佛说父母恩重难报经》在描写六月之前的胚胎发育情况方面与《佛说五王经》多有相似,尤其是怀胎二、三、五、六月胚胎的发育情况:母亲怀胎第二月时,"恰如凝酥",怀胎三月"犹如凝血",怀胎五月"生有五胞",怀胎六月"六精齐开"。①《佛说胞胎经》将胎儿视为苏酪,并且描述了因胎儿皮肤敏感,母亲饮食多少、油腻、冷热等对胎儿的影响:"假使母多食,其儿不安,食太少,其儿不安。食多腻,其儿不安,食无腻,其儿不安。大热大冷,欲得利不利,甜醋粗细,其食如是,或多少而不调匀,儿则不安。"②此经关于母亲饮食情况给胎儿带来的感受的描写,都是以"不安"概括,显得笼统、含糊。在此基础上,《佛说五王经》的相关描写显得细腻、生动、形象。此外,《庐山远公话》形容胚胎形状"犹如苏酪",释慧琳《一切经音义·对法论音义》"羯罗蓝"下注云:父母合和,"如蜜如酪,泯然成一,于受生七日中,凝滑如酪上凝膏渐结,有肥滑也"③,用"凝滑如酪上凝膏"描述受孕七日的胚胎形状。显然,《庐山远公话》在创作时,受到了以上佛经的影响,所以话本所描写临月胚胎"犹如苏酪"的胎儿发育形状及其在母体所受之苦蕴含着佛教的胎儿发育观念。

尽管话本关于受精胚胎形状及胎儿在母体中感受的题材受到了佛教的影响,但是胎儿在母体中的位置却恰好体现中原文化男左女右的传统观念。《庐山远公话》描述胎儿在母体中的位置为男左女右,与佛经记载恰恰相反。《佛说胞胎经》:"假若有男,即趋母右胁累跌坐,两手掌着面背外,面向其母。……假使是女,在母腹左胁累跌坐,手掌博面。"④玄奘译《阿毗达磨藏显宗论》卷一三:"若男处胎,依母右胁,向背蹲坐。若女处胎,依母左胁,向腹而住,女男惯习左

---

① 张涌泉:《敦煌本〈佛说父母恩重经〉研究》,《文史》1999年第4期。
② 《大正藏》第11册,第889页。
③ 〔唐〕释慧琳撰:《一切经音义》正编第3册,大通书局,1985年,第1018页。
④ 《大正藏》第11册,第889页。

右事故,宿自分别力使然故。"①联系《太子成道经》《八相变》等佛教变文载释迦真身从摩耶夫人右胁诞出,可见,男右女左的方向位置是佛经中较为普遍的说法。可以说,《庐山远公话》所载男女性胎儿在母体的左右位置可能受中原文化的影响。

　　这与自先秦以来中原文化男左女右思维观念相吻合。在传统观念中,左、右不仅是二元对立的分类概念,具有方位的含义,也分别象征着吉凶、阴阳、男女、东西,乃至尊卑等文化意涵。其中,男左女右成为古代社会重要的规则,影响着人们社会生活的许多方面。特别是社会礼仪方面,人们严格遵循男左女右规范行事,如男女在见面礼、吉庆仪式上的行礼方式。《礼记·内则》记载了古代生子之俗严格按照男左女右的模式悬挂男女性别象征物:"生男子设弧于门左,女子设帨于门右。"②同卷记载了男女不同的作揖行礼方式:"凡男拜,尚左手";"凡女拜,尚右手。"句末郑注分别云:"左,阳";"右,阴。"③可见,阴阳观念与男女两性、左右方位三方面就此联系在一起。不仅如此,《礼记·内则》甚至记载夫妻死后合葬,下棺时,也是按照男左女右的方位设置墓葬格局。西周中期至春秋初年的山西晋侯夫妇墓、河南浚县卫侯墓地、山西侯马浍河北岸周代墓在墓位安排上确实存在男左女右的布局。④《墨子·号令》记载女子随军,命令行者"男子行左,女子行右,无并行,皆就其守,不从令者斩"⑤。军令要求男女行路也要遵循男左女右的规定。可以说,男左女右思维是古代处理男女两性相关问题上的普遍原则,影响深远。当然,这种观念的形成与男阳女阴的哲学观念、男尊女卑的社会地位等现实问题息息相关。

　　不仅如此,中医看诊把脉也是遵行男左女右的规则来诊断脉象,即男取左手脉象,女取右手脉象,上文已引的中医典籍有所反映。胎儿成形时间、男女胎在母胎位置上有别等在医书中都能找到相关记载。话本描写母亲饮食需保持适中状态,饥饱适中、食物热冷适中,稍有偏差,腹中子就会受尽各种折磨,此即胎儿在母体孕育时所承受之苦。这实际是根源于创作者产科医学知识背景。

---

① 《大正藏》第29册,第838页。
② 〔汉〕郑玄注:《礼记》,〔唐〕孔颖达疏,〔清〕阮元校刻《十三经注疏》本,中华书局,1980年,第1469页。
③ 《礼记》,《十三经注疏》本,第1471页。
④ 刘洁:《周代的夫妻合葬墓》,《青岛大学师范学院学报》2009年第2期。
⑤ 吴毓江撰:《墨子校注》,孙启治点校,中华书局,1993年,第916页。

显然,《庐山远公话》是佛教思想和中原文化相互交融的产物。话本关于胎儿发育题材的描写在受到了佛经影响的同时,也受到了传统文化的影响,如"禀气成形""九十日内,然可成形"等说法。

禀气成形的说法,早已有之。古人认为万物都感于气而生,人也在其列。《庄子·外篇·天运》称白鹢、虫类等生物可持风气而生。①《列子·天瑞》言人也可因感而孕:"思士不妻而感,思女不夫而孕。"②这正是许多感生神话产生的民众心理基础和思想背景。《素问·宝命全形论》认为人是天地之气交感而成:"夫人生于地,悬命于天,天地合气,命之曰人。"③《论衡·命义第六》中也记载:"人禀气而生,含气而长。"④在王充看来,人所禀承之气是与宇宙天体之气一脉相承的,具有朴素唯物主义色彩。

《庐山远公话》以生动的语言描写了胎儿的成长发育这一医学问题,其中"九十日内,然可成形"说法与古医书的记载相吻合,具有医学依据。"九十日内,然可成形"是指受精胚胎经过三个月,可发育成人形,称为胎儿。《说文》卷四释"胎"云:"妇孕三月也。"⑤孕妇怀孕三个月成胎的说法与 1973 年出土于长沙马王堆 3 号墓战国时期帛书《胎产书》及受其影响的后世诸医书"未有定仪"等观点一脉相承。如《逐月养胎方》、《诸病源候论》卷四一"妊娠候"、《医心方》卷二二"妊妇脉图月禁法第一"所引《产经》等记载妊娠三月之前的胎儿"未有定象""未有定仪"等。正是因为孕初三个月胚胎发育成胎儿,即使已经初具人形,但是仍未定型,可塑性较大。

作为迄今为止最早的妇产科专著,战国时期帛书《胎产书》已经详细记载了胎儿在母体十月(第十月缺损)间每月的发育成长情况:

> 一月名曰流刑,食饮必精,酸羹必熟,毋食辛腥,是谓哉贞。二月始膏,毋食辛臊,居处必静,男子勿劳,百节皆病,是谓始藏。三月始脂,果隋肖效。当是之时,未有定仪,见物而化。是故君公大人,毋使侏儒,不观沐猴,不食葱姜,不食兔羹。□欲生男,置弧矢,□雄雉,乘牡马,观牡虎。欲生

---

① 〔清〕郭庆藩撰:《庄子集释》,王孝鱼点校,中华书局,1961 年,第 532 页。
② 杨伯峻集释:《列子集释》,中华书局,1979 年,第 16 页。
③ 《黄帝内经素问》,第 48 页。
④ 《论衡校释》,第 48 页。
⑤ 《说文解字注》,第 167 页。

女,佩簪珥,绅珠子。是谓内象成子。四月而水授之,乃始成血。其食稻、麦,鳝鱼、□□,以清血而明目。五月而火授之,乃始成气。晏起□沐,厚衣居堂,朝吸天光,避寒殃,其食稻、麦,其羹牛、羊,和以茱萸,毋食□,以养气。六月而金授之,乃始成筋。劳□□□,出游于野,数观走犬马,必食□□也,未□□□,是谓变腠□筋,□□□□。七月而木授之,乃始成骨。居燥处,毋使定止,□□□□□□,饮食避寒,□□□□□□□□美齿。八月而土授之,乃始成肤革,□□□□□□□□,是谓密腠理。九月而石授之,乃始成毫毛,□□□□□□□□□□□□□□□□□□□□□□伺之。十月气陈□□,以为(后缺)。①

帛书记载了胎儿从一月至九月逐月发育情况及孕妇饮食、居处等宜忌。三月成形,四月禀水气成血,五月禀火气成气,六月禀金气成筋,七月禀木气成骨,八月禀土气成肤革,九月禀石气成毫毛,在此基础上,逐步发展成胎儿相对应的身体本元及器官。其中,第四月至第八月的五个月的发育情况,分别对应了五行水、火、金、木、土,胎儿身体发育受到了五行学说的影响,可见,自战国时期开始,胎儿发育与阴阳五行学说已经结合运用了。

《胎产书》不仅记载了胎儿逐月发育情况,而且蕴含着逐月养胎思想、孕妇饮食宜忌问题,其"未有定仪,见物而化"观念影响深远。此帛书认为胎儿在三个月时发育成形,方可辨别胎儿性别。在胎儿尚未成形期间,通过规范孕妇衣、食、住、行(活动)等实施胎教,这些胎教思想和养胎内容融为一体,尤其是孕妇饮食方面。《胎产书》"内象成子"是以经常接触男、女象征物来影响孕妇腹中尚未定性胎儿的性别,此方流露出浓厚的交感巫术中接触律或相似律的痕迹。"弧矢"为男子常用之物,"雄雉""牡马""牡虎"与男子同为雄性,也多成为男嗣的象征之物。"簪珥""珠子"为女子妆饰佩戴的饰物,也就成了女子的象征物。这逐渐发展演变成《逐月养胎方》《诸病源候论》医籍中的"外象内感""外象而变者"等胎教思想。

《胎产书》针对胎儿每月发育情况,在饮食、休息、运动等调节方面都有详细的指示说明,为孕妇逐月养胎提供了医学指南,较为实用。尤其是其关于胎儿逐月发育情况、孕妇饮食宜忌,对后世医书的内容和形式产生了深远的影响。

---

① 《马王堆古医书考释》,第781—802页。

《逐月养胎方》在其基础上,补充了胎儿五脏发育阶段。随着医学在隋唐时期的蓬勃发展,《诸病源候论》《备急千金要方》对胚胎发育全过程有了更加准确的认识。《诸病源候论》对妊娠前九月胎儿发育情况的认识与帛书基本一致,也是先介绍每月胎儿发育情况,再逐月介绍每月养胎的饮食宜忌情况。帛书第十月文字缺损,《诸病源候论》载妊娠十月"五脏具备,六腑齐通""关节人神咸备"[①]。《备急千金要方》先引用了《逐月养胎方》胎儿发育、孕妇逐月饮食宜忌,再逐月开具一些养胎汤方,概述每月胎儿的发育情况及其名称:

> 妊娠一月始胚,二月始膏,三月始胞,四月形体成,五月能动,六月筋骨立,七月毛发生,八月脏腑具,九月谷气入胃,十月诸神备,日满即产矣。[②]

显然,比起唐前医籍,《备急千金要方》关于胎儿身体发育的认识更进一步。其实,《清华大学藏战国竹简(五)·汤在啻门》采用汤和伊尹问答形式,叙述胎儿十月发育的过程:

> 一月始扬,二月乃裹,三月乃形,四月乃固,五月乃褰,六月生肉,七月乃肌,八月乃正,九月显章,十月乃成,民乃时生。[③]

清华大学所藏的竹简,是 2008 年 7 月由清华大学校友捐赠入藏的一批战国中晚期楚简,共 2388 枚。其中,《汤在啻门》共 21 支简,借助汤与伊尹的对话,阐述气以人的生老病死为始终,论述了天地、成邦之道等思想。同样是叙述胎儿十月发育情况,战国竹简与帛书二者的内容存在很多差异,帛书对后世文献所记载的胎儿发育情况产生了深远的影响。

其实,早在春秋时期,人们对胎儿五脏、九窍等器官的形成已经形成了一套看法。《管子·水地》详尽地记载了胎儿器官的发展状况:

> 人,水也。男女精气合而水流形。三月如咀,咀者何?曰五味。五味

[①] 《诸病源候论》,第 220—221 页。
[②] 《备急千金要方》,第 24 页。
[③] 清华大学出土文献研究与保护中心编,李学勤主编:《清华大学藏战国竹简(五)》,中西书局,2015 年,第 142 页。

者何？曰五脏。酸主脾，咸主肺，辛主肾，苦主肝，甘主心。五脏已具，而后生肉。脾生隔，肺生骨，肾生脑，肝生革，心生肉。五肉已具，而后发为九窍。脾发为鼻，肝发为目，肾发为耳，肺发为窍。五月而成，十月而生。①

《水地》篇从哲学角度强调水、地的重要性，它认为世间万物离不开水，包括人类也是水的产物，还认为胚胎吸收五味营养，三月生成五脏，五脏具而后生骨肉，进而生成九窍，这些身体器官在孕五月时生成，十月胎儿出生。

道家典籍《文子·九守》假托老子之言，阐述了人的生成，其云："人受天地变化而生，一月而膏，二月血脉，三月而胚，四月而胎，五月而筋，六月而骨，七月而成形，八月而动，九月而躁，十月而生，形骸已成，五脏乃分。"②《说文》四篇下："胚，妇孕一月也。"段注引述《文子》这段阐述胎儿发育过程的文字。③ 此篇托老子言论，当是西汉前期黄老思想流行时期的产物④，其所论述的胎儿发育情况当是西汉时期胎儿发育观的体现。这与《淮南子·精神训》所记载的胎儿发育情况大体相似：

一月而膏，二月而胅，三月而胎，四月而肌，五月而筋，六月而骨，七月而成，八月而动，九月而躁，十月而生。形体以成，五脏乃形。⑤

《广雅·释亲》有相似记载，仅二月、四月有"脂""胞"的区别，其他月份发育情况基本一致。⑥ "膏""胎"分别指"始膏""始胎"。一月始膏与《文子》所载同，但是医书《备急千金要方》所引《逐月养胎方》⑦、《诸病源候论》卷四一⑧、《备急千金要方》卷二⑨称妊娠二月名始膏，显然月份不一致。"三月而胎"与《备急千金要

---

① 黎翔凤撰：《管子校注》中册，梁运华整理，中华书局，2004 年，第 815—816 页。
② 〔唐〕徐灵府注：《文子疏义》，王利器疏义，中华书局，2000 年，第 115—116 页。
③ 《说文解字注》，第 167 页。
④ 王传林：《从"身体映像"到"身体哲学"——秦汉身体哲学的建构理路与诠释范式探析》，《哲学分析》2016 年第 2 期。
⑤ 刘文典撰：《淮南鸿烈集解》，冯逸、乔华点校，中华书局，1989 年，第 219 页。
⑥ 〔魏〕张揖撰：《广雅疏证》第 4 册，〔清〕王念孙疏证，《丛书集成初编》本，第 762—763 页。
⑦ 《备急千金要方》，第 21 页。
⑧ 《诸病源候论》，第 220 页。
⑨ 《备急千金要方》，第 24 页。

方》卷二所引《逐月养胎方》①、《诸病源候论》卷四一②所云妊娠三月始胎一致，而《备急千金要方》卷二云妊娠三月名始胞③，稍异于《淮南子》。"三月而胎"与"始胞"意思相近，都是符合诸医书所说的"三月成形"。《庐山远公话》所述九十日成形，正是源于隋唐以来医书的相关记载。

《太平御览》卷三六〇引《文子·九守》人体发育的相关论述，其下逐月注有北魏李暹《文子注》，注云：一月"初形骸如膏脂"，二月"渐生筋脉"，"胚，肢也，三月如水龙状也"，四月"如水中虾蟆之胎"，五月"气积而成筋"，六月"血化成肉，肉化成脂，脂化成骨"，七月"四肢九窍成"，八月"动作"，九月"动数如前"。④《文子注》侧重从胚胎发育的形状进行叙述，使得三、四月胎儿形状形象直观。可以说，《庐山远公话》所描述的受孕前四周（一个月）的胚胎状态呈膏脂状，与隋唐以前的文献所载的胚胎发育情况也是相吻合的。

话本描述了胎儿在母体中的受苦状态，主要是由于母亲饮食的饥饱、所食食物的冷热程度不合适，这在一定程度上反映了孕妇的不当饮食给胎儿带来的不良影响。《诸病源候论》卷四一明确指出："儿在胎，日月未满，阴阳未备，腑脏骨节皆未成足，故自初讫于将产，饮食居处，皆有禁忌。"⑤此说法也见《备急千金要方·妇人方上》引之。⑥孕妇饮食、居处都有禁忌，表面看来，这似乎与胎儿发育未全、娇嫩有关，其实孕妇饮食、居所环境与胎儿发育密切相关。

二、孕妇饮食宜忌

《父母恩重经讲经文（一）》《父母恩重经讲经文（二）》描写孕妇居处宜清净，孕妇应尽量避免喧嚣场合。《庐山远公话》描写孕妇饮食的饥饱、所食食物的冷热对胎儿的影响，间接地表现了孕中饮食宜忌的具体情况。当然，除了孕妇所食之物的冷热程度、多少问题，为了胎儿的健康，孕妇所食食物的种类，也有严格的讲究。这些我们可结合唐以前医书中的相关文献和敦煌民间药方予以

---

① 《备急千金要方》，第21页。
② 《诸病源候论》，第220页。
③ 《备急千金要方》，第24页。
④ 〔宋〕李昉等撰：《太平御览》第2册，中华书局，1960年，第1657页。
⑤ 《诸病源候论》，第222页。
⑥ 《备急千金要方》，第20页。

补充。

孕妇饮食是促进胎儿发育所需营养的主要来源,传统医籍文献在论述养胎问题时多涉及妊娠期间孕妇饮食宜忌内容。作为先秦时期孕产资料的珍贵文献,《胎产书》早已记载了孕妇饮食宜忌问题,并对后世医书影响较大,如《逐月养胎方》、《诸病源候论》、《医心方》卷二二"妊妇脉图月禁法第一"所引《产经》等。以上医籍在讨论胎儿逐月发育过程时,都注重孕妇不同月份营养的摄取,对孕妇饮食宜忌情况有详细的记载。我们把以上医书有关孕妇妊娠每月宜忌食物情况梳理如下:

表 1　孕妇妊娠期间饮食宜忌表

月份	宜食	忌食	医书出处及略称
一月	《胎产》"食饮必精,酸羹必熟";《养胎》"饮食精熟,酸美受御,宜食大麦";《产经》"饮食必精熟酸美";《病源》"饮食精熟,酸美受御,宜食大麦"	《胎产》"毋食腥臊";《养胎》"腥辛";《产经》"辛腥";《病源》"腥辛之物"	《胎产书》①,略称《胎产》;《备急千金要方》卷二引《逐月养胎方》②,略称《养胎》;《医心方》卷二二引《产经》③,略称《产经》;《诸病源候论》④,略称《病源》
二月	——	《胎产》"毋食辛腥";《养胎》"辛臊";《产经》"辛臊";《病源》"腥辛之物"	
三月	《胎产》"果隋";《产经》"思欲食菓瓜,唉味酸菹";《病源》"鲤鱼""牛心""大麦""思欲果瓜,唉味酸菹"	《胎产》"葱姜""兔羹";《产经》"苗姜兔肉""辛而恶臭";《病源》"姜兔"	
四月	《胎产》"稻麦""鳝鱼";《养胎》"稻粳""羹宜鱼雁";《产经》"稻粳""其羹鱼雁";《病源》"稻秔""羹宜鱼雁"	——	

---

① 《马王堆古医书考释》,第 781—802 页。
② 《备急千金要方》,第 21—24 页。
③ [日]丹波康赖撰:《医心方》,人民卫生出版社影印,1955 年,第 486—490 页。
④ 《诸病源候论》,第 220—221 页。

(续表)

月份	宜食	忌食	医书出处及略称
五月	《胎产》"稻麦""其羹牛羊,和以茱萸";《养胎》"稻麦""其羹牛羊,和以茱萸,调以五味";《产经》"稻麦""其羹牛羊,和(以)茱萸,调以五味";《病源》"稻麦""羹宜牛羊,和以茱萸,调以五味""鱼鳖"	——	
六月	《养胎》"鸷鸟猛兽之肉";《产经》"鸷鸟猛兽";《病源》"鸷鸟猛兽之肉"	——	
七月	《养胎》"稻粳";《产经》"稻粳";《病源》"稻杭"	《胎产》"饮食避寒";《养胎》"饮食避寒";《产经》"饮食避寒";《病源》"饮食避寒"	
九月	《养胎》"饮醴食甘";《产经》"饮醴食甘";《病源》"饮醴食甘"	——	

对比以上四种医书,后三种对《胎产书》承袭痕迹较为明显,尤其是孕期前五个月,基本沿袭了《胎产书》宜食之物,各医书整个孕期的忌食之物都延续了《胎产书》相关记载。自孕期第六个月起,宜食之物基本以《逐月养胎方》记载为规范,《产经》《诸病源候论》沿袭之。每月妊娠饮食宜忌大致相似,这些饮食宜忌自战国时期起一直延续至隋代,成为孕妇妊娠时期饮食指南表。从上表可知,众医书所载孕妇妊娠期间饮食宜忌情况大致呈现出以下特点:

其一,《胎产书》奠定了妊娠饮食宜忌问题的基础,但是稍显简略。北齐《逐月养胎方》在《胎产书》基础上有所发展,而《产经》及《诸病源候论》在《逐月养胎方》发展的基础上更进一步。孕妇每月宜食之物多是根据每月胎儿器官发育情况制定,以促进胎儿身体发育。根据胎儿身体发育所需,按月补充相应营养,具有一定的科学性,值得现代孕妇借鉴。

其二,众医书特别注重首月食物的精良,显得较为谨慎。这与怀孕初期胎象、胎位等不稳定,流产风险较大有关。同时,孕期头三个月注重摄取酸羹之类的食物,孕期头两个月禁食腥臊之物,所食都是孕妇身体所需。这是尽量降低或减轻孕妇初期妊娠反应,即妊娠恶阻发生的频率及其严重性。

其三,从妇女妊娠所宜忌食物来看,都是有迹可循。所宜之物主要集中在稻麦、鱼雁羹、鲤鱼、牛心、牛羊羹、鸷鸟猛兽肉等,适时搭配维生素丰富的瓜果。这些食物对于补充孕妇、胎儿身体所需及平衡体内营养,较为有利。忌食食物时期主要集中在头三月及七月,头三月忌食辛臊之物与胎位不稳定、恶阻反应有关,七月饮食避寒也是出于此时孕妇和胎儿身体状态需求的考虑。

在所忌食物中,对生姜、兔肉的禁食多限定在"见物而化"的妊娠三月,这与生姜外形、兔子长相存在关系。人们担心由于食用生姜产下多指儿,食兔肉生下胎儿如兔唇般豁唇,所以妊娠期间禁食此类食物。这些观念在汉代典籍已见记载。《金匮要略·禽兽鱼虫禁忌并治》:"妇人妊娠,不可食兔。"①《金匮要略·果实菜谷禁忌》:"妊娠食姜,令子余指。"②《淮南子·说山训》:"孕妇见兔而子缺唇。"③《论衡·命义篇第六》:"妊妇食兔,子生缺唇。"④《博物志》卷十:"妊娠者不可啖兔肉。又不可见兔,令儿唇缺。又不可啖生姜,令儿多指。"⑤东晋张湛《养生要集》也载之,可惜此养生专著已佚,《医心方》卷二二引之云:"勿食兔肉,令子唇缺,亦不须见之";"勿食生姜,令子盈指。"⑥可见,孕期不能食用生姜、兔肉观念早已存在。关于不能食用的原因,《博物志》指出"古者妇人妊娠,必慎所感,感于善则善,恶则恶矣"⑦,这是朴素的"见物而变"的物类相感思想,巫术色彩较为浓郁。

妊娠期间毋食生姜、兔肉观念在唐代仍然存在。在《备急千金要方·妇人方上》"养胎"所载孕妇禁食食品中,即列有兔肉,且言及食用兔肉、犬肉等后果是令子无声音、缺唇。⑧ 根据《备急千金要方》记载,妊娠期间还忌食羊肝、山羊肉、驴肉、马肉、鸡子、干鲤鱼、鸡肉、糯米、椹、鸭子、雀肉、豆腐、鳖、冰浆、酒等物:

---

① 宋书功主编:《金匮要略广注校诠》,人民卫生出版社,1994年,第302页。
② 《金匮要略广注校诠》,第294页。
③ 《淮南鸿烈集解》,第549页。
④ 《论衡校释》,第53页。
⑤ 《博物志校证》,第109页。
⑥ 《医心方》,第492页。
⑦ 《博物志校证》,第109页。
⑧ 《备急千金要方》,第21页。

妊娠食羊肝,令子多厄。妊娠食山羊肉,令子多病。妊娠食驴、马肉,延月。妊娠食骡肉,难产。妊娠食兔肉、犬肉,令子无音声并缺唇。妊娠食鸡子及干鲤鱼,令子多疮。妊娠食鸡肉、糯米,令子多寸白虫。妊娠食椹并鸭子,令子倒出,心塞。妊娠食雀肉并豆酱,令子满面多䵟黯黑子。妊娠食雀肉、饮酒,令子心淫情乱,不畏羞耻。妊娠食鳖,令子项短。妊娠食冰浆,绝胎。①

与唐前医籍不同,《备急千金要方》仅列出妊娠期忌食之物,并未按妊娠月份指出忌食之物,而是强调"自初讫于将产",饮食禁忌贯穿始终。

其中,妊娠期间忌食冰浆,在于冰浆属极寒之物,对胎儿身体容易造成伤害,以免出现话本所描写的孕妇食用冷食给胎儿带来的痛苦感受。出于胎儿健康考虑,孕期忌酒也是值得借鉴的科学养胎之法。

除了传统医籍养胎方中有关于孕妇饮食宜忌的记载,敦煌医籍也有相关记载。留存下来的敦煌秘方多侧重于求子、产后护理、小儿疾病治疗等方面,关于孕妇饮食的医方可见两条:

S.4433v:妇人妊娠,取鲤鱼二头食之,必生贵子不疑。一云:牛心令智。肝牛(牛肝),必生贵子。②

S.4433v:妇人娠,不得食祭肉,令胎不时,……六畜心肉,令儿不聪明。星辰下行交,令儿无目,耳聋。③

S.4433卷背所载两条秘方,表现孕妇妊娠饮食宜忌两方面问题。前一则主要为生贵子论,指出对胎儿有益的食物:鲤鱼、牛心、牛肝;后一条主要言及妇女妊娠时不宜食用的食物:用于祭祀之祭肉,六畜心、肉。

这两则秘方看似有矛盾之处,其实不然。前则云食牛心令胎儿智,后则言六畜心、肉令儿不聪明,牛与马、羊、鸡、狗、猪合称六畜。第二则"聪明"并非指天资聪敏,结合后句"令儿无目,耳聋",上句"聪明"可能是指视觉、听觉的灵敏,

---

① 《备急千金要方》,第21页。
② 《英藏敦煌文献(汉文佛经以外部分)》第6册,第73页。
③ 《英藏敦煌文献(汉文佛经以外部分)》第6册,第73页。

耳聪目明之意。后一条秘方称孕妇食用六畜心、肉对胎儿听觉、视觉发育不利，这是沿用了东晋医籍的说法。《医心方》卷二二引东晋张湛《养生要集》云："妇人妊身不得食六畜肉，令儿不聪明。"①

第一条秘方"牛心令智"，正是说孕妇食牛心令胎儿智力聪慧。《博物志》卷十云孕期可食牛心、白犬肉、鲤鱼头。② 六畜心、肉具有较高的营养价值，应该是孕妇妊娠期间摄取营养的较佳食物。但是孕期饮食应按照胎儿发育情况进行摄补，理应谨慎。在《备急千金要方·妇人方上》"白薇丸"方下云："三月正择食时，可食牛肝及心。至四月、五月不须，不可故杀，令子短寿。"③由此可知，孕妇食牛肝、牛心需要遵循妊娠月份时间的规律，不是一概而论。这正是牛心、牛肝同时记载于孕期宜、忌食物的原因。

《诸病源候论》称妊娠三月可食鲤鱼。鲤鱼肉质鲜嫩肥美，营养丰富，自然能为胎儿发育提供很好的营养，是养胎的上乘佳品。受到汉辛氏《三秦记》所载鲤鱼登龙门化龙传说的影响，鲤鱼成了尊贵、吉祥的象征，在唐代曾一度被奉为"国鱼"，所以敦煌秘方称孕妇食之可生贵子，有其特定的文化背景。

对于孕妇不宜食祭肉，是人们孕妇不洁思想的反映。民众主要出于对神明的敬重，担心孕妇不洁之身会玷污祭肉，触犯神明，引起神明不悦，从而导致胎儿不按时序正常发育。

从以上医籍、秘方所载的妊娠饮食禁忌来看，判断食物是否符合孕妇食用标准，主要遵循以下几条规律：

首先，食物的属性，在中医看来，食物具有寒、凉、平、温、热等不同性质，食用不同属性的食物，给人体带来不同的感觉和反应。酒、牛羊肉、姜、糯米等物属于燥热食物。鲤鱼、米、麦等多属平性食物，适宜孕妇养胎。鸭肉、豆腐等属于寒凉性食物。孕妇食用燥热或寒凉食物，自然会给胎儿带来如话本所描写的那般感受，有损胎儿的健康。

其次，同类互感观念形成相关食物禁忌。此观念与巫术思维中相似律、接触律近似，指任何相似的事物之间都存在着密切关系，会相互感应，产生相似效果。在人们看来，食用尊贵、吉祥鲤鱼的孕妇可产下贵子。孕妇食用兔肉、鳖、

---

① 《医心方》，第492页。
② 《博物志校证》，第109页。
③ 《备急千金要方》，第18页。

姜,所生胎儿会有兔子般嘴唇、鳖一样的脖子、姜一样的手指。这些都是典型的巫术思维,没有科学依据。

最后,凡是具有活血功效的食物,容易造成流产、滑胎后果,是孕妇忌食之物。如螃蟹、鳖、兔肉都有催产、堕胎的效果。可以说这三种食物因为具有滑胎的效果,不宜孕妇食用,先民根据经验早已总结出来,后人不解,以食物形状加以附会,形成相关的饮食禁忌。总之,不利于孕妇、胎儿健康的食物都在禁食之列。

三、其他禁忌

孕妇除了在饮食方面需要遵守一系列禁忌外,在言行方面也需要注意。《父母恩重经讲经文(一)》《父母恩重经讲经文(二)》已经表现了孕妇行为举止相关的禁忌,但较为简略。孕妇言行禁忌在医书中也见记载。如"妊娠勿向非常地大小便,必半产杀人"[1],这主要源于对陌生之地的恐慌,担心触犯当地神明,造成胎死腹中的惨剧。这同样流露出孕妇不洁观念。在敦煌地区流传的秘方中也记载了谨言慎行的行为禁忌。

  S.4433v:妇人娠,……慎吉。妊娠三月,不得面向南浇沐,令胎不安,向东亦然。不得两镜相照,令儿倒产。向南小令儿瘖痖。……星辰下行交,令儿无目、耳聋。[2]

"慎吉"不知何指,疑为"慎言","吉""言"形近而讹。作为慎言理解,符合上下文内容,慎言正是秉承了传统胎教中"口不出敖言""虽怒不骂"等言行规范,这既是孕妇对胎儿的胎教,也是平复心情的重要方法。妊娠三月不得向南、向东浇浴,不然令胎儿不安、产儿瘖痖等,体现了孕妇不洁思想及其触犯方位神明所导致的灾祸。用镜相照及星辰下行房导致分娩时胎儿倒产,所生胎儿眼瞎耳聋的后果。这与冲撞方位神明、星辰神明有关,具有较强的巫术色彩。

不仅孕妇本人需要遵守一系列禁忌,在人们看来,家中有孕妇的家庭在修

---

[1]《备急千金要方》,第21页。
[2]《英藏敦煌文献(汉文佛经以外部分)》第6册,第73页。

房、迁徙等事上也要尽量谨慎,以免冲撞神明,伤及孕妇、胎儿。P.2661v《诸杂略得要抄子》:"家有妇人娠身,不作屋门。"①P.2615a《诸杂推五姓阴阳等宅图经一卷》"角家移徙法"指出角姓迁向丑、未地,不利于产妇:"向丑地,杀六畜及产妇凶。……向未地,害方物父母及产妇凶。"②遵守相关禁忌完全出于对孕妇、胎儿的安全、健康等考虑。医书把触犯禁忌视为失子、难产的重要原因之一。《诸病源候论》卷三九云:"妇人数失子者,或由乖阴阳之理,或由触犯禁忌。既产之后,而数失儿,乃非腑脏生病,故可以方术防断之也。"③卷四三云:"或触犯禁忌,故产处及坐卧,须顺四时方面,并避五行禁忌。若触犯,多致灾祸也。"④不仅孕期不能触犯禁忌,安置产床、孕产妇坐卧方位都需避开五行禁忌。此虽然是说产子时触犯禁忌的情形,但是触犯禁忌所带来的后果较为严重,医方无能为力,只能寻求方术处理。

以上敦煌文学孕妇孕期禁忌题材是对孕妇日常生活的真实反映。孕妇及家属所遵循的孕期禁忌恰好表明了孕期中的孕妇处于边缘期,需要遵守相应的禁忌,这深层原因在于民众思想中的孕妇不洁观念。法国范热内普称,女人一旦怀孕,她便被置于隔离状态,她被视为不洁和危险,怀孕本身使她在生理和社会方面处于不正常状态,所以孕妇常被视为病人。⑤这也就能理解敦煌文学常把孕妇当作病人,对她的生理状态进行描写。可以说,敦煌文学生动、形象地抓取了孕妇这一生理特征。

尽管孕妇及家属在孕期中求神拜佛,祈求神明护佑全家尤其是母子平安,孕妇在孕期饮食、行为等方面格外谨慎,家人也遵循一些禁忌,但是孕期意外事件时有发生。敦煌难月文零星表现孕期胎亡或母亡等相关题材,敦煌文献记载的药方中,有用来预防胎亡、产亡的方术之法,可想而知,按照敦煌地区的医疗技术水准程度,孕期胎死之事实属常事。唐代墓志铭所记载的孕中而亡的事例正是中原地区上层妇女因孕而亡的例证,更何况医疗条件根本无法企及的敦煌下层妇女。胎死腹中,若不及时取出,自然增加了孕妇的死亡率,造成因孕而亡的发生。

---

① 《法国国家图书馆藏敦煌西域文献》第17册,第133页。
② 陈于柱:《敦煌写本宅经校录研究》,民族出版社,2007年,第253页。
③ 《诸病源候论》,第209页。
④ 《诸病源候论》,第229页。
⑤ [法]范热内普:《过渡礼仪》,张举文译,商务印书馆,2010年,第34页。

不论是孕妇平日生活中言行举止所遵守的禁忌,还是家人在孕妇孕期处事的谨慎,都是为避免孕而不育、胎死腹中等情况发生。在此基础上,根据胎儿逐月发育情况的孕妇饮食宜忌以及所实施的胎教,其实更多的是为能平安诞下聪明、健康的贵子。

由上可见,《庐山远公话》中胎儿发育形状,胎儿在母体的感受、位置等题材在受到相关佛典的影响下,与隋唐以前文献所载胎儿发育情况高度吻合,和传统文化"男左女右""秉气成形""九十日内,然可成形"等观念、说法一脉相承。敦煌文学有关孕期饮食、行为禁忌题材的书写在唐以前医籍、敦煌秘方多见详细记载,反映了民众对孕期孕妇母子生命安危的精心呵护。

第五章　分娩题材及产子风俗

怀胎十月,终将分娩,这一时刻对于孕妇而言,既是宣告艰辛负重孕期生活的结束、新生命的诞生,也是漫长、琐碎育儿生活的开启。这一时刻意味着从孕妇到产妇、从腹中胎儿到新生儿身份的转换,以及妇女因身份转化带来的育儿工作重心的不同。同时,分娩承载了家人的希望与担忧。在当时医疗条件下,妇女生产不仅对妇女本人,乃至对整个家庭来说,都背负着沉重的心理负担。如果成功分娩,使得孕妇重获平安,为家族添丁,举家同庆。一旦分娩失败,或母子俱亡,或母死子活,或母存子亡,无疑使怀孕功亏一篑,孕期艰辛付之东流,使整个家庭乃至家族笼罩着悲哀的氛围。

处于当时的医疗条件下,人们对分娩的恐惧是不言而喻的,这源于古代因产而亡的事实,这在史籍、医籍文献中有所表现。《汉书·外戚传》载霍光夫人霍显云:"妇人免乳大故,十死一生。"颜师古注云:"免乳谓产子也。"① 汉代分娩死亡率远远高于存活率。南朝刘宋医家陈延之《小品方》卷七形容妇女分娩云:"古时妇人产,下地坐草,法如就死也。"② 可知,分娩的危险性早已成为人们的共识。台湾学者李贞德对六朝妇女寿年进行统计,二十岁至三十岁是妇女死亡高峰之一,因产疾而亡可能是妇女死亡的重要死因之一。③ 蒋爱花通过对唐代墓志资料的统计,指出胎产疾病(娩难)是导致妇女大量死亡的重要原因。④ 人口死亡率统计资料充分说明因产死亡在古代社会是普遍存在的现象。于赓哲根据敦煌《新菩萨经》甲本把"产生死"列为诸病第三位,乙本、丙本均列在第五位,《劝善经》把"女人产生死"列为诸病第五位,指出难产是威胁唐人生命安全的主

---

① 〔汉〕班固撰:《汉书》第12册,〔唐〕颜师古注,中华书局,1962年,第3966—3967页。
② 〔南朝宋〕陈延之撰:《小品方》,高文铸辑校注释,中国中医药出版社,1995年,第143页。
③ 李贞德:《六朝时期妇女生活》,《妇女与两性学刊》1993年第4期。
④ 蒋爱花:《唐人寿命水平及死亡原因试探——以墓志资料为中心》,《中国史研究》2006年第4期。

要原因之一。① 可见,分娩确实是摆在孕妇母子面前的一道难题,也是普天下妇女生育时无法逃避的难关。

敦煌文学首次把妇女分娩题材纳入中国文学表现范围,使得在此之前以神话传说形式表现的分娩题材显得真实、具体、生动。临盆之前产妇和家人对分娩的担忧、恐惧,分娩过程中产妇身体所承受的痛苦、心理上的煎熬、分娩现场的血腥,等等,敦煌文学把这些栩栩如生地展现在众人面前。

为顺利渡过分娩难关,不论从医学方面寻求药方,抑或寻求神明护佑母子,在敦煌地区都形成了颇具特色的产子习俗。这主要是分娩前准备工作,如难月祈福、安置产图等,还有分娩方式及产后护理等。

第一节 敦煌变文、歌辞中的分娩题材

分娩作为妇女生命中的重大事件,充分体现了母亲生育子女时所承受的剧痛,并且关乎产妇母子生命安危及家族人丁兴旺等问题。生育过程充满危险和痛苦,加之分娩的重要性,使敦煌文学不仅极力渲染分娩的高危险性,而且对分娩的场面进行细致描述。这一过程正淋漓尽致地表现了佛教十恩德中的母亲临产受苦恩。为了产下胎儿,母亲在生死边缘挣扎着,忍受阵痛的煎熬,使出浑身解数,终于娩出胎儿。望见胎儿,立即忘却分娩所带来的撕心裂肺般的剧痛,笑逐颜开,这正是生子忘忧恩的集中表现。敦煌文学对分娩现场、产妇身心所承受痛苦等场面的描写,正是生动诠释了临产受苦恩、生子忘忧恩恩德,以此使经文世俗化,劝众人行孝。

学界对有关妇女分娩的敦煌文学作品及其习俗的探讨较少。梁丽玲在探讨敦煌文献中的孕产习俗时,曾梳理了敦煌文学中描写孕妇怀孕时的情绪、怀孕艰辛等情景,对分娩场面也有涉及。② 本节不仅从正、侧面爬梳敦煌文学所描写的分娩时的血腥场面、分娩带来的痛苦和恐惧,而且对产妇分娩时的剧痛程度和胎儿日后孝顺与否的密切关系,难产属冤家托生寻仇的佛家色彩观念等进

---

① 于赓哲:《〈新菩萨经〉、〈劝善经〉背后的疾病恐慌——试论唐五代主要疾病种类》,《南开学报》(哲学社会科学版)2006年第5期。

② 梁丽玲:《敦煌文献中的孕产习俗与佛教信仰》,《敦煌吐鲁番研究》2015年第15期。

行阐述,以此表明妇女的生苦。

敦煌文学表现分娩之苦的作品较多,主要集中在歌辞和变文中。其中,表现产妇分娩情形的歌辞主要有:《普劝四众依教修行》第一二四首"悲孕妇"、《孝顺乐》第三首、《报慈母十恩德》、《劝善文》、《父母恩重赞》等。描写产妇产子场景的变文作品主要有《太子成道经》《悉达太子修道因缘》《八相变(一)》《左街僧录大师压座文》等。通过歌辞咏叹、变文韵散结合形式铺陈描述等方式,极力渲染分娩的苦楚,以使临产受苦恩、生子忘忧恩深入人心,以倡导母慈子孝行为在社会上的推广和实施,达到真正意义上的劝孝目的。

一、歌辞、变文、话本等表现的分娩之苦

为宣传、推行孝道,佛教徒把父母生育、教育子女的过程,作为父母恩德颇具说服力的生动注脚,编成联章歌曲,依次进行歌咏,内容生动,描写细腻,感人肺腑。《报慈母十恩德》十首曲子分别就父母对子女的十种恩德依次进行歌颂。其中第二、第三首咏叹了临产受苦恩和生子忘忧恩,歌辞把分娩过程视如赴鬼门关、屠宰场,着重渲染分娩给产妇带来的剧痛:

《第二临产受苦恩》:今日说向君,苦哉母腹似刀分。楚痛不忍闻,如屠割。血成盆,性命只恐难存。劝君问取释迦尊,慈母报无门。

《第三生子忘忧恩》:说着鼻头酸,阿娘腹肚似刀剜。寸寸断肠肝,闻音乐。无心观,任他罗绮千般。乞求母子面相看,只愿早平安。[①]

《佛说父母恩重难报经》"生子忘忧恩"颂曰:"慈母生儿日,五脏总开张;身心俱闷绝,血流似屠羊;生已闻儿健,欢喜倍加常;喜定悲还至,痛苦彻心肠。"[②]从题材内容来看,《报慈母十恩德》第二、第三首显然是据此佛经"生子忘忧恩"颂词内容敷衍而来。第二首首句、末句流露出佛教徒劝说众生报母恩的痕迹,歌辞被当作说教材料是毋庸置疑的。此二首分别以二恩为表现主旨,把分娩时的情景描绘得真实、细腻、生动形象。歌辞描写得越生动,感染力越强,所获得的说

---

① 任中敏编著:《敦煌歌辞总编》中册,何剑平、张长彬校理,凤凰出版社,2014年,第477页。
② 张涌泉:《敦煌本〈佛说父母恩重经〉研究》,《文史》1999年第4期。

教效果也就越好。

敦煌歌辞通过比喻、夸张手法表现妇女分娩的剧痛及血腥场面,用以说明母亲在分娩过程中所承受的痛苦。"腹似刀分""如屠割""腹肚似刀剜"等,从产妇角度用比喻手法把分娩时产妇痛如刀割的切身感受、因为阵痛发出的惨叫声等,直观地呈现在听众(读者)面前,带给听众(读者)身临其境之感。这些比喻的运用,显然是受到了佛经譬喻文学的影响,使得歌辞表现力更强。

"血成盆""寸寸肝肠断"运用夸张手法,把分娩现场的血腥场面及孕妇的剧痛描摹出来。分娩时,产妇腹痛如刀割,因为剧痛而发出的惨叫声不堪入耳,临盆现场满是血污,产妇能否存活,令人担忧。产妇在分娩撕心裂肺的疼痛之余,无心聆听音乐,此时最大的慰藉就是母子平安。这里的"音乐"可能是指难月祈福活动中常用的佛曲。分娩过程中聆听佛曲,祈求佛教众菩萨加持,顺利、平安分娩。

《父母恩重赞》第二、第三首也描写了产妇分娩时的情形,突出分娩的危险:

> 第二临产足心酸,命如草上露珠悬。两人争命各怕死,恐怕无常落九泉。
> 第三母子足安然,莫忘孝顺养残年。亲情远近皆欢喜,冤家怀抱竞来看。①

这两首歌辞以七言形式分别描写分娩给产妇带来的内心恐惧、平安产子后亲友看望的情景。第一首描写临产前对分娩恐惧的心理状态,歌辞直接把分娩视为命悬一线的事。临盆时,母子二人命如草上露珠,岌岌可危。这直接把临产时生死攸关的危险性以比喻手法形象生动地表现出来。产妇内心对生的渴望、对死亡的恐惧,歌辞表现得细腻、传神。这是直接从产妇角度对分娩危险性题材的描写,《普劝四众依教修行》则从家人角度侧面表现世人对分娩命垂一线的恐慌。智严和尚以"十二时"为调名的长篇定格联章体《普劝四众依教修行》根据时序,对众生施以说教。此组歌辞第一二四首曰:"悲孕妇,日将至。停烛焚香告天地,性命惟忧顷刻间,浑家大小专看待。"②这描写了世间孕妇临盆待产时,

---

① 《敦煌歌辞总编》中册,第 489 页;项楚:《敦煌歌辞总编匡补》,巴蜀书社,2000 年,第 75 页。
② 《敦煌歌辞总编》下册,第 1055 页。

家人烦闷不安的情景。分娩日到来之际,面对产妇即将面临的生命危险和剧痛,家人爱莫能助,唯有焚香祷告天地,祈求神明护佑,以求母子平安,这正是分娩时求神拜佛习俗的体现,也从侧面流露出众人对分娩的害怕、无助的状态。

相对于第二首歌辞紧张、害怕的氛围,第三首歌辞则呈现出轻松、欢快的基调。这首歌辞以产妇平安产子后的情形为表现对象,描述了产妇母子平安、举家同庆、亲朋好友争相看望新生儿的欢天喜地场面。

《孝顺乐》以"孝顺乐"为调名,共十二首,也是根据佛经十恩德敷衍而成的说教歌辞,每首末尾都以"孝顺乐,孝顺乐。孝顺向耶娘,孝顺乐"[①]为和声辞,很可能也是出自佛门弟子之手,用来倡导孝道。其中,第三首歌曰:"第二临产更艰辛,须臾前看丧其身。好恶只看一晌子,思量争不鼻头辛。"[②]歌辞以通俗七言表达了产妇临盆的艰辛、痛苦及对性命难保的担忧。相对于《报慈母十恩德》着力表现分娩剧痛场面,《父母恩重赞》侧重描写因分娩导致死亡的恐惧心理,这一首歌辞对产妇临产表现的描写显得苍白无力、空洞。

此组歌辞第四首则集中体现了生子忘忧恩:"第三生子得身安,多般苦痛在身边。眼见孩儿生草上,阿娘欢喜□百般。"[③]这既表现了母爱的伟大,也流露出当时的分娩习俗。母亲看到新生儿平安诞下,忘却分娩带来的艰辛、痛苦,发自内心的欢喜,这种忘我、眼中全是孩子的状态,正表现了母爱的伟大。

尽管以上三组歌辞对分娩题材的表现,存在着表现角度、详略程度等方面的不同,但是都在歌颂佛经十恩德中的临产受苦恩、生子忘忧恩,并以此作为推广孝道、孝行的生动案例,劝人行孝。歌辞对分娩题材的歌唱主要依托于《佛说父母恩重经》《佛说父母恩重难报经》中相关分娩情形的描写。如《佛说父母恩重难报经》"第二临产受苦恩""第三生子忘忧恩"之"颂"分别曰:

> 怀经十个月,难产将欲临。朝朝如重病,日日似昏沉。难将惶怖述,愁泪满胸襟。含悲告亲族,惟惧死来侵。
>
> 慈母生儿日,五脏总张开。身心俱闷绝,血流似屠羊。生已闻儿健,欢喜倍加常。喜定悲还至,痛苦彻心肠。[④]

---

① 《敦煌歌辞总编》中册,第492—493页;《敦煌歌辞总编匡补》,第78页。
② 《敦煌歌辞总编》中册,第492页;《敦煌歌辞总编匡补》,第78页。
③ 《敦煌歌辞总编》中册,第492页。
④ 《敦煌本〈佛说父母恩重经〉研究》,《文史》1999年第4期。

前一首颂词着重表现分娩前产妇身重昏沉的身心状态,尤其是把产妇的精神压力,对难产及其导致死亡的恐惧心理、情态描摹得生动、具体。用"泪满胸襟"夸张地表现了产妇对产难的忧愁、恐惧,产妇无法把心中对分娩的恐慌具体形象地表达出来,唯有向亲友家属哭诉担心死亡在分娩时来袭,以致达到泪流满襟的地步。后一首颂词则侧重表现分娩疼痛、血腥的场面。"五脏总张开"夸张地描写了为了成功娩出胎儿,产妇身体结构的变化,看似夸张,但是却符合妇女分娩时子宫颈口扩张带来剧痛的事实。"身心俱闷绝""血流似屠羊"等词语常见于歌辞、变文相关题材,其用词受到了此颂词的影响。产妇得知产儿健康,欢喜不已,暂时忘却了分娩带来的剧痛,真实反映了妇女生子忘忧和分娩给妇女带来的痛苦。

P.3919《佛说父母恩重经》也记载了分娩场面:"月满生时,受诸苦痛,须臾好恶,恐畏无常,如杀猪羊,血流遍地。"①此段有关分娩场面的描写亦见于《佛说父母恩重难报经》经文记载②,仅存在"恐畏""遍"与"只恐""洒"用词的不同。《父母恩重经讲经文(一)》《父母恩重经讲经文(二)》在演绎敦煌本《父母恩重经》《父母恩重难报经》经文时,引用了此段有关分娩的经文,并进行阐释,使经文更世俗化。

对敦煌本《父母恩重经》《佛说父母恩重难报经》有关分娩场面经文的敷衍,尤以《父母恩重经讲经文(一)》的描写较为成功,细腻地把分娩场面描摹得让人如临现场旁观。其文如下:

经:月满生时,受诸痛苦,须臾好恶,只怒(恐)无常,如杀猪羊,血流洒地。

此唱经文,明产相貌也。孩子未降,母忧性命逡巡;及至生来,血流洒地。浑家大小,各自忙然。只怕身命参差,急手看其好恶。经"月满生时,受诸痛苦"至彻。

月满初生下,慈母怀惊怕。只恐命无常,赤血滂沱洒。苦恼莫能言,是事都来罢。保惜若违和,便是身乖差。生时百骨自开张,谎得浑家手脚忙。未降孩儿慈母怕,及乎生了似屠羊。……

---

① 黄征、张涌泉校注:《敦煌变文校注》,中华书局,1997年,第996—997页。
② "须臾产出,恐已无常。"《敦煌本〈佛说父母恩重经〉研究》,《文史》1999年第4期。

……思想身生十月间,五般色相互推迁。细观不但堪愁叹,款话须知苦百般。草上落时风触体,尖声号叫不能言。血流洒地如屠宰,母命逡巡丧百年。既今成长为人子,凡事挣挫十相全。相劝事须行孝顺,莫将恩德看为闲。①

讲经文明确指出此段文字是围绕"产相貌"展开,从产妇的角度描写了临盆前产妇对分娩的担忧心理、分娩时所感受到的痛苦及所看到的血流满地的状况。讲经文把现实生活中妇女分娩时子宫颈口扩张、骨节松动等情景进行了夸张化表现,以突出和强调母亲分娩所承受的身心折磨。通过描写分娩场面,妇女生产题材作为详细生动、颇有说服力的劝孝案例用来阐明母亲对子女的生育恩重,重点在于劝众人行孝。这一表现模式也是受到了佛经譬喻文学的影响。

最后一段从胎儿角度写新生儿落草时皮肤所遭受的疼痛感受及能哭不能说的状态,生动形象,符合新生儿生理事实。讲经文通过胎儿从母体娩出后落草时风吹过婴儿身体,描写婴儿啼哭,突出新生儿皮肤的娇嫩。从"草上落时风触体"可知,产妇分娩处必定铺就草蓐,反映了中古时期生产医疗条件和相关风俗。

除了歌辞、讲经文,话本对产妇分娩题材也有表现。《庐山远公话》在描写佛教生苦时,从产妇、胎儿两个维度表现分娩题材,这与《父母恩重难报经讲经文(一)》稍有不同。相公为相国夫人所讲述的生苦,实为产妇分娩和孕期胎儿在母体所承受的痛苦。其中,产妇在分娩时所受之苦描写得较为详细:

十月满足,生产欲临,百骨节开张,由(犹)如锯解。直得四支体折,五脏疼痛,不异刀伤,何殊剑切!千生万死,便即闷绝莫知,命若悬丝,不望再活。须臾母子分解,血似屠羊,阿娘迷闷之间,乃问是男是女。若言是女,且得母子分解平善;若道是儿,总忘却百骨节疼痛,迷闷之中,便即含笑。②

这段文本首先运用比喻手法表现产妇骨节张开、四肢五脏疼痛、分娩现场等方

---

① 《敦煌变文校注》,第 972 页;项楚:《敦煌变文选注》(增订本),中华书局,2006 年,第 1463—1465 页。

② 《敦煌变文校注》,第 259—260 页;《敦煌变文选注》(增订本),第 1852 页。

面的总体情况,再诠释生子忘忧恩,流露出民众重男轻女观念。分娩之际,产妇全身骨节开张,四肢、五脏等无处不痛,犹如刀割锯裂,用比喻手法形象生动地把产妇所受的痛苦传达给读者,令人身临其境、感同身受。

《庐山远公话》在表现生子忘忧恩同时,隐约流露重男轻女观念。如"阿娘迷闷之间,乃问是男是女。若言是女,且得母子分解平善。若道是儿,总忘却百骨节疼痛,迷闷之中,便即含笑"。在闻知所生胎儿的性别时,产妇不同的反应,真实揭橥了重男嗣的社会事实。闻知产男,忘却因分娩所带来的一切痛楚,破涕为笑。《盂兰盆经讲经文》:"生时受苦命如丝,赤血滂沱魂魄散。时饷之间潘却命,犹怕孩儿有损伤。生了心中便喜欢,忘却忧愁而快乐。眷属亲情皆总喜,庆贺今朝母子安。"①讲经文从产妇角度描述产妇分娩命悬一线之际,生怕胎儿受伤,诠释了"生子忘忧"所展现的母爱的伟大。最后一句描写了平安诞子后,亲友道贺、举家同庆的喜庆场面,侧面流露出当时的产子风俗。

以上作品用大量笔墨不厌其烦地描写或歌咏分娩场景,而且描写得细腻动人,感染力较强。这些作品通过分娩题材活灵活现的例子,铺排渲染了母亲对子女的诸般重恩,唤起人们的怜悯之心,令人信服佛门弟子所说,达到劝服人们行孝的目的。为了达到目的,佛教徒不仅用文学形式作为说教手段,甚至在礼佛文中也在苦口婆心地劝众生报恩行孝。如《西方阿弥陀佛礼佛文》:

  月满临时欲分决,慈母闷绝彻心脾。想母生时受大苦,努力冬冬报慈悲。愿共诸众生,往生安乐国。至心归命礼,西方阿弥陀佛。慈母爱念无休息,生时一月命亲罗。悬羊柱上将刀刺,血流满地等江河。②

此礼佛文采用生动、形象的文学语言,不仅表现了临盆母子分离时母亲痛至骨髓,用母亲生子之苦来奉劝众生行孝,而且描述了孩子满月庆贺时的杀生场面。"悬羊柱上将刀刺,血流满地等江河",借比喻、夸张等手法并非表现母亲分娩所受之苦,而是讲述母亲爱子,甘冒杀生之罪,为儿庆贺满月。在表现母亲牺牲精神时,希望唤起众生的怜悯、感恩之心,劝众生及时行孝、礼佛,往生安乐国。

当然,除了同一系列的三组歌辞、《父母恩重经讲经文(一)》《庐山远公话》

---

① 《敦煌变文校注》,第1007页。
② 张锡厚主编:《全敦煌诗》第15册,作家出版社,2006年,第6950—6951页。

从正面描写临盆前产妇对生产的恐惧,分娩给产妇带来的阵痛,分娩时的血腥情景等,敦煌文学从侧面角度来表现分娩题材的作品也不少。

相对于从产妇角度通过白描手法正面描写产妇分娩现状,表现分娩之苦,一些变文却通过旁人所见、所闻来渲染分娩的危险和痛苦。对分娩的痛苦,变文主要是通过家人的焦虑侧面地表现出来。《太子成道经》《八相变(一)》等都通过路人之口描述产妇分娩之苦。太子游东门见一人行色匆匆,问之,行人答道:"家中新妇有难,拾月将充,苦痛逼身,所以匆速。"①显然,十月分娩被看作劫难,妇人痛苦异常,致使路人匆忙归家看护。《悉达太子修道因缘》也写到路人急速奔走之状,通过路人描述产妇分娩时的状态:"缘我家中有一产妇,连称痛苦,所以奔走。"②因为分娩带来的阵痛,产妇叫苦连连,哀声不断,所以路人迫于无奈,急于奔走救援。通过家人急忙回家救助的紧急状态,侧面流露出分娩给产妇带来的痛苦,给家人带来的无助、恐慌等。

二、难产题材流露的不孝观念

敦煌文学不仅描写产妇分娩时所承受的剧痛、心里对死亡的恐惧、对新生儿的满心欢喜,也侧重对分娩过程中难产题材进行书写,其中流露出分娩时产妇疼痛程度与孩子日后孝顺与否存在关系的观念。在人们看来,从分娩时母亲疼痛程度、状态就能判断产儿出生之后是否孝顺父母。善导《劝善文》描写了慈母分娩时命悬一线、痛彻心扉的状态:"月满当时欲分界,慈母闷绝彻心脾。孝顺男女身安稳,不孝儿子母身衰。"③末句指出胎儿孝顺与否给分娩时的母亲带来的不同感受:孝顺子出生时,母子平安,状态较好;反之,经过不孝子在腹中的一番折腾,延长产程,加之分娩时精力的耗费,母亲随之被折磨得衰弱无力。这既表现了月满产子时,产妇痛彻心扉、痛至晕厥的痛苦状态,也流露出母亲分娩时的痛苦程度是由胎儿孝顺与否决定。

胎儿孝顺与否直接影响到母亲分娩时的切身感受,这在《父母恩重经讲经文(一)》也有表现:"忽然是孝顺女兼男,一旦生来极峻疾。若是冤家托荫来,阿

---

① 《敦煌变文校注》,第 510 页。
② 《敦煌变文校注》,第 471 页。
③ 《全敦煌诗》第 13 册,第 5878 页。

娘身命逡巡失。"①"冤家"指宿世冤家仇人,此句指冤家托胎作儿女寻仇。若是孝顺儿女,便能快速顺产,缩短分娩带给母亲阵痛、剧痛的时间。若是冤家投胎,母亲受尽百般折磨,险些丧命。《庐山远公话》对冤家托生折磨母亲的情景,有详细的描写:

> 若是吾(五)逆之子,如何分娩?在其阿娘腹内,令母不安,蹴踏阿娘,无时暂歇,忽居心上,忽至腰间,五脏之中,无处不到。十月满足乃生,是时手把阿娘心肝,脚踏阿娘胯骨,三朝五日,不肯平安。从此阿娘大命转然,其母看看是死,叫声动地,似剑剜心。兄弟阿娘,莫知为计;怨家债主,得命方休。②

话本运用对比、比喻、夸张等表现手法描写母亲分娩时承受的生苦。话本把产妇得知胎儿性别时截然不同的反应,孝顺子与不孝子出生时给母亲带来的感受进行对比,形成了强烈的反差。这流露出了产妇重男嗣的思想,生动诠释了生子忘忧。"血似屠羊""似剑剜心"把产妇临盆场面、难产时钻心般的疼痛运用比喻手法描写得惟妙惟肖,较为传神。"叫声动地"把不孝子折磨母亲所带来的痛苦以夸张手法表现出来。

此话本把产妇分娩过程进行详尽描写,尤其是难产时产妇的感受。在人们看来,给母亲带来撕心裂肺产痛的胎儿,必是冤家债主投胎寻债索命。这是相公讲述生苦的后半部分,话本对孝顺子平安降生着墨不多,大量笔墨描摹不孝子在母亲体内的拳打脚踢、上蹿下跳、拉扯母亲器官等情形,令母亲终日不得安宁,疼痛难耐。话本细致描摹了妊娠期、临盆时不孝子在母亲肚子里大幅度的动作、活动范围等。妊娠期间,胎儿踢母亲,让孕母不得片刻安宁,不时活动于母亲腰、五脏之间。临盆时,胎儿手拉母亲心肝,脚踏胯骨,迟迟不肯降生。这些描写采用了第三人称全知的叙事视角,夸大了胎儿在母亲腹中的活动能力及给母亲带来的感受等,使得母亲难产的情形生动形象地展现在读者面前。

产妇备受不孝子折磨的题材,在宣扬父母恩德的佛经《佛说父母恩重难报经》中也有描写:

---

① 《敦煌变文校注》,第971页。
② 《敦煌变文校注》,第259—260页;《敦煌变文选注》(增订本),第1852页。

> 若是决为孝顺之子,擎拳合掌,安详出生,不损伤母,母无所苦。倘儿决为五逆之子,破损母胎,扯母心肝,踏母跨骨,如千刀搅,又仿佛似万刃攒心。①

此段文字描写了孝顺子在母体中的状态,"擎拳合掌",不折磨母亲,母子安康;分娩不孝子的产妇,除了承受分娩所带来的阵痛,还需要承受不孝子拉扯器官所造成的剜心般的剧痛。

显然,话本中母亲生产孝顺子、不孝子时的不同感受题材受到了《佛说父母恩重难报经》的影响。一方面,话本遵循了佛经把孝子顺利出世与不孝子百般折磨母亲进行对比描写的结构模式;另一方面,话本的题材内容源自佛经。佛经中不孝子"扯母心肝,踏母跨骨,如千刀搅"的行为,在话本中都得到了进一步的扩展、丰富,有些字句相似。

至于不孝子为何此般调皮,折磨母亲,《庐山远公话》解释为冤家债主寻命。诚然,这体现佛教因果轮回观念,是佛教因果报应思想下催生出冤家托胎为忤逆子折磨母亲之类的故事。类似的冤家债主托胎寻命的故事见于宣扬、鼓吹《佛顶心陀罗尼经》神验的灵验故事集《佛顶心观世音菩萨救难神验记》第三则故事。P.3916、P.3236、D.160《佛顶心观世音菩萨救难神验记》记载了常修持《佛顶心陀罗尼经》的妇女,于三年前,毒杀他人,"此怨家不曾离前后,欲求方便致杀其母。遂以托阴此身,向母胎中,抱母心肝,令慈母至生产之时分解不得,万死万生。……至第三遍,准前得生,向母胎中,百千计挍,抱母心肝,令其母千生万死,闷绝叫唤"②。可知,此为冤家复仇索命,托胎腹中,借分娩之事,百般折磨,置母亲于死地。此类故事在鸠摩罗什译佛经《众经撰杂譬喻》卷下已见记载,大妇因为嫉妒怀恨于心,谋害小妇之子,小妇托生报仇,释门为大妇释其因缘:"汝杀人子,令其母愁忧懊恼死,故来为汝作子前后七反,是汝怨家,欲以忧毒杀汝。"③看来,此类故事题材、模式等乃是《庐山远公话》借鉴于佛经故事。

分娩不仅需要产妇承受生理上的伤痛,产妇母子二人也面临生死难关的考验。具体说来,在分娩过程中,稍有不慎,产妇容易患上产疾,危及生命安全,出

---

① 《敦煌本〈佛说父母恩重经〉研究》,《文史》1999年第4期。
② 窦怀永、张涌泉汇辑校注:《敦煌小说合集》,浙江文艺出版社,2010年,第359页。
③ [日]高楠顺次郎主编:《大正新修大藏经》(后简称《大正藏》)第4册,佛陀教育基金会,1990年,第540页。

现产亡事故。新生儿稍微护理不当,也容易患疾病亡,如《左街僧录大师压座文》:"三年乳哺作婴儿。宁无命向脐风榭,也有恩从撮口离。仔细思量争不怕,才生便有死相随。"①"脐风"指初生婴儿的破伤风②,新生儿断脐带时,接生器械消毒工作不到位,细菌从新生儿脐部侵入,引起感染患病,所以也叫脐风。破伤风是威胁新生儿生命健康和安全的主要疾病之一,尤其在医疗技术落后时期,死亡率居高不下。除了破伤风,新生儿身心还需要面临适应环境等多种困难。新生儿身体柔弱娇小,由于长期处于母体无菌环境中,身体抵抗力弱,身体各方面面临较大挑战,因此染上产后疾病,病亡之事较为普遍。出现子死母活的情况,自然使产妇白白承受怀孕时的身心痛苦,使产妇、家人因为丧子而悲痛、自责、哀怨不已。为了平安顺利分娩,母子平安,在临月之际,家人会采取一系列的医疗、求神拜佛或方术手段,为母子保驾护航。

变文对产妇分娩场景的演绎仍是根源于佛经及所宣扬的临产受苦恩、生子忘忧恩。对佛经及所宣传的恩德进行敷衍,描写越生动、形象,对听众的吸引力、感染力越强,受欢迎程度越高,说教效果越明显,也能使佛教教义更深地融合到民众思想中。

总之,敦煌文学大肆歌咏、渲染母亲分娩之苦,既是敦煌歌辞、讲经文、变文等根据佛经《佛说父母恩重难报经》内容演绎效果的呈现,也是为达到劝孝目的。难产题材所流露出来的不孝观念根源于佛教中的冤家寻仇致使难产现象出现的思想,是为宣扬佛家因果轮回思想服务的。

第二节　临产前备产工作与坐产分娩习俗

　　分娩题材多涉及临产前产妇及家人的心理压力、分娩过程中产妇剧痛、分娩的血腥画面等描写,其中也涉及胎儿落草情形、家人急于奔走救助及欢庆母子平安的场面,至于临产前的备产工作在敦煌变文、歌辞、话本已见零星表现。从入月(第十月)开始,备产工作早已有条不紊地进行着,诸项工作都是由家人来操持。

---

① 《敦煌变文校注》,第 1158 页。
② 《敦煌变文校注》,第 1159 页注 7。

有关分娩前的准备工作，学界已有一些研究。前人已经从医学角度探讨入月后诸项事宜，或从民俗学角度探讨生产民俗禁忌。李贞德爬疏医书文献，勾勒出汉唐之间妇女在入月滑胎、设帐安庐、临产坐草、难产救治及产后处理等方面的情形，并探讨与生产相关的社会文化意涵。① 锺佩媛则从分娩前所需准备物品、产妇设置禁忌、稳婆选定、安产、催生、安产术数、咒语、偏方及难产而亡的信仰等方面进行讨论。② 在此基础上，本节从王梵志诗《悲喜相缠绕》，《太子成道经》《八相变(一)》等讲经文、变文等文学文本入手，分析文学视野下的分娩前家人所做的准备工作，重点探讨产图中所蕴含的民俗意蕴及坐产分娩方式在敦煌地区的运用。

一、临产前备产工作与产图的运用

敦煌文学分娩题材关于临产前家人奔走救助的描写着重通过家人的焦急、担忧、匆忙情态来渲染分娩的危险性，并未提及护产方法。唐代医籍文献却记载了许多助产、护产、救产的药方和措施。为了能顺利产下胎儿，《备急千金要方》卷二记载怀胎十月，产期将至，"宜服滑胎药""入月即服"，并记载了多种难月服用的易产滑胎药方，如"丹参膏方""甘草散""保生丸""蒸大黄丸方""滑胎令易产方"等。③ 这些药方与现代产科所用的催产素功能近似，可以加速生产产程，减轻产妇痛苦，尽可能地把产难风险降低。

产妇临产时的坐卧之处多有讲究，设置产床应尽量避开凶神。《诸病源候论》卷四三记载了临盆时的诸多禁忌："至于将产，则有日游、反支禁忌，若犯触之，或横致诸病。故产时坐卧产处，须顺四时五行之气。故谓之产法。"④ "日游""反支"是记载于历书中的凶神。日游神为传说中白天四处巡游的凶神。《青箱杂记》卷二"望火马日游神"条载日游神事。⑤ 据历书记载，凡日游神所在之方，不可安产室、设床帐，否则会有产难之惊。"反支"属凶煞类，由每月朔日纪日干

---

① 李贞德：《汉唐之间医书中的生产之道》，《"中研院"历史语言研究所集刊》1996年第67本第3分。
② 锺佩媛：《传统孕产民俗及文学作品之研究》，台湾花莲教育大学民间文学研究所博士学位论文，2008年，第163—244页。
③ 〔唐〕孙思邈：《备急千金要方》，人民卫生出版社影印，1955年，第24—25页。
④ 〔隋〕巢元方等：《诸病源候论》，人民卫生出版社影印，1955年，第229页。
⑤ 〔宋〕吴处厚撰：《青箱杂记》，李裕民点校，中华书局，1985年，第18页。

支之地支决定。甘肃天水放马滩秦简《日书》乙二四七简已见记载"反支"。汉代流行反支历忌,反支日为禁忌之日。《潜夫论·爱日》载汉代有反支日不受章奏之事。① 因为日游、反支都为凶神,加之古代妇人生产的危险性,连医家都认为妇人家属在设置产房时,要尽量避免日游、反支神,遵守日游、反支禁忌,以免发生难产不测之事。不仅如此,分娩之地的布置也需顺应自然规律。

《外台秘要》卷三三载推日游法一首并附图(图5-1)②,其云:"右日游在内,产妇宜在外,别于月空处安帐产,吉;右日游在外,宜在内产,吉;凡日游所在内外方,不可向之产,凶。"③这显然表明避开日游神是选择产帐地理位置时需要权衡的因素。

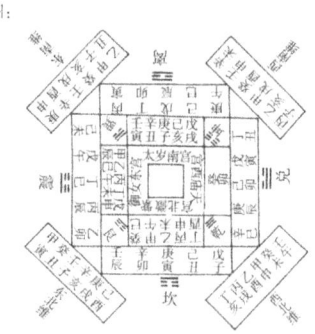

图 5-1　日游图

当然,除了日游禁忌,反支禁忌同样也是产妇家属严格遵守的禁忌。反支禁忌除了避开反支神,也要尽量避开反支月。《千金要方》卷二亦载"妇人产乳,忌反支月"④。触犯反支禁忌,也会带来胎死腹中等不祥后果:"凡反支月不得使血露污地,或令子死腹中,或产不顺,皆须先布灰草,然后敷马驴牛皮于其上产,吉。"⑤这流露出生产位置的具体布置情况:先洒灰草,在此基础上铺上马、驴、牛等任何一类牲畜皮。尽管日游、反支禁忌无科学性依据,但在分娩之地撒上草灰,可以起到清洁卫生的效果,铺上牲畜皮更能对产儿落地时起到一定的保护作用。

除了产妇服药助产,避开日游、反支设置产帐,分娩之地洒灰铺皮,临产前的备产工作必然少不了产图在分娩场所设置上的运用。产图在生产中的运用在王梵志诗中有所表现。P.3833《悲喜相缠绕》,将生死二事对照描写,在言及东家葬地时,提到产图:

---

① 〔汉〕王符撰:《潜夫论》,〔清〕汪继培笺,上海古籍出版社,1978年,第258页。
② 〔唐〕王焘撰:《外台秘要》,人民卫生出版社影印,1995年,第930页。
③ 《外台秘要》,第931页。
④ 《备急千金要方》,第30页。
⑤ 《外台秘要》,第927页。

> 东家比葬地，西家看产图。生者歌满路，死者哭盈衢。①

项楚校注此诗时，把产图释作"描绘产业的图画"，引白居易《题洛中第宅》"终身不曾到，唯展宅图看"中的"宅图"佐证，并指出宅图是产图的一种。② 据白居易诗文，宅图应指宅邸图纸，确实属于家庭产业图画的一种。此处，项楚把"产"作"产业"意，但在我们看来，结合诗文内容，此"产"作妇女"生产"来理解，或许更符合诗文大意。根据王梵志诗文内容，全诗把生和死对照起来描写，传达出喜忧参半、世事无常的人生理念，以表达人世生死轮回的观念。诗中与产图相对应的是葬地，人死亡安葬之地，与之相对的产图当指生产之图，描绘分娩处的场景设置图，即人出生处的场景。同时，"生者歌满路，死者哭盈衢"一句，正可作为产图是分娩处场景设置图的佐证。此二句正是分别描述生子与送葬两家不同场面的氛围，诞子这家呈现出举家同庆、欢歌笑语的情景。

如果王梵志诗中的产图确实指分娩处的场景设置图，那么产图是由哪些内容组成呢？根据李贞德研究，自先秦时期起，就已经存在生产依产图行事之事。③《隋书·经籍志》五行类著录"《产图》二卷、《杂产图》四卷"，未注明著者及时代。④ 由此可知，隋以前就已经存在产图，可惜此二图并未流传下来，不知隋以前产图具体内容如何。《旧唐书·经籍志》五行类著录："《产图》一卷，崔知悌撰。"⑤《新唐书·艺文志》五行类著录："崔知悌撰《产图》一卷。"⑥崔知悌为唐高宗时名医，但此书已散佚，幸亏《外台秘要》卷三三收录了此图（图5-2）⑦，才得以见到唐时产图具体内容。此图后为《太平圣惠方》卷七六"十二月产图"⑧所承袭。李贞德认为"最晚到了唐代，已有包括分娩诸事的统一产图，而最迟到了宋代，产图已贴于产房内，安产、埋胞皆依图在房内进行"⑨，可见产图在唐宋时期已经广为运用，成了指导安帐、坐向、埋胞等产房内各项事务的参考指南。

---

① 〔唐〕王梵志：《王梵志诗校注》（增订本），项楚校注，上海古籍出版社，2010年，第245页。
② 《王梵志诗校注》，第246页注1。
③ 《汉唐之间医书中的生产之道》，《"中研院"历史语言研究所集刊》1996年第67本第3分。
④ 〔唐〕魏征等：《隋书》第4册，中华书局，1973年，第1037页。
⑤ 〔后晋〕刘昫等撰：《旧唐书》第6册，中华书局，1975年，第2042页。
⑥ 〔宋〕欧阳修、宋祁撰：《新唐书》第5册，中华书局，1975年，第1557页。
⑦ 《外台秘要》，第927—930页。
⑧ 〔宋〕王怀隐等编：《太平圣惠方》下册，人民卫生出版社，1958年，第2422—2425页。
⑨ 《汉唐之间医书中的生产之道》，《"中研院"历史语言研究所集刊》1996年第67本第3分。

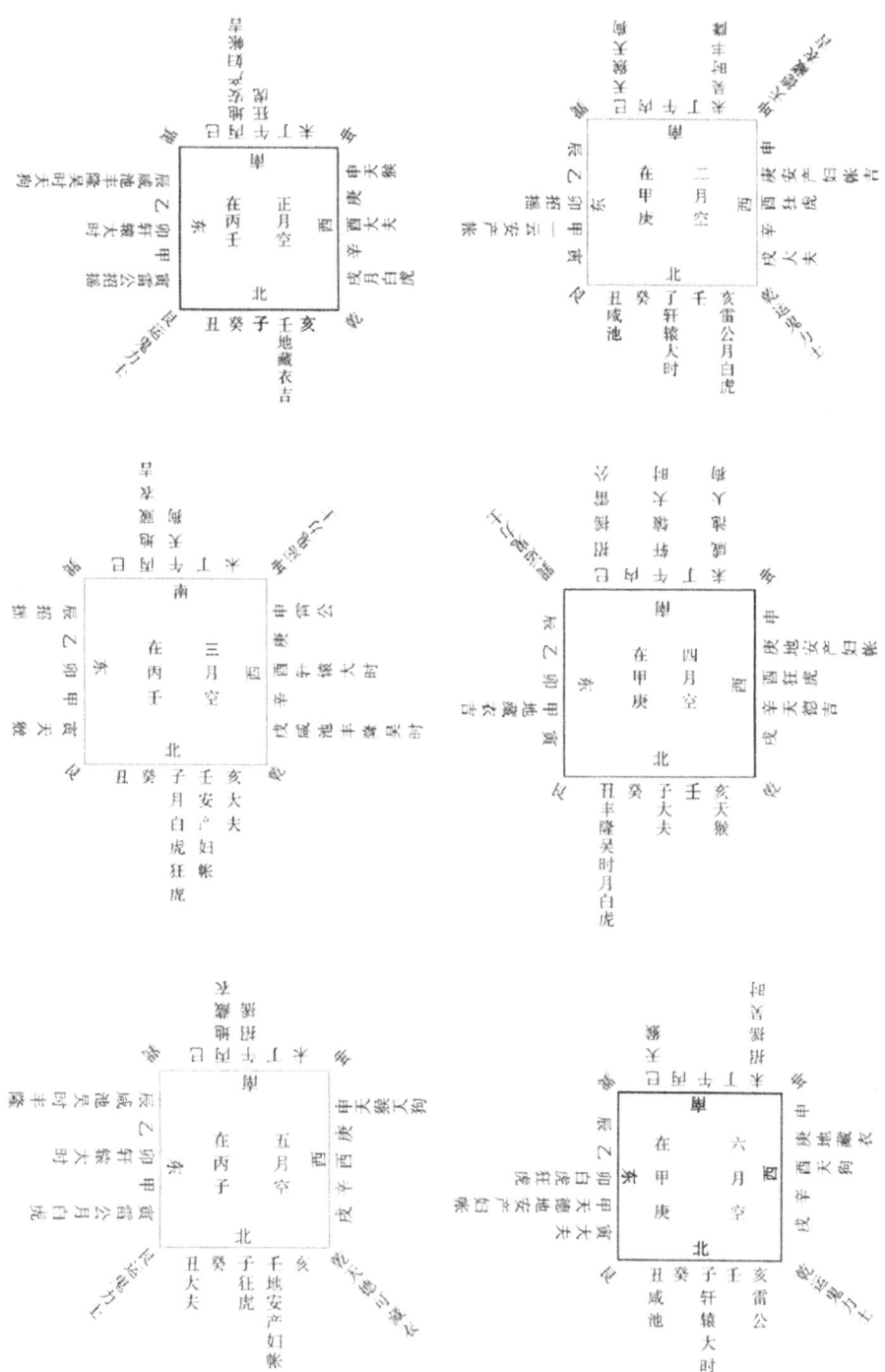

图 5-2 《外台秘要》引《崔氏产图》

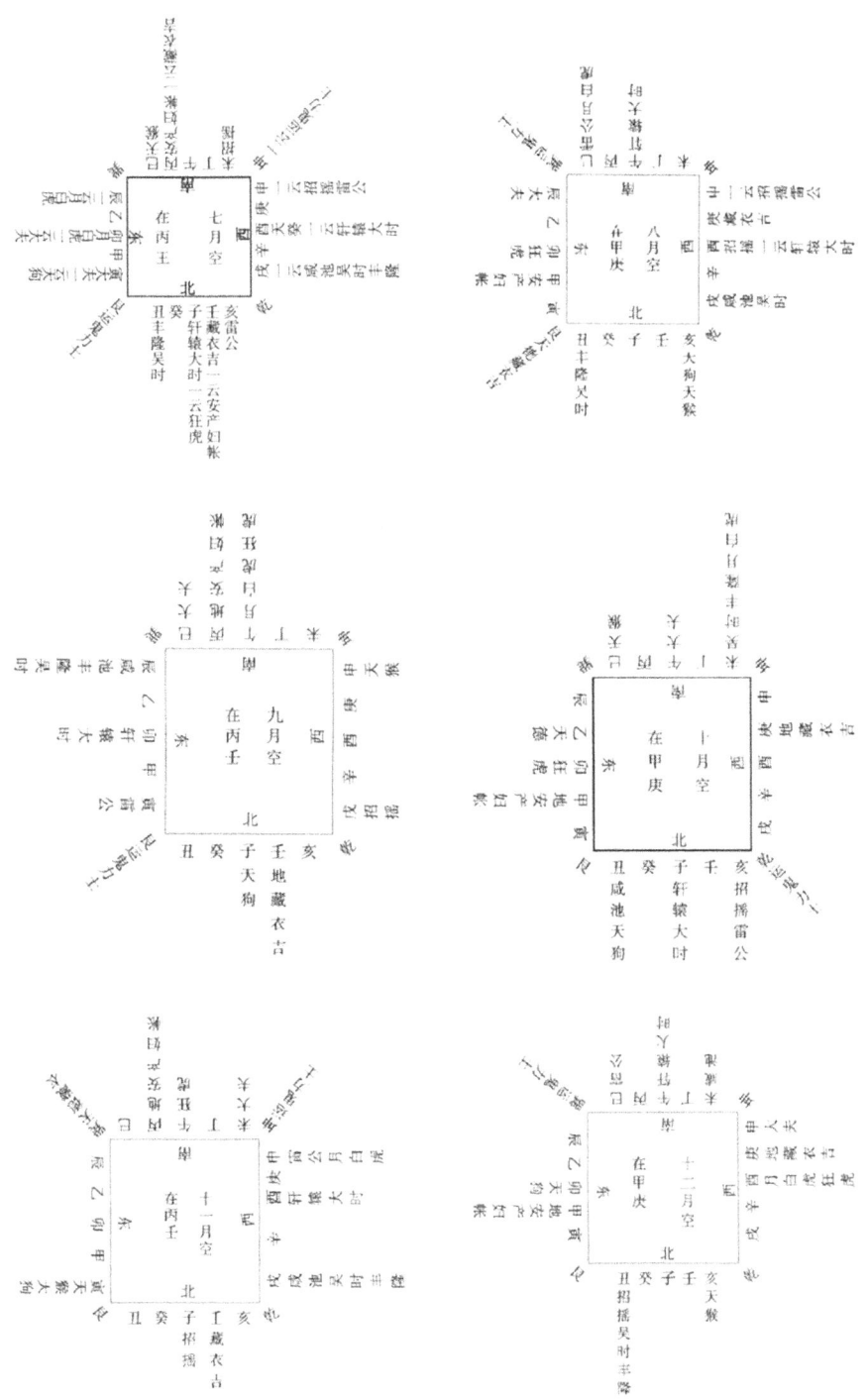

图 5-2 《外台秘要》引《崔氏产图》

根据《外台秘要》"十二月立成法一首"引《崔氏产图》可知,产图由乾、坤、艮、巽四卦,八天干、十二地支,东西南北四方,十三大神日等部分构成。八天干不包括戊、己。十三大神日分别指雷公、招摇、运鬼力士、天狗、轩辕、大时、咸池、吴时、丰隆、月白虎、大夫、天猴、狂虎。十二张图按月、方位标识出一年十二月每月的产期设帐、安产、埋藏胞衣的吉地及神明所在地。十二月立成法指出奇数月福德在丙壬,偶数月福德在甲庚,产帐应设在月空福德之地,并为设帐提供了建议:

> 夫人临产,必须避诸凶神,逐月空福德之地。若神在外,于舍内产。若在内,于舍外产。令于福德及空地为产帐。其舍内福德处,亦依帐法。①

"月空",根据清《御定星历考原·月事吉神》"月空"引《天宝历》记载,为"月中阴德之神,所理之地,宜会亲姻,安产室"②。可知,月空神是吉神,所在之处,适宜婚嫁、安置产房。医籍把"避诸凶神""逐月空福德之地"对举,并称其为福德之地,正好印证月空为吉神。在古人看来,人是"禀五行之气,阳施阴化"而成,所以妇人生产时,也需要"顺四时五行之气",以防五行"刚柔刑杀,互相害克"。③从阴阳观念来说,作为月中阴神的"月空",为极阴之神,所在之处,便于产妇吸取阴气,对产妇生产颇为有利。同时,这与民众观念中月亮为女性保护神,二者存在阴阳属性、自然、生理周期相似性。④ 对于处于生死关头的女性而言,危难之际祈求保护神护佑,再自然不过。这也正好可以理解月空之地宜安置产室的说法。

相对月空吉神,"诸凶神"的"诸"涵盖了十三神明。不仅产妇临产设帐需要逐月空福德之地,避开诸多凶神,产妇坐产、埋胞衣同样也需要遵循此禁忌:"产妇犯之,大凶,宜依月空处坐,吉。其儿衣亦依天德月空之处藏之,吉。"⑤可见,产图围绕趋吉避害的原则指导产帐、埋胞衣位置的选择,即避开每月诸凶神所

---

① 《外台秘要》,第927页。
② 〔清〕李光地等撰:《御定星历考原》,收入《四库术数类丛书》(九),上海古籍出版社,1991年,第40页。
③ 《诸病源候论》,第229页。
④ 拙文《从敦煌曲子词看中古民间祷祝活动》,《文化遗产》2016年第5期。
⑤ 《外台秘要》,第930页。

在方位,按产图中吉神空地福德所在方位行事。这为产期设帐、安产等提供了设置方向和行动指南。在安置产房、埋胞衣之时尽量避免诸凶神所在,以免产妇分娩时的秽气触犯诸神,导致不测。

其实,按月设帐方法在已亡佚的《产经》中早见记载。《医心方》卷二三"产妇安产庐法第五"引《产经》云,"案(按)月之方安产庐,吉",并指出每月设庐的吉利方位:正月、六月、七月、十一月东南向作庐;二月、三月、四月、五月、八月、九月、十月、十二月西南向作庐。① 将方位与月份对应用来指示每月设庐吉祥方位。从《产经》按月安产庐法到《外台秘要》十二月立成法所引《崔氏产图》,这正好印证了汉唐以来产图经历了内容逐渐整合、规格逐渐统一的过程。② 显然,唐代《崔氏产图》把临产月份和设帐、安产、埋胞等综合于一图,显得较为繁杂。

为何妇女生产必须依据产图设帐、安产和埋胞呢?在《备急千金要方·妇人方上》"产难"和《外台秘要·产妇慎忌法六首》都有详细的解释。其中,《备急千金要方》卷二云:

> 凡生产不依产图,脱有犯触,于后母子皆死,若不至死,即母子俱病,庶事皆不称心。若能依图无所犯触,母即无病,子亦易养。③

医籍明确表明了是否遵循产图生产的两种截然相反的情况:妇女分娩不依产图行事,后果严重,母子皆死或病,诸事不顺等;若能依产图行事,不触犯神明、禁忌,便能母子安康。根据《崔氏产图》,产妇分娩方位的选择都是趋吉避害,尽量避免凶神所在之处,以免惹怒诸恶神,这是按产图设帐的意义所在。在当时人们的观念中,依产图行事对产妇母子的安危至关重要。如果不按产图行事,在人们看来,妇女分娩的血污会污秽诸神,致使神明报复。可见,产妇不洁的观念在唐代仍然存在。

按产图安帐、坐产、埋胞衣等风俗集中体现了古人所认为的产妇不洁的观念。产妇不洁观念根深蒂固地存在于古人的思想中。《说文》十二篇下释"姅"为"妇人污也",并引《汉律》"见姅变不得侍祠"。段注云:"谓月事及免身及伤

---

① [日]丹波康赖撰:《医心方》,人民卫生出版社影印,1955年,第508页。
② 《汉唐之间医书中的生产之道》,《"中研院"历史语言研究所集刊》1996年第67本第3分。
③ 《备急千金要方》,第30页。

孕,皆是也。"①"免身"指有孕、待分娩之身,而"伤孕"指小产。段注明确指出了"姅"字义内涵,是指女性月经、怀孕分娩、小产等生理性流血现象。怀孕、分娩、小产等情况都是女子处于血污期,所以认为女子不净。在此期间女子不得参与祭祀活动,已被汉代律法明文规定,可见民众乃至汉代当朝对产妇污秽等观念的认可程度。《礼记·内则》记载了妇女隔离分娩的情况:"妻将生子,及月辰,居侧室。"②这既是男女有别礼仪的体现,也折射出血污观念。血污观念(特指妇女生产、小产、月经期行经所带来的污秽)普遍存在于世界许多民族中,在南非地区许多民族认为妇女分娩的污染比月经来潮更为严重,更加危险。③

其实,产妇不洁观念在汉代江南地区已盛行,《论衡·四讳》对此现象提出批评:"讳妇人乳子,以为不吉,将举吉事。……皆不与之交通。乳子之家,亦忌恶之,丘墓庐道畔,逾月乃入,恶之甚也。"④可见,江南民众举办吉事、祭祀等事对产妇避之唯恐不及,生怕刚经历分娩的产妇所带血污冲撞神明,招致不测。这可能是坐月子习俗产生的深层原因。《小品方》"治产后诸方"云:"妇人产后满月者,以其产生,身经暗秽,血露未净,不可出户牖,至井灶所也,亦不朝神祇及祠祀也。"⑤可见,避灶君、井神、神祇、祠庙及各大凶神等,都是源于产妇产后不净的思想。

产妇不洁观念在敦煌文献中也有体现。《诸杂略得要抄子》"推诸禁忌讳"规定:"妇人产不满百日,不得为夫裁衣、浣衣,大凶。"⑥"大凶"有两层含义,从产妇和丈夫两方面利益考虑:一为产后未满三月,产妇忙于裁衣、浣衣等事不利于产后休息,出于产妇长期健康的考虑,是"大凶"。更深一层的寓意是,为夫君裁衣等事,会因产妇污秽,给丈夫带来厄运,故名"大凶"。敦煌禄命写本 P.3838《推九宫行年法》载人足、体上生疮,祟在山林灶君社庙,原因正是"孝子产妇秽污祭之"⑦。世人认为产妇不净,在于产妇刚经历分娩,身体尚未恢复。作为处

---

① 〔汉〕许慎撰:《说文解字注》,〔清〕段玉裁注,上海古籍出版社,1981年,第625—626页。
② 〔汉〕郑玄注:《礼记》,〔唐〕孔颖达疏,〔清〕阮元校刻《十三经注疏》本,中华书局,1980年,第1469页。
③ [英]弗雷泽:《金枝》,徐育新、汪培基、张泽石译,大众文艺出版社,1998年,第200页。
④ 〔汉〕王充撰:《论衡校释》,黄晖校释,中华书局,1990年,第975页。
⑤ 《小品方》,第143页。
⑥ 上海古籍出版社、法国国家图书馆等编:《法国国家图书馆藏敦煌西域文献》第17册,上海古籍出版社,2001年,第132页。
⑦ 陈于柱:《区域社会史视野下的敦煌禄命书研究》,民族出版社,2012年,第430页。

于过渡期,不洁和危险的产妇而言,参与祭祀、吉事等活动,自然是对所祭祀神明的不敬,对自身安全构成威胁。

妇女因为分娩生产血污致使不洁观念,在道教文献中也见记载。宋元时期《元始天尊济度血湖真经》正传达出因生产血污带来诸多厄难:

> 是故生产有诸厄难,或月水流行,洗浣污衣,或育男女,血污地神,污水倾注溪河池井,世人不知不觉汲水饮食,供献神明,冒触三光。……或致子死腹中,母亡产后,或母子俱亡,至伤性命。……横伤非命,死入酆都血湖地狱,备受诸苦,由积血以成湖,认幻缘而有狱。①

妇女生产带来的诸多罪孽,乃至沉沦受苦,主要是因为分娩生产过程中月水等血、污水污染或触犯地神之类的诸多神明,导致多种厄难的发生。在道家看来,这些厄难不仅包括分娩时子死腹中、母子俱亡等产亡现象,性命受伤等多种横祸,甚至死后还需到地狱受苦。这一切都是因为分娩时血水污秽触犯神明。因为分娩生产正是分娩过程中最秽污的时候,所以避诸凶神的方位设帐分娩就显得尤其重要。

正如处于过渡期中的孕妇被视为不洁和危险的对象,同样处于过渡期的产妇,也被视为危险和不洁之人。实施孕期、产褥期相关禁忌目的在于使孕妇、产妇、胎儿及婴儿不受邪恶力量侵袭,保证他们健康等。② 美国汉学家、人类学家马丁,我国台湾学者翁玲玲对产妇产后不洁问题都曾进行过系统论述,颇具代表性。③

从唐代医籍产图可知,产妇分娩时,家人需要从三方面做好产前工作:产前设帐即产房设置、安产及产后处理胎儿胞衣。不仅如此,分娩前的准备工作,除按照产图设置产房、安产等之外,在产科医疗技术不够发达的唐代,如何准确推算预产期,可能也是民众较为关注的问题。敦煌占卜文献相关记载恰好反映了

---

① 张继禹主编:《中华道藏》第 6 册,华夏出版社,2014 年,第 205 页。
② [法]范热内普:《过渡礼仪》,张举文译,商务印书馆,2010 年,第 37 页。
③ [美]马丁:《"不洁"的中国妇女——经血与产后排泄物的威力与禁忌》,王长华译,《思与言》1982 年第 5 期;翁玲玲:《女人、不洁与神明——台湾社会经血信仰的传统与现代》,台湾"中研院"民族学研究所主办"妇女与宗教研讨会"会议论文,1997 年;翁玲玲:《汉人社会女性血余论述初探:从不洁与禁忌谈起》,《近代中国妇女史研究》1999 年第 7 期;翁玲玲:《产妇、不洁与神明:坐月子仪式中不洁观的象征意涵》,《两性平等教育季刊》2002 年第 18 期。

民众运用占卜数术来解决这一难题,民众运用占卜术数来推算产妇产期和产所安置地点等。如 P.3322v＋P.3322《推占书》记载了用式占法推算产期:"何日生:月将加时,视胜先若临人年本命上,即日产。随胜先所在,为产时日,生产。"①P.2859《逆刺占一卷》:"丑时☳坎上来卜者,占忧主亡失,妇女妊身欲卧。"②这主要运用八卦结合时辰来推算吉凶、产妇产期。同一写卷还运用卦象、时辰来卜问分娩地点:"午时☳(☳)震上来卜者,占忧欲有辞讼,若妇人妊身求产处。"③可见,为了产妇能够平安产子,凡有关分娩的事项,如产期、地点等,都事先进行占卜,足以看出家人的重视。

在占卜后得知产期即将来临之际,家人也会在家中举办斋愿法会,祈求分娩时母子平安,此即难月祈福。当然,出于对分娩的担忧,在产妇垂死挣扎分娩时,家人也会为产妇母子祈福,这在难月文中得到集中体现,我们在"难月文祈福"部分专门讨论。

二、坐产分娩题材及相关习俗

《父母恩重经讲经文(一)》"草上落时风触体,尖声号叫不能言",《孝顺乐》第三首"眼见孩儿生草上,阿娘欢喜喜百般"等已涉及胎儿出母体落草的情况。前者"风触体"把产儿身体的柔弱、敏感以夸张手法表现出来;后者主要描写了母亲看到产儿平安落草后,久悬之心终于放下。讲经文、歌辞都描写了胎儿产于草上的情景。这源自讲经文、歌辞所敷衍佛经的相关记载。《父母恩重经》佛言:"寄托母胎,怀身十月,岁满月充,母子俱显,生堕草上。"④可见,产妇分娩之处可能铺垫了草蓐等物,以免胎儿出母体落地时受伤。

"孩儿生草上"侧面流露出古代产妇在草上分娩的生产史实,妇人分娩于草的说法至少可追溯至汉末。李贞德对马王堆出土《五十二病方》"婴儿索痓"条中"索痓者,如产时居湿地久,其肯直而口拘,筋挛而难以伸"的考证认为,先秦时期下地坐草似乎已成为主要分娩方式。⑤汉代以来有大量文献记载了与草相

---

① 《法国国家图书馆藏敦煌西域文献》第23册,第186—187页。
② 《法国国家图书馆藏敦煌西域文献》第19册,第158页。
③ 《法国国家图书馆藏敦煌西域文献》第19册,第158页。
④ 《敦煌本〈佛说父母恩重经〉研究》,《文史》1999年第4期。
⑤ 《汉唐之间医书中的生产之道》,《"中研院"历史语言研究所集刊》1996年第67本第3分。

关的分娩之事。《淮南子·本经训》"刳谏者,剔孕妇",高诱注:"孕妇,妊身将就草之妇。"①《世说新语·政事第三》载东汉名士陈寔"道闻民有在草不起子者"②,"在草"指"在草蓐",代指生子一事。南朝梁刘孝标怀疑此事是后汉贾彪事迹,而非陈寔,清余嘉锡认为是陈寔后人剽取旧闻,附会到陈寔身上,以为美谈。陈寔、贾彪都是东汉时人,可知东汉时分娩与"草"已经相关。《七修类稿·辨证上·谚语始》考证明代谚语"坐草"指"临产",源自晋代,并引用陈仲弓回车治"坐草不起子"事证之。③ 显然,"坐草"意指"生子"早在汉代就已存在。《〈世说新语〉笺释》云:"高诱去太邱(陈寔)时不远,'在草''就草'皆汉季坐蓐俗称。"④可见,汉代生产分娩时已注意在产妇产处铺垫草蓐。

汉时已把"在草""就草"等说法与妇人分娩相关联,在医籍文献也多见记载。《金匮要略》"妇人产后病脉证治第二十一"附方《千金》三物黄芩汤"云:"治妇人在草蓐,自发露得风。"⑤清徐彬(忠可)谓"在草蓐"是"未离产所"之意。⑥ "产所"当是妇女生产分娩的场所。《医心方》卷二三引刘宋医家陈延之陈述妇女分娩的危险时,也描述了坐草分娩方式:"古时妇人产,下地坐草,法如就死也。"⑦《外台秘要》卷三三引唐崔知悌《产图》,详细叙述了草在产房布置中的作用:"余便教屏除床案,遍一房地,布草三四处,……下敷慢毡,恐儿落草误伤之。"⑧《产图》明确指出在草下铺慢毡,也是为了更好地保护娇嫩的产儿,预防产儿摔伤。

在产妇分娩之处的地上布草,不仅是避免产儿直接落地受伤,更是以免分娩时的羊水、血污等排泄物污染地面。联系产妇不洁的思想来看,在分娩之处铺草防止分娩排泄物直接污染地面,确实是铺垫草蓐的另一主要原因。李贞德认为,铺草是古时为防止分娩污秽物弄脏地面,保持清洁和干爽常采用之法,并且在《汉唐之间医书中的生产之道》一文中指出"坐草"的由来:

---

① 刘文典撰:《淮南鸿烈集解》,冯逸、乔华点校,中华书局,1989年,第256页。
② 余嘉锡撰:《世说新语笺疏》,周祖谟、余淑宜整理,中华书局,1983年,第193—194页。
③ 〔明〕郎瑛撰:《七修类稿》,上海书店出版社,2009年,第257页。
④ 〔清〕李详:《李审言文集》,江苏古籍出版社,1989年,第186页。
⑤ 〔汉〕张仲景辑:《金匮要略》,中国医药科技出版社,2016年,第112页。
⑥ 王玉兴主编:《〈金匮要略〉三家注》,中国中医药出版社,2013年,第342页。
⑦ 《医心方》,第517页。
⑧ 《外台秘要》,第924页。

产妇既然蹲坐生产,而非卧床,分娩排泄物便极可能流到地上。铺草洒灰,应是保持清洁与干爽最常采用的办法。"坐草"一词即由此而来。①

李贞德指出产处铺草洒灰,并未明确指出"坐草"是如何源于生产处铺草。我们认为"坐草"可能是蹲坐在铺草的分娩处,产妇在铺草处采取坐产方式分娩,形似坐草上分娩,所以称为"坐草"。"坐草"既然是指妇女在草上以蹲坐的方式分娩,所以人们常以"坐草"来指代坐产姿势分娩。锺佩嫒根据产妇不洁的观点,认为为避免生产时血水污秽亵渎神明,所以在分娩处铺就草蓐等物,并念借地咒,以免带来不幸。②

草确实具有清洁功能,如如厕用草。《幽明录》"建德民虞敬上厕,辄有一人授手内草与之"③。如厕之纸称作"草纸"的称呼,现在一些地方仍在使用。出于清洁卫生考虑,铺草洒灰确实是简单方便之法。保持清洁卫生,首先是出于产妇母子产后健康考虑,同时亦避免污秽、触犯各大神明。可见,铺草有保护母子健康,防止胎儿落地时受伤,避免分娩排泄物污秽冲撞神明,给处于过渡期产妇母子带来伤害的双重功效。

产妇以坐姿坐在草上分娩,坐草一词真实描述产妇坐草上产子的分娩情况,后来逐渐用它来指代分娩。孙思邈《备急千金要方》卷二"产难第五"记载了二十一条治产难的药方,其中第一条"坐草数日不产,血气上抢心,母面无颜色,气欲绝者方"。④ 此方用于几日未能成功娩出胎儿的难产情况。未收入《大藏经》的敦煌写经 P.3916《佛顶心观世音菩萨疗病催产方》是用于救助难产的经卷。此经对产妇待产姿势有相关描述:"(女人),或身怀六甲,至十月满足,坐草之时,忽分解不得,……"⑤根据经卷所描述的情形,十月临盆之际,"坐草"正是指产妇蹲坐于草上分娩的方式。可以说,从产妇角度,"坐草"是指产妇临产分娩,对于胎儿而言,其诞生称为"落草"。新生儿从母亲产道滑出落在草上,"落草"形象地表现了新生儿出生落在草上这一现象。

---

① 《汉唐之间医书中的生产之道》,《"中研院"历史语言研究所集刊》1996 年第 67 本第 3 分。
② 《传统孕产民俗及文学作品之研究》,第 203—204 页。
③ 〔南朝宋〕刘义庆撰:《幽明录》,收入鲁迅辑录《古小说钩沉》,《鲁迅全集》第 8 册,人民文学出版社,1973 年,第 402 页。
④ 《备急千金要方》,第 30 页。
⑤ 郑阿财:《敦煌写本〈佛顶心观世音菩萨大陀罗尼经〉研究》,《敦煌学》2002 年第 23 辑。

敦煌文学出现胎儿"草上落时""孩儿生草上"等情景的描写源自汉代以来社会上产妇分娩的真实生活。文中的"草"并非仅仅指以防产妇染上产疾和胎儿落地受伤之用的草蓐，也指坐产分娩方式。草既然是分娩时的必备品，这也就是说，在产妇分娩之前，家人在安置产房时，需要在分娩处铺草。《外台秘要》卷三三详细记载产妇临盆之际，家人布置分娩处的情景：

> 儿妇腹痛，似是产候，余便教屏除床案，遍一房地，布草三四处，悬绳系木做衡，度高下，令得蹲当腋，得凭当衡，下敷慢毡，恐儿落草误伤之。如此布置讫，令产者入位，语之坐卧任意，为其说方法。①

"屏除床案"，于"房地"铺草，意味着是在地上铺草，产妇分娩处就在地上，所以《小品方》称"下地坐草"。除了铺草之外，在草下也铺有毡，这说明地上所铺的草可能并不厚。在铺草铺毡处上方以悬绳系木方式做有"衡"，"衡"的作用在于助产，使妇女分娩用力时，有支撑点。诸事安排妥当，产妇才能入位分娩。"令得蹲当腋"表明产妇可利用"衡"的作用，蹲坐分娩。"坐卧任意，为其说法"，这说明分娩现场有助产者指导产妇分娩，至于采用坐产、卧产分娩方式，全由产妇根据自身习惯和状态自行决定。

坐产、卧产分娩方式早在《诸病源候论》卷四三中已有记载：

> 妇人产有坐有卧。若坐产者，须正坐，傍人扶抱肋腰，持捉之，勿使倾斜，故儿得顺其理。卧产者，亦侍卧定，背平着席，体不伛曲，则儿不失其道。②

坐产、卧产都需要依照方法操作，以求平安产子。显然，《诸病源候论》中的坐产之法与唐代产房中设衡以助产稍微不同，主要借助人力"扶抱肋腰"完成分娩过程。具体方法是旁人扶着、抱着或勒产妇腰，令产妇坐正，使胎儿顺产而下。这主要是通过助产者用力抱腰、勒腰等外力，迫使胎儿顺产道而下。

助产分娩现象在敦煌变文中得到了大量描写。《八相押坐文》《八相变

---

① 《外台秘要》，第924页。
② 《诸病源候论》，第230页。

(一)《悉达太子修道因缘》《太子成道吟词》等[1]都描写了净饭王夫人手攀无忧花枝叶,佛祖释迦出世的情景。其中,对净饭王夫人分娩情景描写得较为详细的作品当属《太子成道经》,其以散文化语言对夫人临盆时情景进行描写:

> 喜乐之次,腹中不安,欲似临产。乃遣姨母波阇波提抱腰,夫人手攀树枝,彩女将金盘承接太子。[2]

在此之前有四句韵文吟词,此吟词又见于《太子成道吟词》,主要通过摩耶的视角,把她在后园所见的景象描绘出来,如彩女奏乐、鱼游碧波、无忧花色等,为佛祖降世营造了一片祥和景象。散文部分则详细描写了姨母抱腰助产、夫人攀枝、金盘接太子等内容,形象生动。夫人手所攀树枝,在分娩过程中发挥着"衡"所提供力量支撑点的作用。这显然是隋唐以来医籍所载分娩方式在文学作品中的再现。

罗宗涛在考证《太子成道经》题材时,指出此情节本于《根本说一切有部毗奈耶破僧事》卷二和《佛说众许摩诃帝经》卷三所言天帝化为老母障于夫人前。[3]虽说讲经文、变文演绎佛经,但并非事事都源于佛经。摩耶夫人在净饭王王宫后园分娩情节、生孩子习俗,显然是敦煌佛传文学作品(《太子成道经》系列佛传变文)中国化过程中被改造的情节之一。[4] 佛教徒为推广佛教教义或讲唱者为争取、吸引更多听众,他们不免会吸收当时社会普遍存在的与民众生活较为贴近的真实题材,将之融入说教或讲唱中来。

抱腰、攀衡助产分娩情况正是隋唐社会普遍存在的分娩方式。无论是从袖中生抑或右胁出,变文在表现佛祖神奇出世的同时,仍间接地反映了唐代世俗中借衡坐产的分娩方式。夫人手攀无忧花枝叶情景,在彰显无忧花所具有的佛国意义和神奇功能之际,也扎根于俗世社会的分娩场景。夫人手攀的无忧花枝叶无疑与《外台秘要》"悬绳系木"功能相似,讲经文、变文此情节创作原型源于唐代社会中真实存在的借衡分娩方式。

---

[1] 《敦煌变文校注》,第1239、508、470、481页。
[2] 《敦煌变文校注》,第436页。
[3] 罗宗涛:《敦煌讲经变文研究》,佛光山文教基金会,2004年,第24页。
[4] 梁尉英:《敦煌佛传概观及其中国化之特点》,收入段文杰等编《敦煌学国际研讨会文集:石窟艺术编》,辽宁美术出版社,1995年,第319—354页。

坐产分娩的生活被《太子成道经》以姨母抱腰、手攀树枝的形式表现出来。游园喜乐之际,摩耶忽感腹中不适,于是由姨母抱腰,摩耶攀枝分娩,显得较为随意,却在情理之中。这为读者描摹了一幅抱腰分娩的画面,颇为生动。为了显示太子的高贵地位及佛祖的神圣,出母体方式与众不同,佛祖被金盘承接,而并非如芸芸众生落于草或毡上。

《太子成道经》描写临盆前夫人在歌舞声中游园,而且夫人分娩正是在"喜乐之次"。对此,《悉达太子修道因缘》也有相关记载,《报慈母十恩德》第三首"第三生子忘忧恩"在歌颂产子后的感受时,也歌曰"寸寸肝肠断,闻音乐"。这些描写是否预示着敦煌地区产妇分娩是在家人祈福声及法事佛曲中完成?

联系唐代医籍相关记载,不难看出民众在妇女分娩之前做了许多备产、助产、护产工作,如服药助产、择地设置产帐、分娩地面的卫生工作等。王梵志诗所反映的产图在妇女分娩过程中的运用,如依照产图设帐、安产和埋胎等行为做法正是民众思想中产妇不洁观念的体现。敦煌文学分娩场面的描写,真实表现了唐代产妇在草上坐产分娩的生产事实。

第三节　难月祈福题材及救产措施

在产妇分娩之前,家人通过占卜方式或运用产图,推知产期、选择产帐位置、设帐、安产等,为产妇平安生子做充分必要的准备工作。为了保证母子平安,在高死亡率的分娩来临之际,孕妇家属会在临产前开展难月祈福活动,借助神明为母子祈福是敦煌民众宗教信仰中不可或缺的重要环节。

面临九死一生的分娩,为求母子平安,家人会举办难月祈福斋会、法会等活动。谭蝉雪指出,敦煌地区在难月期间开展的生育习俗活动主要有写经绘像、道场舍施和延僧请佛,而写经绘像和延僧请佛只有官员和名门望族才有经济能力举办。[①] 对于敦煌民众而言,小额度财物的施舍成为他们寻求神明护佑母子平安的重要手段,这集中表现在斋会、法会活动中。斋会、法会活动内容如实地记录在斋愿文中,敦煌难月文就对难月祈福情景多有表现。

正是因为产前祈福较为重要,学者们早已关注到难月祈福和救产等方面的

---

① 谭蝉雪:《敦煌民俗——丝路明珠传风情》,甘肃教育出版社,2006年,第248—250页。

问题,而且成果颇丰。谭蝉雪侧重探讨难月写经绘像、道场舍施等活动。① 阿依先以敦煌难月文为主,结合密字道法符印中的念咒吞符,探讨唐宋民众在诞育祈福、救产方面的处理方式。② 在此基础上,梁丽玲梳理敦煌难月文文本,并与佛教典籍相结合,对难月祈福、救产等活动进行研究。③ 李翎、马德则侧重讨论敦煌《救产难陀罗尼》《佛顶心观世音经》等在救产方面的普遍运用。④ 这些论著在难月祈福活动、救产方式方法等方面已开展了细致的研究。在此基础上,我们仍然以敦煌难月文为研究文本,比较不同的难月文范本,分析文本中所蕴含的祈福场景、祈福内容等。在探讨吞符、念咒等救产难方式之外,注重医药救治产难的各种不同情形,以便较为全面、系统地勾勒难月祈福、分娩救产等场景。

一、难月祈福题材

敦煌文学有关产妇分娩的题材着重表现分娩的危险性、分娩给产妇带来的剧痛。为降低分娩危险、缩短分娩时间、减轻产妇痛苦等,家人势必会开展一系列难月祈福,乃至救产活动。

在妊娠期间,怀胎第十个月是由孕妇到产妇、腹中胎儿到产儿角色转化的关键期与过渡期,也是孕妇母子二人命悬一线的重要时期。这一时期被称作难月,即孕妇临月待产当月,一般指孕期最后一个月,即怀孕第十月。产前祈福主要是指发生在临盆前夕,为祈求顺产、产妇母子少受分娩之苦及母子平安等事宜的祈福活动。对祈福情况多有表现的资料主要集中在难月文中。举办难月祈福活动的目的就是保证顺产和保护母子(有时也包括父亲、近亲、整个家庭乃至氏族)不受邪恶力量侵害。⑤

为了促使产妇平安分娩、母子平安,唐宋时期敦煌社会确实存在为产妇难月举行祈福仪式的活动。根据《沙州文录补·绘观音菩萨功德记》及其题记,乾德六年(968)曹议金儿媳与孙辈通过绘观世音像供养为临产孙媳做功德,祈求

---

① 《敦煌民俗——丝路明珠传风情》,第248—250页。
② 阿依先:《祈佛求道、护佑诞生——以敦煌〈难月〉诞育愿文为中心》,《敦煌学辑刊》2007年第2期。
③ 《敦煌文献中的孕产习俗与佛教信仰》,《敦煌吐鲁番研究》2015年第15期。
④ 李翎、马德:《敦煌印本〈救产难陀罗尼〉及相关问题研究》,《敦煌研究》2013年第4期。
⑤ 《过渡礼仪》,第34页。

观世音菩萨护佑。类似的祈福活动在敦煌文学中多有表现。《父母恩重经讲经文(二)》描绘了家人烧香、念佛、延请僧侣为产妇母子祈福的情景:

> 怀耽(担)十月欲将临,苦切之声不忍闻。千回念佛求加护,万遍烧香请世尊。将临十月怯身灾,只怕无常一念催。那边礼佛声嘹亮,这伴(畔)金经次第开。①

从首句"怀耽(担)十月欲将临"可知,祈福活动在临产之前的难月期间举办。讲经文用"苦切之声""只怕无常一念催"间接地表露出祈福目的在于祈求佛祖护佑母子平安,减免分娩的痛楚,避免生命无常。在古人视为生死攸关的分娩时刻,既洋溢着对新生命到来的期待和喜悦,又更多地表现出对难产、死亡的恐惧。

产妇乃至全家对分娩生产的恐惧集中体现在敦煌愿文难月文中。梁丽玲对难月文概念进行界定:"难月文,又称为'患难月文'或'难月',即妇女临产前夕,由施主(家人)到寺庙举办祈福法会,延请僧众向三宝祈求顺产所诵念的愿文。""较能客观呈现敦煌百姓的生育习俗者,当为难月文中保留的讯息。"②难月文不仅能真实反映敦煌民众的生育习俗,而且其中蕴含了大量的救助祈福习俗。黄征等对难月持不同的观点,他们认为难月既指难产,又指家属为难产中的产妇祈求神灵助护时所诵读的文章。③ 我们以为,难月既指分娩之月,也是难月文的简称。并非每个产妇在分娩时必定发生难产情况,但是在高死亡率的情况下,无论分娩时难产与否,难月期间祈求顺产或产妇母子平安等,都是家属发自内心的真实愿望。S.6551《佛说阿弥陀经讲经文(二)》"怀胎难月,母子平安"④,正是表达了母子平安的难月祈福心愿。

经过对敦煌难月文的搜集、整理,我们发现这些愿文在结构、语言方面呈现程式化的特点,但是其中饱含着质朴真切的情感,蕴含着民众内心真实的愿望,具有较高的史料价值。黄征等对包括难月文在内的愿文结构曾总结如下:

---

① 《敦煌变文校注》,第1000页;《敦煌变文选注》(增订本),第1518页。
② 《敦煌文献中的孕产习俗与佛教信仰》,《敦煌吐鲁番研究》2015年第15期。
③ 黄征、吴伟校注:《敦煌愿文集》,岳麓书社,1995年,第34页。
④ 《敦煌变文校注》,第684页。

> 敦煌愿文的写作,无论其所述内容如何变化,文章格式一般都可分为三段:首段为弘扬佛教的教义和教法;二为实际内容,即写作的原因和目的;三为祝愿和祈求。……(首段)通常不受文章内容的制约,可以随意选用任何一段作为全文的首段。有时为了书写省力而略去不用者,则当由宣读者临时补上。①

可见,弘扬佛法教义等内容的首段可以说是通用性的套用范本,可适用于一切愿文,而且在写本中的位置较灵活,可有可无。对于第二、三段内容,梁丽玲针对难月文指出,内容结构由申明举办法会的用意、祈求的动机和目的、祝祷发愿三部分组成。② 根据此结构,我们可将诸难月文分为两大类,一类为结构完备的三段式,包括弘扬佛法及教义的首段、办法会的目的和祝愿内容。如 S.1441v《患难月文》,S.1441v、P.3825《难月文》,S.5561、S.5593、S.5957、P.3765《难月文》。另一类较简略,仅存祈愿内容。如 S.5639、S.5640 王三庆拟题作《难月文》两篇,BD06132 号 v2(北姜 32v、北 7069)《难月文》,S.4081《回向发愿等范本》中"难月",S.5639、S.5640《亡文范本等》"唯愿夫人娩难之日",S.6417《愿文》等。我们分别选取 S.1441v《患难月文》、BD06132 号 v2(北姜 32v、北 7069)代表这两类难月文,以此讨论产前祈福内容。

S.1441v《患难月文》:

> 至觉幽深,真如绵邈,神功巨测。外献七珍,未证菩提,遂舍转轮之位;内修万行,方证无上之尊。然今坐前施主舍施念诵所申意者,奉为某人患难之所建也。
>
> 惟患产乃清贞淑顺,妇礼善娴;智德孤明,母仪初备。遂因往劫,福凑今生;感居女质之躯,难离负胎之患。今者旬将已满,朔似环周;虑恐有伤毁之酸,实惧值妖灾之苦。故即虔心恳切,望三宝以护持;割舍珍财,仰慈门而稽颡。伏闻三宝是济厄拔苦之能人;大士弘悲,无愿不从而惠化。以兹舍施功德、念诵焚香,总用庄严患产即体:惟愿日临月满,果生奇异之神;母子平安,定无忧嗟之厄。观音灌顶,得受不死之神方;药上扪摩,垂惠长

---

① 《敦煌愿文集》,第 27 页。
② 《敦煌文献中的孕产习俗与佛教信仰》,《敦煌吐鲁番研究》2015 年第 15 期。

生之味。母无痛恼,得昼夜之恒安;产子仙童,似披莲而化现。

又持胜福,次用庄严持炉施主合门长幼等:惟愿身如松岳,命等苍冥;灵哲之智朗然,悟解之心日进。父则长居禄位,母则盛德恒存;兄弟才艺过人,姊妹永修贞洁。四生离苦,三有获安;同发菩提,咸登觉路。①

此类难月文结构完备,先称颂佛法教义和歌颂佛法高深,之后在写作原因或目的部分点出施主割舍钱财、焚香念诵的目的在于为患产难妇女祈福,或陈述患者之德,或歌颂神明之神通,并再次点明施舍功德,以求护持。最后以"惟愿"领起所祝愿的内容。所祈祷的范围不单局限于母子平安、胎儿聪灵、分娩时母无痛楚、子似仙童等,而且亦为施主全家上下祈福。所祈福的菩萨主要有观音、药上菩萨等。

在声明写作目的和原因之后,难月文首先以铺排方式称赞了产妇的贤良淑德、母仪风范等,其次,道出割舍珍财,敬奉三宝的原因在于月满分娩,祈求大士弘法,济产妇母子灾厄,最后夸赞即将出世的产儿为仙童转世,如"似披莲而化现"句用比喻手法喻示产儿为佛教仙童转世,较为传神。

从《患难月文》的结构可以看出,此类难月文具有较烦琐的程序。在举办法会宣读难月文时,为了确保神明护佑助产的灵验,表达施主对神明的虔诚,斋愿法会可能严格按照法会程序进行祈福。

相对而言,第二类难月文较简略,易于操作。BD06132号v2(北姜32v、北7069)《难月文》:

[惟愿]盈童启孕,福子归门;状若空裏之分星,似天边之布月。子无声啼之响,母无痛恼之忧;母子平安,早得分离。所以是危中告佛,厄乃求僧;敬舍珍财,乞祈加护云云。唯愿阿弥陀佛,密护神光;药师如来,遥垂大愿。照慈亲而延万福,资福智而保千春;母子平安,早得欢尔。②

据S.6417《愿文》可知,此文篇首应有"惟愿"二字,由此领起祈愿内容。把即将临盆的胎儿称为福子,既是对胎儿的称赞,也是对施主及其家族的夸奖。此后,难月

---

① 《敦煌愿文集》,第33—34页。
② 《敦煌愿文集》,第707页。

文紧接着运用比喻手法,把福子比作天空星月,以赞誉产儿不凡身世。与第一类难月文不同,此类主要围绕产妇母子进行祈福:母子平安、快速分娩、母子无痛等。"危中告佛,厄乃求僧"表明此类难月文宣讲的场合可能是在产妇分娩遇到难产的情况下,家人在危急关头求僧告佛,举办斋愿法会,祈求母子早日平安分离。此类难月文篇幅较小,可能所举办的法会程序较少,选择紧要内容发愿。当然,也不排除此类愿文作为范本灵活运用到任何难月祈福活动的文本中。

此类五篇难月文中,S.6417《愿文》和S.4081《回向发愿等范本》中"难月"仅以祈福内容为主,且前者内容几乎与BD06132号v2(北姜32v、北7069)前两句相同。可见,作为仪式文学的难月文具有明显的固定写作模式,程式化现象突出。

S.5639、S.5640所载两篇《难月文》,前者首先讲述佛祖出世的情景,随后祈祷。祈祷内容与诸难月文略显不同,主要希冀产妇分娩状态能如净饭王夫人般轻松、喜庆,并且分别对男女胎儿报以美好祝愿。后者则首先陈述了产妇怀孕的神奇及怀孕的美好,点出设供、延僧请佛的目的在于祈求无痛分娩、母子平安、子如仙童等。这两篇难月文文辞典雅、立意较高,很可能是敦煌地区名门望族为产妇难月祈福,在斋会上所宣读的文本。由文中"延僧请佛"可知,设斋祈福的施主身份应该不是社会下层平民百姓。

这些难月文所祈祷的神明主要有阿弥陀佛、药师如来、观音、四王、佛法僧三宝等。显然,民众把产妇母子平安渡过分娩生死关头的希望全然寄托于佛教神明及僧侣身上,这也侧面流露出佛教对民众世俗生活的影响。

通过对这两类难月文的文本比较,可知二者存在三方面的异同:

其一,第一类难月文结构完整,运用场合仪式较多,程序繁复,发愿祈福的范围更广,似为借产妇临盆之际为全家人兴办斋愿法会。第二类较简便,并无弘扬佛法的首段和举办法会原因的说明等,仅存发愿内容,且祈福内容始终围绕母子平安、早日分离而展开。

其二,两类难月文所祈福的神明都是佛教菩萨、护法等,且呈现出逐渐多元化趋势。二者都是斋愿法会上难月祈福愿文,不仅供奉佛教菩萨,而且向佛法僧三宝等求救,说明佛教信仰在难月祈福活动中已根深蒂固。这也侧面流露出难月分娩对产妇母子生命的威胁,致使家人虔诚礼佛祈祷。

其三,难月文尽管属释门应用文,但是在程式化模式逐渐消退之时,文学色彩在逐渐地增强。如用词典雅,使用生动、形象的文学语言进行铺排、叙述。多使用明喻对母子进行称颂,以表现产妇端庄贤良等优良品德,产儿不同凡响的传奇身世。此外,以上难月文都流露出祈福活动具有很强的功利性和世俗性,民众通过舍施财物来获取神明的护持,祈求平安。

以上难月文不仅透露出难月祈福的重心在于母子平安,甚至全家吉祥,还表现出对产儿的美好祝福。如"产子仙童,似披莲而化现""福子临门"之类。P.2526v、P.2543v《愿文段落集抄》根据产儿性别,祈祷内容有所区别,颇具代表性:"生男则如珠如玉,国宝国师;诞女乃如兰如芳,人修人敬。"①可以说表达了父母望子女成龙凤的美好心愿。男儿出仕成国家栋梁之材,名利双收,而女孩品貌端庄,贤良淑德,令人称赞。P.2122、P.3210、BD09541(北殷62)《佛说阿弥陀经押座文》"更有怀胎难月人,愿诞聪明孝养子"②,希望所诞之子聪明,日后孝顺,也是普天下父母的心愿。从妇女孕期胎教及孕妇所遵守的禁忌来看,孕妇及家人的出发点都是希望诞下的孩子能美貌聪明、知书达理。由此看来,难月祈福活动在承担分娩过程消灾免厄责任的同时,也肩负着对胎儿的美好祝愿。

家人在难月举办斋会、写经绘像、布施散财为产妇母子祈福,向神明祈祷产妇顺产、母子平安。祈神护佑是普天下民众的心愿,何况是生死攸关的分娩时刻。这在回向文、开经文中有所表现。S.1924、P.2855、P.3332v《回向发愿》"怀胎母子,早愿平安"③,S.4537《开经文》"怀□(胎)难月,母子平安"④。在产妇平安分娩之后,民众为表示对神明护佑的感激,又举行报赛活动。报赛是祈赛活动除了祈福之外的另一重要内容,主要是指对神明的酬报⑤,类似如今的还愿。P.3491"母子平安,感荷允心,赛酬前愿",这正是述说了民众在母子平安心愿得以实现之后,内心对神明的感激之情及想要报赛神明护佑之事。

其实,为了避免难产,家属除了开展各种祈福活动,写经绘像做功德,也会使用一些医方来规避难产的出现。敦煌医药文献中保存了一些颇具巫术色彩的用于预防难产的医方。如P.3378v《杂疗病药方》、P.2666v《单方》、S.6177v《医方》和P.3930《医方书》等。可以说,民众运用宗教祈福、写经绘像、民间秘方等多种方式为产妇平安分娩保驾护航。

---

① 《敦煌愿文集》,第194页。
② 《敦煌变文校注》,第1161页。
③ 《敦煌愿文集》,第359页。
④ 《敦煌愿文集》,第478页。
⑤ 谭蝉雪:《敦煌祈赛风俗》,《敦煌研究》1993年第4期。

二、敦煌文献中的救产措施

虽然产前家人为产妇举办法会祈求顺产或无痛分娩,但是在具体的分娩过程中,难产或胎死腹中等情况并不少见。《庐山远公话》详细描写了十月临产时"三朝五日,不肯平安"的生苦①,实际正是产妇难产情形的真实写照。面对母子命在旦夕的情况,家人主要通过给产妇佩戴或吞服佛教经咒符,或称诵佛号等,或者给产妇服用专治难产的医药单方对产妇母子进行救助,尽量避免产亡或难产等现象发生。

(一)佛教救产方

佛教在关注人类生老病死的过程中,给予孕、产妇更多的怜悯和关怀,主要表现在求子、安胎、救产难等方面。尤其是产妇通过吞符、称诵、佩戴佛号、神咒等形式来实现顺利分娩、母子平安的愿望。

1. 吞符

古代社会常见的产妇产亡和胎死腹中等情形,在敦煌佛教灵验小说中也有所反映。如《佛顶心观世音菩萨救难神验记》记载四则神验故事,其中一则载一妇人常持《佛顶陀罗尼经》,因三年前曾毒害一人,此冤家常托胎其腹,欲难产置妇人于死地,三次未果,胎儿产下不过两岁就夭折。在第三次胎儿夭折之时,妇人忆往昔"向母胎中,百千计较,抱母心肝,令其母千生万死,闷绝叫唤"的难产情景,不禁放声痛哭,感得观音化作一僧,为妇人讲解因缘。此为冤家三度托生复仇,因妇人常持《佛顶心陀罗尼经》,且供养不缺,故三次未产亡。② 故事为宣扬《佛顶心陀罗尼经》称难产是冤家托胎寻仇所致,产妇竟然连续三次难产,这真实反映了当时难产在妇人分娩中的普遍性和高发性。三次难产未死,原因在于产妇常持《佛顶心陀罗尼经》,而此灵验故事的目的正在于借难产未亡事鼓吹和宣扬常持《佛顶心陀罗尼经》的神验。

《佛顶心陀罗尼经》全称《佛顶心观世音菩萨大陀罗尼经》,分上、中、下三卷。其中,卷上题作《佛顶心观世音菩萨大陀罗尼经》,卷中题作《佛顶心观世音

---

① 《敦煌变文校注》,第 259—260 页。
② 《敦煌小说合集》,第 359—360 页。

菩萨疗病催产方》,卷下题为《佛顶心观世音菩萨救难神验经》,即上文神验故事所本。我们细究故事中冤家为何借难产事寻仇,在于分娩确实是妇女死亡率较高的时刻,更重要的是《佛顶心陀罗尼经》之卷中《佛顶心观世音菩萨疗病催产方》载有治疗产妇难产的催产方,借难产灵验故事更能达到宣传此经灵验的效果。

P.3916《佛顶心观世音菩萨大陀罗尼经》卷中《佛顶心观世音菩萨疗病催产方》,详细记载了难产情况的处理办法:

> 又设复若有一切诸女人,或身怀六甲,至十月满足,坐草之时,忽分解不得,被诸恶鬼神为作障难,令此女人苦痛叫唤,闷绝号哭,无处投告者,即以好朱砂书此陀罗尼及秘字印,密用香水吞之,当时分解,产下智慧之男、有相之女,令人爱乐。①

郑阿财考订此经写成时间约在中唐时期,并认为此卷为持诵此经者将疗病催产妙方附记于经文后,经过辗转传抄,误成经文一部分。② 我们认为这可能出于信徒为鼓吹此经,编撰并抄写此类治病催产妙方,附于经书后,以推进此经的传播。卷中称用朱砂书写此陀罗尼及秘字印,秘用香水服之,不仅能逆转难产为顺产,平安分娩,更能使胎儿男有智慧,女有相貌,功效较为神奇。使用方式为吞服,但不知"香水"具体为何物,"秘字印"可能像道家的符。③ 这说明佛家在世俗化过程中吸收了道家符印文化为其所用。

---

① 郑阿财:《敦煌写本〈佛顶心观世音菩萨大陀罗尼经〉研究》,《敦煌学》2002年第23辑。
② 郑阿财:《见证与宣传——敦煌佛教灵验记研究》,新文丰出版公司,2010年,第134、141页。
③ 《敦煌印本〈救产难陀罗尼〉及相关问题研究》,《敦煌研究》2013年第4期。

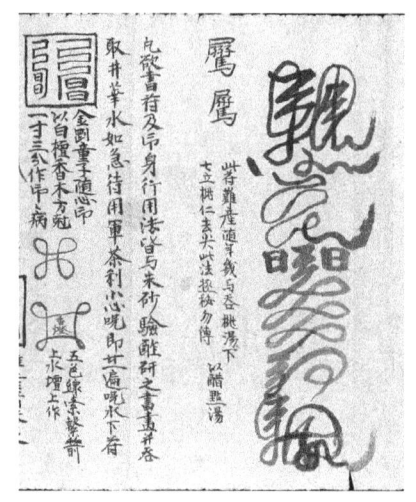 

左：图 5-3　S.2498《观世音菩萨符咒》"难产符"（一）
右：图 5-4　S.2498《观世音菩萨符咒》"难产符"（二）

敦煌民众在救助难产时,确实运用了诸如"秘字印"之类的难产符。敦煌写本 S.2498《观世音菩萨符咒》中存有两种专治产妇难产的难产符。一者状若复杂草书,旁有相同的两字,字由"尸"、三"子"、"马"三部分上中下结构组合而成,附文:"此符难产,随年几（纪）与吞,桃汤下,以醋点汤。七立（粒）桃仁,去尖。此法极秘,勿传。"（图 5-3）①此符前接"洗眼符",后接"金刚童子随心印"。梁丽玲在描述此符时,把后两行文字也归入此符②,值得商榷。此两行文字应为后符印的使用方法,文中所说的"印"应指后文"金刚童子随心印"。此难产符也见于《外台秘要》卷三三,此符下附文"逆产、横产,吞此符"③,明确指出其为逆产、横产所用,此仅指出用途,未明确用法。这补充、完善了敦煌本《观世音菩萨符咒》难产符的相关内容。

一者为方形,附文:"难产者吞之,儿出。手把符出,见验,大吉。"（图 5-4）④难产者吞符产儿,难产符竟能被产儿手把而出。此现象见载于唐张读《宣室志》

---

① 黄永武主编:《敦煌宝藏》第 20 册,新文丰出版公司,1981 年,第 239 页。
② 后两行文字为"凡欲书符及印,身行用法,皆与朱砂验酢研之,书画并吞。取井华水,如急,待（持）用军荼利小心咒,即廿一遍,咒水下符"。《敦煌文献中的孕产习俗与佛教信仰》,《敦煌吐鲁番研究》2015 年第 15 期。
③ 《外台秘要》,第 938 页。
④ 《敦煌宝藏》第 20 册,第 239 页。

"骆玄素"条,其云骆玄素得东真君授符术,"自此以符术行里中。常有孕妇,过期不产,玄素以符一道,令饵之,其夕即产,于儿手中得所吞之符"①。此符为何状,此处文献未交代,但从敦煌写卷中可知难产符有方印状。

敦煌写卷中两符咒,后者较简单,前者在吞符时需考虑产妇年纪,其中所用的桃汤、桃仁等既具有医药价值,更具有驱鬼辟邪功能。《论衡·订鬼》引《山海经》佚文记度朔山有大桃木,"其枝间东北曰鬼门,万鬼所出入也。上有二神人,一曰神荼,一曰郁垒,主阅领万鬼。恶害之鬼,执以苇索,而以食虎。于是黄帝乃作礼以时躯之,立大桃人,门户画神荼、郁垒与虎,悬苇索以御[鬼]"②。《玉烛宝典》卷一引南朝宋刘宏撰《典术》云:"桃者,五行之精,厌服邪气,剒百鬼。故作桃板着户,谓之仙木。"③《太平御览》卷二九引《玉烛宝典》佚文亦云:"元日造桃板着户,谓之仙木,像郁垒山桃树,百鬼畏之。"④此处"桃板"为后世桃符的雏形。在民众看来,桃具有厌服邪气,驱鬼等功效。桃汤、桃仁与难产符一同吞服,势必加强难产符本身所具备的制伏邪气的功效。

符具有治鬼辟邪的功效在佚名《龙树五明论》卷上有所解释:"以符书背上,旧病得瘥。与产妇带之,邪见走避产妇,鬼神不能忤误。"⑤在佛家看来,产妇之所以难产在于有冤家托生作怪,吞符或佩戴之,方能起到厌服作用,护佑产妇平安分娩。

同时,上文催产方末句"产下智慧之男,有相之女,使人爱乐"一语让我们联想起敦煌石窟壁画榜题。如盛唐时开凿的第45窟南壁《观音经变》榜题有相似的求男求女的美好祝愿。此语源于《妙法莲华经·观世音菩萨普门品》经文。可见,敦煌地区的催产方受到《妙法莲华经》影响。《佛顶心陀罗尼经》在内容上借鉴了《妙法莲华经》,既可看出观音信仰的盛行,同时也流露出观音信仰与陀罗尼信仰相互影响,并交织融合。

据李翎、马德研究,敦煌本《佛顶心观世音经》(《佛顶心陀罗尼经》)是目前所知此经首次面世者,自唐代出现以来,此经相关的疑伪经经历五代、宋、辽、金、西夏以至明代一直流传不衰,且从西北边陲地区传至江南,从民间走向皇

---

① 〔唐〕张读撰:《宣室志》,张永钦、侯志明点校,中华书局,1983年,第164—165页。
② 《论衡校释》,第938—939页。
③ 〔隋〕杜台卿撰:《玉烛宝典》,《丛书集成初编》第1338册,中华书局影印,1985年,第51页。
④ 〔宋〕李昉等撰:《太平御览》第1册,中华书局,1960年,第138页。
⑤ 《大正藏》第21册,第957页。

宫,成了贫苦妇女乃至贵妇都顶礼膜拜的"圣经"。①《佛顶心陀罗尼经》风靡大江南北,经久不衰的较为重要的原因正在于它具有"救产难"功能,而这恰恰是妇女所迫切需要的。

2. 称诵或佩戴佛号、神咒

在妇女难产之际,除了让产妇吞服陀罗尼经秘字印、难产符等,也存在用来救助产难的其他佛经神咒之法。如 P.3920《佛说随求即得大自在陀罗尼神咒经》:"若有女人受持此神咒者,有大势力,常当生男。受胎之时,在胎安稳,产生安乐,无诸疾病,众罪消灭,必定无疑。"②"此神咒"指的是陀罗尼神咒,这显然是陀罗尼咒术。佛教认为,受持此神咒,不仅能孕前求男、孕中安胎,更能助产祛病消罪。持诵陀罗尼神咒与东晋时期通过称诵观音佛号、神咒来救助产难有相似的功效。东晋竺难提等译《请观世音菩萨消伏毒害陀罗尼咒经》:"若有妇人生产难者,临当命终,三称观世音菩萨名号,并诵持此咒,即得解脱。"③隋那连提耶舍译《大方等大集经·陀罗尼品》也记载通过呼神号来救产难:"若有妇人欲求子者,若复不愿有多子者,若有怀妊怖畏产难。彼诸人等应当至心称我名号,礼拜供养。"④凡求子、救产或是不复愿有多子等情况,都可通过称诵神名号来实现,但是需要虔诚称号、礼拜供养。

其中,P.3920《千手千眼观世音菩萨广大圆满无碍大悲心陀罗尼经》(以下简称《大悲咒》)记载了产妇难产时,通过称诵大悲咒,配合药方进行救治等方法:

> 若难产者,取胡麻油,咒三七遍,摩产妇脐中及玉门中,即易生。若妇人怀妊,子死腹中,取阿波末利伽草牛膝一大两,水二升和煎,取半升,咒三七遍,服即出来,一无苦痛。胎衣不出者,亦服药,即差。⑤

称诵大悲咒三七遍,配合不同的药材就能救治难产、子死腹中、胞衣不下三种产难情形,这从精神和医药层面有一定的科学性。称诵大悲咒,希望得到观世音

---

① 《敦煌印本〈救产难陀罗尼〉及相关问题研究》,《敦煌研究》2013 年第 4 期。
② 《法国国家图书馆藏敦煌西域文献》第 30 册,第 95 页。
③ 《大正藏》第 20 册,第 36 页。
④ 《大正藏》第 13 册,第 249 页。
⑤ 《法国国家图书馆藏敦煌西域文献》第 30 册,第 68—69 页。

救助，从心理上得以慰藉，缓解精神压力。在脐、玉门擦抹胡麻油，很可能起到按摩和润滑作用，易于胎儿滑出。此写卷与抄录于唐代的伽梵达摩于公元700年左右所译的《千手千眼观世音菩萨广大圆满无碍大悲心陀罗尼经》内容大致相同，文字稍有差异。① 伽梵达摩所译《千手千眼观世音菩萨治病合药经》也记载了临难产时称诵佛号或咒语，另加涂抹麻油助产等救产方法。②

从这些救助产难的经咒来看，救助产难时所祈求护佑的神灵主要是观世音菩萨。敦煌地区流传运用经咒来救助难产，这与密教及观音信仰的流行有关。③ 密教典籍记载了许多关于救助妇女产难的咒语及方法。如《陀罗尼杂集·佛说除产难陀罗尼一首》就是为难产专门而设，咒语后附记说明云："行此咒法者，咒油七遍涂产所，即易。"④ 可知，此法与《大悲咒》相似，都采用诵咒、抹油之法救产。

唐代所译的密教典籍中，类似的救产方法多见记载。如智通译《观自在菩萨随心咒经》："又法若妇人难产，取净油咒三遍，涂产门，儿则易生。"⑤ 阿地瞿多译《佛说陀罗尼集经》卷二云："若妇人产难产不出者，以此印印麻油器上，咒三七遍，将油摩脐诵咒，即出。"卷十云："又法若妇人难产，咒胡麻油七遍，以摩脐上，即得生儿。"⑥ 不空译《一字奇特佛顶经》卷上"先行品"："又除发咤字，难产妇人加持水或油，与饮及涂，即易产。"⑦ 可知，密教典籍中所载的救助产难之法，因为方法简单，易于操作，所以在敦煌民间盛传并广为采用。

随着密教与观音信仰在敦煌的流行，敦煌写卷中也常见此类救产经咒。据李翔、马德研究，敦煌印本 P.4516.9.6《圣观自在菩萨千转灭罪陀罗尼》图左边汉字记"念尼千陀菩萨普愿一切分解平善"，梵文咒语前有"救产难陀罗尼"六汉字，此印本主要用于救助产妇产难，方法是随身带持。⑧ "分解平善"指平安分娩，这是产妇临盆时愿望的具体表现，如《庐山远公话》"母子分解平善"，《父母恩重经讲经文（二）》"直须分娩蒙平善，慈母心安始彻头"等。

---

① 《大正藏》第20册，第108、110页。
② 《大正藏》第20册，第104页。
③ 《敦煌文献中的孕产习俗与佛教信仰》，《敦煌吐鲁番研究》2015年第15期。
④ 《大正藏》第21册，第605—606页。
⑤ 《大正藏》第20册，第462页。
⑥ 《大正藏》第18册，第798、873页。
⑦ 《大正藏》第19册，第294页。
⑧ 《敦煌印本〈救产难陀罗尼〉及相关问题研究》，《敦煌研究》2013年第4期。

除称诵佛号、佩戴咒语等,尽心供养诵经,也不失为一种救产方式。《佛说北斗七星延命经》:"若有女人怀胎难月,若遇此经信敬供养,即一得母子分解厄难消除,所生儿女,皆得端正长命果报。"①在民众看来,处于难月中的产妇自行供养经卷,积累福报,不仅能消除分娩厄难,而且所生儿女也会长命健康。

从最初的净土宗称诵佛号,密教神咒与医药相配合、吞服难产符,至五代时期随身携带《千转灭罪观世音陀罗尼》的简捷救产难咒语,既能看到佛教不同宗派在敦煌地区的盛传,也能看到不同宗派对救产所使用的方式及其特色。通过记载有关救助产难的神咒、难产符等经卷来宣传本派佛经的灵验,以此推进佛经在敦煌地区的传播,加强宗派的实力。

(二)敦煌医药单方

除了采用念咒,吞符,向神明寻求精神慰藉等方法,在实际的难产情形下,服药救助产难也是民众常用的救治办法。敦煌文献保存了大量的用于救产的医药单方即是明证。根据敦煌医药文献所记载的内容,我们大致可推测产妇在分娩过程及产后康复所遇到的诸多情形:如产妇中风②、倒产③、月水不止④、小便不通⑤、产后疼痛不止⑥、产后在蓐赤白⑦、产后干呕⑧、产后风虚瘦弱无力短气⑨、产后血闷⑩、产后虚弱腹中百病⑪等。其中,难产、胎死腹中、胞衣不下是最常见的产难情况。

1. 难产

难产是指妇女分娩时,子宫收缩正常,却因物理因素无法顺利产出胎儿的情形。致使难产的因素包括胎儿体型较大、胎位不正、骨盆狭小、产道异常等。现代医学多采用剖宫产方式处理难产情况,唐宋时期主要依靠中医药方进行

---

① 《大正藏》第 21 册,第 426 页。
② 马继兴等辑校:《敦煌医药文献辑校》,江苏古籍出版社,1998 年,第 341 页。
③ 《敦煌医药文献辑校》,第 389 页。
④ 《敦煌医药文献辑校》,第 300 页。
⑤ 《敦煌医药文献辑校》,第 251、391 页。
⑥ 《敦煌医药文献辑校》,第 300、390 页。
⑦ 《敦煌医药文献辑校》,第 395 页。
⑧ 《敦煌医药文献辑校》,第 394 页。
⑨ 《敦煌医药文献辑校》,第 394—395 页。
⑩ 《敦煌医药文献辑校》,第 432 页。
⑪ 《敦煌医药文献辑校》,第 395、432 页。

治疗。

根据马继兴所辑录的敦煌医药药方残卷,治疗难产或产难的药方主要集中在 P.3378v《杂疗病药方》、P.2666v《单方》、S.6177v《医方》和 P.3930《医方书》等写卷。

  P.3378v:疗妇人产难,吞小麦七枚,即出。①

  P.2666v:妇人两三日产不出,取死鼠头,烧作灰,和井华水服,即差。②

  P.2666v:治妇人难产,取众人尿泥丸,吞七枚,令其早产。③

  S.6177v:疗妇人两三日产不出。取死鼠头烧作灰,和□井华水,服之,立差。④

  P.3930:治女人难产方:右(又)吞皂荚子七枚,验。⑤

  P.3930:又方:水银如大豆许,二枚,服之,即差。⑥

  P.3930:又方:苏、蜜各二两,暖酒一升,相和服之,三两服,甚劲(效)。⑦

  P.3930:又方:有咒法:南无乾施婆,天使我广说此咒偈,邪唎邪唎邪婆怛,他邪婆怛他莎诃。右此咒于革皮上抄之。净漱口,含净水,烧香佛前,一气抄之,但觉欲产时,[令人腹不痛,便即平安。此咒惟须虔诚,不得轻之]。⑧

  P.3930:又方:石灰半两,捣末,和酒服之,即差。⑨

  P.3930:又方:鼠头烧作灰,和水服之,酒□得。⑩

由 S.6177v 药方可知,难产产程时长可达两三日。其治疗方法主要以口服药物为主,疗效主要在助产和催生,尽量缩短分娩时间,令母子早日分离,降低了死

---

① 《法国国家图书馆藏敦煌西域文献》第 24 册,第 36 页。
② 《法国国家图书馆藏敦煌西域文献》第 17 册,第 146 页。
③ 《法国国家图书馆藏敦煌西域文献》第 17 册,第 147 页。
④ 中国社会科学院历史研究所等编:《英藏敦煌文献(汉文佛经以外部分)》第 10 册,四川人民出版社,1992 年,第 182 页。
⑤ 《法国国家图书馆藏敦煌西域文献》第 30 册,第 213 页。
⑥ 《法国国家图书馆藏敦煌西域文献》第 30 册,第 213 页。
⑦ 《法国国家图书馆藏敦煌西域文献》第 30 册,第 213 页。
⑧ 此方未完,其间插入"治女人产后得热疾方"。《法国国家图书馆藏敦煌西域文献》第 30 册,第 213 页。
⑨ 《法国国家图书馆藏敦煌西域文献》第 30 册,第 213 页。
⑩ 《法国国家图书馆藏敦煌西域文献》第 30 册,第 213 页。

腹中或母子皆亡等风险。这些催生药方,成分可以说五花八门:小麦、鼠头、尿泥丸、皂荚子、苏、蜜、石灰等。其中,最出奇的是水银和石灰。水银尽管有剧毒,但的确具有堕胎功效。南朝梁陶弘景《本草经集注》卷二"水银"条记载水银有"堕胎,除热"①之效。同卷"石灰"条亦云石灰"性至烈,人以度酒饮之,则腹痛下痢"②。服用皂荚子可能源于皂荚子润滑,便于滑胎的想法。《备急千金要方·妇人方上》"治产难方"云:"吞皂荚子二枚。"③食用小麦、苏和蜜是在补充营养,为产妇提供体力,其中,运用小麦于助产,可能因为小麦具有"利小便""止漏血唾血"④等功效。根据医籍记载,鼠确实具有令子易产的功效,《备急千金要方》卷二"治产难三日不出方"下云:"取鼠头烧作屑,井花水服方寸匕,日三。"⑤"井花水"即井华水,此方成分及所使用的方法与以上敦煌药方趋同,可知,在唐代盛行用此方催生,救助难产。

治产难的秘方中,除口服药方外,见存一咒法,前载佛家咒语,后为使用方法。此为救产难咒法,未完,被"治女人产后得热疾方"隔开,系本册为蝴蝶装,后文载:"令人腹不痛,便即平安。此咒惟须虔诚,不得轻之。"这可能是救产难咒法的后半部分。这种使用佛家咒语结合虔诚抄咒语的方法,与上文佛典所记载的念咒外加在产门等处抹油的方法近似,只是后者确实存在助产的物理作用,此法纯粹出于精神慰藉,缓解产妇紧绷的神经,也是佛家推广经典,加强教派势力的手段之一。

2. 胎死腹中

胎死腹中,又称子死腹中,指妊娠期或临产时,胎儿死于母腹,不能自行娩出。在分娩时,面对胎死腹中的情形,必须采取有效措施尽快将死胎排出,否则将危及产妇生命安全。对此,敦煌民众多使用以下药方来处理胎死腹中的情形:

P.2666v:妇人子死腹中及衣不出,以用钱三文两眉(枚),相向,洗油,朱粉和淋,取与产妇服,立即大验。⑥

---

① 〔南朝梁〕陶弘景编:《本草经集注》(辑校本),尚志钧、尚元胜辑校,人民卫生出版社,1994年,第130页。
② 《本草经集注》,第180页。
③ 《备急千金要方》,第30页。
④ 〔明〕李时珍:《本草纲目》(校点本)第3册,人民卫生出版社,1977年,第1451页。
⑤ 《备急千金要方》,第30页。
⑥ 《法国国家图书馆藏敦煌西域文献》第17册,第146页。

P.2666v:疗妇人胎在腹中死。急取热狗血一盏,与妇人饮尽,即生。①

P.2666v:治妇人腹中子死,不出。取苟(枸)杞子三升,服,即差。②

S.6177v:治妇人腹中子死不出。取苟(枸)杞子三升,服,即差。③

P.3930:治胎在腹死不出方:又大豆半升,酢(醋)二升,煮汁,服之,差。又:雄鼠粪二七枚,捣末,和暖水服之,即差。又方:芍(枸)杞子三升,煎汤服之,即差。④

P.3930:又方:子死腹中,寒热,头重者,取灶下黄土,和酒服之,即差。⑤

以上药方仍然集中在 P.2666v、S.6177v 和 P.3930 三种敦煌写本中,主要采用口服药方进行医治。药方成分主要包括热狗血、枸杞子、大豆、雄鼠粪、黄土等。《备急千金要方》卷二"治子死腹中方"曰:"取灶下黄土三指撮,以酒服之,立出。"同时,此方也可以医治逆生、横生等产难症状。⑥《外台秘要》卷三三引《备急千金要方》此方。⑦《本草纲目》卷四治疗胎死的药方中有大豆煎醋⑧,治产难、催生的药方中即有白狗血、皂荚子。⑨ 卷五〇"兽部·狗"条记载乌狗血具有"治产难横生"⑩之效。至于枸杞子具有催产滑胎的功效,在医书中未见记载。药方常用此物来治疗胎死腹中情况可能因为枸杞是西域地区常见滋补药物,添入药方有助于补充母体营养,排出死胎。

3.胞衣不下

胞衣,又称胎衣,是胎盘和胎膜的总称。胞衣不下是指胎儿娩出半小时后,胎盘仍不能自然娩出的产科疾病。在分娩过程中,除遇到胎死腹中,横生、逆生等难产突发状况之外,胞衣不下也是较为常见的产难情况。这从敦煌文献所载药方可见大概:

----

① 《法国国家图书馆藏敦煌西域文献》第 17 册,第 147 页。
② 《法国国家图书馆藏敦煌西域文献》第 17 册,第 147 页。
③ 《英藏敦煌文献(汉文佛经以外部分)》第 10 册,第 182 页。
④ 《法国国家图书馆藏敦煌西域文献》第 30 册,第 213 页。
⑤ 《法国国家图书馆藏敦煌西域文献》第 30 册,第 213 页。
⑥ 《备急千金要方》,第 31 页。
⑦ 《外台秘要》,第 935 页。
⑧ 《本草纲目》(校点本)第 1 册,第 370 页。
⑨ 《本草纲目》(校点本)第 1 册,第 369 页。
⑩ 《本草纲目》(校点本)第 4 册,第 2716 页。

P.2666v:治妇人产衣经宿不荫,取麻子三颗,含之即差。①

S.6177v:疗人妇(妇人)产衣不出。取牛尾烧作灰,服之,即出,必差。②

P.3930:治产难及胎衣不出方:取皂荚末一钱,对和水,服之,即差。又方:水二分,吞之即差。③

P.3930:又,治胎衣不出方:取药末和酒,服之,即差。又方:牛毛一撮,烧作灰,和酒,服之,即出。又:珍珠末和酒,服之,即出。又方:蒲黄、桂心末、石灰末、鹿角末、灶下黄土末,已(以)上等,并和酒,服之,即出。④

P.3930:又方:零(羚)羊角末之,水煎服。⑤

P.3930:又方:山驴角末,酒服。又方:卤沙(硇砂)二分,末和酒服之,立出。⑥

以上药方中常用的成分主要有麻子、牛尾、牛毛、珍珠末、羚羊角、山驴角、蒲黄、桂心末、石灰末、鹿角末、灶下黄土末、硇砂、皂荚等。其中,石灰和皂荚所具有的催产功能,在难产药方中已论及。在《外台秘要》卷三三"治疗胞衣不下方"中正有蒲黄一物。⑦《备急千金要方·妇人方上》治疗产难的药方中常有羚羊角⑧,同卷"治妊娠胎死腹中,若子生,胞衣不出,腹中引腰背痛方"中就有蒲黄。⑨《外台秘要》卷三三"小品疗胞衣不出方"中有"鹿角末三撮,酒服之"⑩,此方指《小品方》中所载"疗胞衣不出方"。麻子不知是否是因为其中富含具有润滑作用的麻油,所以用于药方中。《本草纲目》卷四"催生"方中有麻子仁⑪,"胎死"方中有硇砂,"堕生胎"方中有桂心、硇砂⑫。可见,麻子、桂心及硇砂确实具有催生、催下死胎、胞衣等药效。至于珍珠末、山驴角、牛毛、牛尾等是否具有治

---

① 《法国国家图书馆藏敦煌西域文献》第17册,第147页。
② 《英藏敦煌文献(汉文佛经以外部分)》第10册,第182页。
③ 《法国国家图书馆藏敦煌西域文献》第30册,第213—214页。
④ 《法国国家图书馆藏敦煌西域文献》第30册,第214页。
⑤ 《法国国家图书馆藏敦煌西域文献》第30册,第214页。
⑥ 《法国国家图书馆藏敦煌西域文献》第30册,第214页。
⑦ 《外台秘要》,第937页。
⑧ 《备急千金要方》,第31页。
⑨ 《备急千金要方》,第32页。
⑩ 《外台秘要》,第937页。
⑪ 《本草纲目》(校点本)第1册,第369页。
⑫ 《本草纲目》(校点本)第1册,第371页。

疗胞衣不下的药效,在中药典籍中未见,不知是否与藏医学有关?这些用于救治产难的药方多有相似,两见于中原、敦煌医籍,可见,其在民间运用范围较广。

除口服药方催产、催胎之外,敦煌民众也采取识记六神,呼其名的方法来避免产难的发生。通过呼神名可长生不死,妇女识神名能避免产亡的方法在敦煌民间确实是存在的。如 P.2661v 载产妇识六神名不产亡:

  六日神名,天公字大荦,日字长生,月字子光,北斗字长文,太白字文君,东方朔字祖常。右难此六神名字,识之,不兵死,女人识之不产亡,有急难呼此神者,老不避死,吉。一云知此六神名,长呼□□□□(之即长生)不死,上为天官。①

这可能是敦煌地区星宿崇拜、北斗信仰的体现,识六神名能避难、避死,呼之更能不死。这一民俗信仰很可能与远古时期《山海经》中制服精怪的呼名制胜法近似。李道和师在考订《山海经》为禁御不祥的"古之巫书"时指出,神怪之名是人、怪之间相互斗法的基本武器,呼名克物的原理是原始思维的产物,也是语言巫术。② 在敦煌民众看来,不仅应识记天公、日、月、北斗、太白、东方朔六神之名,连其字也需为人知晓。产妇在产难的紧急情形下,呼其名字,就能为诸神护佑,避免产亡。此法比念佛号、咒语、吞符服药等办法更为简易、更易于操作。

由上可知,为了实现平安分娩,家人在产妇分娩前举办斋会、写经绘像、布施散财等为产妇母子祈福。难月文更是真实地呈现了难月设斋延僧、举办法会的祈福程序、祈祷内容,是人们把产妇平安分娩寄希望于佛教神明的宗教信仰表现。分娩过程中产妇通过吞符、称诵、佩戴佛号、神咒,或是服药来救助难产、胎死腹中、胞衣不下等危险情形,甚至使用民间秘方进行救产。

第四节 产亡、洗儿、满月题材及相关习俗

久经十月怀胎之苦,备受分娩时剜心般剧痛,临产前家人为产妇祈福,或平

---

① 《法国国家图书馆藏敦煌西域文献》第 17 册,第 132 页。
② 李道和:《民俗文学与民俗文献研究》,巴蜀书社,2008 年,第 147—164 页。

安分娩,或遇到难产,家人开展一系列的救产活动,分娩终算告一段落。面对母子平安或产亡分娩情形,家人及亲朋好友,或争相道贺,或涕泣哀怜。

学界较少涉及产亡情形的探讨,而注重于成功分娩后洗儿、满月庆贺等习俗的研究。谭蝉雪对孩儿满月、生日等民俗曾做过研究;杨秀清追溯了洗儿礼,并结合敦煌变文、洞窟壁画、绢画等,考证洗儿礼与佛教的传入有关。① 胡发强、刘再聪则根据甘肃博物馆藏《报父母恩重经变》绢画探讨唐宋时期洗儿风俗盛行原因及发展过程中所出现的不良之风等。② 这些研究结合敦煌壁画、绢画对洗儿、满月习俗的源起、盛行原因等进行深入探讨。

在此基础上,本节从分娩后忧喜两种情形入手,根据敦煌愿文文本、讲经文、变文及诗歌等敦煌文学作品,阐释民众如何处理产亡情形,中原、敦煌地区洗儿风俗的变迁,敦煌诗文、愿文中所表现的敦煌地区的满月习俗,从而解释洗儿、满月习俗在产妇,尤其是产儿生命历程中所具有的重要意义。

一、产亡题材及习俗

尽管在产前家属会为产妇举办斋愿法会,若是遇到难产等紧急情况,家人也会通过请佛求僧为产妇做祈福活动,产妇或自行念佛号、经咒等,或以吞符、服药催产等形式进行救产,但是当时医疗水平、卫生条件确实令人担忧。在生死攸关的难产时刻,或因为产妇身体虚弱,或由于产后护理不当等,母死子活或母活子亡,甚至母子俱亡等情形时有发生。唐代墓志资料、敦煌写卷《新菩萨经》《劝善经》等都有反映。以表达人们真实情感和愿望著称的敦煌愿文也对妇女分娩产亡现象有所表现。

S.2832《愿文等范本》记载"因产亡事",此范本先称赞妇人的贤德美貌,继而抒发对产妇因生产身亡的哀痛之情:

> 惟灵貌逾南国,资越东邻;全范天生,规□自举。班氏之风光于九族,孟母之德福于六姻。将谓□天比寿,至圣齐年;何期天降斯祸,灵为灾,因

---

① 《敦煌民俗——丝路明珠传风情》,第250—252页;杨秀清:《敦煌石窟壁画中的古代儿童生活研究(一)》,《敦煌学辑刊》2013年第1期。
② 胡发强、刘再聪:《从甘博藏〈报父母恩重经变〉看唐、宋洗儿风俗》,《西藏大学学报》2008年第2期。

产归于巨夜。嗟呼！骊珠未见兮并骊龙没，子母未分兮果柯摧。①

据黄征等考订，此卷为供写作者参照使用的愿文范本。② 既然是供人模仿的范本，可见此类愿文应用频率较高，想必因产而致母子俱亡之事，在当时敦煌地区当属普遍现象。

文本并非描写产亡场景，而是主要称赞产妇品貌、描述产亡这一悲痛事实，侧重表达因产而亡的悲痛和惋惜。愿文文辞典雅，文中用典较多。"南国""东邻"都是美人的代称，典故分别出自曹植《杂诗六首》其四"南国有佳人，容华若桃李"③、宋玉《登徒子好色赋》"天下之佳人，……莫若臣东家之子"④。"班氏""孟母"分别指班婕妤和孟子母亲，此处指有德行的女子。《汉书》卷九七下有班婕妤传⑤，曹植《班婕妤赞》"有德有言，实惟班婕"⑥，称颂班婕妤的德行。《列女传·邹孟轲母》载孟母教子事。⑦ 末句中"骊珠""骊龙"分别喻指产儿、产妇母子俩，此典故出自《庄子·杂篇·列御寇》"千金之珠，必在九重之渊而骊龙颔下"⑧。运用此典故来指产妇产儿身份的尊贵，意指胎儿尚未离开母体，二人就已经遭遇产难。唐诗中常用骊珠来喻指孩子身份的尊贵，多为溢美之词。李涉《赠友人孩子》"骊龙颔下亦生珠，便与人间众宝殊"⑨，正是用骊龙、骊珠夸赞友人及其子，指代父母与孩子的关系。刘禹锡《答乐天所寄咏怀且释其枯树之叹》"骊龙颔被探珠去，老蚌胚还应月生"⑩，以骊龙失珠，比喻白居易丧子。这与愿文末句所用"骊龙""骊珠"做比喻的情形近似。此文首先歌颂了产妇容貌、品性，如此贤良淑德的妇人因产而亡，甚感惋惜，随后陈述产亡时间，对于胎儿尚未出世母已死，最后导致子死母腹中的惨剧，深表悲痛。

P.2526v、P.2543v《愿文段落集抄》亦记载难产而死之事："一朝分产，魂消

---

① 《敦煌愿文集》，第86页。
② 《敦煌愿文集》，第103页。
③ 〔魏〕曹植：《曹植集校注》，赵幼文校注，人民文学出版社，1984年，第387页。
④ 〔南朝梁〕萧统编：《文选》，〔唐〕李善注，中华书局影印，1977年，第269页。
⑤ 《汉书》第12册，第3983—3988页。
⑥ 《曹植集校注》，第86页。
⑦ 〔清〕王照圆撰：《列女传补注》，虞思征点校，华东师范大学出版社，2012年，第33—35页。
⑧ 〔清〕郭庆藩撰：《庄子集释》，王孝鱼点校，中华书局，1961年，第1061页。
⑨ 〔清〕彭定求编：《全唐诗》（增订本），中华书局编辑部点校，中华书局，1999年，第5474页。
⑩ 〔唐〕刘禹锡：《刘禹锡集笺证》中册，瞿蜕园笺证，上海古籍出版社，1989年，第1114页。

剖蚌之前;五福无征,命掩悬弧之下。"①"魂消剖蚌之前"以形象的比喻喻指产儿尚未离开母体,产妇已魂飞魄散,命归九泉。此文侧重表现产妇因产而亡之事及给生者所带来的悲痛。

实际上,母存子亡情形在敦煌妇女生产过程中较为常见。如 P.2044v《愿文范本》"太保相公"描写了妇女孕育二子,分娩时一活一死,悲喜交加的情形:"双生一亡,夫人庆流香阁,祥瑞兰闱。感秀气而孕双珠,合异云而育两凤。岂谓事无竟美,物无两斋(齐)。沉片玉于泉台,明一珠于掌上。悲欢交集,忧喜俱来。"②太保相公历来有张淮深、仆固怀恩二说。赵望秦根据 P.2044v《愿文范本》结合新旧唐书《李光弼传》,考订太保相公为李光弼。③ 史书未载李光弼子嗣问题,而此卷所写情况应是范文套用情况,并非定为史实。P.2044v《女》亦载此段④,可见这是范文文本套用至太保相公文中,使用此范本的情况是怀了双胞胎,分娩时一死一活,所以喜忧参半。套用此范本成文用以表达父母哀痛心情之时,也用于慰藉亡灵。

尽管敦煌文学并未表现产难中子活母死的情形,但是在现实生活中子活母死现象确实存在。这从敦煌相书文献有关妇女产亡面相记载情况中侧面地表现出来。Ch.87《许负相书》:"耳后有黑子,妇人产死。"⑤黑子即黑痣,意味着有此面相的妇人终将难逃产亡命运。P.2829《背痣图》中,妇人左右耳后标有黑痣,注曰"产死"。⑥ P.2572A《相书一部》:"额上有此文(双),逢殃祸;女人产死。"⑦此从面上额纹来断定女子命运,额纹呈"双"形,即面临产亡。相书记载多带有唯心主义色彩,毫无客观依据,但其中流露出敦煌民众对产亡的恐惧心理。

关于如何判断产妇分娩时,腹中子存亡情况,唐代医籍认为可根据产妇面色、舌色情形进行诊断。《诸病源候论》卷四一载:"其母面赤舌青者,儿死母活。母唇口青,口两边沫出者,母子俱死。母面青舌赤,口中沫出,母死子活。"⑧《备

---

① 《敦煌愿文集》,第196页。
② 《敦煌愿文集》,第153页。
③ 赵望秦:《敦煌遗书 P.2044v〈文范〉中的"太保相公"究竟指谁》,《敦煌研究》2000年第3期。
④ 《敦煌愿文集》,第161页。
⑤ 郑炳林、王晶波:《敦煌写本相书校录研究》,民族出版社,2004年,第29页。
⑥ 《敦煌写本相书校录研究》,第160—161页。
⑦ 《敦煌写本相书校录研究》,第83页。
⑧ 《诸病源候论》,第222页。

急千金要方·妇人方上》引之。① 判断产妇及腹中子在分娩时的死活情况主要依据是产妇面色、舌色的青赤变化及是否有白沫流出。根据这一表征，可以初步断定产妇和胎儿的存活情况，便于人们进一步抢救或准备相关事宜。

若确实出现产亡情况，除发愿以慰亡灵之外，妥善安置遗体也是刻不容缓的事情。死尸的存在，既会时刻提醒人们产妇产亡的悲痛事实，也会使人们陷入对死亡的恐惧中。至于民众如何处理产亡的产妇或死胎，敦煌文学未见有关记载，想必可能也是进行土葬掩埋。敦煌写卷 P.2666v 载避免流产的药方云："取桑根铲作小儿名字，着暮（墓）中，即不失。"②马继兴按写卷照录为"暮"。作"暮"解，上下文意不通，若作同音形近"墓"字解，此方可解释为在桑根上刻上小儿名，放至墓中，可防止产妇流产。这是因习惯性流产多次失去儿女的产妇用来保胎的秘方，把小儿名字放置何处，应以"墓"为宜。在人们看来，名字等同于小儿本人，是小儿身体的替代品，在桑树根上刻上小儿名字，放入墓中就可避免流产，先不说此方的方术色彩，其中，"着墓中"点出了产儿埋葬地点是在墓地，这说明敦煌地区可能是采取掩埋土葬法来处理死胎。

如果分娩时出现母死子活、母子俱亡的情形，是否会先取出胎儿再进行埋葬呢？根据产妇面色、舌色及是否有白沫由口边流出等情况，一旦出现母死子活的情况，民众肯定会剖腹取出胎儿，悉心抚养。如果出现产妇分娩致死的情况时，唐代中原地区存在取出胎盘，再进行入棺埋葬的风俗。此俗早在魏晋时期已存在。《异苑》卷八载忌讳含胎入棺之事：

> 元嘉中，沛国武漂之妻林氏怀身得病而死。俗总含胎入柩中，要须割出妻乳，母伤痛之，乃抚尸而祝曰："若天道有灵，无令死被擘裂。"须臾尸面赧然上色，于是呼婢共扶之，俄顷儿堕而尸倒。③

此事发生在元嘉年间。虽说林氏非难产而死，但含胎入棺是当时所忌讳的风俗。忌讳缘由可能在于尚未剖腹验明胎儿是否存活，以免误埋。另一方面，卸下胎儿可以减免产妇怀胎负重之苦，以慰产妇亡灵。

---

① 《备急千金要方》，第 31 页。
② 《法国国家图书馆藏敦煌西域文献》第 17 册，第 147 页。
③ 〔南朝宋〕刘敬叔撰：《异苑》，范宁校点，中华书局，1996 年，第 82 页。

二、洗儿题材及习俗

在顺利分娩或经众人解救,平安诞子后,对于刚脱险的分娩,产妇不免心有余悸。为确保安全和卫生,产后的护理,尤其是对新生婴儿的护理显得尤为重要。洗儿正是出于对新生儿卫生保健的考虑而兴起的民俗事象,即在胎儿诞下后不久为儿洗浴,以求洗去分娩带来的血污,祈求平安。

为初生胎儿洗浴习俗在敦煌讲经文、变文中多有表现。如《父母恩重经讲经文(二)》"三朝为喜蒙平善"[①],正是描写欢庆胎儿到来,亲友道贺的场景,其间可能会为新生儿洗浴。此外,《太子成道经》《太子成道吟词》《八相押坐文》《悉达太子修道因缘》《太子成道变文(二)》《八相变(一)》及 S.8334《四月八日文》等都提及净饭王太子刚出世时,九龙为其灌顶淋浴之事。[②] 其中,《太子成道变文(二)》对此情景写得较为详细:

> 九龙吐水浴太子,举脚七步,一手指天,一手指地,口称:"唯我为尊,某乙向上更无人。"当时摩耶夫人遣差官健三人,趋净饭王前:"太子诞下,在金盘子承,转瞬从天有九队雷鸣,一队鸣中各有一毒龙吐水,浴我太子。"[③]

此为摩耶夫人遣人向净饭王禀报分娩时的情形,描述了一幅雷鸣之际,九龙吐水浴太子的画面。九龙吐水为太子洗浴的神奇场面,主要表现了太子的神圣与不同凡响。九龙浴太子情景发生在太子出母胎不久,此时此景正暗合了民间新生儿洗浴的场景。敦煌讲经文对佛教九龙灌顶故事的一再宣传,对敦煌地区民众洗儿风俗的盛行必然有很大影响。这也可以说是民间洗儿习俗在佛教故事中的表现形态。

---

① 《敦煌变文校注》,第 1000 页;《敦煌变文选注》(增订本),第 1522 页。
② 《敦煌变文校注》,第 436、481、1139、470、486、508 页;《英藏敦煌文献(汉文佛经以外部分)》第 12 册,第 112 页。
③ 《敦煌变文校注》,第 486 页。

图 5-5　第 290 窟窟顶人字披东披九龙灌顶图

九龙灌顶佛教故事在敦煌壁画中多有表现。北周莫高窟第 290 窟窟顶人字披东披佛传之一正画有九条龙为太子洗浴画面(图 5-5)①。杨秀清认为第 290 窟壁画出现九龙灌顶画面与竺法护在敦煌地区的影响有关,九龙吐水浴太子情景自北周隋唐以来在敦煌地区广为流行。据杨秀清研究,莫高窟五代时期第 61 窟主窟南壁佛传故事、英国博物馆藏 Ch.0039 等绢画中,也有九龙灌顶太子洗浴的情节。② 浴儿礼俗自唐代产生,并与佛教传入有关。③ 此论论证较为合理,九龙灌顶或许初具新生儿洗浴习俗的雏形,只是富有神话色彩和传奇性。九龙为佛祖灌顶故事后来逐渐演变成四月八日浴佛节仪式内容,影响深远。

其实,敦煌地区确实存在并流行浴儿习俗。这从敦煌藏经洞出土的绢画及敦煌文献中可见大概。甘肃省博物馆藏敦煌藏经洞出土的北宋绢画《报父母恩重经变》全面反映《父母恩重经》(图 5-6)。此画"画面最精彩的情节,就是说法图两边以连环画的形式绘作的十五幅表现父母养育之恩的画面及榜书"④。其

---

① 敦煌文物研究所编:《中国石窟 敦煌莫高窟》(第一卷),文物出版社,1981 年,第 161 页。因壁画画面内容较多,故采用杨秀清整理过的图,图转自《敦煌石窟壁画中的古代儿童生活研究(一)》,《敦煌学辑刊》2013 年第 1 期。
② 《敦煌石窟壁画中的古代儿童生活研究(一)》,《敦煌学辑刊》2013 年第 1 期。
③ 《敦煌石窟壁画中的古代儿童生活研究(一)》,《敦煌学辑刊》2013 年第 1 期。
④ 郭晓瑛:《甘博藏敦煌绢画〈报父母恩重经变〉内容新探》,《敦煌学辑刊》2007 年第 2 期。

图 5-6 甘肃博物馆藏敦煌藏经洞出土的
北宋绢画《报父母恩重经变》图

中,从图右下方起,自下往上第三幅所绘正是洗儿画面:屋内一妇人在房内坐着,夫君坐于其左陪伴,二人双眼望向不远处的屋外。屋外,一侍女背向夫妇俩站立,其前有一高足形状盆,与侍女相向有一妇人手捧婴儿在盆中洗浴。此画右旁榜书云:"十月渐满,产后母子俱显,洗浴时。"①由画面结合榜书可知,分娩过后,为儿洗浴正是敦煌地区民众产育生活习俗的一部分。

此外,敦煌民间所流传的单方中也有关于洗儿的秘方,主要使用虎头骨汤

---

① 秦明智:《北宋〈报父母恩重经变〉画》,《文物》1982 年第 12 期。

汁之类为儿洗浴,这些秘方表明,敦煌地区确实存在为新生儿洗浴的现象。《诸杂略得要抄子》:"小儿初生时,煮虎头骨,取汤洗,至老无病,吉。"①用虎头骨煮汤为初生儿洗浴,可以至老无病。P.2635v《王宗无忌单方》却云此方可为孩子壮胆:"治小儿初生,煮虎头骨汁,洗,令子无惊怕,恶□(后缺)。"②《诸杂略得要抄子》亦载:"悬虎头骨门户上,令子孙长寿,吉"③;"以太岁日,悬虎头户上,令子孙孝"。④ 虎骨头在敦煌民众看来,具有壮胆、祛病、令人长寿、令子孙孝顺等功效。同时,《诸杂略得要抄子》指出了浴儿应避免"灶前浴小儿,令聋(聋)残,不利"⑤。这应该源于民众担心浴儿污秽、触犯灶神的观念。灶前浴儿,触犯神明,给孩子带来聋残等身体伤害,所以应尽量避免。

在医书记载中用虎头骨为新生儿洗浴具有一定功效。《备急千金要方·少小婴孺方上》载:"去不祥,令儿终身无疮疥,治小儿惊辟恶气。以金虎汤浴。金一斤虎骨头一枚。以水三斗煮为汤浴,但须浴即煮用之。"⑥《外台秘要》卷三五载:"浴儿虎头骨汤。主辟除恶气,兼令儿不惊,不患诸疮疥方。"⑦由此看来,无论敦煌还是中原地区,民众一致认为用虎头骨汤洗浴,能除疮疥等皮肤疾病,做好幼儿卫生保健,更为重要的是虎能辟邪,使幼儿不受惊吓。

虎辟邪的观念可能源自早期虎食鬼的民俗信仰。虎食鬼辟邪并画于门上之说在古文献中已有大量记载。《风俗通义·祀典》载,虎为阳物,百兽之长,"嗜食鬼魅。今人卒得恶遇,烧虎皮饮之,系其爪,也能辟恶"。⑧ 烧虎皮饮之,必是饮用虎皮熬制的汤汁,实际与敦煌地区虎骨头汤同样具有辟邪功效。虎骨头、皮等熬汁能辟邪在于虎为阳物,具有食鬼魅的神性。《论衡·解除》载:"龙、虎猛神,天之正鬼也。"《论衡·乱龙》载:"画虎之形,着于门阑";"画虎,非食鬼之虎也,刻画效象,冀以御凶"。《论衡·订鬼》引《山海经》佚文亦载:"门户画神

---

① 《法国国家图书馆藏敦煌西域文献》第17册,第132页。
② 《法国国家图书馆藏敦煌西域文献》第17册,第27页。
③ 《法国国家图书馆藏敦煌西域文献》第17册,第132页。
④ 《法国国家图书馆藏敦煌西域文献》第17册,第131页。
⑤ 《法国国家图书馆藏敦煌西域文献》第17册,第132页。
⑥ 《备急千金要方》,第76页。
⑦ 《外台秘要》,第979页。
⑧ 〔汉〕应劭撰:《风俗通义校释》,吴树平校释,天津人民出版社,1980年,第307页。"烧悟虎皮饮之"句,据吴树平校释,"悟"为衍文,故未录入。《风俗通义校释》,第311页注37。

荼、郁垒与虎,悬苇索以御[鬼]。"① 可见汉代人们已赋予虎天神身份和食鬼辟邪职能,并常将虎画于门上以御鬼。此观念流传至唐代,演化出虎有辟邪、护佑的观念,这正是诸药方用虎头骨汤汁为初生儿洗浴的原因。

为初生儿洗浴之事在唐代中原地区也较为盛行,形成了上至皇宫王室,下及民间幼子的洗三习俗。洗三风俗是指在胎儿出生后的第三日为儿洗浴,亲友到场祝贺等。此俗在史书、诗文中都见记载,如《新唐书·后妃传》"肃宗章敬皇后吴氏"载,唐玄宗开元十四年(726),皇太子李亨(唐肃宗)妻郭氏生子李豫,洗三日,玄宗"临澡之"。②《资治通鉴·唐纪》三二"安禄山事迹"卷上载天宝十载(751),杨贵妃为养子安禄山举行洗儿礼③。杨贵妃为养子行洗儿礼,显然是借洗儿习俗嬉戏。王建《宫词》:"妃子院中初降诞,内人争乞洗儿钱。"④诗歌描写了妃子诞子后,内人争讨洗儿钱的现象。显然,唐代皇族较重视为新生儿洗浴之事。同样,诗歌也反映了民间盛行洗三习俗。如白居易诗《崔侍御以孩子三日示其所生诗见示因以二绝和之》描述了洗三情形:"洞房门上挂桑弧,香水盆中浴凤雏。还似初生三日魄,嫦娥满月即成珠。"⑤门上挂桑弧,表示所生为男儿,白居易以诗相贺,这流露出唐代中原地区重男嗣的事实。《谈氏外孙生三日喜是男偶吟成篇兼戏呈梦得》:"玉芽珠颗小男儿,罗荐兰汤浴罢时。"⑥诗文、史籍明确指出洗浴之时是在产后三日,所洗之儿多为男儿。洗三之日,应是亲友首次看望胎儿,并表达祝福的时间。有亲朋好友的道贺,主家自然免不了招待宴宾。洗儿钱正是主家为答谢亲友道贺的回馈之礼的体现。为儿洗浴、赠赏及宴乐等共同构成了唐代中原地区特有洗三风俗。

尽管杨秀清认为洗儿之礼与佛教的传入有很大关联⑦,这是有可能的,但是敦煌洗儿风俗与中原地区的洗三习俗仍存在较大差异。前者较为质朴,后者显得奢华。具体而言,体现在两方面:首先体现在洗儿时间上,敦煌文献及洞窟壁画、绢画并未明确指明洗浴新生儿是在诞后第三日。《太子成道经》等讲经文都

---

① 《论衡校释》,第1043、699、939页。
② 《新唐书》第11册,第3499页。
③ 〔宋〕司马光编著:《资治通鉴》第15册,〔元〕胡三省音注,"标点资治通鉴小组"校点,中华书局,1956年,第6903页;〔唐〕姚汝能撰:《安禄山事迹》,曾贻芬点校,中华书局,2006年,第82页。
④ 《全唐诗》(增订本),第3441页。
⑤ 〔唐〕白居易:《白居易集笺校》第3册,朱金城笺校,上海古籍出版社,1988年,第1605页。
⑥ 《白居易集笺校》第4册,第2417页。
⑦ 《敦煌石窟壁画中的古代儿童生活研究(一)》,《敦煌学辑刊》2013年第1期。

描写了太子诞下,刚落入金盘,转瞬就有九龙洗浴之事,可知洗浴之事发生在诞下不久,不一定是诞后第三日。其次,敦煌地区的洗浴侧重于产儿本身,而非亲友的招待、赏赐等。从敦煌文献看来,为初生儿洗浴的情景几乎是围绕如何为产儿洗浴等问题展开,而中原洗三习俗多侧重描写道贺、宴饮等场面。

这些差异的存在让我们对敦煌地区的洗儿风俗与中原洗三风俗之间的关系做如下解释。如果若杨秀清所言,洗儿习俗与佛教传入有关,那么佛教在中原、敦煌两地的传播情形及敦煌地区文化发展相对滞后的情况可能导致洗儿风俗存在着地区差异。受佛教文化影响浓郁的敦煌地区保留着初期洗儿风俗的事象,而经济、文化发展较快的中原一带将洗儿风俗进一步演化为洗三风俗,并将道贺、宴饮等民俗活动吸收进来,以促进人际交往,联络亲友之间的感情。显然,中原地区的洗三风俗具有较强的社会交际功能。

三、满月题材及习俗

在敦煌地区,满月风俗比起洗儿风俗而言,所承担的社会功能更强,场面更为隆重。在满月之际,既有亲友亲临道贺祝福,也有延僧请佛、举办斋愿法会等活动,而这些在敦煌诗歌、讲经文、满月文中都有表现。

描写孩子满月时亲朋好友道喜场面尤为详细的作品是《九想观诗》。九想观是指人从出生直至死亡,乃至变成白骨等九种相貌观想。这是佛家不净观念的体现,借此劝诫众人皈依。敦煌写卷中涉及满月习俗的《九想观诗》主要有两篇:P.3892、P.4597《九想观诗》及上博48号(41379)《九想观一卷并序》。

P.3892、P.4597《九想观诗》俱完,全组九首,为七言绝句。第一首《初生想》着重描写孩子满月时情景:"初生满月字婴孩,内外亲罗送喜来。男号明珠女百匹,车马门前擘不开。"[1]亲友道喜,人来人往,车水马龙,洋溢着对新生儿到来的欢喜。相较而言,上博48号(41379)《九想观一卷并序》描写得更为细腻:

> 第一观,作婴孩,忘(妄)想元从空里来。绫彩罗尽迎三日,瑞锦箱成满月裁。罗列珍羞命亲族,共饮同欢长命杯。孙子抱来诚可喜,车马争牵玉

---

[1] 徐俊纂辑:《敦煌诗集残卷辑考》,中华书局,2000年,第823页。

腕推。父母怜之犹未足，纵使朝参骤马回。①

既描写了亲友来访时张灯结彩的欢庆场面，又表现了婴孩父母大肆宴请到访亲族，共同祝贺婴儿健康长命。从以上描写来看，婴儿满月活动多是亲友赠以婴儿常用之物，家人把婴儿抱出母亲房间与众亲友见面，主家举办宴席招待众人以表谢意。据郑阿财考订，P.3892、P.4597《九想观诗》"出自晚唐、五代敦煌地区的僧侣之手"②。徐俊认为上博48号写本是"通行之讲唱作品汇钞"，并指出同卷有时间署名的题记，如"同光二载三月廿三日"、《清泰十年曹元深祭神文》、《天福八年敦煌乡文书》。③ 据此，此写本大概时间在晚唐五代之际，诗文所表现的可能是晚唐五代之际敦煌地区满月习俗。

上博48号写本既然为通行讲唱作品的汇抄本，那么《九想观诗》可能是讲唱者常讲唱之作，把诗歌所表现的满月习俗讲唱给民众听。亲友庆贺满月习俗在讲唱讲经文中也有表现。《父母恩重经讲经文（二）》在表现十月怀胎、分娩、浴儿时，也言及邻里亲朋道喜情景："满月延僧息障灾。邻里争怜看不足，亲情瞻嘱意徘徊。"④把邻里亲友争先看望产儿母子的热情形象地描摹出来。同时，讲经文也表明，在满月之际，家人会为产儿母子俩举办法会，请僧念文，消除因为分娩而带来的秽气，祈求全家安康。

不仅讲唱作品表现满月习俗，法会所用的斋愿文也有满月习俗的体现。斋愿文S.2832《愿文等范本》"满月事"⑤既称颂产妇贤能、胎儿与生俱来的灵气，也流露出父母、亲友视婴儿如珍宝般的怜爱。P.2044v《愿文范本》"孩子"不仅表现宾客欢聚一堂，共贺胎儿满月喜事的情景，而且对婴儿容貌进行勾勒：

其孩子乃色夺红莲，面开圆镜；眉写残月，目带初星。容貌分晖，敢映琼瑶之色。由是诸亲共赏，咸称掌上之珠；父母同欢，竟捧怀中之宝。月满嘉会，今辰贺喜庆之宜。遂展香积之餐，用训喜庆之会。⑥

---

① 《敦煌诗集残卷辑考》，第932页。
② 郑阿财：《敦煌写本"九想观"诗歌新探》，收入《敦煌佛教文献与文学研究》，上海古籍出版社，2011年，第276—304页。
③ 《敦煌诗集残卷辑考》，第934—935页注1。
④ 《敦煌变文校注》，第1000页。
⑤ 《敦煌愿文集》，第87页。
⑥ 《敦煌愿文集》，第158页。

范本连用四个明喻夸赞孩子的面色、五官。刚出产房的婴儿面色红润,脸如镜,眉似月,目如星般闪亮。此般长相令众亲友赏心悦目之余,称赞不已,更是令双亲喜上眉梢。既然是范本,可想而知,这些文本常被套用于各种满月习俗的仪式活动中讲诵。D.192、P.2631v《诸文要集·满月》不仅称赞婴儿相貌的美好,还祝愿婴儿如父母般聪慧,日后荣华富贵、孝养父母等。① 在满月之际,请僧侣举办法会,一为胎儿消灾求平安,二为祝福婴儿日后昌盛、长寿。在民众看来,满月之际请僧侣为婴儿办斋会、念诵愿文对于婴儿将来的人生具有决定性的意义。

S.5639、S.5640、S.4711 王三庆拟题作《诸杂斋文·生日文》尽管多有献媚、夸饰之词,但是对举办斋会的具体情况多有反映:

> 闻山藏至宝,必秀润于群峰;涧有明珠,定澄清于众水。家欲昌而闰兰感梦,门欲盛而贵子呈祥。是知凤非梧而不栖,贤非杰而不降。于日敷陈组绣,像设幡花;六情而喜色盈襟,一宅而欢容可掬。珍蔬美馔,异果名香;备精细于佛僧,冀福严于孩子。
>
> 夫人伏愿三从皓洁,四德昭明;淑顺而兰菊含芳,协和而芙蓉迥殊。加以明珠入梦,罗曜增春;降此天童,光乎盛族。惟孩子貌圆相足,态媚姿奇;莹目开而星光始分,素脸凝而日角犹隐。保爱而随珠在掌,捧玩而赵璧居怀;既安善于三旬,乃崇斋于一日。
>
> 于是衣袍锦彩,缨贯琼瑶,巡僧手以摩头,冀佛光而照体。孩子伏愿天[资]惠黠,神助精明;居襁褓之清休,处栏车而吉庆。②

王三庆将此文题作"生日文",但我们认为题作"满月文"似乎更为妥当。"既安善于三旬,乃崇斋于一日"指出了举办斋会的缘由,即产妇精心照料产儿三旬,期满。"旬",《说文》九篇上"勹"部释曰:"旬,遍也。十日为旬。"③ 三旬即三十天,也就是产儿从离开母体之日起的三十天。如此看来,此文正是孩儿满月斋会上所念的愿文。

---

① 王三庆:《敦煌佛教斋愿文本研究》,新文丰出版公司,2009 年,第 151 页。
② 《敦煌佛教斋愿文本研究》,第 238 页。
③ 《说文解字注》,第 433 页。

此文首先歌颂家门昌盛、贵子临门,对斋会当天供佛像、挂幡、供花果等斋会现场摆设进行描写。"备精细于佛僧,冀福严于孩子"指出如此精心准备目的在于为满月孩童祈福。其次,歌颂妇人品貌、孕育胎儿的辛苦及婴儿相貌。"巡僧手以摩头"表明众僧手摸婴儿头,希冀婴儿终身为佛护佑,聪慧、健康、吉祥等伴随之。为满月孩儿祈福,父母不惜花巨资举办斋会,虔诚自然不言而喻,父母爱子之情更是溢于言表。

其实,早在敦煌斋愿文之前,中原地区就已经有满月日为孩子举办斋会法会的祈福活动。日本正仓院藏《圣武天皇宸翰杂集》收录后周周文帝子宇文招《周赵王集》,其中《儿生三日满月序》记录了佛教祈愿活动仪式:

> 夫众生果报,不可思议;眷属因缘,信谓慇重。自非久修善业,多树洪基,岂得子弟庄严,亲理成就?如旃檀之围绕,譬兰桂之芬芳。今日施主,既有弄璋之庆,能(熊)罴吉梦,其相已显,弧矢雅相。①

这与敦煌斋愿文结构、语言多有相似。其结构首先以发语词"夫"总领全文,赞佛、劝人修功德,其次赞叹斋主并说明私宅斋僧之事,最后以祈愿结束。根据行文称呼,可知斋文是从仪式主持人的角度进行描写,语言多溢美之词。称颂胎儿的不凡,从熊罴吉梦入手,衬托胎儿的显达、儒雅之相,完全契合弄璋之喜的喜庆场合。

满月之际为产妇母子举办斋会目的在于为母子,尤其是为婴儿祈福,希望孩儿健康成长,其中寄托着父母无限的爱意。这些活动符合民众心理需求,在他们看来,延僧请佛举办法会祈福是相当有必要的:一是母子身体较弱,且身上秽气未净,借此法会消除灾祸;一是庆贺母子能脱离产蓐,渡过初生时的诸多不适和月中禁忌,进入日常生活状态。分娩后的妇女"被认为是处于危险的境况之中,她们可能污染她们接触的任何人和任何东西;因此她们被隔绝起来,直到健康和体力恢复,想象的危险期度过为止"②,"分娩后的生理恢复不是主要目的,而是为了'分娩后返回社会'"③。在产后未满月期间,产妇及幼子尽量避免

---

① 王晓平:《日本正仓院藏〈圣武天皇宸翰杂集〉释录》,收入《国际中国文学研究丛刊》(第三集),上海古籍出版社,2015年,第61—104页。
② 《金枝》,第199—200页。
③ 《过渡礼仪》,第38页。

出产房和见人,表面看来是因为体质较弱,容易被感染。实际上,满月是母子俩人生角色转换中的重要阶段,处于由产妇到母亲、胎儿至婴儿身份确立的过渡状态。

在范热内普看来,怀孕、分娩仪式通常合成一个完整体,体现在过渡礼仪进程。孕妇孕期处于边缘期中,为婴儿举办诞生礼仪,目的在于将她重新聚合入曾归属的群体,或确立她新母亲的社会地位。① 从此理论出发,我们不难理解,处于边缘期的孕妇被当作特殊人群对待,而且需要遵守诸多孕期禁忌。不仅如此,因为分娩所带来的不净,分娩未满月的产妇与产儿也处于边缘期或分割期。唯有举办满月仪式之后,产妇才重新恢复她的社会地位,确立她母亲的社会角色。对于边缘期的产儿而言,举办满月酒席,意味着产儿作为社会新成员的人生开始。

同时,洗儿风俗也具有重要的社会意义。"第一次洗澡、洗头、擦摸等礼仪尽管有卫生健康的目的,但似乎同时也为净化礼仪,属于与母亲分割礼仪之类。"②由此看来,洗儿风俗对产儿而言至关重要,洗浴既是洗去分娩污秽的净化仪式,也是意味着产儿个体独立的分割仪式,代表着产儿作为个体具有独立的社会地位。

---

① 《过渡礼仪》,第34页。
② 《过渡礼仪》,第42页。

第六章 哺育、守护题材及民俗

人从呱呱落地的婴儿,到长大成人,在漫长的成长历程中,少不了父母的陪伴、照顾、教育。自离开母体开始,胎儿身份随之转化为婴幼儿,孕、产妇角色转为母亲。紧接着是母亲的工作重心随之变化。由孕期遵守各项禁忌,一心护胎转化为照料婴儿饮食、睡眠、换洗等日常生活起居。当三年哺乳期一过,母亲职责就变成对调皮孩童的调教及看护等,以免受伤。《论语·阳货篇》概述世间父母怀抱幼子的情形:"子生三年,然后免于父母之怀。"①S.1497、S.6923、P.4785任半塘拟题作《须大拏太子度男女》,以父母和子女对话形式进行歌唱,其中,父母追忆了儿子的成长经历:

儿言。小小黄宫养,万事未曾知。饥亦不曾受,渴亦未受持。……
父言。一岁二岁耶娘养,三岁四岁弄婴孩。五岁六岁学人言,七岁八岁辨东西。②

在父母精心照料与保护下,孩童无忧无虑成长,免受饥渴之苦。一、二岁为婴儿哺乳期,三、四岁仍需父母看护照料,五、六岁向人学舌,七、八岁开始能分辨是非。从哺乳期的婴幼儿成长为孩童,离不开父亲的照看和调教,其中更少不了母亲的哺育、抱持、洗濯等,以及为孩子打理日常生活中的琐事。这正是佛经十恩德中乳哺养育恩、咽苦吐甘恩、回干就湿恩、洗濯不净恩在俗世生活中的真实演绎。

本章首先爬梳敦煌文学对以上四恩德的文本表现,通过文本分析,探讨敦煌文学中的育子风俗及文化,尝试勾勒出敦煌地区母亲无私抚养孩子的些许场

---

① 〔魏〕何晏集解:《论语》,〔宋〕邢昺疏,〔清〕阮元校刻《十三经注疏》本,中华书局,1980年,第2526页。
② 任中敏编著:《敦煌歌辞总编》中册,何剑平、张长彬校理,凤凰出版社,2014年,第501—502页;项楚:《敦煌歌辞总编匡补》,巴蜀书社,2000年,第89页。

景,如哺乳喂养,日夜看护婴幼儿,洗濯衣物,对孩童嬉戏的调教、看护及病中照料孩童,处理夭折亡儿等。

第一节 幼儿护理题材与四恩德

父母给予孩儿生命,并抚养成人,漫长的成长过程无不花费着父母的心血,孩儿一言一行牵动着父母的内心。P.3645、S.1156《季布诗咏》概述了父母在孩子生命中的重要性:"人总俱从父母生,生子还从父母养。三年不食胸前乳,六尺之躯何处长!"①就毫无行为能力的婴幼儿而言,吃喝、拉撒、换洗、睡觉等都离不开父母照料。嗷嗷待哺的婴儿日常生活无非就是吃和睡。对此,母亲的重要工作即喂养、看护睡觉及为儿换洗衣物等。婴儿的成长主要沐浴在母亲的哺乳、回干就湿、洗濯等恩情中,这些恩情正是佛教所提倡的十种恩德的内容。佛教通过将这些恩德与世俗日常生活相互融合、交织在一起,达到了很好的互动效果。

饶宗颐最早注意宣扬孝道的敦煌曲,爬梳了诵读《孝经》的情况,探讨《盂兰盆经》《双恩记》、敦煌佛曲中的孝道观念。② 潘重规关注到佛教与民众生活互动的现象,从俗讲、歌曲、斋会方面论证佛教徒对孝道的提倡。③ 随后,郑阿财从伪经、灵验记、俗讲经文、佛曲歌辞等方面来考察佛教传布活动的通俗化过程。④ 这些研究多侧重佛教与敦煌文学关系的宏观把握,关于敦煌文学具体细节描写及其与佛教的源流、影响方面仍可进一步挖掘。本节就敦煌文学对哺育过程如咽苦吐甘、哺乳、回干就湿、洗濯不净等事象的描写、歌咏的情形,寻求它们在佛教典籍中的相关记载,以证敦煌产育文学是佛教经文、教义的通俗化表达,或者说敦煌产育文学作品取材于佛教教义。本节借助产妇对褓裸幼儿日常生活护理这一过程正好诠释佛教、敦煌产育文学及民俗生活三者的互动过程。

---

① 黄征、张涌泉校注:《敦煌变文校注》,中华书局,1997年,第1197页。
② 饶宗颐:《孝顺观念与敦煌佛曲》,《敦煌学》1974年第1期。
③ 潘重规:《从敦煌遗书看佛教提倡孝道》,《华冈文科学报》1980年第12期。
④ 郑阿财:《从敦煌文献看佛教传布的通俗化》,收入《文学、文化与世变——第三届汉学会议论文集·文学组》,中研院中国文学研究所,2002年,第117—142页。

一、《父母恩重经讲经文(一)》等对诸恩德的表现

以上四种恩情在佛经《父母恩重难报经》《佛说父母恩重经》等都有表现。《大正新修大藏经》第八十五卷所收的《父母恩重经》录文因为所用校本较少,遗漏较多,孙修身、郑阿财、马世长都曾做过相关的校录工作。在此基础上,张涌泉以 BD04714(北号 14、北 8202)为底本,参校敦煌本甲、乙、丙系统五十多个写卷,重新对《佛说父母恩重经》进行校录,参考价值较大。关于论述父母养育之恩,其云:

> 父母养育,卧则栏车。父母怀抱,和和弄声,含笑未语。饥时须食,非母不哺;渴时须饮,非母不乳。母中饥时,吞苦吐甘。推干就湿。非义(父)不亲,非母不养。慈母养儿,去离栏车。十指甲中,食子不净,应各有八斛四升。论母之恩,昊天罔极。①

佛经以四言为主,杂以六言形式,把父母尤其是母亲养育孩子的生活点滴生动地描述出来。孩儿饥渴时,母亲以乳喂养,睡觉时母亲躺在孩子尿湿处,便于照料干处熟睡中的孩儿,这些都表现了母亲照料孩子的生活细节及其无私深沉的爱。对此,敦煌文学进行大篇幅的演绎,中国文学史上古往今来从未出现过如此浓墨重彩表现妇人育子生活的现象。

敦煌文学中涉及襁褓幼儿哺育、护理等事情的作品主要有《父母恩重经讲经文(一)》《父母恩重经讲经文(二)》《盂兰盆经讲经文》《故圆鉴大师二十四孝押座文》《左街僧录大师压座文》、王梵志诗《遥看世间人》(S.778、S.5796)、托名白居易《十二时行孝文》《孝顺乐》《报慈母十恩德》《父母恩重赞》《三嘱歌》等。以上作品或详或略表现三年乳哺、咽苦吐甘、洗濯不净、日夜抱持等情景。

在这些文本中,对母亲抚养、照料襁褓婴儿最为详细的文本当推《父母恩重经讲经文(一)》。此文遵循讲经文惯用格式:首先引经文,再逐句阐释,使经文通俗易懂。其文如下:

---

① 张涌泉:《敦煌本〈佛说父母恩重经〉研究》,《文史》1999 年第 4 期。

经：受如是苦,生我此身,咽苦吐甘,抱持养育。洗濯不净,无惮劬劳。忍热受寒,不辞辛苦。干处儿卧,湿处母眠。三年之中,饮母白血。

……

此是世尊告阿难道：娑婆浊世,一切众生,皆因父母所生,咽苦吐甘,专心保护,抱持养育,不离怀中。洗濯之时,岂辞寒热。若是家翁在上,伯叔性难,昼夜不惮劬劳,旦夕常怀忧惧。冲寒受热,盖是寻常,台举女男,不辞辛苦。颜容憔悴,形貌汪(尪)羸。争忍长成,不生酬答。

若是严天月,苦恼难申说。手冷彻心酸,十指从头裂。一伴喂孩儿,伏仕(服侍)又依时节。伯叔及翁婆,犹更嫌痴拙。往往泪如婆(雨),时时心似割。无处说心诚,苦恼如何彻。只为小婴孩,洗濯无时节。更深尚未眠,颠坠身羸劣。就中苦是阿娘身,台举孩儿岂但(惮)频。洗浣宁辞寒与热,抱持不倦苦兼辛。时时爱被翁婆怪,往往频遭伯叔嗔。只为这婴孩相系绊,致令日夜费心神。

所以经云,受如是苦,咽苦吐甘,抱持养育云云,至不辞辛苦。上说弟(第)一辛勤保护也。弟(第)二、回干就湿者。经道：干处儿卧,湿处母眠,三年之中,饮母白血。若是九夏洗浣,稍似不难;最是三冬,异常辛苦。有人使唤,犹可辛勤;若是无人,皆须自去。堂前翁婆伯叔,日日祗承。怀抱吱(痴)骏小孩儿,又朝朝台举。一头洗濯秽污,一伴又喂饲女男。湿处母眠,干处儿卧。十月之内,受无限难辛;三年之中,饮没量多血乳。致使娘娘形貌,日日汪(尪)羸;慈母颜容,朝朝瘦悴。

回干就湿为常事,三载辛勤情不已。辛苦朝朝有泪垂,煎熬夜夜无眠睡。貌汪(尪)羸,形瘦悴,鸾镜凤钗皆厌弃。往往人前恰似痴,时时座内犹如醉。只为长时,驱驰辛苦。形貌精神,都来失绪。一头承仕(事)翁婆,一畔又剸缚男女。日夜不曾闲,往往啼如雨。回干就湿最艰难,终日驱驱更不闲。洗浣岂论朝与暮,驱驰何惮热兼寒。每将干暖交(教)儿卧,湿处寻常母自眠。三载长来长若此,不报深恩争得安。

所以经云,干处儿卧,湿处母眠。三年之中,饮母白血。孩子始从生下,直至三年,饮母胸前白乳。[1]

---

[1] 《敦煌变文校注》,第973—974页;项楚：《敦煌变文选注》(增订本),中华书局,2006年,第1469—1472页。"世尊告阿难道：娑婆浊世"处,断句和句读据项楚本。

此经指《父母恩重难报经》①,经文亦见于 P.3919《佛说父母恩重经》②。此讲经文将经文内容分两部分阐释:首先描述父母保护孩子的辛苦,再叙述陪儿睡觉时母亲回干就湿的细心,尤其是对洗濯不净恩进行阐述。母亲对胎儿的护理不分昼夜、洗濯婴儿屎尿污秽衣物不分夏暑严寒,一如既往。随行之时,或终不离怀,或肩举手抬,小心翼翼,生怕摔着爱子。因为照顾幼儿琐事繁重,服侍公婆不免有疏忽处,从而招致公婆、叔伯不满。可见,养育孩子的辛苦,不仅有日夜照料孩子所带来的身体劳累,更有来自公婆、叔伯的不理解和抱怨。备受身心煎熬的母亲,自然身体随之消瘦。因为照顾婴儿的繁忙,更无暇顾及自身的妆饰。婴儿尿床实属常事,母亲把干爽、暖和之处给儿卧,自己躺于旁边尿湿处,看护孩子。儿眠母亦眠,儿醒母亦醒。这些可以说是母亲日夜照顾婴儿生活的真实写照。讲经文以现实生活中母亲照看婴幼儿的日常起居的情景来阐释经文,详细、生动、形象,富有生活气息,给人亲切感。

　　文中多以三年作为血乳喂养、回干就湿的期限,这是譬喻文学以具体数字形象表现不可具指事物的体现。其间,母亲无微不至地照顾襁褓中的婴儿,咽苦吐甘、回干就湿、血乳喂养等。三年并非真实生活的描述,这种表达方式影响了敦煌文学。敦煌变文和歌辞中常以三年为哺乳期:《父母恩重经讲经文(二)》"三年乳哺犹闲事"③,《故圆鉴大师二十四孝押座文》"吐甘咽苦三年内"④,《左街僧录大师压座文》"三年乳哺作婴儿"⑤;歌辞《孝顺乐》"三年乳哺痛悲伤,吐热免寒抬举大"⑥,《报慈母十恩德》"抬举近三年,血成白乳与儿餐"⑦等。敦煌蒙书 P.2515《辩才家教·十劝章第六》也劝导学士报答三年乳哺恩,"报取三年亲乳哺"⑧。三年乳哺期限可能与古代丧制存在密切关联。《论语·阳货》载阳货以三年丧制问孔子:"三年之丧,期已久矣。"针对阳货所问,孔子释之:"子生三年,然后免于父母之怀。夫三年之丧,天下之通丧也。"⑨《左传·昭公十五年》:

---

① 《敦煌本〈佛说父母恩重经〉研究》,《文史》1999 年第 4 期。
② 《敦煌变文校注》,第 997 页。
③ 《敦煌变文校注》,第 999 页。
④ 《敦煌变文校注》,第 1154 页。
⑤ 《敦煌变文校注》,第 1158 页。
⑥ 《敦煌歌辞总编》中册,第 493 页。
⑦ 《敦煌歌辞总编》中册,第 477 页。
⑧ 郑阿财、朱凤玉:《敦煌蒙书研究》,甘肃教育出版社,2002 年,第 392 页。
⑨ 《论语》,《十三经注疏》本,第 2526 页。

"王一岁而有三年之丧二焉。"杜预注:"天子绝期,唯服三年,故后虽期,通谓之三年丧。"①可知,三年丧期由来已久。《旧唐书·礼仪志》载上元元年(674),天后武则天就父健在也应为母服丧三年之事上奏高宗,其理由是:"子之于母,慈爱特深,非母不生,非母不育。推燥居湿,咽苦吐甘,生养劳瘁,恩斯极矣!"②母亲于子恩重如此,生子、养子及乳哺之恩,岂不能换来三年守丧之期?此言晓之以理,动之以情,果不其然,高宗依议行诏。这也可见唐代社会已流行推燥居湿、咽苦吐甘等表现母亲育儿辛苦的说法。

二、日常护理题材与咽苦吐甘、血乳喂养等恩德

讲经文中所描述的母亲对婴儿护理、喂养等场景,虽然较为生动、传神,是现实母亲育子情景的再现,但总体说来,这些场景源于佛教十种恩德的内容,如咽苦吐甘、血乳喂养、回干就湿、洗濯不净等,具有浓郁的佛教色彩。

(一)咽苦吐甘

咽苦吐甘,指母亲食粗劣之物,将甘甜之物喂养孩子。甘甜之物既指生活中上等美味、营养价值高的食物,也指母亲食粗劣食物化为乳汁喂养婴儿之意,是母亲自我奉献精神的表现。咽苦吐甘也可喻指母亲在孩子成长过程中为使孩子健康快乐地成长,独自承受各种压力,为孩子遮风挡雨等行为。《父母恩重经讲经文(一)》主要表现为后者,因为婴儿日夜吵闹使母亲忙于照料婴儿,可能对公婆的侍奉有所疏忽,致使公婆、叔伯不满和抱怨。如"伯叔及翁婆,犹更嫌痴拙","时时爱被翁婆怪,往往频遭伯叔嗔"。P.2418失调名歌辞《母恩长》亦有相似描写:"一头承侍翁姑,一畔又羁缚男女。日夜不曾闲,往往啼如雨。"③而《父母恩重经讲经文(二)》阐释为"甘甜美味与儿餐,苦涩一般母自吃"④,这是爱子情深的自然流露。与《佛说父母恩重难报经》《父母恩重经》关系密切的歌辞也经常表现母亲疼爱孩儿,常以美味喂养孩儿,来诠释咽苦吐甘恩。《父母恩重

---

① 〔西晋〕杜预注:《左传》,〔唐〕孔颖达疏,〔清〕阮元校刻《十三经注疏》本,中华书局,1980年,第2078页。
② 〔后晋〕刘昫等撰:《旧唐书》第3册,中华书局,1975年,第1023页。
③ 《敦煌歌辞总编》上册,第344页。
④ 《敦煌变文校注》,第1001页。

赞》:"如饧如蜜与儿餐。母吃家常如蜜味,恐怕儿嫌腥不餐。"①《孝顺乐》:"咽苦更难言,驱驱育养转加难。好物阿娘不吃□,调和香美与儿餐。"②《报慈母十恩德》"可怜慈母自家饥,贪喂一孩儿。为男女,母饥羸。纵食酒肉不肥"③等。此外,P. 3211、S. 5641王梵志诗《父母生男女》描摹了一幅父母遇到美食,包裹回家给子女的情景:"逢着好饮食,纸裹将来与。心恒忆不忘,入家觅男女。"④这是世间父母爱子、怜子真实生活的缩影。这些表现了母亲为把如蜜饧等可口美食留给孩儿,宁愿自己忍饥挨饿或乐于粗茶淡饭,流露出母亲咽苦吐甘喂孩儿的情深。这是借佛家咽苦吐甘恩德,结合俗世生活场景更深层次地表现无私的母爱。

咽苦吐甘情景在《佛说父母恩重难报经》《父母恩重经》等佛经及其相关经变相中多有反映。《佛说父母恩重难报经》"咽苦吐甘恩"颂曰:"吐甘无稍息,咽苦不颦眉","但令孩儿饱,慈母不辞饥"。⑤ 佛经颂词用"吐甘"的"无稍息","咽苦"的"不颦眉"形成强烈反差,诠释了慈母为儿的自我牺牲精神。《父母恩重经》则传神地描摹幼儿饿时寻母,恃宠耍滑的情景:"二岁三岁,弄意始行,于其食时,非母不知。父母行来,值他坐席,或得饼肉,不啖惨味;怀侠[挟]来归,归向其子。十来九得,恒常欢喜,一过不得,骄啼佯哭。"⑥二、三岁时的襁褓婴儿逐渐形成了自我意识,会运用伎俩来达到目的。"一过不得,骄啼佯哭"是指孩儿知道父母不忍心自己啼哭,凭借父母对自己深厚的爱,假装啼哭以此达到目的。这把小孩的狡猾形象刻画得栩栩如生,较为传神。同时,文中把孩儿饿时只知母不知父的状态揭露出来。父母获得饼肉首先想到幼子的喜好,携至家中给孩子,无私给予,幼儿贪吃的天性淋漓尽致地表现出来。这是世间父母育儿生活真实的缩影。

此番情景与甘博藏敦煌绢画《报父母恩重经变》(图5-6)左侧由上往下第一幅画面相印证。画面上父母并坐,一小儿作娇啼哭闹状索要果饼。其旁榜书云:"或得果饼,以与其子,一遇不得,娇啼佯哭。"⑦这些画面生动再现了北宋以

---

① 《敦煌歌辞总编》中册,第489页。
② 《敦煌歌辞总编》中册,第492页;《敦煌歌辞总编匡补》,第78—79页。
③ 《敦煌歌辞总编》中册,第477页。
④ 〔唐〕王梵志:《王梵志诗校注》(增订本),项楚校注,上海古籍出版社,2010年,第147页。
⑤ 《敦煌本〈佛说父母恩重经〉研究》,《文史》1999年第4期。
⑥ 《敦煌本〈佛说父母恩重经〉研究》,《文史》1999年第4期。
⑦ 秦明智:《北宋〈报父母恩重经变〉画》,《文物》1982年第12期。

前敦煌民间民众育儿生活的真情实景。《如来广孝十种报恩道场仪》附《十种报恩赞》："咽苦吐甘，父母恩难报。美味甘甜，只要孩儿饱。"①这也全然表现了父母倾其所有，美味食物任由孩子食用。

(二)血乳喂养

上面讲经文中常出现"白血""血乳"等词。在佛家看来，母乳是由母亲血液转化而来，所以常称为血乳。因为乳汁呈白色，所以也称白血。三年之中，母乳是婴儿主要的食物来源。《佛说父母恩重难报经》"回干就湿恩"颂曰："两乳充饥渴，罗袖掩风寒。"②母亲以双乳解幼儿饥渴，用衣袖为儿遮风避寒。在佛家看来，婴儿自在母胎起，一切皆以母亲血乳为饮食来源。

《中阴经》讲母亲长养子女的乳恩。"阎浮提儿生堕地，乃至三岁，母之怀抱为饮几乳？弥勒答曰：饮乳一百八十斛。除母腹中所食血分。东弗于逮儿生堕地乃至三岁，饮乳一千八百斛。西拘邪尼儿生堕地乃至三岁，饮乳八百八十斛。北郁单曰儿生堕地坐着，陌头行人授指唲指，七日成人彼土无乳。"③南、东、西、北四方小儿出生至三岁所饮母乳量尽管差异较大，但是佛经以具体数字表现不可计量的乳汁量，使不可量化的事物具体化。

这种表现手法常见于其他佛经。《大乘本生心地观经·报恩品第二》："一切男女处于胎中，口吮乳根饮啖母血，及出胎已幼稚之前，所饮母乳百八十斛，母得上味先与其子。"④此经卷三亦载："十月处于胎藏中，常衔乳根饮脂血，自为婴孩及童子，所饮母乳百斛余。"⑤胎儿在母胎发育所需的营养确实来自母体，这归根于母亲脂血。有意思的是，佛经竟将婴儿所饮母乳约以百斛计量，生动形象。

佛经描摹母亲用乳汁喂养嗷嗷待哺婴儿的场景也是惟妙惟肖。《父母恩重经》云：

---

① 〔宋〕思觉集：《如来广孝十种报恩道场仪》，赵文焕、侯冲整理，收入方广锠主编《藏外佛教文献》(第八辑)，宗教文化出版社，2003年，第143页。
② 《敦煌本〈佛说父母恩重经〉研究》，《文史》1999年第4期。
③ 〔日〕高楠顺次郎主编：《大正新修大藏经》(后简称《大正藏》)第12册，佛陀教育基金会，1990年，第1059页。
④ 《大正藏》第3册，第297页。
⑤ 《大正藏》第3册，第302页。

> 我儿家中啼哭忆母,母即心惊,两乳汁出,即知家中我儿忆我,即得还家。儿遥见母来,或在栏车,摇头弄脑,或复曳腹随行,呜呼向母。母为□子,曲身下就,长舒两手,拂拭尘土。呜和其口,开怀出乳,以乳与之。①

文中把儿啼母心惊,尤其是儿忆母引发母乳反应的母子连心情景,传神地表达出来,较为神奇。乳汁出,母亲知儿忆母,正是《博物志》卷四所载之"婴儿号妇乳出"②现象。同时,经文还表现了婴儿摇头晃脑、天真无邪的童真画面,细致描写了母亲喂养画面:弯身、擦拭手上尘土、开怀、出乳、喂乳,有条不紊,动作娴熟。这一画面表现在经变图中,可参看敦煌莫高窟晚唐第156窟(归义军节度使张义潮功德窟)前室顶部西披北部《佛说父母恩重经变相》,图绘有一女人抱持婴儿作开怀出乳、以乳喂婴之状。③甘博藏《报父母恩重经变》(图5-6)变相中正绘有此番情景。此画处于经变图右侧底部自下往上第四幅,画上母亲席地而坐,解襟为儿喂乳,旁边站一侍女。此画傍榜书云"母为其子开怀出乳,以乳乳之时"④,正是此画面喂乳情景的注解。

深受佛家影响的血乳喂养观念在敦煌文学中频繁出现。如《报慈母十恩德》"血成白乳与儿餐"⑤,明确指出乳汁由母血转化而成。《父母恩重赞》:"血入腹中煎,一日二升不娄餐。一年计乳七石二,母身不觉自焦干。"⑥"一年计乳七石二"与佛经中母乳约计百斛等表现手法,以数字直观地表现每年母乳被吸走的数量,以明了母亲喂养孩儿所做出的牺牲。为哺乳孩儿,母亲不惜血乳被吸尽,身体营养被吸干。哺乳致使母亲身体憔悴、干枯等状态在《佛说父母恩重难报经》有如下解释:"乳由血变,每孩饮母八斛四斗甚多白乳,所以憔悴,骨现黑色,其量亦轻。"⑦失血过多,气色不佳,自然能使人消瘦、憔悴。这符合现实生活

---

① 张涌泉:《以父母十恩德为主题的佛教文学艺术作品探源》,收入《原学》(第二辑),中国广播电视出版社,1995年,第125—141页。
② 〔晋〕张华撰:《博物志校证》,范宁校证,中华书局,1980年,第46页。
③ 孙修身:《大足宝顶与敦煌莫高窟佛说父母恩重经变相的比较研究》,《敦煌研究》1997年第1期。
④ 马世长:《〈父母恩重经〉写本与变相》,《敦煌石窟研究国际讨论会文集 石窟考古》,辽宁美术出版社,1990年,第314—335页。
⑤ 《敦煌歌辞总编》中册,第477页。
⑥ 《敦煌歌辞总编》中册,第489页;《敦煌歌辞总编匡补》,第75—76页。
⑦ 《敦煌本〈佛说父母恩重经〉研究》,《文史》1999年第4期。

中母亲哺乳的真实情况。

(三)回干就湿

回干就湿,《盂兰盆经讲经文》诠释为"干处唯留与子眠,湿处回将母自卧"①,传神到位。回干就湿指母亲出于对孩子的疼爱,把婴儿从尿湿处移到干爽、暖和处,而自己只能在婴儿旁边的湿处伴随孩子入眠。正如《父母恩重经讲经文(二)》所言"回干就湿是寻常"②,这是母亲照顾婴儿睡觉的常态。

母子情深是人世间最美好的情感之一,这使得回干就湿成为文学作品常表现的情景。如《父母恩重赞》:"干处常回儿女卧,湿处母身自家眠。"③《孝顺乐》:"胜处安排与儿卧,心中犹怕辗儿身。"④"胜处"指床上干暖处,歌辞把母亲与儿同卧的小心和顾虑表达出来,因为担心同卧时碾压到婴儿柔弱的身体,所以在湿被褥中辗转难眠。托名白居易所作的《十二时行孝文》借母恩来规劝众人及时行孝,诗中历述母亲为子所做诸事不辞辛苦,其中就有回干就湿一事:"回干就湿长成人,如今岂合论辛苦。"⑤而《报慈母十恩德》中第六首歌唱回干就湿恩,当属其中对此恩歌唱得最令人感动的一首:

> 干处与儿眠,不嫌污秽及腥膻。慈母卧湿毡,专心缚。怕磨研,不离孩儿体边。记之慈母苦忧怜,恩德过于天。⑥

歌辞以杂言体形式描写了母亲照顾孩子睡觉的日常。末句告诫众人应铭记慈母此番深恩,意在劝诫行孝。此歌不仅诠释回干就湿的词义,更把母亲的爱子心切传达出来。S.4571《维摩诘经讲经文(一)》"回干就湿,恐男女之片时不安"⑦,侧面流露出了母亲回干就湿的目的,在于使儿女身体舒适,安然入睡。王梵志诗《遥看世间人》:"欲似养儿毡,回干且就湿。"⑧此诗描写了母卧湿毡的情景。

---

① 《敦煌变文校注》,第1007页。
② 《敦煌变文校注》,第1001页。
③ 《敦煌歌辞总编》中册,第489页。
④ 《敦煌歌辞总编》中册,第492页;《敦煌歌辞总编匡补》,第79页。
⑤ 徐俊纂辑:《敦煌诗集残卷辑考》,中华书局,2000年,第293页。
⑥ 《敦煌歌辞总编》中册,第478页。
⑦ 《敦煌变文校注》,第761页。
⑧ 《王梵志诗校注》(增订本),第9页。

回干就湿,既然是佛经常称颂的十种恩德之一,诸多佛经都有记载。如《父母恩重经》"推干就湿"①,《大方便佛报恩经·论义品第五》"父母者十月怀抱,推干去湿,乳哺长大"②。《佛说父母恩重难报经》"回干就湿恩"颂曰:"母愿身投湿,将儿移就干","但令孩儿稳,慈母不求安"。③

不仅如此,《西方阿弥陀佛礼佛文》也称颂了母亲不辞辛苦日夜照料幼子的情形:"忆念一岁与三岁,慈母乳养恒抱持。回干就湿将携启,终日竟夜不辞疲。"④回干就湿,本是妇女抚养孩儿成长过程中的生活细节,也是民众熟悉的育儿生活琐事,流露出母亲为孩儿的真情付出。上至佛典、礼佛文,下至变文、歌辞等都热衷于表现这一题材。这些文献运用这一情节以申明母亲抚养孩子的艰辛,宣传并劝诫众人母恩难报,勿忘深恩,及时行孝。

随着婴儿逐渐长大,父母会让他逐渐适应独寝生活。而栏车正是敦煌地区婴幼儿独寝时常用的坐具或卧具,即婴儿车。《诸杂斋文·生日文》"居襁褓之清休,处栏车而吉庆"⑤,这是孩童满月时所办斋会上的祝福语。"栏车"与上句"襁褓"相对,义同,应是婴儿卧具之类。

佛经在论及父母对子女的养育之恩时,时常提及栏车,如《佛说父母恩重经》"父母养育,卧则栏车""慈母养儿,去离栏车""儿遥见母来,或在栏车,摇头弄脑"。⑥ 据此而来的变相中也绘有栏车。晚唐第156窟前室顶北侧的《父母恩重经变》下部绘有一女人,手推栏车,小儿熟睡于栏车中(图6-1)。⑦ 从画面可知,栏车一头较高,可防风,另一头设有把手。第170窟北壁《佛说父母恩重经变相》西侧条幅自上往下第三幅,绘"一婴儿,斜躺在婴儿车上。此车别致,仅于中部设交叉的两腿,似可两边上下摇动,正面作弧形,又可停而仰卧"⑧。甘博藏北宋敦煌绢画《报父母恩重经变》(图5-6)自右侧底部由下往上第五幅、第七幅中都出现了栏车。前者绘有一侍女站于栏车前,而母亲跪于折叠式栏车前席

---

① 《以父母十恩德为主题的佛教文学艺术作品探源》,收入《原学》(第二辑),第125—141页。
② 《大正藏》第3册,第141页。
③ 《敦煌本〈佛说父母恩重经〉研究》,《文史》1999年第4期。
④ 张锡厚主编:《全敦煌诗》第15册,作家出版社,2006年,第6950页。
⑤ 王三庆:《敦煌佛教斋愿文本研究》,新文丰出版公司,2009年,第238页。
⑥ 《以父母十恩德为主题的佛教文学艺术作品探源》,收入《原学》(第二辑),第125—141页。
⑦ 谭蝉雪主编:《敦煌石窟全集·民俗画卷》,香港商务印书馆,1999年,第85页。
⑧ 《大足宝顶与敦煌莫高窟佛说父母恩重经变相的比较研究》,《敦煌研究》1997年第1期。

上,一边摇晃着栏车,一边逗哄栏车里孩儿。其旁榜书云:"或在栏车摇头弄脑时。"①第七幅则表现父母在田间劳作,婴儿卧于置放于田边的折叠式栏车中,其旁榜书云:"父母养育,卧在栏车时。"②由图可知,此车与孙修身所描述的第170窟婴儿车正好吻合,可以上下摇动,与第156窟中有把手的栏车稍有不同,但是在绢画榜书中也称为栏车。这说明唐宋时栏车至少有两种类型:一为有轮有把手,可手推;一为折叠式,靠中部交叉形成的四腿支撑,可上下摇动。

图 6-1　莫高窟第 156 窟前室顶北侧《父母恩重经变》小儿栏车图

后一种栏车,因为可上下摇动,可能有时也称作摇车。在父母为亡儿举办的斋会悼文中常见摇车。如 S.4992《愿文范本等》"女孩子"、S.5637《亡考妣文范本等》"孩子叹",在追忆婴幼儿生前生活情景时,都云:"睹摇车而掩泣。"③看到孩子用过的摇车,睹物思人,掩泪而泣。此处摇车正是民间盛行的栏车之类的婴儿车。

(四)洗濯不净

洗濯不净指母亲为襁褓中幼儿洗浴、擦拭身上污秽物或浆洗脏污的衣物等。不净指婴幼儿分泌物及其衣物上有腥臊的屎尿汗臭等。使用不净一词,是

---

① 《民俗画卷》,第 88 页。
② 《民俗画卷》,第 88 页。
③ 黄征、吴伟校注:《敦煌愿文集》,岳麓书社,1995 年,第 139、239 页。

佛家不净观的体现。不净观是五门禅观中最基本的入门禅观,主要指观身不净,即观众生的肉身污秽不净,实无可贪恋之处,从而入禅。为幼儿卫生保健,母亲不畏酷暑严寒,不辞辛苦,为儿洗濯。《佛说父母恩重难报经》第七"洗濯不净恩"颂曰:"本是芙蓉质,精神健且丰。眉分新柳碧,脸色夺莲红;恩深摧玉貌,洗濯损盘龙。只为怜男女,慈母改颜容。"①经文主要侧重从母亲容貌的变化,表现母亲为儿洗涤不净的劳累所致容颜衰老、憔悴。

敷衍此经而来的《父母恩重经讲经文(一)》"手冷彻心酸,十指从头裂""洗濯无时节""洗浣宁辞寒与热""若是九夏洗浣,稍似不难;最是三冬,异常辛苦""洗浣岂论朝与暮,驱驰何惮热兼寒"等表述则多侧重从母亲洗涤的辛苦入手。不分严冬酷暑,为儿洗涤不净,乃至十指开裂、粗糙等情形,这些是照顾襁褓幼子时母亲经历的常有之事。如《父母恩重经讲经文(二)》"洗浣盖是寻常。或时忍热忍寒,慈母不辞辛苦"②、《孟兰盆经讲经文》"洗濯之时无懈倦,寒热都来为闲事"③等,也把严寒酷暑母亲为儿浆洗衣物,不辞辛苦、毫不懈怠的情况表现出来。严寒腊月,在冰冻刺骨的冷水中为婴儿洗涤不净,慈母毫无畏惧和懈怠,此番辛苦时常被民众歌唱,用以表达母亲对儿女的恩情。《孝顺乐》:"洗濯第六遇天寒,腥脓不净阿娘看。十指冻来疑欲落,阿娘日夜转焦干。"④"十指冻来疑欲落"句与《父母恩重经讲经文(一)》"十指从头裂"有异曲同工之妙,用夸张手法把慈母寒冬洗濯所受艰辛感同身受般地传达出来。《报慈母十恩德》歌唱洗濯不净恩时,唱道:"除母更教谁,三冬十月洗孩儿,十指被风吹。"⑤除了浆洗衣物,为儿洗浴也是母亲日常育儿生活中的一部分。《父母恩重赞》在表现母亲辛勤洗涤婴儿污秽衣物时,也间接披露母亲唯恐遭人闲言杂语的心态:"第七洗濯不净衫,腥骚臭秽母向前。除洗不净无遍数,尚恐诸人有谗言。"⑥此番情景正与上文《父母恩重经讲经文(一)》中母亲的处境相似。在不辞辛劳洗濯衣物、照料婴儿之余,仍担心公婆、叔伯等人的闲言碎语。这是当时封建家庭中儿媳的真实处境。"十指被风吹""十指冻来凝欲落""十指从头裂"都描写了天冷时洗浣衣

---

① 《敦煌本〈佛说父母恩重经〉研究》,《文史》1999 年第 4 期。
② 《敦煌变文校注》,第 1001 页。
③ 《敦煌变文校注》,第 1007 页。
④ 《敦煌歌辞总编》中册,第 493 页。
⑤ 《敦煌歌辞总编》中册,第 478 页。
⑥ 《敦煌歌辞总编》中册,第 489 页;《敦煌歌辞总编匡补》,第 76 页。

物给十指带来的感受,这些文本多有相似。根据严寒中洗浣衣物、公婆叔伯不理解等题材的描写,可知《报慈母十恩德》《孝顺乐》《父母恩重赞》《父母恩重经讲经文(一)》之间存在密切的联系。围绕经文而来的讲唱作品,把佛经之义与世俗生活中真实的育子场景紧密结合起来,选取听众熟知的题材或场景进行讲唱,这也是讲唱成功与否的关键因素之一。

除咽苦吐甘般的哺乳、回干就湿陪伴入眠及为儿洗濯不净之物等,在婴儿尚未学步或学步之时,自然少不了父母,尤其是母亲的抱持。喂乳时抱于怀中或常在母亲怀中入眠,也是常有之事。正如《父母恩重经讲经文(二)》所言"抱持起坐忘苦辛"①,慈母怀抱幼子,不辞辛苦。《西方阿弥陀佛礼佛文》云:"忆念一岁与三岁,慈母乳养恒抱持。回干就湿将携启,终日竟夜不辞疲。未辩东西识善恶,愚痴惑乱造诸非。"②在儿年幼尚未懂事之前,由慈母抱持也属常事,更何况襁褓幼儿。P.2914 王梵志诗《鸿鹄昼游扬》"脱帽安怀中,坐儿膝头着"③,正描述了从外归来的父亲脱帽、抱儿坐于膝头的情景,一幅父子情深的画面。

由母抱持喂养或随行抱持外出等情景也可见于经变相中。莫高窟第 156 窟前室顶部西披北部绘有"一女人抱持婴儿,作开怀出乳,以乳喂婴之状"的画面。④ 伦敦藏本敦煌莫高窟藏经洞出土的五代时绢画《父母恩重经变相》自右侧由上向下第二幅,就绘有"年长者手抱小儿,年少者扶持老者,老年女子后有一青年男子随行,幞头长衣,两臂屈而抱持"的画面。榜题曰:"父母怀抱,和和弄声,含笑末(未)语,饥时须食,非母不哺,渴时须饮,非母不乳。"同时,孙修身指出,此画面为表现文学作品中的咽苦吐甘恩、乳哺养育恩。⑤ 北宋绢画《报父母恩重经变》(图 5-6)右侧底部自下往上第六幅绘有一图:一小儿骑在母亲颈上,父亲紧随其后,作逗弄小儿状。其旁榜书云:"父母将子随行加胫(颈)时。"⑥

母亲为襁褓幼子咽苦吐甘、回干就湿、血乳喂养抑或是洗濯不净、抱持喂养等场景,虽然是世俗生活中常见的育儿生活琐事,但是却都能从佛经中寻得相关记载。这是佛教关注世间生育生活的很小的一部分。同时,佛教利用讲唱作

---

① 《敦煌变文校注》,第 1001 页。
② 《全敦煌诗》第 15 册,第 6950 页。
③ 《王梵志诗校注》(增订本),第 343 页。
④ 《大足宝顶与敦煌莫高窟佛说父母恩重经变相的比较研究》,《敦煌研究》1997 年第 1 期。
⑤ 《大足宝顶与敦煌莫高窟佛说父母恩重经变相的比较研究》,《敦煌研究》1997 年第 1 期。
⑥ 《北宋〈报父母恩重经变〉画》,《文物》1982 年第 12 期。

品与图画等形式,或付诸口头讲唱,或以经变相的直观形式,用慈母育子生活为例推行佛教义理,进行说教,将一幅幅鲜活的慈母育子图景活灵活现地展现于观众或听众面前,给予民众视觉或听觉上的孝道文化教育,较富感染力和说服力。

佛教把艰深晦涩的教义与世俗育子生活巧妙结合起来,把呵护幼子成长的日常生活凝练为咽苦吐甘、血乳喂养、回干就湿、洗濯不净恩德,用鲜活的育儿生活场景、真实的生活点滴来诠释父母恩重,使得父母恩重如山、不能不尽孝的观念深入人心。

第二节 婴童嬉戏、看护题材及游戏场景

随着婴儿逐渐开始离开母亲的怀抱,咿呀学语,蹒跚学步,外出游玩、嬉戏等,母亲育儿生活更多的是以陪伴、教导、护佑、挂念等为主。孩童出于好奇、贪玩、顽皮、懵懂等天性,经常成群结队外出嬉戏,有时贪玩竟达到废寝忘食的地步,不免让家中慈母忧虑万分。

敦煌文献与石窟壁画、绢画等保存了大量儿童嬉戏场景或画面,学者从不同的学术视野对此进行不同程度的研究。[①] 其中不乏从体育角度探讨游戏,余欣以文史结合、追本溯源之法考证了敦煌文献中出现的诸多游戏,勾勒出敦煌地区儿童嬉戏的图景,并注重敦煌、中原地区儿童游戏的联系。杨秀清为众人呈现了大量有关儿童嬉戏的石窟壁画资料,为研究中古敦煌地区的儿童嬉戏提供了新的视角。这些论著注重论证敦煌地区存在的游戏种类、游戏方式等,以图文结合方式重现了孩童游戏生活。

在此基础上,本节立足于母亲对顽童外出嬉戏的挂念及看护,对敦煌讲经文、诗文等所表现的婴童嬉戏场景略做分析,试图就看护过程中母亲对孩童外出嬉戏的顾虑做适当的分析,以便勾勒出母亲看护婴童成长的某些细节。

---

① 李重申:《敦煌古代体育文化》,甘肃人民出版社,2000年,第152—154页;路志峻:《论敦煌文献和壁画中的儿童游戏与体育》,《敦煌学辑刊》2006年第4期;王义芝、胡朝阳:《敦煌古代儿童游戏初探》,《寻根》2007年第3期;余欣:《重绘孩提时代:寻绎中古敦煌历史上的婴戏》,收入余欣《博望鸣沙——中古写本研究与现代中国学术史之会通》,上海古籍出版社,2012年,第307—321页;杨秀清:《敦煌石窟壁画中的古代儿童生活(三)》,《敦煌学辑刊》2013年第3期。

母亲三年乳哺、回干就湿之后,襁褓婴儿终将长为童子,逐渐拥有自我意识和行动能力等。在离开母亲怀抱或臂膀的护佑后,母亲身体劳累程度稍减,与日俱增的却是母亲内心的担忧和焦虑,唯恐孩儿外出被欺凌、受伤等。如《父母恩重经讲经文(二)》:"渐离怀抱,身作童子,常系母心,百般忧虑。"①对于母亲的百般忧虑,同一佛经演绎的《父母恩重经讲经文(一)》恰好有详细的描述:

> 经云,……渐渐离于怀抱,身作童儿,转系母心百般忧念。临河傍井,常忧漂溺之虞;弄狗捻刀,每虑啮伤之苦。云云。
> 孩儿渐长成童子,慈母忧心不舍离。近火专忧红焰烧,临河恐坠清波死。捉蝴蝶,趁猢子,弄土拥泥向街里。盖为娇痴正是时,直缘骏小方如此。渐离怀抱作婴孩,葡卜(匍匐)初行傍砌阶。语似娇莺初啭舌,笑如春树野花开。浑家爱惜心无足,眷属娇怜意莫裁。门外忽闻啼哭也,慈母奔波早到来。婴孩渐长作童儿,两颊桃花色整辉。五五相随骑竹马,三三结伴趁猢儿。贪逐胡(蝴)蝶抛家远,为钓青苔忘却归。慈母引头千度觅,心心只怕被人欺。②

讲经文以七言为主,几乎是一韵到底,对仗工整,用词典雅,表现孩子天真烂漫的嬉戏时光。其中,对仗工整,如"近火""临河"句,"语似""笑如"句,"浑家""眷属"句,"五五""三三"句,从词性、结构、辞格等方面都一一相对。此文在演绎经文母亲忧虑的同时,对婴孩成长状态中的学步、学语情态也进行了刻画。"葡卜(匍匐)初行傍砌阶。语似娇莺初啭舌,笑如春树野花开。"运用比喻手法把孩子稚嫩学舌的状态,天真无邪的灿烂笑靥模样等绘声绘色地传达出来。同时,对婴孩刚学步时匍匐向前、依傍石砌栏杆走路的情景也描摹得较为细致。短短几句描写得较为传神,生动形象。此般可爱的孩儿,母亲自是万般爱怜,不忍心孩儿啼哭,但闻孩儿啼哭声,母亲立刻闻声赶到,生怕他受半点伤害。

文中所描写的各种游戏,既给婴孩带来天真无邪的童趣,也把母亲万事俱忧的爱子、念子心切之情表露出来。文中详细陈述母亲的百般忧虑有两层。一者,担忧孩儿去危险地,触及危险物,受到伤害,如河边、井边、火边或逗弄狗、玩

---

① 《敦煌变文校注》,第1001页。
② 《敦煌变文校注》,第974页;《敦煌变文选注》(增订本),第1472—1473页。

刀具等。《维摩诘经讲经文（一）》亦云："临河傍井，常忧漂溺之危；弄犬捻刀，每虑啮伤之苦。"①二者，忧虑成群结队外出嬉戏如在骑竹马、追猧子、逐蝴蝶等过程中受伤，或钓青苔、玩弄泥土等忘记归家，或被玩伴欺凌等。

除前引文中所提及的游戏如捉蝴蝶、趁猧子、骑竹马、钓青苔、玩泥等，玩弹弓、追黄雀、争球、聚沙、招花逐影、救蚁、放纸鹤、逗鹦鹉等游戏也是敦煌地区常见的儿童游戏。下面我们对这些游戏略做分析，以探究游戏在敦煌地区儿童之间风行的原因及母亲的顾虑所在。

以上游戏大致可分为两大类。玩弹弓、争球可归为一类，此类游戏需要借助事先制作好的弹弓、球，并且具有一定的刺激性，动作难度系数较大，适合稍微年长的孩童玩耍。"百岁篇"作为曲调名，创调较早，六朝释门弟子已作唱导之用。此调约以十年为单位把人生分成十段，强调人生每一阶段的主要事务。其中的歌辞《丈夫》第一首表现了少年的贪玩："一十香风绽藕花，弟兄如玉父娘夸。平明趁伴争毬子，直至黄昏不忆家。"②十岁左右的男孩，正处于年少贪玩之际，沉醉在同玩伴追逐球子的游戏中，不知归家。此处十岁孩童争球情景并非如S.2049、P.2544 杖前飞调名《马球》所描写马球竞技游戏的场景③，应该是较为简单的儿童嬉戏游戏，类似于蹴鞠运动。

同样，以"百岁篇"为调名，歌辞《池上荷》也歌颂了年少青春的美好："一十一，池上新荷行花出，珠弹近追黄雀年。"④此曲把年值十一岁的少年比作新荷，追逐黄雀嬉戏，表现少年旺盛的精力。其中，可看出玩珠弹追逐黄雀是十一岁年龄阶段孩童的乐事。从以上歌辞的描写看来，玩弹弓和争球是十岁左右孩童常玩的运动游戏。

值得注意的是，孩童游戏的类型随着年龄的渐增而发生变化。不同的年龄阶段，孩童所喜欢的游戏有所差异。《丈夫》《池上荷》所描写的少年年龄大约十、十一岁，他们所玩的游戏动作幅度大，较为剧烈，如与人正面冲突的争球子、危险系数较高的弹弓。P.2598v《正月廿一日榜文》，余欣题作《天复二年（902）正月廿一日使都尚书御史大夫张榜稿文》⑤，载小儿在安伞旋城时用弹弓打伤众

---

① 《敦煌变文校注》，第761页。
② 《敦煌歌辞总编》下册，第830页。
③ 《敦煌歌辞总编》中册，第463—464页。
④ 《敦煌歌辞总编》下册，第845页。
⑤ 《博望鸣沙——中古写本研究与现代中国学术史之会通》，第317页。

人事:"常年正月廿三日,为城隍攘灾却贼,于城四面,安置白伞法事道场者。右敦煌一郡,本以佛法拥护人民。访闻安伞之日,多有无知小儿,把弹弓打运花,不放师僧法事,兼打师僧及众人,眼目伤损。"①弹弓打伤众人,且致使眼睛受伤,所以张奉承张榜告诫,申明严查此事并予以处罚。正因为此类游戏如此危险,后果严重,父母必定会严禁孩童玩耍此类游戏,如有不慎,将给他人生命带来伤害,自己需要承担后果。担心孩子在外闯祸或受伤可能正是母亲倚门常望顽童平安归家的原因之一。《故圆鉴大师二十四孝押座文》"试出去遥和梦逐,稍归来晚立门傍"②,孩童因为嬉戏延误回家时间,使得母亲倚门长望。

捉蝴蝶、趁猁子、逗鹦鹉、救蚁、钓青苔、招花逐影、聚沙、玩泥等,可归为一大类,此类游戏动作较为简单,较适合幼童,如七八岁儿童玩耍。其中,也可分为两类:骑竹马和放纸鹤可为一类,游戏中的竹马、纸鹤,并非真实动物,是通过对竹或草、纸等加工制作而成;另一类则主要是以大自然的动、植物为游戏对象。

竹马,起源较早。李晖认为骑竹马源于新石器时代至西汉时的北方游牧民族,至东汉时已成为常见的儿童游戏。③ 有关骑竹马的文献见载于《后汉书·郭伋传》:"有童儿数百,各骑竹马,道次迎拜。"④儿童骑竹马夹道欢迎郭伋,这是儿童思维模式下的盛装迎接方式。后来唐诗多有描写孩童骑竹马夹道欢迎官吏的情形,如李白《赠宣城宇文太守兼呈崔侍御》"竹马数小儿,拜迎白鹿前"⑤,岑参《凤翔府行军送程使君赴成州》"竹马诸童子,朝朝待使君"⑥,白居易《送唐州崔使君侍亲赴任》"发时正许沙鸥送,到日方乘竹马迎"⑦,许浑《送人之任邛州》"群童竹马交迎日,二老兰舻初见时"⑧等。游牧民族擅长骑马,由以上诗歌结合李晖对竹马源起游牧民族的考证,我们认为竹马游戏最初可能源于儿童对成人

---

① 上海古籍出版社、法国国家图书馆等编:《法国国家图书馆藏敦煌西域文献》第16册,上海古籍出版社,2001年,第187页。
② 《敦煌变文校注》,第1154页。
③ 李晖:《论"竹马"——唐诗民俗文化探源之十》,《合肥教育学院学报》2000年第3期。
④ 〔南朝宋〕范晔撰:《后汉书》第4册,〔唐〕李贤等注,中华书局,1965年,第1093页。
⑤ 〔唐〕李白:《李太白全集》中册,〔清〕王琦注,中华书局,1977年,第612页。
⑥ 〔唐〕岑参:《岑参集校注》,陈铁民、侯忠义校注,陈铁民修订,上海古籍出版社,2004年,第224页。
⑦ 〔唐〕白居易:《白居易集笺校》第4册,朱金城笺校,上海古籍出版社,1988年,第2312页。
⑧ 〔清〕彭定求编:《全唐诗》(增订本),中华书局编辑部点校,中华书局,1999年,第6167页。

骑马行为的崇拜,孩童以竹为马,模仿成人,因骑竹马人数较多,甚至被儿童当作盛装欢迎形式。

此游戏在中原地区较为盛行,以上唐诗即是明证。在魏晋时期常把竹马当作童年岁月的象征。《后汉书·陶谦传》"陶谦字恭祖,丹阳人也"句注引《吴书》言陶谦"少孤,始以不羁闻于县中。年十四,犹缀帛为幡,乘竹马而戏,邑中儿童皆随之"①。十四岁尚且以乘竹马为戏,所以以不羁闻名周边。这从侧面流露出竹马游戏适合于年幼之童,十四岁少年不宜以竹马为戏。南朝宋刘义庆《世说新语》所记诸葛靓、殷侯殷浩事等②,正是以竹马游戏当作童年时光的代表来回忆。《锦绣万花谷》卷一六引《博物志》佚文"七岁曰竹马之戏"③,指出七岁是孩童竹马之戏的主要年龄。

不仅如此,前引《父母恩重经讲经文(一)》表明骑竹马也是敦煌地区儿童喜爱的游戏。上博48号(41379)《九想观一卷并序》"第二观,作童蒙,骑竹马"④,指出童蒙时期爱骑竹马游戏的观想。《维摩诘经讲经文(四)》:"少年本分正娇痴。却思城外花台礼,不把庭前竹马骑。"⑤少年本身具有贪玩的天性,但是太子却痴迷于佛事,与众少年骑竹马逐乐不同。这从侧面流露出民间少年以骑竹马为乐的社会现象。《左街僧录大师压座文》"设使身成童子儿,年登七八岁鬌双垂。父怜编草竹为马,母惜胭腮黛染眉"⑥,父亲为年值七八岁的爱子用草、竹编织竹马,舐犊情深。其中,七八岁是骑竹马之时,正与《博物志》佚文所言的骑竹马嬉戏年龄相吻合。此外,S.6631《九想观诗一本·童子相第二》也描写了七岁孩童骑竹马游巷:"三周离膝下,七载育成童。竹马游间巷。"⑦三岁离开父母怀抱,七岁成童,开始追逐嬉戏,骑竹马游巷间正是七岁孩童喜欢的游戏之一。BD06576(北淡76、北1323)缺题诗:"小儿□竹马,童子注千□。誓将抱良死,还同竹马期。纵使风雪至,不避雨沾衣。"⑧小儿不顾风雨交加,骑竹马外出游玩,甚至不避风雨,贪玩天性跃然纸上。

---

① 《后汉书》第8册,第2366页。
② 余嘉锡撰:《世说新语笺疏》,周祖谟、余淑宜整理,中华书局,1983年,第344、619页。
③ 《博物志校证》,第129页。
④ 《敦煌诗集残卷辑考》,第932页。
⑤ 《敦煌变文校注》,第864页。
⑥ 《敦煌变文校注》,第1158页。
⑦ 《敦煌诗集残卷辑考》,第903页。
⑧ 《敦煌诗集残卷辑考》,第915页。

图 6-1：敦煌佛爷庙魏晋墓葬出土的画像砖骑竹马图

敦煌地区出土的画像砖和壁画生动直观地再现了敦煌地区儿童骑竹马生活的场景，这使我们对骑竹马的动作、情形等有了直观、形象的认识。1995年敦煌佛爷庙湾墓群第39号墓西壁出土的画像砖，画面为一男童下身赤裸，两腿跨于竹马上，右手握竹马，回头，左手牵母亲右手，母子对望，前面站一家仆（图6-1）。① 画面里人物神态、动作清晰，实属难得。此画为西晋壁画，这说明在西晋时期敦煌地区已盛行骑竹马游戏。晚唐时期开凿莫高窟第9窟，东壁门南侧绘有一男童骑竹马状，右手握竹，竹梢上竹叶葱郁，回头顾望（图6-2）。②

这两幅图尽管竹马形状稍有不同，但是骑竹马的动作相似，都是右手握竹马，双腿跨于竹马上，回头顾望。回头顾望估计是担心被人追

图 6-2：莫高窟第 9 窟东壁门南侧骑竹马图

---

① 俄军、郑炳林、高国祥主编：《甘肃出土魏晋唐墓壁画》中册，兰州大学出版社，2009年，第599页；马建华编：《甘肃敦煌佛爷庙湾魏晋墓彩绘砖》，重庆出版社，2000年，第4页。
② 《民俗画卷》，第95页。

赶上。在玩伴三五成群骑竹马追赶嬉戏的过程中,尤其是在被追赶的紧张氛围中,游戏的刺激、乐趣随之而来。

除竹马之外,放纸鹤也是孩童喜爱的游戏之一。纸鹤即做成鹤状的纸鸢,也称纸鹞,是后世风筝的雏形。据《淮南子·齐俗训》记载,鲁班等人曾制木鸢:"鲁般、墨子以木为鸢而飞之。"①木鸢的发明人可能为鲁班、墨子诸人。以纸为材料制作而成的纸鸢自南北朝以来直至唐代被用于军事方面。《魏书·萧衍传》《新唐书·田承嗣传》都记载用纸鸢缚书求救之事。②到了唐代,纸鸢已发展为儿童热衷的游戏。元稹《有鸟二十章》其七:"有鸟有鸟群纸鸢,因风假势童子牵。"③路德延《小儿诗》在罗列儿童游戏时提及"添丝放纸鸢"④。由诗文可知,纸鸢是由儿童牵丝乘风放至天上。S.6631《九想观诗一本·童子相第二》"纸鹤戏云中"⑤,说明这种游戏也备受敦煌地区儿童青睐。

1972年新疆吐鲁番阿斯塔那187号墓出土唐开元前后的绢画《围棋仕女图》中描绘了一幅儿童嬉戏的图景,余欣认为此图很可能是孩童合作放纸鸢之图。⑥此图出土时已破碎,经修复,仍残缺不全。在残图左边,是一少妇和两仕女领着两个儿童在林间草地嬉戏的画面(图6-3)。⑦

---

① 刘文典撰:《淮南鸿烈集解》,冯逸、乔华点校,中华书局,1989年,第369页。
② 〔北齐〕魏收:《魏书》第6册,中华书局,1974年,第2185页;〔宋〕欧阳修、宋祁撰:《新唐书》第19册,中华书局,1975年,第5928页。
③ 〔唐〕元稹撰:《元稹集》,冀勤点校,中华书局,1982年,第293页。
④ 《全唐诗》(增订本),第8338页。
⑤ 《敦煌诗集残卷辑考》,第903页。
⑥ 《重绘孩提时代:寻绎中古敦煌历史上的婴戏》,收入《博望鸣沙——中古写本研究与现代中国学术史之会通》,第307—321页。
⑦ 《唐代西州墓中的绢画》初步研究此画,并探究其原画完整结构,画出示意图,见金维诺、卫边:《唐代西州墓中的绢画》,《文物》1975年第10期;此画刊布于《新疆出土文物》中,单列出两儿嬉戏图,命名为《双童图》,见新疆维吾尔自治区博物馆编:《新疆出土文物》,文物出版社,1975年,第74页。

第六章 哺育、守护题材及民俗

图 6-3：新疆吐鲁番阿斯塔那 187 号墓
出土的绢画儿童嬉戏图

图中右边小儿右脚前跨，右臂前伸，略上抬，左手叉腰并攥一线。位于此小儿前方的小儿右脚前跨，右手上扬，左手抱一小狗，眼睛注视天空。余欣从小儿的动作及手中线头推断，二小儿可能正在合作放纸鸢。若真如金维诺等研究，图中之地为林间的草地，那么，这不是放纸鸢的理想场所。纸鸢适合在开阔的平地嬉戏，且此图残缺未见纸鸢，对于儿童嬉戏是否为放纸鸢，应当存疑。

此图左边小儿左手抱一小狗，金维诺、卫边考订为拂菻狗。① 《旧唐书·高昌国传》称此狗"高六寸，长尺余，性甚慧，能曳马衔烛，云本出拂菻国"②，由高昌国王麴文泰进贡，产自拂菻国，所以称为拂菻狗。据蔡鸿生考证，拂菻指文献中常见的猧子，唐初传入中原后，成为朱门和内府的"活宝"。③ 猧子因为产自域

---

① 《唐代西州墓中的绢画》，《文物》1975 年第 10 期。
② 《旧唐书》第 16 册，第 5294 页。
③ 蔡鸿生：《唐代九姓胡与突厥文化》，中华书局，1998 年，第 211—220 页。

外,中原地区物以稀为贵,猞子逐渐成为权贵的象征。此图出土于新疆阿斯塔纳墓群,此墓为夫妇合葬墓,男墓主为安西都府官员,为安西都护府有战功的武将。① 按墓主的身份、地位及身处丝绸之路的安西地区,绢画中小儿玩弄猞子实属自然之事。

同样,距离安西较近,处于丝绸之路要道的敦煌,有着得天独厚的交通和获取域外物质的便利,追赶猞子或许正是敦煌孩童常见的游戏之一。《父母恩重经讲经文(一)》"捉蝴蝶,趁猞子""三三结伴趁猞子"②,上博48号(41379)《九想观一卷并序》"能争鹦鹉牵猞子"③。可见,孩童三五成群趁猞子在敦煌地区也是较为常见的现象。

出于儿童对大自然的好奇,逗弄动物,如捉蝴蝶、逗鹦鹉、救蚁等也是儿童喜欢的游戏。这主要因为动物自身的特点容易引发孩童的好奇心,他们会细心观察,逗乐嬉戏。鹦鹉能言善道的模仿能力在小儿看来较为神奇,小儿在逗弄鹦鹉的过程中,把鹦鹉当成了会说话的玩具,鹦鹉模仿小儿学舌,可以给孩童幼小的心灵带来满足感、成就感,从而获得乐趣。蝴蝶五彩斑斓的色彩、翩翩起舞时轻盈的姿态使得孩童想捉住蝴蝶一探究竟,在蝴蝶若远若近的牵引下,逐蝶成为孩童乐此不疲的趣事。正是因为沉浸追逐过程,无暇顾及时间、地点等,不觉竟远离了家门。《父母恩重经讲经文(一)》:"贪逐蝴蝶抛家远,为钓青苔忘却归。慈母引头千度觅,心心只怕被人欺。"④"钓青苔",余欣认为是用纤草钓小爬虫的游戏。⑤ 此句既描写了儿童沉醉于游戏中,痴迷到不知归家的程度,也把母亲对孩子牵挂、寻觅情态描写得细腻、动人。

蚂蚁弱小惹人怜的身躯,让天真小儿不禁心生怜悯,救助弱小的蚂蚁便成为小儿力所能及、助虫为乐的趣事。如 S.2832《妹亡日》:"致使聚沙之处,命伴无声;桃李园中,招花绝影。或者池边救蚁,或者林下聚沙。游戏寻常,不逾咫尺。"⑥此愿文为兄长悼念夭折妹妹的文章,从"嗟孩子八岁之容华,变作九泉之灰"可知,妹妹夭折时年值八岁,而聚沙、招花绝影和救蚁都是亡妹生前喜爱的

---

① 《唐代西州墓中的绢画》,《文物》1975年第10期。
② 《敦煌变文校注》,第974页。
③ 《敦煌诗集残卷辑考》,第932页。
④ 《敦煌变文校注》,第974页。
⑤ 《重绘孩提时代:寻绎中古敦煌历史上的婴戏》,收入《博望鸣沙——中古写本研究与现代中国学术史之会通》,第307—321页。
⑥ 《敦煌愿文集》,第91页。

游戏。招花绝影似乎是女童在园中追逐随风飘零的桃李花瓣、婆娑花树影子的嬉戏情景,这是天真无邪的女童出自对大自然景色的喜爱,不由自主地随花瓣、疏影起舞。S.6631《九想观诗一本·童子相第二》"花容艳阳日,绮服弄春风"①,表现的正是在风和日丽的春日,女童追逐随春风飘落的花瓣的图景。

《妹亡日》文中表明,聚沙也是敦煌地区孩童常见的游戏之一。上博48号(41379)《九想观一卷并序》:"作童蒙,骑竹马,逐游虫。或聚沙来作米粜,或时脚走趁旋风。能争鹦鹉牵猧子,筑城弄土一丛丛。"②P.3892、P.4597《九想观诗·童子想》:"日月相催成幼童,五五三三作一丛。虽解聚沙为佛塔,心中仍未辨西东。"③"筑城弄土一丛丛"显然正是上句诗文"聚沙",或用沙作"米粜""佛塔",或用土"筑城",用沙、土做成不同形状的事物,这些游戏的原理、乐趣近似。愿文追忆了亡妹生前喜欢于林下聚沙,可见树林下是聚沙的理想之处。

"筑城弄土"与讲唱文本常见的弄土拥泥游戏近似。如《父母恩重经讲经文(一)》"弄土拥泥向街里",P.3883、P.3833、P.3255、P.3754、P.3882、S.5529、S.5674、S.5530、S.1392、S.395、S.2941《孔子项托相问书》:"项托又相随拥土作城,在内而坐。"④弄土拥泥游戏具体是怎样一番情景,《孔子项托相问书》仅言项托拥土作城,似乎正是"筑城弄土"游戏。《法苑珠林》卷八一引《阿育王经》详细记载了弄土拥泥游戏,称二小儿"弄土而戏,拥土作城舍宅仓储;以土为麨,着于仓中"⑤。"以土为麨,着于仓中",显然与"聚沙来作米粜"相似。聚沙和弄土拥泥二者可能为同一种游戏,游戏方法近似,只是存在游戏材料的沙与泥土之分。这是儿童因地取材而形成聚沙或弄土的区别。由此可知,聚沙是指把沙聚成一堆堆,做出各种形状,如米麦、城墙或佛塔等。此游戏小儿经常三五成群结伴嬉戏。盛唐时期开凿的莫高窟第23窟北壁下部,绘有四小儿全神贯注地齐心协力在聚沙(图6-4)。⑥

---

① 《敦煌诗集残卷辑考》,第903页。
② 《敦煌诗集残卷辑考》,第932页。
③ 《敦煌诗集残卷辑考》,第823页。
④ 《敦煌变文校注》,第357页。
⑤ 〔唐〕释道世撰:《法苑珠林校注》第5册,周叔迦、苏晋仁校注,中华书局,2003年,第2363页。
⑥ 《民俗画卷》,第93页。

图 6-4：莫高窟第 23 窟北壁下部儿童聚沙图

其实，在中原地区也有儿童聚沙嬉戏，而且具有浓郁的佛教色彩。孟浩然《登总持寺浮屠》："累劫从初地，为童忆聚沙。"①唐法师修雅《闻颂法华经歌》："今日亲闻诵此经，始觉聚沙非小事。"②《妙法莲华经·方便品》载："若于旷野中，积土成佛庙。乃至童子戏，聚沙为佛塔，如是诸人等，皆已成佛道。"③聚沙为佛塔、聚土成佛庙等正是信众修持佛道之事，这也正是修雅诗文所感之事：修雅法师听闻《法华经》，知聚沙并非儿戏，乃修持佛道的大事。

常无名《唐思恒律师志铭》："儿戏则聚沙为塔，冥感而然指誓心。"④白居易《画西方帧记》："又范金合土，刻石织文，乃至印水聚沙，童子戏者，莫不率以阿弥陀佛为上首。"⑤儿童聚沙为塔、聚沙常以阿弥陀佛为上首。可见，聚沙确与佛教存在密切的联系。

聚沙游戏较早见载于《魏书·释老志》神龟元年(518)王澄奏表中："苟能诚

---

① 〔唐〕孟浩然撰：《孟浩然诗集校注》，李景白校注，巴蜀书社，1988 年，第 106 页。
② 《全唐诗》(增订本)，第 9382—9383 页。
③ 《大正藏》第 9 册，第 8 页。
④ 周绍良主编：《全唐文新编》第 2 部第 3 册，吉林文史出版社，2000 年，第 4558 页。
⑤ 《白居易集笺校》第 6 册，第 3801—3802 页。

信,童子聚沙,可迈于道场。"①聚沙游戏显然在西晋时期已带有佛教色彩。在人们看来,聚沙游戏是在奉佛积功德,这是成人世界带有功利色彩的宗教活动。孩童仅仅沉醉在游戏本身,玩沙拌泥本是出于儿童天性。《韩非子·外储说左上第三十二》曰:

> 夫婴儿相与戏也,以尘为饭,以涂为羹,以木为胾,然至日晚必归饷者,尘饭涂羹可以戏而不可食也。②

这是儿童对成人炊饮之事的模仿。根据皮亚杰儿童心理学理论,"象征性游戏是儿童游戏的高峰",儿童在适应成人社会世界和对他而言理解得很肤浅的物质世界时,无法获得情感、智慧上的需要,所以借助于游戏以满足这二种需要。③在现实生活中,儿童无力完成炊饮、筑城、造塔等事,为适应和完成成人世界的炊饮、建筑工事等,儿童唯有借助游戏模仿来实现,满足自己情感上的需要。由此看来,儿童聚沙弄土筑城、造佛塔等玩法正是在模拟成人建筑工事的做法。聚沙游戏有利于开发儿童的创造力、想象力,培养伙伴间的协作能力,正是在这同心协力共筑、创造的过程中,令孩童享受到游戏的乐趣。

以上各类游戏,无论是危险性较大的争球、弹弓,还是纸鹤、竹马、逗弄猘子、逐蝶、救蚁,以及招花绝影、聚沙,多以成群结队嬉戏为主。贪玩是孩童的天性,古往今来的孩童都是如此,并无时代、地域之分。正如王阳明所言:"大抵童子之情,乐嬉戏而惮拘检,如草木之始萌芽,舒畅之则条达,摧挠之则衰痿。"④孩童精力旺盛、朝气蓬勃,喜欢无拘无束地玩耍是儿童天性使然。

孩童在享受游戏所带来的乐趣的同时,母亲却无时无刻不在牵挂孩童的安危,担心孩子被人欺负或在外惹事闯祸等。上博 48 号(41379)《九想观一卷并序》:"行来失伴窥门觅,归家吃饭也无容。追朋日日过庠序,斗咏诗书阿那聪。"⑤"窥门觅"描摹了一幅孩童窥门缝、寻找小伙伴一起外出玩耍的画面,"窥"

---

① 《魏书》第 8 册,第 3044 页。
② 陈奇猷校注:《韩非子集释》,上海人民出版社,1974 年,第 638 页。
③ 〔瑞士〕皮亚杰:《儿童心理学》,吴福元译,商务印书馆,1980 年,第 45—46 页。
④ 〔明〕王守仁:《训蒙教约》,收入〔清〕陈宏谋辑《养正遗规译注》,《五种遗规》译注小组译注,中国华侨出版社,2012 年,第 205 页。
⑤ 《敦煌诗集残卷辑考》,第 932 页。

字用得较为传神,把小儿隐瞒父母外出游玩,为防止被父母发现小心谨慎的做法及侥幸心理揭露出来,流露出了孩童对游戏的向往及对玩伴的渴望。"归家吃饭也无容"把孩童急于外出游戏的急切心情淋漓尽致地表现出来。同时也刻画了儿童因为贪玩将礼仪、诗书抛之于脑后的情景。这恰恰与父母眼中儿童健康成长观念相抵触。《孔子项托相问书》借项托之口道出了父母心中好孩童的标准:

> 大戏相杀,小戏相伤,戏而无功,衣破里空。相随掷石,不如归舂。上至父母,下及兄弟。只欲不报,恐受无礼。①

此文是敦煌俗文学作品中所存写卷最多的一篇,今存汉文写本十三件,藏文写本三件,多出于寺院学郎之手。② 这些抄本很可能是寺学教育的产物,而这正显示此作在童蒙教育中的受重视程度。选择此文作为童蒙教材,自然离不开对聪明儿童的赞扬及将项托作为儿童学习的楷模进行宣传,也因为其中蕴含了成人所认可的价值观念。在成人看来,游戏毫无是处。因为贪玩废寝忘食,不按时归家,无心于学业,甚至孩童之间相互追逐打闹,容易给身体带来伤害等。这些正是母亲看护孩童成长过程中所应尽量避免之事,也正是敦煌文学所描写的母亲倚门长望顽子归家情节的原因之一。

通过对敦煌文学婴童嬉戏题材的分析,不难看出争毽子、玩弹弓、捉蝴蝶、骑竹马、聚沙等是孩童常见的玩耍的游戏。其中,有些游戏颇具危险性,父母一旦疏于管教,孩童容易给自己或玩伴的身体带来不同程度的伤害。同时,从孩子成长教育角度考虑,父母担忧孩童沉迷于嬉戏会影响孩子的学业与成长发展。

第三节 孩童病中护理题材及相关习俗

在养育孩子长大成人的过程中,孩子平安、健康、快乐成长是普天下父母的

---

① 《敦煌变文校注》,第357页。
② 张鸿勋:《〈孔子项托相问书〉故事传承研究》,收入《敦煌俗文学研究》,甘肃教育出版社,2002年,第229页。

心愿,可是幼儿的免疫系统尚未成熟,尤其是五岁以下的孩子免疫防御能力较差,容易感染各类病毒、细菌。父母在看护孩童的过程中,必然少不了对生病幼儿的看护、照顾。看着孩子被病痛折磨,父母为之揪心、难过,更是千方百计想让孩童尽快病愈,恢复健康。

关于病儿医疗问题的研究,梁丽玲《敦煌文献中的护童信仰》主要从宗教、民俗信仰的角度,探讨《佛说护诸童子陀罗尼经》、"护诸童子女神"残画和民间咒符在治疗小儿病痛方面所使用的方法。① 梁文主要从佛教信仰角度探讨敦煌地区护童信仰,而本节拟从父母护子角度出发,对敦煌讲经文所描述的儿病母忧病情形略做分析,试图探讨母亲从医药、精神方面治愈孩童所做出的努力,以表明母亲育子的艰辛和护子心切的苦心。

一、母忧儿病题材

母忧儿病情形是指母亲看着受病痛折磨的孩子,焦虑万分,身心憔悴,忧心忡忡。如《故圆鉴大师二十四孝押座文》把世间儿病父母忧心的情况描写得形象生动:"男女病来声喘喘,父娘啼得泪汪汪。"②押座文对仗工整,以通俗语言描写了孩子生病气喘的模样,把父母看到儿女病声喘喘,心疼得双泪直下的怜惜和心疼之情表现出来。父母陪伴孩童成长,不忍心看孩子病苦。即使孩儿成人出嫁后,一旦得知其病重,父母也是焦虑万分,为女担心。如《欢喜国王缘》载有相夫人知命之将终,回家省亲,辞别父母。父母悲痛万分,"便唤医师寻妙药,即求方术拟安魂""检药寻医,拟延女命"③。有相夫人尽管已出嫁,但是父母爱子之心、怜子之情未曾改变,依旧为女儿寻医觅药或寻求方术等,救命安魂。《维摩诘经讲经文(一)》中佛偈部分,借世间父母忧儿病的情节来比喻菩萨忧念三界众生,犹如父母爱子。其云:

> 第二,世间父母,忧其男女病。偈:
> 父母人间恩最深,忧男忧女不因循。那堪疾瘵尪龟(羸)苦,岂谓缠痾

---

① 梁丽玲:《敦煌文献中的护童信仰》,收入《2013敦煌、吐鲁番国际学术研讨会论文集》,2013年,第295—309页。
② 《敦煌变文校注》,第1154页。
③ 《敦煌变文校注》,第1090页。

惹患迍。药饵未逢痊减得,呻吟难止怨愁闻。为于儿子心心切,恨不将身替病身。

……频烧方纸,向□□中□□□□;数爇名香,于寺院内许僧斋设。男女未校,转切忧疑;父容日日尪羸,母貌朝朝憔悴。才闻减损,稍获痊平,浑家顿改忧愁,父母当时欢悦。①

此段虽是佛家用作比喻,但是却真实刻画了俗世生活中儿病父母也病,儿愈父母也愈的情形,真实感人。孩子病苦,病儿呻吟声引发父母声声忧愁感叹,恨不能自己去为孩儿承担一切病痛。孩儿备受病痛折磨之际,父母焚香烧纸,祷告神灵,以求庇佑,或到寺院设斋祈求,祝愿病体康复。若是病情得以好转,全家欢喜顿悦。此番情景在《父母恩重经讲经文(一)》中描写得更为详细,把儿身处病中,父母焦虑心情及寻医求神为儿治病情况活灵活现地刻画出来:

弟(第)二,子病怀忧者。经道男女有病,父母亦病;子若病除,父母方差。人家男女,父母恃(骄)怜,忽失保持,身染疾患,便使父心切切,母意惶惶。罢寝停餐,休生忘活。煎羹煮粥,无辞晓夜之劳;拜鬼看书,岂惮往来之倦。男女稍若病差,父母顿解愁心。

人家父母恩偏煞,于女男边倍怜爱。日日教招(诏)意不移,朝朝护惜心无退。忽然男女病缠身,父母忧煎心欲碎。念佛求神乞护持,寻医卜问希痊差。无睡眠,没光彩,煎炒心神形貌改。直待儿身四体安,阿娘方觉心宽泰。女男得病阿娘忧,未教终须血泪流。茶饭不曾着次第,罢施红粉懒梳头。寻医卜问无时歇,拜鬼求神更不休。直待女男安健了,阿娘方始不忧愁。思量人世事难裁,父母恩深不可背。才见女男身病患,早忧性命掩泉台。一头出药教医疗,一伴邀僧为灭灾。病交了便合行孝顺,却生五逆也唱将来。②

末句流露出劝众生行孝的说教意味,对照顾病儿生活的描写也就成了劝孝强有

---

① 《敦煌变文校注》,第760—761页;潘重规编:《敦煌变文集新书》,文津出版社,1994年,第201—202页。
② 《敦煌变文校注》,第977页;《敦煌变文选注》(增订本),第1496—1498页。

力的例证。此文是对所引经文的阐释,经文与《父母恩重难报经》内容大致相同,文字稍异。① P.3919《佛说父母恩重经》亦有相似的记载:"男女有病,父母病生;子若病除,父母方差。"②儿女生病,父母心忧,子女病愈,父母心病消除,把父母心忧孩儿身体的状态真切地表达出来。经文所云父母心忧子女病,讲经文以通俗的语言,侧重于表现母亲废寝忘食地照顾病儿。因为儿病母亲心忧,母亲茶饭不思,无暇于梳妆打扮,一心"寻医卜问""求鬼拜神",唯独担忧病儿命丧黄泉。为使病儿尽快痊愈,父母经常采取双管齐下法,从医学和精神方面对其进行救治,这是敦煌民众面对疾病时所采取的主要治病方法。

二、寻医卜问题材及其所蕴含的医药民俗

寻医卜问主要是指采用民间流传的医药方、祝由方或查阅相关的疾病医卜书等方式医治小儿常见病症。这正是讲经文中所言"出药教医疗""拜鬼看书"。"出药教医疗"指生理上通过药物单方治疗,"拜鬼看书"则是指精神上以拜佛祈福等形式祈求神灵护佑,使病儿尽快脱离苦海。敦煌文学主要侧重表现父母忧儿病的状态,对具体医治小儿病痛的方法,显得笼统模糊。下面我们结合医药、占卜等文献探讨讲经文所蕴含的敦煌地区的医药民俗。

(一)出药教医疗

上文提及寻医觅药医治病儿,如《欢喜国王缘》"便唤医师寻妙药""检药寻医"情节,这主要表现父母为有相夫人请医生看病、抓药治病的情况,从病理学角度来看,这是十分有必要的救治方法。比如小儿感冒发热、黄疸、咳嗽、腹泻等病症,就可通过医生看诊,用药物进行医治。现存敦煌文献记载了一些治疗小儿常见疾病的药方,如鸡惊、头上疮、夜惊、吐乳等。

敦煌文献《诸杂略得要抄子》写卷记载了治疗小儿夜啼、鸡惊、头上疮、夜惊的药方:

治小儿夜啼,取井中草,着母背下,……小儿鸡惊,□鸡贲血,临着口

---

① 《敦煌本〈佛说父母恩重经〉研究》,《文史》1999年第4期。
② 《敦煌变文校注》,第997页。

中,即差,吉。小儿头上疮,烧牛角骨作灰,初腊脂□(和)之,差,利。小儿夜惊,取牛口味(沫),着母乳头与饮,良利。①

"腊脂",可能是腊月猪脂的简称,《王宗无忌单方》残卷记载了一条不知治疗何疾的单方,其中就有腊月猪脂:"(前缺)作灰,和腊月猪脂涂上,即差。"②因为此卷前面内容残缺,所存残卷单方与此方近似,可能也是用于治疗皮肤疮病。《备急千金要方·少小婴孺方下》"治小儿头上恶毒肿痤疖诸疮方":"男子屎尖烧灰,和腊月猪脂,先以酢泔清洗拭干,敷之。"③可见,腊脂可用于治疗各种皮肤疮,包括头上生疮。用灰或粉末状药物和猪脂、松脂等,在治疗小儿头上疮的药方中属于常见治疗法。④ 用牛角骨烧作灰和猪脂治疗头上疮法也见于《本草纲目》卷五〇"兽部·牛"条,"赤秃发落"下引《普济方》"牛角、羊角烧灰等分,猪脂调涂"。⑤ 此处用牛、羊角灰调和猪脂,在敦煌石室出土的《古本草》中则用马骨灰和醋治疗头上疮:"小儿患头疮,烧马骨,作灰,和醋敷,亦治身上疮。"⑥可知,敦煌药方用牛角灰和猪脂涂患处治疮的方法较为常见。

"夜惊"指夜间睡眠中的小儿惊醒,惊醒后时常伴随着大哭大叫。《诸病源候论·小儿杂病诸候三》"惊啼候"解释病因称:"小儿惊啼者,是于眠睡里,忽然啼而惊觉也。由风热邪气,乘于心,则心脏生热。精神不定,故卧不安,则惊而啼也。"⑦惊啼常发生于熟睡状态下,因为热火攻心致使身体不适、啼哭而惊觉,这与"夜啼"存在相似性。二者常发生于夜间,并伴随孩子啼哭。这是因为婴儿弱小,容易受风寒感染或受到惊吓夜啼。《诸病源候论·小儿杂病诸候三》解释"夜啼候"病因:"小儿夜啼者,脏冷故也。夜阴气盛,与冷相博则冷动,冷动与脏气相并,或烦或痛,故令小儿夜啼也。然亦有犯触禁忌,亦令儿夜啼,则可法术断之。"⑧不论惊啼还是夜啼,都是因为精神不定,身体不适,烦躁不安引起。《单方》记载治疗因为身体不适引起夜啼的药方:"治小儿夜啼,取井口边草,着母背

---

① 《法国国家图书馆藏敦煌西域文献》第 17 册,第 132 页。
② 《法国国家图书馆藏敦煌西域文献》第 17 册,第 27 页。
③ 〔唐〕孙思邈:《备急千金要方》,人民卫生出版社影印,1955 年,第 95 页。
④ 《备急千金要方》,第 95 页。
⑤ 〔明〕李时珍:《本草纲目》(校点本)第 4 册,人民卫生出版社,1977 年,第 2760 页。
⑥ 〔唐〕孟诜:《敦煌石室古本草》,范凤源订正,新文丰出版公司,1976 年,第 32 页。
⑦ 〔隋〕巢元方等:《诸病源候论》,人民卫生出版社影印,1955 年,第 254 页。
⑧ 《诸病源候论》,第 254 页。

上,卧即不啼。"①与《诸杂略得要抄子》所载相同。将井口边草置于母背上(下)即能治夜啼,是民间流传的秘方,带有神秘色彩,并无科学依据。《本草纲目》卷四治疗"夜啼"药方中列有"井口边草",称将此与"猪窠草、鸡窠草""白雄鸡翎""牛屎"诸物,"并密安席下"。② 可见,"井口边草"治疗夜啼多带有方术色彩。

值得注意的是,古人认为触犯禁忌也会使小儿夜啼,民间常采取方术方法治疗。《单方》记载了治疗惊啼之方:"畜(治)小儿警(惊)啼,书齐(脐)下作'贵'字,大吉。"③在肚脐下写"贵"字就能治愈惊啼,显然带有方术意味。这与《备急千金要方》卷五上所载治疗"小儿因宿乳不消"引起腹痛惊啼的牛黄丸方④,采用药物治疗,稍显不同。《单方》治疗惊啼之方正契合《诸病源候论》"犯触禁忌"所致的夜啼、惊啼之类。梁丽玲根据敦煌写卷 P.3835"佛咒小儿衣(夜啼)方"医治小儿啼哭的咒语,从民俗信仰角度阐释为冲犯夜啼郎,并将夜啼郎源头追溯至《佛说护诸童子陀罗尼经咒》"富多那鬼者"。⑤ 从民众信仰角度解释了夜啼的原因,论证合理,资料翔实。现在天津、黑龙江哈尔滨、河北肃宁、河南汝南、山东济南、上海松江、广东佛山、四川彭水等地仍流传着以语言咒语形式治疗孩子夜哭的歌谣。其办法是用黄纸书写此歌谣贴于行人过往较多的路口,歌谣内容大致为:"天黄黄(皇皇),地黄黄(皇皇),我家有个夜哭郎。过路君子念三遍,一觉睡到大天亮。"⑥这就是治疗小儿夜啼的民间符咒禳灾法在现今民众生活中的遗留。

除惊啼、夜啼、头上长疮外,小儿也会因为心胃积热或毒邪攻心致使舌上长疮。据《诸病源候论》卷五○"舌上疮候"所载,此病源在于"心脏有热"⑦。敦煌写卷《单方》记载"治小儿舌上疮"方:"取叶(桑)白汁涂之,即差。"⑧马继兴辑录"叶"作"桑"。⑨ 桑白汁不知具指何物,据药方可知,此物应具有清热消炎功效,

---

① 《法国国家图书馆藏敦煌西域文献》第 17 册,第 147 页。
② 《本草纲目》(校点本)第 1 册,第 378 页。
③ 《法国国家图书馆藏敦煌西域文献》第 17 册,第 147 页。
④ 《备急千金要方》,第 90 页。
⑤ 《敦煌文献中的护童信仰》,收入《2013 敦煌、吐鲁番国际学术研讨会论文集》,第 295—309 页。
⑥ 中国民间文学集成全国编辑委员会、中国歌谣集成天津卷编辑委员会编:《中国歌谣集成·天津卷》,中国 ISBN 中心,2008 年,第 243 页。
⑦ 《诸病源候论》,第 267 页。
⑧ 《法国国家图书馆藏敦煌西域文献》第 17 册,第 147 页。
⑨ 马继兴等辑校:《敦煌医药文献辑校》,江苏古籍出版社,1998 年,第 252 页。

所以用叶汁涂于患处,治疗舌上疮。从医书记载来看,桑白汁确实有消炎药用功效。《备急千金要方·少小婴孺方下》亦载"桑白汁涂乳,与儿饮之"①,治疗幼儿舌上疮的方法是把桑白汁涂于母乳头上,让病儿吸食。同是用桑白汁治小儿舌上疮,方法略有差异,但是药效相同。

除舌上长疮,小儿也会因为心脾湿热,复感风邪等致使舌下肿胀,形如小舌,名之重舌。《诸病源候论·小儿杂病诸候四》"重舌候"解释病因云:"小儿重舌者,心脾热故也。心候于舌,而主于血,脾之络脉。又出舌下,心火脾土。二脏母子也。有热即血气俱盛,其状附舌下,近舌根。生形如舌而短,故谓之重舌。"②对此,敦煌地区主要采用外敷法进行治疗。《单方》也记载治疗小儿重舌单方:"小儿重舌,取鹿角,烧作灰,涂舌上,即差。"③用鹿角灰涂于患处,也见于孟诜《古本草》,"小儿以煮小豆汁和鹿角灰,安重舌下,日三度"④。显然,是用小豆汁掺和鹿角灰擦于患处,一日三次。在《备急千金要方》卷五下"治重舌,舌强不能放唾方"中也用"鹿角末"⑤,可见,鹿角灰、末在治疗重舌病症上可能有一定药效。

在哺乳孩童的过程中,婴儿,尤其是月龄较小的婴儿,吐奶溢奶现象较为常见。吐奶严重时会殃及小儿性命。一旦出现此现象,父母忧虑万分,寻求各种秘方。《单方》载:"小儿霍乱吐乳欲死者,煎人参汤,灌口中,即差。"⑥P.3596v《医药方》载:"小儿霍乱吐乳不正(止)方:煎人参汤服,立差。"⑦两种药方都采用内服人参汤法治疗。据唐《新修本草》可知,人参"微温、无毒",具有"疗肠胃中冷,心腹鼓痛,胸胁逆满,霍乱吐逆"功效。⑧ 这些正是因为肠胃受冷所致的霍乱吐乳的病症。从《诸病源候论·小儿杂病诸候三》"霍乱候"记载看来,吐乳多半是因为婴儿体内气乱于肠胃之间,肠胃消化不良引起;或因为乳母饮食生冷物致乳变,婴儿饮乳而致。⑨ 内、外因致使小儿霍乱吐乳的病症,都可服用人参汤

---

① 《备急千金要方》,第 97 页。
② 《诸病源候论》,第 255 页。
③ 《法国国家图书馆藏敦煌西域文献》第 17 册,第 146 页。
④ 《敦煌石室古本草》,第 33 页。
⑤ 《备急千金要方》,第 97 页。
⑥ 《法国国家图书馆藏敦煌西域文献》第 17 册,第 146 页。
⑦ 《法国国家图书馆藏敦煌西域文献》第 26 册,第 50 页。
⑧ 〔唐〕苏敬等撰:《新修本草》,尚志钧辑校,安徽科学技术出版社,2004 年,第 91 页。
⑨ 《诸病源候论》,第 250 页。

治疗。

因为小儿身体娇弱,自身免疫力弱等,忽冷忽热的天气变化容易导致小儿患时气病。时气病症类似于伤寒,《诸病源候论·小儿杂病诸候二》"时气病候"阐释病理时,云:

> 时气病者,是四时之间,忽有非节之气,如春时应暖而寒,夏时应热而冷,秋时应凉而热,冬时应寒而温。其气伤人,为病亦头痛壮热,大体与伤寒相似,无问长幼。其病形证略同。言此时通行此气,故名时气,亦呼为天行。①

冷热交替的多变气候,使得幼儿容易患病。《王宗无忌单方》记载用蔓菁汁洗浴治疗时气之方,此方并非专用于小儿的疗方,但是可用于小儿时气病症的治疗。其方云:"治时气,取蔓菁煎,取汁洗身体,大吉。"②据《古本草》可知,蔓菁具有"消食下气"③功效。《本草纲目》卷二六"菜部·芜菁根叶"条附方"预禳时疾"下引《神仙教子法》云:"立春后遇庚子日,温蔓菁汁,合家大小并服之,不限多少,一年可免时疾。"④不论洗浴或服用,蔓菁汁可用于预防、治疗时疾病症。

(二)拜鬼看书题材及民俗

除了寻医觅药之外,在孩子药石无效的情况下,父母会去查阅相关的医卜书、发病书并运用一些民间秘方、巫术等给孩童治病,以求尽快帮助孩子脱离疾病的折磨。这正是《父母恩重经讲经义(一)》"拜鬼看书"现象。医卜书多是根据人生病的时日、方位及一些相关术数厌胜法等推算吉凶,如 P. 3402v、S. 6196《发病书》,P. 2856《发病书》,S. 1468《发病书》,P. 3566v《发病书》等。现俄藏敦煌文献 Дx. 02800+Дx. 03183 正是以八卦属性、方位、时日推算祸害和疾病吉凶之类的医卜书。⑤ P. 2856《发病书》中设有"推年立法""推得病日法""推初得

---

① 《诸病源候论》,第245页。
② 《法国国家图书馆藏敦煌西域文献》第17册,第27页。
③ 《敦煌石室古本草》,第123页。
④ 《本草纲目》(校点本)第3册,第1613页。
⑤ 从内容、外观及书写字体方面均可判断两写本为同一写卷断裂而致。李应存、李金田、史正刚:《俄罗斯藏敦煌医药文献释要》,甘肃科学技术出版社,2008年,第126—128页。

病日鬼法"等,针对卜问者的不同年、日的罹患病症都有详细的记载。

根据诸如此类的发病书、医卜书的推断,父母寻得孩童的病因,并采取相应的厌胜法治疗。根据陈于柱对敦煌《发病书》疗疾方法的研究,疗疾之法主要有符咒呼名、五行相厌、人形代厄等。① 人们认为通过这些术数治疗法,就能让孩童恢复健康。如 P. 2856《发病书》"推初得病日鬼法"云:"卜男女初得病日,鬼名是谁? 若患状相当者,即作此鬼形,并书符厌之,并吞及着门户上,皆大吉。书符法用朱砂,闭气作之。"②通过占卜获知发病日的管辖之鬼名,做此鬼之形,用朱砂书符令患者吞之,并在患者居处门户上贴符,就能压制鬼,令病者痊愈。在民众看来,"名""形"代表了鬼本身,知其名,书其形,就能控制病鬼。此方虽非明确指明为治疗孩童,但小儿患病,也可通过诸如此类的术数疗方来治疗。

从敦煌《发病书》相关记载可知,敦煌民众普遍认为人生病是鬼祟所致。这些鬼神可能是患者的冤家债主、负财负命者,这在 S. 343、P. 3259《患文》范本有所反映:

> 以斯殊胜功德,回向庄严患者:此世他生,或有怨家债主、负财负命者,愿领功德分,发欢喜心,解怨舍结,转生人道天中,莫为雠对,放舍患儿,还复如故。又患者即体:耆婆妙药,灌注身心;般若神汤,恒流四大。诸佛益长年之算,龙天赠不死之符。又持是福,即用庄严。③

设斋发愿主要目的在于做功德,令冤家债主、负财负命之流领得功德,平复心中怨气,放归患者,令患者康复。这是设斋会目的之一,同时设斋会是寄希望于耆婆神汤和诸佛护佑。耆婆为印度神医,其所赐汤药,无疑有药到病除之效。诸佛赐不死符,为患者延年加寿,这当然是发愿者的美好祝愿。同时,这也反映了民众带着现实需求,功利性目的举办佛教法会,参与到佛教世俗化进程中来。

除了冤家复仇致病,在人们看来,孩童生病也是因为冲撞了相关鬼神。对此,民众多使用拜鬼求神的方术治疗法,这在敦煌文学中有所表现。如《父母恩重经讲经文(一)》"拜鬼求神更不休",只求病儿早日康复。《维摩诘经讲经文

---

① 陈于柱:《区域社会史视野下的敦煌禄命书研究》,民族出版社,2012年,第188—197页。
② 《法国国家图书馆藏敦煌西域文献》第19册,第138页。
③ 《敦煌愿文集》,第24页。

（一）》"频烧方纸",拜鬼求神。

从敦煌藏经洞出土的藏于英国的绢画《护诸童子女神》残画（亦称《护诸童子女神符》《护诸童子护符》《护诸童子的六位女魔》）题记中,我们大致可见民众为病儿求神拜鬼的治病情景。此画原编号 Ch.00217a—c,现编号为 BM-OA1919.1—1.0177（1—3）,为于阗语、汉语的双语题记纸本残画,现仅存六幅,每幅上绘有一双乳下垂的人身兽头及一小儿的画像（见图 6-5）①。

图 6-5：Ch.00217《护诸童子女神》图

根据韦陀、AnneFarrer 合著的《千佛洞——丝路的中国艺术》彩色图版,结合松本荣一《敦煌画の研究》（图像篇）的录文与研究,陈明重录残画的汉文题记如下：

此十六个女神并拥护小儿。/其小儿未满十二岁,此十六个神/变身作恶形,却与小儿作/患害。此十六个大神下各有/无数小夜叉,每取小儿精/魂,如欲得小男女无病患,/每须故故祭此神等,小儿 即 得病愈。

此女神名磨艺遮女,小/儿乳患,母梦中见牛,即此神与小儿/患害,祭之吉。

---

① 《英藏敦煌文献（汉文佛经以外部分）》第 14 册,第 216 页。

此女神名磨伽畔泥,若梦见弥猴,小儿天□/加满水猴手见耶展两手与,即知此神与/患,祭之吉。

此女神名石俱宁,若梦见鸟,小儿患利(痢)、腹病/于齗,即知此神与患,祭之吉。

此女神名磨难宁,若梦见猫儿,小儿吐舌及□泻,即/如(知)此神与患,祭之吉。

此女神名吉伽半里,若梦见鸡,小儿战悼,口中痰/发(?)声塞,即知此神与患,祭之吉。

此女神名冥伽罗遮,若小儿母/梦中见鹿,即知此神与患,祭之吉。①

谭蝉雪将祭祀女神的活动称作"赛小儿神",即小儿患疾,需要祈赛小儿神。十六位女神非中国本土之神,既能加患于小儿,又能使之痊愈,只有虔心祈赛才能使小儿平安。女神都作人身禽兽头,人们绘制其像,悬挂祭拜。②

从首段题记可知,此组残画原为十六幅女神画像,这些女神主要护佑十二岁以下的孩童,众女神下有无数摄取孩童精魂的小夜叉,小夜叉的职能是使小儿患病。祭祀诸女神就能使孩童病愈。与汉文题记"女神"相对应的梵文语源 bàla-graha,为女魔意,其原包括雄性(graha)和雌性(grahā)二性,"实指摄取(执魅)小儿精魂的妖魔"③。摄魂妖魔指的是十六位女神下的小夜叉,但外化为女神形象,所以女神兼具祸害与护佑幼童的双重功能。

同时,此画女魔仅存雌性,从画像中禽兽首人身的身体特征来看,每幅图中大多显示双乳垂下的雌性体征。禽兽首人身的形象外显为女神,也与孩童病中多为母亲照料的现实生活是分不开的,母亲的悉心呵护与女魔雌性特性更加贴近。将女魔称为女神,说明此画在传入的过程中,显然已把女魔神圣化。这表示民众更多的是希望女魔彰显母性的慈爱,给予幼童母爱般的呵护及关爱,护佑幼童健康成长。

在研究此画时,梁丽玲指出,此画虽然与印度生命吠陀文献、汉译《护诸童

---

① 录文以陈明录文为底本,参校梁丽玲录文和原卷。陈明:《殊方异药:出土文书与西域医学》,北京大学出版社,2005年,第94页;《敦煌文献中的护童信仰》,收入《2013敦煌、吐鲁番国际学术研讨会论文集》,第295—309页;《英藏敦煌文献(汉文佛经以外部分)》第14册,第216页。

② 谭蝉雪:《敦煌祈赛风俗》,《敦煌研究》1993年第4期。

③ 《殊方异药:出土文书与西域医学》,第94页。

子陀罗尼经》《啰嚩拏说救疗小儿疾病经》《佛说守护大千国土经》等经存在关联,但是女神的名称、形状、童子疾病都未能找到完全对应的源头。① 陈明指出,此画是印度婆罗门教与密教混合的产物②,并从女神名、形状及童子患病情况三方面把《护诸童子陀罗尼经》中的 bāla-graha 与敦煌纸画 Ch. 00217a—c 列表进行对比。③ 从列表中,我们发现,二者的神名、形状与患病情况并非一一对应,但是我们可以据此更清楚地认识敦煌绢画中导致孩童患病的神名及其形象。

首先,敦煌残画中仅存的六位女神相貌及所司病症,分别是牛首女神专司小儿乳患,猴首女神专司小儿患天□加满水猴手,鸟首女神专司患利(痢)、腹病于□,猫首女神专司吐舌及□泻,鸡首女神专司战悼、口中病发□声塞,鹿首女神未明确病症。

其次,《护诸童子陀罗尼经》中的 bāla-graha 中女魔及其所司疾病,分别是牛首女魔专司眼睛回转、狮子首女魔专司数数呕吐(此神梵语名对应残画中的鹿首女神)、鸠魔罗天首女魔专司两肩动、野狐首女魔专司口出白沫、猕猴首女魔专司把卷不展、罗刹女首女魔专司自啮其舌、马首女魔专司喜啼喜笑、妇女首女魔专司乐着女人、狗首女魔专司见种种杂相、猪首女魔专司眠中惊怖啼哭、猫首女魔专司喜啼喜笑、鸟首女魔专司不肯饮乳、雉首女魔专司咽喉声塞、獯狐首女魔专司时气热病和下痢、蛇首女魔专司数数噫哕,共十五位,加上诸鬼神上首旃檀干闼婆,共计十六位。这与敦煌残画题记所言女神数吻合。十五位女魔中,马首和猫首女魔均司小儿喜啼喜笑。

从女神、女魔相貌,所司疾病等方面进行对比,可归结为以下几点:

其一,残画中的六神相貌,几乎与《护诸童子陀罗尼经》中 bāla-graha 女魔相貌一一对应,仅鹿首女神于阗文神名与狮子首女魔的梵文神名相近,二者对应。

其二,女神、女魔相貌尽管大体对应,但其所司疾病多存在混杂现象,同一长相的女神、女魔所司疾病有同有异:猴首、鸡首女神、女魔所司疾病大体近似。而不同相貌的女神与女魔功能近似者有三幅:牛首女神职能似乎与专司不肯饮乳的鸟首女魔近似,猫首女神所司疾病与罗刹女女魔功能近似,鸟首女神所司

---

① 《敦煌文献中的护童信仰》,收入《2013 敦煌、吐鲁番国际学术研讨会论文集》,第 295—309 页。
② 陈明:《汉唐时期于阗的对外医药交流》,《历史研究》2008 年第 4 期。
③ 《殊方异药:出土文书与西域医学》,第 94—96 页。

疾病是在狐首女魔所司病症的范围内,时气热病也在狐首女魔管辖之内。

其三,从其所司疾病来看,多为婴儿病症,当然也不仅限于十二岁以下孩童的疾病。如不肯饮乳之类的乳患、吐舌、腹泻、呕吐、喜啼喜笑、噫哕、眠中惊怖啼哭等,都属婴儿常见疾病。同时,腹泻、呕吐、噫哕等病也常见于不同年龄段人群,不仅限于十二岁以下儿童。

值得注意的是,此处女神或女魔下的小夜叉摄小儿精魂的特点与传世文献中的姑获近似。姑获收人魂魄在《本草拾遗》卷五中有记载:"姑获,能收人魂魄。今人一云乳母鸟,言产妇死变化作之,能取人之子以为己子,胸前有两乳。"①姑获因为胸前有乳的体形特征,所以也称乳母鸟,同时,这也显示姑获雌性的特点。"收人魂魄"之"魂魄",根据姑获自身特点、来源等可断定为小儿魂魄。文中指出姑获为产妇亡魂所化,所以姑获鸟所收他人子必定为乳儿,以偿自己因产丧命、失子之痛。《玄中记》披露了姑获鸟以点血于儿衣之取儿法:

> 姑获鸟夜飞昼藏,盖鬼神类。衣毛为飞鸟,脱毛为女人。一名天帝少女,一名夜行游女,一名钩星,一名隐飞。鸟无子,喜取人子养之,以为子。今时小儿之衣不欲夜露者,为此物爱以血点其衣为志,即取小儿也。故世人名为鬼鸟。②

文中除了指出姑获雌性,无子,喜取他人子为子等特点,也提到姑获鸟多种称谓:夜行游女、钩星等。因为此鸟为鬼神类,较为恐怖,所以又叫鬼鸟。《岭表录异》卷下载鸺鹠"亦名夜行游女,与婴儿作祟,所以婴孩之衣不可置星露下,畏其祟耳"③。姑获鸟取他人子为己子的方法正是在婴孩衣服上作祟致使孩儿死亡,摄取精魂。《备急千金要方·少小婴孺方上》引《玄中记》佚文,也称此鸟通过此法致小儿病亡:

> 天下有女鸟,名曰姑获《肘后子母秘录》作乌获。一名天帝女,一名隐飞鸟,一名夜行游女,又名钩星鬼,……鸟纯雌无雄。不产,阴气毒化生,喜落

---

① 〔唐〕陈藏器撰:《本草拾遗辑释》,尚志钧辑释,安徽科学技术出版社,2002年,第219页。
② 〔晋〕郭璞撰:《玄中记》,收入《鲁迅全集》第8册,人民文学出版社,1973年,第492页。
③ 〔唐〕刘恂撰:《岭表录异》,收入《丛书集成初编》第3123册,中华书局,1985年,第14页。

毛羽于人中庭,置儿衣中,便令儿作病,病必死,即化为其儿也。是以小儿生至拾岁,衣被不可露,柒八月尤忌。①

以上有关姑获鸟的记载多称姑获鸟于婴儿衣物上作祟,使婴儿病亡,这显然是民众衣魂观念的流露。同时,文中明确指出小儿年龄自出生至十岁,此年龄段小儿正符合姑获鸟所取之子的年龄特点。"不产"是姑获鸟夺他人之子的缘由,这与因为产亡丧命失子而化为姑获鸟夺他人子是同一原理。

通过对姑获鸟特性的分析,我们不难看出姑获鸟与敦煌《护诸童子女神画》中的女神存在一些相似之处:

其一,二者都为雌性,善恶兼备。准确地说,二者是女性与鸟、兽形的结合体。姑获鸟可"衣毛为飞鸟,脱毛为女人"。既能幻化成女,成就天赐良缘,也能成为鸟祟,危害婴儿。② 敦煌残画中的女神都是双乳垂下的禽兽首人身,既能使小儿患病,又能为小儿治病,保护小儿健康成长。

其二,二者都能摄小儿魂魄。姑获鸟通过作祟于小儿衣,摄取魂魄,使小儿病亡,而女神通过其下小夜叉作祟于小儿,致其生病,并以小儿母亲梦境形式呈现。如果能及时祭祀相应女神,也能免病、祛病。

其三,患病小儿的年龄段接近。姑获鸟摄取十岁以下幼儿,而女神左右十二岁以下孩童的健康。

二者兼具善恶特点,姑获鸟被呼为鬼鸟正表明了其摄取小儿魂魄的特性,而《护诸童子女神》题记把 bāla-graha(女魔)译为女神,是寄希望于女魔发挥护佑婴儿健康成长的职能。

根据《护诸童子女神》图,父母为孩童祛病的方法显得较为简便,只要寻得与孩童病症相对应的女神,进行祭拜,孩子就可病愈,或是母亲根据梦征祭祀相应女神也可祀到病去。这具体表现为母亲梦见某动物,小儿即会患上此动物相貌女神所司的疾病,只需祭祀此女神,小儿就可痊愈。如母亲梦见鸡,孩子就会患鸡首女神所司的口中病发、咽喉声塞等病,母亲虔诚祭拜鸡首女神,孩子就可祛病、痊愈。

除了拜神祭祀,寻医服药,运用巫术治病,在民众看来,抄写佛经积功德也

---

① 《备急千金要方》,第 82 页。
② 李道和:《岁时民俗与古小说研究》,天津古籍出版社,2004 年,第 309 页。

能祛病。在父母养育孩童的过程中,对儿女的照料和护理是并无年龄限制的,前文所引的父母为有相夫人觅药求方延寿事,即是力证。《佛顶心观世音菩萨救难神验记》记载两则抄写供奉《佛顶心陀罗尼经》疗疾的故事。一是书写并供养《陀罗尼经》三卷,消散时疫疾病。① 二是波罗奈国长者因十五岁男孩病重,"百药求医不差,命在须臾",焦虑难安,后经观音化身的邻居指点,转念、抄写佛经《佛顶心陀罗尼经》让儿病除、延寿的灵验故事。② 前一则故事见载于唐菩提流志译《千手千眼观世音菩萨姥陀罗尼身经》③,后一则故事见于唐智通译《千眼千臂观世音菩萨陀罗尼神咒经》卷上④。此虽为宣传佛教灵验的故事,但却真实反映了敦煌地区普遍存在的通过转念、抄写佛经等方式禳病的习俗。

《佛顶心陀罗尼经》全称为《佛顶心观世音菩萨大陀罗尼经》,约成书于中唐,"受六朝以来观世音信仰兴盛、唐代密教风行及唐代中期以后佛顶信仰流行等影响而形成"⑤。卷中《佛顶心观世音菩萨疗病催产方》主要宣传此经对孕妇、产妇的救产方法,同时也关注人生病苦。其中记载了用朱砂书写此陀罗尼及秘字印,用茅香水或青木香及好茱萸煎汤,吞之,就可治疗一切病患,且药到病除。⑥ 不仅如此,卷中也载"书此陀罗尼经上中下三卷""人造十二藏大尊经也,如将紫磨黄金铸成佛像供养"神效。⑦ 可见,除书符、吞秘字印之外,古人认为抄经、造像供养也可达到疗病效果。

上引《患文》反映的正是通过僧侣为病者转经念诵来减免痛楚,期待恢复昔日健康,并以愿文形式表现出来。民众自发地抄写佛经、开窟造像是出于积善功德目的,着眼于现世的利益,祈求平安健康。当时医疗技术水平的不足及民众对生命健康的担忧更促进了抄经造像等活动在敦煌地区的盛行,这恰巧形成了敦煌地区佛教盛行的局面。民众祛除疾苦的需求与佛教鼓吹佛经的目的,正是在现世功利目的和精神世界中、在抄写供奉佛经与祛疾护佑的互惠互利过程中较好地交融在一起,逐渐实现佛教的世俗化。

总的看来,敦煌讲经文把现实生活中父母不忍心孩子生病的身心状态及其

---

① 窦怀永、张涌泉汇辑校注:《敦煌小说合集》,浙江文艺出版社,2010年,第358页。
② 《敦煌小说合集》,第358—359页。
③ 《大正藏》第20册,第100—101页。
④ 《大正藏》第20册,第87页。
⑤ 《敦煌小说合集》,第357页。
⑥ 郑阿财:《见证与宣传——敦煌佛教灵验记研究》,新文丰出版公司,2010年,第129页。
⑦ 《见证与宣传——敦煌佛教灵验记研究》,第130页。

采取寻医问药、拜鬼看书等治疗措施真实地呈现出来。民众运用生理、心理双重方法来治疗疾病。由于长期以来民众思想中存在的鬼神作祟致病观，民间多采取厌胜、祭拜等方法祛病，或是通过佛教转念、抄写佛经、造像供养等做功德方式禳病。

第四节 丧子题材及葬儿习俗

从十月怀胎、血乳喂养，到幼儿学步学语、明辨是非等，父母含辛茹苦地陪伴着成长。孩子一旦意外死亡，父母昔日辛勤养育的心血付之东流，很难承受阴阳相隔的死别和割舍亲子之痛。面对孩童死亡的事实，父母在悲痛万分、伤心欲绝之际，仍然需要强打精神料理孩儿的丧事。孩儿死后，父母、兄长等为亡儿举行法会，追忆生前生活，以示怀念。受佛家七七斋和十王思想的影响，敦煌地区盛行为亡儿举办法会，祈求冥福，以冀亡儿获得果报，往生极乐世界。在举办斋愿法会时，僧侣超度亡灵、忌日追福时念诵的愿文文本真实地反映了民众丧子的悲痛心情及对亡儿托生何处的挂念等。

与此相关的研究，目前较早的成果是周一良通过对敦煌写卷 S.1725 书仪残卷中婚丧礼俗和《大唐开元礼》的比较分析，探讨敦煌丧葬仪式。[①] 谭蝉雪从敦煌儒、道、释三教并举的文化背景论述敦煌丧葬仪式的具体程序。[②] 段小强则广泛收罗敦煌写卷中各类有关丧葬仪式的文献，考述了敦煌丧葬活动仪式程序。[③] 杨富学、王书庆则围绕人世间生、老、病、死，即佛教四苦来论述敦煌佛教民间化、世俗化的过程。[④] 以上论文以敦煌文献为研究材料或从民俗学视角探讨丧俗仪式程序，或从宗教学角度探讨佛教世俗化的问题，对敦煌丧葬活动程序有了较为全面的认识，但关于幼儿丧俗仍可进一步挖掘。对此，本节立足于王梵志诗及斋愿文本分析，试图探讨敦煌地区父母为亡儿料理后事的情景及父母丧子之痛。

---

① 周一良：《敦煌写本书仪中所见的唐代婚丧礼俗》，《文物》1985 年第 7 期。
② 谭蝉雪：《三教融合的敦煌丧俗》，《敦煌研究》1991 年第 3 期。
③ 段小强：《敦煌文书中所见的古代丧仪》，《西北民族研究》1999 年第 1 期。
④ 杨富学、王书庆：《从生老病死看唐宋时期敦煌佛教的世俗化》，《敦煌学辑刊》2007 年第 4 期。

一、斋愿文所流露的父母丧子之痛

丧子之痛在敦煌文学中有大量的表现,大体可将这些文本分为两类:悼亡文和斋文。本节所探讨的斋愿文主要是悼亡愿文和忌日法会斋文,悼亡或追福的对象主要是婴儿、童男、童女、少男、少女,以此来探讨父母对子女守护之恩及其丧子之痛。

敦煌写卷中大量的悼亡愿文显示了敦煌地区较高的孩童死亡率。根据《敦煌籍帐所见死亡口的寿命》统计,在西魏大统十三年(547)至大历四年(769)死亡的六十三人中,死亡年龄在一到十五岁的有二十八人,占死亡人数44.4%,若将婚龄扩展至三十岁,死亡年龄在一到三十岁的达四十人,占死亡人数63.5%。[①]可见,敦煌写卷中大量追思孩童的悼亡愿文是对当时敦煌地区居高不下的孩童死亡率社会历史现象的反映。

(一)悼亡愿文

根据悼亡对象年龄的差异,我们把悼亡愿文分为幼童、少男少女两类:

1. 幼童

悼亡愿文悼亡对象为孩童的敦煌写卷主要有 S.2832《妹亡日》、P.2044v《女》、S.5640《亡庄严》"十岁以下男子"等。

在这些愿文中,悼亡对象有襁褓幼儿、幼童,可见敦煌地区婴童死亡现象较为普遍,这也反过来可以理解父母为病儿焦虑万分的原因了。P.2044v《女》,悼亡对象为襁褓幼儿:

> 志气英灵,天生俊骨。片玉掌上,月净骊珠;颜如桃李乍开,眉弯似晦月初吐。学步起坐未分,乍语乍言,尊卑未辨。将冀永抽林笋,常卧冰鱼;岂期翠枝芳而风折高柯,蟾月朗而云埋玉质。父母有断肠之痛,念子无再返之期。玄夜茫茫,魂兮何托?云云。[②]

[①] 杨际平、郭锋、张和平:《五—十世纪敦煌的家庭与家族关系》,岳麓书社,1997年,第67—69页。

[②] 《敦煌愿文集》,第161页。

范本指规范文本,因为应用文写作具有一定的程序套路,在写作目的、功用相似的应用文时,可作参考或直接套用。既为范本,可知这是敦煌地区悼念襁褓幼儿亡灵时的常用文本。同时,范本的存在也恰好反映了产后疾病、小儿身体虚弱等因素造成了婴儿的高死亡率。

范本全文用词典雅,多运用古诗词典故来咏叹父母将儿视如珍宝,并希冀其日后孝顺等。如"骊珠"典出《庄子·杂篇·列御寇》"夫千金之珠,必在九重之渊而骊龙颔下"①,愿文以骊珠喻孩儿的珍贵,表现出父母视子如珍宝及爱子情深。"永抽林笋,常卧冰鱼"指代孝养父母之事,此句表现父母期望幼儿长大能如孟宗、樊寮般孝顺。"永抽林笋"典出三国吴孟宗事,此事见载于《三国志·吴书·孙皓传》裴松之注引《楚国先贤传》,其载孟宗母嗜笋,冬节至,笋未生,孟宗入竹林哀叹,笋生,以之供母。②《艺文类聚》卷八九、《太平御览》卷九六三引《楚国先贤传》③,《白孔六贴》"孟宗泣而冬笋出"条,《建康实录》卷三、《太平御览》卷二六引《吴志》等载此事,文字大同小异④。P.2621、S.5776《事森》第二二条,P.2524、S.2588、P.4636、S.79、S.78敦煌本《语对·孝感》篇"冬笋"条引《孝子传》等,均言此事。⑤"常卧冰鱼"典出樊寮卧冰求鱼事,中村不折本、P.5545、P.3156碎1、S.3877、P.2656句道兴本《搜神记》"行孝第一"首条记樊寮侍后母甚孝,冬日卧冰求得鲤鱼,为母医病。⑥ 此事也见于八卷本《搜神记》卷五"楚僚"、二十卷旧本《搜神记》卷一一"楚僚",文字稍有不同。⑦《东观汉记》卷一二"楚儵"仅载楚儵至孝,未载为母求鱼事。⑧ 晋王祥也有冬日求鲤事,《晋书·王祥传》载王祥求鲤鱼,仅是解衣剖冰⑨,而非卧冰。所以此处所引典故可能为樊

---

① 〔清〕郭庆藩撰:《庄子集释》,王孝鱼点校,中华书局,1961年,第1061页。
② 〔晋〕陈寿撰:《三国志》第5册,陈乃乾点校,中华书局,1959年,第1169页。
③ 〔唐〕欧阳询撰:《艺文类聚》,汪绍楹校,中华书局,1965年,第1552页;〔宋〕李昉等撰:《太平御览》第4册,中华书局,1960年,第4276页。
④ 〔唐〕白居易撰;〔宋〕孔传续撰:《白孔六贴(社会生活部分)》,勾利军点校,齐鲁书社,2014年,第397页;〔唐〕许嵩撰:《建康实录》,张忱石点校,中华书局,1986年,第83页;《太平御览》第1册,第124页。
⑤ 《敦煌小说合集》,第64页;王三庆:《敦煌本古类书〈语对〉研究》,文史哲出版社,1985年,第287—288页。
⑥ 《敦煌小说合集》,第110页。
⑦ 〔晋〕干宝撰:《搜神记》(八卷本),收入〔明〕王谟辑《汉魏丛书》第78册,1925年据上海涵芬楼版影印,第63—64页;〔晋〕干宝撰:《搜神记》,汪绍楹校注,中华书局,1979年,第135页。
⑧ 〔汉〕刘珍等编:《东观汉记校注》,吴树平校注,中华书局,2008年,第461—462页。
⑨ 〔唐〕房玄龄等撰:《晋书》第4册,中华书局,1974年,第987页。

寮事。

P.2044v《女》首先称赞亡女天生丽质，其次追述生平，最后表达父母哀思。因为亡女尚处于襁褓哺育期内，主要描述了她生前蹒跚学步、咿呀学语的状态，以及年幼无知、未懂人事的懵懂。尚未完全脱离父母怀抱，竟忽遭横祸，这对苦心哺育的父母而言，是何等之伤痛？本希望爱女能茁壮成长，孝养父母，却命丧黄泉，父母为此痛心不已，不舍之情跃然纸上。

S.5640《亡庄严》也记载了一则悼念十岁以下男童的悼亡愿文范本：

〈十岁以下男子〉：芙蓉灼灼，可类芳颜；秋月亭亭，同奇丽质。亲罗喜门风之望，乡邻叹巷陌之珍。嗟呼！气欲成而忽销，花正芳而忽坠。致使严父慈母，哭爱子以长伏，棣萼连枝；痛雁行之空阔，夕云惨惨……①

起首明确此文使用的对象，采用四、六、七言驳杂交错形式，首先称赞亡儿丽质容貌，其次追述孩童满月时的情景，最后表达父母丧子之痛。"亲罗喜门风之望"描写了满月时亲友道贺情景。此景犹在昨日，眨眼喜事转悲，这对于父母无疑是沉重的打击、无法接受的事实。

这些文章多以父母角度悼念幼儿亡灵，但其中有一篇兄长悼妹文，作为愿文范本，淋漓尽致地表现了兄长对妹妹的爱怜及痛惜，声情并茂，感人肺腑。S.2832《妹亡日》：

惟孩子禀乾坤而为质，承山岳以作灵。惠和也，如春花秀林；聪敏也，则秋霜并操。将谓宗枝永茂，冠盖重荣；岂期珠欲圆而忽碎，花正芳而凌霜。致使聚沙之处，命伴无声；桃李园中，招花绝影。或者池边救蚁，或者林下聚沙。游戏寻常，不逾咫尺。岂谓春芳花果，横被霜霰之凋；掌上明珠，忽碎虎□之口。嗟孩子八岁之容华，变作九泉之灰；艳比红莲白玉，化作荒郊之土。②

---

① 此写卷有黄征校本和王三庆校本。由于黄征校本参校写卷较少，随着敦煌原卷逐渐公布，后者校本较优，故此卷以王三庆校本为主。《敦煌佛教斋愿文本研究》，第252页；另见《敦煌愿文集》，第215—216页。

② 《敦煌愿文集》，第90—91页。

此文也是遵照三段式范文模式而作。首先赞叹了亡妹的聪慧、品德，其次以比喻手法婉转表达妹妹亡去的事实并追忆了亡妹生平生活场景，最后对八岁幼童命丧九泉感到惋惜痛心，长叹不已。文章起首连用四个比喻夸赞妹妹的聪慧天资、灵气、惠和、聪敏等品性，随后用比喻手法陈述妹妹亡故之事，最后一部分仍然用比喻手法来表现妹亡的事实，如"岂谓春芳花果，横被霜霰之凋；掌上明珠，忽碎虎□之口""嗟孩子八岁之容华，变作九泉之灰；艳比红莲白玉，化作荒郊之土"。同时，童年嬉戏场景可以说是孩童生活的重心，悼亡幼童的愿文多出现追忆孩童嬉戏场面，根据游戏嬉戏情况可断定愿文悼亡对象为幼童。如 S.5639、S.5640《亡文范本等》"愿文号头"中追忆亡童"竹马喧庭"①，竹马之戏为七八岁孩童常玩的游戏，由此可推知亡童的大致年龄。

从以上几篇悼亡文来看，其结构主要由三部分组成：称赞、追忆、哀思。但是有时悼亡文的写作模式也会省略追忆孩童生前生活经历，仅赞叹孩童的容貌和传达父母失去幼童时的肝肠寸断之悲。如 P.2044v《孩子》②，此一结构模式在另一类悼亡少男少女的愿文中较为常见。

2.少男少女

除悼亡幼童之外，另一类的悼亡对象年龄稍长，指尚未婚嫁的俊男妙女。悼亡愿文悼亡对象为少男少女的写卷主要有 S.2832《亡女事》，S.5637《女孩子》，P.2044v《孩子》"岂谓魂消玉质"，P.2237《亡女文》，S.5639、S.5640《女庄严》等。此类愿文主要遵循的写作模式为先称赞少女的容貌、德行等，继而对其香消玉殒惋惜不已。

S.2832《亡女事》，极尽夸饰亡女之貌：

资越东邻，美同南国；花容始发，玉貌初开。何期桂芝□凋，芳兰罢秀；三春苑内，漂落芙蓉；明镜台前，尘埋片玉。鲜花才发，已逐狂风；嫩叶将抽，奄从霜雪。父母念其滢血，悲切伤心；亲戚想望平生，悉为哀。③

"东邻"指美女，首句运用了典故，宋玉《登徒子好色赋》："天下之佳人，莫若楚

---

① 《敦煌愿文集》，第204页。
② 《敦煌愿文集》，第162页。
③ 《敦煌愿文集》，第86页。

国。楚国之丽者,莫若臣里。臣里之美者,莫若臣东家之子。"①《艺文类聚》卷一八"美妇人"下引司马相如《美人赋》也写东邻女子之美②,后"东邻"成了美女代称。"南国"之典故源自曹植《杂诗六首》"南国有佳人,容华若桃李"③,借此来赞美亡女之貌。在此之后,文本不仅描写父母为少女妙龄花貌的陨落,甚感悲痛,也表现了亲友忆起亡女生平,也甚为惋惜。此文运用夸张、比喻等手法铺陈女子貌美及逝去,文辞优美,感染力较强。"花容""玉貌"两句喻指少女含苞待放的容貌,用"飘落芙蓉""尘埋片玉""已逐狂风""奄从霜雪"喻指少女死亡之事,其中,"芙蓉""片玉"喻指少女。

同样,极力称赞亡女美貌的悼亡文也见 S.5639、S.5640《女庄严》:

性闲皎月,体净秋霜。幼质也,丽南国之风姿;礼仪也,盖西施之美貌。本冀门荣翠柳,光益宗枝;四德传芳,辉荣九族。奈何皇天不佑,算寿俄终。莲花瑷而桂影沉晖,芳树凋而兰姿罢郁。念恒娥奔月宫之长往,嗟逝水流还海以不归。哀伤父母之酸,痛结姻亲之念。④

"长往"隐指死亡,此词常见于悼亡文书中,如南朝宋颜延之《吊张茂度书》"岂谓中年奄为长往",唐褚亮《伤始平李少府正己》"辅嗣俄长往,颜生即短辰。声华满昭代,形影委穷尘"。⑤《女庄严》除夸称少女有西施之貌,也称赞女子的品性、仪容。品貌兼备的娇女,本承载着嫁入名门、光宗耀祖的希望,命丧黄泉使得父母或家族的期望破灭。"痛结姻亲之念"在传达父母和家族哀思的同时,也从侧面反映了悼亡女文多夸赞亡灵娇艳容貌的缘由所在。传统观念中,女子妇德有妇容一项,容貌在一定程度上决定了女子的命运,姣好容貌是能否获得较好归宿的先决条件之一,所以,对女子而言,尤其是待嫁妙龄少女,对容貌的称赞显得尤为重要。

P.2237《亡女文》,虽题为悼亡女文,但是在悼亡女文后紧接着抄写了悼亡

---

① 〔南朝梁〕萧统编:《文选》,〔唐〕李善注,中华书局影印,1977年,第268—269页。
② 《艺文类聚》,第331页。
③ 〔魏〕曹植:《曹植集校注》,赵幼文校注,人民文学出版社,1984年,第387页。
④ 《敦煌愿文集》,第216页。
⑤ 〔南朝宋〕颜延之:《颜延之诗文选注》,李佳校注,黄山书社,2012年,第159页;《全唐诗》(增订本),第448页。

男文。在结构上此文与上面悼亡女文稍有差异,而且此文多处运用典故,侧面表达家人强烈的惋惜和哀思:

  芳年艳质,绮岁妖妍;脸夺红莲,眉分翠柳。纤容窈窕,若巫岭之浮云;淑态逶迤,比洛川之流雪。岂谓珠星匿曜,宝婺沦辉;埋玉貌于黄泉,殒红颜于幽坏(壤)。
  亡男岐山巍天,挺向自然;玉誉早闻,金声宿振。岂谓天无悔祸,歼我良贤;譬回树之先凋,类高花之早堕。琴台风散,广陵之韵莫传;画帐萤飞,大雄(雅)之音斯感(灭)。①

悼女文文辞典雅,对仗工整,如"纤容窈窕""淑态逶迤"两句,不仅词性、结构相对,甚至连比喻修辞格都相对。"巫岭之浮云"运用了宋玉《高唐赋》中典故,"妾在巫山之阳,高丘之阻;旦为朝云,暮为行雨。朝朝暮暮,阳台之下"②,此处指亡女之美貌。"洛川之流回雪"句典故源自曹植《洛神赋》"飘飘兮若流风之回雪"③,以此比亡女之美貌、风姿。唐初骆宾王《扬州看竞渡序》:"能使洛川回雪,犹赋陈思;巫岭行云,专称宋玉。"④这正指出了二典故出处,以此称赞扬州采莲女子之美貌。悼亡女文频频运用典故称赞亡灵之美貌,使得姣好容颜女子的香消玉殒更令人痛心不已。

夸赞女子容貌,称赞男子才能,在此篇悼亡文中运用得恰到好处。悼亡男文首先赞扬声誉,为良才之逝世甚感惋惜,随后称赞男子的才能。"广陵之韵莫传"称赞男子琴艺高超,此典出自嵇康。《晋书·嵇康传》载嵇康临刑前奏《广陵散》,索琴弹之曰:"《广陵散》于今绝矣。"⑤大雅是指《诗经》中与周王朝王室有关的正统作品,此处"大雅之音"指雄浑、饱含正气之诗篇,借此称颂亡男满腹经纶的才气。

由此看来,这些篇章虽多为范本,但却各具特色,采用骈文形式,用词文雅,抓住不同悼亡对象的特点及生活重心进行铺排,把父母、兄长、亲友不舍之情和

---

① 据 S.2341《亡男文》校。《敦煌愿文集》,第 740 页。
② 《文选》卷一九,第 265 页。
③ 《文选》卷一九,第 270 页。
④ 〔唐〕骆宾王:《骆宾王集》(《初唐四杰集》之四),谌东飙校点,岳麓书社,2001 年,第 69 页。
⑤ 《晋书》第 5 册,第 1374 页。

沉痛的哀思传达出来。悼亡愿文主要是表达父母、兄长等人的哀思之文,通过称赞亡儿女品性、才能,使得天妒英才、佳丽,更令人惋惜,令悲痛气氛越发浓郁。在幼童悼亡愿文中,除称赞长相,传达不舍之情外,还追忆幼童生前一颦一笑的生活情景,而嬉戏场景是儿童生活的主旋律,这些追忆把父母肝肠寸断的痛楚和深切的怀念之情淋漓尽致地表达出来。悼亡愿文真情实感的流露,是忌日法会上僧侣念诵之斋愿文无可比拟的。

(二)忌日法会斋文

王三庆《敦煌佛教斋愿文本研究》厘清了忌日法会斋文的范畴,指出:"它(忌日法会)是属于凶斋的范畴,如《悼亡灵》一类都是俗家众为已死的父母及亲人,或是在其他斋文本中为兄弟姐妹亡儿等故人横事,冥福追善,名称纵或不同,实质上都属于追七或忌日法会的斋文。"①可知,法会斋文是在追七、忌日法会斋会上所使用的文本。

追七是指佛家七七斋,宋释道诚集《释式要览》卷下曰:"人亡每至七日,必营斋追荐,谓之累七,又云斋七。"②这就是说,人亡后每七天需要为亡人设斋追福,共计四十九天。以七为限,玄奘译《瑜伽师地论》卷一释曰:"若未得生缘,极七日住,有得生缘,即不决定。若极七日未得生缘,死而复生,极七日住。如是辗转未得生缘,乃至七七日住,自此已后,决得生缘。"③可见七日是决定生缘的关键时刻,在这时设斋追福,帮助亡灵得生,往生极乐净土,较为有利。在此观念影响下,敦煌盛行七七斋,这在忌日斋文文本中有所表现。

本节侧重探讨父母看护孩子阶段的丧子之痛,亡儿主要指幼童、尚未婚嫁的少男少女。根据设斋追福对象年龄的差异,我们把亡斋文分为幼童、少男少女两类:

1.幼童

追思幼童的忌日法会斋文写卷主要有 S.2832 黄征等拟题《亡文》、S.4992《女孩子》、S.5637《孩子叹》、S.5639 黄征等拟题《亡孩子文》"曾闻荆山有玉""每闻朝花一落"等。

---

① 《敦煌佛教斋愿文本研究》,第30页。
② 《大正藏》第54册,第305页。
③ 〔唐〕玄奘译:《瑜伽师地论》第1册,财团法人佛陀教育基金会出版,1990年,第32页。

另外，P.2991v、P.3772rv 王三庆拟题作《斋琬文·儿女幼稚父母俱亡》"幼年婴祸"一段文本①，尽管没有运用斋会文本套语，如"用荐冥路""设斋轸悼""某七"等，但是从文本内容来看，此文也应该归为斋文之类。据王三庆对《斋琬文》功能的考订，此文本是释门日常念诵的教科书、习写范本，更是和尚为斋会布化时赞佛请神的念诵书本。② 如此看来，《斋琬文》中的文本是和尚在斋会上念诵的文本。

对尚未离开怀抱幼子的死亡，父母也会举办法会，一是表达沉痛哀思，二是为亡童冥途扫清障碍。S.2832《夫亡》：

> 昔者素王所叹苗而者于不秀，只有项兹早亡；秀而者于不实，只叹颜回之少夭。已祐方今、然不殊意者，孩子乃肌明片玉，目净琼珠；颊桃李之花开，眉弯弯海月初曲。能行三步五步，起坐未分；学语一言两言，尊妣未辨。岂谓凤雏无托，先凋五色之花；龙驹未便，先摧千里之足。慈母日悲，沉掌上之珍；严霜，失帐中之玉。饰展薰修，用荐孩子冥路。③

此文先悼亡夫君，后抄孩童斋愿文。"素王"指孔子，首句化用了孔子叹息颜回英年早逝的典故，随后称颂孩童长相和成长状态，表达母亲丧子之痛，最后点明举办斋会目的在于荐亡童冥路。此文仅在末句与悼亡愿文存在差异，它是在斋会上宣读的文本，尾句常点出办会的意图。

留存下来的为亡童追福的忌日法会斋文文本较少遵循号头、叹德、斋意、道场、庄严这 完整的格式，僧侣在宣读时可能会根据实际情形添加相应的斋义部分。S.4992《女孩子》，S.1441v+S.5637、P.3819+P.3825、P.3494、P.3545、P.4992、S.2815 等王三庆拟题作《杂斋文·孩子叹》④仅存叹德和斋意两部分：先称颂孩童貌美长相，再写父母睹物思人及对亡童的挂念："冥冥去识，知诣何方？寂寂幽魂，趣生何路？思念无益，唯福是资；延请圣凡，设斋轸悼。"⑤孩童已逝，父母却挂念亡灵去处。化悲痛为动力，唯有延请僧侣，设斋悼念，以此慰藉

---

① 《敦煌佛教斋愿文本研究》，第101页。
② 《敦煌佛教斋愿文本研究》，第66页。
③ 《敦煌愿文集》，第102页。
④ 《敦煌佛教斋愿文本研究》，第204页；此文亦见《敦煌愿文集》，第239页。
⑤ 《敦煌愿文集》，第139页。

亡灵。可见,父母爱子之深已超乎了生死界线。

较完整保留斋文格式的文本当属 S.5639、S.5640 王三庆拟题作《诸杂斋文·亡孩儿》:

> 曾闻荆山有玉,大海明珠;体秀神清,红颜绀白。似笑似语,解父母之愁容;或坐或行,遣傍人之爱美。掌擎未足,怜念偏深;弄抱怀中,喜爱之无尽。或是西方化生之子,或从六欲天来;暂时影现,限满还归净土。何期花开值雪,吐蕊逢霜,俄尔之间,奄从风烛。东西室内,不闻呼母之声;南北堂前,空见聚尘之迹,悬情永隔,再会难期;玉貌荣了,托生何路! 则有斋主敬为亡孩子某七斋有是设也。
>
> 惟孩子化生玉殿,游戏金台;不历三涂,无为八难。舍阎浮之短寿,睹净土以长生;舍有漏之形躯,证菩提之妙果。①

这是亡孩斋文的叹德、斋意和庄严部分。叹德部分先连用两个比喻从正面赞叹孩童的体貌、善解人意等,再从父母、旁人对孩子的怜爱、喜爱角度侧面表现幼童的可爱,甚至用化生童子转世对亡儿进行夸赞。此般逗人怜爱的小人儿却魂归净土,父母再无法听见他呼耶喊娘声,嬉戏聚尘处已是空不见影,独留父母悲恸。面对此情此景,怎能不令父母断肠? 人虽已逝,父母仍挂念孩子托生之所,所以设斋为儿追福。

"为亡孩某七修斋",明确为某七,既非初七和终七,不知具体为何期。这或许说明除初七、终七之外,为幼童追福斋文可以通用,所以以某七曰之。末段庄严部分,表达对亡童冥途生活的期望,祈求佛祖能让亡儿生得净土,修得正果。庄严部分在多数斋文中较少详细描写,多以诸如"用荐孩子冥路""惟孩子将斋僧功德,用资魂路"之类简化之。

《诸杂斋文·亡孩儿》也是如此,但是此文不仅有众多斋文中常见的叹德和斋意部分,也保留着号头:

> 每闻朝花一落,终无反树之期;细雨辞天,岂有归云之路。是如云飞电响,倏忽难留;石火之光,须臾变灭。人生三界,皆有无常;寿命短长,那能

---

① 《敦煌佛教斋愿文本研究》,第236页。

免矣！于日惨惨垂泪，忡忡佛前，所申意者即有斋主敬为亡孩某七修斋有是设也。①

此号头主要在感叹世间无常，唯有跪拜于佛前祈求护佑。虔诚设斋为亡儿追福，积善功德，正是侧面称颂佛力无边。

2. 少年少女

除了为幼童亡女设斋追福，延请僧侣，举办七七斋活动，敦煌民众也为尚未婚嫁就魂断九泉的青年才俊、亭亭玉女设斋祈福，希冀他们能托生净土。此类斋文主要有 S.343v《武言亡男女文》《亡女文》、S.1441v、P.3825《亡男》②、S.1441v《亡女》、S.2832《女》、S.4992 黄征等拟题《亡男》、S.5640《亡男》"伏惟郎君幼怀聪愍"、P.2341v《亡男文》等。

上文已论及少男悼亡愿文中多称赞男子才艺，同样，在为少男追福斋会上，叹德部分多侧重在少年文韬武略方面的铺陈描写，如 S.1441v＋S.5637、P.3819＋P.3825、P.3494、P.3545、P.2237v 等王三庆拟题作《杂斋文·亡男》，P.2341v《亡男文》、S.343v《武言亡男女文》范本③等。诸上文本，尤以 P.2341v《亡男文》结构较为完备：

盖闻法身、化身，莫辨去来之际？真谛、俗谛，孰明摧实之机？开慧日以辉昏衢，布兹云而清火宅；导迷襟于百亿，烛慧炬于三千。有感必通，无来不应。

厥此檀那焚香意者，为其亡男初七功德之所施设也。斯乃岐嶷天挺，颖拔自然。玉誉早闻，金声凤振。岂谓天无悔祸，歼我良贤。譬迥树之先凋，类高花之早坠。琴台风散，《广陵》之韵莫传；画帐萤飞，《大雅》之音斯灭。谁谓庭兰早折，檐桂先凋！膝下亡珠，掌中碎宝。悲缠发凤（风），痛刮摧耽。两曜循环，已经某七。

是时也，请尸园之圣众，竖千福之芳缘。供陈百味，香散六铢。谨设清斋，用资魂路。惟愿识托西方，魂游净国；永辞生灭，长去无竭。又愿功德

---

① 黄征校文断句稍有偏颇，据王三庆校文。《敦煌佛教斋愿文本研究》，第 240 页；亦见《敦煌愿文集》，第 206 页。
② 《敦煌佛教斋愿文本研究》，第 199 页。
③ 《敦煌愿文集》，第 29 页。

庄严[至]孝等：惟愿常修八正，崇信法门；般若为心，慈悲作量。平生垢重，沐法水以长消；宿昔尘劳，拂慈光而永散。然后上穹有顶，下及无边，同出苦源，齐登觉道。①

显然，此文为初七斋会上所念诵的文本，具备了斋文的完整结构，号头、叹德、斋意、道场、庄严，一应俱全。初七即死后第七天，是七七斋的首个斋会。斋文简略描述了请众僧为亡灵追福的道场场景，借此斋会祝愿亡男托生净土，永存世间，同时也希望斋会功德福泽施主，修持佛法得以免去现世劳苦。这一为亡灵追福的斋会活动带有明显的现世生活的功利色彩。

叹德部分称颂亡男品性和才艺，化用嵇康典故暗指亡男琴艺精湛，以《诗经·大雅》喻指亡男才华横溢。正是因为如此贤良，亡男忽赴黄泉，使得白发人送黑发人的痛苦显得更加强烈，抒发出肝肠寸断的悲恸。叹德首句套用了"厥今(此)……意者，为亡男初七功德之所施设也/某七追福之嘉会也"格式，这一格式在 S.1441v＋S.5637、P.3819＋P.3825、P.3494、P.3545、P.2237v 等王三庆拟题作《杂斋文·亡男》，S.343v《武言亡男女文》范本等都见运用。

其中，《武言亡男女文》叹德部分围绕亡逝少年英俊出众的外貌、聪明过人的才智、文武双全等方面展开。"七步之才"典出曹植事，《世说新语·文学》载魏文帝令曹植"七步中作诗，不成者行大法"，曹植应声作《七步诗》。② 此处以此典故称誉亡男才思敏捷和才华横溢，继之以猿猴比喻他身手敏捷。父母期望他能长久承欢膝下，谁知竟如颜回般英年早逝。在悲痛之际，唯有为亡儿设斋追福。

正如上文所言，斋会较为关注斋主本身的现实利益。除了为亡灵追福、祈求往生净土，同时也希望福泽现世设斋施主及其家人。如 S.1441v＋S.5637、P.3819＋P.3825、P.3494、P.3545、S.343v 等王三庆拟题作《杂斋文·亡女》：

亡女乃芳年艳质，绮岁妖妍，脸夺红莲，眉分柳叶。始欲桂枝茂盛，皎皎于晨昏；蟾影方辉，澄澄于水面。将谓久留世尘，侍母恭尊；何图业逝奔临，奄归大夜。所以母思玉质，父忆花容，五内哀悲，肝肠寸绝，无门再感，

---

① 《敦煌愿文集》，第730页。
② 《世说新语笺疏》，第288—289页。

唯仗福因。[亡女]故于某七追福念,希求少福。

是日也,宏敷第宅,僧会十方,馔列七珍,炉焚百味。以斯设斋功德,回向福因,先用奉资亡灵去识:惟愿澄神八解,迥证三空;授记于弥勒之前,传心于释迦铺处。

又持是福,次用庄严坐前施主即体。惟愿千祥永应,万福来臻,灾障不侵,功德圆满。然后散沾法界,普及有情,赖此福因,齐成佛果。①

此文存叹德、斋意、道场、庄严部分,唯缺号头。上文已言少女叹德部分侧重对女子花容月貌的称颂,尤其是待嫁闺中女子,此文照样遵循范本惯例,一再称颂美貌,表达了父母为花容玉质之躯魂断九泉的痛心疾首。在描写道场盛况、为亡灵追福之后,斋文体现了此次活动的功利性,希望斋会功德福泽施主,修得佛果。

总体而言,为少男、少女设斋追福所采用的斋文结构较幼童、少男少女悼亡愿文及幼童斋文更为完备。相对而言,悼亡愿文文学色彩更为浓厚,形式更为自由,情感稍显真挚;而斋文文本通过僧侣之口,称赞亡灵品行,描述父母之痛,程序化现象更为明显。释门应用文特征在斋文中显得较为突出,尤其是庄严部分更是打上了很深的佛教烙印。这正说明佛教已通过丧葬仪式等形式参与到民众生活当中,并成为人们脱离苦海的精神寄托。

尽管悼亡愿文、斋文在格式、写作模式各有其特点,但其中唯一不变的是父母对亡灵的挂念及祈福,希望亡灵得生净土,免受轮回之苦。这是父母为亡儿能做的最后的事,其中仍流露出父母对亡儿深厚的爱。

二、葬儿题材及习俗

面对幼儿幼女夭折、少男少女魂散九天的事实,在悲痛之际,妥善安葬亡者是对亡灵最大的敬意,也是慰藉亡灵的最佳方式。一旦发生意外,安葬亡儿是父母抚养孩童成长生活的终止符,这也是无法回避的现实问题。

敦煌文学表现葬儿场景的作品较少,P.3418、P.3724 王梵志诗《父母怜男女》有相关描写:

---

① 《敦煌佛教斋愿文本研究》,第 199—200 页;《敦煌愿文集》,64—65 页。

> 父母怜男女,保爱掌中珠。一死手遮面,将衣即覆头。鬼朴哭真鬼,连夜不知休。天明奈何送,埋着棘蒿丘。耶娘肠寸断,曾祖共悲愁。独守丘荒界,不知春夏秋。①

此诗描述了一幅幅家人为亡儿送终、哭丧、送葬等画面,主要表现父母肝肠寸断之痛,曾祖也在旁悲伤,营造了悲痛绝望的情感氛围。这是白发人送黑发人违背长幼顺序的送葬,怎能不令人悲恸?值得注意的是,此诗反映了当时的葬儿习俗,如亡儿命终后送葬的习俗。

"一死手遮面,将衣即覆头"句,表现的可能正是孩子断气之后,家人以手遮面,用衣盖住亡儿头部的情形,这正是命终时以衣覆头习俗的体现。中村不折本、P.5545、P.3156碎1、S.3877、P.2656、S.525②、句道兴《搜神记》载梁元皓、段子京故事,二人交好,元皓亡故,因为思念子京召其入地府,子京临死前嘱咐妻曰:"我今死矣,使者见到门来,我不得久住,汝等共我辞别,取衣衾覆我面上。"③以衣衾覆于死者面上,应该为当时丧葬习俗中遗体告别仪式的装扮。元皓与子京交好及下葬托梦情节与《后汉书·范式传》所记范式、张劭情节近似,但无因思友召其入地府情节。④ 可见,敦煌写卷中子京故事在史书基础上有了进一步的发展,并且已融入了当时的丧俗。据敦煌写卷记载,此故事发生在"刘泉时",即十六国汉高祖刘渊时期,可知此时已存在衣衾覆面遗体告别仪式。唐释慧皎《高僧传·释法和传》记载法和圆寂之前,以衣蒙头:"(法和)乃正衣服,绕佛礼拜,还坐本处,以衣蒙头,奄然而卒。"⑤释法和为晋代高僧,这说明晋代已存在以衣蒙头的入殓方式。以衣覆头是遗体告别仪式时死者的装扮,此俗至唐代仍广泛流行。

以衣覆头中的"衣"应指古代丧俗中的面衣、面罩之类。面衣风俗兴起较早,由先秦时期"幎目"、魏晋"覆面""面衣"习俗发展而来,盛行于唐代。⑥ 黄永年《释敦煌写本〈杂抄〉中的"面衣"》研究面衣的用处、死人戴面衣的源头等,并

---

① 《王梵志诗校注》(增订本),第563页。
② 据窦怀永、张涌泉校注,此故事亦见于S.525写本中。《敦煌小说合集》,第148页注221。
③ 《敦煌小说合集》,第118—119页。
④ 《后汉书》第9册,第2676—2677页。
⑤ 〔南朝梁〕释慧皎撰:《高僧传》,汤用彤校注,汤一玄整理,中华书局,1992年,第189页。
⑥ 徐吉军:《中国丧葬史》,武汉大学出版社,2012年,第357页。

指出早在先秦时死者已经戴面衣御寒,先秦时名曰幎目。①《仪礼·士丧礼》"幎目用缁,方尺二寸,□里,着组系"句下,郑玄注曰:"幎目,覆面者也。幎,读若《诗》云'葛藟縈'之'縈'。"②"幎"音同"縈",而"縈"音同"褮"。《说文》八篇上"衣部"云:"褮,鬼衣也。从'衣','荧省'声,读若《诗》曰'葛藟縈之'。"③可见,"縈"同"褮","幎"亦同于"褮",同指鬼衣、覆面。王克林据内蒙古敖汉旗周家地墓地出土的西周至春秋时期山戎或东胡部族的面罩,指出覆面不仅是盖住脸部,而是从头顶至面部的面罩。④ 这一用途正与将衣覆头中的"衣"的功能相同,可见,父母给亡儿覆头之衣正是给亡儿戴上面罩、面衣之类。

据王克林考证,自新石器时代以来,面罩或面衣流行于中国北方,作御寒防沙之用。面衣在唐代西北边陆地区尤为盛行,特殊的地理位置便于文化交流,使得面衣或多或少受到中亚阿拉伯民族等所戴的面罩的影响。⑤ 王克林从文字学入手,结合墓葬出土文物进行考证,较为可信。作为中西文化交流的要道,敦煌地区想必也盛行佩戴面衣的习俗。敦煌蒙书《杂抄》记载了面衣的来源:

> 何人死面衣,因谁而作？昔吴王不受忠臣直谏,而取佞臣宰嚭所谗,枉杀忠臣伍子胥。后被越军所诛,吴王临死之时,告诸臣曰:"吾取佞臣宰嚭谗,枉杀忠臣伍子胥。吾今死后,地下必见子胥,羞惭不已,请与面帛盖之。"⑥

此为童蒙读物所载,富有趣味性、故事性,教育意义较强,并不符合吴王、伍子胥相关历史史实,但却说明敦煌地区确实存在使用面衣的丧葬习俗。这从吐鲁番出土的文书及面衣也可得到证明。阿斯塔那205号墓文书"高昌重光元年(620)缺名随葬衣物疏"中列有"面衣一具",阿斯塔那173号墓文书"高昌延寿十年(633)元儿随葬衣物疏"列有"波斯锦面依(衣)一具"。⑦ 阿斯塔那15号墓

---

① 黄永年:《释敦煌写本〈杂抄〉中的"面衣"》,《敦煌学辑刊》1982年00期。
② 〔汉〕郑玄注:《仪礼》,〔唐〕贾公彦疏,〔清〕阮元校刻《十三经注疏》本,中华书局,1980年,第1131页。
③ 〔汉〕许慎撰:《说文解字注》,〔清〕段玉裁注,上海古籍出版社,1981年,第397页。
④ 王克林:《一目国鬼方新探》,《文博》1998年第1期。
⑤ 《一目国鬼方新探》,《文博》1998年第1期。
⑥ 《敦煌蒙书研究》,第174页。
⑦ 国家文物局古文献研究室、新疆维吾尔自治区博物馆等编:《吐鲁番出土文书》第3册,文物出版社,1981年,第122、267页。

文书"唐唐幢海随葬衣物疏"中有"婆（波）斯锦面衣一枚"。① 王㵲指出，新疆维吾尔自治区博物馆于1959、1960年先后两次在阿斯塔那墓区进行发掘清理工作，在所清理的四十座墓葬中，出土面衣三十二件。② 阿斯塔那墓葬中出土的文书及面衣都证明了唐代时期高昌地区盛行死者着面衣之类的丧葬习俗。不难想象，毗邻的敦煌地区可能也曾流传此俗。

由上可知，王梵志诗"将衣即覆头"指的正是给亡儿戴上面衣。给亡儿戴上面衣之后，父母为亡儿亡女哭丧竟通宵达旦，这是何等之忧伤。天明之际是父母与亡儿分离之时，从此阴阳相隔，活泼可爱的孩子将长埋于地下。项楚注"天明奈何送"句，云："古人送葬时，口唱'奈何'。"③据此并结合诗意，我们认为此句中的"奈何"有一语三关之意，一指父母送葬时的不舍、痛心，以及无法令亡儿复活的无可奈何心情。一指奈何桥，亡儿既然已无可复活，将其送至阴阳临界地，奈何桥边，可见，父母对爱子的不舍情深。一指送葬时口念"奈何"语词，以发泄内心的悲恸、愤懑之情。周一良早已指出，"××奈何即是丧事惯用以表哀悼的话，大约在送葬时大家口里也如此唱念"，"边唱奈何，边送葬"。④ 这正是诗中"奈何"的第三种释义，口唱"奈何"以示哀悼之情及送葬时的不舍。

父母、家人连连口称"奈何"，为亡儿送葬，"棘蒿丘"即亡儿的最终归宿，项楚注云"墓地，荆棘丛生之处为墓地所在"⑤，这正是传世文学中常出现的"蒿里"。蒿里原是送葬时所唱的挽歌，后逐渐成了墓葬、坟地等意象。这正反映了葬儿方式为传统葬仪中的土葬。这从斋愿文或悼亡文中可以获知，如S.343v《亡女文》："埋玉貌于黄泉，殒红颜于灰坏（壤）。"⑥此二句对仗较为工整，"黄泉"对"灰坏（壤）"，"黄泉""灰壤"正喻示亡者入土为安的安葬方式。S.2832《妹亡日》中"化作荒郊之土"⑦，不仅点出了安葬采用土葬形式，而且指出埋葬地点在野外荒郊。这与荆棘丛生的"棘蒿丘"景象近似，此景在S.2832《女》中也有描写："送妙质于坟□，殡□□于圹野。临归□棺取别，气绝长辞。"⑧少女所葬之地

---

① 《吐鲁番出土文书》第4册，第32页。
② 王㵲：《复面、眼罩及其他》，《文物》1962年第7、8期。
③ 《王梵志诗校注》（增订本），第565页注4。
④ 周一良：《王梵志诗的几条补注》，《北京大学学报》（哲学社会科学版）1984年第4期。
⑤ 《王梵志诗校注》（增订本），第565页注5。
⑥ 《敦煌愿文集》，第30页。
⑦ 《敦煌愿文集》，第91页。
⑧ 《敦煌愿文集》，第75页。

在"圹野","圹"为坟墓、墓穴之义,当是荒郊野外的坟墓。尽管写卷残缺,但其中"坟""殡"等字都喻示所采用的仍是土葬形式,并非席裹尸首,而是殡葬。《说文》四篇下"歺部"曰:"殡,死在棺,将迁葬柩,宾遇之。"段注云:"所谓殡也,在西阶,故《檀弓》曰:'殡于客位。'"① 可见,殡指迁葬棺柩时,以宾客之礼待之。

除土葬于郊野之地外,敦煌文学作品也表现了慈母将亡儿抛尸江中的情景。《佛顶心观世音菩萨救难神验记》第三则故事记妇人因为冤家寻仇,遭遇多次难产,缘由是冤家托生母胎,欲因难产置妇人于死地,因为妇人生前修持《佛顶心陀罗尼经》,未果。但妇人所生胎儿,"不过两岁,便即身亡。母忆之,痛切号哭,遂即抱此孩儿抛弃向水中。如是三遍,……准前得生下,特地端严,相貌具足,亦不过两岁,又已身亡。既见之,不觉放声大哭:'是何恶业因缘?'准前抱此孩儿,直至江边,直经数时,不忍抛弃"。② 未满两岁的襁褓婴儿夭折,母亲屡遭此事,这是何等之悲痛!尽管如此,仍不得不忍痛割弃,抛尸江中正是母亲采用的处理婴儿尸首的方法。把夭折小儿抛尸江中的方式实为水葬葬式的表现。

据杨宝玉研究,《佛顶心观世音菩萨救难神验记》带有明显的西域地区乃至异域痕迹。③ 此作既然是宣传《佛顶心陀罗尼经》的灵验故事集,那么其中所载故事内容都带有浓厚的佛教色彩,故事所表现的为胎儿举行水葬很可能源于古印度,受到了外来文化的影响。《释氏要览》卷下载天竺四种葬法,其中言及水葬:"水葬谓投之江河,以饲鱼鳖。"④ 投之江河以喂养鱼鳖的做法确实符合佛家慈悲为怀的精神追求。故事中妇人常修持《佛顶心陀罗尼经》,采取水葬安葬夭折爱子,正符合妇人佛教徒身份。

综上观之,敦煌地区父母为亡儿处理一系列的后事时,程序有佩戴面衣、哭丧、天明送葬等。因为敦煌地区长期受儒家文化熏陶,安葬方式仍以土葬为主,但敦煌处于中西文化交流地带,深受佛教文化影响,也存在水葬葬法。安葬完亡儿之后,这并不意味着亡儿丧事完全结束,也未能减轻父母对亡儿的挂念。亡儿冥途如何、托生何处等,诸如此类的牵挂与担心时时萦绕在父母心中,为亡儿举办法会超度、追福等便显得极为重要。

---

① 《说文解字注》,第163页。
② 《敦煌小说合集》,第359页。
③ 杨宝玉:《敦煌本佛教灵验记校注并研究》,甘肃人民出版社,2009年,第15页。
④ 《大正藏》第54册,第308页。

第七章　家教、远行及婚嫁题材

父母无论是言传身教，还是从知识文化、品德修养等方面对子女实施教育，都是希望能为儿女成家立业等未来生活打下基础。父母在为儿女择媳、择婿之时，对象的成长教育环境背景，尤其是家教情况正是父母做出选择的重要参考因素。"父母在，不远游"，但是因为敦煌特殊的地理位置，外出谋生也是众多青年男子常面临的问题。敦煌文学描写了很多儿行母心忧的场面，母亲在家求神祷告，盼望男儿平安归来。本章就敦煌文学所表现的家教、远行和婚嫁三个问题进行探讨，通过文本分析，阐释其中所蕴含的民俗文化。

第一节　父母教子题材及其内容

在父母含辛茹苦养育子女的过程中，在婴孩稍微具备认知、理解等能力之际，父母逐渐开始对孩童言行举止进行调教。初生孩童学语、学步、饮食等都无法离开父母的教导、扶助、喂养等。日常生活中，父母为人处事的态度、方法等无时无刻不在影响并教育着孩童，这是父母有意或无意的言传身教。

"玉不琢，不成器，人不学，不知道。"[①]贪玩是孩童的天性，若无父母的看护与管教，后果难以预料。《晋书·王沈传》载王沈提倡教育，云："将吏子弟，优闲家门，若不教之，必致游戏，伤毁风俗矣。"[②]此处强调教育的重要性，若不教育，后果虽说不一定会达到破坏风俗的地步，但是很可能会因乐于游戏而荒废学业。教育的重要性不仅仅是对条件优渥的官宦子弟而言的，对于普通民众子女来说，也是同等重要的。

---

① 〔汉〕郑玄注：《礼记》，〔唐〕孔颖达疏，〔清〕阮元校刻《十三经注疏》本，中华书局，1980年，第1521页。
② 〔唐〕房玄龄等撰：《晋书》第4册，中华书局，1974年，第1145页。

众多学者早已关注到唐宋敦煌地区对教育的重要性的认识,成果丰硕。罗宗涛搜集、整理了教育相关的敦煌变文资料,考证了教育地点、内容、教材等。① 李正宇结合相关文献、题记等对唐宋敦煌学校教育的设置、发展情况展开研究。② 杨秀清则以学郎诗、题记为文献依据,探讨了敦煌地区的学生生活。③ 郑阿财、朱凤玉以图文并茂形式,侧重从教育体系、童蒙教材、教学方式、教育场景及学郎生活等方面进行论证分析。④ 赵跟喜依据敦煌蒙书资料,探讨敦煌女子教育的内容。⑤ 苏哲义先后发表两篇有关敦煌教育的文章:一从教育史角度,探讨唐代敦煌不同时期学校教育的发展及其特点;一从教育史、文化史角度,探讨敦煌官学、私学和寺学三种教育机构及其特点,总结唐代敦煌教育机构所具有的文化意义。⑥ 此外,也有学者侧重敦煌吐蕃统治时期寺学教育的研究⑦,等等。

这些研究或侧重于从教育史、文化史角度探究唐宋敦煌地区学校教育的发展过程、状态、特点;或纯粹从史学角度探讨敦煌学校教育的设置情况、寺学教育情况;或以性别教育内容为研究对象,等等。以上研究在敦煌地区教育状态、学校机构及学生生活等方面已取得了可观的成果,为本节的研究奠定了基础,如教授内容、效果等,但是在父母对子女的教育内容方面,仍有拓展延伸的空间和继续挖掘的价值。

针对于此,本节侧重探讨父母有意为之的教育,从德育与技能教育两方面研究父母对男、女孩所实施教育的内容和目的,以便从中了解父母为儿女筹划未来生活的良苦用心。

---

① 罗宗涛:《敦煌变文社会风俗事物考》,文史哲出版社,1974年,第115—122页。
② 李正宇:《唐宋时代的敦煌学校》,《敦煌研究》1986年第1期。
③ 杨秀清:《浅淡(谈)唐、宋时期敦煌地区的学生生活——以学郎诗和学郎题记为中心》,《敦煌研究》1999年第4期。
④ 郑阿财、朱凤玉:《开蒙养正——敦煌的学校教育》,甘肃教育出版社,2007年。
⑤ 赵跟喜:《敦煌唐宋时期的女子教育初探》,《敦煌研究》2006年第2期。
⑥ 苏哲义:《试论唐代敦煌地区的学校教育》,《岭东通识教育研究学刊》2012年第3期;苏哲义:《试论唐代敦煌教育机构及其文化意义》,《岭东通识教育研究学刊》2012年第4期。
⑦ 张永萍:《吐蕃统治时期的敦煌寺学》,《西藏研究》2013年第2期。

一、父母教子重要性及教子场景

(一)父母教子的重要性

教育对子女人生的重要性,是不言而喻的。从人的社会属性来看,人的行为举止与他们自身所具备的文化修养、所接受的教育情况等息息相关,后者对前者起到了导向、决定作用。人逐渐社会化的过程始于孩童时期,此时是人生可塑性最强的阶段,是人逐渐社会化的关键时期,也是孩童逐渐接受社会礼仪、文化知识、为人处世、经营之道等一系列社会礼仪规范的开端。

在敦煌民众看来,父母在养育子女的过程中应承担起教育的责任和义务。如 P. 2633、S. 4129、S. 5643 托名白居易的《白侍郎赞》云:"若之(乏)礼仪,过在父母。"[①]这把子女礼仪缺失的过错追究至父母身上,可想而知,父母对子女的教育已上升至社会公认的责任层面。S. 4329、P. 2515《辩才家教·四字教章第十》称:"有子不教,费人衣食。"[②]此语也见载于 P. 3764 等四十二件[③]写卷《太公家教》中,其中还记载了相似思想:"养男不教,为人养奴;养女不教,不如养猪。"[④]将不教育儿女与养奴、养猪相提并论,尽管略显夸张,却流露出教育对儿女的重要性及父母不可推卸的责任。这些出自敦煌童蒙读物的记载,说明此观念在敦煌民间已达成了共识,深入人心。

若在幼童时期,父母不严加管教,容易使孩童滋生不良作风,对他们的未来影响较大。《佛说父母恩重难报经》描述了孩童失礼闹事的诸种行为:

> 不崇学业,朋逐异端;无赖粗顽,好习无益;斗打窃盗,触犯乡闾;饮酒樗蒲,奸非过失;带累兄弟,恼乱爹娘。晨去暮还,不问尊亲,动止寒温;晦朔朝暮,永乖扶侍;安床荐枕,并不知闻;参问起居,从此间断。父母年迈,形貌衰羸,羞耻见人,忍受欺抑。[⑤]

---

① 徐俊纂辑:《敦煌诗集残卷辑考》,中华书局,2000 年,第 292 页。
② 郑阿财、朱凤玉:《敦煌蒙书研究》,甘肃教育出版社,2002 年,第 394 页。
③ 《敦煌蒙书研究》,第 349 页。
④ 《敦煌蒙书研究》,第 352、354 页。
⑤ 张涌泉:《敦煌本〈佛说父母恩重经〉研究》,《文史》1999 年第 4 期。

相似记载亦见于 P.3919《佛说父母恩重经》。同时,经文也强调顽劣男儿的言行缺失:

> 尊亲共语,应对愉悷,拗眼露睛,欺凌伯叔,打骂兄弟,毁辱亲情,无有礼仪,不遵师范。父母教命,元不依行;兄弟共言,故相校掜。出入来往,不启尊人,言行高疏,擅意为事。父母训罚,伯叔论非,童幼矜怜,尊人遮护。渐渐成长,很戾不调。不伏亏违,反生嗔恨。弃诸胜友,朋附恶人。习以成性,遂为任计。①

尽管父母对幼童种种言行举止的劣迹进行教训,但是长辈怜其幼小,加以维护,幼童并未真正得到严厉的调教。P.2718、P.3266、P.3558、P.3716、S.2710、S.3393、日本奈良宁乐美术馆藏本《欲得儿孙孝》:"欲得儿孙孝,无过教及身。一朝千度打,有罪更须嗔。"②这是典型的棍棒下出孝子,可见管教之严。为了达到良好的教育效果,遇到孩童举止乖逆、顽劣情形,父母也会鞭笞,这种观念在王梵志诗较为常见。P.2718、P.3266、P.3558、P.3716、P.3656、S.2710、S.3393、S.4669、日本奈良宁乐美术馆藏本《养儿从小打》:"养儿从小打,莫道怜不笞。长大欺父母,后悔定无疑。"③此诗倡导小儿的教育从幼小时候开始,需严加约束,甚至鞭笞,否则长大难成气候,甚至欺蒙父母。棍棒调教的育儿观念与《颜氏家训·教子》思想一脉相承:"凡人不能教子女者,也非欲陷其罪恶;但重于诃怒。伤其颜色,不忍楚挞惨其肌肤耳。当以疾病为谕,安得不用汤药针艾救之哉?又宜思勤督训者,可愿苛虐于骨肉乎?诚不得已也。"④以汤药医治疾病原理比喻对顽童的严加教管,恰当、形象,可见,面对幼童的顽劣、调皮,父母自然少不了鞭笞式的管教。

为了孩童的未来着想,父母难免狠心鞭笞以纠正他们的不良作风,这也表现了父母爱子之深。《父母恩重经讲经文(一)》描述了父母未严加管教致使男童礼仪缺失,不求上进的情形,对此,父母仍为男儿筹划:"不然与本教经纪,贵在图儿立得身。产业庄园折损尽,慵馋恶绍岂成人。""经纪"指经商经营之事。

---

① 黄征、张涌泉校注:《敦煌变文校注》,中华书局,1997年,第997页。
② 〔唐〕王梵志:《王梵志诗校注》(增订本),项楚校注,上海古籍出版社,2010年,第413页。
③ 《王梵志诗校注》(增订本),第414页。
④ 王利器撰:《颜氏家训集解》(增补本),中华书局,1993年,第12页。

孩童若不能按照父母规划发奋读书出仕,父母则教予经纪等实际谋生手段,以求养活自身。

(二)《父母恩重经讲经文(一)》等讲经文所呈现的教育场景

关于父母对子女的教育情景在《维摩诘经讲经文(一)》有所描写,侧重表现父母的良苦用心:

> 世间之事,都未谙知,父母忧心,渐令诱引。年才长大,稍会东西,不然遣学经营,或即令习文笔。男须如此,女又别论,每教不出闺帏,长使调脂弄面。或亲歌乐,曲调分明;或仿裁缝,针头巧妙。①

此文既表现父母因孩童未谙世事而担忧,也体现了父母围绕男女性别在社会角色和劳动分工方面的差异,而为子女设置的不同教育内容,如男习文、学谋生之道,女不出闺阁学乐曲、习女红之事。这一情景在《父母恩重经讲经文(一)》得到更为详细的描写。讲经文先引述《父母恩重难报经》经文②,再阐释民众生活中"成长教示"的场景:

> 成长教示。经道婴孩童子,乃至盛年,奖教礼仪。人家男女,从小至大,须教礼仪。是男即七岁十岁以来,便教入学云云。经明宜入学,胄子须努力。……
>
> 女男渐长成人子,一一父娘亲训示。台举还徒(图)立得身,招交(诏教)只要修仁义。嘱先生,教文字,孝养礼仪须具备。未待教招(诏)一二年,等闲读尽诸书史。高低尽道好儿郎,远近皆言骨气异。成长了身为大丈夫,风流儒雅真公子。堂堂六尺丈夫身,雪色衣裳称举人。霄汉会当承雨露,高科登弟(第)出风尘。多应不久逢新喜,何异成龙脱故鳞。酒熟花开三月里,但知排打曲江春。……
>
> ……书云:男既壮而有室,女初笄年而从人。男既长成,须求婚处云云。若是好男女云云。有一类人家儿子,不行孝养,不会礼仪云云。纵婚姻时

---

① 《敦煌变文校注》,第761页。
② 《敦煌本〈佛说父母恩重经〉研究》,《文史》1999年第4期。

云云。

有一类门徒弟子,为人去就乖疏。不修仁义五常,不管温良恭俭。抄手(叉手)有时望(忘)却,万福故是隔生。斋场上谢座早从,吊孝有时失笑。阿娘几度与君婚,说着人皆不欲闻。才始安排教仕宦,等闲早被使头嗔。不愁与本教经纪,媿(贵)在徒(图)儿立得身。产业庄园折损尽,慵馋恶绍岂成人。

上来说男既成长,须为婚姻了。从此女从幼小教示成长了,须嘱聘他门。

为女身,更不异(易),最先须且教针指。呈(逞)线呈(逞)针斗意长,对鸦对凤夸心智。学音声,屈傅士,弄钵(拨)调弦浑舍喜。……若是为人智惠微,从初至大异常痴。逢人未省知良善,共语何曾识礼仪。刺绣裁缝无意学,调脂弄面不曾为。自家缝绽犹嫌拙,阿那个门阑肯索伊。……男须文墨兼仁义,女要裁缝及管弦。一个个总教成立后,阿娘方始可忧烦。①

此文从孩童入学之际开始描写父母对子女的成长教示,从礼仪教导、读书识字、经营技能、女红音乐等方面开展教育。同时,文中通过"堂堂六尺丈夫身"与不学无术"门徒弟子"在学习、修养等各方面的对比描写,表现了因为学习和品行修养方面的差异造成的不同人生境遇。精于女红、音乐的女子与"为人智惠微"二者在归宿等方面的差异,同样也流露出民众心目中理想女子的标准。正是在这强烈的对比中,清晰地显示了男、女孩的主要教育内容。这些教育内容无疑在儿女的前途和未来发展中具有重要意义。而父母以孩子幸福的未来为出发点,注重孩童成长过程中教授有益的知识技能,正体现了"父母之爱子,则为之计深远"。另外,从文本中不难看出,家庭教育除了父母的教授,也聘请先生、技艺精湛的艺人等入户教学,显然,我们不能把家庭教育与学校教育截然分开。从文本分析中,我们大致探讨以下几方面:教育起始时间;因性别而异的教育内容。

七至十岁是儿童入学时间,这在"是男即七岁十岁以来,便教入学"中已明确指出,与此同时,父母也对男儿施以家教。讲经文明确七至十岁左右为男儿

---

① 《敦煌变文校注》,第974—975页;项楚:《敦煌变文选注》(增订本),中华书局,2006年,第1477—1480页。

的入学时间,可见女子仍是在闺阁中随母辈学习女红之类。《礼记·曲礼》曰:"人生十年曰幼,学。"郑氏注云:"名曰幼时,始可学也。"①此处始学年龄即在十岁。其实应该更早,在孩童稍懂人事之际就应教导。前文所引《维摩诘经讲经文(一)》言及孩童"稍会东西"就开始引导教育。《颜氏家训·教子》云:"当及婴稚,识人颜色,知人喜怒,便加教诲,使为则为,使止则止。"又云:"孔子云'少成若天性,习惯如自然'是也。俗谚曰:'教妇初来,教儿婴孩。'诚哉斯语!"②可见,当幼儿稍懂人事,便教诲之。因为年幼孩童可塑性较强,较易管教。尽管如此,根据孩童身体、心理发展规律,孩子的入学时间一般在七八岁左右。《左街僧录大师压座文》云:"设使身成童子儿,年登七八岁髻双垂。父怜编草竹为马,母惜胭腮黛染眉。女即使闻周氏教,儿还教念百家诗。"③七八岁是儿童贪玩嬉戏时,同时父母需要对儿女施以不同的教学内容,"周氏教"和"百家诗"分别是针对女孩、男孩所设置的不同的学习内容。

二、因性别而异的教育内容

古代男、女两性的社会分工决定了他们所接受的教育内容。男主外、女主内的劳作模式和男尊女卑观念,男子负责全家生计及自古以来"学而优则仕"观念的影响,使得男子注重知识文化及相关生计技能的学习,以便在社会家庭中承担起从政、出征、服役的职责,从事耕种、渔猎、经商等经济劳动。女子出嫁侍夫,面临全家家务、生儿育女、孝养公婆等家庭内务劳动,这些使得女子所接受的教育内容迥异于男子。根据社会分工的不同,从现实利益出发,敦煌民众对儿女从小实施不同的教育内容。

(一)德行教育

根据教育目的,我们将父母对子女的教育大致分为两类:德行教育、知识技能教育。德育方面主要侧重于孩童的礼仪、品性、举止等一系列为人处事态度和方法的培养。为人处世的方法及相关礼仪是儿女必修的课程,德行修养是男

---

① 《礼记》,《十三经注疏》本,第1232页。
② 《颜氏家训集解》(增补本),第8页。
③ 《敦煌变文校注》,第1158页。

女日后生活、交际等所需遵循的社会规则。

1. 德育内容及教材

从《父母恩重经讲经文（一）》对两类男女行为举止在社会上引起强烈反差的对比描写中，我们大致可知他们礼仪学习的具体内容，如"修仁义""孝养礼仪"等。"门徒弟子"的行为更具体地表现出儿女道德品行修养应注重仁义礼智信、温良恭俭让等，并倡导行为举止应符合礼仪规范。由于性别差异，在行为举止的规范方面同样存在教育内容的不同。《太公家教》记载了父母根据儿女未来生活的职责，从言行举止方面进行的规范与教导：

> 养儿之法，莫听诳言；育女之法，莫听离母。男年长大，莫听好酒；女年长大，莫听游走。丈夫好酒，揎拳持肘，行不择地，言不择口，触突尊卑，斗乱朋友；女人游走，逞其姿首，男女杂合，风声大丑，惭耻宗亲，损辱门户。①

养儿需要注意在行为举止上进行约束，如勿听诳言、勿好酒等，因为男子醉酒容易滋生是非，出现如口不择言、冒犯长辈、冲撞朋友等失礼行为。女子勿离母亲身旁、勿游走，这是为了保护幼女免受社会不良分子骚扰，维护女子贞操名声。在古代男女授受不亲的观念下，忌讳男女杂合，以免损害女子清誉，有伤宗族门楣风化。这是《太公家教》对男女行为举止的规范，同时，此书从多方面倡导谨言慎行，教导事君、事父、事师及与人相处之道等。可见，父母对孩童德行的教育不仅通过日常生活中自身对孩子潜移默化的身教，而且依靠如《太公家教》类的童蒙读物对孩子言行进行教导。如《父母恩重经讲经文（一）》"又《太公家教》'孝子事亲'"②。显然，讲唱艺人引据蒙书《太公家教》来教导四座民众如何孝亲，由此看来，父母可能把《太公家教》作为教导孩子树立孝亲观念的教科书。

确实，当时敦煌地区民间父母教育子女多采用敦煌蒙书作为启蒙孩童的教科书。《敦煌蒙书研究》把蒙书分为三类：识字类、知识类及德行类。③ 为人处世方法的教授多以德行教育类蒙书为教科书。以宣扬优良伦理道德、品性为主的德行教育类蒙书多侧重于日常生活中的交际、礼仪等方面的教导，适合于家庭

---

① 《敦煌蒙书研究》，第351页。
② 《敦煌变文校注》，第972页。
③ 《敦煌蒙书研究》，第7页。

教育的场景，比较适合作为父母实施家教所依据的课本。这类蒙书有 S.5754、S.8836 等十八件《新集文集九经抄》①、P.2612《文词教林》、S.1815、S.1920 等十五件《百行章》②，以及 S.2710、S.3393 等十六件一卷本《王梵志诗》③、P.4094《夫子劝世词》等；家训类 S.479、P.2553 等四十二件《太公家教》④、S.479、S.11681 等十一件《武王家教》⑤、S.3904 等五件《新集严父教》⑥，以及 P.2633、S.4129、S.5643《崔氏夫人训女文》⑦等。

《新集严父教》与《崔氏夫人训女文》分别为父、母亲教育男、女孩所用的专用教材。P.3797、S.4307、S.4901＋S.3904《新集严父教》："家中所生男，常依严父教。养子切须教，逢人先作小。礼则大须学，寻思也大好。"⑧这写的正是从小养儿以《新集严父教》为教材，教导男孩知尊卑，学礼仪等品行。

此外，P.2748、P.3113 等九件《古贤集》⑨之类历史名人传记性质的蒙书，采用七言诗体形式歌颂历史人物孝友、勤学、诚信、忠贞等品性。在教授孩童历史知识的同时，也通过这些古贤人物故事熏陶孩童的思想道德情操，为培养孩童忠君思想、孝亲行为、忍辱负重等品德，无疑树立了榜样形象。从教学效果来看，《古贤集》也颇具德育教材的功能。

2. 女子德行

中国传统社会男主外、女主内的分工模式，以及女子出嫁后的家庭角色对女子的德行提出了较高的要求。妇女德行具体表现在言谈、女红等四方面，古人称之为四德。《礼记·昏义》载女子出嫁前三月被教予四德："是以古者，妇人先嫁三月，祖庙未毁，教于公官；祖庙既毁，教于宗室。教以妇德、妇言、妇容、妇功。教成祭之，牲用鱼，芼之以蘋藻，所以成妇顺也。"⑩"妇德"是指妇女所应具备的品德，这是为女子为人妻母角色转换而做的准备。

---

① 《敦煌蒙书研究》，第 289—298 页。
② 《敦煌蒙书研究》，第 321—326 页。
③ 《敦煌蒙书研究》，第 423—424 页。
④ 《敦煌蒙书研究》，第 349 页，第 440 页注 14。
⑤ 《敦煌蒙书研究》，第 377—380 页。
⑥ 《敦煌蒙书研究》，第 402—404 页。
⑦ 《敦煌蒙书研究》，第 409—413 页。
⑧ 《敦煌诗集残卷辑考》，第 818 页。
⑨ 《敦煌蒙书研究》，第 253—257 页。
⑩ 《礼记》，《十三经注疏》本，第 1681 页。

德育蒙书《太公家教》记载了对出嫁后女子的礼仪教导和妇女因德行缺失,损坏父母名声,连累家人的情形:

> 新妇事君,敬同于父,音声莫听,形影不睹,夫之父兄,不得对语。孝养翁家,敬事夫主,亲爱尊卑,教示男女;行则缓步,言必细语,勤事女功,莫学歌舞;少为人子,长为人母,出则敛容,动则庠序,敬慎口言,终身无苦。希见今时,贫家养女,不解丝麻,不闲针缕,贪食不作,好喜游走;女年长大,聘为人妇,不敬翁家,不畏夫主;大人使命,说辛道苦,夫骂一言,反应十句。损辱兄弟,连累父母,本不是人,状如猪狗。①

《太公家教》以四言体形式讲述女子出嫁后,要孝养公婆、敬事夫主,谨言慎行、勤勉女功,凡事不失礼仪。女子失礼于夫家,不仅自己常遭辱骂,也让父母、兄弟等家人蒙羞。可见,德行决定了女子出嫁后在夫家的境遇,较为重要,所以父母比较重视这方面教育。

从女子幼时起,母亲就逐渐开始实施德行教育。《左街僧录大师压座文》"女即使闻周氏教,儿还教念百家诗",正是讲述女童七八岁时父母以"周氏教"为教育课本进行教导。"周氏教"与"百家诗"相对,应该是与"百家诗"性质接近,适合于七八岁女童德行教育方面的通俗读物。它最初可能是由周氏用以教导女童德行所形成的一整套行之有效的规范,后来"周氏"逐渐虚化为符号,可能指女子德行规范之类的女训文本。此书未见其他文献记载,在押座文中,讲唱艺人并未对其进行解释,此书可能是当时敦煌地区较为常见、民众熟知的女训作品。

此类女训书籍最早可追溯至刘向《列女传》,其以说故事形式呈现,易于妇人理解、接受。班昭《女诫》对后世女教著作产生较大影响。唐代较流行的女训著作如宋若莘《女论语》、郑氏《女孝经》,多针对上层社会家庭女子教育,不如"周氏教"之类深入民间,广为使用。

作为敦煌文献仅存的女训类文本,《崔氏夫人训女文》所教授的内容较为特殊,主要告诫女子出嫁后应当遵循的礼仪、为人处世方式等,应是出嫁前母亲苦口婆心的劝诫。其中,一再告诫女子在夫家与娘家的区别,需要勤勉、谨言慎行

---

① 《敦煌蒙书研究》,第352页。

等。以母亲口吻劝诫待嫁女子莫悲伤，告诫她婚后所需注意的各种礼仪，教导她与姑伯妯娌相处之道，如何服侍夫君，怎样讨翁姑欢心等。"外言莫向家中说，家语莫向外人传"正秉承了《礼记·内则》"内言不出，外言不入"①思想。其中所表现的哭嫁、回门等婚嫁习俗显然与中原地区习俗近似。此作原创作于中原地区，盛传于敦煌地区，现传世文献未见记载，幸亏敦煌写本保存，令我们再睹中古时期民间女训文本风貌。

此番用心良苦的告诫，署名白侍郎的《白侍郎赞》对此做过一番评价："崔氏善女，万古传名。细而察之，实也周备。养育之法，方拟事人，若之（乏）礼仪，过在父母。"②由《崔氏夫人训女文》末句"故留此法相教尔，千古万秋共流传"③，由此看来，崔氏训女法已成为当时社会认可的仪规范本，其中所教导的内容为民众世代承袭，所以《白侍郎赞》称赞"崔氏善女"，教学效果较佳。

（二）知识技能教育

除注重孩童品行修养习得，父母也为儿女未来生活进行规划。《武王家教》通过太公之口指出男女教育的目的所在："男教学问，拟待明君；女教针缝，不犯七出。"④"七出"指女子在夫家被休的七种情形。P.2570、P.2581等四件写卷《孔子备问书》指出："一无子，二□□，三不事舅姑，四口舌，五窃，六妒，七恶疾。但犯一条即合弃之。"⑤教授女子针线女红是为了更好侍奉夫家众人，防止出现七出情况，这表示了女红是女子较为重要的技能。蒙书记载表明了教授男子知识的目的是走仕途，教授女子的目的则是寻得好归宿而且不被休逐。根据这一目的，我们从女子学习女红等技能及男子识字、习文两方面进行讨论。

1. 女红和妇容等妇功技艺

女红是指四德中的妇功，是女子出嫁后侍奉公婆、丈夫、叔伯等，照料儿女时所需要的裁缝、针线等技艺。因为这些事务属于技术活，需要不断勤加练习，才能熟能生巧，渐入佳境，所以父母从小培养女子这类技能。

敦煌文学多处表现教授幼女女红的场景，如《维摩诘经讲经文（一）》指出女

---

① 《礼记》，《十三经注疏》本，第1462页。
② 《敦煌诗集残卷辑考》，292。
③ 《敦煌蒙书研究》，第413页。
④ 《敦煌蒙书研究》，第382页。
⑤ 《敦煌蒙书研究》，第211页。

童学裁缝等活计"或仿裁缝,针头巧妙",用巧手缝制新衣或缝补破损衣物,都离不开女子高超的女红技巧。《父母恩重经讲经文(一)》"为女身,更不易,最先须且教针指。逗线逗针斗意长,对鸦对凤夸心智"。最初学习针线活,并以此为基础教授女子刺绣。王梵志诗 P.3211《兄弟义居活》也描写从小教授女孩针线活:"女小教针补。"①P.3833《我家在何处》指出女子也需学纺织:"女即学调梭。"②可见,缝补、刺绣、纺织等女红工作是女子必须具备的基本技能,而且需从小教授,勤加练习。

女子自幼时就开始学习女红诸事,《礼记·内则》记载:"女子十年不出,姆教婉娩听从,执麻枲,治丝茧,织纴组紃,学女事,以共衣服。"郑氏注云:"婉谓言语也,娩之言媚也,媚谓容貌也。"孔颖达疏云:"此一节论女子自幼及嫁为女事之礼,……郑意以此上下备其四德:以婉为妇言,娩为妇容,听从为妇顺,执麻枲以下为妇功。"③可见,女子除学习女红,还需兼备其他三德,而妇言与妇顺可以说是德育内容。

女子除具备较好的礼仪修养、精湛的女红技术之外,姣好容颜即妇容,也是女子觅得佳婿的重要条件。《维摩诘经讲经文(一)》"长使调脂弄面",黄征等根据《父母恩重经讲经文(一)》"刺绣裁缝无意学,调脂弄面不曾为",从陈治文校,认为"面"为面粉的粉,为烹饪为炊之意。④ 蒋礼鸿谓"面"为脂粉的粉。⑤ 项楚认为"脂""面"指脂粉,指各种化妆品。⑥ 后二者言之有理,联系上下文对比描写可知确为脂粉之类的化妆品。"调脂弄面"是指调和脂粉等来修饰妆容的情形。此句应作调脂粉打扮之意,即常令女子梳妆打扮,以备被佳婿选中。此句后"自家缝绽犹嫌拙,阿那个门阑肯索伊"与此句相对,且承递此句句意,说明不学刺绣和调脂弄面的后果。"调脂弄面不曾为"的结局竟是没人敢登门下聘。联系上文所描写面容姣好的女子出嫁情形,可印证妇容的重要性:

天生惠性异常人,疑是巫山降段云。鬓似寒蝉双展翼,面如蟾月满秋

---

① 《王梵志诗校注》(增订本),第215页。
② 《王梵志诗校注》(增订本),第325页。
③ 《礼记》,《十三经注疏》本,第1471页。
④ 《敦煌变文校注》,第788—789页注257。
⑤ 蒋礼鸿:《敦煌变文字义通释》,中华书局,1959年,第43页。
⑥ 《敦煌变文选注》(增订本),第1492页注42。

轮。眉悬柳叶和烟翠,脸夺桃花带雨新。聘与他门荣九族,一场喜庆卒难论。①

此处"巫山"化用宋玉《高唐赋》巫山神女典故,将女子貌比巫山神女,可见仙姝下凡,艳压群芳。天生丽质固然重要,女子注重自身"调脂弄面"修饰容仪,无疑更能锦上添花。虽说母亲从小培养女孩妇德、妇言、妇功等,但娇艳、端庄的仪容无疑是女子嫁入豪门,光宗耀祖的条件之一。毕竟爱美之心人皆有之,是人性中对美好事物憧憬和追求的本性的反映。

除了四德修养之外,敦煌民众也强调女子管弦之乐的才能,这可与针线一起堪比男子习文识字能力。《父母恩重经讲经文(一)》"男须文墨兼仁义,女要裁缝及管弦"。此讲经文也记载父母聘请技术精湛的艺人教授闺阁女子音声、管弦、乐理等:"学音声,屈博士,弄钵(拨)调弦浑舍喜。"《维摩诘经讲经文(一)》也云:"或亲歌乐,曲调分明。"值得注意的是,上文《太公家教》教导女子出嫁后"勤事女功,莫学歌舞",唐李商隐《杂纂·教女》也云:"闺房贞洁,不唱词曲。"②显然,讲经文中所描述的母亲教女情形与敦煌蒙书、中原文献所载相矛盾。深受儒家思想影响的敦煌德育读物无疑是以儒家礼仪为规范,倡导女子勿因沉迷于歌舞而耽误女红,以免夫家诸人不满。《教女》侧重女子贞洁,勿因词曲迷情,失了分寸。敦煌蒙书、儒家典籍所流露的是女子礼仪规范的理想状态。而讲经文无疑真实反映了敦煌民间喜欢丝竹之乐的民风,所以讲经文将女子管弦技艺推崇到与女红同等重要的位置。这既表明敦煌地区受中亚、龟兹等地音乐的影响,盛行管弦乐;同时,这也是敦煌地区民风开放的表现,歌舞以娱情,在夫妇相处过程中抑或可作调节气氛之用,平增几许浪漫。从这一层面来看,管弦技艺确实可归为妇功范畴。

2. 识字习文

家庭教育除注重男童修仁义、讲礼仪等德行教育外,自男儿幼时起,父母也逐渐开始教授识字、习文等基本文化知识,为读诗赋文奠定基础。

教习文字是男童习文出仕、谋生的基础。以"五更转"为调名的零拾本《识字》责怪耶娘未曾教男儿读书识字,并形象生动地追悔不识文字给生活带来的

---

① 《敦煌变文校注》,第 975 页;《敦煌变文选注》(增订本),第 1480 页。
② 〔唐〕李商隐:《杂纂》,《丛书集成初编》第 2987 册,中华书局,1985 年,第 11 页。

诸多苦楚：

> 耶娘小来不教授，如今争识文与书。二更深，《孝经》一卷不曾寻。之乎者也都不识，如今嗟叹始悲吟。三更半，到处被他笔头算。纵然身达得官职，公事文书争处断。四更长，昼夜常如面向墙。男儿到此屈折地，悔不《孝经》读一行。五更晓，作人已来都未了。东西南北被驱使，恰如盲人不见道。①

《孝经》成为父母从小教授孩童识字、习文的教材，这侧面流露出民众对孝道的重视，及《孝经》在当地的流传。歌辞用比喻恰当地把因为知识文化欠缺造成生活四处碰壁，被人算计、驱使等情形勾勒出来。同时，从敦煌出土大量的识字习文蒙书写卷的情况可见民众对儿童识字的重视程度。

《千字文》等蒙书在民间启蒙教育中广为流传，父母把它们作为孩童开蒙识字教材。S. 289、S. 5780、P. 3910《新合〈千文〉〈皇帝感〉辞》"难煞某乙无才学，且听歌舞说千文"②。这虽是讲唱表演者自谦之词，却表现了"千文"的浅显通俗。"千文"指的是梁周兴嗣《千字文》，简称"千文"。作为识字、习字教材，《千字文》在敦煌地区广为流传，它是敦煌所保存抄本最多的蒙书。据郑阿财、朱凤玉统计，有四十七件写卷，如 P. 2059、P. 2457 等。③

此外，敦煌地区启蒙孩童识字习文的教材，主要还有 S. 5467、S. 5961《新合六字千文》，它是在《千字文》基础上改编而成。成书于六朝时的《开蒙要训》是唐五代敦煌地区州、县学和寺学所普遍采用的儿童识字教材。④《开蒙要训》多为学校教育所用之教材，现存写卷三十七件，如 S. 705、S. 1308、S. 5431 等。⑤ 另外，"《百家姓》是继《千字文》之后，中国流传最为普遍的识字类蒙书"⑥，可知 P. 4585、P. 4630《百家姓》很可能和《千字文》一并作为父母教授男童识字习字的教材。

---

① 任中敏编著：《敦煌歌辞总编》下册，何剑平、张长彬校理，凤凰出版社，2014 年，第 815—816 页；项楚：《敦煌歌辞总编匡补》，巴蜀书社，2000 年，第 181 页。
② 《敦煌歌辞总编》中册，第 474 页；《敦煌歌辞总编匡补》，第 69 页。
③ 《敦煌蒙书研究》，第 12—24 页。
④ 《敦煌蒙书研究》，第 51—52 页。
⑤ 《敦煌蒙书研究》，第 52—58 页。
⑥ 《敦煌蒙书研究》，第 68—69 页。

把《千字文》《百家姓》的内容与《开蒙要训》相比较,不难发现,前二者字体结构较为简单,便于孩童识别、记忆、模仿练字等;同时,内容通俗、实用。如《千字文》带有故事内容,容易引起孩童兴趣,通过经常阅读,加强孩子识字、习字能力;《百家姓》源于现实生活,带有很强的实用性。而《开蒙要训》字体结构稍显繁杂,需要在老师、家长等人的讲解和指导下进行识别,相对而言,内容稍显枯燥。

在父母的指导下,依据识字教材,孩童逐渐开始识字、习字。敦煌写卷留存了许多孩童的习字之作。识字与习字是分开的,习字多以《上大夫》为习字教材。[①] 敦煌写卷 P.4990B 正体现了以《上大夫》为教材的习字情况。

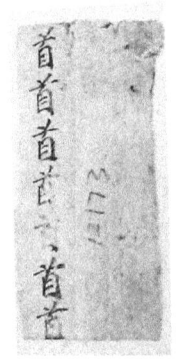 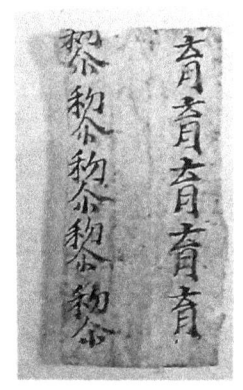

图 7-1:S.12173、S.12173v 残卷习字图

其实,在实际习字过程中,识字和习字教材之间并无严格界线,孩童经常也会摹写识字教材中的字体。如 S.12173、S.12173v 残卷习字情况所依据的教材应该是《千字文》"爱育黎首"等字样。尽管《新合六字千文》"爱育兆人黎首"内容与以上残卷相近,但是通过比对 S.12173、S.12173v 残卷所习"育""黎""首"书写情况(图 7-1),我们发现残卷并未见"兆人"等字样,同时,"育"字之后紧接摹写"黎"字,其承接顺序正与《千字文》"爱育黎首"顺序相同,所以 S.12173 残卷应该是《千字文》"爱育黎首"模仿练习情况的表现。S.12144A 写卷现可见多个"吕"字样,此卷可能是根据《百家姓》习字的残卷。

---

① 《敦煌蒙书研究》,第 139 页。

在具备一定的识字、习字基本功之后,父母逐渐开始教授学童读书、吟诗、诵赋等。P.3211 王梵志诗《兄弟义居活》"儿小教读书"①,P.3833《我家在何处》"儿即教诵赋"②,《左街僧录大师压座文》言及孩童七八岁时"儿还教念百家诗"③。从小教授男童诗书,为他日后出仕打基础。

男子的知识储备、才学是其可否成为国家栋梁的重要条件之一,也是他走入仕途的前提,所以知识储备对男儿安身立命显得格外重要。把知识作为男子安身立命之本,将知识推到价比珍宝的地位,并通过歌唱的形式集中、大规模地表现出来,这在文学史上是罕见的。敦煌歌辞多处歌颂学问、知识的重要性。如 P.2564、P.2633、P.3821、S.4129 以"十二时"为调名的《发奋勤学》"丈夫学问随身宝,白玉黄金未是珍"④。同调名《劝学》"读书便是在身宝"⑤,把学问、知识喻作白玉黄金都不如的宝贝,此正是"万般皆下品,唯有读书高"思想的集中表现。"但教十年冬夏读,不捷变作一官人"⑥指出寒窗苦读十年,纵然无法科举及第,也能谋得官员吏人的职位。

释门弟子以"十二时""五更转"等为调名,编撰了大量的奉劝世人发奋苦读、劝学等之类的劝诫歌辞。如 P.2952 以"十二时"为调名的《劝学》篇歌唱道:"奉劝有男须入学,莫推言道我家贫。……纵然未得一官职,笔下方圆养二亲";"有子须教识文字""劝君教子胜留银"。⑦ 歌辞指出家贫并非是不让孩童接受教育的理由和借口,而且读书尚能谋生和赡养父母。P.2718、P.3266、P.3558、P.3716、P.3656、S.2710、S.3393、S.4669、日本宁乐美术馆藏本王梵志诗《养子莫徒使》:"养子莫徒使,先教勤读书。一朝乘驷马,还得似相如。"⑧后两句化用了司马相如在成都升仙桥桥柱题句的典故,见载于《华阳国志》卷二、《太平御览》卷七三,其句作"不乘驷马高车,不过此桥"。⑨ 用此典喻指男儿日后平步青

---

① 《王梵志诗校注》(增订本),第 215 页。
② 《王梵志诗校注》(增订本),第 325 页。
③ 《敦煌变文校注》,第 1158 页。
④ 《敦煌歌辞总编》下册,第 818 页;《敦煌歌辞总编匡补》,第 182 页。
⑤ 《敦煌歌辞总编》下册,第 989 页;《敦煌歌辞总编匡补》,第 221 页。
⑥ 《敦煌歌辞总编》下册,第 989 页;《敦煌歌辞总编匡补》,第 222 页。
⑦ 《敦煌歌辞总编》下册,第 989 页。
⑧ 《王梵志诗校注》(增订本),第 413 页。
⑨ 《华阳国志》称题其门,辞亦不同:"不乘赤车驷马,不过汝下。"〔晋〕常璩撰:《华阳国志校注》,刘琳校注,巴蜀书社,1984 年,第 227 页;〔宋〕李昉等撰:《太平御览》第 1 册,中华书局,1960 年,第 343 页。

云、仕途亨通等,而这源于父母自小对男儿的诗书教育。可见,王梵志诗也将父母对子女的教育问题推至养儿工作的首要位置。

同时,歌辞、诗歌通过大肆渲染不读书的弊端,达到劝诫世上男子好学求问的效果。"十二时"调名《发奋勤学》指出了不读书的坏处:"男儿不学读诗书,恰似园中肥地草。"①这一比喻与 BD14636 号 2(北新 0836)翟奉达《逆刺占一卷后题诗》其一近似:"三端俱全大丈夫,六艺堂堂世无。男儿不学读诗赋,恰似肥菜根尽枯。"②以形象生动的比喻,把诗赋于男儿的重要性喻作菜根与肥菜的关系,贴切、恰当。BD03925v(北生 25、北 8347)、S. 8448、S. 173、S. 6332《青青河边草》:"男儿不学问,如若壹头驴。"③显然,将无学问的男儿比作驴,喻指愚钝不堪。可见,男儿的知识储备决定了男儿未来的仕途、发展及言行举止。

敦煌文学时常把读书与官职、功名利禄、名声、地位等联系起来。《父母恩重经讲经文(一)》描写了男孩识字习文,兼顾知识、礼仪修养等学习,以求安身立命,或出仕求宦,或经纪谋生的场景,尤其是铺排了"读尽诸书史"男子中举后鲤鱼跃龙门的得意场面。如 P. 2952 以"十二时"为调名的《求宦》:"官职比来从此出。文章争不尽心学,有志勿令生愧悔。人定亥,先王典籍合敬爱。若能读得百家书,万劫千生名价在。"④此语虽不免过于夸张,但对先王典籍、诗书等知识的推崇,以及读书对仕途的影响,可见一斑。BD4291(北玉 91、北 8317)《高门出贵子》:"丈夫不学问,官从何处来?"⑤直接明了地把丈夫学问与官职关系揭示出来。

正是因为民众清醒地认识到诗文学问与官职仕途的利益关系,父母为孩子的长远未来打算,所以督促男儿苦读诗书,以求博得锦绣前程。S. 6204 薛彦俊《童儿学业切殷勤》:"童儿学业切殷勤,累习诚望得人钦。但似如今常寻诵,意智逸出盈金银。"⑥通过学士郎薛彦俊口吻劝诫童儿学习需勤勉,并称读书的乐趣胜过金银财富,无疑可见知识在他心中的地位。P. 2746《读诵须勤苦》:"读诵须勤苦,成就始似虎。不辞杖棰体,愿赐荣躯路。"⑦此为《孝经》末尾的学郎诗,

---

① 《敦煌歌辞总编》下册,第 818 页。
② 《敦煌诗集残卷辑考》,第 923 页。
③ 《敦煌诗集残卷辑考》,第 917 页。
④ 《敦煌歌辞总编》下册,第 993 页;《敦煌歌辞总编匡补》,第 223 页。
⑤ 《敦煌诗集残卷辑考》,第 916 页。
⑥ 《敦煌诗集残卷辑考》,第 899 页。
⑦ 《敦煌诗集残卷辑考》,第 783 页。

主要劝诫众生苦读及家长、老师需严加管教,乃至鞭笞督促,以便求得美好前程。

从上文可见,父母意识到教育的重要性,并根据性别差异及男主外、女主内的社会分工,对孩童实施不同内容的教育。为人处世、礼仪道德等为男女共同学习范畴,同时,针对女子出嫁后身份的改变,特别强调妇女四德教育。男童从小识字、习字、读书、赋诗等,这为男儿出仕打下基础。本节主要探讨父母对孩童所实施的家庭教育,至于男子为出仕所接受的学校教育、游学、自学等情形暂不作讨论。

第二节 儿行母忧题材及祈福习俗

孩童一旦长大,就会逐渐离开母亲的怀抱,上文已讨论了母亲在门口守望外出游玩孩童归来的情形,而对于长期不在身旁的游子,母亲更是日夜思念,期盼孩子在外一切顺利,早日平安归来。十恩德之远行忆念恩指的正是儿行千里母担忧和想念的情形。《父母恩重经讲经文(一)》引经云:"儿行千里,母行千里;儿行万里,母行万里。"①此经文未见于《佛说父母恩重难报经》《父母恩重经》,不知源自何经。"母行"指的是母心牵挂游子,心随儿行,可以说是形象感人,所以此恩与怀胎、哺乳等并称十恩。

对敦煌地区远行风俗,高国藩、余欣等做过相关的研究。高国藩从交通工具、行旅的观念,以及欢迎外出归来的风俗程序等做过探讨。② 余欣在探讨中古时期出行信仰时,利用敦煌文献,对出行时的择吉之术、出行禁忌、出行忌日、行神信仰、出门仪式、禳灾辟邪践行的法门、为行人祈福的仪式等都曾进行深入的考证。③ 余欣搜集资料广泛、全面,结合秦汉简帛出土文献,考证出行时各方面的信仰,论证较为合理。

本节侧重从母亲守护儿女的角度,通过对敦煌讲经文、歌辞等母亲担忧儿行题材进行分析,试图揭示其中所蕴含的护佑平安、禳灾去祸等信仰。

---

① 《敦煌变文校注》,第976页。
② 高国藩:《敦煌民俗学》,上海文艺出版社,1989年,第443—452页。
③ 余欣:《神道人心——唐宋之际敦煌民生宗教社会史研究》,中华书局,2006年,第255—356页。

一、儿行母忧题材

生离死别无疑是亲人之间情感最难割舍的时刻之一,上文已论述儿亡父母肝肠寸断的场景,因为爱子情深,生离同样也会令父母牵肠挂肚、因过度思念悲伤落泪。《佛说父母恩重难报经》"远行忆念恩"颂曰:

> 死别诚难忍,生离实亦伤。子出关山外,母忆在他乡。日夜心相随,流泪数千行。如猿泣爱子,寸寸断肝肠。①

"关山"本指边关,在佛经和歌辞中,已成为戍边、征战等艰苦、危险之地的象征。颂词把因为生离与死别给母亲带来的伤痛进行比较,子在外,母心相随,忆起游子在外的情形,母亲寝食难安,肝肠寸断。此处生离如同死别,因为游子需到关山外戍边、征战,凶多吉少。与《父母恩重难报经》、敦煌本《父母恩重经》等佛经关系较为密切的敦煌歌辞也歌唱了子外出守边,母心相随的情形。《报慈母十恩德·第九远行忆念恩》歌颂远行忆念恩时,云:"肠肚悉钩牵,防秋去,往征边。阿娘魂魄于先。儿身未出到门前,母意过山关。"②"山关"当为"关山",指边关。歌辞指出因为儿戍边远行,母为此牵肠挂肚,不仅魂魄相随,而且母心于儿先行,为儿探路。这在《父母恩重赞》中也有歌唱:"第九远行烦恼缘,一回儿出母于先。父母心中百计较,眼中流泪似如泉";"儿行千里母行千,儿行万里母于先。一朝母子再相见,犹如破镜却团圆"。③孩子远行使得父母泪流如泉,突出父母对儿女的百般挂念与惦记。正是有如此深恩,《孝顺乐》倡导儿女行孝,此曲第十首歌曰:"远行第九切心酸,儿行千里母行千。只见母心随儿去,不见儿身在母前。"④这是通过歌唱母心牵挂儿行的情形来倡导众生对母亲的孝养。

对佛家"儿行千里,母行千里"及远行忆念恩,阐释得最为详尽的当属《父母恩重经讲经文(一)》。此文先引用经文,通过民众生活中常见的远行情形来诠释经文,感人至深:

---
① 《敦煌本〈佛说父母恩重经〉研究》,《文史》1999年第4期。
② 《敦煌歌辞总编》中册,第478页。
③ 《敦煌歌辞总编》中册,第489页;《敦煌歌辞总编匡补》,第77页。
④ 《敦煌歌辞总编》中册,第493页;《敦煌歌辞总编匡补》,第80页。

> 经道儿行千里，母行千里云云。男女成长已后，各须仕官经营，才出他州，母心相逐。朔方征戍，三年而目断长城；剑岭兴生，半岁而魂随锦水。……
>
> 思量我等生身母，终日忧怜男与女。为儿子抛出外边，阿娘悲泣无情绪。或仕官，居职务，离别耶娘经岁数。见四时八节未归来，阿娘悲泣〔无情绪〕。或经营，求利去，或住他乡或道路。儿子虽然向外安，阿娘悲泣〔无情绪〕。或在都，差镇戍，三载防边受辛苦。信息希疏道路遥，阿娘悲泣〔无情绪〕。儿于万里母先于，终日忧愁泪如雨。念佛求神百种为，只希闇里垂加护。损形容，各（割）肠肚，乞待儿归再团聚。思想慈亲这个恩，门徒争忍生孤负。经求仕官住他乡，或在军中镇外方。儿向他州虽吉健，母于家内每忧惶。心随千里消容貌，意恨三年哭断肠。直待归来相见了，阿娘方始有精光。慈母德，大难酬，忆念之心更不休。奉劝门徒诸弟子，莫抛父母住他州。①

首段概述了孩子因为仕宦、经商、戍边远行，母心相随的情形，渲染了北方戍边征战的危险及母亲的担忧。紧接着对游子远行的三种情形进行详细铺叙，描写了母亲在佛前祈求游子平安归来，以及母亲因为担心而消瘦的状态，最后劝诫众人体恤父母忧心，勿远行。"四时八节"，指的是每年四季更替时的八个节气。P.2721《杂抄》指出四时为春、夏、秋、冬四季，八节指立春、春分、立夏、夏至、立秋、秋分及立冬、冬至。②古人多于物候转换的节气亲人团聚，或慎终追远，祭扫祖先，以增进家人感情，增强家族的凝聚力。此时通常也是出仕游子回家团聚的归期，所以文本多以"四时八节"为游子归期或亲人团聚的象征。归期未归，自然引发日夜挂念游子平安的母亲担心。因为政务远行，生活衣食无忧，母亲对出仕者的挂念主要是盼其按期平安回家团聚。对于因谋生背井离乡经商，或守护边地的游子，母亲的担心也有不同：顾虑经营者因生计奔波，居无定所、食无定时；因为路途遥远、通讯不便，未能及时获知戍边者平安与否，容易引起母亲忧虑。

在三种游子远行情形后都有"阿娘悲泣无情绪"句，任半塘认为这一结构形

---

① 《敦煌变文校注》，第976—977页；《敦煌变文选注》（增订本），第1495—1496页。
② 《敦煌蒙书研究》，第172页。

式具有歌辞特征,所以收录于重句联章歌辞类中,把此前"经云"部分归为"前言"部分。① 项楚认为"前言"与三首歌辞被割裂,实为四首重句歌辞,重句为"阿娘悲泣无情绪"。② 既然把讲经文中此部分内容划归为歌辞,除了它具备歌辞形式特征外,更重要的是,对三种远行情形的描写饱含着母亲思子忧伤和悲泣的强烈感情,而最适合感情宣泄的文学样式,无疑是歌曲。母亲忧伤的缘由就在于对男儿远行安全的担心。

  远行的危险与艰辛确实在中古敦煌地区普遍存在,父母对男儿远行的辛苦、危险等担忧并非出自讲唱艺人的艺术加工和想象。P.3418 王梵志诗《父母生儿身》:"儿大作兵夫,西征吐番贼。"③这描绘了一幅儿大出征卫国的情景。自初唐起,唐王朝与吐蕃政权就战事频繁,在吐蕃统治及归义军时期,敦煌等西陲边地战乱频繁,男子戍边、出征远行是常见现象。同样出于对征人的担忧,因为妻子和母亲身份角色的不同,二者的顾虑有所不同,歌辞多表现妻子对征人的忧思、相思苦楚和哀怨,而母亲多牵挂儿子在外的安全,盼望早日平安归来等,流露出爱子情深的深情,如《孝顺乐》《报慈母十恩德》等。

  敦煌作为中原与西域相交的都会和丝绸之路重镇,长期以来汉族和众多少数民族杂居于此。受擅长经商的粟特人、回鹘人等民族的影响,敦煌地区经商风气较为兴盛。行商成为男子出仕之外另一重要谋生手段。如《新集严父教》:"市头学经纪,但依严父教。斗秤莫崎岖,二人相交道。买卖事须平,寻思也大好。"④自小学经营之道,在《父母恩重经讲经文(一)》父母对子女从小的教导中也可知大概,因为读书不勤,出仕无望,父母为男儿筹谋经营之道的学习,以便以后自食其力。P.2193《目连缘起》:"儿拟外州,经营求财,侍奉尊亲。"⑤经商谋利现象在王梵志白话诗中也多有表现,如 P.3418、P.3724《兴生向前走》:"兴生向前走,唯求多出利。"⑥P.3211、S.5641《兴生市郭儿》⑦描摹了一幅市井商贩挖空心思谋取暴利的情景,生动形象。P.2718、P.3558、P.3716、P.3656、S.2710、S.3393、P.4094、日本奈良宁乐美术馆藏本《经纪须平直》宣扬经纪之道需公平,

---

① 《敦煌歌辞总编》中册,第777—778页。
② 《敦煌歌辞总编匡补》,第174—175页。
③ 《王梵志诗校注》(增订本),第502页。
④ 《敦煌蒙书研究》,第405页。
⑤ 《敦煌变文校注》,第1011页。
⑥ 《王梵志诗校注》(增订本),第546页。
⑦ 《王梵志诗校注》(增订本),第164页。

微取小利即可。① 这间接揭示了通过经营牟取暴利的现象较为普遍。

经商之风盛行,商人常随身携带财物行走于地广人稀之处,加之恶劣的自然环境,增强了远行经商的危险性。《佛说阿弥陀经讲经文(二)》法会上的劝诫、忏悔,侧面流露出当时路途的险恶:"或因王法出兵抄劫,掳掠他人,夺他妻女,劫他财物。"②政局的混乱,更加重了远行的危险。《佛说父母恩重难报经》描述了游子在外,母亲的诸多顾虑:

> 或被人诱,逃往他乡,违背爹娘,离家别眷。或因经纪,或为政行,荏苒因循,便为婚娶;由斯留碍,久不还家。或在他乡,不能谨慎,被人谋害,横事钩牵,枉被刑责,牢狱枷锁。或遭病患,厄难萦缠,囚苦饥羸,无人看待,被人嫌贱,委弃街衢,因此命终,无人救治,膨胀烂坏,日暴风吹,白骨飘零,寄他乡土,便与亲族,欢会长乖,违背慈恩。不知二老,永怀忧念。或因啼泣,眼暗目盲;或因悲哀,气咽成病;或缘忆子,衰变死亡。作鬼抱魂,不曾割舍。③

此文亦见于 P.3919《佛说父母恩重经》④,内容相近,字词稍有差异。除因经商、出仕等事远行,被人诱使背井离乡、因婚嫁滞留他乡也属远行情况。由于对游子的担心、思念而流泪过度,致使年迈双亲眼盲;因不孝子不孝养父母,双亲孤独终老,也会因此感到悲伤不已,弥留之际却仍挂念游子。不想生离竟真成死别,令父母盼子肠断。因为过度牵挂远行男儿,致使双亲忧思成病,病故,生离在某种程度上相当于死别。在佛家看来,人生诸多苦楚,具体为八苦,而生离也是其中一苦。《庐山远公话》载相公为相国夫人讲述人生八苦中的爱别离苦时,云:

> 如是家中养得一男,父母看如珠玉,长大成人,才辨东西,便即离乡别邑。父母日夜悬心而望,朝朝倚户,而至啼悲。从此意(忆)念病成,看承服药,何时得见。忽至冬年节岁,六亲悉在眼前,忽忆在外之男,遂即气咽填

---

① 《王梵志诗校注》(增订本),第472页。
② 《敦煌变文校注》,第680页;《敦煌变文选注》(增订本),第1880页。
③ 《敦煌本〈佛说父母恩重经〉研究》,《文史》1999年第4期。
④ 《敦煌变文校注》,第997页。

胸,此即名为"爱别离苦"。①

相公描述了一幅父母望儿归的图景,栩栩如生,感人肺腑。离乡别邑后,父母日日倚户长望,未见儿影,转而悲泣,长此以往,忧念成病,逢年过节,忆念游子,忧思更甚。因为爱子情切,反生别离之苦。

在《父母恩重难报经》中,最令父母牵肠挂肚之事是游子因为言行不慎,被人谋害,受牢狱之灾,或狱中遭病,饥羸不堪,被人抛至街头,任其自生自灭,最终因为无人救助,乃至成异乡孤魂,无人收尸。想到身在异乡的孩儿的此番情景,怎能不令父母牵挂、忧愁、悲叹?零拾本、P.4017"长相思"曲调名《三不归》刻画了一幅病死他乡的羁旅之人的死不归情景,可怜之至:

> 作客在江西,得病卧毫厘。还往□(观)消息,看看似别离。村人曳在道傍西,耶娘父母不知。身上劉牌书字,此是死不归。②

《太平广记》卷二四二"窦少卿"条(出《王氏见闻》)载少卿从者死于村店,店主埋之,"卓一牌",上写窦少卿名致误。③ 而此处身上立牌书姓名可能是村人抛尸路旁,尚未埋葬,仅为死者书字立牌的情形,这是远方家中父母无法想象的惨状。《三不归》第二首《终日被人欺》道出了异乡人的可怜,这二首主要表现外出谋生之人的辛酸,而第一首表现了商人逐乐异乡,不思归的情景:

> 估客在江西,富贵世间稀。终日红楼上,□□舞著辞。频频满酌醉如泥,轻轻更换金卮。尽日贪欢逐乐,此是富不归。④

商人在异乡虽已富甲一方,宁愿在外纸醉金迷、逐乐逍遥,却不曾想荣归故里,侍奉双亲。这些在外漂泊、远行之人,常令家中父母忧心,《父母恩重经讲经文(一)》借佛之口称之为世间不孝子:

---

① 《敦煌变文校注》,第261页;《敦煌变文选注》(增订本),第1880页。
② 《敦煌歌辞总编》中册,第375页。
③ 〔宋〕李昉等编:《太平广记》第5册,中华书局,1961年,第1870页。
④ 《敦煌歌辞总编》中册,第374页。

> 大凡世上不孝人，多在家费父母心神，出入又不依时节。致使父母愁戚，母意忧惶，终日倚门，空垂血泪云云。书云："积谷防饥，养子备老。"纵年成长，识会东西，抛却耶娘，向南向北。男女虽然不孝，父母未省憎慊。如斯恩念最多，争忍抛离出外。父母在，劝君莫向他乡住。①

书中引语为唐宋时俗语，亦见于 P.3213、S.6331、S.328、P.2794《伍子胥变文》"朕闻养子备老，积行拟衰"②，元稹《忆远曲》"养儿将备老"③，洪迈《夷坚志补·詹惠明》"养子待老，积谷防饥"④。可见此语可能是讲唱艺人穿凿附会到典籍名下的。末句取意于《论语·里仁》："父母在，不远游，游必有方。"⑤出入不依时节致使父母忧愁，可见，游子出行因为路途险峻，所以需要择时日出行。从敦煌文献存在大量关于择吉出行的术数文献，可知当时出行占卜之风的盛行，如孔子马头卜法、周公孔子占法、李老君周易十二钱卜法、七曜日占法、摩醯首罗卜等都可用来占卜出行吉凶。⑥ 无论采取何种占卜方式，占卜择日的标准都是趋吉避凶出行。

尽管儿女诸多不孝，父母不曾怨恨，仍一如既往地挂念远行游子。若是孝顺儿不愿令父母承受别离之苦，则会侍奉双亲，承欢膝下，让父母颐养天年。《盂兰盆经讲经文》描述了十五岁少年流亡外乡，未尽孝道的情形：

> 年登十五母犹忧，恐怕造诸不善业。走去心中常忆念，佛前愿子早归来。四时八节眼前无，不觉目中双泪下。时饷之间不得见，恂惶惆怅似汤煎。佛子 他家孝顺阿耶娘，不孝之男造恶业。他州外乡逐乐去，父母肝肠寸寸断。佛子 他家若是孝顺儿，解向家中亲侍奉。若是心中不孝顺，逃走他乡总不归。因循向外岁年深，逐乐何曾忆父母。所得钱财别处用，肯解

---

① 《敦煌变文校注》，第 969—970 页；《敦煌变文选注》(增订本)，第 1436 页。
② 《敦煌变文校注》，第 11 页。
③ 〔唐〕元稹撰：《元稹集》，冀勤点校，中华书局，1982 年，第 259 页。
④ 〔宋〕洪迈撰：《夷坚志》第 4 册，何卓点校，中华书局，1981 年，第 1553 页。
⑤ 〔魏〕何晏集解：《论语》，〔宋〕邢昺疏，〔清〕阮元校刻《十三经注疏》本，中华书局，1980 年，第 2471 页。
⑥ 《神道人心——唐宋之际敦煌民生宗教社会史研究》，第 259—277 页。

将来献二亲。①

如歌辞《三不归》中的商人在外逍遥一样，游子外出逐乐不侍奉父母，此种不孝行为令父母肝肠寸断，徒增伤悲；父母却仍在佛前祷告、祈祷不孝子早日归来。通过不孝子和父母行为的对比，烘托出父母护犊情深及胸襟的宽广。

母亲除忧心男儿远行，对女子而言，离开父母身边远行之事便是出嫁随夫婿外出，这同样令父母操心不已。P.3919《佛说父母恩重经》："或随夫婿，外郡他州。离别耶娘，无心恋慕。断绝消息，音信不通，令使耶娘，悬心忆念。"②这在《佛说父母恩重难报经》亦有记载。③古时通讯不便，致使分离后母女再无任何联系，使得耶娘担心女儿在夫家的生活状态。尽管如此，有夫婿相伴、协助，女儿所遇到的困难、承受的艰辛稍微少些，比起男儿孤苦一人漂泊稍显安全。

从以上敦煌文学讲经文、歌辞等所表现的儿行母忧的情景，可知母亲忧思男儿远行的情形主要有仕宦、经商、戍边及逃亡。男儿外出经营，父母无非担心游子赚钱不归来侍奉双亲或风餐露宿艰辛的生活状态。对后两种情形顾虑较多，戍边、征战之事生命攸关，所以母亲日日倚门空望。对于逃亡在外的不孝子，母亲担心男儿因为行为不慎，为人陷害，免不了牢狱之苦，无人照顾，最终客死异乡。可见，游子平安，是在家父母最大的顾虑与愿望。

二、为游子祈福题材及习俗

游子路途逢凶化吉，早日归来的心愿在讲经文中多有表现，如《佛说阿弥陀经讲经文（二）》"殊乡远客，早达家山。路上行人，不逢灾难"④，这是为远行者祈福，希望其一切平安，早日归家。P.2122、P.3210、BD09541（北殷62）《佛说阿弥陀经押座文》："又愿远行千里者，各随本意称求心。早到家乡拜尊堂，莫遣慈亲倚门望。"⑤为实现这一目的，民间采取不同的方式方法。如临行前择吉日出行，

---

① 《敦煌变文校注》，第1007页；潘重规编：《敦煌变文集新书》，文津出版社，1994年，第491—492页。
② 《敦煌变文校注》，第997页。
③ 《敦煌本〈佛说父母恩重经〉研究》，《文史》1999年第4期。
④ 《敦煌变文校注》，第684页。
⑤ 《敦煌变文校注》，第1161页。

祭祀各路神灵，行囊备好药品、干粮、防冻护肤品等，带护身符、禁咒，抄经，诵经，画纸赛神等。① 除踮脚远望，倚门流血泪，或心随儿行之外，父母常会采取一些有助游子平安归来或早日归来的措施。如临行前祈福、设斋追福等，希望佛祖庇佑，护游子一路平安、逢凶化吉、事事称心。

其中，临行前佩戴各类辟邪去灾之物，以防路途凶险，也是常有之事。P.3123"秋夜长"调名《远行人》描述了一幅送行图景，歌曰："一只银瓶子，两手拴。携送远行人，福禄安。"② 此应为临别前亲友给行人手上佩戴的禳灾镇邪之物，其装于银瓶中，不知详为何物，以祈求远行人福禄安康。《诸杂略得要抄子》载两条远行携带物：

> 欲入山，取烧牛角。将行，狼虎出走，避，大有验之，吉。
> 凡欲远行东行持桃枝东枝一寸，南行持桑南一寸，西行持柳枝西一寸，北行持榆枝北一寸。③

入山携带牛角灰末，山中狼虎等猛兽闻而避之。显然，牛角灰末与桃枝、桑枝、柳枝、榆枝都具有厌胜巫术功能。细看第二则，我们发现，远行人所携带的树枝，是其远行方向所宜种植物之枝，而且所取树枝在该树上的位置恰与出行方向一一对应。根据方位种植适宜树种，这些树木长势更好。《诸杂略得要抄子》正记载东南西北四方位上分别种上桃、桑、柳、榆，"依此法，宜子孙，大吉利，富贵"。④ 在古人看来，东向取桃东枝、南行桑南枝、西行柳西枝及北行榆北枝，所行方位与所携树枝方位正好达到了五行相配，诸枝应是此方位上极阳之物，在相应方向上具有较强的驱鬼辟邪功效。

S.5548《敦煌录》载敦煌贰师庙为"行人祈福之所"⑤，可知，早日平安归家也是游子的急切心愿，所以途中自求多福。对于家人，尤其是父母而言，盼子早日

---

① 《神道人心——唐宋之际敦煌民生宗教社会史研究》，第330—340页。
② 《敦煌歌辞总编》上册，第244页。
③ 上海古籍出版社、法国国家图书馆等编：《法国国家图书馆藏敦煌西域文献》第17册，上海古籍出版社，2001年，第131，134页；参校《神道人心——唐宋之际敦煌民生宗教社会史研究》，第331页。
④ 《法国国家图书馆藏敦煌西域文献》第17册，第132页；参校《神道人心——唐宋之际敦煌民生宗教社会史研究》，第331页注3。
⑤ 李正宇：《古本敦煌乡土志八种笺证》，甘肃人民出版社，2008年，第302页。

平安归来是他们最大的夙愿，或跪拜佛前，焚香祷告，或设斋延请僧侣为游子追福。《父母恩重经讲经文（一）》"念佛求神百种为，只希闾里垂加护"，《盂兰盆经讲经文》"佛前愿子早归来"，都是其表现。

正如王梵志诗 P.3418《人间养男女》所云"儿征死不归"①，出征颇具危险性，所以男儿戍边、出征远行是最令父母担忧的。父母由此在家设斋为远征男儿祈福。S.343《愿文》范本正反映此情景：

> 然今此会焚香意者，为男远行之所崇也。惟男积年军旅，为国从征，远涉边戎，虔心用命。白云千里，望归路而何期？青山万重，思故乡而难见。虑恐身投沙漠，命谢干戈，惟仗百灵，仰凭三宝。故于是日，洒扫庭宇，严饰道场，请佛延僧，设斋追福。又舍净财，造某功德，并已成就。谨因此辰，用申庆赞。所有设斋转经、种种功德，总用庄严行人即体：惟愿观音引路，势至逢迎；三世千佛，一一护持；四天大王，双双围绕；恒沙菩萨，恭共慈悲；百亿释迦，常为覆护。愿早回还，平安相见。②

黄征等认为举办斋会、诵读此文时，敦煌地区正处于战乱时期。③ 余欣则认为此范本出自敦煌本地文士之手。④ 若真如二位所言，那么为在外出征男儿设斋祈福是敦煌当时较为普遍的现象，尤其是政局不稳定的社会混乱时期。父母割舍珍财，延僧请佛，唯求观音、三世千佛、四天大王、恒沙菩萨等为游子引路、护佑左右。P.2237《远行文》所载斋意与此相同⑤，都因儿为国出征，恐其命丧干戈，所以临行前设斋追福。

此外，敦煌与佛教传播的必经之地、奉毗沙门为护国神祇的于阗地区临近。早在北魏时期，毗沙门天王信仰在敦煌地区已开始盛行⑥，如 S.381《龙兴寺毗沙门天王灵验记》即是此信仰背景下产生的灵验故事⑦。毗沙门天王自然也成为护佑游子平安归来的神灵。P.2341v《行人愿文》云：

---

① 《王梵志诗校注》（增订本），第493页。
② 黄征、吴伟校注：《敦煌愿文集》，岳麓书社，1995年，第23页。
③ 《敦煌愿文集》，第23页。
④ 《神道人心——唐宋之际民生宗教社会史研究》，第351页。
⑤ 《敦煌愿文集》，第660页。
⑥ 杨宝玉：《敦煌本佛教灵验记校注并研究》，甘肃人民出版社，2009年，第171页。
⑦ 窦怀永、张涌泉汇辑校注：《敦煌小说合集》，浙江文艺出版社，2010年，第272页。

今为王事,欲涉长途。道路悬远,关山峻阻。欲祈告达,仰托三尊。敬舍珍财,愿保清适。惟愿伐折罗大将引道,所向皆通;毗沙门天王密扶,往来安泰。①

此文为行人临行前亲自设斋供养三宝时所流传下的文本。作为护法神四天王之一毗沙门,他与药师如来十二神将之一的伐折罗大将都被称为引路神②,为人去灾消厄。"今为王事,欲涉长途"可能指戍边、出征之事。因为出征远行,设斋祈愿的文本亦见 S.1441v+S.5637、P.3819+P.3825、P.3494、P.3545 王三庆为之拟题作《征去》《征还》。③ 前者应为远行前斋会上所诵读文本,而后者则为平安归来,酬谢宏愿时的斋愿文本。只是斋主并非必定为某公父母,也可能为其他家人。

远行人平安归来,需要设斋酬答神灵。唐法照述《净土五会念佛略法事仪赞·父母恩重赞文》中云:"时逢冬岁节,慈母唳沾衿,每日思男女,逢日即问频,若得好消息,修斋造福田。"④"冬岁节"指立冬、冬至、除夕之类,未见儿女归来,不禁泪满衣襟。闻得在外平安或归期之类的好消息,也酬谢神灵护佑,可见父母之虔诚。

除远征之外,父母也因为游子生死未卜,音讯全无而焦急万分。S.5639、S.5640、S.4711《亡文范本等》"愿文号头"再现父母肝肠寸断般的挂念:

自从一去,岁月淹深;音信寂然,死生难辨。父母悬心远望,曾无暂舍之心;怀念情深,常抱回惶之恳。往来人使,咸言寄绝无从;梦想之中,如何所在?寸心难舍,常思再睹之期;梦寐心惊,虑恐隔生永别。倘若他乡身在,承佛威力以归家;若乃命谢幽途,红莲化生而见佛。⑤

文本流露出游子外出后,音信全无、生死难辨的状态,令父母忧思、惶恐不已,故

---

① 《敦煌愿文集》,第661页。
② 《神道人心——唐宋之际敦煌民生宗教社会史研究》,第326页。
③ 王三庆:《敦煌佛教斋愿文本研究》,新文丰出版公司,2009年,第211页。
④ [日]高楠顺次郎主编:《大正新修大藏经》(后简称《大正藏》)第47册,佛陀教育基金会,1990年,第490页。
⑤ 《敦煌愿文集》,第206页。

针对两种情形发愿:若身在异乡,佛佑游子归家;若已身亡,唯愿游子亡灵转生极乐净土。父母深情,可谓感人至深。王三庆拟题作《征行》①,似为不妥,毕竟文本只是描述了游子在他乡,父母的挂念与担忧,并未明确指出出征的情形。全文侧重描写游子未归时父母的忧思及发愿,应为发愿文一类,而非斋会上诵读的斋文。

正如谭蝉雪所言,斋会所需消耗的财力并非平民百姓所能承受,延僧请佛举办斋会恐怕只有官员和名门望族得以举办。② S.6036《贫女因数落蓍设供斋僧感应记》描述了贫女因子数落蓍,下落不明,故设供"愿见儿子",可因家贫,无僧赴斋,贫女于佛前忏悔,感得神灵化为老僧受她供养的情形。③ 可见,设斋供养三宝,虽耗资巨大,但在民众看来却是祈福佑子较为灵验的有效办法,所以宁愿割舍珍财,只愿游子平安归来。

可以说,上文儿行母忧题材突破了游子思乡、游子思妇等游子题材表现范畴,侧重表现父母为游子的各种担忧和对游子的思念。同时,敦煌愿文表现了父母为游子设斋祈福、供养三宝情景,流露出期盼游子平安归来的心愿,也蕴含着远行时或出行前护佑平安、禳灾祛祸的祈福信仰。

第三节 父母操持婚事题材及择偶观

男大当婚,女大当嫁,是古人的普遍认知。这在敦煌讲经文、歌辞、王梵志诗中多有表现。《父母恩重经讲经文(一)》"男既长成,须求婚处"④,《孝顺乐》"儿大长成娶新妇,女还长大事他门"⑤,王梵志诗 P.3211《兄弟义居活》"儿大与娶妻,女大须嫁去"⑥,P.3418、P.3724《夫妇生五男》"儿大须取妻,女大须嫁处"⑦,P.3418《人间养男女》也指出女子长大"女嫁他将去"⑧的社会现象。男婚

---

① 《敦煌佛教斋愿文本研究》,第239页。
② 谭蝉雪:《敦煌民俗——丝路明珠传风情》,甘肃教育出版社,2006年,第250页。
③ 《敦煌小说合集》,第269—270页。
④ 《敦煌变文校注》,第975页。
⑤ 《敦煌歌辞总编》中册,第493页;《敦煌歌辞总编匡补》,第80页。
⑥ 《王梵志诗校注》(增订本),第215页。
⑦ 《王梵志诗校注》(增订本),第539—540页。
⑧ 《王梵志诗校注》(增订本),第493页。

女嫁是儿女人生大事，也是家族绵延子嗣的要事，父母自然为儿女婚嫁操碎了心。子女长成后父母会为适婚年龄子女托人做媒婚聘，为子女成婚日期择吉及大肆操办，屠宰猪羊，宴请宾客，答谢他人的祝贺等。在儿女结婚之前，更会对其结婚对象人选进行一番挑选，这其中都蕴含着父母为子女未来幸福生活的筹划，体现了他们对子女无限的爱意。

前人或侧重敦煌写卷中的婚礼节目与程序研究①，或是侧重探讨敦煌婚姻制度、观念、形态、礼仪等②，或通过《下女夫词》等婚嫁诗词来研究敦煌婚俗、婚仪文化等③。在此基础上，本节主要从父母抚育子女成长的角度，分析敦煌文学所表现的父母为子女操持婚姻等事，结合敦煌占卜、蒙书等文献，试图探讨父母为儿女择偶的标准和佛教影响下的杀生造恶业思想，以求表明父母为子女婚事所承受的身心之苦。

一、婚龄及择偶观

男女婚龄在不同的历史时期有所变化。④ 唐代贞观元年（627）诏，男二十、女十五须婚媾；开元二十二年（734），男年十五、女年十三以上"听婚嫁"。⑤ 宋代婚嫁年龄与唐代大致相似，司马光《书仪》卷三所载婚龄为男十六至三十岁，女十四至二十岁。⑥ 这是中原地区唐宋朝所实施的婚嫁政令。

关于敦煌地区的婚嫁年龄，未见当地官方法规的明文规定。谭蝉雪结合敦煌户籍写卷所登记的年龄，推算敦煌婚龄情况大致经历了魏晋、盛唐、归义军时

---

① 王三庆：《敦煌写卷记载的婚礼节目与程序》，收入柳存仁等《庆祝潘石禅先生九秩华诞敦煌学特刊》，文津出版社，1996年，第533—564页。
② 《敦煌民俗——丝路明珠传风情》，第137—235页。
③ 谭蝉雪：《敦煌婚嫁诗词》，《社科纵横》1994年第4期；赵睿才：《敦煌写本〈下女夫词〉的民俗解读》，《名作欣赏》2005年第11期；杨明璋：《敦煌文献与一般文献所见婚仪文学的异同》，《丝绸之路》2012年第12期；杨明璋：《论敦煌婚嫁仪式诗文的实际运用情形》，收入《百年敦煌文献整理研究国际学术讨论会论文集》（上册），2010年，第82—98页。
④ 先秦时期以男20—30岁，女15—20岁为大致婚龄范围，汉代倡导男女婚龄在15—20岁，魏晋六朝时为女13岁，男15岁，唐初与六朝时持平。而敦煌地区经历了魏晋、盛唐、归义军时期男女婚龄的变化，详细看《敦煌民俗——丝路明珠传风情》，第150—154页。
⑤ 〔宋〕王溥撰：《唐会要》，中华书局，1955年，第1527、1529页。
⑥ 〔宋〕司马光：《司马氏书仪》，《丛书集成初编》本，据《学津讨原》本排印，商务印书馆，1936年，第29页。

期三个阶段。因为战乱导致人口比例失调,盛唐时期的婚龄呈现畸形走向,P.3354《天宝六载龙勒乡都乡里户籍》所载十五岁以上未婚女子达六十人,平均年龄为三十岁。归义军时期婚龄为男子二十,女子十五岁。① 北朝隋唐敦煌地区的婚龄,早的可见于十五岁左右,但比较少见,常见的是婚龄是男子二十五至三十岁,女子二十岁以下。② 由上可见,受当地政治局势变化,尤其是战争因素的影响,敦煌地区的婚龄与中央政府所颁布的诏令有所不同。整体来看,敦煌地区的男女婚龄均晚于唐初诏令,男子婚龄常见在二十五至三十岁,女子在十五至二十岁之间。

这与敦煌文学所表现的婚嫁年龄大体相符。确切地说,中古敦煌男女婚龄大致是男三十娶妻,女二十而嫁。S.2947、S.5549、P.3821、P.3168以"百岁篇"为调名讲述女子一生的《女人》篇描述了女子出嫁的情景:"二十笄年花蕊春,父娘聘许事功勋。香车暮逐随夫婿,如同萧史晓从云。"③"暮逐随夫婿"可见女子出嫁时间在傍晚时分,而女子出嫁,父母为她谋划婚事时值二十笄年之际。《维摩诘经讲经文(一)》:"男及弱冠,女及笄年,属聘婚姻,尽皆次弟(第)。"④指出男子婚龄始于弱冠之年,女子婚龄在及笄之后。《父母恩重经讲经文(一)》言及儿女年岁渐长,一边教导他们仁义道德修养,"一伴求婚嘱作媒"⑤,在言及儿女婚嫁时,引用古书所云"男既壮而有室,女初笄年而从人"⑥。《礼记·曲礼》载"二十曰弱,冠。三十曰壮,有室"。郑玄注:"有室,有妻也,妻称室。"⑦据《礼记·内则》可知,男子"二十而冠,始学礼""三十而有室",女子"十有五年而笄,二十而嫁"。⑧ 可见,男子二十行冠礼,女子十五及笄,以示成人,而男女正式婚龄一般却在二十冠礼、十五笄年之后,三十、二十岁左右。二十岁是女子生命的黄金时段,正处于花容月貌之际,是女子嫁得佳婿的最佳时期。

为适龄儿女婚配,儿娶贤妻,女嫁佳婿,是为人父母最大的心愿。P.3833、

---

① 《敦煌民俗——丝路明珠传风情》,第151—154页。
② 杨际平、郭锋、张和平:《五—十世纪敦煌的家庭与家族关系》,岳麓书社,1997年,第57页。
③ 《敦煌歌辞总编》下册,第836页。
④ 《敦煌变文校注》,第761页。
⑤ 《敦煌变文校注》,第974页。
⑥ 《敦煌变文校注》,第975页。
⑦ 《礼记》,《十三经注疏》本,第1232页。
⑧ 《礼记》,《十三经注疏》本,第1471页。

Дx.889＋Дx.2558《男婚藉嘉偶》："男婚藉嘉偶,女聘希好仇。"①"嘉偶"指好配偶,"好仇"与"嘉偶"相对,意近同。这正流露出了世间父母的心声。怎样的男女才能称得上世人心中的"嘉偶""好仇"呢?从《父母恩重经讲经文(一)》对两类男女的行为、学业、女红等方面的对比描写中,我们大致可知敦煌民众的择偶标准:

> 有一类人家儿子,不行孝养,不会礼仪云云。纵婚姻时云云。
>
> 有一类门徒弟子,为人去就乖疏。不修仁义五常,不管温良恭俭。抄手(叉手)有时望(忘)却,万福故是隔生。斋场上谢座早从,吊孝有时失笑。阿娘几度与君婚,说着人皆不欲闻。……
>
> 上来说男既成长,须为婚姻了。从此女从幼小教示成长了,须嘱聘他门。
>
> ……长大了择时聘与人,六亲九族皆欢美。天生惠性异常人,疑是巫山降段云。鬓似寒蝉双展翼,面如蟾月满秋轮。眉悬柳叶和烟翠,脸夺桃花带雨新。聘与他门荣九族,一场喜庆卒难论。若是为人智惠微,从初至大异常痴。逢人未省知良善,共语何曾识礼仪。刺绣裁缝无意学,调脂弄面不曾为。自家缝绽犹嫌拙,阿那个门蘭(阑)肯索伊。慈母意,总恩怜,护惜都来一例看。是女缠盘求嘱聘,是男婚娶致歌懂。男须文墨兼仁义,女要裁缝及管弦。一个个总教成立后,阿娘方始可忧烦。②

末句透露出母亲心忧儿女婚事,见子女成家,烦恼消除,意味着身上的养育责任宣告结束。同时,讲经文中透露出世人心中理想男女的标准:重视男子品行,如仁义道德、对父母的孝养等,看重女子容貌、女红等四德。"男须文墨兼仁义,女要裁缝及管弦"句流露出男婚女聘中,民众较看重男子的才华和品行,看重女子的妇功及管弦技能。男子才华是他出仕养家糊口的看家本领,而女子妇功是侍奉夫家众人的基本技能,所以它们分别成为择婿、择媳的基本要求,这也能理解父母为什么自孩子幼时就重视儿女相关方面教育。由于男女性别及其分工的差异,择婿与择媳标准不同:

---

① 《王梵志诗校注》(增订本),第287页。
② 《敦煌变文校注》,第975页;《敦煌变文选注》(增订本),第1479—1480页。

(一)择婿观

《父母恩重经讲经文(一)》"阿娘几度与君婚,说着人皆不欲闻",把母亲为品行不端男儿操持婚姻时的尴尬及民众对品行恶劣男子为婿的排斥,形象生动地表现出来。这从侧面反映了具备仁义道德、品行兼优的男子是民众择为佳婿的首选。

男子的学问、才华是他们出仕从政的必备锦囊,也是成为乘龙快婿的首要条件之一。王梵志诗《有女欲嫁娶》:"有女欲嫁娶,不用绝高门。但得身超俊,钱财总莫论。"[1]现存有九个写本P.2718、P.3266、P.3558、P.3716、P.3656、S.2710、S.3393、S.4669、日本奈良宁乐美术馆藏本,可见当时在敦煌地区广为流行,是民众择婿价值观念的普遍体现。从此诗中,可知男子名门世族的出身及才华是世人所看重的内、外在条件。"超俊"应指才华卓越、杰出,而非仅指外在相貌。《北齐书·卢询祖传》称卢询祖"有术学,文章华靡,为后生之俊"[2]。《太平御览》卷八六〇引王隐《晋书》云:"王羲之幼有风操,郗虞卿闻王氏诸子皆后,令使选婿。诸子皆饰容以待客,羲之独坦腹东床,啮胡饼,神色自若。使具以告,虞卿曰:'此真吾子婿也。'问为谁,果是逸少,乃妻之。"[3]"诸子皆后"之"后"应为"俊"[4],指节操、才华之类。王氏诸子饰容待客和羲之坦腹啮饼之不雅形象形成强烈对比,而羲之被选为乘龙快婿,关键在于其"幼有风操"。可知,此"俊"实为才华、学问。

在门第婚风气盛行的社会大背景下,男子出身是女方父母择婿的重要指标。这在敦煌新婚祝词中有所反映。S.5546《咒愿壹本·咒愿新郎》祝愿新郎所生"女聘高门上姓"[5],S.5546《咒愿壹本·咒愿新妇》"生女四五,聘与公王"[6]。P.3909、S.6207《咒愿新郎文》祝愿新郎子嗣"男为卿相刺史,女拜本州郡君"[7]。其中对新郎、新娘子嗣中女性的祝福,无不是希望其嫁与王公贵族子弟。

---

[1] 《王梵志诗校注》(增订本),第417页。
[2] 〔唐〕李百药撰:《北齐书》第1册,中华书局,1972年,第320页。
[3] 《太平御览》第4册,第3818页。
[4] 《王梵志诗校注》(增订本),第418页注3。
[5] 《敦煌愿文集》,第396页。
[6] 《敦煌愿文集》,第397页。
[7] 《敦煌愿文集》,第405页。

敦煌民间广为流传的婚礼仪式歌 P.3350、S.3877、S.5949、S.5515、P.3893、P.3909、D.246《下女夫词》男傧相宜称新郎"本是长安君子,进士出身,选得刺史,故至高门",为"赤县名家"。① 此外,被《敦煌变文集》断为《下女夫词》简缩本的 P.2976 写卷载男傧相称新郎"明经及第,进士出身"②。《下女夫词》主要采用男女对答形式,男傧相代表新郎自报家门,以求淑女。杨明璋指出《下女夫词》产生于沙州、敦煌一带,其中运用了较多程序化套语,如"本是长安君子""马上刺史"等。③ 谭蝉雪认为新郎出身是男傧相炫耀和夸大身份。④ 既然为婚礼仪式歌,《下女夫词》运用程序化套语来配合婚礼仪式的程序,实属再自然不过的事情。这是婚礼仪式上对新郎家世的美化、称赞之辞,套用于婚礼现场任何出身的新郎身上。这正好透露了出身官宦世家或名门望族的男子,是民众理想的佳婿人选。

选择出身名门望族、官宦世家或饱读诗书、才华横溢之人作为佳婿,这完全是父母出自对女儿归宿的现实考虑。男子的这些条件,可为女子下半辈子的生活提供基本的物质和经济保障。一般情况下,家世、饱读诗书的程度与男子的品行修养成正比关系。在父母看来,女儿嫁与品行端正的男子,相对而言,夫家会礼待她,生活较为稳定、安逸,父母也可放心。

(二)择媳观

《父母恩重经讲经文(一)》中"为人智惠微"的女子无人敢登门聘娶,置父母于"缠盘求嘱聘"的尴尬境地,而"聘与他门荣九族"的女子婚嫁却能光耀门楣。前者品行礼仪缺失,不仅女红和管弦伎艺拙劣,而且懒于收拾妆饰自身。讲经文连用四个比喻来夸饰"聘与他门荣九族"女子的鬓、面、眉、脸,对她美若天仙的容貌进行描写,以此表明妇容在婚聘过程中的重要性。嫁入名门是女子终身最好的归宿,父母正是以此为教育目的对女子实施教育,培养她们侍奉夫家的基本技能,如针线类的妇功、谨言慎行的妇言等。这些也是符合男家父母心中的贤媳标准的。

尤其是待嫁女子出嫁前母亲苦口婆心的教导,正是以把新娘塑造成贤妻良

---

① 谭蝉雪:《敦煌婚姻文化》,甘肃人民出版社,1993年,第34页。
② 《敦煌婚姻文化》,第40页。
③ 杨明璋:《敦煌文献与一般文献所见婚仪文学的异同》,《丝绸之路》2012年第12期。
④ 《敦煌民俗——丝路明珠传风情》,第220页。

母为目的的。作为德育教材的敦煌女训写本,《崔氏夫人训女文》已流露出当时父母心中贤惠儿媳的标准:

> 香车宝马竞争辉,少女堂前哭正悲。吾今劝汝不须哭,三日拜堂还得归。教汝前头行妇礼,但依吾语莫相违。好事恶事如不见,莫作本意在家时。在家作女惯娇怜,今作他妇信前缘。欲语三思然后出,第一少语莫多言。路上逢人须敛手,尊卑回避莫汤前。外言莫向家中说,家语莫向外人传。姑嫜共语低声应,小郎共语亦如然。早朝堂上起居了,诸房伯叔并通传。妯娌相看若鱼水,男女彼此共恩怜。上和下睦同钦敬,莫作二意有慵偏。夫婿醉来含笑问,迎前扶侍送安眠。莫向人前相辱骂,醒后定是不和颜。若能一一依吾语,何得翁婆不爱怜。故留此法相教示,千秋万古共流传。①

"何得翁婆不爱怜"一句总结出公婆眼中贤媳的标准,概言之:谨言慎行,尊卑有序,和睦待人,不失礼仪。妇人品评最终由妇德决定,所以女子德行、礼仪显得尤为重要,这是父母择媳时较为看重的条件。P.2718、P.3558、P.3716、P.3656、S.2710、S.4669、日本奈良宁乐美术馆藏本《有儿欲娶妇》:"有儿欲娶妇,须择大家儿。纵使无姿首,终成有礼仪。"②择妻时首选大家闺秀,原因在于其有教养,行为举止不失礼节。虽说妇容重要,此诗却流露出相对相貌而言礼仪显得更为重要的观念。

王梵志诗描写了一系列悍妇、妒妇、丑妇形象,而此类女子肯定是父母择媳时排斥的对象。P.3833《谗臣乱人国》描绘了一幅不待见客人、品行不善、外貌丑陋的妒妇形象,生动传神,"妒妇破人家。客到双眉肿,夫来两手挈。丑皮不忧敌,面面却憎花",气得夫家连连感叹:"前身有何罪,色得鸠盘茶。"③"鸠盘茶"是唐人比喻丑妇的惯用词。④ 丑妇不仅指外在相貌,更指德行恶劣。P.3833、Дx.889+Дx.2558《思量小家妇》:"思量小家妇,贫奇恶行迹。酒肉独自抽,糟糠遣他吃。生活九牛挽,唱叫百夫敌。自着紫臭鞴,余人赤殺羅。索得屈乌爵,

---

① 《敦煌蒙书研究》,第413页。
② 《王梵志诗校注》(增订本),第416页。
③ 《王梵志诗校注》(增订本),第300页。
④ 《王梵志诗校注》(增订本),第303页注9。

家风不禁益。"①此妇人缺乏教养,品行恶劣,自私自利,独享锦衣玉食,竟令家人食糟糠,毫无持家之道,生活作风凶悍,败坏家风。

敦煌蒙书 P.2570、P.2581、P.2594、P.3756《孔子备问书》言及女子有如下四种情形不可娶:"第一不孝,二始多病淫色有生离之类,三及逆不顺,四寡妇长养女无礼。"②家中有不孝养父母、品行不端、无礼之举风气者,不适宜作为儿媳人选,这可以说侧面表现了家风德行的重要性。《大戴礼记》卷一三不仅记载了"女有五不取"的情形,并阐释不娶的缘由:

> 逆家子不取,乱家子不取,世有刑人不取,世有恶疾不取,丧妇长子不取。逆家子者,为其逆德也;乱家子者,为其乱人伦也;世有刑人者,为其弃于人也;世有恶疾者,为其弃于天也;丧妇长子者,为其无所受命也。③

此五种情形不可娶的缘由在于诸如在此类家庭环境中成人的女子或悖逆,或淫乱,或受刑,或有身体缺陷,或无母命教养等。此类女子娶入门,于家于子都不宜。女子贤德不仅关系到夫妻感情,也会影响整个家庭的和睦,对儿女良好品行的养成造成负面影响,甚至会败坏家风。《新书·胎教》早已指出娶媳嫁女选择孝悌仁义之家的益处:"素成,谨为子孙婚妻嫁女,必择孝悌世世有行义者。如是,则其子孙慈孝,不敢淫暴,党无不散,三族辅之。"④可见,孝悌仁义家世不仅能约束自身,也能辅助教育子孙后代。反之,择媳稍有不慎,常会酿成婚姻悲剧。P.2564、P.2633、S.4129《齖𪘽书》描写了不幸娶得齖𪘽女子的遭遇,齖𪘽女与婆母吵架,丝毫不让,全然不顾尊卑伦理,最后索取离婚文,骂骂咧咧,扬长而去:

> 夫齖𪘽新妇者,本自天生。斗唇合舌,务在喧争。欺儿踏婿,骂詈高声。翁婆共语,殊总不听。入厨恶发,翻粥扑羹,轰盆打瓶,竃釜打铛。唝似水牛料斗,笑似辘轳作声。若说轩(揎)裙拨尾,直是世间无比。斗乱亲情,欺邻逐里。阿婆嗔着,终不合嘴。将头自搕(磕),竹(筑)天竹(筑)地。

---

① 《王梵志诗校注》(增订本),第297页。
② 《敦煌蒙书研究》,第211页。
③ 〔清〕王聘珍撰:《大戴礼记解诂》,王文锦点校,中华书局,1983年,第255页。
④ 〔汉〕贾谊撰:《新书校注》,阎振益、钟夏校注,中华书局,2000年,第390页。

莫(摸)着卧床,佯病不起。见婿入来,满眼流泪。夫问来由,有何事意。没可分梳(疏),口称是事:"翁婆骂我:作奴作婢之相,只是担(耽)眠夜睡,莫与饭吃,饿急自起。"阿婆向儿言说:"索得个屈期(奇)丑物入来,与我作底!"新妇闻之,从床忽起:"当初缘甚不嫌,便即下财下礼?色我将来,道我是底?未许之时,求神拜鬼。及至入来,说我如此。"新妇乃索离书:"废我别嫁可憎夫婿。"翁婆闻道色离书,忻忻喜喜:"且与缘房衣物,更别造一床毡被。乞求趁却,愿更莫逢相值。"新妇道辞便去,口里咄咄骂詈:"不徒(图)钱财产业,且离怨家老鬼。"新妇惯向村中自由自在,礼仪不学,女翁(艺)不爱。只是手提竹笼,恰似傍田拾菜。如此之流,须为监解。看(若)是名家之流,不教自解。本性龆齘,打杀也不改。已后与儿色妇,大须稳审趁逐,莫取媒人之配。①

此文通过语言、动作、行为等正、侧面描写,把龆齘女子的行为举止表现得栩栩如生,使得龆齘、凶悍、泼妇的形象跃然纸上。"龆齘",项楚注为"言语泼辣好斗"②。此女子不仅言语泼辣,行为粗鲁、强悍,脾气性格暴躁,打摔家当以泄怒气,毫无持家之道,而且欺压丈夫,对骂公婆。阿婆"索得个屈奇丑物入来,与我作底"用"屈奇丑物"来形容女子,说明当时民众形容女子之丑多指德行恶劣、性格泼辣等。此文通篇对女子容貌未见只字片语的描写,全部笔墨重在刻画女子性格、行为,可知阿婆眼中的丑物实指品行。"乞求趁却,愿更莫逢相值"等语,流露出娶得彪悍、泼辣女子做儿媳给生活带来的烦恼和痛苦,使公婆深恶痛绝,希望永不相见。

这一婚姻的悲剧表面看来是由婆媳关系不和造成,实际根源于女子品性恶劣、毫无教养、礼节缺失等。不但不知孝养公婆、相夫教子,反倒欺凌乡里众人,挑拨亲人感情。文末揭橥了妇人养成此等德行的原因在于无人管教,习惯毫无约束的生活状态,所以"礼仪不学,女艺不爱"。从"若是名家之流,不教自解"句,暗示此女子出生卑微之家,无人管教,所以形成此等恶习,间接地对她的家风进行批判。末句可以说是翁婆用自身的经验教训,劝诫世人谨慎择媳,勿听信媒人撮合之言。这正是在强调父母需要为儿子娶妻择媳承担起监督、考察的

---

① 《敦煌变文校注》,第1216页;《敦煌变文选注》(增订本),第1033—1034页。
② 《敦煌变文选注》(增订本),第1035页注2。

责任。

妇容也是父母择媳时较为看重的因素之一。敦煌文学多侧重描写女子的内在德行、因为懒惰不修边幅所致的丑陋形象,对天生容貌瑕疵描写较少。王梵志诗 P.3833、Дx.889＋Дx.2558《索妇须好妇》却描写了容貌丑陋之妇:"索妇须好妇,自到更须求。面似三颧作,心知一代休。遮莫你崔卢,遮莫你郑刘。若无主子物,谁家死骨头。"①崔、卢、郑为唐代高门甲族,都在唐代七姓之列,在此指代名门望族。"面似三颧作"是指"面部似有三个颧骨隆起"②,为形貌较为丑陋之相。"若无主子物"应指女子内在的涵养品德之类缺失。此诗在批判门第婚姻、面相丑陋女子形象的同时,间接地流露出民众心中的好妇标准,即具有姣好容貌和内在修养,这正是《父母恩重经讲经文(一)》中德行端庄、貌美女子能"聘与他门荣九族"的原因。

用"面似三颧作"表现妇人瘦骨嶙峋的外貌特征,称妇人貌丑,可能与此长相常被人们当作薄命面相有关。颧骨高突的面相,在古人看来非富贵长相。Ch.87《许负相书》"面第五"记载富贵之相为"凡人面如满月,润泽,富"。③P.3589v 写卷亦载此条,"凡人面如满月,润泽,主富贵"。④ P.2572A 亦有相关内容的记载。⑤ 可见,面相饱满、润泽,是富贵之相。P.2572B《相法》云:"何以知女子五嫁不成？居高眉骨,此女不可取；口大者,三嫁不成,家不可为；手足复大,此女九嫁；无智,唯须平正,若止两颧高者,此女两嫁。"⑥如眉骨高、口大、手足大、无智及颧骨高等面相之女子,婚姻多舛,多次婚嫁。其中,尤其点明眉骨高者,不可娶。郑炳林注云:"眉骨高主妇人多嫁孤独","其余如口阔舌长、二颧面、颊高、声雄等,都是轻贱孤夭之相"。⑦ 此处"二颧面"与"面似三颧作"相似,指瘦骨嶙峋的容貌,被认为是轻贱面相。可见,此类面相的女子常被认为拥有孤独、少寿、轻贱的命运,多不为夫家所欢迎。

中古敦煌地区,相面、看相之风较为盛行。在择妻、选媳之时,通过相面法也可断定女子是否宜娶,这也是择媳较为重要的参考方法之一。在人们看来,

---

① 《王梵志诗校注》(增订本),第 294 页。
② 《王梵志诗校注》(增订本),第 295 页注 2。
③ 郑炳林、王晶波:《敦煌写本相书校录研究》,民族出版社,2004 年,第 28 页。
④ 《敦煌写本相书校录研究》,第 64 页。
⑤ 《敦煌写本相书校录研究》,第 79 页。
⑥ 《敦煌写本相书校录研究》,第 204 页。
⑦ 《敦煌写本相书校录研究》,第 207 页注 3。

女子面相关系到她终身的命运以及家庭子嗣的昌盛等，必须高度重视。通常情况下，宜夫、旺夫、多产等富贵之相，是世人择媳时较为中意的上等面相，这也是妇容在择媳过程所具有的另一层面的意义。P.2572B《相法》："凡女人欲得细脚多肉，身体欲得方直，面色欲得光白，眉目白黑分明，口小，舌方，耳色白于面，手足细长，头发细，此女宜夫利子，大富贵。"① 脚小多肉、面色光白、口小、舌方、耳色白、手足细长、头发细等为宜夫利子富贵之相。Ch.87《许负相书》："凡人颐方额厚，富贵，好田宅，多子孙。"②"颐方"指面颊、腮部呈方形，"额厚"为下巴肉多，圆润之相。人们认为颐方额厚之人，为富贵之命。而富贵主要体现在田宅产业和子孙多等方面。

相反，女妨夫的面相主要有面上多黑子、额纹多断文、眉中有黑子、雄声等。如 Ch.87《许负相书》载"面上多黶子""脑后发下垂者""额中多断文""眉中黑黶子""眼竖黑""（声）如雷鸣""雄声"等。③ P.3492v《身面黶子图》："人口两边黑子，女必双生，也主害夫妨子。"④ 口边有黑子害夫妨子，非善面相。Ch.87《许负相书》："（人中）上大下小，不宜子孙"⑤，"声散嘶，少子短命"⑥。可见，人中上大下小的形状也被认为不宜子孙，声音散嘶被当作少子短命之相。

多子或产贵子的面相可从眉间生白毫毛、手掌纹、额纹等方面看出来。Ch.87、P.2572(A)《许负相书》、S.3395＋S.9987B1v《相书》都称眉上生白毫毛是富贵、生贵子的面相。⑦ 女子多产面相如手掌纹为"卯文""三卯文"等，额纹为"正文""利王壁文""偃月文""七理文"等。如 P.3589v《许负相书》载手掌中有"卯文""正文""利王壁文"产五或七子。⑧ "正文"和"利王壁文"，据郑炳林校录，此二纹相均为额部纹相，误入手掌纹。⑨ P.2572(A)写本记额上有"偃月文"、掌中有"三卯文"皆生四子。⑩ 据 P.2797《许负相书》可知，额纹呈"七理文""龙角文"

---

① 《敦煌写本相书校录研究》，第 204 页。
② 《敦煌写本相书校录研究》，第 30 页。
③ 《敦煌写本相书校录研究》，第 28、29、30 页。
④ 《敦煌写本相书校录研究》，第 149 页。
⑤ 《敦煌写本相书校录研究》，第 29 页。
⑥ 《敦煌写本相书校录研究》，第 30 页。
⑦ 《敦煌写本相书校录研究》，第 28、80、125 页。
⑧ 《敦煌写本相书校录研究》，第 66 页。
⑨ 《敦煌写本相书校录研究》，第 72 页注 78、79。
⑩ 《敦煌写本相书校录研究》，第 83—84 页。

"连壁文""覆千文""此水文""卷羊文""正文""利王壁文"等都可生四子以上①，掌纹为"三偃月文""五策文"女子,生四子②。因为人们较为信奉面相之说,所以女子额纹或掌纹具有以上纹相者,是男子父母择媳时所看重的人选。尽管富贵、多子、产贵子等面相记载并无科学依据,但是却真实反映了民众对身体的认知及对面相与生育能力关系的联想。

关于相面的记载,中原古医书中早已记载了宜娶、不宜娶女子的内外在器官的特征。《医心方》卷二四"相女子形色吉凶法"引《产经》,从女子牙齿颜色、眼珠、声音、鼻子、人中、气息、眉、面、肩、手足等外在各器官及生殖器等方面,描述了女子吉相的内外特征,而不宜娶的女子特征为黄发、黑齿、气息臭、雄声等。③《产经》中这些记载可能是从医学上根据女子身体特征推断出相应的身体健康状况,来判断是否宜娶。

由于传统观念多认为生育是女子之事,为夫家绵延子嗣是女子分内职责,所以女性在传统社会子嗣繁衍上承担着家族人丁兴旺的责任。父母在择媳时,希望儿媳具有较强的生育能力,多生产也是父母和家族的心愿。《男婚藉嘉偶》:"但令足儿息,何代无公侯。"④佳偶的标准之一正是"足儿息",多子孙。新婚祝词中也流露出民众对子嗣昌盛,尤其是对男嗣的渴望。如《咒愿壹本·咒愿新郎》"五男二女,队队似凤凰"⑤。《咒愿壹本·咒愿新妇》"生男满十""生女四、五"。⑥ P.2976《咒愿新女婿》"琴瑟克谐",这是对夫妻关系和谐的美好祝愿,同时也是达到"子孙盛矣"的前提条件。⑦ 此外,S.5957、P.2838、P.3084、P.3494《散经文》"子孙昌盛"⑧,P.2838《入宅文》"子盛孙昌"⑨,这些都表达了对家族枝繁叶茂的祝愿。对子嗣的重视程度,无疑使得生殖能力旺盛的女子成为婚聘择媳过程中的佼佼者。

---

① 《敦煌写本相书校录研究》,第107—108页。
② 《敦煌写本相书校录研究》,第109页。
③ [日]丹波康赖撰:《医心方》,人民卫生出版社影印,1955年,第545页。
④ 《王梵志诗校注》(增订本),第287页。
⑤ 《敦煌愿文集》,第396页。
⑥ 《敦煌愿文集》,第397页。
⑦ 《敦煌愿文集》,第398页。
⑧ 《敦煌愿文集》,第502页。
⑨ 《敦煌愿文集》,第653页。

二、婚聘杀生题材及造恶业恩观念

父母在费尽周折多方面考虑、选定好子女的佳偶和挑选好吉日之后,开始为儿女大肆操办婚礼。父母较为重视儿女婚礼,无论是下聘迎娶抑或是嫁女送亲,通常会屠猪宰羊,大宴宾客。这在敦煌歌辞、礼佛文及灵验故事中都有表现。而杀生这一行为,在佛教影响较为深厚的敦煌地区,显得尤为罪孽深重。

《和菩萨戒文》第一首《杀生戒》以杀生所致后果来劝诫众生勿杀生:"诸菩萨,莫杀生,杀生必当堕火坑。杀命来生短命报,世世两目复双盲。劝请道场诸众等,共断杀业不须行。"①现存十二件写卷:S. 6631、P. 4597、S. 5557、S. 5894、BD08059(北字 59、北 8411)、BD08230(北服 30、北 7177)、S. 1073、S. 4301、S. 4662、S. 5977、P. 3241、S. 5457,可见此观念流传之广。正是因为有释门弟子的大力宣扬、推行诸戒律,使得杀生堕地狱、短命果报等观念在民众思想中根深蒂固。

佛教歌辞、礼佛文等流露出父母为子女婚嫁杀生承受着杀生所带来的苦果。BD05441(北果 41、北 8345)、P. 2130《西方念佛赞》:"死去缘何堕恶道,皆由男女被灾殃。父母生时怜爱重,婚姻聚集作猪羊。地狱不见儿来代,受苦还是自身当。"②此曲把死后堕恶道的缘由追溯到为儿女操办婚姻杀生上,并言及父母为儿女婚姻杀生下地狱受苦,未见儿女替代受苦。《西方阿弥陀佛礼佛文》:"煮熟盘成咸言美,音声聚乐动弦歌。明知杀生短命报,一入地狱岁年多。"③表明父母明知杀生会短命入地狱受苦多年,却为儿女婚事酬谢众亲友,杀生举办酒席,甘愿承受果报。

尽管民众明知杀生将带来诸多果报,但为了子女的人生大事,甘冒杀生果报之苦,仍为他们举办婚宴。敦煌文学常以此来歌颂父母对子女的恩重及怜爱。《孝顺乐》:"苦哉第八长成人,杀害命祸□姻亲。"④《父母恩重赞》:"第八为造恶业缘,担轻负重蓦关山。若是长男造恶业,要共小女结成缘。"⑤父母为儿女

---

① 《敦煌歌辞总编》中册,第 691 页。
② 张锡厚主编:《全敦煌诗》第 15 册,作家出版社,2006 年,第 6880 页。
③ 《全敦煌诗》第 15 册,第 6951 页。
④ 《敦煌歌辞总编》中册,第 493 页。
⑤ 《敦煌歌辞总编》中册,第 489 页;《敦煌歌辞总编匡补》,第 77 页。

婚嫁，不惜造杀生恶业，甘愿冒死后下地狱受酷刑的报应，可见父母爱子女之深沉。杀生受业报的观念在释门弟子所撰的歌辞中也有所体现，借此奉劝众生勿杀生造恶业。《报慈母十恩德·第八造作恶业恩》："为男女作姻，杀个猪羊屈闲人。酒肉会诸亲，信果报。下精神，阿娘不为己身，由他造业自难陈，为男为女受沉沦。"①此曲详细描述了父母因为儿女婚事，不得已杀生，受世间轮回之苦，旨在表达父母对子女的恩德。

释门弟子所歌唱的歌辞在细致描写父母杀生举办宴席时，也把父母甘冒堕地狱受苦刑的牺牲精神淋漓尽致地表现出来。P.2305《为大患》："杀猪羊，羞玉馔，屈命亲情恣欢宴。烹炮宰杀自家当。"②《普劝四众依教修行》："杀猪羊，修品馔，聚集亲情作光显。为他男女受波咤，争似随时谋嫁遣"；"死到来，不相管，父母与他当苦难。思量眷属暂同居，毕竟终于成大患"。③"波咤"乃地狱的代称，此辞指出父母为子女婚嫁甘愿受地狱轮回之苦。

因为子女婚嫁杀生，举办宴席招致病重身亡的因果报应故事题材也被佛教灵验故事吸收，进而改编为相关的灵验记。敦煌写卷《忏悔灭罪金光明经传》张居道故事正讲述张居道"因媳女事，屠宰诸命，牛羊猪鸡鹅鸭之类"，被众冤家在冥间投诉，被带至冥府，因他发愿抄写《金光明经》使众冤家得生善道，还魂复活，随后张居道抄经弘法，并劝诫众人勿杀生、多抄经的故事。④此故事写本达三十余件，如BD04255（北玉55、北1426）、BD03999号1（北生99、北1367）、S.462、S.6514、S.4487、Дx.5755、P.2099、S.3257等⑤，是敦煌佛教灵验故事中留存写本最多、篇幅最长的文本，可见此故事在当时敦煌地区的流行情况。

从故事主人公张居谊为沧州景城人氏及官职为温州治中，可知此故事大概创作于中原地区。此灵验故事当由中原传入敦煌地区，并且在佛教盛行的敦煌

---

① 《敦煌歌辞总编》中册，第478页。
② 《敦煌歌辞总编》中册，第708页；《敦煌歌辞总编匡补》，第156页。
③ 《敦煌歌辞总编》下册，第1041页；《敦煌歌辞总编匡补》，第231页。
④ 《敦煌小说合集》，第306—309页。
⑤ 此外，《忏悔灭罪金光明经传》敦煌写本尚有北海字69号（北1424）、北为字69号（北1362）、北成字13号（北1363）、北辰字61号（北1365）、S.0364、北寒字77号（北1425）、Дx.4363＋北藏字62号（北1360）、北河字66号（北1369）、S.9515、S.6035、Дx.6587、Дx.2325、石谷风藏品、俄敦5692、北日字11号（北1361）、S.4984、北列字55号（北1364）、Ф.260、P.2203、S.2981、S.4155、S.1963等。

地区广为流行。陈寅恪、郑阿财等早已指出此故事流传广远。① 郑阿财检出房山云居寺藏经洞第8洞存有唐刻《金光明经忏悔灭罪传》,曾经的北平图书馆藏西夏文《金光明经冥报传》,宋非浊辑《三宝感应要略录》卷中第二九载"温州治中张居道冥路中发造《金光明经》四卷愿感应",明受汰《金光明经科注·金光明经感应记》"怨家自释""怨化为人"等。② 此外,杨宝玉检出宋刻本《金光明经忏悔灭罪传一卷》、北凉昙无谶译《金光明经·金光明经忏悔灭罪传》等,都载有此故事。③ 可见此故事流传时间之长及地域之广。

　　既然此故事由中原地区传入,想必为儿女婚嫁杀生之事并非敦煌地区所独有,中原社会也盛行杀生罪孽深重的思想观念,也存在民众操办子女婚事杀生现象。杀生果报观念实际应是产生于佛教杀生食肉报应文化大背景下的产物。佛教戒律以不杀生为首,杀生必定堕地狱受轮回之苦。唐宝叉难陀译《大方广佛华严经·十地品》:"杀生之罪,能令众生堕于地狱畜生饿鬼,若生人中,得二种果报:一者短命,二者多病。"④死后受轮回之苦,生前受短命、生病果报。

　　随着佛教在中原的本土化,佛教杀生等戒律深入民间,这在六朝志怪小说中早已表现。如刘义庆《幽明录》"舒礼"条记载巫师舒礼死而复生的故事,讲述舒礼在冥间所见,因为他生前"为人解除祠祀,或杀牛犊猪羊鸡鸭",罪孽深重,故"罪应上热熬",遭受酷刑后,还阳,勿再杀生。⑤《幽明录》"赵泰"条讲述赵泰死而复活,冥府游历的故事,冥府使者告之赵泰:"人死有三恶道,杀生祷祠最重。"赵泰亦见"杀生者云当作蜉蝣虫,朝生夕死,若出为人,常当短命"。⑥ 此二则故事都宣扬杀生罪重,为六朝宣扬佛教果报观念较为典型的佛教灵验小说。

　　六朝志怪灵验小说与敦煌写卷张居道灵验故事在情节、结构等方面存在相似之处,以南朝宋刘义庆《幽明录》、南朝齐王琰《冥祥记》所载赵泰故事为例。

---

　　① 陈寅恪:《忏悔灭罪金光明经冥报传跋》,《北京图书馆月刊》1928年第1卷第2号;郑阿财:《敦煌佛教灵验故事综论》,收入《佛教与文学——佛教文学与艺术学术研讨会论文集》,法鼓文化出版社,1998年,第121—152页。
　　② 郑阿财:《敦煌写本〈忏悔灭罪金光明经传〉研究》,收入《见证与宣传——敦煌佛教灵验记研究》,新文丰出版公司,2010年,第81—105页。
　　③ 《敦煌本佛教灵验记校注并研究》,第146页。
　　④ 《大正藏》第10册,第185页。
　　⑤ 〔南朝宋〕刘义庆撰:《幽明录》,收入鲁迅辑录《古小说钩沉》,《鲁迅全集》第8册,人民文学出版社,1973年,第376页。
　　⑥ 《幽明录》,收入《古小说钩沉》,第424—427页。

叙事模式都是猝死、复活、讲述冥府经历。故事情节叙述主人公忽而猝死，但心口尚暖，数日后起坐索饮，进而讲述在冥府的见闻。赵泰在冥间见人"转《法华经》，咒愿救解生时罪过"，这与张居道造《金光明经》以灭罪，异曲同工。二人复活后都事佛，诵经或造经。二则故事如出一辙，仅存在所宣扬的佛经不同，一为《法华经》，一为《金光明经》。前者可谓《法华经》灵验故事，后者为《金光明经》灵验故事。可见，二者在叙事结构、故事情节等方面多有相似。陈寅恪称"察其（《忏悔灭罪金光明经冥报传》）内容结构，往往为数种感应冥报传记杂糅而成"①。冥报传、感应记、灵验记、冥报记类作品自六朝以来，一直为佛道辅教的有力工具，尤其是虔诚的佛教徒众搜罗有关宣扬佛教教义及佛法应验的故事，编纂成书，以为"辅教之书"。在佛教全盛的唐代，此类作品的编纂更是蔚为风气。② 看来，敦煌写本《忏悔灭罪金光明经传》在中原产生时可能受到了六朝佛教灵验小说的影响。

杀生造恶业受果报的观念随着佛教势力深入，逐渐发展成民间信仰，甚至唐代官方已出台相关屠宰禁令。《唐大诏令集》卷一一三载武德二年（619）正月《禁正月五月九月屠宰诏》，卷一〇八载武德二年二月《关内诸州断屠酤诏》，武德三年（620）四月《关内诸州断屠杀诏》等。③ 唐代出台戒屠宰诏令势必会促进杀生造恶业思想进一步蔓延。王梵志诗《杀生最罪重》亦有表现："杀生最罪重，吃肉亦非轻。欲得身长命，无过点续明。"④现存写卷八种：P. 2718、P. 3558、P. 3716、P. 3656、S. 2710、S. 3393、P. 4094、日本奈良宁乐美术馆藏本，可见杀生罪重思想在当时广为流传。

经过六朝志怪小说、唐灵验小说的大肆宣扬，杀生造恶业带来生时遭受病痛折磨，寿夭厄运，死后也需要承担轮回沉沦之苦，这种思想逐渐深入人心。尽管深知杀生需承受诸多果报、地狱轮回苦楚，但是为庆祝儿女婚嫁大喜，答谢到场贺喜的亲友，父母仍不惜甘冒杀生果报之苦，大肆屠宰牲畜，以图儿女婚事完满。此等牺牲精神，使杀生造恶业恩与乳哺恩、怀担十月恩等合称为父母于子女的十种恩德。

---

① 陈寅恪：《忏悔灭罪金光明经冥报传跋》，《北京图书馆月刊》1928年第2—3期。
② 《敦煌写本〈忏悔灭罪金光明经传〉研究》，收入柳存仁等《庆祝潘石禅先生九秩华诞敦煌学特刊》，文津出版社，1996年，第581—601页。
③ 〔宋〕宋敏求编：《唐大诏令集》，中华书局，2008年，第586、561—562页。
④ 《王梵志诗校注》（增订本），第461页。

由于与佛教的密切关系,在表现父母为子女操持婚姻大事的过程中,敦煌产育文学反映出民众的择婿、择媳标准,同时也流露了杀生罪孽深重、因果轮回等佛教观念。当儿婚女嫁仪式举办完成之际,预示父母抚养子女过程即将结束,儿女反哺父母也将开始。随着新家庭的组建,子女独立生活,开始孕育下一代,生儿育女,新一轮父母与子女的产育生活又将开始循环。

第八章　敦煌产育题材文学书写的背景、原因、影响及价值

经过对敦煌文学孕产、养育、教育题材作品的分析,我们已把中古时期敦煌地区早已逝去的民间求嗣、产子、育子、教子等鲜活的生活场景勾勒出来。敦煌文学尽管只是呈现了父母,尤其是母亲产子、育子图景的些许零星场景,但是已把母亲孕产子女承担的痛苦,生产时徘徊生死关头的危险,父母养育、教育子女的艰辛及其无私的爱等淋漓尽致地表现出来。这是中国文学史上从未出现的浓墨重彩地表现妇女产育题材的作品,并描写得细腻、生动,令人如临现场,可以说这些描写是成功的。

通过对敦煌文学所描写的妇女产育题材的研究,我们发现敦煌文学所呈现的产育民俗具有它独有的特色:包容性和多元性。这既融合了中原文化的特色,也彰显了地域特色、散发着异域风情。这离不开敦煌地区多民族、多宗教杂糅的多元文化背景,也离不开儒、道、佛三教融合的影响。

在中西多民族杂居、多元文化交融的社会大背景下,敦煌文学和民俗、佛教之间的互动关系促成了敦煌文学给世人呈现的一幅幅妇女怀子、产子、养子、教子的生活画面。对此,我们不仅需要阐释敦煌文学大量表现中国文学史上罕见的产育生活题材的原因,而且需要对敦煌地区民众儒、道、佛思想背景进行探讨。更重要的是,集中、系统、全面表现产育民俗的敦煌文学作品在中国文学史、民俗史、中国生活史,乃至妇女史、儿童史上的价值和意义,也是值得我们注意的论题。

第一节　儒、道孝道思想在唐宋敦煌地区的流传及影响

敦煌在古代世界版图中的重要地理位置,使得中国、印度、伊朗、古希腊文明等古代东西方文明在敦煌地区汇合,也聚集了儒、道、佛、摩尼、祆、景教六大

宗教。在这样的文化、宗教社会大背景下,儒、道、释对敦煌民众的生活、思想、文化的影响尤为深远。

通过对敦煌文学中所描写的妇女产育生活文学文本的分析,不难发现中原地区的儒、道思想和佛教观念在产育问题上的碰撞、交织等,尤其是对中原、敦煌两地的求子民俗、教育儿女、养育儿女等问题进行比较时,儒、道孝道思想在敦煌地区民众产育民俗中得到不同程度的展现。下面我们主要从儒、道、释思想在唐宋敦煌地区的流传情况,儒、道孝道观,唐朝当局对孝道的倡导及其对敦煌民众带来的影响等方面展开论述。

一、儒、道、释思想在唐宋敦煌地区的流传情况

从敦煌藏经洞所出土的文献来看,敦煌地区保存了儒、道、释三家最重要的典籍。尽管佛经、佛典在敦煌文献中占据 90%,但这只能说明佛教在敦煌地区的盛行,并不表示儒、道思想对民众思想并未形成影响。

敦煌在唐宋是中西交通的国际大都会,敦煌地区的文化主要是以汉文化为主的多元文化。在中国汉文化中占据主导地位的无疑是儒家文化。自汉代被定为国家选能取士的教材以来,儒家经典即成了民众走入仕途所需的重要书目。在敦煌地区也是如此,敦煌民众显然也受到了儒家"学而优则仕"观念的影响。三史九经成了民众考取功名时所需学习、研修的典籍。S.133《秋胡小说》记载,秋胡为走入仕途、谋取官职,远游入山,遇"洞达九经,明解《七略》"老仙,"祇承三年,得九经通达"。[①] 敦煌地区婚俗中新郎自称"三史明闲,九经为业"[②],此中不免有夸饰成分,但正好体现了三史九经已成为当时民众心中知识文化的象征符号。

敦煌文学作品中常见的三史九经究竟为何物? 这在篇题云"一名《珠玉抄》,二名《益智文》,三名《随身宝》"[③]的《杂抄》中以知识汇编的形式明确记载:"何名九经? 《尚书》《毛诗》《周易》《礼记》《周礼》《仪礼》《公羊》《穀梁》《左传》。何名三史? 《史记》《前汉》《东观汉记》。"[④]这些典籍名称被编入民间广为流传的

---

① 窦怀永、张涌泉汇辑校注:《敦煌小说合集》,浙江文艺出版社,2010 年,第 384 页。
② 谭蝉雪:《敦煌婚姻文化》,甘肃人民出版社,1993 年,第 35 页。
③ 郑阿财、朱凤玉:《敦煌蒙书研究》,甘肃教育出版社,2002 年,第 169 页。
④ 《敦煌蒙书研究》,第 170 页。

小册子中,正是民众熟知的儒家经典和史籍。相对蒙书而言,这些典籍并不通俗易懂。据余欣所言,《汉书》卷帙浩繁的规模、艰深的文字内容不宜作为能使人无师自通的读本,但《汉书》《后汉书》却被立为规训精英的基本教程。[①] 显然,这些典籍成为精英知识分子应该掌握的知识内容,是其身份、地位的标志之一。

儒家典籍不仅成为民众科举考试的教科书,熟读儒家典籍也是民众心中知识分子行为的象征,而且儒家思想观念、礼仪规范等典籍自童蒙幼时起就被父母当作为人处世的教材予以教导,并成为民众评判他人人品、是非的伦理标准之一。如《父母恩重经讲经文(一)》中评判"堂堂六尺丈夫身""门徒弟子"的标准正在于"修仁义""孝养礼仪"等儒家礼仪规范,并倡导以儒家礼仪规范教导孩子,以期成为民众心目中儿女的"嘉偶"。敦煌地区启蒙教育多选用儒家色彩浓郁的蒙书对儿女进行德育方面的教育,而孩童启蒙书多是以宣扬、倡导儒家日常礼仪规范为主的教科书,尤其是德行类的蒙书,如《太公家教》《新集严父教》《武王家教》等书籍,教授幼儿为人处世、安身立命之道,无不紧紧围绕儒家礼仪规范。《崔氏夫人训女文》也是教导女子出嫁后在夫家应谨遵的处事之道、礼仪等。

在秋胡故事中,秋胡山中从学于精通九经、《七略》的老仙,儒道文化在老仙身上得到了较好的交融。这也表明,道教思想及文化也是构成敦煌地区汉文化的重要组成部分之一。唐玄宗尊老聃为李唐鼻祖,崇尚道教,道教在唐初被尊为国教,得到了统治者的提倡和保护。这也自然使得道教在唐前期隶属于中央政权统一管理下的敦煌地区是备受推崇的。

敦煌地区建立了供奉老子的道观,如紫极宫、神泉观等,并招纳弟子,抄写道教经书。这从藏经洞出土的道教文献中可知。敦煌遗书保存了三百七十余卷的道教典籍,占有相当比例的是老子《道德经》,《道德经》序决、正文、重要注疏写卷达五十九种。[②]《太玄真一本际经》《洞渊神咒经》《老子化胡经》《十戒经》等也是敦煌遗书保存卷次数量较多的道教经典,这些典籍是反映敦煌地区道教活动的重要文献资料。其中,道教佚经《老子化胡经》多个写卷的发现,为研究道教文化提供了较为罕见的文献资料,具有较高文献价值和研究意义。

除了道教经典,道家斋醮、符箓、论道、涉及道士活动的社会经济文书等也

---

① 余欣:《中古异相——写本时代的学术、信仰与社会》,上海古籍出版社,2011年,第54页。
② 郑良树:《敦煌〈老子〉写本考异》,《大陆杂志》1981年第2期。

都是敦煌道教文书的重要组成部分。道家斋醮文书真实反映了敦煌道教斋醮活动,多为祈福文、邑愿文、亡文等,如 P. 3562v《道家杂斋文》、S. 3017《道家为皇帝祈福文》、S. 2717《镇宅文》、S. 3427《谢土地太岁文》等。敦煌社会流行着糅合了密宗、道教与民间信仰的符箓咒禁之术[①],这自然产生了大量的道家符箓文书。P. 3358《护宅神历卷》、S. 3811《道家符咒》、S. 799《杂书符咒》等都是敦煌文献中颇具代表性的符箓文书。敦煌道教文学代表作《叶净能诗》塑造了擅长使用咒禁术的符咒之神叶净能形象。关于道士活动的社会经济文书,如 P. 4035《唐天宝十三载(754)龙兴观道士杨某便麦契》、P. 3952《请准乾元元年(758)敕假授新度张嘉礼等度牒状》等呈现了敦煌地区道士的日常社会活动。从以上敦煌道教文书,可以看出道教已经渗入民众生活的各个方面。道教仪式活动,如符咒、斋醮、诵经等活动,以实用易操作的形式,契合大众趋吉避害的心理需求,成为敦煌民众祈福禳灾的重要方式之一。

道教文化对敦煌民众生活、思想观念的影响,还表现在敦煌民众热衷于占筮、卜梦、相面,重视宅邸风水、出行方位及遵守相关禁忌等各类活动。在局势动乱的生存环境中生活,在医疗技术水平不高的情况下,民众把自身的生老病死、安危等寄托在道教祭拜信仰上。比如太山府君、天曹地府、司命、行病鬼王等都成了慈悲救护的对象,这在归义军时期 P. 3135 写卷愿文[②]中体现了出来。

道教思想在敦煌产育民俗中也已流露出来。本事取材于《广异记》的《叶净能诗》中的求子故事,正是透过以符箓求子等一系列故事,塑造了擅长符箓法术的道士叶净能的形象,彰显了浓郁的道教色彩。这故事的产生和流传,自然与故事素材有关,但是同样离不开敦煌地区道教思想的文化氛围。敦煌文学描写求子、分娩、抚养孩子成人的过程,也流露出民众思想中的道教色彩。通过占卜预测腹中胎儿性别、按产图避免诸凶神设帐分娩行为、妇女分娩生产不洁导致灾厄的观念、祈福和荐亡斋会上所遵守的仪轨、择媳时对面相问题的考虑等,无不体现了道教文化对民众产育生活的影响。

敦煌地区民众生活除了受到汉文化为主的儒、道文化,尤其是儒家文化的影响之外,佛教的影响也不容小觑。这从佛经、佛典在敦煌文献中所占的比例可见一斑。上文我们已对佛教在敦煌地区的盛行情况有所论述,也或多或少阐

---

① 吴真:《为神性加注:唐宋叶法善崇拜的造成史》,中国社会科学出版社,2012年,第79页。
② 黄征、吴伟校注:《敦煌愿文集》,岳麓书社,1995年,第915页。

述了佛教成为民众的普遍信仰、深入到民众生活的各个方面,民众礼佛、信佛,并积极参与佛教活动等情况。这自然是众佛教徒极力推广、宣传佛教及佛教世俗化的成果。李正宇曾对敦煌佛教世俗化深远程度做出较为中肯的论断:

> 佛教世俗化是佛教发展的普遍性趋势。在敦煌之外的其他地区,佛教也同样在经历着世俗化的发展过程,只是"化"的程度不如敦煌深,"化"的层面不如敦煌广,"化"成形态远远不如敦煌完具,"化"的结果不像敦煌那样得到官府、僧司及社会民众的认可罢了。①

李正宇把敦煌佛教和其他地区佛教的世俗化情形进行对比,以四个"化"为结论,总结出佛教在敦煌世俗化的成果:影响深入、影响阶层广、影响形态多样化、得到社会上下的一致认可。

作为外来文化,佛教之所以能在敦煌地区盛传,除了与佛教徒的努力和佛教世俗化、中原化有关,同时也和敦煌特殊的地理位置有关,也与统治敦煌地区的吐蕃王朝崇佛有关。敦煌处于中原文化和佛教文化相互交融之地,在僧侣、信众的大力宣传和推广下,敦煌成了佛教圣地。

二、儒、道对孝道的倡导

孝道思想是我国传统文化的瑰宝,长期以来在维护国家政权、社会稳定、家庭和谐等方面发挥着重要作用。"孝",原写作"𣏃",会意字,其字形貌似一个孩子扶持或托举老人的状态。先秦古籍对孝的本质解释较多。《说文》释之为"善事父母者"。②《礼记·祭统》称"孝者,畜也。顺于道,不逆于伦,是之谓畜",郑氏注"畜谓顺于德教"。③《诗经·邶风·日月》"父兮母兮,畜我不卒",郑氏笺云

---

① 李正宇:《重新认识八至十一世纪的佛教——敦煌世俗佛教系列研究之六》,收入刘进宝、高田时雄主编《转型期的敦煌学》,上海古籍出版社,2007年,第7—14页。
② 〔汉〕许慎撰:《说文解字注》,〔清〕段玉裁注,上海古籍出版社,1981年,第398页。
③ 〔汉〕郑玄注:《礼记》,〔唐〕孔颖达疏,〔清〕阮元校刻《十三经注疏》本,中华书局,1980年,第1602页。

"畜,养;卒,终也"。① 《礼记·祭统》亦载:"孝子之事亲也,有三道焉。生则养,没则丧,丧毕则祭。养则观其顺也,丧则观其哀也,祭则观其敬而时也。尽此三道者,孝子之行也。"②《墨子·经上》载:"孝,利亲也。"③《新书·道术》:"子爱利亲谓之孝。"④在我国传统文化中,孝道乃百姓之本、人伦之极,渊源可追溯到夏商周时期祖先崇拜思想所彰显的早期孝道观念。至春秋战国时期,以孔子为代表的儒家学派对西周孝道思想进行了新的诠释,重建了一套以孝道为核心的宗法伦理,即儒家孝道观。

(一)儒家孝道观

儒家文化以血缘宗族观念为根基,孝亲祭祖是儒家道德伦理观念的基础和核心,在此基础上,形成了以仁义礼智信五常来调和君臣、父子、夫妇、兄弟、朋友等之间人伦关系的行为法则。孝亲思想是强化并维护儒家血缘宗族观念、政治制度、伦理关系的重要保障,是中国传统伦理道德的重要范畴之一。

儒家经典向来推崇孝道,把孝道、孝行推至很高的地位,强化它的价值和意义。《论语·为政》载孟懿子向孔子问孝,子曰:"无违……生,事之以礼;死,葬之以礼,祭之以礼。"同篇亦载子游问孝于孔子,孔子指出犬马"皆能有养",以反问语气提出敬养为孝。⑤《孟子·离娄上》认为:"事孰为大?事亲为大。"⑥《孟子·万章上》:"孝子之至,莫大乎尊亲;尊亲之至,莫大乎以天下养。"⑦《国语·周语》:"孝,文之本也。"⑧《左传·文公》称孝"礼之始也"。⑨ 可见,儒家孝亲观念颇成系统,具有较高的地位。

---

① 〔汉〕郑玄笺:《诗经》,〔唐〕孔颖达疏,〔清〕阮元校刻《十三经注疏》本,中华书局,1980年,第299页。
② 《礼记》,《十三经注疏》本,第1603页。
③ 〔清〕孙诒让撰:《墨子闲诂》,孙启治点校,中华书局,2001年,第312页。
④ 〔汉〕贾谊撰:《新书校注》,阎振益、钟夏校注,中华书局,2000年,第303页。
⑤ 〔魏〕何晏集解:《论语》,〔宋〕邢昺疏,〔清〕阮元校刻《十三经注疏》本,中华书局,1980年,第2462页。
⑥ 〔汉〕赵岐注:《孟子》,〔宋〕孙奭疏,〔清〕阮元校刻《十三经注疏》本,中华书局,1980年,第2722页。
⑦ 《孟子》,《十三经注疏》本,第2735页。
⑧ 〔战国〕左丘明:《国语》,〔三国〕韦昭注,上海古籍出版社,2015年,第63页。
⑨ 〔晋〕杜预注:《左传》,〔唐〕孔颖达疏,〔清〕阮元校刻《十三经注疏》本,中华书局,1980年,第1839页。

儒家认为,孝应有始有终,对待生、死二事,应同等重视。《礼记·祭义》曰:"敬其所尊,爱其所亲,事死如事生,事亡如事存,孝之至也。"①《孝经·丧亲章》:"生事爱敬,死事哀戚,生民之本尽矣,死生之义备矣,孝子之事亲终矣。"②在儒家看来,孝敬父母应当贯穿始终,其表现因父母生死而有所区别。

儒家孝道观不仅是物质上供养父母,更侧重于对父母精神上的照顾。《论语·为政》:"今之孝者,是谓能养,至于犬马,皆能有养。不敬,何以别乎?"③充分体现对父母的敬养。孔子以反问语气列举了为父母操劳、供酒食的孝亲方式,提出了孝养父母难在"色难"。孔子弟子曾子继承并发展了孔子的孝道思想,提出了著名的"著心于此"的观点:"礼以将其力,敬以入其忠,饮食移味,居处温愉,著心于此,济其志也。"④只有发自内心深处的孝心才能践行真正的孝行。这就对孝的本质提出了更深刻的认识。在此基础上,《孟子·离娄下》系统地提出了五大不孝之罪:惰其四肢;博弈好酒;好货财,私妻子;从耳目之欲,以为父母戮;好勇斗狠,以危父母。⑤ 这些不孝行为都是站在父母的角度,设身处地以父母的切身感受为判断依据。

作为儒家孝道思想的集大成者,《孝经》把孝的适用范围从家庭、宗族扩大到社会生活的各个领域,孝在家庭道德、宗族道德之上,又添加了政治伦理,将孝的对象扩大到君主,把父子与君臣关系对等起来。《孝经·开宗明义章》称赞孝"德之本也""始于事亲,中于事君,终于立身"。⑥《开宗明义章》提出孝道是道德的根本,一切教化都从孝道中来,阐明了孝道的内容及以孝治理社会的意义。《孝经·三才章》载:"夫孝,天之经也,地之义也,民之行也。天地之经,而民是则之。"⑦这里把孝上升到天经地义的高度,成为民众的行为准则。《孝经》成为世代流传的儒家经典之一,并被列入科举考试的考试范围之一,可以看出传统文化,尤其是儒家文化对孝道的推崇和提倡。

历代统治者极力提倡以孝治国,由孝亲思想的影响延伸到社会各方面的治

---

① 《礼记》,《十三经注疏》本,第1593页。
② 〔唐〕唐玄宗注:《孝经》,〔宋〕邢昺疏,〔清〕阮元校刻《十三经注疏》本,中华书局,1980年,第2561页。
③ 《论语》,《十三经注疏》本,第2462页。
④ 〔清〕王聘珍撰:《大戴礼记解诂》,王文锦点校,中华书局,1983年,第81页。
⑤ 《孟子》,《十三经注疏》本,第2731页。
⑥ 《孝经》,《十三经注疏》本,第2545页。
⑦ 《孝经》,《十三经注疏》本,第2549页。

理,这在汉代尤为明显。在统治者的大力倡导下,契合民众血缘家国思想深处的孝道观念在民众中得到较为广泛的认同,形成了中华民族的文化心理,具有深广的社会民众基础。

(二)道家孝道观

不仅儒家提倡孝敬父母,和儒家在伦理道德诸多方面存在分歧的道家,却在孝亲方面和儒家达成了共识,只是二者提倡孝道的侧重点不同。儒家推崇社会伦理的孝道,道家崇尚自然本真状态的孝道;前者注重人的社会性,追求以礼教来规范人的行为,后者强调人的本真自然性。《庄子·外篇·天运》指出敬孝、爱孝易,"以忘亲难"。[①] 魏晋名士越名教、任自然的行为举止,无不透露出对儒家礼仪规范的抗争,但却是孝亲行为的自然流露。竹林七贤之一的阮籍"性至孝",居母丧期间食肉、饮酒,置丧礼于不顾,但却"举声一号""吐血数升",因为悲伤过度"毁瘠骨立"。[②] 王戎在母丧期间,摒除礼教约束,饮酒、食肉、观棋,却因为母丧悲痛,形貌憔悴不堪,被称为"死孝"。[③] 这与和峤父丧期间遵守丧礼的"生孝"形成了鲜明对照。阮籍、王戎在母丧期间的行为正体现了魏晋名士越名教、任自然的主张。在抨击丧礼仪轨之际,同时也彰显了他们的孝亲真情,正因为内心怀有对母亲至亲至敬的情感,才能使"死孝"表现出如此的真切、绝望。

在道家基础上发展而来的道教素来重视孝道。早期道教经典《太平经》明确提出孝的重要性:"天地与圣明所务,当推行而大得者,寿孝为急";"孝者,与天地同力也";"孝者,下承顺其上,与天地同声"。[④] 长生是道教最鲜明的特色和追求的目标,《太平经》把长寿、孝道并举,可见它对孝道的重视。不仅如此,《太平经》卷四七指出上善孝子的孝行,强调为父母求长生:"上善孝子之为行也,常守道不敢为父母致忧,居常善养,旦夕存其亲";"上善第一孝子者,念其父母且老去也,独居闲处念思之,常疾下也,于何得不死之术,向可与亲往居之"。[⑤]《太平经》大肆倡导孝道观念,对中国传统文化中孝道思想的盛行起到了推波助澜的作用。

---

① 〔清〕郭庆藩撰:《庄子集释》,王孝鱼点校,中华书局,1961年,第498页。
② 〔唐〕房玄龄等撰:《晋书》第5册,中华书局,1974年,第1361页。
③ 《晋书》第4册,第1233页。
④ 王明编:《太平经合校》,中华书局,1960年,第310页。
⑤ 《太平经合校》,第131、134页。

道教要求信徒尽力侍奉父母以报答养育之恩,提出可以在家修道,以避免尽孝和出家的矛盾。南北朝时期道教经典《正一法文天师教戒科经》把"奉道""事师""事亲""事君"并举,称事亲"不可不孝"①,把宗教、伦理与政权等融合为一体。大约作于4世纪至中唐之间的《洞玄灵宝道学科仪》是唐代道士、女冠日常驻道观修持生活所遵循的手册,颇具实用性。《读诵品》称:"至孝之子,常念鞠育怀抱之恩。"②道教要求道士应该定期看望父母。《父母品》倡导道士、女冠"身心依道,俗化全隔,然于鞠养",道士、女冠必须定期归省双亲,以报养育之恩,"若在远,随四时省问;若在近,随月朔省问;在寒在热,在凉在暄,定省之时",最后指出"当已父母生长之恩,勿忘之"。③ 丘处机指出,"道本有为有作,原非枯坐空顽。修丹何必弃家园。混俗和光取便"。④ 在家修行既可以追求大道,又可以侍奉照顾父母。

隋唐以来,随着佛教伪经《父母恩重经》广为流传及其影响,道教涌出了一批宣扬父母恩德的经典。如《太上老君说报父母恩重经》《太上真一报父母恩重经》《元始洞真慈善孝子报恩成道经》《玄天上帝说报父母恩重经》等主要讲述父母恩德,劝导众生行孝,尤其是《太上老君说报父母恩重经》讲述了怀妊、孕产、哺乳、推干就湿等生育、哺育、养育恩德:

> 怀娠十月,萦妊胞重,坐卧失常,岁满月充,诞育之候。其母恐怖性命,慨然恻怛,心神忧丧,产孕之日,内触外触,苦痛交切,失声号叫,受大苦恼,匍匐战惧,骇愕惊嗟。及至生已,手摩其顶,堕于草上,呱呱号啼,安藏被褥,侧身三月,常畏邪魔之所侵害。饥时须饭,非母不哺,渴时须饮,非母不乳,计饮母乳八斛四升,千日提携,遮盖尘垢,推干就湿,咽苦吐甘,非义不亲,非母不养。忽离栏车,出于地上,十指爪中,食子不净。母或东西,碓磨邻里,官私急切,不得时还,即知我儿家中啼哭,母子天亲,心性相感。分母百骸,而为两身,气血相传,两体无二。儿既忆母,母即心惊,驰步走归,两乳涌出。还到门外,见子庭中,或在栏车,或房门际,或有人抱,或无人抱,或在床上,或在地下,或时坐不净,或时把泥草,或尚啼哭,或啼哭欲止,举

---

① 张继禹主编:《中华道藏》第8册,华夏出版社,2014年,第317页。
② 《中华道藏》第42册,第49页。
③ 《中华道藏》第42册,第54页。
④ 〔金〕丘处机:《丘处机集》,赵卫东辑校,齐鲁书社,2005年,第157页。

眼见母,啼笑嚧嘻,摇头弄脑,曳腹而行。呜乎呜乎!哀向其母,母乃为儿屈身下就,长舒两手,拭除不净,吹嘘其口,以乳与之。含乳看母,嘻嘻其声,母见儿喜,儿见母喜,二情思想,慈爱亲重,情亲相念,莫过于此。二岁三岁,弄意始行,寒热屎尿,非母不悉,笑时怀喜,啼时知嗔,唯乐饮食,所余无愿。父母行来,值他酒座,或得饼肉,不敢不食,怀挟将归,向与其子,十回九回,恒常欢喜,一回不得,娇声伴啼,以此为常。①

《太上老君说报父母恩重经》以四言为主,夹杂五言、八言,生动形象地描写了母亲怀孕的辛苦、临盆生产的痛苦,尤其是养育孩子时的血乳喂养、回干就湿、咽苦吐甘等诸般恩德。特别是母亲外出归家时,孩子见母、母亲为儿喂奶的情景,描写得惟妙惟肖,体现出母子情深。除了此情节,父母从外带回饼肉给孩子的情节也见载于《父母恩重经》。可以说,《太上老君说报父母恩重经》题材内容、叙事模式与《父母恩重经》如出一辙,都是借父母尤其是母亲怀孕、分娩、养育的恩德来宣扬父母恩德难报的思想。有人认为《太上老君说报父母恩重经》乃模仿《父母恩重经讲经文》而来②,有一定道理。

值得注意的是,道教孝道经典《元始洞真慈善孝子报恩成道经》现可知存有两件敦煌写卷:北京故宫藏本、P.2582。此二写本乃为同一部道经的卷一《序品》、卷四《道要品》部分。敦煌写本《慈善孝子报恩成道经》是现存早期道教孝道派的经典③,与《正统道藏》"洞真部"《元始洞真慈善孝子报恩成道经》同名,但内容不同。P.2582与故宫藏卷纸质、笔迹、行款都同,应为同一人书写。④ 根据故宫藏本尾题"天宝十二载六月日白鹤观为皇帝敬写",这两件写卷抄写于公元753年。不仅如此,敦煌本道经抄写时间主要集中在唐玄宗时期,这就说明包括宣扬孝道的道教经典在内的道经受到了唐玄宗的重视,被广为传抄并在敦煌一带流传。

---

① 《中华道藏》第6册,第155—156页。
② 廖宇:《报恩:唐代道教孝道思想的主题》,《湖北工程学院学报》2019年第5期。
③ 郑阿财:《北京故宫藏敦煌本〈慈善孝子报恩成道经〉考》,《敦煌学》2004年第25辑。
④ 王卡:《敦煌道教文献研究——综述·目录·索引》,中国社会科学出版社,2004年,第133页。

三、唐前政府对《孝经》的重视及其对敦煌的影响

秦汉以来,封建统治者夸大了儒家孝道的引申意义,奉行"以孝治天下"的治国方略,使孝道政治化与神学化。为了维护政权的稳定和社会的和谐发展,封建统治者利用孝道观、家国观等儒家思想建立起等级森严牢固的封建政权体系。自汉代以后,儒家孝道思想一直为统治者所推崇。

《孝经》所倡导的"以孝治天下"恰好符合统治者的治国理念,从汉代以来得到了历代封建统治者的无比推崇。西汉文帝时中央政府首置《孝经》博士,昭帝始元五年(前82),令举贤良文学,专治《孝经》。宣帝地节三年(前67)立学官,把《孝经》列为乡聚庠序基本课本,《孝经》以必读教材形式,其内容在社会上得到了快速推广与普及。《后汉书·荀爽传》载:"汉制使天下诵《孝经》,选吏举孝廉。"①《孝经》成为汉代选拔考核官吏的考试内容,进一步加快了《孝经》在社会被追捧的速度。

魏晋南北朝兴起了皇室听经、讲经、注经活动,注解讲授《孝经》成为奇特的宫廷文化现象。晋武帝泰始七年(271)、惠帝元康元年(291)有皇太子讲《孝经》的礼仪活动。东晋元帝作《孝经传》,其序赞《孝经》"天经地义,圣人不加,原始要终,莫逾孝道,能使醴泉自涌,邻火不焚,地出黄金,天降神女,感通之至,良有可称"。②南朝宋武帝、齐武帝、梁武帝、陈宣帝或亲讲《孝经》,或御注《孝经》,或诏令东宫讲《孝经》。《孝经》在北朝也多被帝王推崇。北魏孝文帝命侯伏侯可悉陵把《孝经》译为本民族语言文字,"教于国人,谓之《国语孝经》"。③明帝始学,琛"献金字《孝经》"。④冯亮遗嘱以《孝经》随葬。⑤可见,南北朝时期《孝经》在上层社会人们心中的位置。

至隋唐时期,《孝经》在朝野的地位有增无减。隋唐以《孝经》颁行天下。唐太宗李世民对皇太子李治读《孝经》大加赞赏。⑥唐玄宗先后于开元十年(722)、

---

① 〔南朝宋〕范晔撰:《后汉书》第7册,〔唐〕李贤等注,中华书局,1965年,第2051页。
② 〔清〕朱彝尊撰:《经义考新校》第8册,林庆彰等主编,上海古籍出版社,2010年,第4042页。
③ 〔唐〕魏征等:《隋书》第4册,中华书局,1973年,935页。
④ 〔唐〕李延寿撰:《北史》第3册,中华书局,1974年,第687页。
⑤ 《北史》第9册,第2910页。
⑥ 〔后晋〕刘昫等撰:《旧唐书》第1册,中华书局,1975年,第65页。

天宝三年(744)御注《孝经》,并诏令"天下家藏《孝经》一本,精勤教习,学校之中,倍加传授,州县官长,明申劝课焉"。① 唐玄宗不仅为《孝经》作注,"特令[元]行冲撰御所注《孝经》疏义,列于学官"②,而且曾多次下诏令诸儒广集贤才对《孝经》等儒家经典重新质定③。这加速了《孝经》在全国范围内的推广和民众接受的进程。

《孝经》自汉魏以后备受帝王推崇,一度成为国民教育的基础读本,被编写入儿童启蒙教材。南朝梁周兴嗣编撰的《千字文》就吸收了不少《孝经》内容,如《千字文》:"盖此身发,四大五常。恭惟鞠养,岂敢毁伤。"④这两句是由《孝经·开宗明义章》《孝经·纪孝行章》高度凝练、概括而成,用通俗易懂语言进行表述,便于儿童学习、记忆。《开宗明义章》:"夫孝,德之本也,教之所由生也。复坐,吾语汝。身体发肤,受之父母,不敢毁伤,孝之始也。"⑤《纪孝行章》:"孝子之事亲也,居则致其敬,养则致其乐,病则致其忧,丧则致其哀,祭则致其严。五者备矣,然后能事亲。"⑥编撰敦煌蒙书时,对《孝经》内容进行摘编、摘引和改写的情况也很常见,如《文词教林》《新集文词九经抄》《百行章》《太公家教》《武王家教》等。这是《孝经》对敦煌童蒙教育教材编撰内容的影响。

根据《敦煌经籍叙录》统计,敦煌藏经洞出土的《孝经》数量达四十一个卷号。在此基础上,韩锋把莫高窟中寺土地庙出土的编号为敦研366号的《孝经》白文,乃至歌咏、赞颂《孝经》的歌辞,如《咏孝经十八章》《孝经赞》等都纳入敦煌《孝经》类,达五十二件。⑦ 可见《孝经》在敦煌地区广为流传,对民众思想产生了深远的影响。当然,这与汉魏以来历代统治者的推崇有关,尤其是与唐玄宗注《孝经》有密切的关系。李晓明认为《御注孝经疏》至少在玄宗天宝初年之前就已传入敦煌地区。⑧ 此论断是可信的。P.3274《御注孝经疏》题记载:"天宝元年

---

① 〔宋〕王溥撰:《唐会要》,中华书局,1955年,第645页。
② 《旧唐书》第10册,第3178页。
③ 〔清〕董诰等编:《全唐文》,中华书局,1983年,第316页。
④ 〔南朝梁〕周兴嗣、胡寅等编纂:《千字文》,岳麓书社,1987年,第9—10页。
⑤ 《孝经》,《十三经注疏》本,第2545页。
⑥ 《孝经》,《十三经注疏》本,第2555页。
⑦ 韩锋:《敦煌儒韵:以敦煌儒家文献为中心》,甘肃文化出版社,2020年,第126—127页。
⑧ 李晓明:《试论敦煌歌辞中的孝道》,收入周国林主编《历史文献研究》(总第21辑),华中师范大学出版社,2002年,第241—259页。

十一月八日,于郡学写了。"①"郡学"是唐五代敦煌地区官学(州学、县学)之外的私学(寺学、巷学)之一。这说明此写卷抄写于郡学,间接反映《御注孝经疏》或许是私学教学教材之一。除了郡学教材,《孝经》也是敦煌寺庙最常用的教科书之一。S.707《孝经一卷》题记有云:"同光三年乙酉岁十一月八日三界寺学仕郎郎君曹元深写记。"②S.728《孝经一卷》题记又云:"庚子年二月十五日灵图寺学郎李再昌已写,梁子松。"③P.3369《孝经一卷》文末有两条题记:"乾符三年十月二十一日学生索什德书券","咸通十五年五月八日沙州学郎索什德"。④咸通乃唐懿宗年号,本来只有十四年(懿宗早于咸通十四年夏即已晏驾,长安已经改元),但沙州(今敦煌一带)因为地处边陲,消息滞后,所以才将乾符元年误成咸通十五年。从敦煌写卷题记中可知《孝经》在敦煌地区的流传与使用情况,诸多史实表明《孝经》在敦煌等西北地区与中原一样流传较广,影响深远。

其实,早在汉代《孝经》就已传入西北地区。《后汉书·盖勋传》载凉州"寡于学术,故屦致反暴。今欲多写《孝经》,令家家习之,庶或使人知义"。⑤可见,东汉时期,《孝经》已传入西北地区用以教导民众尚义,驯化民风。敦煌出土的北魏遗物"和平二年十一月六日康丰国写《孝经》残卷",是迄今为止在西北地区发现的最早的《孝经》资料。《周书·高昌传》称该地"有《毛诗》《论语》《孝经》,置学官弟子,以相教授。虽习读之,而皆为胡语"⑥。阿斯塔那169号墓出土了高昌建昌四年(558)张孝章随葬衣物疏中存有《孝经》一卷,此墓也发现了古写本《孝经》残卷⑦,印证了《孝经》在该地传布的情形。

《孝经》在敦煌地区不但成了启蒙教学内容、私学教育教材,也常见于民众日常生活中,这在敦煌文学中多有表现。《皇帝感·新集〈孝经〉十八章》高度评价唐玄宗《孝经注》,并历数儒家经典的流传情况,宣扬孝道的重要性、功用和意

---

① 上海古籍出版社、法国国家图书馆等编:《法国国家图书馆藏敦煌西域文献》第22册,上海古籍出版社,2001年,第345页。
② 中国社会科学院历史研究所等编:《英藏敦煌文献(汉文佛经以外部分)》第2册,四川人民出版社,1992年,第123页。
③ 《英藏敦煌文献(汉文佛经以外部分)》第2册,第139页。
④ 《法国国家图书馆藏敦煌西域文献》第23册,第362页。
⑤ 《后汉书》第7册,第1880页。
⑥ 〔唐〕令狐德棻等撰:《周书》第3册,中华书局,1971年,第915页。
⑦ 国家文物局古文献研究室、新疆维吾尔自治区博物馆等编:《吐鲁番出土文书》第2册,文物出版社,1981年,第215、268—273页。

义等。《皇帝感》称赞"新合《孝经》皇帝感,聊谈圣德奉贤良。开元天子亲自注,词中句句有龙光"。①《皇帝感·新合〈千文〉》在歌咏新编《千字文》时,也对《孝经》进行了一番称赞。《五更转·识字》以文盲的切身体会来说明《孝经》对人生处世的重要性。可见,儒家孝道思想的代表《孝经》在敦煌影响深广,势必形成倡导孝道、孝行的良好社会风气。

由此可见,儒、道、释三家从不同角度倡导孝道。随着儒、道、释思想在敦煌民众思想观念和日常行为逐渐渗入,《孝经》在西北地区的流传,加之唐代统治者对《孝经》的重视,这些因素促使敦煌产育题材文学不惜笔墨大肆宣扬孝道。如详细铺排父母含辛茹苦抚养孩子成人的生活点滴用以劝孝,这正是敦煌产育文学孝道思想主题的集中表现。

第二节 敦煌文学大量描写妇女产育生活的原因

正如上文所言,敦煌文学如此大量、系统、全面、细致地描绘了一幅幅妇女怀子、产子、养子、教子的生活画面,这是中国文学史上从未出现过的文学题材,在中国文学史上,乃至中国民俗史、妇女生活、生育史、儿童生活史上都具有重要意义。为何敦煌文学会如此大量地描写此类题材,而且表现得如此生动、详细?除了敦煌文学演绎佛经十恩德、照搬佛经创作模式这些原因之外,还不得不从敦煌文学产生的社会思想背景,敦煌文学作品的消费群体、实际用途等方面寻求原因。

一、唐代敦煌思想文化背景及佛教对儒家孝道思想的迎合

自汉代以来,儒家思想文化在敦煌地区扎根传播,形成了以忠孝为主的道德伦理观念,在汉魏形成了深厚的儒学传统。汉武帝推崇儒学,诏令各郡国设置地方官学,隶属中央王权的河西地区在统治者和当地官员的推动下,兴办学校,传播儒家文化。敦煌马圈湾出土的汉代烽燧简牍481简A面记载了汉代敦煌地区开办教育的情况:"建明堂,立辟雍,设学校详(庠)序之官,兴礼乐,以风

---

① 《敦煌歌辞总编》中册,第467页。

天下。诸生庶民,翕然响应。"①魏晋十六国至北朝时期,河西地区敦崇儒学,许多硕学宿儒会聚其地,讲授儒家学术。至隋唐时,河西儒家教育更为发达,敦煌地区的官学或私学,基本都要教授官府规定的儒家经典,如《周易》《尚书》《诗经》《礼记》《春秋》《论语》《孝经》等都是当时的教学读本。敦煌藏经洞出土的儒家文献现已知著录的写卷近千号,种类百余种,如此种类繁多、数量巨大的儒家文献恰好反映了当时敦煌地区儒学发展的盛况。

尽管佛教在敦煌地区盛极一时,渗入敦煌民众思想、生活等各个方面,但是对唐宋敦煌民众影响最大的仍是以儒家思想为主的中原文化。这自然与敦煌、中原两地一直以来秉承儒家思想规范,长期沉浸在儒家文化的洗礼中,深受儒家文化熏陶和影响有关。中原王朝统治者推崇儒家忠孝伦理思想并借此维护封建统治,隶属中央王朝统治的敦煌地区自然也沿袭了用儒家思想维护其统治的模式。这就使得敦煌民众的思想观念、信仰、评判标准、言行举止、风土人情,乃至社会家庭结构等方面深深打上了儒家文化的烙印。S.530《大唐沙州释门索法律义辩和尚修功德记碑》、P.4640《沙州释门索法律窟铭》多用儒家的观念和标准来评价敦煌高僧大德,如"惟忠孝而两全""礼乐名家""温恭""孝悌于家""孝道名彰"等。②

当佛教传入中土时,佛教与以儒家文化为主的传统文化发生了尖锐的矛盾和冲突,而儒释争论的焦点正是儒家伦理道德中的忠孝观念。③ 印度佛教在社会伦理观念方面和中国传统文化存在很大差异。它主张无分亲疏,不礼敬王者,视家庭俗世社会为牢笼,追求个人解脱等,认为父母子女只是须臾关系,家庭和世俗社会是一切痛苦的根源,只有看破尘世、出家修持才能避免轮回之苦。这些主张无不与儒家重视血缘、宗亲、家国观念相抵触,也没有中国传统意义上的孝亲观念。为了扎根于中土,佛教不得不向传统文化屈服,并依附于它,以符合中国传统伦理道德的要求和民众的民族心理等。倡导孝道就是佛教向中国化迈出的重要一步,也是平息儒佛二家争论的关键。

当外来文化刚传入中土,和当地文化发生矛盾、冲突时,想要在当地扎根,必须进行调整,迎合本土文化,以便被当地民众理解、接受,便于在当地流传开

---

① 吴礽骧等释校:《敦煌汉简释文》,甘肃人民出版社,1991年,第49页。
② 郑炳林:《敦煌碑铭赞辑释》,甘肃教育出版社,1992年,第90—92、72—74页。
③ 殷光明:《敦煌壁画艺术与疑伪经》,民族出版社,2006年,第143页。

去。佛教正是这样逐步实现中土化、世俗化的。自南北朝以来,佛教一直不断地结合中国社会历史、传统文化的特点,逐步调整、充实中国化的内容和形式,编造了许多宣传孝道的疑伪经。如对敦煌产育文学产生深远影响的《父母恩重经》就是中国僧人在佛教在中国流传过程中,融合儒家孝道思想而编写的专讲孝道的伪经。被中国僧人视为"孝经"的《盂兰盆经》也是经过佛教徒删改过的疑伪经。

在唐宋敦煌地区,儒、道、佛呈现出三教会通的局面,尤其是儒、释两家水乳交融在一起,佛教成为中国文化的一部分。这自然和中国传统文化强大的包容性有关,同时,也离不开佛教按照中国传统文化特别是儒家文化观念进行的修改、调整、适应。佛教在隋唐时期完成了中土化的历程,到五代和宋代时,在进一步中国化的基础上,与传统思想文化尤其是儒家文化,更加广泛、深入地融合,使得儒、道、释三教的思想界限越来越模糊,共性越来越多。① 《大唐沙州释门索法律义辩和尚修功德记碑》《沙州释门索法律窟铭》记载了唐代敦煌地区的风俗人情,并描述了敦煌地区儒释交融的状态:"人驯俭约,风俗儒流;性恶工商,好生气慠;耽修十善,笃信三乘。惟忠孝而两全,兼文武而双美。多闻龙像,继迹繁兴。得道高僧,传灯相次。"② 可见,儒家思想与佛教思想俨然已成为敦煌地区的主流思想。林聪明指出唐代敦煌佛教鼎盛之际,儒家思想仍然发达,吐蕃统治时期尊崇佛教,中原文化遭受破坏,但是敦煌儒学继续流传;同时,他阐述了唐代敦煌佛教融合儒家思想主要表现在忠君、孝亲观念上,并从敦煌佛教讲唱文学中的儒家孝道思想、佛教歌辞中的孝道思想、佛教写经题记中的孝道思想、敦煌壁画中的孝道四方面题材来论述唐代敦煌佛教融合儒家思想的表现。③ 包含儒家孝道思想的敦煌佛教讲唱文学主要有《盂兰盆经讲经文》《父母恩重经讲经文》《目连缘起》《大目乾连冥间救母变文》《目连变文》《故圆鉴大师二十四孝押座文》等,富有孝道思想的敦煌佛教歌辞主要有《父母恩重赞》《孝顺乐》《报慈母十恩德》《天下行孝十二时》等。这些作品正好是敦煌文学着力表现妇女产育生活题材的作品。可以说,在敦煌崇孝的社会氛围中,佛教试图扎根中土,融合儒家孝道思想的做法直接催生了敦煌产育题材文学。

---

① 《敦煌壁画艺术与疑伪经》,第159页。
② 《敦煌碑铭赞辑释》,第72页。
③ 林聪明:《关于研究唐代敦煌佛教融合儒家思想的一些看法》,收入刘进宝主编《百年敦煌学》,甘肃人民出版社,2009年,第470—481页。

自然,佛家所提倡的孝,和重视血缘关系的儒家孝亲存在本质性的差别。佛家对孝道的提倡主要通过宣扬父母,尤其是母亲怀胎艰辛、生养孩子的辛苦等,以奉劝众生及时行孝,报答父母生育、养育的恩情。佛教把报答父母恩情纳入报恩、修行的范畴。可以说,佛家对行孝的提倡主要表现在佛典报恩题材故事中,如《父母恩重难报经》《盂兰盆经》《佛说孝子经》《佛说睒子经》等。佛教徒根据相关佛经、佛典或编成歌辞,或敷衍成变文,或以此类佛经作为题材为民众讲唱,使得报父母深恩、及时行孝等思想深入民众心中,从而使得佛教教义、教理等借助这些倡导孝道、报恩思想的煽情、质朴的故事在民众当中推广开去。可以说,敦煌佛教讲唱文学浓墨重彩地书写产育题材主要在于佛教通过描写产育生活来宣扬父母恩德以达到劝孝、劝导皈依的目的。在唐宋敦煌地区,结合世俗生育生活,倡导行孝以报恩的思想是佛教徒促进佛教中国化、世俗化、全面化的有力手段之一。

二、妇女为讲唱活动的重要参与者之一

经过对敦煌产育题材文学作品的梳理,我们不难发现,集中表现妇女产育生活的敦煌文学文本具有明显的讲唱痕迹,可想而知,这些文学写本主要运用于敦煌讲唱活动中。这些表现妇女产育生活的文学作品常常被讲经僧人或讲唱艺人当作讲唱素材运用到讲唱活动中。

我国自古以来的男主外女主内的分工模式,使得女子在处理好家务之余,也有闲暇参与到宗教活动或讲唱活动中来。女性多把自身诉求投射于宗教神灵,将佛教神灵作为精神寄托。从社会因素来看,女性作为弱势群体,她们依附男人生活的状态,决定了她们在家庭中的从属地位。同时,为了家人的平安顺利,女性承担更多的精神压力,所以需祈求神灵的庇佑。[①] 从女性自身内因来看,女性知识文化水平普遍较低,加之感性、敏感、多愁善感、心思细腻等生理特质,使得其易成为宗教信仰的信徒。这也是敦煌吐蕃、归义军时期女尼人数远远超过男僧的原因之一。

佛教在敦煌地区盛行,信众遍布,其中,妇女出家为尼成为敦煌社会的风

---

① 赵世瑜:《明清以来妇女的宗教活动、闲暇生活与女性亚文化》,收入郑振满、陈春声主编《民间信仰与社会空间》,福建人民出版社,2003年,第148—182页。

尚，不论贵族抑或平民百姓。郝春文等根据敦煌文献 S.2729、S.5676、S.2614 三件僧尼籍，统计吐蕃及归义军时期敦煌尼僧数量的变化，唯有 8 世纪前后尼的数量略少于僧，其余时间尼的数量都多于僧。① 可想而知，吐蕃、归义军时期敦煌地区的女尼成了敦煌佛教徒的主力军，不少女尼参与到佛教的宣传、推广等工作中来。杜斗城指出，敦煌文献中约有四十六件直接以女性命名或由女性主持翻译的佛经，这些佛经记录了女性听佛说法、参与辩论、蒙佛认可并获得果报的故事。② 可见，女性在敦煌佛教传教、译经过程中也曾做出了应有的贡献。

同样，为推广佛教，传教布道、讲经等重任自然少不了女尼的参与。女尼在讲经过程中，显然是选择自己熟悉的素材为信众阐释教义，从而使得佛教教理为民众理解、吸收。值得注意的是，尼僧尽管是出家人身份，却仍未摆脱尘世，和俗世生活存在密切联系。据郝春文等研究，尼僧中的散众是和寺外家人生活在一起的，有房舍、田园菜地，过着世俗家庭的生活，同时，也参与寺院法事活动，获得宗教收入。③ 石小英也指出，生活在寺外家中的尼僧宗教身份不明显，生活几乎完全世俗化，基本同世俗家庭成员无明显差别，唯有寺院有集体宗教活动时，才以尼僧身份回寺院参加活动。④ 既然生活完全世俗化，世俗家庭妇女操持家务、生儿育女等职责自然也落在了女尼身上，这些也是其无法推卸的责任。这些世俗生活经历自然使得女尼在倡导佛教孝行思想、阐释教义时选择自己熟悉并且为广大民众熟悉的事例作为阐释例证，如生儿育女的过程。

大量妇女出家为尼，过着世俗化生活，选择女性熟悉的生命中最重要的大事来诠释佛经自然成了女尼讲经时的首选。在佛教盛行、妇女出家为尼成为社会风尚的社会背景下，女性信众的数量自然不在少数。讲经僧人在为女性信众讲经之时，联系起女性信众刻骨铭心的生儿育儿的辛酸经历来讲解佛经，无不使女性信众们动容，自然能使所讲解的经文内容引发信众的回忆和情感的共鸣，从而反思母亲对子女的爱意，顺理成章地接受佛经所提倡的孝行思想。

同样，相对男性而言，妇女拥有较多的闲暇时间，使得她们也成为民众娱乐活动的主体。面对文化程度普遍不高的听众，讲唱艺人把艰深晦涩的文本内容用妇女皆知的生活实例、故事等来进行讲解，以求获得较好的讲唱效果。运用

---

① 郝春文、陈大为：《敦煌的佛教与社会》，甘肃教育出版社，2013 年，第 206—208 页。
② 杜斗城、张颖：《敦煌佛教文献女性经典试析》，《世界宗教研究》2012 年第 5 期。
③ 《敦煌的佛教与社会》，第 193—196 页。
④ 石小英：《八至十世纪敦煌尼僧研究》，人民出版社，2013 年，第 221 页。

妇女亲身经历的怀胎生子、养儿教女的事例来进行讲唱,无疑使讲唱艺人在选材方面为讲唱活动的成功奠定了坚实的基础。这些素材的选取,无不能使妇女听众们潸然泪下,感同身受,从而引起妇女听众们共鸣,达到很好的讲唱效果。

正是因为妇女有较多的闲暇时间,并且她们内心渴望并向往男女平等、独立的社会地位,在敦煌地区宽松的社会氛围下,妇女结社应运而生。余欣在整理 BD14682(北新 882)《丙申年四月廿日博望坊巷女人社社条》时,发现此文书第五行上部原有"过去桥梁二万九",后被涂去。据此,余欣推测桥梁节活动本是和燃灯节一起包括在女人社社条中,但因为有人反对,所以从草稿中删去,并认为女人社举办祈求子嗣的桥梁节活动是再自然不过的事情。[①] 女人社社员常于洞窟燃灯,而在洞窟中确实发现了不少有关求嗣的壁画,这在前文早已涉及。如此看来,妇女结社从事祈福之类的佛教活动,祈福内容当然有可能包括向菩萨乞求子嗣。毕竟子嗣问题对妇女个人、家庭、社会的重要性是不言而喻的。

值得注意的是,唐五代时期民间妇女结社不再仅仅以佛教造像祈福、写经、上窟燃灯等佛教活动为主,而是侧重于社员之间社会事宜上的互助,比如丧葬活动的互助。因为子嗣的重要性及人们对此问题的重视,我们不妨大胆推测,女人社社员之间的社会互助活动,也应该包括其他世俗生活方面的互助,而不当仅仅局限于丧葬营助。如迎接新生儿到来时,似乎也可能开展女人社社员之间的互助,尤其是经验丰富的年长妇女对年幼社员的帮助等。

在敦煌地区开放、自由、包容的社会风气下,妇女积极参与到社会宗教、闲暇活动中,从而使得佛教和敦煌文学、民俗和敦煌文学更好地交融在一起。正因为佛教、敦煌文学、民俗之间的紧密关系使得敦煌文学呈现出通俗化、生活化的特色,使得妇女产育生活题材集中、全面地在富有佛教色彩的敦煌文学中绚丽地绽放。

三、敦煌文学中的产育题材写卷与丧葬劝孝活动

在敦煌地区崇尚孝道的社会背景下,作为佛教融合儒家孝道思想的产物,敦煌产育题材文学随着佛教盛行,加之题材内容贴近世俗生活,深入民间,产生

[①] 余欣:《从文献学到历史学:由社条文书透视唐宋妇女结社》,收入余欣《博望鸣沙——中古写本研究与现代中国学术史之会通》,第288—306页。

了深远影响。除了作为生动形象的例证用来诠释佛教教义之外,这些敦煌文学中的产育题材写卷很可能被运用于民间丧葬场合。

这些宣扬父母恩德的写卷常被宣讲于丧葬仪式场合,具有很强的社会实用性。丧葬期间,僧侣通过讲唱劝孝、劝善等题材内容,以超度亡灵、劝化众生向善的活动,统称为"劝孝活动",劝孝仪式上多讲唱《报慈母十恩德》《父母恩重赞》《孝顺乐》等歌辞,行孝文、劝善文、董永变、舜子变、目连变等以孝敬父母为主题的作品。① 劝孝活动通过对父母养育子女生活点滴的宣讲,表现父母养育子女的辛苦、不易,赞颂父母的伟大,表达"子欲养而亲不待"的遗憾,同时劝导众生回报父母恩德,及时行孝。

其实,在父母逝去时追述父母养育恩德、寄托哀思的文学题材可追溯到有"千古孝思绝作"美誉的《诗经·小雅·蓼莪》。此诗描写了父母生养子女的劬劳,表达孝子不得终养父母的悲痛心情和遗憾,其中有些诗句的描写颇有现场画面感,传神生动:"父兮生我,母兮鞠我。拊我畜我,长我育我,顾我复我,出入腹我。欲报之德,昊天罔极。"② 此诗四言韵语,连用九个动宾结构把父母生养子女的一幕幕呈现在读者面前,最后发出父母恩德深重、难以回报的感慨。如今湖北大冶丧葬仪式中仍流传用于夜祭的风俗歌《蓼莪诗》,其选取了《诗经·小雅·蓼莪》第二、第四章诗文,以"孝祭"中的第二首及"三献礼"中"第一献礼"的第一首歌诗的形式,作为祭品献给逝者。③ 可以说,敦煌僧道把追述父母养育恩德的敦煌产育题材文学作品用于丧葬场合,可能是受到了儒家经典《诗经·小雅·蓼莪》创作传统的影响。

根据宣扬孝道佛经演绎而来的敦煌文学作品自然就成为表现妇女产育生活的主要载体,并被僧侣用于各种讲唱活动中,包括丧葬场合。歌辞《报慈母十恩德》《孝顺乐》《父母恩重赞》明显带有现场讲唱的痕迹。伏俊琏曾指出,"敦煌讲唱文学多产生于仪式,并通过一定的仪式得以生存、发展和传播"。④ 林仁昱称佛教除了阐发义理、勉励人们信佛之外,"免不了要与民间的婚丧习俗相结

---

① 刘传启:《"劝孝"与敦煌丧仪》,《敦煌学辑刊》2017 年第 4 期。
② 《诗经》,《十三经注疏》本,第 460 页。
③ 中国民间歌曲集成全国编辑委员会、中国民间歌曲集成·湖北卷编辑委员会:《中国民间歌曲集成·湖北卷》,中国 ISBN 中心,1988 年,第 369 页。
④ 伏俊琏等:《敦煌文学总论》(修订本),上海古籍出版社,2019 年,第 15 页。

合,并兼作为人祈福消灾之典仪,以真正深入人民生活,扩大教团的力量"。① 比如佛传变文《太子成道经》运用于丧葬场合用以超度亡灵。楹雅珍为亡父造观音像,抄写佛经积功德,其中就有《太子成道经》,这说明《太子成道经》与同时被抄写的《优婆塞戒经》都具有超荐亡灵的功能。从敦煌写卷中经常可见祭文、亡斋文、印沙佛文等复杂多样的法事应用文献与佛曲、民间歌曲、佛本生故事、历史故事、民间传说等文学作品联抄在一起的现象,这可能是当时僧侣在讲唱仪式上运用这些文本实际情况的真实反映。

直至现在,在丧葬场合通过宣讲父母生育、养育恩德等劝孝题材,以超度亡灵、劝化众生的丧葬习俗仍然还在全国各地流传。甘肃、陕西、湖北、重庆、安徽、江西、湖南、贵州、广东、福建、辽宁、吉林等地都存在歌唱父母恩德,尤其是母亲怀胎、生育、哺育等恩德来劝导众生行孝,报答父母恩德的文学作品。据不完全统计,这六十多首运用于丧葬仪式上歌颂父母恩德的文学作品主要以丧歌、歌谣形式呈现,也出现在宝卷、傩戏、戏曲等体裁中。其内容主要以歌颂母亲十月怀胎、产子、养子等过程的辛苦为主,也有单独赞颂怀胎生活、乳哺恩德、回干就湿恩成篇。不单单是汉民族,土家族、布依族等少数民族也使用此类题材作品来赞颂亡母的功德、祭祀亡人、超度亡魂、教化众生。

借歌颂父母恩德用以祭祀、超度亡灵的作品,其篇名以"十月怀胎""怀胎"为主,也有"血盆经""破血湖""十重深恩""十补母重恩""难报父母养育恩""目连报恩经"等题名。其中,以"目连报恩经"与"血盆经""破血湖"等为题的丧歌显然是受《盂兰盆经》及相关变文的影响。鄂西北土家族所举行的丧葬仪式音乐表演中法师扮演目连为报父母恩破地狱的情节,来自演绎《佛说盂兰盆经》而成的《大目乾连冥间救母变文》中目连报恩破狱救母故事。法师在表演目连救母情节的同时,边跳边唱《血盆经》或《破血湖》经文,替父母"解罪",破除地狱鬼门关、救度亡人出苦海。随着盂兰盆会的盛行,以目连救母为题材的宝卷、戏文作品也层出不穷。明代郑之珍《新编目连救母劝善戏文》、青阳腔《目连戏文》用民间七言体唱诵十月怀胎之苦,哺乳、回干就湿等养育恩德。现在流传于湘西的民间宝卷《目连救母出离生天宝卷》(《佛门目连救母血湖法忏》)也属于此系列,用在丧礼上以超度亡魂。

现在流传较多、数量较多的歌谣《十月怀胎》类主要是根据《怀胎宝卷》发

---

① 林仁昱:《敦煌佛教歌曲之研究》,佛光山文教基金会,2003年,第140页。

展、演变而来。清末佚名抄本《小卷偈文集(一)》收录了《怀胎宝卷》,主要描写母亲十月怀胎、生子、养儿生活的辛苦。[①] 显然,《怀胎宝卷》题材内容受《报慈母十恩德》《父母恩重经讲经文》怀胎生子养儿题材的影响。后来南曲《孝顺歌》渊源于此,清代流行的《二十四孝》、《十月怀胎》小曲(附《临盆经》)等,可能也是受《报慈母十恩德》影响。《报慈母十恩德》与《父母恩重经讲经文》《目连救母变文》都是相通的。[②]《血盆经》《破血湖》与《十月怀胎》《十重深恩》等歌谣题材内容多有相似之处。《十月怀胎》类歌谣主要描述母亲孕期因胎儿发育带来的各种不适及负重之苦。有些歌谣虽然以"十月怀胎"为题,但是其内容包括了生子、育儿等生活。

很明显,以"十重深恩""十补母重恩"为篇题的丧歌直接脱胎于敦煌宣孝歌辞《报慈母十恩德》《父母恩重赞》《孝顺乐》,主要歌颂父母怀胎、生子、养育的恩德。河西走廊景泰、古浪县一带仍流传着以《报慈母十恩德》《孝顺乐》《父母恩重赞》等为母本的民间小调《十重深恩》。无论从题目、体裁、语言,还是从内容来看,小调《十重深恩》与敦煌歌辞《报慈母十恩德》等存在着惊人的一致性。尤其值得注意的是,二者的功用和演唱场合也相同。据高启安研究,《十重深恩》与其他河西地区的民间小曲不同,一般专门在丧葬期间演唱,演唱者一般为丧主请来主持丧事的阴阳先生和吹鼓手。除《十重深恩》外,《哭五更》《五更盘道》等以劝善、劝孝、咏佛等为主的民间曲子也用以丧葬期间演唱。[③] 这说明歌辞《报慈母十恩德》《孝顺乐》《父母恩重赞》等运用在丧葬仪式上用以歌咏亡父亡母恩德,劝导众生行孝。吉林,辽宁盖州市、辽阳、台安等地至今仍流传着运用于丧礼劝孝活动中歌颂父母恩德的民间小调。

值得注意的是,有些丧歌只运用于女性丧礼上,以歌赞女性怀胎、生子的功绩,宣扬母恩。如流传于辽宁台安一带的《十补母重恩》、盖州市《十步母重恩》,江西宁都《怀胎歌》、赣南南康客家《十月怀胎》、遂川《怀胎歌》,安徽安庆宿松《十月怀胎歌》、安庆望江《十月怀胎》,湖北长阳《血盆经》等。无论是《血盆经》《十步(补)母重恩》,还是《怀胎歌》,所歌颂的都是女性怀胎、生子、血乳喂养、回干就湿等生活经历,可以说是女性生育生活的缩影,所以这些歌谣专用于女性

---

① 车锡伦主编:《中国民间宝卷文献集成·江苏无锡卷》第14册,钱铁民分卷主编,商务印书馆,2014年,第7786—7797页。
② 任二北:《敦煌曲初探》,上海文艺联合出版社,1954年,第67—68页。
③ 高启安:《〈十重深恩〉与敦煌曲子辞〈十恩德〉〈十种缘〉〈孝顺乐〉》,《敦煌研究》1991年第1期。

丧葬仪式上合乎情理。除了上面列举的歌谣，在丧葬劝孝活动的早期，其他怀胎生子题材的丧歌可能都是仅运用于女性丧葬仪式劝孝活动中。随着丧歌种类、劝孝活动形式多样化的发展，专用于女性丧葬仪式上的孝歌的使用对象逐渐全面化、普遍化。

随着社会习俗的变迁，宣扬父母恩德、怀胎生子之苦的歌谣也运用到婚礼场合，以答谢新娘父母生育、养育之恩。如流传于青海民和的《谢娘母恩》《谢娘恩》、互助的《谢娘恩歌》，通常由新郎方唱诵此歌，并向新娘母亲赠送礼物，答谢新娘母亲含辛茹苦的养育之恩。湖南永顺土家族的哭嫁歌《哭爹娘》、嘉禾的伴嫁歌《养女才知父母恩》、四川巴中的哭嫁歌《定报爹娘养育恩》、米易的婚嫁歌《说父母养育恩》等多是歌颂母亲怀胎生子、父母养育子女的辛苦，以感谢父母养育恩为基调，表达出嫁女出嫁时的不舍之情，并劝众人回报父母恩德。

可以说，不论是敦煌产育题材文学代表作品《父母恩重经讲经文》《报慈母十恩德》《孝顺乐》《父母恩重赞》，还是《破血湖》《目连戏文》《怀胎宝卷》等丧歌，在题材内容、结构模式、体裁以及语言方面多有相似之处。这些作品都是以妇女怀胎、分娩、育儿生活等为题材，采取韵散结合的讲唱形式，通过歌赞父母尤其是母亲怀胎生子、育儿生活经历来宣扬父母恩德，劝导众生行孝，起到道德教化功能。语言大多通俗易懂，明白晓畅，富有生活气息。

从以上这些与敦煌产育题材文学作品存在密切关系的丧歌、婚礼歌在现在的流传情况来看，敦煌产育题材文学作品在唐五代时期完全有可能作为宗教音乐曲辞被僧侣广泛运用于丧葬劝孝活动中。敦煌入破历中出现的劝孝活动开支，说明劝孝活动确实曾经在敦煌地区盛行。如此看来，敦煌产育题材文学作品用于劝孝活动的情况应该也是较为常见的。作为丧葬仪式上的唱诵内容，敦煌产育题材文学作品所具有的教育教化民众行孝、劝孝以稳定人伦关系、超度亡人以慰藉亡人家属等现实意义和价值，加速了敦煌产育题材文学作品在敦煌地区民众之间的传播，形成了一道独特的风情线，并对后世俗文学，尤其是宝卷、戏文、歌谣等产生了深远的影响。

第三节　敦煌产育题材文学对后世俗文学的影响

敦煌文学关于孕期生活的描写主要集中在《父母恩重经讲经文（一）（二）》

《报慈母十恩德》《父母恩重赞》《孝顺乐》等作品中。这一系列作品多是演绎伪经《佛说父母恩重难报经》、丁系统《佛说父母恩重经》而成。由于敦煌产育题材文学竭力去表现母亲怀孕、育儿的身心疲惫和辛苦,很好地诠释了父母恩德,因此这自然成了颇有说服力的劝孝事例。佛教精准地把母亲孕产的辛苦和孝道联系起来进行劝孝。佛经影响下的敦煌产育题材文学作品自然延续了佛经以孕产题材为劝孝例证的这一叙事模式,并对同时代、同地域的类似文学题材,乃至后世俗文学产生了深远的影响。

敦煌产育题材文学最直接的影响表现在对唐代同地域古藏文佛经讲经文的影响。敦煌古藏文 P. t640、126《孝子经之解说》细致描写了妇女孕期、生产的辛苦:"起初孕期身不便,十月怀胎多烦恼,一旦分娩如宰羊,鲜血四溅左右染,阵痛难忍将断气,干暖被褥孩儿卧,寒湿冻地母亲眠。"这两卷藏文佛经讲经文卷子译自于汉文佛经或佛经变文。① 此汉文佛经指的是《佛说父母恩重难报经》、丁系统《佛说父母恩重经》,佛经变文可能是《父母恩重经讲经文》之类。《孝子经之解说》把怀孕、分娩、幼儿日常护理等辛苦用七言形式表现出来,无非不离佛经所宣扬、敦煌产育题材文学所表现的主题:怀担守护恩、临产受苦恩、回干就湿恩等恩德。

其实,唐代民间劝善劝孝文学也出现了相类似的题材内容的作品。王刚《劝孝篇》与敦煌产育题材文学的变文、歌辞多有相似,都是用母亲抚养孩子成长的生活点滴与孩子成家之后的不孝行为形成强烈反差。《劝孝篇》用黄香、王祥、孟宗、郭巨、丁兰等人的孝行事迹来劝导众人,其中用通俗语言描绘了母亲哺育孩子的过程:

十月居母腹,渴饮母之血,饥餐母之肉。儿身将欲生,母身如杀戮,父为母悲辛,妻对夫啼哭,惟恐生产时,身为鬼眷属。一旦见儿面,母命喜再续。自是慈母心,日夜勤抚鞠。母卧湿簟席,儿眠干裀褥。儿睡正安稳,母不敢伸缩。全身在臭秽,不暇思沐浴。横簪与倒冠,形容不顾渥。动步忧坑井,举足畏颠覆。乳哺经三年,汗血注几斛。……日暮不归家,倚门至昏

---

① 罗秉芬:《唐代藏汉文化交流的历史见证——敦煌古藏文佛经变文研究》,《中国藏学》1989年第2期。

旭。儿行千里程,母心千里逐。①

此篇围绕劝孝主旨,用五言韵文铺叙了母亲怀胎分娩、对幼儿的日夜护理、血乳喂养、儿外出时的牵挂等情节,再现了《佛说父母恩重难报经》、丁系统《佛说父母恩重经》中的回干就湿恩、血乳喂养恩、远行忆念恩。不难看出,此篇与《父母恩重经讲经文》存在着密切的联系,或许都是源于《佛说父母恩重难报经》、丁系统《佛说父母恩重经》的影响。这与《佛说父母恩重经》在唐代的广泛流传密不可分。其经在敦煌写本、黑水城文书、房山石经、安岳石刻、山东石刻、日本写经及韩国古写经中都有保存,说明了此经的流传范围之广、影响力之深远。

《劝孝篇》内容在明王守仁《文昌帝君劝孝歌》、清王中书《劝孝歌》也见记载,仅个别字词稍异,新增了"儿病甘身赎""儿若能饮食,省口恣所欲"等语句。②可以说,这是佛经十恩德在明清时期通俗化的表现。

郑阿财探讨《十恩德赞》对中国俗文学的影响时,着重梳理了十恩德对明清宝卷、鼓词、杂曲等的影响。③锺佩嬑在梳理表现孕产之苦的敦煌文学文本之后,搜集整理了近现代闽南各地孕产题材歌谣、说唱文学文本,分析其内容、结构、押韵形式,搜集并分析了丧歌《十月怀胎经》内容及台湾地区与孕产题材相关的俗语、谚语。④可以说,以上研究对宝卷、鼓词以及台湾孕产题材讲唱文学资料搜集得较完备。在此基础上,我们主要补充一些大陆地区表现产育生活,尤其是怀胎题材的宝卷、花鼓戏、二人台、歌谣等俗文学文本,以考察敦煌产育题材文学作品在内容、劝孝目的等方面对后世俗文学产生的深远影响。

一、宝卷

宝卷产生于宋元时期,它的渊源是佛教俗讲,它是在宋代佛教僧众为世俗

---

① 袁啸波编:《民间劝善书》,上海古籍出版社,1995年,第122页。
② 《民间劝善书》,第123—124页;〔清〕陈宏谋辑:《五种遗规》,线装书局,2015年,第245—246页。
③ 郑阿财:《孝道文学敦煌写本〈十恩德赞〉初探》,《华冈文科学报》1981年第13期。
④ 锺佩嬑:《传统孕产民俗及文学作品之研究》,台湾花莲教育大学民间文学研究所博士学位论文,2008年,第295—391页。

信徒做的各种法会道场活动中孕育而生的。① 宝卷与俗讲文本变文存在密切的关系,这是无疑的。郑振铎称宝卷是变文的长房子孙;李世瑜认为,在唐五代俗讲及演绎佛经故事的变文基础上发展而来的宋代说经,杂糅了宋代以来的鼓子词、诸宫调、散曲及戏曲等形式而形成了宝卷。② 可见,宝卷滥觞于敦煌变文,在变文基础上发展演变而来的说法,是毋庸置疑的。

作为具有劝善功能的宗教说唱艺术,宝卷在民间发挥着道德教化、劝善的功能,其中以颂扬孝道、父母恩德为主旨的宝卷多有对母亲怀胎、生子、养儿等题材的描写。比如《文昌孝经注解》、《目连三世宝卷》、《血湖宝卷》③、《怀胎宝卷》等都涉及对母亲十月怀胎、生子、养子艰辛的描写。清刻本《文昌孝经注解》第二、三、四章分别铺叙了母亲怀胎生子、父母教育、保护子女的生活,以此劝导众生要向父母尽孝。④ 清刻本《目连三世宝卷》上卷记载父母双亡后,目连想起父母养育恩难报,铺叙了怀胎、分娩、洗濯不净、哺乳、回干就湿、病中看护、教育等十种恩德。⑤ 这些宝卷中以《血湖宝卷》对怀胎、分娩、护理生活的描写与敦煌变文相关题材作品内容最为相似:

> 怀胎十月,肚腹中,负累杀,我母辛勤。在娘怀,胎腹中,吃娘血肉,食娘亲,精血肉,三斗三升。母一呼,儿一吸,接娘真气。母一吸,儿一呼,夺母精神。……临时分娩。扯娘肺,踏娘胯,摘母心肝。孝顺儿,易得生,时间分娩。忤逆子,累娘亲,费尽心(辛)勤。生下来,母昏沉,魂飞天外。霎时间,性与命,如见阎君。生下儿,团圆了,心中欢喜。若是个讨命鬼,子母分离。产难苦,一时间如同宰马。似杀牛猪羊犬,满地通红。生下地,母昏沉,东西不晓,好便是蝉脱壳,死里逃生。儿离母,将剪刀,剪断脐胅(带)。……儿脐胅(带),通着母,五气真精,乃五气,共真精,丹田纳受。上为性,下为命,保守中宫。抚养儿,一二周,三四五岁。累娘亲,费尽心,万苦千

---

① 车锡伦:《中国宝卷的渊源》,《扬州大学学报》(人文社会科学版)2000年第5期。
② 郑振铎:《中国俗文学史》,湖南大学出版社,2014年,第8页;李世瑜:《宝卷新研——兼与郑振铎先生商榷》,收入文学遗产编辑部编辑《文学遗产增刊》4辑,作家出版社,1957年,第165—181页。
③ 湖北三峡地区流传在亡母祭祀时,唱诵《血湖经》《血湖道场》《血湖宝卷》《血湖挂灯报恩玄科》等道教经文、宝卷等。欧阳运森:《荆门雄风》,中央文献出版社,2000年,第22页。
④ 周燮藩主编:《民间宝卷》第8册,黄山书社,2005年,第138—141页。
⑤ 《民间宝卷》第11册,第140—141页。

辛。左边湿,叫娘睡,儿睡干处。右边干,儿安身,母卧尿坑。两边湿,却将儿,抱在身上。手抱了男和女,巴到天明。养儿女,实指望,后来送老。谁知道,颠倒做,母送儿亡。少女人,在血湖,一般如此。世间人,谁肯去,报答娘恩。现在时,都不肯,长斋到老。父母止,三五七,饮酒吃荤。母为儿,造一切,无边大罪。儿吃酒鸡鱼肉,罪不非轻。儿有罪,未能免三途之苦,怎得报爹和母养育深恩?[①]

此段出自周素莲抄本《血湖宝卷》,描绘目连下地狱寻母,见血湖池受罪女,想起母亲十月怀胎、生子、养儿的辛苦及哺乳、洗衣不净、回干就湿等恩德,发出"未能救母免三途之苦",如何报父母养育深恩的感慨。这显然是对敦煌变文、歌辞中相关题材的继承,以更通俗的语言表达出来,从而达到宣扬孝道的目的。不仅如此,宝卷也继承了孝顺子、忤逆子出生时不同的分娩时长,给母亲带来的不同分娩感受等题材内容。同时,宝卷善用具体的数字、譬喻手法精准、生动地描写胎儿与母亲呼吸之间的关系、临盆时的场面、产妇痛苦分娩的细节,这也是受到佛教譬喻文学的影响。

《血湖宝卷》又叫《目连救母宝卷》,以佛经目连救母故事为题材,蕴含着血湖信仰,在宣唱过程中宣扬"奉养三宝,报养恩亲"思想,其前身是产生于北元宣光三年(1373)现存最早的宝卷《佛说目连救母出离地狱生天宝卷》。目连救母故事源于《盂兰盆经》,其中有目连祈求于佛,在七月十五设盂兰盆供养十方僧众,借十方僧众之力让母脱离饿鬼道的重要情节。因为本经强调孝道思想,因此颇受国人重视,自梁武帝于大同四年(538)举办第一次盂兰盆会以来,盂兰盆会便在民间广泛流行,从而形成中国较为重要的民俗节日——七月十五盂兰盆节。

随着盂兰盆会的盛行,目连救母的故事也在民间广泛流传。现在可知的资料有明洪武五年(1372)《目连救母出离地狱生天宝卷》;明抄本《目犍连尊者救母脱离地狱升天宝卷》;清人又扩大至二十种之多的《目连救母宝卷》版本;民国另增加有十多种版本。[②] 湘西《目连救母》文献,或名《目连报恩经》《报恩科》《佛

---

① 《民间宝卷》第 14 册,第 164—165 页。
② 车锡伦编著:《中国宝卷总目》,北京燕山出版社,2000 年,第 164—168 页。

门目连救母血湖法忏》等,与《血湖宝卷》内容大致相似。① 湘西"目连救母"系列在结构上有别于其他地区,增加了大量感恩母亲十月怀胎的艰辛及超度亡魂的内容。湘西丧葬仪式上唱诵"目连救母"系列宝卷,宣扬父母恩德、歌颂母亲怀胎养育的辛苦,用以救亡母出血湖,达到超度亡魂的目的。

二、傩戏

傩,是上古先民创造的一种驱逐疫鬼的原始宗教活动。在此基础上衍生出以逐疫、戏神为目的的傩戏。傩戏蕴含着我国戏曲的萌芽,与北方秧歌、社火,南方花鼓、采茶等存在密切关系。秧歌是上古乡人傩(沿门逐疫活动)与西域民间歌舞相结合,汉族元宵社火舞队与维吾尔族"姎歌偎郎"相结合的产物。南方称秧歌为秧歌灯、花灯、花鼓、采茶等,也属于傩戏一流。

涉及产育题材的傩戏主要有广东湛江傩戏《怀胎经(二十四孝)》、湖南桑植白族低傩《脱白穿青(怀胎经)》、广西象州《唱目连(怀胎经)》(其一、其二)、甘肃西和秧歌《怀胎曲》、陕西陇州步社火《姬儿怀胎》、赣南采茶戏《怀胎歌》、安徽凤阳花鼓《十月怀胎》等,这些文本都竭力讴歌母亲怀胎生子,尤其是十月怀胎所承受的辛苦及怀胎给母亲带来的身心变化,也彰显当地的风土人情特色。其中,以广东湛江傩戏《怀胎经(二十四孝)》描写最为细致:

> 正月怀胎雨露水,无头无脑又无人。无头无尾无见面,无知何日上娘身。二月怀胎血朦胧,精神恍惚又多端。三餐茶饭不想食,一心只想酸甜汤。三月怀胎成血片,娘在房间心闷愁。头壳无梳面无洗,手酸脚软懒梳装。四月怀胎母知音,已是难得脱离身。娘在路途多愁闷,成夜愁到大天光。五月怀胎分男女,系男系女天主张。左边跳跳是男子,右边踢踢系女身。六月怀胎长六根,林中苦草犯三光。茶饭无敢食得饱,罗裙不敢揪得紧。七月怀胎生七孔,娘在江水洗衣裳。上岭下坎娘辛苦,又惊跌倒肚中人。八月怀胎啄娘身,身重脚软路难行。翻来复去无睡得,成夜青眼到天光。九月怀胎期将满,娘在房中好操心。上家请娘娘难去,下家请娘娘难

---

① 刘晓蓉、张建强:《论宝卷对孝道文化的弘扬——基于湘西宝卷的田野调查》,《怀化学院学报》2017年第10期。

行。十月怀胎儿当生,是男是女天注定。儿在肚中团团转,阵阵痛裂娘心肝。一阵痛来又一阵,二阵痛来好难当。娘要上天天无路,娘要下地地无门。牙齿咬得铁钉断,花鞋踏得地皮穿。夫妻二人无计较,祖宗面前烧灵香。双膝跪下尘埃地,望神保佑贤妻身。祖公面前许朝会,观音面前许经文。朝会经文都许好,系男系女早离身。(下地)孩儿落地叫一声,老母与同两世人。孩儿落地叫二声,娘亲叫儿肚上眠。孩儿落地叫三声,合家男女尽欢心。一盆清水将儿洗,八幅罗裙包儿身。轻轻放落床中睡,娘把乳水来哺儿。左边干处放儿睡,右边湿处母安身。若然两边都湿了,双手抱儿肚面眠。一日食娘三肚乳,三日食娘九肚浆。娘乳无似长江水,无似山林树木浆。口口食娘身上血,见母饥瘦面皮黄。貌丑面黄皆因子,几多辛苦无人知。一岁二岁食娘乳,身潮身湿无人知。一夜天光屎共尿,换被换片到天光。三岁四岁麻痘疮,见儿得病很操心。养得三朝共百日,见儿无事且宽心。五岁六岁搅泥沙,头乌面暗害娘亲。早晨将儿面来洗,晚间将儿脚来汤。养得孩儿七八岁,父母心想送书房。读得两年"上大人",学习见识有一般。读得圣人写的书,聪明伶俐得头名。九岁十岁上高小,家中葬得好坟山。①

广东湛江傩戏以七言韵文形式运用宣扬报答娘恩的《胚胎经》来歌咏母亲十月怀胎的辛苦、临盆分娩的剧痛,血乳喂养、回干就湿等日常护理,病儿护理、教育等情景,这与敦煌文学产育生活题材内容多有相似,描写得细腻生动,真实传神地描摹了一幅幅妇女怀胎、生了、教育孩子的生活场景。《怀胎经(二十四孝)》在详细铺叙怀胎、分娩、养子、教子之后,紧接着歌咏了董永、丁兰、孟宗、郭巨、赵氏等二十四孝子的孝行来劝导世人行孝,从而达到超度亡魂目的。

广东湛江傩戏《胚胎经》是指《怀胎经》。在佛经《盂兰盆经》及其演绎而来的相关变文《大目乾连冥间救母变》《盂兰盆经讲经文》《目连变文》《目连缘起》等未见怀胎题材,《怀胎经》与《血湖宝卷》之间存在密切的关系。《怀胎经》本是《目连宝卷》中的一部分,后单独流传。清末民国时期石印宝卷开创者文益书局在宣统三年(1911)刊发的《新抄经卷合刻》收录了《怀胎经》《报娘舅》《大悲咒》

---

① 朱恒夫主编:《中国傩戏剧本集成·湛江傩戏》,庞洁、倪金燕编校,上海大学出版社,2018年,第213—219页。

《心经》等十种经卷,这些经卷是中国民间社会最流行、最实用的经卷。① 因为《怀胎经》讲述母亲怀胎生子的辛苦、养儿的恩德,用于解救母亲出血盆池地狱,所以广泛运用于丧葬仪式上以超度亡灵。

《怀胎经》即《血盆经》,产生于目连救母故事中,以目连下地狱救母时想起母亲怀胎生育恩德为主要内容。湖南保靖酉水船歌《十月怀胎》又被称为《血盆经》。广西师公戏《解秽、投师科》、东部客家地区丧俗歌《怀胎经歌》解释了《怀胎经》产生的由来:"当初行孝是何人?目连行孝救慈(娘)亲。留下《怀胎经》一卷,养子方知父母恩。"②甘肃临洮民歌《十个月怀胎》表现了《怀胎经》与目连行孝之间的重要关联:"唐朝目连行孝道(呀),至今流传的《怀胎经》呀。"③临洮民歌《目连生(僧)》写得更详细:"唐朝(嘛)半年行孝道(呀),至今(嘛)流传的《怀胎经》(呀),(那么佛呀)(的)《怀胎经》(呀)。昔日有个目连生(呀),一头担母一头经呀,担经在前背了母,担母在前背了经。连经连母平担起,路旁的树木两道风(呀),我母怀我十个月,我担老母十八春。……一到了灵山见佛祖,二到了灵山亲上亲。大小经书都请上,要请一卷《怀胎经》,《怀胎经》上说得好,字字行行报母恩。"④京族民间流传着善男信女为亡者诵读《金刚经》《血盆经》(又曰《十月怀胎经》)的风俗,认为诵经可以让亡者不过地狱门,不遇阎罗王。⑤ 湖南永兴《十月怀胎经》揭示了诵读《怀胎经》的目的在于"《怀胎经》上无别事,句句说的母恩深。荐拔我娘出血盆,出得地狱上天庭"。⑥ 在人们看来,女子行经、分娩生产所致的经血血污会冲犯诸神,死后入血湖池,下地狱。这也是《怀胎经》又称《血盆经》的原因之一。通过歌颂母亲怀胎生子、养儿的辛苦与功德,救亡母出血盆池、地狱成为孝子应尽之责。

现在广西玉林师公戏《释迦担经科》、《唱目连》(一、二),浙江平湖太保书,四川青川戏文《目连和尚寻母》,云南富源水族、陕西凤县《怀胎歌》,湖南花垣

---

① 尚丽新、张一帆:《清末民国文益书局石印宝卷始末》,《宝鸡文理学院学报》(社会科学版)2021年第4期。
② 张廷兴、董佳兰等编校:《广西壮族师公戏》,上海大学出版社,2018年,第357页;严永通、凌火金:《广西客家山歌研究》,广西人民出版社,1991年,第148页;罗秀兴主编:《广西民间文学作品精选·玉林市卷》,广西民族出版社,1991年,第258页。
③ 赵磊主编:《甘肃民族民间歌曲全集·定西市卷》第9卷,甘肃文化出版社,2016年,第120页。
④ 《甘肃民族民间歌曲全集·定西市卷》第9卷,第213页。
⑤ 符达升等:《京族风俗志》,中央民族学院出版社,1993年,第85页。
⑥ 王明喜、邝良桃、刘爱廷:《永兴民俗》,花城出版社,2010年,第129页。

《哺乳恩》、永兴《十月怀胎经》、桑植《脱白穿青》、保靖酉水《十月怀胎——〈血盆经〉之一》、贵州习水《十月怀胎歌》、剑河《实在难报爹娘恩》、宁夏《十月怀胎》、安徽枞阳《十月怀胎经》等都包含了《怀胎经》,通过傩戏表演唱诵《怀胎经》,歌颂母亲怀胎生子等恩德,解救亡母出血湖地狱,超度亡灵。

三、戏曲

戏曲与宝卷同为说唱艺术,二者在题材内容、表演形式等方面存在着密切的关系。现收藏于青海民和县麻地沟乡的《目连宝卷》被誉为"中国古老戏曲活化石",是我国目前唯一一部首尾完备的目连戏剧本。① 显然,这种说法正是把二者等同起来。

随着盂兰盆会盛行,在目连经文、变文、宝卷等基础上,以《盂兰盆经》《大目乾连冥间救母变》目连救母故事为题材的戏文逐渐发展起来。唐代目连戏已在民间流传,此时目连戏更多侧重于目连题材变文的讲唱活动。晚唐孟棨②《本事诗》"嘲戏第七"、王定保《唐摭言》卷一三"矛盾"条载白居易、张祜以对方诗句互嘲的趣事,仅文字详略不同,其中张祜用"上穷碧落下黄泉,两处茫茫皆不见"一语嘲笑白居易《长恨歌》,孟棨称此语出自《目连变》,王定保云《目连经》。③ 李小荣通过版本比对和梳理相关佛教伪经史料,断定《长恨歌》用语出自《目连经》。④ 可见,唐五代目连题材的经文、变文等较为盛行,已成为诗人之间互相戏谑的素材。

目连救母故事自宋代以杂剧形式在都城演出,迄今在戏曲舞台上已有近千年历史。宋杂剧、金院本、元杂剧、南戏都曾演出过目连救母故事的相关剧目。《东京梦华录》卷八"中元节"记载宋代开封地区中元节上演目连戏情景:"构肆乐人自过七夕,便般目连救母杂剧,直至十五日止,观者增倍。"⑤可见,杂剧《目连救母》在中元节期间上演八天,广受民众喜爱,可惜剧本未见流传下来。元陶

---

① 徐明、霍福:《青海目连戏》,青海人民出版社,2007年,序第3页。
② 孟棨,当作孟启。陈尚君:《〈本事诗〉作者孟启家世生平考》,《新国学》第6卷,巴蜀书社,2006年,第1—17页。
③ 丁福保辑:《历代诗话续编》上册,中华书局,1983年,第21页;〔五代〕王定保撰:《唐摭言校注》,姜汉椿校注,上海社会科学院出版社,2003年,第271页。
④ 李小荣:《目连故事流播研究四题》,《石河子大学学报》(哲学社会科学版)2022年第1期。
⑤ 〔宋〕孟元老撰:《东京梦华录注》,邓之诚注,中华书局,1982年,第212页。

宗仪《南村辍耕录》卷二五"院本名目·拴搐艳段"中有金院本《打青提》①，金院本仅存剧名，"打"为表演之意，此剧当是以目连母亲为主，演目连母亲青提夫人地狱受刑故事。元杂剧《目连救母》见录于元末明初无名氏《录鬼簿续编》"诸公传奇，失载名氏"②，演绎目连行孝道救母故事。杂剧《目连入冥》见载于明沈德符《顾曲杂言》，沈德符论其"太妖诞"。③ 南戏莆仙戏是现存目连戏中最古老的，现代流传的福建莆仙戏《目连救母》、江西南戏《目连救母》保留了早期南戏形态，其中，莆仙戏本传戏名《目连》，共七十八出，其中第六十六出"血湖空寂"④，可能涉及怀胎、分娩、生子题材。

经过宋元戏曲的发展，明代目连戏戏文内容逐渐丰富。明朝中叶富春堂（世德堂）原刻《目连戏文》是此剧最早的刻本。⑤ 现存最早的目连戏刊本是明万历初年安徽郑之珍编撰并刊刻的《新编目连救母劝善戏文》（三卷），此刊本被认为保存着宋杂剧梗概，卷下"三殿寻母"记载刘氏哭诉妇女生儿育女的三大苦楚。其中，第一大苦楚主要围绕十月怀胎期间胎儿发育、分娩的痛苦进行描写，显然是脱胎于敦煌产育文学，在题材内容、表现手法方面颇为相似：

　　未有儿时终日望，堪堪受喜尚难凭。一月怀耽如白露，二月怀耽桃花形。三月怀耽分男女，四月怀耽形相全。五月怀耽成筋骨，六月怀耽毛发生。七月怀耽右手动，八月怀耽左手伸。九月怀耽儿三转，十月怀耽儿已成。腹满将临分解日，预先许愿告神灵。许下愿心期保佑，岂知一旦腹中疼。疼得热气不相接，疼得冷汗水般淋。口中咬着青丝发，产下儿子抵千金。炉灰掩时血满地，污衣洗下血盈盆。三朝五日尚欠乳，请个乳母要殷勤。痛儿一似心上肉，爱儿一似掌中珍。儿耶儿，一日吃娘十次乳，十日百次未为频。衣裳裹儿尿与屎，时时更洗净清清。儿若生疮娘一样，手难动也脚难行。头要梳时梳不得，蓬松两鬓裹包巾。日日抱儿在怀内，难开肉锁重千斤。日间苦楚熬过了，夜间苦楚对谁论。儿睡熟时娘不睡，心心又

---

① 〔元〕陶宗仪撰：《南村辍耕录》，中华书局，1959年，第311页。
② 〔元〕钟嗣成、贾仲明：《录鬼簿正续编》，浦汉明校，巴蜀书社，1996年，第192页。
③ 〔明〕沈德潜：《顾曲杂言》，《丛书集成初编》本，据砚云本排印，第11页。
④ 朱恒夫：《目连戏》，南京大学出版社，1993年，第62—63页。
⑤ 钱南扬：《读日本仓石武四郎的〈目连救母行孝戏文研究〉》，收入贾菁菁编校《近代中国学者论日本汉学》，上海古籍出版社，2018年，第343—347页。

怕我儿醒。若是夜啼儿吵闹,三更半夜起吹灯。左边湿了娘身睡,右边干处与儿临。右边湿了娘又睡,左边干处把儿更。[飞白]若是两边都湿了,抱儿在胸上到天明。这是乳哺三年苦,儿嗳,养子方知父母恩。万苦千辛说不尽,人生莫作妇人身。①

刘氏以整齐划一的七言体向众人讲述了妇女怀胎,尤其是分娩、育儿的辛苦,生动形象、感人泪下。与敦煌文学侧重表现孕妇因为妊娠反应带来身心变化、怀胎辛苦不同,《目连救母劝善戏文》着力去表现胎儿每月的发育情况,对后世歌谣逐月描写胎儿发育的题材内容影响较大。通过描写孕妇神灵前许愿衬托出孕妇对分娩的恐惧、母子安危的担忧,将临盆前孕妇的心理,描写得惟妙惟肖。

戏文综合运用比喻、夸张等修辞手法,数字具体化方法,描写妇女分娩的痛感、血腥场面,哺乳、回干就湿等生活细节,直观、形象地刻画了妇女怀胎生育之苦。如用"热气不相接""水般淋""咬着青丝发"来表现分娩的阵痛。一日十次、十日百次喂养,表现母亲喂养的频繁,流露出母亲深沉的爱意。这些描写再现了妇女的分娩场景,画面感十足。

除了怀胎生子、哺乳、对睡熟的孩子回干就湿的照料,刘氏还哭诉了妇女第二苦楚:孩子成长过程中的百般操劳和担忧。

乳哺三年将满日,见儿断乳甚孤恓。才得些些好滋味,省口留下与孩儿。儿能说话娘心喜,儿能行走母提携。母若有事向前去,恐儿又在后跟随。行一步时回一首,好似母鸡顾小鸡。一怕孩儿身上冷,二怕孩儿肚中饥。三怕孩儿遭跌扑,四怕麻痘不疏稀。五怕孩儿犯汤火,六怕孩儿水边嬉。七怕孩儿远处去,八怕孩儿上高梯。九怕孩儿心性憃,十怕孩儿有灾危。若是孩儿身惹病,娘亲急得似昏迷。直待孩儿身可了,方才依旧放双眉。六岁七岁渐乖觉,送儿入学去从师。文房四宝都齐备,一日三餐不敢迟。供膳先生都要好,俸钱迟了怕儿催。若得经书都熟了,送入大学做文词。做得文章应得考,望儿夺取锦衣归。又虑孩儿年长大,与儿婚配正

---

① 〔明〕郑之珍撰:《新编目连救母劝善戏文》,朱万曙校点,俞为民审订,黄山书社,2005年,第372—373页。

当时。①

第二大苦楚通过"十怕"刻画了母亲设身处地为孩子日常安危考虑的形象,担心孩子衣穿少了冷、肚子饿,害怕孩子走路摔跤、水火边嬉戏、爬高处等危险性的行为,一片苦心。尤其是把孩子生病时,母亲焦急的状态描摹得到位、传神。可以说,戏文通过母亲的各种担忧,把母亲含辛茹苦把孩子抚养成人过程中的各种操劳都表现出来,是普天下母亲为孩子操碎心的缩影。

明代目连戏在南北各地不断地上演,闽、浙、湘、鄂、川、滇、鲁、晋、豫都在开演目连戏。② 浙江绍兴新昌调腔《目连戏》第八十七场"三桥(殿)"讲述目连母亲刘氏在血湖池向洪吉各哭诉妇女三大苦楚:一大苦楚是妇人十月怀胎、生子、养儿之苦;二大苦楚是把孩子抚养成人的辛苦;三大苦楚讲述孝子拯救亡母出血池。③ 这些内容与《目连救母劝善戏文》多为相似,与敦煌产育文学相关题材存在密切的联系。

抄于清嘉庆至光绪朝之间的福建泉州民间傀儡班社演出脚本《目连救母》共七十四出,第六十五出"诉血湖"通过说白形式述说了妇人怀胎十月胎儿的发育状况,临盆产子的痛楚与血腥画面,三年乳哺、洗濯不净、回干就湿等恩德。④ 此题材内容见载于泉州木偶剧团收藏的杨度抄本第六十五出,内容大致相同,仅存在个别字词差异。⑤ 福建上杭提线木偶高腔木偶《目连》"目连救母恩情事"以五更形式描写母亲怀胎、生子的辛苦。⑥ 龙岩适中道士戏在灵前追荐,超度亡灵时唱诵《十月怀胎歌》《慈母心》都是歌颂母亲怀胎、生子、育儿的辛苦。⑦

现在仍在演唱的地方剧河南商丘目连戏《目连救母》第十三场《殃杀回门》(此出戏曲舞台布景为灵堂),讲述刘氏在阴间见到目连,回忆起自己十月怀胎

---

① 《新编目连救母劝善戏文》,第373—374页。
② 《目连戏》,第72页。
③ 杨眉良整理:《新昌调腔目连戏》(杨眉良整理本),艺术与人文科学出版社,2010年,第248—250页。
④ 朱恒夫认为木偶戏《目连救母》是在经文、变文尤其是变文的基础上直接产生,没有受到宋元南戏、明清传奇的目连戏剧的影响。《目连戏》,第66页;泉州地方戏曲研究社编:《泉州传统戏曲丛书·傀儡戏·〈目连〉全簿》,中国戏剧出版社,1999年,第261页。
⑤ 《泉州传统戏曲丛书·傀儡戏·〈目连〉全簿》,第423—424页。
⑥ 福建省艺术研究所编:《福建目连戏研究文集》,1991年,第136—138页。
⑦ 《福建目连戏研究文集》,第154—156页。

的辛苦、生儿痛苦、不分昼夜照顾孩儿的辛苦等。① 现流传于青海河湟地区的《目连救母幽冥宝传》涉及了母亲三年哺乳、回干就湿恩德及养育子女等题材。其下卷《刘氏开斋堕地狱》描写刘氏去世时，目连哭诉未报娘恩：

> 三年乳勤抚养移湿就干。稍有病便把儿日夜点检，若是哭就一夜不得安眠。等待儿病体好心才稍缓，又恐怕衣薄单感冒风寒。饮与食寒与衣时刻照管，教儿言口儿笑抱在怀边。才学立母抱儿打攀立站，才学走又怕儿脚软常牵。儿长到十一二母长挂念，麻痘痘又提防心中长悬。撞过了铁门坎忧虑才展，送学下攻诗书以启愚顽。②

戏曲用十言韵语形式，通俗易懂地把母亲养育孩子成长过程中的哺乳、回干就湿、病中照顾、日常护理、孩子穿衣、说话、走路、教育等生活琐事的点滴表现出来。这些题材内容在《新编目连救母劝善戏文》以"十怕"形式写出来，描写了全天下母亲教导孩子走路、说话的情景，担心孩子受寒、挨饿、生病的焦虑。可以看出，在敦煌产育题材文学的基础上，经过数代目连戏的发展，该题材出现了新的变化。尤其是明代郑之珍的《新编目连救母劝善戏文》和青海《目连救母幽冥宝传》结合民间妇女养儿生活进行描写，这些剧本对养儿题材的描写与敦煌产育文学作品有一定差异，可见该题材在近现代流传过程中发生了变异，带有时代气息，更加生活化、世俗化。

可以说，明清以来有关目连救母题材的戏文多紧扣敦煌产育题材来诉说妇女怀胎、生子、育儿的辛苦，以此为劝孝例证，劝说众生及时孝行，超度亡母亡魂等。除了目连救母题材类戏曲，敦煌产育题材对古代戏曲的影响还表现在二人台、黄梅戏、烟歌、地花鼓、花鼓戏、花灯戏、四弦书等曲目对怀胎生子、育儿题材的演艺，这类戏曲、曲艺对该题材的书写显得更现代化、生活化。

二人台是产生于清朝末期，流行于陕北的府谷、神木，晋西北的河曲，内蒙古西部地区的鄂尔多斯和包头、呼和浩特市附近的一种以二人对唱为主的民间演艺形式。现在内蒙古乌兰察布《怀胎》、山西《怀胎（害娃娃）》、广东海丰《十月怀胎歌》等都对母亲十月怀胎题材进行表演。其中，以内蒙古乌兰察布二人台

---

① 马小涵主编：《目连戏》，河南人民出版社，2017年，第92—93页。
② 徐明、霍福：《青海目连戏》，青海人民出版社，2007年，第97页。

传统剧目《怀胎》剧本最为详细,是王三小、桃花二人闲暇无事,演唱怀胎生孩子过程以自娱自乐。此二人台采用夫妻二人对唱形式,尽管以十月怀胎为题材内容,但是与敦煌文学所表现的产育题材在内容、形式方面存在较大的不同。它按照每月怀胎情况逐月进行歌唱,妻子桃花歌唱每月怀胎的身体、饮食变化,丈夫对其所歌唱内容进行回答。对每月怀孕情况进行歌唱时,结合当地的地貌、物产进行表述,如黄河河畔、毛杏儿、牛车、羊肉等,彰显了内蒙古地区的地域特色。

二人台把怀胎十个月的月份分别与正月、二月、三月三、四月八、五月五、六月六、七月、八月八、九月九、十月等时间对应起来;分别把胚胎发育,孕期第三、四、六月饮食口味变化,孕后期身体变化以口语化的语言歌唱出来。尽管其形式与敦煌文学已大不相同,但是在题材内容方面或多或少地受到了敦煌产育题材文学内容的影响。

流行于川北的灯戏,湖南的地花鼓、花鼓戏,云南的花灯戏主要演绎妇女十月怀胎的生活,表现妇女怀胎身心变化带来的感受及辛苦。这些剧本多富有现代生活气息,流露出当地物产风貌特点,如孕妇孕期想吃的食物主要以当地物产为主。这是敦煌产育文学相关题材随着时代变迁而发生的相应变化,呈现出新的面貌。

四、歌谣

敦煌产育题材文学对俗文学的影响,属歌谣受影响最大。以母亲十月怀胎、分娩、养儿为题材的文学样式中,歌谣是数量最多、流传最广的。据不完全统计,以怀胎生子、育儿为题材的歌谣多达 331 首,传唱于全国各省市地区(台湾台南、屏东、高雄等地区仍然盛行丧葬场合唱诵此题材歌谣),甚至日本、朝鲜、新加坡等国也有十月怀胎歌谣的流传[①]。其中,此类题材的歌谣以甘肃省数量最多,结构有单首、组诗歌谣形式。

产育题材歌谣的内容主要以妇女十月怀胎的生活为主,描述女性孕期的辛苦、分娩的痛苦、含辛茹苦的育儿过程,歌颂母亲的伟大。有些歌谣取材于敦煌

---

① [日]诹访春雄:《"怀胎十月歌"在日本、朝鲜和中国的流传》,岷雪译,《民族艺术》1996年第4期。

歌辞《报慈母十恩德》《父母恩重赞》内容，侧重歌颂母亲哺育、养育孩子的十恩德，用来劝导众生行孝、回报父母恩德。单首歌谣以安徽枞阳民歌《十月怀胎经》描写得最为详细。歌谣从十月怀胎开始歌唱，直到孩子长大成人成家，最后点出主旨。这显然是取材于受敦煌产育题材文学影响较深的《新编目连救母劝善戏文》刘氏所述"一大苦楚""二大苦楚"的内容：

> 一月怀胎如露淋，桃李花开正逢春；好似水上浮萍草，未知生根不生根。二月怀胎不计时，手酸脚麻路难行；眼花不见穿针线，放下花鞋懒起身。三月怀胎三月三，三餐茶饭吃两餐；三餐茶饭不想吃，只想酸梅口中含。四月怀胎渐渐紧，浑身骨软闷沉沉；年轻生子尤小可，老来生子苦难当。五月怀胎分男女，七孔八窍便成人；是男是女心中想，未知何日得降生。六月怀胎三伏天，烧茶烧水懒上前；堂上扫地身难转，行路尤同上高山。七月怀胎正是秋，时刻记儿在心头；物高不敢伸手取，物低不敢低头抽。八月怀胎桂花香，收谷进仓乱忙忙；母亲怀胎多辛苦，头昏眼花面皮黄。九月怀胎重如山，低头容易起床难；吃饭不敢多吃口，罗裙不敢紧腰缠。十月怀胎刚刚满，儿在腹中团团转；左手扯娘身上肉，右手扯娘肚里肝。一阵痛来一阵忙，两阵痛来失了魂；牙齿咬得钢钉断，两脚踩得地皮穿。生命危危往心头，十分苦楚最难当；叫娘上天天无路，叫娘下地地无门。结发丈夫心怀思，洗手焚香叩神灵；一许生来并保界，二许南海观世音；观世音来观世音，救了世间多少人。三许长生并土地，四许家先满堂神；今日许愿功德满，孩儿方得降下身。孩儿下地哭一声，娘在房中两世人；孩儿下地哭两声，堂上公婆放了心；孩儿下地哭三声，娘在床上又翻身。金盆打水来洗理，罗裙包儿在娘身；日间苦处容易过，夜间苦处更难当。左边干床让儿睡，右边湿处娘安身；若是两边都湿了，双手抱儿到天明。一日吃娘三肚奶，三日喝娘九肚浆；娘奶不是长江水，又非山中树木浆；口口吃娘身上血，娘亲老了面皮黄。一岁两岁吃娘奶，三岁四岁离娘身。若是到了七八岁，送子学堂攻书文；先读三字百家姓，后读四书并五经。自幼读书学礼仪，柴米油盐送先生；孩儿出门读书去，堂上公婆才放心。早晨出门望到午，午间出门望日落。一愁孩儿身上冷，二愁孩儿肚里饥；三愁孩儿年纪小，四愁孩儿被人欺；五愁孩儿水边耍，六愁孩儿上高梯；七愁孩儿生麻豆，八愁孩儿不上课；九愁孩儿性懒惰，十愁孩儿不登科。孩儿今日长大了，请

个媒人去提亲;配得张家李氏女,花花轿子接上门。孝顺儿子孝父母,不孝之人孝妻情;妻子八度好凄惶,父母丢在九云霄。孝顺人生孝顺子,忤逆人生忤逆郎;不信但看檐前水,点点滴滴不差移。敬父如敬灵山佛,敬母如敬观世音;你敬父母有十两,后来儿孙还一斤。父母在世不孝敬,死后何须哭鬼神;千哭万哭一张纸,千拜万拜一炉香。灵前供品万般有,哪见亡母亲口尝;养儿才知娘受苦,养女方知报娘恩。一生都是儿孙福,粉身碎骨难报恩;奉劝世人发善心,孝顺双全敬双亲。养儿要报父母恩,三年斋戒泣血盆;吃斋戒得三年满,超度亡魂上西天。伏望我佛亲指示,儿得娘亲坐血盆;怀胎之经说不尽,各表几句表寸心。[①]

歌谣篇幅较长,虽以"十月怀胎经"为题名,但是其题材范围从怀胎延伸至分娩、产后婴幼儿护理、教育等,称其为"经",可见在民众心中的地位非同一般。全篇以七言体形式按照怀孕、分娩、喂养、日常护理、教育成人、成家的顺序进行歌咏。首先,《十月怀胎经》逐月歌咏每月孕妇怀孕情况,包括胚胎着床、孕早期的生理反应、孕中期身体变化、胎儿发育、孕后期的负重体态等,以白描手法描绘出来,生动形象。其次,歌咏分娩时的场面,胎儿临产时"左手扯娘身上肉,右手扯娘肚里肝"的情节正是源自《庐山远公话》中生苦的相关描写。再次,歌咏了回干就湿、血乳喂养恩德。最后,描写孩子接受教育、成家等内容。

《十月怀胎经》与《新编目连救母劝善戏文》在全篇结构、语言、内容、表现手法等方面大致相似。通篇结构以怀胎为起点,描写至孩子成家结束,后面附上念诵此歌的实际用途——劝孝报恩、儿为父母修斋荐拔。全篇以整齐的七言韵文形式、通俗易懂的语言进行表述,歌颂母亲养育生活的诸多恩德,口语化、生活化痕迹明显。"十愁"照搬了刘氏"二大苦楚"中的"十怕"内容,流露出母亲抚养孩子成人过程中的各种操劳和担心。此歌谣运用譬喻、夸张的表现手法,善于使用具体数字等创作技巧,歌颂母亲分娩之苦。

不仅如此,在叙事模式上,歌谣还把孝子与忤逆子行为进行对比,这在一定程度上受到了敦煌产育题材文学作品的影响。最后,点出本歌谣的主旨"超度亡魂上西天"。显然,《十月怀胎经》不仅在题材内容上继承了敦煌产育题材文学,而且还遵循用怀胎哺育恩德来进行劝孝,在丧礼上用以追荐母亲亡灵。可

[①] 孔令军主编:《枞阳非遗》,合肥工业大学出版社,2017年,第39—42页。

以说,《怀胎经》节选自《新编目连救母劝善戏文》,在题材内容、创作模式、功效等方面继承了敦煌产育文学,以单篇歌谣形式广泛流传,对后世歌谣产生了影响。

另一类歌谣多为组歌形式,按胎儿月份逐月歌唱母亲孕期胃口、生理的变化等,着重渲染母亲怀胎的辛苦。这类歌谣数量较多,散发着现实生活气息,颇具代表性的是敦煌地区现今仍以小曲形式传唱的民歌《十月怀胎》。高德祥于1978年收集整理敦煌民歌《十月怀胎》,它显然是对母亲十月怀胎生活的歌唱:

> 怀胎正月正,肚儿里无动劲,不觉得小小胎儿肚里已产生,肚里已产生。
> 怀胎二月半,出气有点喘,不觉得小小胎儿肚里已动弹,肚里已动弹。
> 怀胎三月三,想吃个酸杏蛋,叫丈夫大街市上买一个酸杏蛋,买一个酸杏蛋。
> 怀胎四月八,上香拜佛家,老天爷保佑我娃平安没有啥,平安没有啥。
> 怀胎五月五,想吃个水萝卜,叫丈夫大街市上买些水萝卜,买些水萝卜。
> 怀胎六月六,想吃个红石榴,叫丈夫大街市上买个红石榴,买个红石榴。
> 怀胎七月七,啥呀不想吃,不觉得腰酸腿疼挺起个大肚肚,挺起个大肚肚。
> 怀胎八月八,吃啥不想啥,不觉得小小胎儿肚里在玩耍,肚里在玩耍。
> 怀胎九月九,路也难得走,不觉得小小胎儿肚里翻跟斗,肚里翻跟斗。
> 怀胎十月整,养娃真难行,只听得一声叫胎儿哭出声,胎儿哭出声。[①]

此组歌谣的题材内容与《十月怀胎经》完全不同,更多的是对现实生活中孕妇孕期生活的歌唱。此小调主要流传于敦煌地区,以妇女怀孕为主要内容,从怀孕第一个月开始,直至分娩,把怀孕十个月每个月的胎儿发育,孕妇孕期生理、心理反应的典型特征逐月歌唱出来,真实反映了母亲十月怀胎的辛苦。

怀胎、分娩、育儿生活是人类繁衍的自然现象。不仅汉族民众在歌赞母亲

---

① 高德祥整理:《敦煌民歌 宝卷 曲子戏》,中国图书出版社,2009年,第15页。

怀胎辛苦,白族、布依族、土家族、壮族、土族、蒙古族、回族、藏族、侗族、瑶族、水族、仫佬族、苗族、畲族、朝鲜族等少数民族也在传唱类似题材的歌谣。这显然是各民族生活融合在歌谣艺术形式上的体现。

这些歌谣多传唱于婚丧嫁娶等重要的人生礼仪场合,道士、师公在丧葬仪式上念诵此题材歌谣,用来追述母亲的功德,超度母亲亡魂,寄托哀思。人们在婚礼仪式上唱诵此类歌谣以赞颂父母养儿育女的辛苦,表达女儿对父母的不舍。产育题材歌谣伴随着人生礼仪仪式,宣扬孝道,具有劝化、教育众生,稳定社会人伦的社会功能,能引起广大女性的心理、情感共鸣,这契合了民众的社会实际需要,也使得此类歌谣具有深厚的民众思想基础,广为传唱。

无论是宝卷、傩戏、戏曲,还是歌谣,不但在题材内容上受到了敦煌产育题材文学内容的影响,而且在叙事上多遵循怀胎、生子、养育恩德的模式,并作为劝导众生行孝的案例加以传唱,以达到劝孝的目的。运用到追荐父母亡灵的丧礼、歌颂父母养育恩德的婚礼上,或用来超度亡魂、寄托哀思,或用来感谢父母、表达出嫁时的不舍。可以说,正是因为其具有现实生活中的实际应用价值,才使得怀胎育儿题材俗文学作品在民间广泛传播,代代相传。

第四节　敦煌产育文学在文学、民俗、生活史上的价值

敦煌产育题材文学着力表现我国传世文学罕见的妇女怀胎、生子、育儿的生活题材,补充并完善了我国文学的题材范围。在写作模式、表现手法、语言等方面,后世类似题材内容的俗文学都继承并发展了敦煌产育文学的创作手法。敦煌产育文学所具有的敦煌文献的特殊性,使它史料价值较高,这对于补充中国民俗史中的产育民俗,研究唐宋时期妇女生活史提供了不可多得的宝贵资料。

下面我们主要从中国文学史、民俗史,乃至妇女、儿童生活史等方面探讨敦煌产育文学所描写的产育生活所具有的价值和意义。

一、在中国文学史上的价值

敦煌文学在中国文学史上所具有的价值、意义和地位,是不容置疑的,一直

以来备受学者的关注。郑振铎首次提出变文的发现在中国文学史上具有非凡的意义,解决了文学史上的重要疑案,如在宋元话本和六朝小说、唐传奇之间起到承上启下的作用,强调变文对宝卷、诸宫调、鼓词、弹词、说经、说参请、讲史、小说等通俗文学的影响。① 汪泛舟称赞敦煌文学是唐五代、宋初中国文学"重要的特殊的组成部分"。② 林聪明从四方面论述敦煌俗文学的价值:敦煌俗文学(变文、词文、话本、通俗诗)对后世文学的影响;对传统文学观念的修正,如词体成立时代、长调起源等;对相关史实的补充完善(二十四孝的起源、唐代瓜沙二州史实、晚唐五代史实、张孝嵩事迹);以及考证唐五代方言口音。③ 伏俊琏注意到敦煌遗书在文体学上的价值,重申变文、俗赋、白话诗、曲子词等讲唱文学在文学史上的价值和意义。④ 王小盾曾指出了敦煌文学在中国文学史上的研究价值,较为中肯、合理:

> 敦煌文学作品则为中国的作家文学提供了一批可作比对的资料,促进了词的起源等多方面的研究;丰富了关于中国表演艺术的认识,使得中国曲艺文学有了线索完整的历史。人们由此又懂得:文学的本来形态是言语形态而非文字形态,文体之分的本质是传播方式的分别。总之,敦煌作品不仅向研究者提供了一批新的资料,促进了隋唐五代音乐文学研究的发展,而且提供了一种新的视野和新的思维,将深刻地改变中国文学史研究的面貌。⑤

确实,敦煌文学呈现的是和中国作家文学完全不同的平民文学风格,语言通俗易懂,常使用唐宋时期的俗语、俗字词,内容贴近生活,显得质朴、生动、活泼,带有浓郁的时代、地域气息。这正好和中国文学的主流——士大夫文学形成鲜明的对比,共同构成了中国文学的重要组成部分。敦煌讲经文、变文的发现,无疑促进了后世讲唱文学、音乐文学的发展。而讲唱、变相相结合的讲经方式,无疑补充了中国曲艺活动在唐宋时期的表演形式。因为敦煌文学材料、样式、传播

---

① 《中国俗文学史》,第156、235页。
② 颜廷亮主编:《敦煌文学概论》,甘肃人民出版社,1993年,第178页。
③ 林聪明:《敦煌俗文学研究》,东吴大学中文研究所博士学位论文,1984年,第289—352页。
④ 《敦煌文学总论》(修订本),第499—505页。
⑤ 蒋寅主编:《中国古代文学通论(隋唐五代卷)》,辽宁人民出版社,2005年,第220页。

方式等不同，对它们展开探讨，势必为中国文学史的研究开拓出一片新天地。

这些研究多是从文学史宏观层面论述敦煌文学尤其是俗文学对后世不同文学体裁的影响，对文学观念、相关史实的修正完善等，强调敦煌文学的研究价值。本节主要侧重于敦煌产育题材文学对后世俗文学在题材内容、写作模式、表现手法等方面的影响。

正如前贤所说，敦煌文学不仅是唐五代宋初中国文学的一部分，也是中国文学史上重要的组成部分，尤其是在中国俗文学史上占有重要的位置。正是因为这批敦煌文学写卷的出现，使得中国俗文学大放异彩，如广泛流传在西北边陲宫廷巷间的曲子词、变文、讲经文、白话诗等重新进入了人们的视野，也首次让人们感受到唐宋敦煌地区大众文学的魅力及平民阶层对文学的热情。敦煌文学正是广大民众共同参与创作、消费、传播，并真实呈现人们生活情态的大众文学。这显然对宋代平民阶层的兴起，促进大众文学的发展产生了重要的影响和作用。

因为敦煌文学的通俗性和敦煌文化的多元性，敦煌文学出现了中国文学史上颇为少见的文学题材，如宗教、敦煌乡土生活等。伴随着佛教世俗化进程，佛教为了调和与儒家忠孝观之间的矛盾，佛教故事通过宣扬妇女生育、养育孩子的过程来提倡孝道，宣传教义。敦煌文学有关妇女产育生活的题材主要集中在与佛教讲经关系密切的敦煌讲经文、变文、歌辞、诗文等。这些产育文学作品多是敷衍或演绎提倡孝道的佛经而成，自然而然沿用了佛经的怀胎、生子、育儿题材。从上文的梳理中可知，怀胎、生子、育儿题材对后世俗文学宝卷、傩戏、戏曲、歌谣在题材方面的影响颇大。可以说，敦煌产育题材文学作品在宣扬孝道的佛经与后世俗文学对产育题材的书写上起到了承上启下的作用。

纵观中国文学史，敦煌文学首次把妇女产育生活作为文学创作表现的对象，极大丰富了中国文学，尤其是作家文学的创作素材。以文学形式去描写妇女生命中最重要的历程，为后世有关妇女产育生活的文学创作提供了素材和范本，这是文人士大夫文学望尘莫及的。

由于妇女生育的生理特殊性，孕期、临盆、婴儿出生时的种种信仰禁忌，传统思想中产妇不洁观念、血污禁忌等，使得生育问题带有浓郁的神秘色彩。这就使得作为人生开端礼的诞生礼及其相关生活，在传世文学作品中出现得较少，并且表现得含蓄、隐晦。对于人类从哪而来，神话学上以女娲抟黄土造人来回答人类生育的问题，感生神话以荒诞离奇的情节虚化神祇和始祖的诞生。如

《诗经》记载了契、后稷诞生的神话:玄鸟生商契(《玄鸟》),姜嫄履大人迹生后稷(《生民》)。① 纬书记载了大量的感应神话故事。如《太平御览》卷七八引《诗含神雾》载华胥履大迹生伏羲。②《诗含神雾》载附宝感"大电光绕北斗枢星",生黄帝;女枢感"瑶光如蜺贯月,正白",生颛顼;握登感大虹,生舜。③《春秋纬元命包》载安登因感应神龙首,生下神农氏。④《河图稽命征》亦载华胥履大人迹生伏羲、女登感神龙首生神农、附宝感孕生黄帝、握登感大虹生舜、修己感流星生帝戎文禹、扶都感白气贯日生黑帝子汤、大任梦长人生文王、女节气感大星如虹生白帝朱宣。⑤ 类似的神话还有很多,这些神话一方面神化了神祇和人文始祖的非凡身世,为神祇、始祖后来的传奇经历奠定基调;另一方面,这也恰好反映了早期文学以虚无、神化的表达方式来隐晦地讲述神祇和人类始祖出生的问题。

子嗣向来被重视血缘关系的宗族社会所重视,社会倡导嫁娶,因为婚姻的意义在于上事宗庙,下继后世。备受无子之痛煎熬的妇女,在宗族和社会双重压力下多会走上求子之路。传世文学多描写高禖祓禊,水边桑林男女聚会等情景来隐晦地表现求子活动。高禖的要义正是野合求子,如简狄吞卵生契神话正是高禖孕子的虚拟化,姜嫄履大人迹生后稷故事也有水边沐浴求子之意。⑥

传世文学中较为直接表现妇女生育问题,可见于《左传·隐公元年》所载武姜生郑庄公:"初,郑武公娶于申,曰武姜。生庄公及共叔段,庄公寤生,惊姜氏,故名曰寤生,遂恶之。爱共叔段,欲立之。"⑦《史记·郑世家》亦载此事:"武公十年,娶申侯女为夫人,曰武姜。生太子,寤生,生之难,及生,夫人弗爱。后生少子叔段,段生易,夫人爱之。"⑧"寤生"即难产。日本泷川资言考证:"寤,读为牾。牾,逆也。凡妇人产了首先出者为顺,足先出者为逆。庄公逆生,所以惊姜氏,

---

① 《诗经》,《十三经注疏》本,第622、528页。
② 〔宋〕李昉等撰:《太平御览》第1册,中华书局,1960年,第364页;安居香山、中村璋八辑:《纬书集成》上册,河北人民出版社,1994年,第461页。
③ 《纬书集成》上册,第461、462页。
④ 《纬书集成》中册,第589页。
⑤ 《纬书集成》下册,第1179、1180页。
⑥ 李道和:《岁时民俗与古小说研究》,天津古籍出版社,2004年,第104—108页。
⑦ 《左传》,《十三经注疏》本,第1715页。
⑧ 〔汉〕司马迁撰:《史记》第5册,〔南朝宋〕裴骃集解,〔唐〕司马贞索隐,〔唐〕张守节正义,中华书局,1959年,第1759页。

《史》所谓生之难也。"①其实,明代吴元满早有相似言论:"据文理,寤当作遻,音同而字讹。遻者,逆也。凡妇人产子,首先出者为顺,足先出者为逆。庄公盖逆生,所以惊姜氏。"②《义府》对此阐释得更清楚:"凡生子首出为顺,足出为逆,至有手及臂(臀)先出者,此等皆不利于父母,或其子不祥,故世俗恶之。庄公寤生,是逆生也。逆生则产必难,其母之惊且恶也宜矣。"③这就清楚地诠释了庄公"寤生",并招致母亲讨厌的原因。正是痛苦煎熬的分娩经历给姜氏带来了心理阴影,致使她喜爱顺产的共叔段。这是中国传世文学罕见地记载的妇女难产之事,但是《左传》将难产以"寤生"一词一笔带过,至于"寤生"为难产之意是在后人的注释解说中才得以清晰化、明朗化。

所以说,无论是求子,还是分娩题材,传世文学或以象征化表达方式隐晦地表现人类繁衍后代的重大问题,或是轻描淡写,一笔带过。比较而言,敦煌文学第一次把妇女求子、孕子、产子、教子作为文学表现的主要对象进行描写,侧重表现妇女怀胎、分娩时的身心感受,尽管此题材服务于劝孝主旨,是为劝孝作铺垫,但它生动、直观、具体地描摹了妇女求子、孕子、产子、教子等生活场景。敦煌产育题材文学丰富了传世文学相关题材内容,在男权主义、男女有别、孕产妇不洁等观念的影响下,把传世文学不屑、羞于表现的妇女产育生活题材首次纳入文学创作的范围,并完美地与中国传统美德——孝道结合起来,堂而皇之地成为劝孝强有力的素材,得到了浓墨重彩地书写。这扩大了我国文学,尤其是俗文学的题材范围,对后世俗文学产育题材的描写提供了借鉴范本。

其实,敦煌文学所表现的产育题材及其对产育题材的书写模式是源自敦煌文学所演绎的佛经。宣扬孝道的伪经《佛说父母恩重难报经》、敦煌本《父母恩重经》等通过着力渲染母亲怀胎、分娩、育儿的辛苦,来感染俗众,并以此为生动形象、颇有说服力的例证来劝导众生行孝,这显然也是受佛经譬喻文学影响的表现。根据佛经演绎而来的敦煌产育文学作品,结合俗世妇女怀胎分娩、育儿生活,对佛经中的妇女产育题材进行艺术再加工,其目的同佛经中的产育题材作品一样,都是为宣扬孝道、劝孝主旨服务。

通过铺叙母亲怀胎、生子、养育生活的辛苦,宣扬孝道,劝导众生行孝,敦煌

---

① [日]泷川资言(泷川龟太郎):《史记会注考证》第7册,新世界出版社影印,2009年,第2588页。
② 〔明〕焦竑撰:《焦氏笔乘》,李剑雄点校,上海古籍出版社,1986年,第331页。
③ 〔清〕黄生撰:《字诂义府合按》,〔清〕黄承吉合按,包殿淑点校,中华书局,1984年,第120页。

产育文学常被僧侣讲唱于丧葬仪式上,用来歌颂父母功德,超度亡魂,劝化、教育众生及时行孝。这一模式也对后世俗文学形成了影响。《怀胎经》《十月怀胎歌》《血湖宝卷》《目连戏文》等常以宗教文学形式运用到丧葬场合以超度亡魂、劝导众人及时行孝。

同时,在表现手法上,描写产育生活的讲经文、歌辞、诗文等受到了佛教譬喻说经方式的影响,以口语化的语言、具体的数字,大量使用比喻、白描等表现手法,表现孕妇怀胎负重之苦、孕期身心疲惫、心理活动、分娩的危险、内心的恐惧、生产后养儿不分日夜的劳苦,使得这些场景活灵活现,栩栩如生,令读者如临现场,立体感较强。这些作品或通过僧侣讲唱、说经的形式向民众传播,或以俗曲的形式在民众口头广泛传唱,正是通过口耳相传的传播方式,使得文学作品广泛流传于全国各地,乃至新加坡、日本等地的《十月怀胎》孝歌、丧歌也是以口耳相传的方式在民间传播。

特别值得注意的是,涉及妇女产育生活的敦煌文学成功塑造了无私、伟大的母亲形象。这些作品描写妇女怀孕的艰辛、分娩时痛至骨髓的血腥场面、为儿外出游玩或远行时的担忧、全身心废寝忘食地照料病儿、恨不能为儿承担一切病痛,等等,无不源自母亲心底对儿女深沉的爱。敦煌文学对母亲形象的刻画无疑是成功的,这也是中国文学史上从未出现过的通过描写母亲孕产、教育、养育孩子成人过程中的点滴琐事来塑造不辞辛劳、不求回报的母亲形象,描写得真实、感人。这也是《怀胎经》《血湖宝卷》等丧歌只在亡母灵前、丧礼上唱诵的原因之一。

可以说,不论从敦煌文学在中国文学史上的地位和研究价值来说,还是敦煌产育文学作品在题材、表现手法、母亲形象的塑造等方面,它们在中国文学史、俗文学史上都具有重要的价值和意义。

二、在中国民俗、生活史上的价值

敦煌产育文学对后世宝卷、傩戏、目连戏、歌谣等俗文学产生了深远的影响,在我国文学史上具有重要的意义和价值。它以口语化的语言,生动形象地记录了一幅幅鲜活的唐宋妇女产育生活画卷,描绘了较为系统的怀胎、产子、养儿等民俗活动,这些作品无疑给后人了解唐宋敦煌地区妇女产育生活打开了一扇窗。显然,敦煌产育文学作品在我国民俗史、生活史上也具有一定的地位和意义。

（一）在中国民俗史上的价值

敦煌文学作品所描写的妇女怀胎、孕产、哺育、照料孩子成人的过程中所流露出的产育民俗，以及产育文学运用到丧葬劝孝活动以超度亡灵，这在敦煌民俗史、唐宋民俗史，乃至中国民俗史上都具有较为重要的价值。

诚如谭蝉雪所言，敦煌民俗主要以唐宋时期为主，"通过莫高窟壁画塑像为事象、凭借藏经洞出土文献为资料"的民俗文化，属于文物民俗学范畴。[①] 唐宋敦煌民俗具有它自身的独特性，不仅依靠文字描述，而且藏经洞大量的壁画、绢画等实物也在向后世描绘着它当时的生活风貌。敦煌产育民俗属于敦煌民俗的一部分，它兼具事象与资料，以图文并茂的形式向后人再现了那早已逝去的真实的民俗生活，可以说，它是敦煌民俗的一个缩影，具有一定代表性。

敦煌产育题材文学所表现的产育民俗包括孕产、养育和教育三方面，主要依托于敦煌文学文本，结合壁画、绢画等文献，以母亲孕产、抚养孩子成人为轴心，把唐五代民众产育民俗生活直观、细致地展现在读者面前。这些民俗并未随着时代远去，而是以文学形式鲜活地保存在藏经洞里，是属于唐宋敦煌一带产育民俗留存在敦煌文学中的活态民俗。对它进行研究，可以了解唐宋敦煌地区产育民俗的风貌，使人们对唐宋敦煌地区民俗有所认识和了解；通过与现在敦煌地区产育民俗的对比，也可以考察唐宋敦煌古俗在现在敦煌地区的流传情况，清晰地掌握敦煌产育民俗的发展演变状况。

正是因为敦煌产育民俗具有直观、形象的特点，它作为唐宋民俗史上的重要一环，对于研究唐宋民俗，尤其是唐宋产育民俗具有一定的补充和完善作用。通过藏经洞求子题材的壁画，结合变文对求子活动的相关描写，大致可以呈现出生动、形象的唐宋求子民俗。绢画与产育文学关于哺育、洗儿、喂养孩子题材的描述，重现了唐宋育儿的风俗。

同时，敦煌文学所表现的产育民俗无疑也是我国民俗史上的一部分，对完善我国产育民俗有一定的价值和意义。敦煌产育题材文学所表现的求子、胎教、孕期禁忌、坐草、洗三、满月等习俗，以及血污、产妇不洁的观念，在唐宋以前中原地区早已存在。通过二者之间的比较分析，可了解同一种民俗的传承、发

---

① 谭蝉雪：《敦煌民俗——丝路明珠传风情》，甘肃教育出版社，2006年，前言第1页。

展、变异等情况。当然,敦煌文学也表现了一些我国民俗史较少关注的民俗,如为病儿祈福、葬儿习俗、为亡儿追福等。敦煌文学中的相关民俗无疑可以完善中国民俗史,尤其是产育民俗,使它更为完整、系统。

通过对敦煌产育民俗展开研究,可以梳理敦煌或中国产育民俗史的发展脉络及其成因。它既是地方民俗,同时也具有中土民俗的一些共性,把敦煌、中原产育民俗进行对比研究,摸清敦煌民俗对传统文化的继承、发展及变异等情况,无疑可使两地产育民俗显得更直观、立体。

可以说,敦煌产育民俗在敦煌民俗史、中国产育民俗史的发展过程中起到了承上启下的作用。产育民俗是人类生、老、病、死人生礼俗的重要一环,通过追溯历代产育民俗,大致可以认识每一时代民众对子嗣、人类繁衍、教育等问题的态度及重视情况,了解人们的生活风貌、思想情感和民众文化心理。

敦煌产育文学所表现的母亲怀胎生子、父母养育恩德等内容,作为劝孝强有力的例证在丧葬场合讲唱,劝导众生及时行孝。这一讲唱活动承载着家属对死者的哀思,也寄托了生者希望死者脱离苦海、飞升佛国的美好愿望。这种民俗活动,逐渐融入丧葬习俗中,成为丧葬民俗的一部分。在题材内容方面深受敦煌产育文学影响的傩戏、目连戏、歌谣等在我国很多地区的民间丧葬活动上演、歌唱,并以宗教文学的形式伴随着丧葬仪式在民间传播。僧侣在做法事时,通过唱诵歌赞父母养育恩德的丧歌、孝歌,表演傩戏、目连戏等活动,追忆父母生育、养育儿女的生活,歌颂父母养育功德,以求超度亡灵。

在丧葬法事中唱诵的《怀胎歌》《血盆经》《父母恩》等孝歌或丧歌,表现着妇女产育民俗生活,却是为丧葬仪式服务,是丧葬活动的一部分,蕴含着妇女产育民俗与丧葬民俗文化,这也是文学与民俗相交融的表现。这对研究我国丧葬民俗也有一定的意义和价值。

(二)在妇女生活史上的价值

在我国传统社会,妇女担负着生儿育女的职责,这是妇女家庭、社会生活,乃至整个生命历程的重心。在男女设防的传统文化背景下,中国文人士大夫很少关注妇女产育生活,对古代妇女产育生活多避而不谈,至今学界对古代妇女生活,尤其是妇女产育生活的研究成果较少。

史料价值较高的敦煌文献的发现,尤其是表现妇女产育生活的敦煌文学作品的出现,无疑是为研究敦煌妇女、儿童生活提供了生动、翔实、可靠的史料。

因为敦煌文学未经文人雕琢,保存着创作或抄写时的原貌,所以其史料价值较高;因为它多出自大众之手,真实呈现了唐宋时期敦煌民众的生活状态,所以可以说是对研究敦煌民众生活史、中国生活史,尤其是妇女、儿童生活史具有重要价值,是一批不可多得的宝贵文献资料。

古代文献多侧重于妇女孕期胎教问题,用墓志史料中的妇女死亡率来证明分娩的危险,古医书记载孕期禁忌、胎儿发育及救产措施等,对孕妇怀孕的辛苦、产妇及家属临盆前的心理状态只字未提。敦煌文学以通俗易懂的语言,生动形象地表现妇女怀孕,哺育和喂养、教育孩子等生活,描写了拜神求子时的虔诚、孕期的艰辛、分娩的痛楚和孩子生病时的担忧、谆谆教子、为儿远行祈福等。尤其是敦煌文学首次以怀孕、分娩女性为主角,真实、细腻地表现妇女生命中使命性的产育大事,表现普通女性的产育生活。敦煌文学以女性视角描写女性十月怀胎、分娩的生理、心理感受,如怀胎负重之苦、妊娠反应和心理焦虑、临盆前恐惧、生子时痛楚等。这些文学表现,显得真实、细腻、生动。

与其他文献只言片语的零星记载不同,敦煌产育题材文学系统、全面地再现了中古时期妇女求子、怀胎、分娩、育儿、病儿护理,直至把孩子教育成人、走入婚姻家庭的整个过程。通过梳理、分析阐释敦煌产育文学文本,结合敦煌壁画、绢画等实物图像,可以看出敦煌产育文学以文学语言描绘了一幅幅唐宋敦煌妇女求子、产子、育子图。从妇女求子、怀胎、产子、哺乳喂养,到看护幼儿嬉戏、照料病儿、埋葬亡儿、为儿健康祈福、教育儿女、为他们操办婚事等,无不细致、生动。可以说,这是古代妇女家庭育儿生活的真实呈现。

敦煌文学所表现的妇女产育生活,是我国唐宋妇女家庭生活的重要组成部分。通过对它展开研究,不仅可以了解唐宋敦煌地区妇女怀孕、临盆时的身心变化,哺育、养育孩子的生活状态,使人们对中国古代妇女孕产情况有大致的认识,同时,敦煌文学所表现的妇女产育生活对中国生育史相关问题的研究具有一定的补充、完善作用和价值。比如孕期禁忌、分娩姿势的演变、对男女孩教授不同的教育内容等。因为敦煌文学的通俗性、世俗化,这些表现产育民俗的文学作品无疑是把民俗、佛教融合在了一起,是研究三者关系的重要的文献资料之一。

此外,敦煌文学所涉及的妇女产育生活也呈现了胎儿在母体内的发育状况、孩童外出嬉戏玩耍、接受教育学习等情况。这对于开展唐宋儿童生活史的研究,乃至中国儿童生活史的研究,提供了难得的文献资料,从文学视角开展儿童生活的研究无疑也是儿童生活史新的研究视角和方向。

附录一：敦煌产育题材文学写卷情况一览表

			韵文类			
序号	篇名	卷号	本事	所表现的产育民俗	表现产育民俗的功用	体裁
1	报慈母十恩德	S.289、S.4438、S.5564、S.5573、S.5591、S.5601、S.5638、S.5687、S.6270、S.6274、P.2843、P.3411等	P.3919、上博119《佛说父母恩重经》或《佛说父母恩重难报经》	怀孕、分娩、产子、护理孩子等	劝孝	歌辞
2	父母恩重赞	S.126、S.2204	P.3919、上博119《佛说父母恩重经》或《佛说父母恩重难报经》	怀孕、分娩、产子、护理孩子等	劝孝	歌辞
3	孝顺乐	P.2843、P.3934、P.4560	P.3919、上博119《佛说父母恩重经》或《佛说父母恩重难报经》	怀孕、分娩、产子、护理孩子等	劝孝	歌辞
4	三嘱歌	S.2702	——	怀胎、喂养	劝孝	歌辞
5	普劝四众依教修行第一二四首	P.2054、P.2714、P.3087、P.3286、Φ319+Φ361+Φ842、上博48(28)	——	分娩、祈福	人生悲苦，劝皈依	歌辞
6	白侍郎作十二时行孝文	P.3821、上博48(41379)	——	乳哺、回干就湿	劝孝	歌辞

(续表)

			韵文类			
序号	篇名	卷号	本事	所表现的产育民俗	表现产育民俗的功用	体裁
7	丈夫	S.2947、S.5549、P.3821	——	父母养育、看护	追述人生各阶段	歌辞
8	池上荷	S.1558、P.3361	——	父母养育、看护	描述人生各阶段	歌辞
9	须大拏太子度男女	S.1497、S.6923、P.4785	《太子须大拏经》	孩童的成长经历	劝导出世	歌辞
10	九想观诗一本	S.6631	佛教观想法门	胎儿孕育情况、儿童嬉戏	劝导皈依	诗
11	九想观诗	P.3892、P.4597	佛教观想法门	洗三、满月、儿童嬉戏	劝导皈依	诗
12	九想观一卷并序	上博48(41379)	佛教观想法门	洗三、满月、儿童嬉戏	劝导皈依	诗
13	父母生男女	S.5641、P.3211	——	咽苦吐甘	提倡孝道	诗
14	孝是前身缘	S.5641、P.3211	——	远行	劝孝	诗
15	遥看世间人	S.5796、P.778	——	回干就湿	喻指生死	诗
16	悲喜相缠绕	P.3833	——	产图	生死对比描写	诗
17	父母怜男女	P.3418、P.3724	——	葬儿习俗	——	诗

			散文类		
序号	篇名	卷号	所表现的产育民俗	表现产育民俗的功用	体裁
1	回向发愿	S.1924、P.3332、P.2855	孕期	法会发愿	愿文
2	难月文	S.1441v、S.4081、S.5561、S.5593、S.5639、S.5640、S.5957、S.6417、P.3765、P.3825、BD06132号v2（北姜32v 北7069）等	临盆	斋会发愿祈福	愿文

(续表)

散文类					
序号	篇名	卷号	所表现的产育民俗	表现产育民俗的功用	体裁
3	满月文	S.2832《满月事》、S.5639、S.5640《孩子》、P.2044v《孩子》、P.2497《严满月生日报愿同用也》《孩子》、P.2587v《满月设斋愿文》、P.3491《孩子满月文》、P.3800《满月》、D.192《诸文要集·满月》等	满月	斋会祈福	愿文
4	悼亡愿文	S.2832《妹亡日》《亡女事》、S.5637《女孩子》、S.5640《亡庄严》"十岁以下男子"、《女庄严》、P.2044v《女》《孩子》"岂谓魂消玉质"、P.2237《亡女文》、P.2631v、D.192《诸文要集》王三庆拟题《亡儿》等	亡儿成长经历	追忆生平,表达不舍	愿文
5	远行文	S.343《愿文》、S.5639愿文头号《远行文》、P.2237《远行文》、S.2832、S.1145v黄征等拟题《发愿文》范本、P.2341v黄征等拟题《行人愿文》等	为游子祈福	发愿祈福	愿文

(续表)

			散文类		
序号	篇名	卷号	所表现的产育民俗	表现产育民俗的功用	体裁
6	斋文	S.343v《武言亡男女文》《亡女文》、S.1441v、P.3825《亡男》、S.1441v《亡女》、S.2832《女》、黄征等拟题《亡文》、S.4992《女孩子》、黄征等拟题《亡男》、S.5637《孩子叹》、S.5639黄征等拟题《亡孩子文》"曾闻荆山有玉"、黄征等拟题《亡孩子文》"每闻朝花一落"、S.5640《亡男》"伏惟郎君幼怀聪愍"、P.2341v《亡男文》等	亡儿成长经历	追忆生平,表达不舍	斋文
7	西方阿弥陀佛礼佛文	BD8168号2(北乃68、北8348)	分娩	礼佛、劝孝	礼佛文
8	劝善文	BD05441(北果41、北8345)	孕期、分娩	劝善、行孝	劝善文
9	庐山远公话	S.2073	胎儿发育	生苦	话本
10	叶净能诗	S.6836	求子	表现叶净能法术高超	话本
11	辩才家教	S.4329、P.2515	孕期艰辛	倡导孝行	蒙书
12	太公家教	42件以上,新发现许多残片	养儿教女、教导女子出嫁后的礼仪规范	教育	蒙书

(续表)

散文类					
序号	篇名	卷号	所表现的产育民俗	表现产育民俗的功用	体裁
13	崔氏夫人训女文	S.4129、S.5643、P.2633	女子出嫁后的为人处世技巧	教育	蒙书

讲唱体类						
序号	篇名	卷号	本事	所表现的产育民俗	表现产育民俗的功用	体裁
1	故圆鉴大师二十四孝押座文	S.3728v、P.3361、Дx.1703、S.P1	俗讲《父母恩重经》所用	哺乳、病中护理、嬉戏看护	宣扬孝道	押座文
2	左街僧录大师压座文	S.3728v	——	怀胎、哺乳、新生儿护理、童子嬉戏、教育	宣扬无常观念	押座文
3	父母恩重经讲经文	P.2418、BD06412（北河12、北8672）、Дx.03457	P.3919《佛说父母恩重经》或《佛说父母恩重难报经》	怀孕、分娩、产子、抚养孩儿成长等	宣扬父母恩德,劝孝	讲经文
4	盂兰盆经讲经文	BD2496、台北图书馆32	《盂兰盆经》	怀孕、分娩、产子、护理孩儿成长等	宣扬父母恩德,劝孝	讲经文
5	维摩诘经讲经文	S.4571+S.8167、S.3872、P.2292、P.3079〔BD5394（北光94）〕、Ф101、Ф252、零拾本（贞松堂藏本）、BD15245（新1445）	《维摩诘经》	照料、病中护理、家教等	喻指菩萨心忧众生	讲经文
6	佛说阿弥陀经讲经文	P.2931、P.2955、S.6551v	《佛说阿弥陀经》	怀孕、为游子祈福	愿文内容	讲经文

（续表）

			讲唱体类			
序号	篇名	卷号	本事	所表现的产育民俗	表现产育民俗的功用	体裁
7	太子成道经	P.2299、P.2924、P.2999、S.548v、S.2682v、S.2352v、S.4626、BD06780（北潜80、北8436）、Дх.2114	《佛本行集经》	求子、产子、洗儿	演绎佛本生故事	变文
8	悉达太子修道因缘	S.3711v、S.5892、日本龙谷大学藏本	《佛本行集经》	求子、产子、洗儿	演绎佛本生故事	变文
9	太子成道吟词	P.2440v	《佛本行集经》	求子、产子、洗儿	演绎佛本生故事	变文
10	太子成道变文	P.3496、BD08579v（北推79、北8370v）、S.4480v、S.4128、S.4633、S.3096、Дх.1228、Дх.285a、日本羽675	《佛本行集经》	求子、产子、洗儿	演绎佛本生故事	变文
11	八相变	BD03024（北云24、北8437）、BD08191（北乃91、北8438）、BD04040（北丽40、北8671）、《中国书店藏敦煌文献》74号残片、日本宁乐美术馆藏本、日本羽708	《佛本行集经》	求子、产子、洗儿	演绎佛本生故事	变文
12	八相押坐文	S.2440	《佛本行集经》	产子	——	押座文

(续表)

		讲唱体类				
序号	篇名	卷号	本事	所表现的产育民俗	表现产育民俗的功用	体裁
13	欢喜国王缘	零拾本（上海市文物保管委员会藏）＋P.3375v、上图016(812379)（上海市文物保管委员会藏）	《杂宝藏经·优陀羡王缘》	护理病儿	——	因缘

附录二：敦煌产育题材文学对后世讲唱文学的影响一览表(454例)

序号	篇名	题材内容	功用	地区	唱诵场合
宝卷(6例)					
1	血湖宝卷	怀胎生养之苦①	劝孝、超度	——	丧葬
2	目连三世宝卷	怀胎生子、洗濯不净、哺乳、回干就湿等十恩②	劝孝	——	丧葬
3	怀胎宝卷	十月怀胎、生子、养儿生活③	劝孝、超度	——	丧葬
4	文昌孝经注解	怀胎生子、教育守护恩德④	劝孝	——	
5	忠良宝卷	十月怀胎分娩⑤	劝孝	——	
6	目连救母出离生天宝卷(佛门目连救母血湖法忏)	怀胎生子、育儿恩德	超度亡魂/丧礼	——	丧葬
戏曲(39例)					
1	新编目连救母劝善戏文	妇女生儿育女的三大苦楚：胎儿发育、分娩的痛苦、孩子成长过程中的百般操劳和担忧⑥	劝孝、超度	安徽	——

---

① 周燮藩主编：《民间宝卷》第14册，黄山书社，2005年，第164—165页。

② 《民间宝卷》第11册，第140—141页。

③ 车锡伦主编：《中国民间宝卷文献集成·江苏无锡卷》第14册，钱铁民分卷主编，商务印书馆，2014年，第7786—7797页。

④ 《民间宝卷》第8册，第138—141页。

⑤ 《民间宝卷》第15册，第653页。

⑥ 〔明〕郑之珍撰：《新编目连救母劝善戏文》，朱万曙校点，俞为民审订，黄山书社，2005年，第372—374页。

(续表)

序号	篇名	题材内容	功用	地区	唱诵场合
2	目连戏〔新昌调〕	妇女生儿育女的三大苦楚:怀胎、分娩、育儿的辛苦①	劝孝、超度	浙江绍兴	丧葬
3	目连戏·哑背疯·孝顺歌	怀胎、哺乳恩②	劝孝	浙江绍兴	——
4	目连救母·殃杀回门	怀胎、育儿的辛苦、生儿的痛苦③	劝孝	河南商丘	——
5	目连救母幽冥宝传	哺乳、回干就湿恩德、育儿生活④	劝孝	青海河湟	——
6	目连救母	十月怀胎胎儿发育、分娩、乳哺、洗濯不净、回干就湿恩⑤	修斋荐拔报恩	福建泉州	丧葬
7	目连戏·目连救母恩情事	怀胎、生子的辛苦、为儿杀生、教育等恩德⑥	——	福建上杭	——
8	目连戏·十月怀胎歌	怀胎生子的辛苦⑦	超度亡魂/丧礼	福建龙岩	丧葬
9	目连戏·慈母心	生子的痛楚、养儿的辛苦⑧	超度亡魂/丧礼	福建龙岩	丧葬
10	目连戏·兰盆歌谣	乳哺、回干就湿养育恩⑨	超度亡魂/丧礼	福建龙岩	丧葬

---

① 《新编目连救母劝善戏文》,第372—374页。
② 王东惠、俞斌编著:《绍兴目连戏》,浙江摄影出版社,2019年,第120页。
③ 马小涵主编:《目连戏》,河南人民出版社,2017年,第92—93页。
④ 徐明、霍福:《青海目连戏》,青海人民出版社,2007年,第97页。
⑤ 泉州地方戏曲研究社编:《泉州传统戏曲丛书·傀儡戏·〈目连〉全簿》,中国戏剧出版社,1999年,第261页。
⑥ 陈翘:《上杭木偶高腔中的〈目连〉》,收入福建省艺术研究所编《福建目连戏研究文集》,第136—138页。
⑦ 《宗教法事中的〈目连〉》,收入福建省艺术研究所编《福建目连戏研究文集》,第154—155页。
⑧ 《宗教法事中的〈目连〉》,收入福建省艺术研究所编《福建目连戏研究文集》,第155—156页。
⑨ 《宗教法事中的〈目连〉》,收入福建省艺术研究所编《福建目连戏研究文集》,第158页。

(续表)

序号	篇名	题材内容	功用	地区	唱诵场合
11	目连戏·十月怀胎歌	——①	超度亡魂/丧礼	福建东山	丧葬
12	目连和尚寻母(怀胎经)	怀胎、生子、推干就湿恩②	劝孝	四川青川	
13	十月怀胎	正月怀胎③	——	安徽怀宁	——
14	怀胎〔二人台〕	十月怀胎、生子生活④	嬉乐	内蒙古乌兰察布	
15	怀胎〔二人台〕	十月怀胎生活⑤	——	内蒙古敕勒川	
16	十月怀胎〔二人台〕	十月怀胎生活⑥		内蒙古	
17	怀胎〔二人台〕	怀胎生活⑦	——	广东海丰	
18	怀胎(害娃娃)〔二人台〕	怀胎生活⑧	——	山西	——
19	怀胎〔二人台〕	怀胎早期生活⑨		陕西府谷	
20	怀胎〔二人台〕	怀胎第一个月生活⑩	——	陕西府谷	——

---

① 福建东山道士法事《目连》唱本中收有《十月怀胎歌》,长达 320 句,陈翘未收录此书中,故题材内容不好论断。《宗教法事中的〈目连〉》,收入福建省艺术研究所编《福建目连戏研究文集》,第 159 页。

② 鲜继明:《青川说唱文》,四川美术出版社,2017 年,第 72—73 页。

③ 怀宁县文化委员会编:《中国怀腔音乐集成·戏乡新声》,合肥市善诚印务有限公司,2018 年,第 129 页。

④ 王芳、邢野主编:《东路二人台艺术集成》,内蒙古人民出版社,2006 年,第 262—265 页。

⑤ 邢野主编:《敕勒川二人台新编》,内蒙古人民出版社,2013 年,第 318—327 页。

⑥ 张春溪、李子荣搜集整理:《二人台音乐(内蒙古西路部分)》,内蒙古伊克昭盟文化处,1986 年,第 367 页。

⑦ 魏伟新编著:《海丰歌谣全本评注》,广东人民出版社,2017 年,第 255 页。

⑧ 菅保愍编著:《二人台音乐概述》,山西古籍出版社,2007 年,第 190—192 页。

⑨ 陈进德主编:《丁喜才与二人台——丁喜才演唱的二人台曲目》,上海音乐学院出版社,2010 年,第 4—6 页。

⑩ 高万飞辑录:《陕北传统民歌》,苏州大学出版社,2014 年,第 210—211 页。

(续表)

序号	篇名	题材内容	功用	地区	唱诵场合
21	姑怀胎〔黄梅戏·独角戏〕	十月怀胎生活①	——	湖北荆州、江西景德镇、赣东北	——
22	怀胎调〔灯戏〕	正月怀胎生活②	——	川北	——
23	十月怀胎	怀胎生子生活③	——	西北	——
24	十月怀胎〔烟歌〕	十月怀胎生活④	——	甘肃秦州	——
25	十月怀胎〔花鼓戏〕	正月怀胎生活⑤	——	湖南祁阳	——
26	怀胎〔花鼓戏〕	怀胎初期感受⑥	——	湖南	——
27	十月怀胎	现实怀胎生活⑦	——	湖南石门	——
28	十月怀胎〔地花鼓〕	十月怀胎生活⑧	——	湖南邵阳	——
29	十月怀胎〔地花鼓〕	现实怀胎生活⑨	——	湖南临湘	——
30	十月怀胎〔地花鼓〕	怀胎辛苦⑩	——	湖南津市	——
31	正月怀胎正月正	十月怀胎生活⑪	——	江西	——
32	怀胎歌(1)	正月怀胎生活⑫	——	重庆	——
33	怀胎歌(2)	正月怀胎生活⑬	——	重庆	——

---

① 本剧由叙事民歌《十月怀胎》发展而成。桂也丹编著:《黄梅戏传统剧目探微》,武汉大学出版社,2017年,第343页。
② 李志杰主编:《民间音乐》,四川人民出版社,2016年,第215页。
③ 孔令纪主编:《中国西北戏剧经典唱段7》,甘肃少年儿童出版社,2015年,第231—232页。
④ 郭锦堂、王锡平、杜小军:《秦州烟歌》,甘肃文化出版社,2015年,第40页。
⑤ 湖南省戏曲工作室:《湖南地区花鼓戏音乐》,湖南人民出版社,1962年,第308页。
⑥ 《湖南地区花鼓戏音乐》,第126页。
⑦ 湖南省文化厅编:《湖南曲艺音乐集成》第2辑,湖南文艺出版社,2009年,第966—969页。
⑧ 中国民间歌曲集成全国编辑委员会、中国民间歌曲集成·湖南卷编辑委员会:《中国民间歌曲集成·湖南卷》,中国ISBN中心,1994年,第601—603页。
⑨ 《中国民间歌曲集成·湖南卷》,第643页。
⑩ 《中国民间歌曲集成·湖南卷》,第662—663页。
⑪ 中国戏曲音乐集成全国编辑委员会、中国戏曲音乐集成·江西卷编辑委员会:《中国戏曲音乐集成·江西卷》(上下),中国ISBN中心,1999年,第1371—1372页。
⑫ 中国戏曲音乐集成全国编辑委员会、中国戏曲音乐集成·四川卷编辑委员会:《中国戏曲音乐集成·四川卷》(上),中国ISBN中心,1993年,第347页。
⑬ 《中国戏曲音乐集成·四川卷》(上),第348页。

(续表)

序号	篇名	题材内容	功用	地区	唱诵场合
34	怀胎歌(3)	十月怀胎生活①	——	四川泸州	——
35	怀胎(一)	怀胎第一月生活②	——	陕西府谷	——
36	怀胎(二)	十月怀胎生活③	——	陕西府谷	——
37	怀胎调〔花灯戏〕	腊月怀胎④	——	云南姚安	——
38	十月怀胎〔花鼓灯〕	现实怀胎生活⑤	——	湖北黄冈	——
39	十月怀胎〔四弦书〕	怀胎生子育儿⑥	劝孝	山西晋城	——
傩戏(15例)					
1	脱白穿青(怀胎经)	怀胎、生子、育儿的辛苦⑦	劝孝	湖南桑植（白族）	丧礼
2	释迦担经科(怀胎经)	怀胎、生子、养儿的辛苦⑧	劝孝	广西	丧葬
3	解秽、投师科	怀胎、生子、养儿的辛苦⑨	劝孝	广西	丧葬
4	莲池科(怀胎经)	怀胎、生子、养儿的辛苦⑩	劝孝	广西	丧葬

---

① 《中国戏曲音乐集成·四川卷》(上)，第349—350页。
② 中国曲艺音乐集成全国编辑委员会编著：《中国曲艺音乐集成·陕西卷》(下)，中国ISBN中心，1995年，第792—793页。
③ 《中国曲艺音乐集成·陕西卷》(下)，第793—796页。
④ 中国曲艺音乐集成全国编辑委员会、中国曲艺音乐集成·云南卷编辑委员会：《中国曲艺音乐集成·云南卷》(上)，中国ISBN中心，1993年，第628页。
⑤ 黄冈地区文化局、黄冈地区群众艺术馆编：《中国民间歌曲集成·湖北黄冈地区分卷》，1983年，第209—210页。
⑥ 张鲜红主编：《泽州四弦书》，山西人民出版社，2017年，第141—142页。
⑦ 湖南省少数民族古籍办公室编：《桑植傩戏演本》，岳麓书社，1998年，第247—249页。
⑧ 徐杰舜、覃锐钧等：《平话人图像》，黑龙江人民出版社，2008年，第406—407页。
⑨ 张廷兴、董佳兰等编校：《广西壮族师公戏》，上海大学出版社，2018年，第354—359页。
⑩ 《广西壮族师公戏》，第59页。

(续表)

序号	篇名	题材内容	功用	地区	唱诵场合
5	唱目连(其一)(怀胎经)	怀胎、生子、育儿的辛苦①	——	广西象州	师公祭祀活动
6	唱目连(其二)(怀胎经)	怀胎、生子、育儿的辛苦②	——	广西象州	师公祭祀活动
7	怀胎经(二十四孝)	怀胎、生子、育儿辛苦,史上有名孝子孝行③	超度亡魂	广东湛江	丧礼
8	十月怀胎经	怀胎、生子、育儿的辛苦④	——	浙江平湖	丧礼
9	怀胎曲〔秧歌〕	十月怀胎过程⑤		甘肃西和	——
10	怀胎歌〔采茶戏〕	怀胎三、五、十月生活⑥		赣南	——
11	怀胎歌(一)〔采茶戏〕	十月怀胎生活⑦		赣南	——
12	怀胎歌(二)〔采茶戏〕	怀胎第三、四月生活⑧		赣南	——
13	姬儿怀胎〔步社火〕	怀胎产子⑨		陕西陇州	——
14	十月怀胎〔社火〕	怀胎生子辛苦⑩		陕西陇州	——
15	十月怀胎〔花鼓〕	十月怀胎生活⑪	——	安徽凤阳	——

---

① 顾乐真主编:《广西傩戏撷拾》,广西艺术研究所、民族艺术杂志社,1997年,第30—32页。
② 《广西傩戏撷拾》,第32—34页。
③ 朱恒夫主编:《中国傩戏剧本集成·湛江傩戏》,庞洁、倪金燕编校,上海大学出版社,2018年,第213—219页。
④ 王恬主编:《守卫与弘扬:第二届江南民间文化保护与发展(嘉兴海盐)论坛论文集》,大众文艺出版社,2008年,第520—523页。
⑤ 赵卫琴编著:《甘肃西和民间秧歌选》,敦煌文艺出版社,2018年,第46页。
⑥ 谢金顺主编:《赣南采茶戏音乐精选》,广东旅游出版社,2018年,第52页。
⑦ 王爱生:《赣南采茶戏音乐》,中国戏剧出版社,2012年,第290页。
⑧ 《赣南采茶戏音乐》,第290页。
⑨ 陈爱珍主编:《土腔土调——陇州步社火小调鉴赏》,三秦出版社,2017年,第380页。
⑩ 阎铁太主编:《陇州社火大典》,山西人民美术出版社,2013年,第353—354页。
⑪ 周熙婷主编:《凤阳花鼓全书·词曲卷》,黄山书社,2016年,第97—98页。

(续表)

序号	篇名	题材内容	功用	地区	唱诵场合
丧歌·孝歌(54 例)					
1	十重深恩	怀胎、生子、养儿等十重恩德①	劝孝	甘肃景泰、古浪	丧葬
2	十月怀胎(怀胎经)	怀胎的辛苦②	——	宁夏	——
3	十月怀胎歌	怀胎、生子、哺育、护理的辛苦③	劝孝	陕南	丧礼
4	五更哭	养儿恩德	——	陕西石泉	丧葬
5	披麻戴孝理当然	回干就湿养育恩④	劝孝	河南灵宝	丧礼
6	十月怀胎	怀胎、生子、养育生活的辛苦,史上孝子孝行⑤	劝孝	湖北夷陵	坐丧活动
7	难报父母养育恩	怀胎、生子、养育恩德⑥	劝孝	湖北夷陵	丧礼
8	血盆经	怀胎、生子、养儿的辛苦⑦	——	湖北长阳	丧礼
9	血盆经	怀胎、产子、育儿的辛苦,史上有名孝子孝行⑧	不忘恩,为亡父母"解罪"	湖北长阳(土家族)	丧礼

---

① 高启安:《〈十重深恩〉与敦煌曲子辞〈十恩德〉〈十种缘〉〈孝顺乐〉》,《敦煌研究》1991 年第 1 期。
② 歌词仅录至怀胎第二月,后略。勒宗伟、刘同生编著:《宁夏宗教音乐》,中国文联出版社,2002 年,第 66—68 页。
③ 薛儒成编著:《陕南民间传统音乐文化集成·鼓盆歌上》,三秦出版社,2017 年,第 299—302 页。
④ 中国民间歌曲集成全国编辑委员会、中国民间歌曲集成·河南卷编辑委员会:《中国民间歌曲集成·河南卷》,中国 ISBN 中心,1997 年,第 352—353 页。
⑤ 张定虎主编:《姚继忠民歌选》,宜昌鑫源工贸有限责任公司,2010 年,第 126—130 页。
⑥ 《姚继忠民歌选》,第 136—137 页。
⑦ 旧时妇女死后,道士为其念的经,称"血盆经"。这里的"血盆经"则是民间的口头文学,专用于跳丧鼓中,而且只用于妇女的丧事中边跳边唱。
⑧ 此段唱词"血盆经",又叫"破血潮",是道士要做一出特有的法事。地下放一碗红水,唱此歌,音调凄凉悲惨,孝家往往会大哭,众孝子跪地饮红水,以示不忘养育之恩,更主要的是替父母"解罪"。王新祝、马尚云主编:《巴土文化丛书·土家族撒叶儿嗬》(第二辑),云南人民出版社,2008 年,第 176—181 页。

(续表)

序号	篇名	题材内容	功用	地区	唱诵场合
10	破血湖	怀胎育儿的辛苦①	不忘恩，为亡父母"解罪"	湖北长阳（土家族）	丧礼
11	怀胎歌(1)	怀胎头两个月生活②	祭祀亡人	湖北长阳乐园、井水（土家族）	丧葬
12	怀胎歌(2)	怀胎头一个月生活③	祭祀亡人	湖北长阳资丘(土家族)	丧葬
13	怀胎歌(3)	怀胎头一个月生活④	祭祀亡人	湖北长阳乐园、井水（土家族）	丧葬
14	怀胎歌(4)	怀胎头一个月生活⑤	祭祀亡人	湖北长阳乐园、井水（土家族）	丧葬
15	双号子	十月怀胎生活⑥	祭祀亡人	湖北长阳（土家族）	丧葬
16	怀胎歌(1)	十月怀胎生活⑦	祭祀亡人	湖北长阳（土家族）	丧葬
17	怀胎歌(2)	十月怀胎生活⑧	祭祀亡人	湖北长阳（土家族）	丧葬
18	怀胎歌	十月怀胎生活⑨	劝孝	湖北长阳	丧礼

① 《巴土文化丛书·土家族撒叶儿嗬》（第二辑），第175—176页。
② "撒叶儿嗬"起源于清江中游地区的土家族，是以欢乐的歌舞来祭祀亡人的礼仪。《巴土文化丛书·土家族撒叶儿嗬》（第二辑），第58页。
③ 《巴土文化丛书·土家族撒叶儿嗬》（第二辑），第59页。
④ 《巴土文化丛书·土家族撒叶儿嗬》（第二辑），第60页。
⑤ 《巴土文化丛书·土家族撒叶儿嗬》（第二辑），第61—62页。
⑥ 《巴土文化丛书·土家族撒叶儿嗬》（第二辑），第121—124页。
⑦ 《巴土文化丛书·土家族撒叶儿嗬》（第二辑），第124—126页。
⑧ 《巴土文化丛书·土家族撒叶儿嗬》（第二辑），第126—130页。
⑨ 龚发达主编:《中国歌谣集成湖北卷·长阳土家族自治县歌谣分册》，湖北省长阳土家族自治县文化局,1988年，第307—309页。

(续表)

序号	篇名	题材内容	功用	地区	唱诵场合
19	十月怀胎	怀胎、生子、育儿辛苦①	劝孝	湖北五峰	丧礼
20	天地亲	怀胎、养育恩②	劝孝	湖北咸丰（土家族）	丧礼
21	劝人行孝	养育的辛苦③	劝孝	湖北监利	丧礼
22	辞丧	乳哺恩④	——	湖北蒲圻	丧礼
23	叹娘亲	回干就湿恩⑤	——	湖北武穴大法寺双庙	丧礼
24	怎不叫儿心惨伤	养儿辛苦⑥	——	重庆九龙坡区	丧礼
25	十月怀胎经	怀胎、生子、哺育、养育的辛苦⑦	超度亡魂	安徽枞阳	丧礼
26	十月怀胎歌	怀胎艰辛⑧	——	安徽宿松	丧礼
27	十月怀胎之一（怀胎经）〔破育歌〕	十月怀胎、生子、育儿的辛苦⑨	劝孝	安徽宿松	丧葬
28	十月怀胎歌之二	十月怀胎的生活⑩	——	安徽宿松	丧葬

---

① 胡德生主编：《民间歌谣》，湖北人民出版社，2004年，第149—152页。
② 中国民间歌曲集成全国编辑委员会、中国民间歌曲集成·湖北卷编辑委员会：《中国民间歌曲集成·湖北卷》，中国ISBN中心，1988年，第904页。
③ 《中国民间歌曲集成·湖北卷》，第747页。
④ 《中国民间歌曲集成·湖北卷》，第556页。
⑤ 湖北省武穴市文化局编：《武穴民间歌曲集成》（《中国民间歌曲集成·湖北卷·武穴分卷》），武穴市新华印刷厂，2000年，第311页。
⑥ 重庆市九龙坡区民间文学三套集成编委会：《中国歌谣谚语集成·重庆市九龙坡区卷》，重庆市九龙坡区文化局，1988年，第62—63页。
⑦ 孔令军主编：《枞阳非遗》，合肥工业大学出版社，2017年，第39—42页。
⑧ 民间道士为故世的老婆婆做法事，也唱《十月怀胎歌》，歌词与《目连戏》词比较接近。宿松《十月怀胎歌》曲调很接近道士的哀号式诵唱。王秋贵：《安庆民歌例说》，安徽文艺出版社，2016年，第32页。
⑨ 张晓谋主编：《泊湖风情》，合肥工业大学出版社，2018年，第75—76页。
⑩ 《泊湖风情》，第76—77页。

附录二:敦煌产育题材文学对后世讲唱文学的影响一览表(454例)

(续表)

序号	篇名	题材内容	功用	地区	唱诵场合
29	十月怀胎	怀胎之苦①	——	安徽望江	丧礼
30	怀胎歌	怀胎辛苦②	——	江西遂川	丧礼绕棺仪式
31	十月怀胎	怀胎、生子的辛苦③	劝孝	江西南康	丧礼
32	怀胎歌	怀胎辛苦④	——	江西宁都	丧礼道士法事活动
33	十月怀胎歌	怀胎、生子、养育生活的辛苦,史上孝子孝行⑤	劝孝	湖南	丧礼
34	十月怀胎	怀胎辛苦⑥	——	湖南华容	丧礼
35	绕棺曲	育儿辛苦⑦	超度亡魂	湖南桃源	葬礼
36	十月怀胎经	怀胎、生子、养儿的辛苦⑧	超度	湖南永兴	丧礼

① 《安庆民歌例说》,第32页。
② 此曲是追悼妇女亡故,在绕棺仪式上唱的丧歌。中国民间歌曲集成全国编辑委员会、中国民间歌曲集成·江西卷编辑委员会:《中国民间歌曲集成·江西卷》,中国 ISBN 中心,1996年,第1173—1174页。
③ 此歌为女人死后做道场时唱的,此曲传闻为明、清时道士移植加工,用于女性老人去世做祭祀时演唱。《中国民间歌曲集成·江西卷》,第1388—1391页;此歌又收录于《赣南客家民歌》,仅个别字词存在差异。袁大位、尹文华、曾荣编:《赣南客家民歌》,中国戏剧出版社,2008年,第150—151页。
④ 《怀胎歌》本是民间对妇女的赞歌。在宁都县,这首歌是母亲去世后,入棺前请道士做道场时唱。与一般小调有些不同,以示悼念母亲的功绩。《中国民间歌曲集成·江西卷》,第1280—1281页。
⑤ 夜歌,古老的丧歌,流传于湖南、湖北及周边不少地区的民间曲艺。姜洪编著:《实用民俗礼仪》,湖南科学技术出版社,2011年,第244—245页。
⑥ 《中国民间歌曲集成·湖南卷》,第1074—1075页。
⑦ 中国民间文学集成全国编辑委员会、中国歌谣集成湖南卷编辑委员会:《中国歌谣集成·湖南卷》,中国 ISBN 中心,1999年,第340—341页。
⑧ 王明喜、邝良桃、刘爱廷:《永兴民俗》,花城出版社,2010年,第128—130页。

(续表)

序号	篇名	题材内容	功用	地区	唱诵场合
37	十月怀胎——《血盆经》之一(怀胎经)	怀胎、生子辛苦①	劝孝、报娘恩	湖南保靖	船歌
38	十月怀胎歌	怀胎、生子、育儿的辛苦②	劝孝	四川彭山	道士道场
39	女儿哭娘	怀胎、生子、哺育恩德③	宣扬母亲恩德	贵州德江（土家族）	丧礼
40	砍牛经	怀胎、生子、养育恩④	宣扬父母恩德,超度亡灵	贵州贵阳乌当区（布依族）	丧礼
41	十月怀胎(怀胎经)	怀胎、生子、养育的辛苦⑤	——	黔东南	丧礼
42	十月怀胎歌〔孝歌〕	十月怀胎、产子辛苦⑥	劝孝	云南永善	——
43	怀胎经	怀胎、分娩、养育的艰辛⑦	劝孝	广西玉林	丧葬
44	目连经	怀胎、生子的辛苦⑧	超度亡魂	广西百色（壮族）	丧礼
45	怀胎经歌(怀胎经)	怀胎、生子、育儿的辛苦⑨	——	广西东部	丧葬

---

① 夏志禹主编:《文化湘西丛书·酉水船歌》,青海人民出版社,2007年,第255—256页。

② 吕卫东、倪兴国:《四川彭山原生态民间文学》,华文出版社,2009年,第118—119页。

③ 中国民间文学集成全国编辑委员会、中国歌谣集成贵州卷编辑委员会:《中国歌谣集成·贵州卷》,中国ISBN中心,1999年,第758页。

④ 《砍牛经》是乌当区布依族人在老人去世时为之超度亡灵念的一种经文,这是祭典歌的一部分。《中国歌谣集成·贵州卷》,第415—417页。

⑤ 秦廷锡:《北侗民歌》第3册,黔东南诗词楹联学会、黔东南诗词编辑部主编,2006年,第118—120页。

⑥ 陈永明、廖天云编:《永善民间文学集成》,云南人民出版社,2010年,第357—358页。

⑦ 罗秀兴主编:《广西民间文学作品精选·玉林市卷》,广西民族出版社,1991年,第257—262页。

⑧ 覃金盾主编:《壮族原生态音乐》,武汉理工大学出版社,2014年,第77页。

⑨ 严永通、凌火金:《广西客家山歌研究》,广西人民出版社,1991年,第148—152页。

附录二：敦煌产育题材文学对后世讲唱文学的影响一览表(454例)

(续表)

序号	篇名	题材内容	功用	地区	唱诵场合
46	十月怀胎歌	怀胎、生子的艰辛①	超度	广东潮汕	丧礼
47	血盆经	怀胎、哺乳、回干就湿恩②	报母恩、超度亡灵	福建连城	丧礼
48	十月怀胎	怀胎的辛苦③	——	福建高头	丧礼
49	十步母重恩	怀胎、生子、育儿等十恩德④	宣扬母恩	辽宁盖州、灯塔市灯塔镇	丧礼
50	十补母重恩(1)	母亲怀胎生子、养儿等十重恩德⑤	——	辽宁台安	丧礼
51	十补母重恩(3)	母亲怀胎生子、养儿等十重恩德⑥	超度	辽宁辽阳	丧礼
52	十重恩	回干就湿恩⑦	——	吉林	丧礼
53	十月怀胎	怀胎感受和辛苦、分娩的痛楚、养育的辛苦⑧	劝孝、超度	台湾高雄、屏东	道教科仪（丧礼）

---

① 潮汕历史文化研究中心、汕头大学潮汕文化研究中心编:《汕学研究》第10辑,花城出版社,2002年,第275—276页。

② 罗士卿主编:《连城客家民间音乐文化》,鹭江出版社,2013年,第146页。

③ 厦门大学民间历史文献研究中心编:《田野学步——厦门大学历史系本科田野调查报告集(2004—2010)》,厦门大学出版社,2017年,第334页。

④ 《十步母重恩》是母亲病逝时,儿女夜里跪在灵前,边烧纸边唱的歌词、旁边有喇叭匠吹喇叭伴奏。中国民间文学集成全国编辑委员会、中国歌谣集成辽宁卷编辑委员会:《中国歌谣集成·辽宁卷》,2008年,第285—286页。

⑤ 此歌原为宗教歌曲,传入民间后在词曲上均有所变化,逐渐成为一首流传较广的民间歌曲,它常用于为亡母的祭祀活动之中,借以表达对亡人的敬重和怀念。《中国民间歌曲集成·辽宁卷》,第317—319页;又见于詹恒学主编:《中国民间文学集成·辽宁卷·辽阳市卷》,中国民间文学集成辽宁卷辽阳卷编委会,1989年,第602—603页。

⑥ 《中国民间歌曲集成·辽宁卷》,第320页。

⑦ 吉林省文化局编:《中国民间歌曲集成·吉林省卷》,中国音乐家协会吉林分会,1982年,第267页。

⑧ 姜守诚:《南台湾灵宝道派填库科仪中的"十月怀胎"歌》,《中国本土宗教研究》2020年第3辑。

(续表)

序号	篇名	题材内容	功用	地区	唱诵场合
54	十月怀胎	怀胎辛苦、分娩的危险、养育的不易①	劝孝、超度	台湾台南	道教科仪（丧礼）
婚礼仪式歌·哭嫁歌(9例)					
1	谢娘母歌	怀胎、回干就湿、血乳喂养等养育恩德②	答谢母恩	青海民和	婚礼
2	谢娘恩歌	怀胎、回干就湿、血乳喂养等养育恩德③	答谢母恩	青海互助	婚礼
3	谢娘恩	怀胎分娩恩德④	答谢娘恩	青海民和（土族）	婚礼
4	哭爹娘〔哭嫁歌〕	养儿辛苦⑤	——	湖南永顺（土家族）	婚礼
5	养女才知父母恩〔伴嫁歌〕	怀胎、养儿辛苦⑥	感谢父母恩	湖南嘉禾	婚礼
6	定报爹娘养育恩〔哭嫁歌〕	怀胎、生子、育儿辛苦⑦	劝报恩	四川巴中	婚礼

---

① 《南台湾灵宝道派填库科仪中的"十月怀胎"歌》，《中国本土宗教研究》2020年第3辑。
② 中国民间文学集成全国编辑委员会、中国歌谣集成青海卷编辑委员会主编：《中国歌谣集成·青海卷》，中国ISBN中心，2008年，第66—67页。
③ 《中国歌谣集成·青海卷》，第67页。
④ 当新娘一方的贵客们被邀请到新郎家，盛情款待，日将西沉，即将告辞之前，新郎家在院中设一大桌，摆出几件衣服和少许钱，以及几包茯茶、馒头等礼物，送给新娘的母亲，以答谢娘恩。这时新郎一方有一个人出面向宾客和媒人高声唱述《谢娘恩》《谢媒人》，并向宾客和媒人说明所谢送的礼物意义。《中国歌谣集成·青海卷》，第596—597页。
⑤ 《中国歌谣集成·湖南卷》，第253页。
⑥ 《中国歌谣集成·湖南卷》，第270页。
⑦ 中国民间文学集成全国编辑委员会、中国歌谣集成四川卷编辑委员会主编：《中国歌谣集成·四川卷》，中国ISBN中心，2004年，第187—188页。

(续表)

序号	篇名	题材内容	功用	地区	唱诵场合
7	童养媳哭嫁(怀胎经)〔哭嫁歌〕	怀胎、生子、乳哺恩德①	劝报恩	四川资阳雁江区	婚礼
8	说父母养育恩〔婚嫁歌〕	生子、育儿辛苦②	劝报恩	四川米易	婚礼
9	十月怀胎〔招亲调〕	现实怀胎生活③	——	新疆土垒哈萨克自治县	婚礼
歌谣(331例)					
1	害娃娃	怀胎初期生活④	——	甘肃靖远	——
2	十月怀胎	第三个月怀胎生活⑤	——	甘肃甘谷	——
3	十月怀胎	十月怀胎、生子⑥	——	甘肃天水麦积区	——
4	姐儿怀胎	十月怀胎生活⑦	——	甘肃清水	——
5	怀胎	十月怀胎⑧	——	甘肃陇南武都区	——
6	怀胎曲	十月怀胎生子生活⑨	——	甘肃礼县	——
7	十怀胎	正月怀胎⑩	——	甘肃合水	——

---

① 资阳市雁江区志编纂委员会编:《资阳市雁江区志(1986—2005)》,方志出版社,2016年,第690—691页。
② 此段原用于旧婚礼仪式中的韵白,演唱者将词句稍做调整后,一直沿用至今,可配曲演唱。《中国歌谣集成·四川卷》,第212—213页。
③ 中国民间歌曲集成全国编辑委员会、中国民间歌曲集成·新疆卷编辑委员会:《中国民间歌曲集成·新疆卷》,中国ISBN中心,1999年,第763—764页。
④ 马锁霞主编:《甘肃民族民间歌曲全集·白银市卷》第5卷,甘肃文化出版社,2016年,第208页。
⑤ 周亮主编:《甘肃民族民间歌曲全集·天水市卷》第10卷,甘肃文化出版社,2016年,第96页。
⑥ 《甘肃民族民间歌曲全集·天水市卷》第10卷,第96—97页。
⑦ 温小牛编著:《邽山秦风》,敦煌文艺出版社,2018年,第51—52页。
⑧ 薛华杰主编:《甘肃民族民间歌曲全集·陇南市卷》第11卷,甘肃文化出版社,2016年,第572—573页。
⑨ 《甘肃民族民间歌曲全集·陇南市卷》第11卷,第573—574页。
⑩ 马锁霞主编:《甘肃民族民间歌曲全集·庆阳市卷》第13卷,甘肃文化出版社,2016年,第172页。

(续表)

序号	篇名	题材内容	功用	地区	唱诵场合
8	十月怀胎	正月怀胎①	——	甘肃庆城	——
9	十月怀胎	现实怀胎生子生活②	——	甘肃古浪	——
10	十月怀胎	十月怀胎生子生活③	——	甘肃武威凉州区	——
11	十月怀胎	现实怀胎生子生活④	——	甘肃张掖甘州区	——
12	目连生	怀胎、生子、哺乳、回干就湿等恩情⑤	劝报恩	甘肃临洮	——
13	十个月怀胎	怀胎经与目连行孝关联⑥	——	甘肃临洮	——
14	十个月怀胎(一)	现实怀胎生子洗三生活⑦	——	甘肃岷县	——
15	十个月怀胎(二)	怀胎生子生活⑧	——	甘肃岷县	——
16	十月怀胎	现实怀胎生子生活⑨	——	甘肃渭源	——
17	十重恩	怀胎、生子、养儿、成人的十重恩德⑩	——	甘肃漳县	——

---

① 《甘肃民族民间歌曲全集·庆阳市卷》第13卷,第135页。
② 周永利主编:《甘肃民族民间歌曲全集·武威市卷》第4卷,甘肃文化出版社,2016年,第53—54页。
③ 《甘肃民族民间歌曲全集·武威市卷》第4卷,第54—55页。
④ 周永利主编:《甘肃民族民间歌曲全集·张掖市卷》第3卷,甘肃文化出版社,2016年,第41—42页。
⑤ 赵磊主编:《甘肃民族民间歌曲全集·定西市卷》第9卷,甘肃文化出版社,2016年,第213—214页。
⑥ 《甘肃民族民间歌曲全集·定西市卷》第9卷,第120页。
⑦ 《甘肃民族民间歌曲全集·定西市卷》第9卷,第120—121页。
⑧ 《甘肃民族民间歌曲全集·定西市卷》第9卷,第121—122页。
⑨ 《甘肃民族民间歌曲全集·定西市卷》第9卷,第124—125页。
⑩ 《甘肃民族民间歌曲全集·定西市卷》第9卷,第151—153页。

(续表)

序号	篇名	题材内容	功用	地区	唱诵场合
18	十重恩	怀胎、生子、育儿十重恩德①	——	甘肃岷县	——
19	十重深恩	怀胎、生子、育儿三重恩德②	——	甘肃岷县	——
20	十重恩	怀胎、生子、育儿等十重恩德③	——	甘肃岷县	——
21	老娘生儿一场空	怀胎生子的艰辛④	——	甘肃卓尼	——
22	十月怀胎	现实怀胎生子生活⑤	——	甘肃庄浪	——
23	十月怀胎	现实怀胎生子生活⑥	——	甘肃泾川	——
24	怀胎十月	十月怀胎生活⑦	——	甘肃环县	——
25	劝孝俗歌	怀胎生子的辛苦⑧	劝孝	甘肃舟曲	——
26	十月怀胎	现实怀胎生子生活⑨	——	甘肃酒泉肃州区	——
27	十月怀胎	十月怀胎过程⑩	——	甘肃酒泉	——
28	十月怀胎	胎儿发育⑪	——	甘肃敦煌	——
29	十月怀胎	现实十月怀胎生活⑫	——	甘肃敦煌	——

---

① 《甘肃民族民间歌曲全集·定西市卷》第9卷,第155页。
② 《甘肃民族民间歌曲全集·定西市卷》第9卷,第155页。
③ 全国民间文学集成全国编辑委员会、中国民间文学集成甘肃卷编辑委员会主编:《中国歌谣集成·甘肃卷》,中国ISBN中心,2000年,第536—537页。
④ 祁殿臣主编:《甘肃民族民间歌曲全集》第7卷,甘肃文化出版社,2016年,第389—340页。
⑤ 马锁霞主编:《甘肃民族民间歌曲全集·平凉市卷》第12卷,甘肃文化出版社,2016年,第175页。
⑥ 《甘肃民族民间歌曲全集·平凉市卷》第12卷,第176页。
⑦ 环县道情皮影保护中心编著:《环县民歌》,三秦出版社,2017年,第49页。
⑧ 《甘肃民族民间歌曲全集》第7卷,第387页。
⑨ 周永利主编:《甘肃民族民间歌曲全集·酒泉市卷》第2卷,甘肃文化出版社,2016年,第32—33页。
⑩ 孙占鳌主编:《酒泉民俗研究》,甘肃人民出版社,2014年,第288页。
⑪ 《甘肃民族民间歌曲全集·酒泉市卷》第2卷,第34页。
⑫ 高德祥整理:《敦煌民歌宝卷曲子戏》,中国图书出版社,2009年,第15页。

(续表)

序号	篇名	题材内容	功用	地区	唱诵场合
30	十月怀胎	现实怀胎生子生活①	——	甘肃瓜州	——
31	姐儿怀胎(一)	现实怀胎生子生活②	——	甘肃榆中	——
32	姐儿怀胎(二)	现实怀胎生子生活③	——	甘肃榆中	——
33	十月怀胎	现实怀胎生活④	——	甘肃正宁	——
34	十月怀胎(之一)	现实怀胎生活⑤	——	甘肃	——
35	十月怀胎(之二)	现实怀胎生活⑥	——	甘肃	——
36	十月怀胎(之三)	现实怀胎生活⑦	——	甘肃	——
37	十月怀胎(之四)	现实怀胎生活⑧	——	陇东	——
38	娘养我	养儿生活⑨	——	甘肃嘉峪关	——
39	十月怀胎不容易	孕期饮食⑩	——	新疆吉昌	——
40	姐儿怀胎	现实怀胎生活⑪	——	新疆哈密	——
41	十月怀胎	胎儿发育,生子、育儿的辛苦⑫	——	新疆米泉(回族)	——

---

① 《甘肃民族民间歌曲全集·酒泉市卷》第2卷,第34—35页。
② 李春发主编:《甘肃民族民间歌曲全集·兰州市卷》第6卷,甘肃文化出版社,2016年,第278—279页。
③ 《甘肃民族民间歌曲全集·兰州市卷》第6卷,第279—280页。
④ 政协正宁县委员会:《正宁文史资料选辑》(第七辑),正宁县文化教育印刷有限责任公司,2007年,第317—318页。
⑤ 刘文戈、张志学选编:《庆歌俚曲》,甘肃文化出版社,2005年,第175页。
⑥ 《庆歌俚曲》,第176—177页。
⑦ 《庆歌俚曲》,第178页。
⑧ 《庆歌俚曲》,第179—180页。
⑨ 中国民间歌曲集成全国编辑委员会、中国民间歌曲集成·甘肃卷编辑委员会:《中国民间歌曲集成·甘肃卷》,中国ISBN中心,1994年,第413页。
⑩ 中共昌吉市委宣传部、市委史志办编:《吉昌市回族、哈萨克族风情民俗》,新疆生产建设兵团出版社,2012年,第77—78页。
⑪ 哈密市民间文学集成编辑委员会编:《中国歌谣集成新疆卷·哈密市分卷》,新疆人民出版社出版,1993年,第177—178页。
⑫ 米东新区文化馆编:《米泉回族民间文化·韩生元演唱专辑》,2006年,第102—103页。

(续表)

序号	篇名	题材内容	功用	地区	唱诵场合
42	怀胎歌	孕期胎儿发育、饮食行为禁忌①	——	宁夏隆德城关镇	——
43	怀胎忌嘴歌	孕期饮食禁忌②	——	宁夏隆德城关镇	——
44	怀胎十月整	现实怀胎生活③	——	宁夏泾源	——
45	十月怀胎	怀胎感受④	——	宁夏同心（回族）	——
46	九月怀胎	怀胎生子感受⑤	——	宁夏同心（回族）	——
47	十月怀胎	现实怀胎生活⑥	——	宁夏中宁	——
48	十月怀胎	现实怀胎生活⑦	——	宁夏银川	——
49	十月怀胎(1)	真实怀胎生活⑧	——	宁夏灵武（回族）	——
50	十月怀胎(2)	胎儿发育⑨	——	宁夏固原（回族）	——
51	十月怀胎(3)	现实怀胎生活⑩	——	宁夏贺兰	——
52	害娃娃	现实怀胎生活⑪	——	宁夏陶乐	——

① 张跃政编著：《珍宝·歌谣》，宁夏人民出版社，2010年，第73—78页。
② 《珍宝·歌谣》，第78—79页。
③ 中共泾源县委宣传部编：《花儿泾源》，宁夏人民出版社，2008年，第40—42页。
④ 中国民间文学集成全国编辑委员会、中国歌谣集成宁夏卷编辑委员会：《中国歌谣集成·宁夏卷》，中国ISBN中心，1996年，第237—238页。
⑤ 《中国歌谣集成·宁夏卷》，第239—240页。
⑥ 《中国歌谣集成·宁夏卷》，第534—536页。
⑦ 《中国歌谣集成·宁夏卷》，第537—538页。
⑧ 中国民间歌曲集成全国编辑委员会、中国民间歌曲集成·宁夏卷编辑委员会：《中国民间歌曲集成·宁夏卷》，中国ISBN中心，1992年，第204—205页。
⑨ 《中国民间歌曲集成·宁夏卷》，第207—208页。
⑩ 《中国民间歌曲集成·宁夏卷》，第453页。
⑪ 《中国民间歌曲集成·宁夏卷》，第455—456页。

(续表)

序号	篇名	题材内容	功用	地区	唱诵场合
53	娘怀胎	怀胎、哺乳恩①	——	宁夏银川	佛教宣卷
54	十月怀胎歌	怀胎、生子的辛苦②	劝孝报恩	青海互助	——
55	十月怀胎歌	怀胎、生子、养儿的辛苦③	劝孝报恩	青海民和	——
56	月怀胎歌	胎儿发育④	劝孝报恩	青海乐都	——
57	父母的恩情说不完	怀胎辛苦⑤	宣扬父母恩德	青海尖扎（藏族）	——
58	念母歌	怀胎、生子、养儿的辛苦⑥	思母恩	青海班玛（藏族）	——
59	比不上父母的恩情大	怀胎、生子、养儿恩情⑦	宣扬父母恩德	青海同仁（藏族）	——
60	报母恩	怀胎、生子、养育、教育等恩德⑧	劝孝	陕西	——
61	怀胎歌（《怀胎经》）	怀胎、产子辛苦、回干就湿恩德⑨	劝孝	陕西凤县	——
62	怀胎调·大怀胎	十月怀胎过程⑩	——	陕南	——

---

① 宣传教义，劝人为善的佛教宝卷曲，以演说宗教故事为主，边说边唱。《中国民间歌曲集成·宁夏卷》，第659页。
② 《中国歌谣集成·青海卷》，第143—144页。
③ 《中国歌谣集成·青海卷》，第144—145页。
④ 《中国歌谣集成·青海卷》，第146页。
⑤ 《中国歌谣集成·青海卷》，第383页。
⑥ 《中国歌谣集成·青海卷》，第383—384页。
⑦ 《中国歌谣集成·青海卷》，第384页。
⑧ 赵德利主编：《西府曲子资料汇编校注》，文化艺术出版社，2010年，第248页。
⑨ 凤县民间文学集成办公室编：《凤县民间文学集成》，陕西人民出版社，2012年，第373—375页。
⑩ 《陕南传统音乐文化集成·民歌下》卷2，三秦出版社，2017年，第42页。

附录二:敦煌产育题材文学对后世讲唱文学的影响一览表(454例)

(续表)

序号	篇名	题材内容	功用	地区	唱诵场合
63	怀胎(1)	十月怀胎①	——	陕南	——
64	怀胎(2)	十月怀胎②	——	陕南	——
65	怀胎	正月怀胎③	——	陕西榆林	——
66	怀胎(1)	正月怀胎④	——	陕西榆林	——
67	怀胎(2)	正月怀胎⑤	——	陕西榆林	——
68	十月怀胎(1)	现实怀胎生活⑥	——	陕西米脂	——
69	十月怀胎(2)	正月怀胎⑦	——	陕西米脂	——
70	十月怀胎(3)	正月怀胎⑧	——	陕西米脂	——
71	十月怀胎(4)	现实怀胎生活⑨	——	陕西安塞	——
72	十月怀胎(5)	怀胎头两个月⑩	——	陕西黄陵	——
73	十月怀胎(6)	现实怀胎生活⑪	——	陕西延安	——
74	十月怀胎(7)	怀胎头两个月⑫	——	陕西延安	——
75	十月怀胎(8)	十月怀胎生活⑬	——	陕西横山	——
76	怀胎十月(1)	现实怀胎生活⑭	——	陕西榆林	——
77	怀胎十月(2)	现实怀胎生活⑮	——	陕北	——

---

① 《陕南传统音乐文化集成·民歌上》卷1,第122页。
② 《陕南传统音乐文化集成·民歌上》卷1,第123—124页。
③ 鞠秀等记谱:《陕北榆林小曲》,于会泳整理,音乐出版社,1957年,第24—25页。
④ 《陕北榆林小曲》,第85页。
⑤ 《陕北榆林小曲》,第85页。
⑥ 白进暄编:《绥德文库·民歌卷》中,中国文史出版社,2004年,第2510—2511页。
⑦ 《绥德文库·民歌卷》中,第2512页。
⑧ 《绥德文库·民歌卷》中,第2512—2513页。
⑨ 《绥德文库·民歌卷》中,第2513—2515页。
⑩ 《绥德文库·民歌卷》中,第2516页。
⑪ 《绥德文库·民歌卷》中,第2517—2518页。
⑫ 《绥德文库·民歌卷》中,第2519页。
⑬ 《绥德文库·民歌卷》中,第2520页。
⑭ 《绥德文库·民歌卷》中,第2774—2775页。
⑮ 《绥德文库·民歌卷》中,第2775—2778页。

(续表)

序号	篇名	题材内容	功用	地区	唱诵场合
78	姐儿怀胎(1)	现实怀胎生活①	——	陕西富县	——
79	姐儿怀胎(2)	怀胎第六个月②	——	陕西富县	——
80	妻儿怀胎(1)	正月怀胎③	——	陕西靖边	——
81	妻儿怀胎(2)	现实怀胎生活④	——	陕西靖边	——
82	害娃娃(1)	现实怀胎生活⑤	——	陕西靖边、子洲	——
83	害娃娃(2)	现实怀胎生活⑥	——	陕西绥德	——
84	害娃娃(3)	正月怀胎⑦	——	陕西甘泉	——
85	害娃娃(4)	腊月坐胎⑧	——	陕西延安	——
86	害娃娃(5)	正月怀胎⑨	——	陕北	——
87	害娃娃(6)	初怀胎⑩	——	陕西延安	——
88	害娃娃(7)	正月怀胎⑪	——	陕西定边	——
89	害娃娃(8)	怀胎前六个月⑫	——	陕西延安	——
90	害娃娃(9)	现实怀胎生活⑬	——	陕西延安	——
91	害娃娃(10)	怀胎⑭	——	陕北	——
92	害娃娃(11)	正月怀胎⑮	——	陕北	——

① 《绥德文库·民歌卷》中,第 2804—2805 页。
② 《绥德文库·民歌卷》中,第 2806 页。
③ 《绥德文库·民歌卷》中,第 2827 页。
④ 《绥德文库·民歌卷》中,第 2827—2828 页。
⑤ 《绥德文库·民歌卷》中,第 2196—2199 页。
⑥ 《绥德文库·民歌卷》中,第 2200 页。
⑦ 《绥德文库·民歌卷》中,第 2201 页。
⑧ 《绥德文库·民歌卷》中,第 2201—2202 页。
⑨ 《绥德文库·民歌卷》中,第 2202 页。
⑩ 《绥德文库·民歌卷》中,第 2205 页。
⑪ 《绥德文库·民歌卷》中,第 2206 页。
⑫ 《绥德文库·民歌卷》中,第 2206—2207 页。
⑬ 《绥德文库·民歌卷》中,第 2207—2209 页。
⑭ 《绥德文库·民歌卷》中,第 2210 页。
⑮ 《绥德文库·民歌卷》中,第 2211 页。

附录二:敦煌产育题材文学对后世讲唱文学的影响一览表(454例)

(续表)

序号	篇名	题材内容	功用	地区	唱诵场合
93	害娃娃(12)	正月怀胎①	——	陕西延安	——
94	害娃娃(13)	正月怀胎②	——	陕西子洲	——
95	害娃娃(14)	现实怀胎生活③	——	陕西富县	——
96	害娃娃(15)	现实怀胎生活④	——	陕西志丹	——
97	害娃娃(16)	现实怀胎生活⑤	——	陕西横山	——
98	小怀胎	现实怀胎生子生活⑥	——	陕西岚皋	——
99	怀胎歌	现实怀胎生子生活⑦	——	陕西紫阳	——
100	十月怀胎	现实怀胎生活⑧	——	陕西	——
101	十月怀胎	十月怀胎生活⑨	——	陕西商洛商州区	——
102	害娃娃(1)	现实怀胎生活⑩	——	陕西榆林	——
103	害娃娃(2)	现实怀胎生活⑪	——	陕西安塞	——
104	十怀胎	正月怀胎⑫	——	陕西洛川	——
105	十月怀胎	十月怀胎生活⑬	——	陕西凤县	——
106	大怀胎	十月怀胎生活⑭	——	陕西安康	——

---

① 《绥德文库·民歌卷》中,第2211—2212页。
② 《绥德文库·民歌卷》中,第2212页。
③ 《绥德文库·民歌卷》中,第2213页。
④ 《绥德文库·民歌卷》中,第2214—2215页。
⑤ 《绥德文库·民歌卷》中,第2217页。
⑥ 杨春清主编:《安康民间文学选辑》,戴承元编审,三秦出版社,2012年,第445页。
⑦ 《安康民间文学选辑》,第445—446页。
⑧ 《西府曲子资料汇编校注》,第249页。
⑨ 郝忠锋主编:《商州民间歌谣》,商洛市商州区文化馆,2006年,第56—57页。
⑩ 中国民间歌曲集成全国编辑委员会、中国民间歌曲集成·陕西卷编辑委员会:《中国民间歌曲集成·陕西卷》,中国ISBN中心,1994年,第248—250页。
⑪ 《中国民间歌曲集成·陕西卷》,第251—253页。
⑫ 《中国民间歌曲集成·陕西卷》,第257页。
⑬ 《中国民间歌曲集成·陕西卷》,第753—754页。
⑭ 《中国民间歌曲集成·陕西卷》,第1235—1236页。

(续表)

序号	篇名	题材内容	功用	地区	唱诵场合
107	小怀胎	正月怀胎①	——	陕西商南	——
108	长大我养爹娘老	养育恩②	报父母恩	河南南阳	——
109	孝敬歌	回干就湿恩③	劝孝	河南南阳	——
110	劝孝歌	养育恩德④	劝孝	河南民权	——
111	怀胎	现实怀胎生活⑤	——	河南潢川	——
112	十月怀胎	现实怀胎生活⑥	——	河南罗山	——
113	十月怀胎	怀胎头两个月生活⑦	——	河南潢川	——
114	怀揣正月正	怀胎感受⑧	——	河南西峡	——
115	孕妇十想歌	孕期饮食⑨	——	河南淅川	——
116	娘怀儿十个月	怀胎感受⑩	——	吉林四平	——
117	奴家怀胎正月正	怀胎生活⑪	——	河南范县杨集乡	——
118	大怀胎	十月怀胎生活⑫	——	河南潢川	——
119	怀胎	十月怀胎生活⑬	——	河南新野	——

---

① 《中国民间歌曲集成·陕西卷》，第1237页。
② 中国民间文学集成全国编辑委员会，中国歌谣集成·河南卷编辑委员会：《中国歌谣集成·河南卷》，中国ISBN中心，2003年，第349页；南阳市民间文学集成编委会编：《中国歌谣集成·河南南阳市》，南阳市印刷厂，1987年，第42页。
③ 《中国歌谣集成·河南南阳市》，第69页。
④ 《中国歌谣集成·河南卷》，第438—439页。
⑤ 潢川县民间文学集成编委会：《中国歌谣集成·河南潢川卷》，1990年，第193—194页。
⑥ 信阳市非物质文化遗产保护中心编：《信阳民歌》，河南大学出版社，2010年，第239页。
⑦ 《信阳民歌》，河南大学出版社，2010年，第240页。
⑧ 《中国歌谣集成·河南卷》，第347页。
⑨ 《中国歌谣集成·河南卷》，第348页。
⑩ 中国民间文学集成全国编辑委员会，中国歌谣集成吉林卷编辑委员会：《中国歌谣集成·吉林卷》，中国ISBN中心，2005年，第277—278页。
⑪ 河南省濮阳市民间文学集成编委会主编：《中国歌谣集成·河南濮阳卷》，中原石油报社印刷厂，1990年，第60—61页。
⑫ 《中国歌谣集成·河南潢川卷》，第190—192页。
⑬ 《中国民间歌曲集成·河南卷》，第679—680页。

附录二：敦煌产育题材文学对后世讲唱文学的影响一览表(454 例)

(续表)

序号	篇名	题材内容	功用	地区	唱诵场合
120	十月怀胎	十月怀胎生活①	——	河南宜阳	——
121	劝子歌	怀胎、生子、育儿辛苦②	劝孝	河北邢台	——
122	劝孝歌	怀胎、生子、育儿辛苦③	劝孝	河北威县	——
123	思五更	怀胎、生子、育儿辛苦④	劝孝	河北承德	——
124	怀胎	怀胎、生子生活⑤	——	河北张家口	——
125	怀胎	十月怀胎生子生活⑥	——	河北张家口万全区	——
126	九月怀胎	十月怀胎生活⑦	——	河北张家口崇礼区	——
127	九月怀胎(异文)	十月怀胎饮食⑧	——	河北涿鹿	——
128	大怀胎	现实怀胎生子生活⑨	——	河北蔚城	——
129	十月怀胎	头六个月怀胎生活⑩	——	河北石家庄	——
130	怀胎	头四个月怀胎生活⑪	——	河北张北	——
131	怀胎	现实怀胎生活⑫	——	河北尚义	——
132	十月怀胎	现实怀胎生活⑬	——	河北新河	——

---

① 《中国民间歌曲集成·河南卷》，第 680—681 页。
② 中国民间文学集成全国编辑委员会、中国歌谣集成河北卷编辑委员会主编：《中国歌谣集成·河北卷》，中国 ISBN 中心，第 157—159 页。
③ 《中国歌谣集成·河北卷》，第 159—161 页。
④ 《中国歌谣集成·河北卷》，第 165—166 页。
⑤ 张家口市民间歌曲选编委员会编：《张家口市民间歌曲选集》，1963 年，第 20 页。
⑥ 张家口地区"三套集成"办公室编：《张家口地区歌谣卷》(上卷)，1987 年，第 112—114 页。
⑦ 《张家口地区歌谣卷》(上卷)，第 114—115 页。
⑧ 《张家口地区歌谣卷》(上卷)，第 115—116 页。
⑨ 王志军、田永翔编著：《歌谣与谚语》，中国戏剧出版社，2012 年，第 78—79 页。
⑩ 中国民间歌曲集成全国编辑委员会、中国民间歌曲集成·河北卷编辑委员会：《中国民间歌曲集成·河北卷》，中国 ISBN 中心，1995 年，第 776—777 页。
⑪ 《中国民间歌曲集成·河北卷》，第 779—781 页。
⑫ 《中国民间歌曲集成·河北卷》，第 782—783 页。
⑬ 邢台地区歌谣卷编委会：《中国民间文学集成·邢台地区歌谣卷》，1988 年，第 214—216 页。

(续表)

序号	篇名	题材内容	功用	地区	唱诵场合
133	劝孝良言	怀胎、生子、养儿辛苦①	劝孝	山东曲阜	——
134	忘娘恩	养儿恩德②	——	山东枣庄市中区	
135	报娘恩	养儿恩德③	——	山东成武	
136	怀胎十个月	怀胎感受④			山东宁阳	
137	怀胎十二个月	怀胎感受⑤		山东济南历城区	
138	十月怀孕	胎儿发育、生子辛苦⑥	——	山东枣庄薛城区	
139	怀胎十个月	怀胎感受⑦		山东泰安郊区	
140	十月怀胎	六月怀胎感受⑧	——	山东威武	
141	十月怀胎娘带灾	怀胎辛苦⑨	劝报娘恩	山西晋城	
142	怀胎歌	现实怀胎生子⑩	——	山西黎城	
143	十月怀胎	怀胎感受⑪	——	山西沁源	
144	怀胎歌	怀胎感受⑫	——	山西黎城	——

---

① 谢普:《孝道:古今百善孝居先》,现代出版社,2014年,第67—68页。
② 中国民间文学集成全国编辑委员会、中国歌谣集成山东卷编辑委员会主编:《中国歌谣集成·山东卷》,中国ISBN中心,2008年,第585—586页。
③ 《中国歌谣集成·山东卷》,第588页。
④ 《中国歌谣集成·山东卷》,第621页。
⑤ 《中国歌谣集成·山东卷》,第621—622页。
⑥ 《中国歌谣集成·山东卷》,第625页。
⑦ 《中国歌谣集成·山东卷》,第625—626页。
⑧ 中国民间歌曲集成全国编辑委员会、中国民间歌曲集成·山东卷编辑委员会:《中国民间歌曲集成·山东卷》,中国ISBN中心,2000年,第524页。
⑨ 中国民间文学集成全国编辑委员会、中国歌谣集成山西卷编辑委员会:《中国歌谣集成·山西卷》,中国ISBN中心,2009年,第549页。
⑩ 王苏陵、王利斌主编:《黎城县非物质文化遗产名录》,三晋出版社,2014年,第399页。
⑪ 《中国歌谣集成·山西卷》,第545页。
⑫ 《中国歌谣集成·山西卷》,第545—546页。

(续表)

序号	篇名	题材内容	功用	地区	唱诵场合
145	十月身受苦	怀胎感受①	——	山西大同	——
146	害娃娃	十月怀胎生活②	——	山西宁武	——
147	怀胎(1)	十月怀胎生活③	——	山西襄汾	——
148	怀胎(2)	正月怀胎④	——	山西临县	——
149	生娃娃	生娃娃经历⑤	——	山西阳高	——
150	养儿不知娘辛苦	怀胎、生子、育儿辛苦⑥	劝报恩	湖北枝江瑶华乡	——
151	十月怀胎	怀胎、生子、育儿生活⑦	——	湖北枝江	——
152	报答四恩〔傩愿歌〕	怀胎、哺育恩德⑧	劝报恩	湖北宣恩（土家族）	——
153	十月怀胎	怀胎辛苦⑨	教育	湖北应城	——
154	十月怀胎(官怀胎)	现实怀胎生活⑩	——	湖北宜昌	——
155	十月怀胎	现实怀胎生活⑪	——	湖北十堰官渡镇	——
156	怀胎歌	现实怀胎生活⑫	——	湖北郧西	——

---

① 《中国歌谣集成·山西卷》，第546—548页。
② 中国民间歌曲集成全国编辑委员会、中国民间歌曲集成·山西卷编辑委员会：《中国民间歌曲集成·山西卷》，中国ISBN中心，1990年，第701页。
③ 《中国民间歌曲集成·山西卷》，第702页。
④ 《中国民间歌曲集成·山西卷》，第703页。
⑤ 《中国民间歌曲集成·山西卷》，第703页。
⑥ 枝江县三民集成领导小组编：《中国谚语集成·湖北卷·枝江歌谣集》，1989年，第38—43页。
⑦ 《中国谚语集成·湖北卷·枝江歌谣集》，第29—33页。
⑧ 《中国民间歌曲集成·湖北卷》，第909页。
⑨ 这是妇女结婚之后由年老的妇女教新娘如何生养的一种"私房歌"。《中国民间歌曲集成·湖北卷》，第343—344页。
⑩ 袁维华采录：《郎啊姐：民间文艺家刘德方传唱的三峡情歌选集》，彭明吉整理，中国三峡出版社，2004年，第91—92页。
⑪ 龚世华、范康生编：《官渡情缘》，中央文献出版社，2008年，第79页。
⑫ 赵天禄、赵秀升主编：《郧西民歌集·三官卷》第2卷，2004年，第19—20页。

(续表)

序号	篇名	题材内容	功用	地区	唱诵场合
157	十月怀胎	现实怀胎生活①	——	湖北郧阳伍家沟村	——
158	十月怀胎	现实怀胎生活②	——	湖北十堰	——
159	怀胎十个月	怀胎生子的辛苦③	——	湖北十堰	——
160	十月怀胎	现实怀胎生活④	——	湖北宜都	——
161	十月怀胎	十月怀胎生活⑤	——	湖北房县	——
162	十月怀胎	十月怀胎生活⑥	——	湖北宜昌	——
163	十月怀胎	十月怀胎生活⑦	——	湖北兴山	——
164	怀胎歌	十月怀胎生活⑧	——	湖北五峰	——
165	十月怀胎（女人自述）	十月怀胎生活⑨	——	湖北宜昌夷陵区	——
166	十月怀胎（1）	十月怀胎生活⑩	——	湖北红安	——
167	十月怀胎（2）	十月怀胎生活⑪	——	湖北红安	——
168	十月怀胎	现实怀胎生活⑫	——	湖北远安	——
169	十月怀胎（十想调）	怀胎、生子的辛苦⑬	——	湖北丹江口	——

---

① 张二江主编：《伍家沟村民间歌谣集成》，长江文艺出版社，1993年，第44—46页。
② 赵国平、潘彦文主编：《向坝民歌集》，中国文联出版社，2003年，第165—166页。
③ 《向坝民歌集》，第166—171页。
④ 赵兴寿整理传唱：《青林寺情歌选》，宜都市长青彩印有限公司，2009年，第13—14页。
⑤ 张歌莺、杜明亮主编：《房县民歌集》，长江出版社，2007年，第158—159页。
⑥ 彭万廷主编：《三峡民间文学集粹》，中国三峡出版社，1995年，第311—314页。
⑦ 黄德炎主编：《昭君故里民歌精选》，北京燕山出版社，1998年，第39—40页。
⑧ 胡浩主编：《民歌》（五峰土家族自治县文艺丛书），湖北人民出版社，2004年，第93—94页。
⑨ 郑新华：《黄柏风情》，大众文艺出版社，2004年，第179页。
⑩ 叶金元等编：《红安民间歌曲集》，华中师范大学出版社，2011年，第218—219页。
⑪ 《红安民间歌曲集》，第219—220页。
⑫ 彭善梁、吴光烈主编：《远安歌谣》，长阳土家族自治县文化局，1990年，第225—227页。
⑬ 丹江口市民间文学集成办公室、丹江口市文化馆编：《丹江口市歌谣分册》，1988年，第318—322页。

附录二:敦煌产育题材文学对后世讲唱文学的影响一览表(454例)

(续表)

序号	篇名	题材内容	功用	地区	唱诵场合
170	十月怀胎	十月怀胎生活①	——	湖北武穴花桥镇	——
171	十月怀胎(之一)	正月怀胎②	——	湖北浠水洗马镇	——
172	十月怀胎	十月怀胎生活③	——	湖北浠水	——
173	十月怀胎	怀胎、生子、养儿辛苦④	劝孝报恩	重庆铜梁	——
174	怀胎歌	九个月怀胎生活⑤	——	重庆酉阳	——
175	怀胎歌	十月怀胎生活⑥	——	重庆石柱马武镇	——
176	怀胎歌	十月怀胎生活⑦	——	重庆石柱沙子镇	——
177	十月怀胎	十月怀胎生活⑧	——	重庆涪陵	——
178	怀胎歌	怀胎辛苦⑨	——	重庆江津	——
179	怀胎歌	十月怀胎生活⑩	——	重庆璧山	——
180	哺儿歌	哺育、养儿生活⑪	——	重庆璧山	——

---

① 《武穴民间歌曲集成》(《中国民间歌曲集成·湖北卷·武穴分卷》),第164页。
② 叶小青主编:《中国民间歌曲集成·湖北卷·浠水分卷》,湖北省浠水县文化馆,2003年,第203页。
③ 《中国民间歌曲集成·湖北卷·浠水分卷》,第203—204页。
④ 四川省重庆市铜梁县民间文学集成编辑委员会:《中国民间歌谣谚语集成·重庆市铜梁县卷》,1988年,第279—280页。
⑤ 酉阳土家族苗族自治县文化广播电视新闻出版局、酉阳土家族苗族自治县文化馆编:《酉阳民歌集》,重庆大学出版社,2012年,第133页。
⑥ 秦泽斌主编:《太阳出来喜洋洋——石柱民族民间音乐曲集》,中国文联出版社,2005年,第116—117页。
⑦ 《太阳出来喜洋洋——石柱民族民间音乐曲集》,第45—46页。
⑧ 杨光明主编:《涪陵民间文学集成》,四川人民出版社,1992年,第932—933页。
⑨ 江津县民间文学集成编辑委员会:《中国民间歌谣语言集成·重庆市江津县卷》,白沙工艺印刷厂,1989年,第198—199页。
⑩ 重庆市璧山县民间文学集成编委会编:《中国民间文学集成·重庆市璧山县卷》,重庆市璧山县印刷厂,1987年,第57—58页。
⑪ 《中国民间文学集成·重庆市璧山县卷》,第58页。

(续表)

序号	篇名	题材内容	功用	地区	唱诵场合
181	十月怀胎	现实怀胎生活①	——	重庆荣昌	——
182	十报恩歌	怀胎、生子、乳哺、回干就湿等十恩②	劝孝	四川青川	——
183	养育歌	怀胎、哺育、养育的辛苦③	劝孝	四川蓬安	——
184	十月怀胎	怀胎、生子、育儿辛苦④	劝孝	四川营山	——
185	慈母歌	怀胎、生子、育儿辛苦⑤	劝孝	四川洪雅	——
186	十月怀胎	怀胎头两月生活⑥	——	四川成都	——
187	十月怀胎歌	怀胎、生子生活⑦	——	四川南充顺庆区	——
188	怀胎歌	怀胎生活⑧	——	四川南充高坪区	——
189	哺育经	哺育、养育生活⑨	——	四川蓬安	——
190	怀胎歌	现实怀胎生活⑩	——	四川彭水走马乡	——
191	十月怀胎	十月怀胎生活⑪	——	四川万县	——

---

① 荣昌县民间文学集成编辑委员会编:《中国歌谣、谚语集成·重庆市荣昌县卷》,第124—125页。
② 鲜继明:《青川说唱文》,四川美术出版社,2017年,第75—76页。
③ 李志杰主编:《民间歌谣》,四川人民出版社,2016年,第82—85页。
④ 《中国歌谣集成·四川卷》,第404—405页。
⑤ 《中国歌谣集成·四川卷》,第444—445页。
⑥ 万光治主编:《四川民歌采风录1》,巴蜀书社,2017年,第11页。
⑦ 《民间歌谣》,第81页。
⑧ 《民间歌谣》,第80页。
⑨ 《民间歌谣》,第82页。
⑩ 汪家生主编:《彭水民间歌谣·谚语》,中国戏剧出版社,2010年,第350—351页。
⑪ 四川省万县民间文学三集成编委会编:《中国民间文学集成·四川省万县资料集》,1988年,第321—322页。

(续表)

序号	篇名	题材内容	功用	地区	唱诵场合
192	怀胎歌	十月怀胎生活①	——	四川巫山白果乡	——
193	怀胎歌	十月怀胎生活②	——	四川北川	——
194	十月怀胎苦	怀胎、生子、育儿辛苦③	——	四川成都龙泉驿区	——
195	十月怀胎	十月怀胎辛苦④	劝孝	安徽桐城	——
196	报父母恩	怀胎、养育的辛苦⑤	劝孝	安徽阜阳	——
197	十月怀胎	十月怀胎生活⑥	——	安徽歙县	——
198	苦命落娘胎	养育辛苦⑦	——	安徽枞阳	——
199	十月怀胎(1)	十月怀胎生活⑧	——	安徽望江	——
200	十月怀胎(2)	十月怀胎生活⑨	——	安徽歙县	——
201	哭娘亲	怀胎、乳哺恩德⑩	——	安徽歙县	——
202	十月怀胎	现实怀胎生活⑪	——	江西进贤	——
203	小怀胎	怀胎头两月生活⑫	——	江西湖口	——

① 巫山县民间文学三套集成编委会:《中国民间文学三套集成·巫山县歌谣谚语集》,巫山县文化局,1987年,第212—214页。
② 万光治主编:《羌山采风录》,人民音乐出版社,2011年,第41页;又见《四川民歌采风录2》,巴蜀书社,2017年,第159页。
③ 《中国歌谣集成·四川卷》,第403—404页。
④ 叶濒:《桐城歌》,黄山书社,2012年,第83—84页;叶濒:《桐城风情》,安徽美术出版社,2011年,第132—133页。
⑤ 农七师歌谣集成编委会编:《中国歌谣集成新疆卷新疆生产建设兵团农七师分卷》,新疆人民出版社,1992年,第194—198页。
⑥ 崔琳编:《安徽民歌集萃》,安徽文艺出版社,2018年,第127—128页。
⑦ 中国民间歌曲集成全国编辑委员会、中国民间歌曲集成·安徽卷编辑委员会:《中国民间歌曲集成·安徽卷》,中国ISBN中心,1999年,第503页。
⑧ 《中国民间歌曲集成·安徽卷》,第515—516页。
⑨ 《中国民间歌曲集成·安徽卷》,第516—517页。
⑩ 《中国民间歌曲集成·安徽卷》,第763页。
⑪ 进贤县中华文化促进会编:《进贤民谣民谚歇后语集》,黄华明主编,江西山水印务有限公司,2014年,第26页。
⑫ 湖口县人民政府编:《人文户口丛书·文艺篇》,百花洲文艺出版社,2015年,第257页。

(续表)

序号	篇名	题材内容	功用	地区	唱诵场合
204	十月怀胎	现实怀胎生子生活①	——	江西崇仁凤岗镇	——
205	十月怀胎歌	现实怀胎生活②	——	江西赣县	——
206	怀胎苦歌	怀胎辛苦③	——	江西遂川	——
207	十月怀胎离娘身	胎儿发育④	——	江西婺源	——
208	十月怀胎十月满	怀胎感受⑤	——	江西进贤	——
209	莫忘父母恩	养儿恩德⑥	——	江西萍乡	——
210	十月怀胎	现实怀胎生活⑦	——	江西崇仁	——
211	怀胎	现实怀胎生活⑧	——	江西修水	——
212	哺乳恩(怀胎经)	怀胎、生子的辛苦⑨	劝孝	湖南花垣	——
213	十月怀胎	怀胎、生子、哺育、养儿的辛苦⑩	劝孝	湖南永顺（土家族）	——
214	奉劝世人敬双亲(一)	怀胎、生子、养儿的辛苦⑪	宣扬父母恩德，劝孝	湖南桃源	——
215	奉劝世人敬双亲(二)	怀胎、生子、养儿的辛苦⑫	宣扬父母恩德，劝孝	湖南临湘	——

---

① 吴凡编著：《宫商角徵羽：临川民歌研究与赏析》，百花洲文艺出版社，2011年，第295—296页。

② 中国民间文学集成全国编辑委员会、中国歌谣集成江西卷编辑委员会主编：《中国歌谣集成·江西卷》，中国ISBN中心，2003年，第479—480页。

③ 《中国歌谣集成·江西卷》，第480页。

④ 《中国歌谣集成·江西卷》，第480—481页。

⑤ 《中国歌谣集成·江西卷》，第481页。

⑥ 《中国歌谣集成·江西卷》，第508页。

⑦ 《中国民间歌曲集成·江西卷》，第553—555页。

⑧ 《中国民间歌曲集成·江西卷》，第868—869页。

⑨ 石昌炽主编：《中国民间歌谣集成湖南省卷·花垣县资料本》，花垣县民间歌谣集成办公室编，1991年，第227—228页。

⑩ 彭秀榘等搜集整理：《溪州文化系列丛书·土家歌谣》(辑二)，人民日报出版社，2006年，第107—108页。

⑪ 《中国歌谣集成·湖南卷》，第636—639页。

⑫ 《中国歌谣集成·湖南卷》，第639—640页。

附录二:敦煌产育题材文学对后世讲唱文学的影响一览表(454 例)

(续表)

序号	篇名	题材内容	功用	地区	唱诵场合
216	十月怀胎	十月怀胎辛苦①	解结	湖南澧县	——
217	十月怀胎(1)	怀胎头两月生活②	——	湖南新化	——
218	十月怀胎(2)	正月怀胎③	——	湖南新化	——
219	十月怀胎(3)	十月怀胎生活④	——	湖南新化	——
220	十月怀胎	十月怀胎生活⑤	——	湖南永顺(土家族)	——
221	十月怀胎	现实怀胎生活⑥	——	湖南桃源	——
222	十月怀胎	现实怀胎生活⑦	——	湖南桃源	——
223	十月怀胎	正月怀胎⑧	——	湖南桃源	——
224	十月怀胎	现实怀胎生活⑨	——	湖南桃源	——
225	十月怀胎	现实怀胎生活⑩	——	湖南慈利	——
226	十月怀胎	怀胎第一个月生活⑪	——	湖南茶陵	——
227	十月怀胎	现实怀胎生活⑫	——	湖南桑植	——
228	十月怀胎	现实怀胎生活⑬	——	湖南桑植	——
229	十月怀胎	现实怀胎生活⑭	——	湖南永兴	——

---

① 政协澧县学习文史委员会编:《澧州文化之旅丛书·地方风俗与民间艺术》(澧县文史第九辑),湖南人民出版社,2005 年,第 287—288 页。

② 张贻灿编著:《上梅山新化民间音乐》,湖南大学出版社,2018 年,第 55 页。

③ 《上梅山新化民间音乐》,第 55 页。

④ 《上梅山新化民间音乐》,第 56 页。

⑤ 《溪州文化系列丛书·土家歌谣》(辑二),第 108—109 页。

⑥ 湖南省文化厅主编:《湖湘文库:湖南民间歌曲集成》第 3 册,湖南文艺出版社,2008 年,第 925—926 页。

⑦ 中国民间歌曲集成·湖南卷编辑委员会编印:《湖南民间歌曲集·常德地区分册》,湖南卷编辑委员会,1981 年,第 240 页。

⑧ 《湖南民间歌曲集·常德地区分册》,第 241 页。

⑨ 《中国民间歌曲集成·湖南卷》,第 861 页。

⑩ 《湖南民间歌曲集·常德地区分册》,第 241—242 页。

⑪ 廖征、凌贵荣主编:《茶陵民歌集》,湖南教育出版社,2012 年,第 82 页。

⑫ 《湖湘文库:湖南民间歌曲集成》第 4 册,第 1317—1318 页。

⑬ 《中国民间歌曲集成·湖南卷》,第 1205 页。

⑭ 《湖湘文库:湖南民间歌曲集成》第 2 册,第 489—490 页。

(续表)

序号	篇名	题材内容	功用	地区	唱诵场合
230	十月怀胎	正月怀胎①	——	湖南临澧	——
231	十月怀胎	正月怀胎②	——	湖南汉寿	——
232	十月怀胎	怀胎辛苦③	——	湖南津市	——
233	十月怀胎	现实怀胎生活④	——	湖南耒阳	——
234	怀胎歌	现实怀胎生活⑤	——	湖南永兴	——
235	十月怀胎	现实怀胎生活⑥	——	湖南永兴	——
236	十月怀胎	现实怀胎生活⑦	——	湖南永兴	——
237	怀胎调	现实怀胎生活⑧	——	湖南安仁	——
238	十月怀胎	十月怀胎生活⑨	——	湖南湘潭	——
239	十月怀胎调	现实怀胎生活⑩	——	湖南衡山	——
240	十月怀胎	现实怀胎生活⑪	——	湖南冷水江	——
241	十月怀胎	现实怀胎生活⑫	——	湖南祁阳	——
242	十月怀胎歌(怀胎经)	十月怀胎、产子的辛苦⑬	劝孝	贵州习水土城镇	——

---

① 《湖南民间歌曲集·常德地区分册》,第242—243页。
② 《湖南民间歌曲集·常德地区分册》,第243—244页。
③ 《湖南民间歌曲集·常德地区分册》,第238—239页。
④ 《中国民间歌曲集成》湖南卷编辑委员会编印:《中国民间歌曲集成·郴州地区分册》,《中国民间歌曲集成》湖南卷编辑委员会,1981年,第189—190页。
⑤ 《中国民间歌曲集成·郴州地区分册》,第225—226页。
⑥ 《中国民间歌曲集成·郴州地区分册》,第230—231页。
⑦ 《中国民间歌曲集成·湖南卷》,第917页。
⑧ 《中国民间歌曲集成·郴州地区分册》,第308页。
⑨ 中国民间歌曲集成·湖南卷编辑委员会:《湖南民间歌曲集·湘潭市分册》,1981年,第83—84页。
⑩ 中国民间歌曲集成·湖南卷编辑委员会编印:《湖南民间歌曲集·衡阳地区分册》,1980年,第255—256页。
⑪ 《中国民间歌曲集成·湖南卷》,第795页。
⑫ 《中国民间歌曲集成·湖南卷》,第829页。
⑬ 遵义地区文艺《集成·志书》编辑部编:《中国歌谣集成·贵州遵义地区卷》,贵州人民出版社,1993年,第442—443页。

附录二：敦煌产育题材文学对后世讲唱文学的影响一览表(454例)

(续表)

序号	篇名	题材内容	功用	地区	唱诵场合
243	实在难报爹娘恩(怀胎经)	怀胎、生子、育儿的辛苦①	劝孝	贵州剑河	——
244	父母恩	回干就湿恩②	劝报父母恩	贵州咸宁	——
245	养育歌	怀胎、生子、养育恩③	劝报父母恩	贵州	——
246	父母恩	怀胎、养儿恩德④	宣扬父母恩德，劝报恩	贵州从江（侗族）	——
247	怀胎歌	现实怀胎生活⑤	——	贵州水城	
248	怀胎歌	怀胎、生子的辛苦⑥	——	贵州瓮安	
249	十月怀胎	怀胎感受⑦	——	贵州惠水	
250	怀胎调	十月怀胎生活⑧	——	贵州独山	
251	十二月孝歌	养儿辛苦⑨	劝孝	云南	
252	行孝歌	怀胎、生子的辛苦⑩	劝孝	云南西畴（瑶族）	

---

① 剑河县民间文学三套集成办公室编：《中国歌谣谚语集成·贵州省黔东南苗族侗族自治州剑河县卷》，剑河县民间文学三套集成办公室，1989年，第261—263页。

② 《中国歌谣集成·贵州卷》，第71页。

③ 《中国歌谣集成·贵州卷》，第72—74页。

④ 《中国歌谣集成·贵州卷》，第630页。

⑤ 水城县民间文学三套集成办公室编：《中国民间歌谣谚语集成·贵州六盘水市水城县卷》，六盘水日报印刷厂，1990年，第361—362页。

⑥ 瓮安县民间文学集成办公室编：《中国民间文学三套集成·瓮安县卷》，1988年，第225—226页。

⑦ 《中国歌谣集成·贵州卷》，第89页。

⑧ 中国民间歌曲集成全国编辑委员会、中国民间歌曲集成·贵州卷编辑委员会：《中国民间歌曲集成·贵州卷》，中国ISBN中心，1995年，第162—163页。

⑨ 中国民间文学集成全国编辑委员会、中国歌谣集成云南卷编辑委员会主编：《中国歌谣集成·云南卷》，中国ISBN中心，2003年，第581—582页。

⑩ 《中国歌谣集成·云南卷》，第1475—1476页。

(续表)

序号	篇名	题材内容	功用	地区	唱诵场合
253	十月怀胎	怀胎、生子、育儿辛苦①	劝报恩	云南剑川（白族）	—
254	怀胎经	十月怀胎、育儿的艰辛②	劝孝	云南富源（水族）	—
255	十月怀胎（1）	十月怀胎、产子的辛苦③	劝孝	云南富源（水族）	—
256	十月怀胎（2）	十月怀胎、生子辛苦、怀胎禁忌、胎儿发育④	劝孝	云南富源（水族）	—
257	十月怀胎（3）	十月怀胎、生子辛苦⑤	劝孝	云南富源（水族）	—
258	十劝君	怀胎、育儿恩德⑥	劝报恩	云南玉溪	—
259	十月怀胎	怀胎辛苦⑦	劝孝	云南昭通	—
260	十月怀胎	怀胎辛苦⑧	劝孝	云南南华	—
261	怀胎调之三	怀胎、生子、养育的恩德⑨	劝孝	滇西	—
262	怀胎歌	现实怀胎生活⑩	—	云南保山	—
263	怀胎调	现实怀胎生活⑪	—	云南南涧	—

---

① 《中国歌谣集成·云南卷》，第 90—92 页。
② 云南省少数民族古籍整理出版规划办公室编：《云南民族口传非物质文化遗产总目提要·史诗歌谣卷》，云南教育出版社，2008 年，第 438 页。
③ 《云南民族口传非物质文化遗产总目提要·史诗歌谣卷》，第 438—439 页。
④ 《云南民族口传非物质文化遗产总目提要·史诗歌谣卷》，第 439 页。
⑤ 《云南民族口传非物质文化遗产总目提要·史诗歌谣卷》，第 439 页。
⑥ 《中国歌谣集成·云南卷》，第 613 页。
⑦ 昭通县民族事务委员会、昭通县文化局编：《昭通民族民间文学资料选编》第 1 集，1983 年，第 190—191 页。
⑧ 卞启忠编著：《彝山情歌：云南华山歌集》，云南人民出版社，2006 年，第 211—213 页。
⑨ 韦国忠、瞿鸿生编著：《乡野韶乐》，云南民族出版社，2006 年，第 393—395 页。
⑩ 谢崇抒、谢自律：《中国云南少数民族音乐考源》，上海三联书店，2012 年，第 281 页。
⑪ 邓承礼主编：《南涧民间文学集成》，云南民族出版社，1987 年，219—221 页。

附录二:敦煌产育题材文学对后世讲唱文学的影响一览表(454 例)

(续表)

序号	篇名	题材内容	功用	地区	唱诵场合
264	怀胎调	现实怀胎生活①	——	云南南涧	
265	怀胎调之一	怀胎、哺育的辛苦②	——	云南滇西	
266	怀胎调之二	怀胎、生子的辛苦③	——	云南滇西	
267	十月怀胎歌	胎儿发育④	——	广西博白（客家）	
268	十月怀胎歌	怀孕、生子、养儿的辛苦⑤	——	广西罗城（仫佬族）	
269	敬父母	养儿辛苦⑥	劝孝	广东潮阳	
270	十月怀胎歌	孕期饮食⑦	——	广东海陆丰	
271	十月怀胎歌	胎儿发育、怀胎、养儿的辛苦⑧	——	广东惠东	
272	孝顺山歌	怀胎、生子、育儿的恩德⑨	劝孝	海南儋州	
273	育儿歌	怀胎、育儿的辛苦⑩	——	海南通什（苗族）	
274	十月怀胎	怀胎、生子辛苦⑪	劝孝报恩	福建连城	

---

① 《南涧民间文学集成》,219—221 页。
② 《乡野韶乐》,第 389—390 页。
③ 《乡野韶乐》,第 391—392 页。
④ 罗雪松、徐一舟等主编:《博白客家歌谣集》,新南交通大学出版社,2011 年,第 12 页。
⑤ 龙殿宝编:《中国少数民族大辞典·仫佬族卷》,中国大百科全书出版社,2014 年,第 137 页。
⑥ 中国民间歌曲集成全国编辑委员会、中国民间歌曲集成·广东卷编辑委员会:《中国民间歌曲集成·广东卷》,中国 ISBN 中心,2005 年,第 595—596 页。
⑦ 《海陆丰历史文化丛书》编纂委员会编著:《海陆丰历史文化丛书(卷八)·民间风俗》,广东人民出版社,2013 年,第 190—192 页。
⑧ 中国民间文学集成全国编辑委员会、中国歌谣集成·广东卷编辑委员会:《中国歌谣集成·广东卷》,中国 ISBN 中心,2007 年,第 497—498 页。
⑨ 中国民间文学集成全国编辑委员会、中国歌谣集成·海南卷编辑委员会:《中国歌谣集成·海南卷》,中国 ISBN 中心,1997 年,第 415—417 页。
⑩ 《中国歌谣集成·海南卷》,第 399 页。
⑪ 《连城客家民间音乐文化》,第 144—145 页。

(续表)

序号	篇名	题材内容	功用	地区	唱诵场合
275	十怀胎	胎儿发育、生子、育儿等恩德①	劝孝、报恩	福建平和	——
276	十月怀胎	胎儿发育、养育恩②	劝孝	福建福鼎（畲族）	仪式
277	要想父母疼仔儿〔茶歌调〕	怀胎、生子、养儿辛苦③	劝孝	福建安溪	——
278	劝孝歌〔山歌调〕	怀胎、生子、养儿辛苦④	劝孝	福建德化	——
279	孝敬歌	父母养育恩德⑤	劝孝	福建南安	——
280	十月怀胎	怀胎、生子、养育的辛苦⑥	——	福建浦城	——
281	十月怀胎	怀胎、生子辛苦⑦	——	福建浦城	——
282	十怀胎	十月怀胎生活⑧	——	福建建阳（畲族）	——
283	十月怀胎	怀胎辛苦、胎儿发育⑨	——	福建平潭	——
284	十二个月怀胎	怀胎辛苦⑩	——	福建平潭	——
285	十月怀胎	现实怀胎生活⑪	——	福建将乐	——

---

① 中国民间文学集成全国编辑委员会、中国歌谣集成福建卷编辑委员会:《中国歌谣集成·福建卷》,中国 ISBN 中心,2007 年,第 346—347 页。

② 本篇是福鼎县前岐镇畲族李氏"集玄坛"中《造塔科》的唱词。系法师为男孩子行"过关"仪式过程中唱的歌。肖孝正编纂:《闽东畲族歌谣集成》,海峡文艺出版社,1995 年,第 186—187 页。

③ 《中国歌谣集成·福建卷》,第 391—393 页。

④ 《中国歌谣集成·福建卷》,第 393—395 页。

⑤ 《中国歌谣集成·福建卷》,第 397—398 页。

⑥ 初学敏主编:《浦城民间文学》,福建人民出版社,2017 年,第 354—356 页。

⑦ 《中国歌谣集成·福建卷》,第 347—348 页。

⑧ 叶木青编:《深山高歌——建阳市畲族山歌集锦》,西苑出版社,2010 年,第 157—158 页。

⑨ 平潭县民间文学集成编委会:《中国歌谣集成福建·平潭县分卷》,1990 年,第 123—124 页。

⑩ 《中国歌谣集成福建卷·平潭县分卷》,第 124—125 页。

⑪ 将乐县民间文学集成编委会:《中国歌谣集成福建卷·将乐县分卷》,三明日报社印刷厂印刷,1991 年,第 258—260 页。

(续表)

序号	篇名	题材内容	功用	地区	唱诵场合
286	怀胎歌	现实怀胎生活①	——	福建龙岩	
287	十月怀胎	十月怀胎辛苦②	——	福建大田广平镇	
288	十月怀胎	十月怀胎生活③	——	福建顺昌（畲族）	
289	怀胎诗	现实怀胎生活④	——	福建南平徐洋村	
290	十月怀胎〔洗佛歌〕	胎儿发育、分娩的辛苦⑤	——	福建漳浦	
291	十月怀胎	怀胎、生子生活⑥	——	福建尤溪	
292	十月怀胎	怀胎、生子辛苦⑦	——	福建松溪	
293	十月怀胎	十月怀胎生活⑧	劝孝	浙江安吉	
294	十月怀胎歌〔宝卷调〕	怀胎生子的辛苦⑨	——	浙江安吉	宣卷
295	孝敬父母理该应〔宝卷调〕	养育恩德⑩	劝孝	浙江丽水	宣卷
296	孝敬父母不蚀本〔宝卷调〕	养育恩德⑪	劝孝	浙江上虞	宣卷

---

① 何志溪编：《闽西山歌·歌谣选》，鹭江出版社，2011年，第364—365页。
② 郑建勋主编：《广平风物》，海峡书局，2015年，第201—202页。
③ 盖建平编著：《闽北民歌》，福建省南平市文学艺术界联合会，2003年，第118页。
④ 李永兴主编：《中国民间文学集成福建卷·南平市分卷·徐洋村卷》，南平市延平区徐洋村老人协会，2003年，第256—257页。
⑤ 中国民间歌曲集成全国编辑委员会、中国民间歌曲集成·福建卷编辑委员会：《中国民间歌曲集成·福建卷》，中国ISBN中心，1996年，第612—613页。
⑥ 《中国民间歌曲集成·福建卷》，第978—979页。
⑦ 《中国民间歌曲集成·福建卷》，第1189—1190页。
⑧ 张西廷编著：《黄浦江源章村镇》，大众文艺出版社，2006年，第141—143页。
⑨ 此歌原名《世界宝卷》，又名《功曹宝忏》，俗名《十月怀胎宝卷》，全省流传，有抄本。中国民间文学集成全国编辑委员会、中国歌谣集成浙江卷编辑委员会主编：《中国歌谣集成·浙江卷》，中国ISBN中心，1995年，第323—324页。
⑩ 《中国歌谣集成·浙江卷》，第320—321页。
⑪ 《中国歌谣集成·浙江卷》，第321页。

(续表)

序号	篇名	题材内容	功用	地区	唱诵场合
297	十月怀胎	怀胎、生子、育儿艰辛①	——	浙江海盐	——
298	十月怀胎	现实怀胎生活②	——	浙江富阳	——
299	十月怀胎	怀胎辛苦③	——	浙江临安	——
300	十月怀胎	十月怀胎生活④	——	浙江龙游	——
301	十月怀胎	怀胎辛苦⑤	——	浙江仙居	——
302	十月怀胎	正月怀胎⑥	——	浙江庆元	——
303	报娘恩	怀胎、育儿辛苦⑦	思娘亲	上海奉贤	——
304	怀娘亲	怀胎、育儿辛苦⑧	怀念娘亲	上海静安区	——
305	拖身重胎懒烧茶	怀胎身重⑨	——	上海崇明区	——
306	十月怀胎	现实怀胎生活⑩	——	北京延庆	——
307	十月怀胎	现实怀胎生活⑪	——	北京怀柔	——

---

① 嘉兴市民间文学集成办公室编：《浙江省民间文学集成·嘉兴市歌谣、谚语卷》，浙江文艺出版社，1991年，第148—152页。

② 周亦涛主编：《富阳市非物质文化遗产大关·民间文学卷》（下），浙江文艺出版社，2011年，第631—632页。

③ 临安县民间文学集成办公室编：《中国民间文学集成浙江省临安县卷》，杭州艺华印刷厂，1989年，第460—461页。

④ 唐朝亮、叶京主编：《中国民间文学集成·龙游县歌谣谚语卷》，浙江龙游印刷厂，1992年，第82—83页。

⑤ 仙居县民间文学集成办公室编：《中国民间文学集成·浙江省台州地区·仙居县卷》，1988年，第473—475页。

⑥ 中国民间歌曲集成全国编辑委员会、中国民间歌曲集成·浙江卷编辑委员会：《中国民间歌曲集成·浙江卷》，中国ISBN中心，1993年，第428页。

⑦ 中国民间文学集成全国编辑委员会、《中国歌谣集成·上海卷》编辑委员会主编：《中国歌谣集成·上海卷》，中国ISBN中心，2000年，第301—302页；此歌曲又见《中国民间歌集成·上海卷》，仅个别字词存在差异，中国民间歌曲集成全国编辑委员会、中国民间歌曲集成·上海卷编辑委员会：《中国民间歌曲集成·上海卷》，中国ISBN中心，1998年，第789—790页。

⑧ 《中国歌谣集成·上海卷》，第633页。

⑨ 《中国民间歌曲集成·上海卷》，第438页。

⑩ 北京市延庆县文化馆：《延庆民间歌谣》第4集，北京市延庆县文化馆出版，1989年，第63—64页。

⑪ 怀柔县文化馆编：《民间文学》，怀柔县文化馆，1987年，第173—175页；此歌又见于中国民间歌曲集成全国编辑委员会、中国民间歌曲集成·北京卷编辑委员会：《中国民间歌曲集成·北京卷》，中国ISBN中心，1994年，第728—729页。

附录二：敦煌产育题材文学对后世讲唱文学的影响一览表(454 例)

(续表)

序号	篇名	题材内容	功用	地区	唱诵场合
308	九月怀胎	十月怀胎生活①	——	北京延庆	——
309	十月怀胎	胎儿发育②	——	北京门头沟区	——
310	十月怀胎	头五月怀胎生活③	——	北京海淀	——
311	孝敬歌	养育恩德④	劝孝	天津西青区	——
312	人生在世何为尊	怀胎、生子、养儿辛苦⑤	劝孝	天津武清区	——
313	十月怀胎	十月怀胎生活⑥	——	天津东丽区	——
314	十月怀胎	怀胎感受⑦	——	天津东丽区	——
315	怀胎十个月	怀胎感受⑧	——	天津东丽区	——
316	怀儿歌	胎儿发育⑨	——	天津东丽区	——
317	十月怀胎	现实怀胎生活⑩	——	天津东丽区	——
318	十月怀胎	头两个月怀胎生活⑪	——	天津宁河区	——
319	父母恩情歌〔童谣〕	父母养育恩⑫	劝报恩	辽宁开原（朝鲜族）	——

---

① 中国民间文学集成全国编辑委员会、中国歌谣集成北京卷编辑委员会编：《中国歌谣集成·北京卷》，中国 ISBN 中心，2009 年，第 292—293 页。
② 《中国歌谣集成·北京卷》，第 293 页。
③ 《中国民间歌曲集成·北京卷》，第 729—730 页。
④ 中国民间文学集成全国编辑委员会、中国歌谣集成天津卷编辑委员会编：《中国歌谣集成·天津卷》，中国 ISBN 中心，2008 年，第 438 页。
⑤ 《中国歌谣集成·天津卷》，第 438 页。
⑥ 孙光钧主编：《天津民歌研究》，大众文艺出版社，2005 年，第 262 页。
⑦ 《中国歌谣集成·天津卷》，第 407 页。
⑧ 《中国歌谣集成·天津卷》，第 407—408 页。
⑨ 《中国歌谣集成·天津卷》，第 438 页。
⑩ 中国民间歌曲集成全国编辑委员会、中国民间歌曲集成·天津卷编辑委员会：《中国民间歌曲集成·天津》，中国 ISBN 中心，2004 年，第 295—296 页。
⑪ 《中国民间歌曲集成·天津卷》，第 607 页。
⑫ 《中国民间歌曲集成·辽宁卷》，第 1356—1357 页。

(续表)

序号	篇名	题材内容	功用	地区	唱诵场合
320	孝敬歌〔包古尼道·训谕歌〕	养儿辛苦①	劝孝	辽宁阜新（蒙古族）	——
321	怀胎歌	怀胎感受②	——	辽宁大连	——
322	怀胎十月	怀胎感受③	——	辽宁清原	——
323	可怜妈妈动了情	怀胎、生子辛苦④	——	辽宁本溪	——
324	十补母重恩（2）	母亲怀胎生子、养儿等十重恩德⑤	——	辽宁大连	——
325	母重恩	怀胎、养儿恩德⑥	——	吉林通化	——
326	养儿难	养儿辛苦⑦	劝孝	黑龙江青冈	——
327	十月怀胎歌	胎儿发育、母亲哺育、养育恩德⑧	劝孝报娘恩	——	——
328	十月怀胎调	孕期辛苦⑨	——	——	——
329	怀胎歌	现实怀胎生子生活⑩	——	——	——
330	十月怀胎	十月怀胎生活⑪	——	——	——
331	怀胎	正月怀胎⑫	——	——	——

注：关于新旧地名的问题，因上表整理自不同时期的相关文献，所以地区栏地名依文献记载内容为准，未统一为新名称。

---

① 《中国民间歌曲集成·辽宁卷》，第819页。
② 《中国歌谣集成·辽宁卷》，第401—402页。
③ 《中国歌谣集成·辽宁卷》，第402—403页。
④ 《中国歌谣集成·辽宁卷》，第403页。
⑤ 《中国民间歌曲集成·辽宁卷》，第319页。
⑥ 中国民间歌曲集成全国编辑委员会、中国民间歌曲集成·吉林卷编辑委员会：《中国民间歌曲集成·吉林卷》，中国ISBN中心，1997年，第159页。
⑦ 中国民间文学集成全国编辑委员会、中国歌谣集成黑龙江卷编辑委员会主编：《中国歌谣集成·黑龙江卷》，中国ISBN中心，2007年，第271页。
⑧ 孙正国主编：《中国民间歌谣经典》，华中师范大学出版社，2014年，第190—191页。
⑨ 项志培、陈兆权编：《民间音乐》，黄山书社，2015年，第96页。
⑩ 田玉成编著：《山歌与村笛》，三峡电子音像出版社，2013年，第262—263页。
⑪ 李诗定：《豪情岁月——李诗定四季著作汇编》，中国电影出版社，2015年，第180—181页。
⑫ 江容安、冯琪编辑：《调子曲集》，中南人民文学艺术出版社，1954年，第51页。

参考书目

1. 古籍

〔汉〕班固撰:《汉书》(全12册),〔唐〕颜师古注,中华书局,1962年。

〔唐〕白居易撰,〔宋〕孔传续撰:《白孔六贴(社会生活部分)》,勾利军点校,齐鲁书社,2014年。

〔唐〕白居易:《白居易集笺校》(全6册),朱金城笺校,上海古籍出版社,1988年。

〔唐〕岑参:《岑参集校注》,陈铁民、侯忠义校注,陈铁民修订,上海古籍出版社,2004年。

〔晋〕常璩撰:《华阳国志校注》,刘琳校注,巴蜀书社,1984年。

〔隋〕巢元方等:《诸病源候论》,人民卫生出版社影印,1955年。

〔唐〕陈藏器撰:《本草拾遗辑释》,尚志钧辑释,安徽科学技术出版社,2002年。

〔清〕陈宏谋辑:《养正遗规译注》,《五种遗规》译注小组译注,中国华侨出版社,2012年。

〔晋〕陈寿撰:《三国志》(全5册),陈乃乾校点,中华书局,1959年。

〔南朝宋〕陈延之撰:《小品方》,高文铸辑校注释,中国中医药出版社,1995年。

〔唐〕戴孚撰:《广异记》,方诗铭辑校,中华书局,1992年。

〔清〕董诰等编:《全唐文》,中华书局,1983年。

〔隋〕杜台卿撰:《玉烛宝典》,《丛书集成初编》第1338册,中华书局影印,1985年。

〔唐〕杜佑:《通典》,中华书局,1984年。

〔南朝宋〕范晔撰:《后汉书》(全12册),〔唐〕李贤等注,中华书局,1965年。

〔唐〕房玄龄等撰:《晋书》(全10册),中华书局,1974年。

〔晋〕郭璞撰:《玄中记》,收入《鲁迅全集》第8册,人民文学出版社,1973年。

〔唐〕韩鄂撰:《四时纂要》,缪启愉校释,农业出版社,1981年。

〔宋〕洪迈撰:《夷坚志》(全4册),何卓点校,中华书局,1981年。

〔宋〕洪迈:《容斋随笔》,上海古籍出版社,1996年。

〔汉〕贾谊撰:《新书校注》,阎振益、钟夏校注,中华书局,2000年。

〔姚秦〕鸠摩罗什译:《佛说父母恩重难报经》,收入弘学主编《佛教道德经典》,蒲正信注,巴蜀书社,2001年。

〔唐〕李白:《李太白全集》(全3册),〔清〕王琦注,中华书局,1977年。

〔唐〕李百药撰:《北齐书》(全2册),中华书局,1972年。

〔宋〕李昉等编:《太平广记》(全10册),中华书局,1961年。

〔宋〕李昉等撰:《太平御览》(全4册),中华书局,1960年。

〔清〕李光地等撰:《御定星历考原》,《四库术数类丛书》(九),上海古籍出版社,1991年。

〔唐〕李商隐:《杂纂》,《丛书集成初编》第2987册,中华书局,1985年。

〔明〕李时珍:《本草纲目》(校点本),人民卫生出版社,1977年。

〔南朝宋〕刘敬叔撰:《异苑》,范宁校点,中华书局,1996年。

〔后晋〕刘昫等撰:《旧唐书》(全16册),中华书局,1975年。

〔唐〕刘恂撰:《岭表录异》,《丛书集成初编》第3123册,中华书局,1985年。

〔唐〕孟诜:《敦煌石室古本草》,范凤源订正,新文丰出版公司,1976年。

〔宋〕孟元老撰:《东京梦华录注》,邓之诚注,中华书局,1982年。

〔宋〕欧阳修、宋祁撰:《新唐书》(全20册),中华书局,1975年。

〔唐〕欧阳询撰:《艺文类聚》,汪绍楹校,中华书局,1965年。

〔清〕彭定求编:《全唐诗》(增订本)(全15册),中华书局编辑部点校,中华书局,1999年。

〔清〕阮元校刻:《十三经注疏》,中华书局影印,1980年。

〔唐〕释道世撰:《法苑珠林校注》(全6册),周叔迦、苏晋仁校注,中华书局,2003年。

〔南朝梁〕释慧皎撰:《高僧传》,汤用彤校注,汤一玄整理,中华书局,1992年。

〔宋〕思觉集:《如来广孝十种报恩道场仪》,赵文焕、侯冲整理,收入方广锠主编《藏外佛教文献》(第八辑),宗教文化出版社,2003年。

〔宋〕司马光编著:《资治通鉴》,〔元〕胡三省音注,"标点资治通鉴小组"校点,中华书局,1956年。

〔汉〕司马迁:《史记》,〔南朝宋〕裴骃集解,〔唐〕司马贞索引,〔唐〕张守节正义,中华书局,1959年。

〔唐〕苏敬等撰:《新修本草》,尚志钧辑校,安徽科学技术出版社,2004年。

〔唐〕孙思邈:《备急千金要方》,人民卫生出版社影印,1955年。

〔南朝梁〕陶弘景编:《本草经集注》(辑校本),尚志钧、尚元胜辑校,人民卫生出版社,1994年。

〔汉〕王充撰:《论衡校释》,黄晖校释,中华书局,1990年。

〔唐〕王梵志:《王梵志诗校注》(增订本),项楚校注,上海古籍出版社,2010年。

〔宋〕王溥撰:《唐会要》,中华书局,1955年。

〔清〕王聘珍撰:《大戴礼记解诂》,王文锦点校,中华书局,1983年。

〔唐〕王焘撰:《外台秘要》,人民卫生出版社影印,1955年。

〔清〕王先谦撰集:《释名疏证补》,上海古籍出版社,1984年。

〔清〕王照圆撰:《列女传补注》,虞思征点校,华东师范大学出版社,2012年。

〔北齐〕魏收:《魏书》,中华书局,1974年。

〔唐〕魏征等:《隋书》,中华书局,1973年。

〔宋〕吴自牧:《梦粱录》,浙江人民出版社,1984年。

〔隋〕萧吉撰:《五行大义》,钱杭点校,上海书店出版社,2001年。

〔南朝梁〕萧统编:《文选》,〔唐〕李善注,中华书局影印,1977年。

〔汉〕许慎撰:《说文解字注》,〔清〕段玉裁注,上海古籍出版社,1981年。

〔唐〕许嵩撰:《建康实录》,张忱石点校,中华书局,1986年。

〔南朝宋〕颜延之:《颜延之诗文选注》,李佳校注,黄山书社,2012年。

〔唐〕姚汝能撰:《安禄山事迹》,曾贻芬点校,中华书局,2006年。

〔汉〕应劭撰:《风俗通义校释》,吴树平校释,天津人民出版社,1980年。

〔清〕俞樾撰:《茶香室丛钞》,中华书局,1995年。

〔唐〕元稹撰:《元稹集》,冀勤点校,中华书局,1982年。

〔晋〕张华撰:《博物志校证》,范宁校证,中华书局,1980年。

〔唐〕张籍:《张籍诗集》,中华书局上海编辑所编辑,中华书局,1959年。

〔明〕张宇初等编:《元始天尊济度血湖真经》,《正统道藏》第2册,艺文印书馆,1977年。

〔汉〕张仲景辑:《金匮要略》,中国医药科技出版社,2016年。

〔宋〕周弼辑:《笺注唐贤绝句三体诗法》,〔元〕释圆至笺注,《故宫珍本丛刊》第609册,海南出版社,2000年。

〔宋〕周密辑:《武林旧事》,浙江人民出版社,1984年。

2. 现代著作

北京大学图书馆、上海古籍出版社编:《北京大学图书馆藏敦煌文献》(1—2册),上海古籍出版社,1995年。

蔡鸿生:《唐代九姓胡与突厥文化》,中华书局,1998年。

车锡伦总主编:《中国民间宝卷文献集成》,商务印书馆,2014年。

车锡伦编著:《中国宝卷总目》,北京燕山出版社,2000年。

陈东原:《中国妇女生活史》,商务印书馆,1986年。

陈明:《殊方异药:出土文书与西域医学》,北京大学出版社,2005年。

陈奇猷校注:《韩非子集释》,上海人民出版社,1974年。

陈奇猷校释:《吕氏春秋校释》,学林出版社,1984年。

陈烁:《敦煌文学:雅俗文化交织中的仪式呈现》,中国社会科学出版社,2013年。

陈寅恪:《金明馆丛稿二编》,里仁书局,1981年。

陈于柱:《区域社会史视野下的敦煌禄命书研究》,民族出版社,2012年。

陈允吉:《佛教与中国文学论稿》,上海古籍出版社,2010年。

陈允吉主编:《佛经文学研究论集》,复旦大学出版社,2004年。

陈允吉主编:《佛经文学研究论集续编》,复旦大学出版社,2011年。

程蔷、董乃斌:《唐帝国的精神文明:民俗与文学》,中国社会科学出版社,1996年。

窦怀永、张涌泉汇辑校注:《敦煌小说合集》,浙江文艺出版社,2010年。

敦煌文物研究所编:《中国石窟 敦煌莫高窟》(第一—五卷),文物出版社,1981年。

俄军、郑炳林、高国祥主编:《甘肃出土魏晋唐墓壁画》,兰州大学出版社,2009年。

俄罗斯科学院东方研究所圣彼得堡分所、俄罗斯科学出版社东方文学部、上海古籍出版社编:《俄藏敦煌文献》(1—17册),上海古籍出版社,1992—

2001年。

费孝通：《生育制度》，商务印书馆，1999年。

高国藩：《敦煌民俗学》，上海文艺出版社，1989年。

高国藩：《敦煌古俗与民俗流变——中国民俗探微》，河海大学出版社，1989年。

高国藩：《中国民俗探微——敦煌巫术与巫术流变》，河海大学出版社，1993年。

高国藩：《敦煌民俗资料导论》，新文丰出版公司，1993年。

高世瑜：《中国古代妇女生活》，商务印书馆，1996年。

郝春文、陈大为：《敦煌的佛教与社会》，甘肃教育出版社，2013年。

黄永武主编：《敦煌宝藏》（1—140册），新文丰出版公司，1981—1986年。

黄征、吴伟校注：《敦煌愿文集》，岳麓书社，1995年。

黄征、张涌泉校注：《敦煌变文校注》，中华书局，1997年。

黄正建：《敦煌占卜文书与唐五代占卜研究》，学苑出版社，2001年。

姜亮夫：《敦煌——伟大的文化宝藏》，云南人民出版社，1999年。

姜亮夫：《敦煌学概论》，北京出版社，2011年。

江绍原：《发须爪——关于它们的迷信》，中华书局，2007年。

蒋礼鸿：《敦煌变文字义通释》，中华书局，1959年。

蒋寅主编：《中国古代文学通论（隋唐五代卷）》，辽宁人民出版社，2005年。

金荣华：《敦煌吐鲁番论集》，新文丰出版公司，1996年。

黎翔凤撰：《管子校注》，梁运华整理，中华书局，2004年。

李重申：《敦煌古代体育文化》，甘肃人民出版社，2000年。

李道和：《岁时民俗与古小说研究》，天津古籍出版社，2004年。

李道和：《民俗文学与民俗文献研究》，巴蜀书社，2008年。

李一氓：《道藏》（1—36册），文物出版社、上海书店、天津古籍出版社，1988年。

李应存、李金田、史正刚：《俄罗斯藏敦煌医药文献释要》，甘肃科学技术出版社，2008年。

李正宇：《古本敦煌乡土志八种笺证》，甘肃人民出版社，2008年。

李正宇：《敦煌学导论》，甘肃人民出版社，2008年。

刘进宝、高田时雄主编：《转型期的敦煌学》，上海古籍出版社，2007年。

刘俊文撰:《唐律疏议笺解》,中华书局,1996年。
刘文典撰:《淮南鸿烈集解》,冯逸、乔华点校,中华书局,1989年。
鲁迅辑录:《古小说钩沉》,《鲁迅全集》第8册,人民文学出版社,1973年。
罗宗涛:《敦煌变文社会风俗事物考》,文史哲出版社,1974年。
罗宗涛:《敦煌讲经变文研究》,佛光山文教基金会,2004年。
马继兴主编:《敦煌古医籍考释》,江西科学技术出版社,1988年。
马继兴:《马王堆古医书考释》,湖南科学技术出版社,1992年。
马继兴等辑校:《敦煌医药文献辑校》,江苏古籍出版社,1998年。
潘重规编:《敦煌变文集新书》,文津出版社,1994年。
任中敏编著:《敦煌歌辞总编》,何剑平、张长彬校理,凤凰出版社,2014年。
上海古籍出版社、法国国家图书馆等编:《法国国家图书馆藏敦煌西域文献》(1—34册),上海古籍出版社,1995—2005年。
上海图书馆、上海古籍出版社编:《上海图书馆藏敦煌吐鲁番文献》(1—4册),上海古籍出版社,1999年。
施萍婷等编:《敦煌遗书总目索引新编》,中华书局,2000年。
石小英:《八至十世纪敦煌尼僧研究》,人民出版社,2013年。
宋兆麟:《中国生育信仰》,上海文艺出版社,1999年。
谭蝉雪:《敦煌婚姻文化》,甘肃人民出版社,1993年。
谭蝉雪主编:《敦煌石窟全集?民俗画卷》,香港商务印书馆,1999年。
谭蝉雪:《敦煌民俗——丝路明珠传风情》,甘肃教育出版社,2006年。
王国良:《〈冥祥记〉研究》,文史哲出版社,1999年。
王利器撰:《颜氏家训集解》(增补本),中华书局,1993年。
王三庆:《敦煌佛教斋愿文本研究》,新文丰出版公司,2009年。
王祥伟:《敦煌五兆卜法文献校录研究》,民族出版社,2011年。
王晓丽:《中国民间的生育信仰》,社会科学文献出版社,1999年。
王重民等编:《敦煌遗书总目索引》,中华书局,1962年。
王重民、王庆菽、向达等编:《敦煌变文集》,人民文学出版社,1957年。
闻一多:《神话研究》,巴蜀书社,2012年。
项楚:《敦煌歌辞总编匡补》,巴蜀书社,2000年。
项楚:《敦煌变文选注》(增订本),中华书局,2006年。
项楚、郑阿财主编:《新世纪敦煌学论集》,巴蜀书社,2003年。

新疆维吾尔自治区博物馆编:《新疆出土文物》,文物出版社,1975年。

徐俊纂辑:《敦煌诗集残卷辑考》,中华书局,2000年。

颜廷亮主编:《敦煌文学概论》,甘肃人民出版社,1993年。

杨宝玉:《敦煌本佛教灵验记校注并研究》,甘肃人民出版社,2009年。

姚平:《唐代妇女的生命历程》,上海古籍出版社,2004年。

殷光明:《敦煌壁画艺术与疑伪经》,民族出版社,2006年。

余嘉锡撰:《世说新语笺疏》,周祖谟、余淑宜整理,中华书局,1983年。

余欣:《神道人心——唐宋之际敦煌民生宗教社会史研究》,中华书局,2006年。

余欣:《中古异相——写本时代的学术、信仰与社会》,上海古籍出版社,2011年。

余欣:《博望鸣沙——中古写本研究与现代中国学术史之会通》,上海古籍出版社,2012年。

张国刚主编:《中国社会历史评论》(第四辑),商务印书馆,2002年。

张鸿勋:《敦煌俗文学研究》,甘肃教育出版社,2002年。

张锡厚辑校:《敦煌赋汇》,江苏古籍出版社,1996年。

张锡厚主编:《全敦煌诗》,作家出版社,2006年。

郑阿财:《敦煌孝道文学研究》,石门图书公司,1982年。

郑阿财:《见证与宣传——敦煌佛教灵验记研究》,新文丰出版公司,2010年。

郑阿财:《敦煌佛教文献与文学研究》,上海古籍出版社,2011年。

郑阿财:《敦煌佛教文学》,甘肃教育出版社,2013年。

郑阿财、朱凤玉编:《敦煌学研究论著目录》(1908—1997),汉学研究中心,2000年。

郑阿财、朱凤玉编:《敦煌学研究论著目录》(1998—2005),乐学书局,2006年。

郑阿财、朱凤玉:《敦煌蒙书研究》,甘肃教育出版社,2002年。

郑阿财、朱凤玉:《开蒙养正——敦煌的学校教育》,甘肃教育出版社,2007年。

郑炳林、王晶波:《敦煌写本相书校录研究》,民族出版社,2004年。

郑晓江、万建中编:《中国生育文化大观》,百花洲文艺出版社,1999年。

郑振铎:《中国俗文学史》,湖南大学出版社,2014年。

郑振满、陈春声主编:《民间信仰与社会空间》,福建人民出版社,2003年。

中国国家图书馆编:《中国国家图书馆藏敦煌遗书》(1—5册),江苏古籍出版社,1999年。

中国社会科学院历史研究所等编:《英藏敦煌文献(汉文佛经以外部分)》(1—14册),四川人民出版社,1990—1995年。

钟敬文主编:《民俗学概论》,上海文艺出版社,1998年。

周绍良主编:《唐代墓志汇编》,上海古籍出版社,1992年。

周绍良、赵超主编:《唐代墓志汇编续集》,上海古籍出版社,2001年。

周燮藩主编:《民间宝卷》,黄山书社,2005年。

周一谋、肖佐桃主编:《马王堆医书考注》,天津科学技术出版社,1988年。

朱凤玉:《朱凤玉敦煌俗文学与俗文化研究》,上海古籍出版社,2011年。

朱凤玉:《百年来敦煌文学研究之考察》,民族出版社,2012年。

[日]丹波康赖撰:《医心方》,人民卫生出版社影印,1955年。

[法]范热内普:《过渡礼仪》,张举文译,商务印书馆,2012年。

[英]弗雷泽:《金枝》,徐育新、汪培基、张泽石译,大众文艺出版社,1998年。

[日]高楠顺次郎主编:《大正新修大藏经》,佛陀教育基金会,1990年。

[瑞士]皮亚杰:《儿童心理学》,吴福元译,商务印书馆,1980年。

3. 学位论文和期刊论文

阿依先:《祈佛求道、护佑诞生——以敦煌〈难月〉诞育愿文为中心》,《敦煌学辑刊》2007年第2期。

陈丽:《唐代上层社会妇女婚育研究》,河北师范大学硕士学位论文,2000年。

陈明:《汉唐时期于阗的对外医药交流》,《历史研究》2008年第4期。

陈于柱:《从上都到敦煌——敦煌写本禄命书 S.5553〈三元九宫行年〉研究》,《兰州大学学报》(社会科学版)2009年第5期。

杜斗城、张颖:《敦煌佛教文献女性经典试析》,《世界宗教研究》2012年第5期。

杜琪:《敦煌文学的价值及概念再议》,《甘肃社会科学》2008年第6期。

段小强:《敦煌文书中所见的古代丧仪》,《西北民族研究》1999年第1期。

伏俊琏、杨晓华：《敦煌文学的概念、特点及分类》，《社科纵横》2012年第5期。

高国藩：《敦煌曲子词与民间早婚风俗》，《社会科学》（兰州）1986年第3期。

高国藩：《论敦煌本〈悉达太子修道因缘〉中国化及其妇女怀孕巫术》，《宁夏社会科学》2009年第3期。

高嘉琪：《生育、养育、教育——唐代育儿文化研究》，台湾中兴大学历史学研究所硕士学位论文，2008年。

郭晓瑛：《甘博藏敦煌绢画〈报父母恩重经变〉内容新探》，《敦煌学辑刊》2007年第2期。

郝春文：《关于敦煌写本斋文的几个问题》，《首都师范大学学报》（社会科学版）1996年第2期。

胡发强、刘再聪：《从甘博藏〈报父母恩重经变〉看唐、宋洗儿风俗》，《西藏大学学报》2008年第2期。

蒋爱花：《唐人寿命水平及死亡原因试探——以墓志资料为中心》，《中国史研究》2006年第4期。

金荣华：《读〈叶净能诗〉札记》，《敦煌学》1984年第8辑。

金维诺、卫边：《唐代西州墓中的绢画》，《文物》1975年第10期。

李晖：《论"竹马"——唐诗民俗文化探源之十》，《合肥教育学院学报》2000年第3期。

李翎、马德：《敦煌印本〈救产难陀罗尼〉及相关问题研究》，《敦煌研究》2013年第4期。

李贞德：《六朝时期妇女生活》，《妇女与两性学刊》1993年第4期。

李贞德：《汉唐之间医书中的生产之道》，《"中研院"历史语言研究所集刊》1996年第67本第3分。

李贞德：《汉唐之间求子医方试探——兼论妇科滥觞与性别论述》，《"中研院"历史语言研究所集刊》1997年第68本第2分。

李正宇：《唐宋时代的敦煌学校》，《敦煌研究》1986年第1期。

梁丽玲：《敦煌文献中的护童信仰》，《2013敦煌、吐鲁番国际学术研讨会论文集》，2013年。

梁丽玲：《敦煌文献中的孕产习俗与佛教信仰》，《敦煌吐鲁番研究》2015年第15期。

刘道广:《从磨合罗的浮沉论民俗艺术的包容》,《东南大学学报》(哲学社会科学版)2011年第4期。

刘艳红:《"西""北"求子的文化解读》,《东疆学刊》2010年第2期。

路志峻:《论敦煌文献和壁画中的儿童游戏与体育》,《敦煌学辑刊》2006年第4期。

马德:《敦煌绢画题记辑录》,《敦煌学辑刊》1996年第1期。

马德:《散藏美国的五件敦煌绢画》,《敦煌研究》1999年第2期。

钮卫星:《从"罗、计"到"四余":外来天文概念汉化之一例》,《上海交通大学学报》(哲学社会科学版)2010年第6期。

潘重规:《从敦煌遗书看佛教提倡孝道》,《华冈文科学报》1980年第12期。

任海燕:《论唐代妇女生育的影响因素》,《首都师范大学学报》(社会科学版)2009年增刊。

任海燕:《唐代敦煌吐鲁番地区妇女生育问题试探》,首都师范大学硕士学位论文,2009年。

史成礼:《敦煌遗书中婚、孕、育的文化现象》,《敦煌研究》副刊1996年第1期。

孙修身:《大足宝顶与敦煌莫高窟佛说父母恩重经变相的比较研究》,《敦煌研究》1997年第1期。

谭蝉雪:《三教融合的敦煌丧俗》,《敦煌研究》1991年第3期。

谭蝉雪:《唐宋敦煌岁时佛俗》,《敦煌研究》2001年第1期。

王克林:《一目国鬼方新探》,《文博》1998年第1期。

王义芝、胡朝阳:《敦煌古代儿童游戏初探》,《寻根》2007年第3期。

颜廷亮:《敦煌文学研究的当务之急》,《社会科学战线》2009年第9期。

杨富学、王书庆:《从生老病死看唐宋时期敦煌佛教的世俗化》,《敦煌学辑刊》2007年第4期。

杨秀清:《浅淡(谈)唐宋时期敦煌地区的学生生活——以学郎诗和学郎题记为中心》,《敦煌研究》1999年第4期。

杨秀清:《敦煌石窟壁画中的古代儿童生活研究(一)》,《敦煌学辑刊》2013年第1期。

杨秀清:《敦煌石窟壁画中的古代儿童生活(三)》,《敦煌学辑刊》2013年第3期。

姚潇鸫:《敦煌文献所见"摩睺罗"考述》,《敦煌学辑刊》2014 年第 2 期。

于赓哲:《〈新菩萨经〉、〈劝善经〉背后的疾病恐慌——试论唐五代主要疾病种类》,《南开学报》(哲学社会科学版)2006 年第 5 期。

张长彬:《〈十二时普劝四众依教修行〉及其代表的敦煌宣传文学》,《敦煌研究》2015 年第 2 期。

张菁:《唐代妇女的生育研究——以墓志资料为研究中心》,南京师范大学硕士学位论文,2008 年。

赵望秦:《敦煌遗书 P.2044v〈文范〉中的"太保相公"究竟指谁》,《敦煌研究》2000 年第 3 期。

郑阿财:《敦煌写本〈佛顶心观世音菩萨大陀罗尼经〉研究》,《敦煌学》2002 年第 23 辑。

锺佩媛:《传统孕产民俗及文学作品之研究》,台湾花莲教育大学民间文学研究所博士学位论文,2008 年。

周绍良:《敦煌文学刍议》,《社会科学》1988 年第 1 期。

周一良:《王梵志诗的几条补注》,《北京大学学报》(哲学社会科学版)1984 年第 4 期。

周一良:《敦煌写本书仪中所见的唐代婚丧礼俗》,《文物》1985 年第 7 期。

后 记

本书是在我的同名博士论文的基础上修改而成的。博士论文完成于2015年10月,答辩毕业之后,曾经很长一段时间未曾翻开。其间虽有师友多次提醒、催促修改出版,但是由于诸多原因,修改出版之事一拖再拖。2022年将此书稿斗胆投到省社科规划办,蒙各位评审专家抬爱,得以忝列资助名单之中,遂加速了本书稿的修改出版工作。

这是我的第一部学术专著。尽管书稿的视野还可进一步开拓,题材范围仍可继续丰富、个别字词可再加整饬修订,即便如此,因为个人学力有限,工作疲于奔命,生活琐事繁重,我已自顾无暇,只能寄希望在以后的研究中自我修正和深化。

谈到修改,实际仅仅对结构进行了微调,内容并未做大的改动,详细修改情况如下:

第一章,将原第一章第一节的三类作品,结合最新的相关研究动态,分三节扩充而成。第二章,重写了第一节"敦煌产育题材文学的特色";把原"绪论"部分"敦煌产育题材文学与民俗、佛教之间的关系"纳入此章第二节,增加了第三节"佛教对孝道的提倡及其对敦煌文学的影响"。把"结语"部分改为第八章"敦煌产育题材文学书写的背景、原因、影响及价值",第一、二节位置进行调整,增加了第三节"敦煌产育题材文学对后世俗文学的影响"。其他内容则因为时间及个人能力的限制未做大的改动,希望待以后自己有所长进之后,能进行一番大的修改,交一份令师友们满意的答卷。

作为我的学术引路人,我的硕导、博导李道和教授,学识渊博、治学严谨、为人谦和、胸怀宽广、待人真诚,他的学问与为人,让我终生受惠。从2007年成其门下弟子至今,导师和师母从为我婚事操劳,到看着我走进婚姻家庭,为人妻、为人母,见证了我生命中的重要时刻。尽管已经毕业多年,但是每当工作、生活上遇到难题时,我仍会像没长大的孩子,第一时间与导师和师母联系,听听他们的意见和建议。他们都会不厌其烦地细心倾听,理解我的困境,为我指点迷津,

后　记

鞭策、鼓励我继续向前。回想起这一幕幕，不免热泪盈眶。书稿即将出版之际，导师不辞辛劳，通读全稿，提出许多宝贵的修改意见，并为本书作序。

正如陈友康先生在答辩会上所说，"勤俭是个幸运的孩子，既能成为道和老师弟子，又能得到敦煌学大家郑阿财先生的指导和关怀"。在论文审阅、预答辩、答辩过程中，四川大学郑阿财教授，中华学院陈友康教授，云南大学段炳昌教授、王卫东教授、冯良方教授，云南师范大学冯小禄教授不辞辛苦，拨冗指教。特别是龚敏先生专程从香港赴滇，参加预答辩，并帮忙联系赴台访学事宜，才有幸认识郑阿财、朱凤玉先生。不仅如此，经导师联系，郑阿财先生专程从台湾赴滇，主持答辩会。对先生们的付出，我表示衷心的感谢。

在台湾访学期间，有幸得到了敦煌学名家郑阿财教授、台湾嘉义大学朱凤玉教授无私的学业指教和生活上事无巨细的照顾。正是先生们的言传身教激励、引领我认真、执着地对待学术研究。返昆之后，尽管分隔两岸，先生们时常提供很多学术价值较高的讲座、学术前沿信息给我，并赠予一些我需要的书籍。承蒙郑阿财先生不弃，为小书作序，先生此举再次令我感动。先生弟子张家豪博士曾多次奔赴台北图书馆为本书稿拍摄相关图册资料，在此表示最真诚的谢意。感谢台湾中正大学毛汉光教授及其高足耿慧玲教授、再传弟子徐筱妍博士在学习、生活方面给予的莫大帮助。

感谢敦煌研究院杨富学研究员、王志鹏研究员，陇南师范专科学校蒲向明教授等，尤其是王志鹏研究员曾多次邀请参加学术会议、赠送书籍资料，经其介绍和帮助，和天津古籍出版社签订出版合同，促成了此书的出版。

同时，感谢我的父母给予我生命，将我养育成人；感谢我已逝去的公公，生前把我当女儿般疼爱、关怀；感谢我的婆婆，不辞辛劳帮我照顾孩子；感谢我的爱人，一如既往地支持我的工作、学术研究，生活中为我排忧解难；也感谢我一双天真可爱儿女的日夜陪伴。

最后，我要感谢云南中医药大学大学人事处、科技处及人文与管理学院、继续教育学院的各位领导和老师们的支持和帮助，是你们工作上的敦促和关怀，才能使我的书稿顺利出版！感谢天津古籍出版社的领导和王海燕、李烁星编辑不辞辛劳为本书稿的出版付出了辛勤的劳动。

蒋勤俭

2022 年 6 月 15 日